시간의 계곡

시간의 계곡
THE OTHER VALLEY

스콧 알렉산더 하워드
장편소설
김보람 옮김

다산
책방

일러두기

* 이 책의 주석은 모두 역자 주입니다.
* 원서에는 따옴표가 표기되어 있지 않으나, 국내 독자의 가독성을 위해
  저자의 허락을 받고 대화 부분에 따옴표를 표기하였습니다.

목차

1부

1장

코트룸◆ 문 옆에 나 혼자 서 있는 시간이 많았다. 수업이 시작하기 전 아침 시간에도, 종이 울려 아이들이 너 나 할 것 없이 운동장으로 뛰어나가는 점심시간에도, 나는 늘 그 자리로 걸어가 오돌토돌한 스투코◆ 벽에 뒤통수를 대고 서 있었다. 가을볕이 뜨거웠지만 그림자가 널찍하게 드리운 덕분에 벽은 그렇게 뜨겁지 않았다. 그늘진 벽에 기대어 팔짱을 끼고 선 채로 뒷산을 바라보며 그저 하루가 빨리 끝나기를 바랐다.

클라르의 부모님이 시내로 이사하면서 동네에 친구가 없어졌고, 그때부터 교실 맨 뒤편에 앉기 시작했다. 상점이나 가로수 길에서 클라르를 마주치는 날도 있었다. 엄마들이 대화를 나누는 동안 우

◆ 교실에 들어가기 전에 두꺼운 외투 등을 걸어놓을 수 있도록 옷걸이가 마련된 공간.
● 건물 벽면에 바르는 미장 재료로 점토, 진흙, 회반죽, 석고 등을 섞어 만든다.

리도 몇 마디 주고받았지만, 그렇게 마주치는 날이 반복될수록 더는 우리 사이에 공감할 만한 이야깃거리가 없다는 현실만 점점 뚜렷해질 뿐이었다. 클라르가 살던 집에 이사 온 새 이웃은 노인들이었고, 어쩐지 종일 실내 가운을 걸치고 생활하는 것 같았다. 어쨌든 그렇게 나는 학교에 가면 늘 코트룸 문 옆에 서 있는 애가 되었다. 혼자 서 있는 오딜. 누구도 말 걸지 않고, 애들 입에 좀처럼 오르내리지도 않는 오딜. 목각 인형처럼 뻣뻣하게 서서 뻥한 눈으로 어딘가를 멍하니 바라보는 오딜.

수업 종이 아이들을 교실로 불러들이기 직전에 내가 먼저 들어가 있으면 왠지 기분이 좋았다. 안으로 들어가면 여섯 줄로 늘어선 텅 빈 책상이 깨끗한 칠판을 바라보고 있었다. 교실에 풍기는 텁텁한 분필 가루 냄새에는 톡 쏘는 기름내가 묻어 있었다. 피슈그뤼 선생님은 습관처럼 까만 기름걸레로 선생님 책상을 닦고 또 닦았다. 어릴 땐 그 기름내를 맡을 때마다 코가 찡했다.

뒤미처 종이 울리면 내 뒤편 코트룸 문이 열리면서 순식간에 소음이 쏟아져 들어왔다. 왁자지껄 깔깔대는 소리 속에서도 나는 여전히 혼자였다. 그러다 피슈그뤼 선생님이 책과 회초리를 손에 들고 들어오는 순간, 교실은 조용해졌다. 교복을 입고 반듯한 자세로 서 있는 우리를 향해 선생님이 앉으라는 손짓을 보냈다. 그러면 수업과 시험이 뒤따를 몇 시간 동안은 다 같이 조용히 할 거라는 생각에 내심 기뻤다.

그해 가을, 나는 진로를 결정해야 할 나이인 열여섯 살이 되었다.

실습 기간이 다가오자 대부분의 학생이 곧 학교를 떠난다는 생각에 잔뜩 신이 나 있었다. 우리는 9월 말까지 지원서를 제출하고 선발 되기를 기다려야 했다. 어디로 실습을 나갈지 모두 결정되면 수업 틈틈이 동네 이곳저곳에 나가 직업 훈련을 받게 될 터였다. 같은 학년 애들 중에는 자기가 무얼 하고 싶은지 이미 아는 애들도, 여전히 찾는 중인 애들도 있었다. 지원서 제출 마감일까지는 한 달쯤 남아 있었다. 그사이 마을의 상인들이나 숙련공들이 우리에게 직업 설명을 해주기 위해 학교에 방문할 것이고, 우리 학생들도 농장, 과수원, 공장, 경계 지역 등지로 현장학습을 다닐 예정이었다.

보통 실습은 이런 식으로 진행되었다. 그러나 어머니는 내가 '자문 기관'에 들어가야 할 운명이라고 생각했다. 믿음인지 바람인지 모르겠지만 어쨌든 반드시 그래야 한다고 했다.

자문 기관에 들어가려면 일반적인 실습과는 다른 과정을 밟아야 했다. 9월 말에 지원서를 내고 뽑히기만을 기도한다고 되는 일이 아니었다. 그보다 일찍 시작되는 심사 프로그램이라는 걸 거쳐야 했는데, 그 프로그램에 참여하는 일부터 어려웠다. 우선 피슈그뤼 선생님에게 추천을 받아야 했다. 다만 여러 명을 추천할 수 있는 시내 학교와 달리 우리 학교에 배정된 추천 인원은 두 명뿐이었다. 심사 프로그램에 들어가게 되면 도중에 탈락하지 않고 9월을 잘 버텨야 했다. 이 과정을 모두 통과해야만 시청에 들어가 실습할 기회를 얻을 수 있었다. 물론 여기까지 가는 학생은 몇 명 없었고, 합격자가 아예 안 나오는 해도 있었다.

어머니도 시청에서 일하기는 했지만 업무를 보는 곳은 지하의 기록보관실이었다. "어떤 애들이 실습생으로 뽑혀 오는지 엄마가 늘 보잖니. 물론 다들 똑똑하지만 걔들보다 네가 더 똑똑해." 어머니도 내 나이 때 자문 기관에 들어가기 위해 심사 프로그램에 도전했고, 최종 선발 직전까지 올라갔다고 했다. 정계에서 일하기에는 내가 부끄러움을 너무 많이 타는 것 같다고 말하자 어머니는 코웃음을 쳤다.

내가 학교에서 어떤 학생인지 어머니는 몰랐다. 내가 자문 기관에 들어간다니, 말도 안 됐다. 나에겐 자문관이 되고 싶다는 마음도, 될 수 있다는 환상도 없었다. 공직자가 될 가능성을 점쳐 보기는커녕 남들과 경쟁한다는 생각만으로도 얼굴이 화끈거렸다. 어머니는 자기 직업에 불평불만이 많았지만, 가만 생각해 보면 구석진 사무실에서 청원 서류를 정리하고 이름과 나이가 가려진 보고서를 확인하는 어머니의 일은 썩 괜찮아 보였다. 시청사 지하에서 하는 업무라면 왠지 나도 할 수 있을 것 같았다. 그리고 그런 일자리는 심사 프로그램에서 탈락한 학생들에게 주어진다고 하니, 조금 부끄러워도 방학이 끝난 뒤에 피슈그뤼 선생님에게 날 추천해 달라고 얘기해 볼 수 있을 것 같았다. 개학 날 아침, 어머니는 나를 학교에 데려다주면서 확신에 찬 얼굴로 내게 행운을 빌어주었다.

개학일은 8월 마지막 주 금요일이었다. 여름을 빼앗아 가는 잔인한 개학은 해마다 찾아오지만 좀처럼 익숙해지지 않았다. 그날 후배들은 오전 수업을 마치고 집으로 갔으나, 피슈그뤼 선생님은 우리에게 새 학기 환영 인사조차 건네지 않은 채 여느 평일처럼 새 교과서를 펼치라고 말씀하셨다. 교실을 한번 둘러보니 어떤 아이들은 머리 모양을, 또 어떤 아이들은 단짝을 바꾼 듯했다. 붙어 있으려고 자리를 바꿔 앉은 애들도 눈에 보였다. 여름날의 긴긴 오후를 호숫가에서 함께 보내는 사이 새로이 싹트는 우정과 사랑에 대해 가만히 상상해 봤다.

수업 시간 내내 집중한 학생처럼 보이려고 애쓴 나는 수업이 끝나자 과감히 교단으로 다가갔다. 피슈그뤼 선생님은 칠판을 지우고 있었다. 선생님은 나보다 키가 약간 큰 정도였지만, 체구가 탄탄하고 움직임이 날렵했다. 선생님은 힘차게 원형을 그리며 칠판에 또박또박 쓰인 글씨를 지워나갔다. 머리 위에서 비치는 형광등 때문에 선생님의 벗겨진 정수리가 반짝반짝 빛났다. 나는 우물거리며 자문 기관 실습에 도전하고 싶다고 말을 꺼냈다.

피슈그뤼 선생님은 칠판을 마저 닦을 때까지 아무런 대꾸도 하지 않았다. 창문 너머로 운동장의 고함이 작게 들려왔다. 마침내 분필받이에 칠판지우개를 던진 선생님이 날 향해 몸을 돌렸다.

"그것참 의외구나, 오딜. 심사 프로그램에 참가하면 말을 해야 한다는 건 알고 있겠지?"

내 얼굴이 붉어졌지만, 선생님은 덤덤하게 말을 이었다.

"에세이를 써서 월요일까지 제출해라. 추천은 다음 주다."

선생님은 에세이를 기반으로 추천자를 결정한다고 말했다. 간결할수록 좋지만 신중하게 써야 한다고. 시내 학교에서는 인맥으로 학생을 추천하지만 자기는 에세이만 보고 역량을 평가한다고. 그러니 자문 기관 실습에 적합한 지적 능력, 무엇보다 그러한 기질을 갖추었다는 사실이 잘 드러나게끔 에세이를 써 온다면 선생님이 나를 추천하지 않을 이유가 없다고 했다.

무슨 내용으로 써야 하느냐고 피슈그뤼 선생님께 물었다. 선생님은 에세이 주제가 매해 같다고 대답했다. "다른 밸리에 방문할 기회가 주어진다면, 어디로 가고 싶은가?"

학교가 끝나고 동네에 하나뿐인 진짜 차도를 따라 집으로 걸어갔다. 산언저리를 깎아 만든 도로였다. 소나무 길 비탈면의 오르막으로는 가파른 진입로가 뻗어 있었고, 그 끝에는 주택들이 아래를 내려다보고 있었다. 건너편 내리막에는 발삼루트◆와 잡초가 무성했다. 중턱에 있는 주택들의 빛바랜 잿빛 지붕 너머로 밸리 전체가 한눈에 보였다. 잔잔한 호수와 그 건너편에 솟아오른 메마른 산들까지도.

우리 집은 소나무 길 아랫목에 있었다. 나는 좁다란 뒷길을 따라 내려가다가 아담한 주택으로 들어갔다. 어머니는 아직 퇴근 전이었다. 며칠 전부터 거실 책장을 정리하고 있던 터라 마루 곳곳에 아슬아슬하게 책탑이 솟아 있었다. 나는 마룻바닥에 책상다리로 앉아 매끄러운 양피지 책 한 권을 집어 들었다.

어머니의 유일한 아트북인 그 책에는 붉은색 잉크로 찍은 목판화가 실려 있었다. 반듯한 네모 안에 오밀조밀 담긴 골짜기의 풍경을 보고 있으니, 꼭 동화에 나오는 마을 같았다. 판화는 한 장 한 장 글라신페이퍼●로 덮여 있어서 책장을 살살 넘겨야 했다. 책장을 한 장

◆ 노란빛을 띠는 꽃으로, 야생 해바라기의 일종이다.
● 광택이 나는 얇은 박엽지. 책 커버나 식품 포장에 주로 사용된다.

넘기자 언덕진 사과 과수원의 풍경이 나왔다. 완만한 경사를 따라 나란히 심긴 사과나무들이 마치 일렁이는 파도 같았다. 한 장 더 넘겨 보니 이번엔 시내 공원이었다. 마을 호수에 선착장을 설치해 수영장처럼 만들어놓은 구역이 있는데, 거기서 바라본 것 같은 장면이었다. 호숫가에는 작은 사람들이 수영복 차림으로 서 있었다. 머리카락만큼 가느다란 선으로 그려진 진홍색 물결이 정면에서 출렁거렸다.

그중 가장 흥미로운 작품은 마지막 장에 나온 그림이었다. 거기에는 위에서 내려다본 듯한 밸리의 전경이 담겨 있었다. 판화 정중앙에는 우리 작은 마을이 호수의 품에 기대어 있었고, 호수는 주먹에서 펼친 집게손가락처럼 수직으로 길게 뻗어 있었다. 마을을 에워싼 산들은 하나같이 높고 황량했다.

왼편에 놓인 산맥 너머에는 우리 마을과 똑같이 생긴 작은 마을이 똑같이 생긴 호숫가에 기대어 있었다. 오른편 산맥 너머로도 마찬가지였다. 산과 호수, 또 마을 하나. 하나의 밸리가 끝나는 곳에서 또 다른 밸리가 이어졌다. 마을은 동서 양방향으로 계속 반복되었다. 어둑한 호수들이 서로 평행을 이루며 미끄러지듯 올라갔다.

손끝으로 산줄기를 만지며 피슈그뤼 선생님에게 배웠던 공상 연습을 해보았다. 골짜기라는 자연 지형을 경계로 둔 각각의 마을은 철책으로 한 번 더 둘러싸여 있었다. 철책의 존재가 목판화에 담겨 있지는 않았으나 그걸 모르는 사람은 없었다. 마을에서는 철책이 잘 보이지 않았다. 대부분은 학교 뒷산 산등성 너머 고원의 산간벽지에 쳐져 있었고, 산 아래쪽의 철책은 마을 동부 외곽을 지나 노랗게 물든 널따란 평원을 가로질렀다. 그렇게 이어진 철책은 호숫가를 따라 활 모양으로 구부러져서 호수 건너편 서부 밸리의 경계병 거주 구역까지 연결되어 있었다.

철책에 가까이 가본 적은 없었다. 거실 마루에 앉아 그림을 보던 나는 철책을 넘어가면 어떤 기분이 들지 상상해 보았다.

어머니에게 선생님과 나눈 대화 내용을 전달했을 때 돌아온 말은 동부와 서부 중 어딜 더 가보고 싶냐는 질문이 아니었다. 어머니는 자문 기관이 듣고 싶어 하는 답변이 무엇일지를 먼저 생각해 봐야 한다고 했다.

"오딜, 그건 함정이야. 네가 지원하려는 곳이 뭘 하는 곳인지 잘 생각해 보라고. 너 같으면 철책 너머의 세상을 궁금해하는 실습생을 뽑고 싶겠니? 청원자가 열 명이면 십중팔구에게 안 된다고 말하는 게 그 사람들이 하는 일이야."

어머니와 나는 뒤뜰에 놓인 짝짝이 철제 의자에 앉아서 차갑게 식은 수프를 저녁으로 먹는 중이었다. 붉은 수프에서 톡 쏘는 맛이 났다. 하늘에는 아직 해가 걸려 있었지만, 일찌감치 마중 나온 별도 몇 개 보였다. 뒷마당에 있으면 키 큰 나무들에 가려서 호수가 보이지 않았다. 나는 어머니에게 에세이의 주제가 함정이라면 무슨 내용으로 글을 써야 하겠느냐고 물었다.

"솔직하게 써. 아무 데도 가고 싶지 않다고. 지금 있는 이곳에 만족한다고."

방으로 들어와 옛날에 아버지가 쓰던 낡은 책상에 앉았다. 내 다리도 겨우 들어갈 만큼 비좁은 책상에 성인 남자가 어떻게 앉았는지 모르겠다고 생각하던 찰나, 글감으로 녹여낼 만한 내 개인사가 떠올랐다. 주제를 벗어나는 것 같아 불편했던 마음이 조금은 사그라들었다. 어쨌든, 뭐라도 써야 했다. 나는 연필을 집어 들었다.

다른 밸리를 방문할 기회가 주어진다고 해도, 저는 받아들이지 않겠습니다.

그런 다음, 이렇게 끄적였다.

정중히 사양하겠습니다.

들은 바에 의하면, 통행을 요청할 수 있는 정당한 사유는 오로지 위무 하나뿐이었다. 청원자가 그 대상을 보지 않고서는 삶을 이어갈 수 없는 경우나 다시 만날 수 없는 친족을 보고 싶어 하는 경우에만 방문 허가가 떨어졌다. 생각해 보니 내게도 그런 사람이 있었기에 그에 관해 글을 쓰려면 충분히 쓸 수 있었다. 우리 아버지는 내가 네 살 때 할머니네 과수원에 딸린 낡은 차고 안에서 돌아가셨다. 서부 밸리를 방문할 수 있다면 잠시나마 아버지의 모습을 바라볼 수 있을 것이었다. 산 너머의 마을에서 아버지는 20대 초반일 테고, 어쩌면 만난 지 얼마 안 된 어머니와 함께 바티쇠르 광장의 분수대 근처에서 시간을 보내고 있을지도 몰랐다. 두 분의 러브스토리는 예전에 들어서 알고 있었다. 광장에서 어머니가 분수대에 동전을 던지며 소원을 빌고 있을 때, 마침 지나가던 아버지가 어머니에게 무슨 소원을 빌었냐고 물었다고 한다. 모르는 남자가 묻는 말에는 대답하지 않겠다는 어머니 옆에서 아버지가 동전을 던지며 어머니와 데이트하게 해달라고 소원을 빌었단다. 소리 내어 말해버리면 소원이 이루어지지 않는다고 일렀지만, 어머니는 결국 아버지와 연인이 되었다. 광장에 가서 두 분의 그런 모습을 볼 수 있다면 참 좋을 것 같았다. 내가 아버지를 더욱 잘 알게 되었다는 느낌을, 혹은 이미 충분히 잘 알고 있다는 느낌을 받고 싶었다.

그러나 에세이에는 설령 아버지를 보게 되더라도 썩 위로가 되지 않을 거라고 적었다. 사실 내가 거기에 가본다 한들, 누가 내 아버지인지 못 알아볼 수도 있었다. 내 옆에 선 사람이 멀찍이 보이는 남자를 가리키며 저 사람이 내 아버지라고 말해준다손 치더라도 그게 내게 어떤 도움이 되겠는가? 솔직히 말해서, 아버지가 없다는 사실이 내 일상에 엄청난 상실감을 심어주지는 않았다. 그냥 막연히 어딘가 허전하다는 느낌이 드는 정도였다. 내게 아버지의 부재란 우리 집이 클라라네 집보다 더 조용한 이유를 설명하는 요인에 불과했다. 사람들이 생각하는 진짜 상실을 겪은 건 내가 아니라 우리 어머니였지만, 이런 얘기가 나올 때마다 어머니는 자기가 관망 청원을 넣을 일은 절대 없으리라고 장담했다. 어머니는 지금까지의 기억만으로도 이미 충분하다고 했다. 종일 잠만 자기 시작하던 아버지의 모습을, 잠들어 있지 않을 때도 잠든 사람처럼 보이던 아버지의 모습을 어머니는 충분히 기억하고 있다고 했다. 그런 기억 덕분에 아버지를 그리워하지 않을 수 있다고 했다.

미래의 자문관으로서 나는 청원인들에게 우리 밸리 안에서, 즉

안전하고 평범한 일상에서 슬픔을 달랠 방법을 찾아보라고 조언하겠다고 말하며 에세이를 마무리했다. 어머니가 그걸로 충분하다고 했던 걸 보면 나도 그렇게 할 수 있을 것이고, 누구라도 할 수 있을 터였다. 내가 쓴 글을 다시 한번 읽어보니 썩 괜찮은 답변 같았다. 아니, 괜찮은 정도를 넘어서서 이 정도면 피슈그뤼 선생님이 감탄할지도 모르겠다는 생각까지 들었다. 글쓰기 숙제를 제출할 때면 선생님은 단호하고 강하게 주장하는 문장 옆에만 체크 표시를 남겨주었다. 왠지 이번에도 선생님은 내 글에 묻어나는 단호함을 알아보고 나를 추천해 줄 것 같았다.

마지막으로 다듬은 글을 새 종이에 옮겨 쓰고 나니 꽤 늦은 시간이 되어 있었다. 어머니는 침대에 누워 책을 읽고 있었다. 내게 에세이를 건네받은 어머니는 그 종이를 책 위에 받치고 몸을 전등 쪽으로 살짝 튼 뒤, 어둠 속에서 내 글을 읽어 내려갔다. 그 모습을 보고 있으려니 긴장돼서 시선을 돌리자, 어머니의 화장용 확대경에 내 얼굴이 왜곡되어 비쳤다. 거울 속 내 곱슬머리는 뒤죽박죽 헝클어져 있었고 턱은 해도 너무하게 길었다. 어머니가 손에 들고 있던 종이를 펄럭이며 내게 돌려주었다.

"아주 똑똑하게 잘 썼구나."

어머니와 나는 오랫동안 아버지 얘기를 하지 않았다. 아버지는 라이슈가街에 있는 작은 식료품점에서 일했다. 거기서 온갖 일을 맡아 했지만, 그중에서도 과일을 담당했는데 아버지의 성장 배경을 생각해 보면 당연한 일이었다. 아버지는 할머니와 할아버지가 운영하던 과수원을 물려받지 않겠다고 해서 두 분과 갈등을 겪었다. 조부모님은 하릴없이 이웃에게 땅을 팔 수밖에 없었다. 그렇게 두 집의 과수원은 하나로 합쳐졌다. 그래도 낭시 가족은 언제나 내게 잘해주었다. 할머니네 집에 갈 때마다 한때 우리 것이었던 벚나무 사이사이를 누비고 다닐 수 있도록 허락해 주었다.

아버지에 관한 기억이 별로 남아 있진 않지만, 아버지를 생각하면 꼭 여름날의 과수원이 떠오른다. 햇볕은 뜨거웠지만 나무 아래 공기는 서늘하고 나긋했다. 아버지와 나는 손을 잡고 맨발로 과수원을 걸어 다녔다. 높게 자란 풀 사이로 성큼성큼 발걸음을 옮기노라면 농익어 떨어진 버찌 열매가 발바닥 아래에서 터졌고, 그럴 때마다 어쩐지 느리고 푸르른 땅의 거인이 된 것 같은 기분이 들었다. 과수원 끄트머리에 다다르면 아버지가 나를 번쩍 안아 과수원의 경계인 돌담 위로 올려주었다. 그러면 눈앞에 황량한 풍경이 펼쳐졌다. 둥그스름한 산기슭을 향해 들깻 밭이 한없이 뻗어나갔고, 태양은 구름 뒤에서 희게 빛났다. 그 광경을 바라보고 있으면 왠지 짜릿한 슬픔과 엇비슷한 감정이 들었다. 이후로도 탁 트인 공간이나 쓸쓸한 경계 지역을 바라보고 있으면 그때와 같은 감정이 느껴졌다. 익숙한 세상의 고독한 끝자락에 존재하는 그런 느낌.

물론 소중한 기억이긴 하지만, 소중하다는 그 이유로 내가 그 시절을 너무 자주 돌아본 탓에 내 기억 속 그다음 이야기가 사실에 얼마나 가까운지는 잘 모르겠다. 내가 아버지의 손을 잡은 채로 고개를 돌려 과수원의 나무를 바라본다. 엇비슷하게 높이 자란 나무들, 그 가지 사이로 희고 야트막한 차고가 보인다. 그 순간 어떤 예감이

든다. 이 오싹한 장소가 부모 대신 내 인생에 남으리라는 예감. 그러나 나는 아버지가 그 일을 했던 차고를 피해다닐 뿐 아버지 생각을 그리 자주 하지 않았다. 아버지가 우리를 떠났을 때 나는 너무 어려서 무슨 일이 일어났는지 잘 이해하지도 못했다. 방문 기회를 거절하겠다는 내용의 에세이도 그래서 한결 수월하게 쓸 수 있었다.

2장

　월요일 아침, 피슈그뤼 선생님이 교실로 들어오기 전에 나는 서둘러 선생님 책상 위에 에세이를 올려두고 자리로 돌아가 앉았다. 숙제를 제출하려는 애들 몇 명이 쪼르르 나와 책상 앞에 줄지어 섰다. 앙리 스와인과 조 베르디에가 자기들 에세이를 올려놓으면서 내 에세이를 쓱 훑어보는 것 같았다. 후회가 밀려들었다. 뭐라고 썼는지 안 보이게 뒤집어 놨어야 하는데. 자기 자리로 돌아오던 앙리가 날 보며 씩 웃었다. 피슈그뤼 선생님은 교실에 들어오자마자 종이 뭉치를 서랍 속에 찔러 넣었다.

　그날 오전에는 약사 보조원이 학교에 들러 실습에 관한 질문을 받아주었다. 아이들 몇몇이 열심히 손을 들었다. 약국에서 카운터를 지키거나 팅크제*를 따른다고 생각하니 퍽 괜찮은 일 같았으나, 뤼시앵의 아버지가 약사이니 그 자리는 뤼시앵이 떼어놓은 당상이었다. 나는 보조원의 설명을 한 귀로 흘려들었다. 심사 프로그램이라고 썩 끌리는 건 아니었지만, 피슈그뤼 선생님의 추천을 못 받는다고 생각하면 달리 지원하고 싶은 곳도 없었다. 무조건 자문관이되어야 한다고 고집하는 어머니 때문에 대안을 염두에 둘 수도 없었다. 어머니는 나를 통해 대리 만족을 얻고 싶어 했다. 자문관이 아니라면 제아무리 좋은 직업도 어머니가 바라던 삶의 기준을 결코 만족시키지 못할 터였다.

☀

벽에 기대어 서서 샌드위치를 먹고 있는데, 뒤통수가 닿아 있는면 근처 페인트에 금이 가면서 옷깃 위로 스투코 알갱이가 쏟아졌다. 깜짝 놀라 주변을 두리번거렸다.

저쪽 잔디밭에서 터져 나오려는 웃음을 꾹 참고 서 있는 앙리와 톰이 보였다. 뿌옇게 먼지를 뒤집어쓴 고무공이 내 발치의 풀밭으로 떨어졌다.

"오딜, 미안. 잘못 던졌어." 앙리가 연기라도 하는 사람처럼 어깨를 들썩였다.

땅에 찍힌 공 자국을 보며 옆으로 한 걸음 비켜서는데 얼굴이 빨갛게 달아오르는 게 느껴졌다. 남색 교복 재킷의 어깻죽지엔 먼지가 잔뜩 묻어 있었다. 손바닥으로 어깨를 털고, 머리칼에 붙은 먼지

◆ 생약에 알코올을 섞어 유효성분을 침출한 액제.

를 떼어냈다. 웬 샌드위치가 바닥에 떨어져 있나 했더니 내 점심이었다. 주워 먹어도 괜찮을까 고민하는 사이에 공이 한 번 더 날아와 벽에 부딪혔다.

"야, 너 또 잘못 던졌잖아." 낄낄거리는 웃음소리가 톰의 말소리를 집어삼켰다.

이번엔 처음만큼 놀라지 않았다. 벽에 등을 기대고 서 있던 그 자세를 그대로 유지한 채 오른쪽으로 살짝 움직였다. 그런데 발을 떼자마자 아차 싶었다. 뻐꾸기시계의 뻐꾸기 모형처럼 너무 자연스럽게 반응해 버린 것이다. 웃음소리가 점점 작아졌고, 앙리가 이상하다는 듯한 표정으로 나를 쳐다보며 공을 주워 갔다.

세 번째로 공이 날아올 때 나는 눈을 감고 몸을 살짝 움찔하면서 또 한 번 옆걸음을 쳤다.

"아, 웃겨 죽겠네." 앙리가 키득거렸다.

재밌는 일이 벌어지고 있다는 걸 눈치챈 아이들이 하나둘 나를 쳐다보기 시작했다. 앙리의 공이 날아올 때마다 나는 공에 맞지 않으려고 상체를 살짝 틀면서 벽을 따라 옆으로 한 발짝씩 움직였다. 그뿐이었다. 그럴수록 잔디밭 주변의 웃음소리는 점점 커졌다. 구경하는 학생 중에는 후배들도 있었지만, 같은 학년 애들도 있었다. 쥐스틴 세파이가 경멸하는 표정으로 보고 있었고, 그 옆에 조는 믿기지 않는다는 듯한 비웃음을 띠고 있었다. 에드메 피라와 알랭 로소도 잔디밭 모퉁이에 있는 나무 그늘에 앉아서 보고 있었다. 운동장에서 눈을 가늘게 뜨고 지켜보는 선생님이 있었지만, 가까이 와 보지는 않았다.

어쩌자고 계속 벽을 따라 옆걸음질을 쳤는지 나도 잘 모르겠다. 그래서 이 사달이 난 건데. 차라리 뒷산으로 뛰어가 숨어버릴걸. 마음 같아서는 당장이라도 달려가고 싶었지만, 여기서 달리기까지 했다가는 더 큰 웃음거리가 될 게 뻔했다. 나는 날 향해 낄낄대는 아이들을 바라보며 뭐가 재미있는지 나도 안다는 듯 억지로 입꼬리를 조금 올렸다.

바로 그때, 앙리가 욕지거리를 내뱉는 소리가 들렸다. 고개를 들어 보니 에드메와 알랭이 잔디밭을 가로질러 앙리에게 다가가고 있었다. 에드메와 알랭은 바지춤에 끼어 있던 교복 셔츠의 밑단을 손으로 잡아 빼고 그 안에 막대기를 잔뜩 담아서 주머니처럼 불룩하게 만든 채로 걸어오는 중이었다.

"야, 앙리!" 에드메가 유쾌한 목소리로 앙리를 불렀다. 에드메가 잔디 위로 휙 날려 보낸 막대기가 앙리의 정강이를 때렸다. 이번에는 알랭이 막대기를 던졌고, 그 막대기는 앙리의 어깨에 맞았다. 머리를 감싸 쥐고 욕을 내뱉으며 꽁무니를 빼는 앙리의 뒤를 톰이 따라갔다. 도망치는 두 사람의 등을 향해 에드메와 알랭이 남은 막대기를 한꺼번에 던졌지만 막대기는 얼마 못 가고 바닥에 떨어졌다. 둘은 손바닥을 탈탈 털고서 원래 있었던 나무 그늘로 터벅터벅 걸어갔다.

화장실로 들어가 교복을 닦고는 점심시간이 다 끝나도록 건물 밖으로 나가지 않았다. 교복 재킷과 점퍼스커트가 세면대에 닿아 축축하게 젖어버린 데다 머리는 띵하게 아파왔다. 실제로 머리를 맞지는 않았으니 공 때문은 아니었다. 두통은 이를 하도 꽉 물어서 생긴 통증, 그러니까 수치심의 후유증이었다.

이런 식의 괴롭힘이 처음은 아니었다. 대개 괴롭힘은 학기 초에 가장 심했고, 앙리와 그 패거리가 지루해져서 다른 곳으로 눈을 돌리면서 점점 나아졌다. 이토록 우울한 걸 보니 그동안 내가 착각하고 있었구나 싶었다. 나는 드디어 괴롭힘이 완전히 끝난 줄 알았다. 나도 모르게 그렇게 생각하고 있었다. 그러나 달라진 건 없었고 나는 여전히 나였다.

에드메의 자리는 내 대각선 앞이었다. 그날 오후 지질학 수업 시간에는 피슈그뤼 선생님이 점판암, 편암, 편마암에 관해 설명하고 있었다. 어느 순간 에드메의 의자 밑에 놓인 가죽 케이스가 눈에 띄었다. 에드메는 교내의 작은 관현악단에서 바이올린을 연주했다. 그의 목덜미는 그늘진 모랫빛이었고, 머리카락은 이판암◆보다도 까맸다.

에드메와 알랭은 내게 살갑게 말을 건네진 않았지만 그렇다고 나를 놀리는 아이들도 아니었다. 둘은 학교에 들어오기 전부터 붙어 다니던 단짝이었다. 알랭은 우리 집에서 그리 멀지 않은 곳에 살고 있었다. 볼이 발그레하고 목청이 큰 알랭은 나처럼 머리카락이 붉었지만, 내 루비색 곱슬머리에 비하면 오렌지빛에 더 가까운 색깔이었다. 내가 조용해지기 전, 몇 년 전까지만 해도 우리는 클라르까지 함께 동네에서 어울려 놀기도 했다. 그때 알랭은 걸핏하면 자동

◆ 점토가 굳어져 이루어진 수성암으로 회색이나 검은 갈색을 띤다.

차에 사과를 던지며 키득거렸으나 나는 겁이 많아서 그러지 못했다. 알랭의 서슴없고, 방정맞고, 예측할 수 없는 모습은 그때나 지금이나 여전했다. 시도 때도 없이 일단 저지르고 보자는 식으로 장난을 쳐서 선생님의 매를 벌었지만, 그건 사람들이 좋아하는 알랭의 매력 포인트이기도 했다.

에드메의 집은 학교 근처였다. 그의 부모님은 수확 철이면 선과 포장 시설에서 사과와 복숭아를 상자에 포장하는 일을 했다. 겨울날엔 인도에 쌓인 눈을 치우고 소금을 뿌리는 모습을 종종 봤는데, 그때마다 두 분은 늘 함께였다. 동네 사람들은 에드메의 아버지와 어머니를 따로 지칭하는 법 없이 언제나 '피라 부부'라고 다정하게 불렀다. 어머니와 길을 걷다가 소일거리를 하는 피라 부부를 마주치는 날이 가끔 있었는데, 그럴 때면 두 분은 늘 먼저 반갑게 우리의 안부를 물었다.

피라 부부의 아들 에드메는 말투가 나긋나긋하고 골격이 두드러진 몸집에, 앞머리로 이마를 살짝 가리고 다녔다. 에드메가 우리 동네에서 보이는 날은 별로 없었다. 어쩌다 마주칠 때면 그의 옆엔 늘 알랭이 있었다. 어릴 때부터 단짝이었다는 사실을 모르는 사람이라면 둘이 친한 게 의외라고 여길 만했다. 알랭이 시끌벅적 떠들어댈 때도 에드메는 마치 생각에 빠진 사람처럼 길쭉한 눈에 갇힌 눈동자를 움직이고 있었다. 그렇다고 아주 수줍음을 타는 성격도 아니었다. 알랭이 엉뚱한 짓을 할라치면 에드메는 어쩔 수 없다는 듯 묘한 웃음기를 띠며 알랭의 장난에 동참했다. 우리가 여덟아홉 살이었던 2학년 때 있었던 일이다. 어느 날 아침에 보니, 알랭이 학교 앞

에 있는 자작나무에 기어오르고 있었다. 올라탈 만큼 큰 나무가 아
니라서 나무줄기들이 알랭의 몸무게를 이기지 못하고 흔들렸다. 그
런데도 알랭은 거의 꼭대기까지 올라가더니 거기서 플루트를 꺼내
들고 음악 시간에 배웠던 추모 송가를 엉망진창으로 연주했다. 그
때 나무 밑에 있던 에드메가 바이올린을 어깨에 받쳐 들고 자세를
잡았다. 그러고는 두 눈을 감은 채 이상한 멜로디로 알랭과 합주를
시작했다. 에드메의 바이올린 실력이야 그때도 모르는 사람이 없었
을 정도니 일부러 그러는 게 틀림없었다. 나는 새어 나오는 웃음을
참으며 내 자리인 벽을 향해 걸어갔지만 그 끔찍한 선율은 걷는 내
내 계속해서 귀에 들려왔다. 결국 어떤 선생님이 당장 그만두라고
호통친 뒤에야 둘의 합주가 끝났다. 그 일로 두 사람은 매를 맞았지
만 그리 심하게 맞지는 않았다. 피슈그뤼 선생님도 둘을 뭐라고 혼
내야 할지 얼른 판단이 서지 않았을 터였다.

　그날 수업이 끝나고 앙리나 톰과 나란히 걸어 나가기 싫었던 나
는 일부러 자리에 조금 더 남아 있었다. 그러다 피슈그뤼 선생님의
눈에 띄고 말았다. 선생님이 날 교실 앞으로 불렀다.
　"네가 제출한 에세이 읽었고, 추천하지 않기로 했다."
　선생님은 이 한마디만 남기고 가죽 가방에 책을 한 권 두 권 집어
넣기 시작했다. 내게 할 말은 그게 다인 것 같았다.
　"왜요?"
　밀려드는 패배감에 순간 내 본분을 잊고 주제넘은 질문을 하고
말았다. 피슈그뤼 선생님은 내가 하지 말아야 할 질문이라도 한 듯

짜증스러운 표정을 지었다.

"동부와 서부 중 어느 밸리에 방문하고 싶냐는 질문에 대답하지 않았잖니. 그저 연민의 말 몇 마디만 끄적여 놨더구나."

선생님이 나가면서 전등을 끄자, 교실 안에는 창문으로 들어오는 어슴푸레한 빛만 남았다. 그 자리에 가만히 서 있던 나는 창문 너머 운동장과 잔디밭과 연못을 내다보며 눈을 끔벅였다. 눈에 맺힌 눈물 때문에 모든 사물이 하나로 뭉개져 보였다. 금방이라도 눈물이 쏟아질 것 같았지만, 이를 악물고 꾹 참았다.

코트룸 옷걸이에 걸려 있는 책가방을 낚아채 밖으로 나갔다. 다들 집에 간 뒤라 운동장은 비어 있었다. 어머니가 퇴근하고 집에 오면 피슈그뤼 선생님이 뭐라고 했는지부터 물을 게 뻔했고, 나는 지금 집으로 가봐야 어머니를 기다리며 걱정하는 것 말고는 달리 할 일이 없었다. 어머니의 반응을 예상하지 않으려고 애썼다. 햇볕이 내리쬐는 잔디밭 건너편에는 아까 점심시간에 도망치고 싶었던 그 뒷산으로 가는 길이 나 있었다. 나는 가방을 둘러메고 학교를 등진 채 잔디밭을 가로질렀다. 빼곡한 소나무가 날 완전히 집어삼키도록 뒷산을 향해 계속 걸었다.

숲에 들어서자 앰버 향*이 풍겼다. 따뜻한 흙과 송진 냄새도 코를 찔렀다. 바닥에는 붉은 개미집이며 전나무 껍질, 흙으로 썩어들어 가는 나무 그루터기들이 한데 어우러져 있었다. 발바닥이 땅에 닿을 때마다 스펀지처럼 푹신푹신 공기가 통하는 느낌이 났다. 숨

◆ 소나무 향, 흙 향, 달콤한 향, 스파이시한 향 등이 풍부하다.

을 내뱉을 때마다 나뭇가지들이 삐걱거리며 응답했다. 걸을수록 서서히 호흡이 안정되었다.

뒷산에 들어오고 시간이 꽤 흘렀다. 어느 방향으로 얼마나 왔는지 기억나지 않았다. 계속 가다 보면 언젠가는 철책이 나오겠지만, 그러려면 적어도 2킬로미터는 더 올라가야 할 것이었다. 아직은 아래쪽이라 여전히 나무가 울창하고 경사도 완만했다. 소나무 그루터기 사이로 난 등산로를 따라 계속 걸었다. 흙바닥에는 고양이의 배털처럼 보드라운 회색빛이 감돌았다.

몇 분 더 올라가니 가파른 오르막이 나오기 시작했다. 경사면에는 사초와 돌멩이가 드문드문 흩어져 있었다. 더 높은 곳을 향해 고개를 들자 바위 능선이, 그 끄트머리쯤에 얇은 덤불 벽 같은 게 보였다. 우연히 생겼다고 하기에는 너무나 어울리지 않는 풍경이라 한번 가볼 심산으로 등산로를 벗어났다. 산호 빛 이끼로 뒤덮인 언덕을 저벅거리며 그 벽을 향해 올라갔다. 나무가 별로 없어서 햇빛을 피하려면 눈 위에 손차양을 만들고 다녀야 했다. 능선을 따라 걷다 보니 마침내 눈앞에 작은 요새 같은 조형물이 나타났다.

어린애들의 작품 같았는데, 반쯤 완성되었거나 반쯤 망가진 상태로 보였다. 한 면뿐인 벽에 가로로 놓인 통나무가 토대 역할을 하고 있었다. 통나무 위에는 나뭇가지 더미가 금방이라도 무너질 것처럼 쌓여 있었다. 어떻게 보면 새 둥지 같고, 또 어떻게 보면 둑 같기도 했다. 여기서 뾰족뾰족 튀어나온 나뭇가지들을 멀리서 보고 덤불 벽이라고 생각했던 것이었다. 가까이 다가가자 메마른 구릿빛 덤불이 바람에 바스락거렸고, 둥근 잎사귀가 종이 동전처럼 팽그르르 흩날렸다.

　버려진 요새는 평화로웠다. 요새의 흙바닥은 꺼끌꺼끌한 이끼와 반짝이는 석영으로 뒤덮여 있었다. 나는 그늘을 찾았다는 사실에, 그리고 저 아래에선 내가 보이지 않으리라는 사실에 감사하며 바닥에 자리를 잡고 앉았다. 조금만 치우면 제법 말끔할 것 같았다. 또 새 잎사귀를 모아다가 나뭇가지 장벽을 두껍게 보완하면 꽤 그럴듯할 것 같았다. 밑을 받치고 있는 통나무의 껍질이 살짝 벗겨져 있었고, 그 사이 속살에 얕게 패인 선이 보였다. 벌레들이 이상한 각도로 기어다니면서 남긴 흔적 같았다. 통나무에 등을 기대자 저절로 눈이 감겼다. 나는 책가방을 베고 누워서 벽 틈으로 가볍게 들어오는 바람 소리에 귀를 기울였다.

　발소리에 눈꺼풀이 벌어졌다. 누군가 등산로를 지나가고 있었다.
　대화 소리가 들리긴 했지만, 그들의 목소리는 능선을 따라 떠다니다 이내 흩어져 버렸다. 이 정도로는 밖에 사람이 있다는 사실 외에 알 수 있는 정보가 없었다. 사람들은 금세 사라졌다. 어른 목소리 같았다. 학교 뒷산에 어른이 드나드는 건 흔한 일이 아니었다.
　겨우 한 시간쯤 자고 일어났을 뿐인데 어쩐지 낮에 있던 일이 더욱 강렬하게 느껴졌다. 자고 일어나면 더 심해지는 근육통처럼. 앙리의 조롱과 피슈그뤼 선생님의 모욕적인 거절이 더욱 매섭게 느껴졌다. 일어나 교복을 털었다. 낮게 걸린 해가 요새의 벽 뒤쪽으로 날카롭게 기울어 있었다. 서쪽 하늘에 걸린 해는 이미 뉘엿뉘엿 저물었고, 더위의 후유증에 시달리는 우리 밸리는 짙은 한숨을 내뿜고 있었다. 나는 다시 비탈길을 내려와 등산로에 합류해 산에서 내려왔다.

학교로 돌아와 보니 운동장 잔디가 깨끗하게 깎여 있었다. 창고 문을 잠그고 있는 관리인이 보였다. 곧 4시 반이었다. 조금 있으면 어머니가 집에 올 시간이었다. 나는 시간을 벌기 위해 운동장 주변을 하염없이 걸었다. 그러는 사이 관리인은 차에 시동을 걸고 학교를 벗어났다. 멀리서 음악 소리가 들렸다. 합주 중인 것 같았는데, 음이 조금 안 맞았다.

그네가 눈에 들어왔다. 보통은 어린애들 차지였지만, 가끔 우리 학년 애들도 그네를 타고 놀았다. 그럴 때면 애들은 안장에 두 발로 서서 앞뒤로 몸을 힘차게 구르다가 가로대만큼 높이 올라간 순간, 절벽에서 다이빙하듯 톱밥 바닥으로 뛰어들곤 했다.

까만 고무 안장에 묻은 신발 자국을 닦아낸 다음 그네에 앉자, 쇠사슬이 삐걱삐걱 울었다. 처음에는 무기력하게 살살 몸만 흔들던 나는 어느 순간 탄력이 붙기에 뒤꿈치를 살짝 들었다. 한두 번 짧게 발을 굴렀더니 가만히 있어도 그네가 알아서 높이 올라가기 시작했다. 맥없는 동작을 몇 차례 반복했을 뿐인데 이처럼 강한 힘이 생겨난다는 사실이 놀라웠다. 그토록 고된 하루를 보내고도 나는 발끝을 높이 세웠다.

그네는 금세 가로대 높이에 가까워졌다. 그만큼 올라가니 귓속에 바람이 들어갔다. 눈물이 그렁그렁 맺힌 눈으로 운동장 너머를 내다보았다. 방금까지 보이던 연못이 순식간에 하늘을 담은 풍경으로 변했다. 중력의 한계선에 다다르면 완벽한 고요가 느껴진다. 그네가 가장 높은 지점을 향해 올라가는 그 순간, 곧 다가올 느낌을 떠올리니 살짝 긴장됐다. 그네는 이내 고꾸라지듯 내려갔고, 그러자 연못의 풍경도 시야에서 사라졌다.

다시 한번 높이 올라갔을 때 부들밭 너머로 보이는 모습에 나는 화들짝 놀라고 말았다.

틀림없이 사람 세 명이 연못 물을 밟고 서 있었다. 아니, 적어도 내 눈에는 그렇게 보였다. 세 사람 모두 얼굴에 검은 마스크를 쓰고 있었다. 남자 두 명에 여자 한 명. 서 있는 자세로 봤을 때 젊은 사람은 없는 것 같았다. 남자 한 명은 헌병대의 녹색 제복을 입고 있었고, 나머지 둘은 방문객이 입는 헐렁한 튜닉⁎ 차림이었다. 녹색 군복을 입은 남자가 여자 쪽으로 상체를 기울이는 모습이 보였다. 남자에게 대꾸하려는 건지 여자가 마스크를 벗으려 하자 제복 차림의 남자가 재빠르게 여자의 마스크를 다시 씌웠고, 그 바람에 여자가 균형을 잃고 휘청거렸다. 이제 보니 세 사람은 연못 물을 밟고 서 있는 게 아니라 연못가에 툭 튀어나온 갈대밭에서 서서 넘어지지 않으려 바둥거리고 있었다. 여자가 물에 빠지려고 하자 튜닉 차림의 남자가 여자의 팔을 붙잡았다.

온몸에 소름이 끼쳤다. 그네가 아래로 내려가자마자 놀이터 바닥에 발꿈치를 세게 대고 쭉 끌었다. 그네에서 너무 급하게 뛰어내린

⁎ 고대 그리스와 로마에서 남녀 공용으로 착용했던 의복으로, 목에서 무릎까지 내려오는 가운 형식의 옷.

탓에 균형을 잃어 비틀거리면서도 학교 모퉁이를 향해 잰걸음으로 걸어서 도착하기 무섭게 뒤를 돌아봤다. 땅으로 내려왔는데도 운동장 너머로 그 사람들이 보였다.

이전에도 마스크 쓴 사람들을 본 적이 있었지만, 이번처럼 주변에 아무도 없이 나 혼자 있을 때 본 건 처음이었다. 대체 무슨 상황인 걸까 차분히 생각해 봤다. 아까 산에서 들리던 대화도 저들의 목소리였을 테니 동부 철책 너머에서 온 사람들일 공산이 컸다. 학교 옆에서 기다리는 걸 보아하니 아무래도 누군가의 학부모일 것 같은데, 두 명인 걸 보면 우리 부모님일 리는 없었다. 부디 날 찾아온 사람들이 아니기만을 바라며 총총걸음으로 텅 빈 교실 창문을 지나 걸었다. 그러나 왠지 그들의 눈빛이 낯설지가 않았다. 코트룸 문 옆을 지나친 순간, 바이올린 케이스를 들고서 모퉁이를 돌아 나오는 에드메와 마주쳤다.

보자마자 알았다.

마스크가 올라갈 때 보였던 건 피라 아주머니의 입술이었다. 아주머니가 넘어지지 않도록 서둘러 잡아주던 남자는 피라 아저씨였다. 심장이 두근거렸다. 방문객은 피라 부부였다. 피라 부부, 나와는 조금도 상관없는 피라 부부였다.

그리고 지금 내 앞에서, 그 두 사람의 아들이 손바닥을 들고 가볍게 흔들었다.

"오딜, 안녕."

목소리가 나오질 않았다. 겨우 몇 발짝 앞에 서 있던 나는 두 팔로 배를 감싸 쥐었다. 우리 둘은 서로 마주 보고 있었다. 에드메와 연못 사이를 가로막고 있는 건 나뿐이었다.

에드메가 이상하다는 듯 눈썹을 찌푸리며 내 표정을 훑었다. "어디 아파?"

"아, 아니. 괜찮아."

도대체 왜인지 그 자리에 박혀버린 말뚝처럼 몸이 굳었다. 헤어질 타이밍을 놓친 것 같았다. 에드메도 똑같이 생각하는 것처럼 보였다. 에드메가 웃으며 말했다.

"괜찮다니 다행이네." 에드메는 어색함을 참아내고 태연하게 대답했다. 그의 미소를 따라 올라가는 내 입꼬리가 왠지 한 줄기 햇빛처럼 가볍고 편안했다.

"여기서 뭐 해?" 에드메가 물었다.

"그냥 집에 가는 길이야."

"다른 날엔 학교 끝나고서 여기로 잘 안 오잖아."

"아, 오늘은 뒷산으로 산책 갔다 왔거든."

"오, 나도 거기 좋아하는데."

마찬가지라는 의미로 고개를 끄덕이면서 빼곡하게 선 나무를 쳐다보았다. 곁눈질로 보니 그가 자세를 살짝 바꿔서 짝다리를 짚는 것 같았다.

"있잖아." 나는 잠시 말끝을 늘이다 덧붙였다. "내가 뭘 하나 찾았거든. 저기에 요새 같은 게 있어."

"그래?"

"응. 어린애들이 만들었나 봐. 대단한 건 아니고 그냥 벽 하나가 전부긴 한데, 등산로에서 좀 벗어난 데에 있더라."

얼굴이 화끈거리기 시작했다. 이게 무슨 유치한 얘기람. 그러나 에드메는 자기도 언제 한번 보고 싶다고 대답했다. 그게 나와 함께 가고 싶다는 의미인지는 모르겠기에 그 말에는 대꾸하지 않았고, 에드메도 따로 설명을 덧붙이지 않았다. 그는 악기 케이스를 다른 손으로 바꾸어 들더니 한 번 더 씩 웃었다.

"집에 가는 길이면 같이 갈래? 연습이 좀 일찍 끝나서 알랭 집에 나 들러볼까 하는데."

에드메가 몸을 돌리고 가만히 서서 내가 옆으로 오길 기다리는 걸 보니 아무래도 내가 좋다고 대답했던 모양이다. 그렇게 우리 둘이 놀이터도 연못가도 지나지 않고 곧장 운동장을 떠난 걸 보니 아무래도 내가 그의 옆으로 다가갔던 모양이다.

도롯가 자갈길을 걷는 에드메의 얼굴에 강한 태양빛이 그림자를 드리웠다. 그의 뒤로 호수가 반짝거렸다.

우리 집은 학교에서 겨우 10분 거리에 있었다. 최소한 그 10분 동안은 아까 목격한 장면의 의미를 헤아리지 않으려고 꾹 참았다. 에드메를 옆에 두고 그런 생각을 한다는 건 잘못 같았고 또 무례한 일 같았다. 나는 최대한 아무렇지 않은 척하려고 무척 애썼다.

에드메는 벌써 실습 나갈 학년이 되었다는 게 믿기지 않는다며 내게 어디에 지원했느냐고 물었다.

이걸 어떻게 말해야 하나. '자문 기관'이라는 단어를 입 밖에 내자마자, 다 망쳤다는 소식까지 전하기도 전에 에드메가 휘파람을 불었다.

"자문관이라니 잘 어울린다. 우리도 널 보면서 참 똑똑한 애라고 생각했어."

부끄럽기도 하고 기쁘기도 했다. "우리라니 누구?"

"뭐, 나랑 알랭이지. 근데 다른 애들도 분명히 그렇게 생각할걸. 넌 매사에 진지하잖아. 미안, 이렇게 말하면 좀 그런가?"

빨리 주제가 바뀌었으면 했다. 나는 푹 숙인 고개를 가로저으며 애써 웃으며 물었다. "너는?"

"아, 그게 좀 복잡해. 나는 음악원에 지원하고 싶어. 이번에 작곡-연주 통합 과정이 생겼거든. 그런데 부모님은 내가 정육점에서 일하는 것처럼 뭐 그런 실용적인 일을 하길 바라셔서." 에드메는 한 손으로 바이올린 케이스를 높이 들고, 다른 한 손으로 허망하다는 손짓을 했다.

"그것도 썩 나쁘진 않을 거야. 우리 아버지가 예전에 식품점에서 일하셨거든."

"응, 나도 들었어."

사소한 주제였지만 이렇게 대화를 나누니 친해진 느낌이 들었다. 아늑한 고요 속에 에드메의 발끝이 자갈을 걷어차는 소리가 울렸다. 지는 해가 먼 능선에 걸려 있었다.

"그래서 어떻게 하려고?"

에드메는 케이스를 흔들며 내 앞으로 껑충 뛰었다. 남자답고 날렵한 움직임이었다. "나도 몰라. 두고 보면 알게 되겠지. 저기 가서 보고 올 수 있으면 좋겠다." 그는 고갯짓으로 저 멀리 보이는 산을 가리켰다.

내 심장이 조여왔고, 에드메는 말을 이었다. "그래도 오디션은 보게 해주시겠대. 합격하고 나면 더는 정육점 차리라고 안 하시겠지. 그러니까 앞으로 2주 동안 연주 레퍼토리를 완벽하게 준비해야 한다는 말이야."

지금도 충분히 잘한다고 말하고 싶었다. 그러나 혹여 내 진심이 겉치레처럼 들릴까 봐 아무 말도 하지 않았다. 어느새 우리는 우리 집 진입로 앞에 도착해 있었다.

"같이 와줘서 고마워." 에드메가 말했다.

"응."

그의 까만 눈동자가 생기 넘치게 빛났다. "내일 봐!" 에드메는 손가락으로 악기 케이스를 살짝 두드리고는 언덕을 따라 계속 걸어 내려갔다.

3장

어머니는 나를 보자 피슈그뤼 선생님에게 에세이를 제출했는지부터 물었다. 나는 그랬다고 웅얼거렸다. 어떻게 되었느냐고 묻지 않는 걸 보니, 결과가 나오려면 어느 정도 시간이 걸리겠다고 생각하는 모양이었다. 대신 어머니는 내 글쓰기 전략을 재차 칭찬했다. 개인적인 비극을 냉철한 관점으로 바라본, 아주 잘 쓴 글이라고 했다. 그러면서 격려하는 표정으로 나를 한 번 쳐다본 뒤 다시 양파를 썰기 시작했다. 곧 맛있는 냄새가 집 안에 퍼졌다. 그제야 배가 고프다는 사실을 깨달았다. 점심에 샌드위치를 바닥에 떨어뜨리는 바람에 아무것도 먹지 못한 상태였다. 식탁에서는 심사 프로그램 얘기를 꺼내지 않고 그저 밥 먹는 데에만 집중했다. 어머니는 기록보관실의 동료가 일주일째 병가를 내는 바람에 집으로 가져와서 해야 할 일이 많다며 불평을 늘어놓고 있었다. 자문 기관 이야기는 한마디도 나오지 않았지만, 나는 설거지를 하면서도 혹시 부엌을 뜨기 전에 어머니가 그 얘기를 꺼낼까 봐 내내 불안했다. 허겁지겁 그릇들을 헹구고 닦다가 하마터면 접시를 바닥에 떨어뜨릴 뻔하기도 했다. 부엌일을 마치자마자 최대한 빠르게 내 방으로 들어가 문을 닫았다.

에드메의 부모님이 이곳에 왔다는 게 어떤 의미인지 나는 알고 있었다. 에세이 주제가 아닌 현실에서, 다른 밸리의 방문을 승인받을 수 있는 사유는 사별뿐이었다. 산 너머, 20년 이후인 동부 밸리의 세상에는 에드메가 죽고 없는 게 틀림없었다.

피라 부부를 알아봤던 그 순간, 나는 그들이 나를 찾아온 사람들이 아니라서 다행이라고 마음을 쓸어내렸다. 그러나 이제는 죄책감이 들었다. 그러고 보니 에드메에게 앙리와 톰을 쫓아줘서 고맙다는 인사도 건네지 않았다. 에드메가 내게 다시 말을 걸어준다면 그때는 꼭 고맙다고 말해야 했다.

검은 마스크는 사람의 얼굴보다 커서 멀리서 보면 무척 기괴했고, 어떻게 보면 무섭기도 했다. 이는 마스크 쓴 사람이 누구인지 알아보지 못하게 하려는 수단이라고, 어릴 적 지리 시간에 마스크 이야기가 나와 겁먹은 우리에게 피슈그뤼 선생님이 알려주었다. 선생님은 사람들에게 겁주기 위해서 마스크를 만든 게 아니라고, 마스크를 쓰고 있는 이들은 우리처럼 평범한 사람들이라고 했다. 그러나 여전히 마스크를 보면 어딘가 불안해지는 건 어쩔 수 없었다.

마을 근교에는 방문객을 위한 전망대 역할을 하는 장소가 곳곳에 있었다. 공식적인 장소는 아니었지만, 인접한 밸리에서 온 헌병이 방문객을 주로 데리고 가는 관망 장소가 몇 곳 있었다. 그런 장소는 주민들의 주거지와 가까우면서도 너무 가깝지 않은, 적당히 떨어진 곳에 있었다. 외부인들은 보통 공원 맨 끝 미루나무 뒤에 숨어 대기했다. 푸른 하늘 아래 탁 트인 들판에서 피크닉을 즐기는 사람들의 모습, 축구나 페탕크◆를 하는 사람들의 모습이 훤히 내려다보이는 장소였다. 언젠가는 검은 마스크를 쓴 사람들이 길드홀● 창문 밖으로 마을 광장을 내려다보는 모습을 본 적이 있었다. 그들은 누군가가 광장을 지나가길 기다리고 있었다. 검은 마스크를 발견하자마자 사람들은 곧장 시선을 돌렸지만, 나는 그러면 안 된다는 걸 알면서도 몰래 뒤에 숨어 한참을 지켜보았다. 마스크를 쓴 그들은 주민의 일상을 방해하는 존재였다. 유리 너머로 어렴풋이 보이는, 무표정한 얼굴. 그 얼굴을 본 사람들은 왠지 그날 불길한 일이 생길 것 같다고 걱정하며 불안해했다.

에드메의 얼굴이 아파 보이지는 않았다. 또 음악원에 가고 싶은데 부모님이 반대한다고 얘기할 때도 썩 편안하고 여유 있어 보였다. 극단적인 일을 벌일 것 같은 사람 같지는 않았다. 1년 전에 시내에서 온 전학생이었던 이베트 크레시가 죽었다. 그러나 이베트는

<hr />

◆ 프랑스에서 유래한 구기 종목으로 금속 공을 목표물에 근접하게 던져서 점수를 매긴다.
● 중세 상인들의 길드 본부 건물을 의미하는 용어이나 지금은 시청이나 회의장, 공연장 등을 뜻하는 단어로 사용된다.

이미 큰 병에 걸려 있어서 사람들이 깜짝 놀라지는 않았다. 이베트가 생전에 어머니의 부축을 받으며 느릿느릿 걸어가는 모습을 두어 번 본 적이 있었는데, 발이 땅에 닿는 것 같지도 않을 만큼 야위고 병든 모습이었다.

그때도 마스크를 쓴 사람들이 우리 밸리에 찾아왔었다. 직접 본 건 아니었고, 헌병 한 명과 어른 두 사람이 공원 미루나무 근처에 서 있었다고 마리 발렌티가 말하는 걸 들었다. 이 소문은 공공연한 비밀처럼 소곤소곤 퍼져 나갔다. 그들이 지켜보고 있던 걸 알았더라면 틀림없이 이베트도 어떤 상황인지 눈치챘을 터였다. 물론 원칙상 그들이 누구고, 또 누구를 찾아왔는지를 우리가 알아서는 안 됐다. 마스크 쓴 사람들이 눈에 띄는 곳에 있을 땐, 누구를 보고 있는지조차 알 수 없을 만큼 정신없이 분주한 상황이었다. 게다가 옷차림이 똑같아서 그들이 동부에서 온 사람들인지 서부에서 온 사람들인지 분간할 수도 없었다. 뒷산의 동부 철책 근방에서 그들의 대화 소리를 우연히 엿들어서 그들이 망자를 보기 위해 왔다는 걸 알게 된 경우가 아니라면.

교복을 갈아입지도 않고 침대에 그대로 누웠다. 그 상태로 커튼을 치려고 창가로 데굴데굴 굴러갔다. 작은 나방 한 마리가 누비이불 위를 돌아다니고 있었다. 날개를 접은 모양이 꼭 로스트 애로◆ 같았다.

마리 발렌티가 마스크 쓴 사람들을 목격했던 건 늦가을이었다.

◆ 머리 부분에 구멍이 뚫려 있는 등산용 장비의 한 종류. 암벽을 등반할 때 크랙 사이에 박아 넣어 사용한다.

그리고 이베트는 이듬해 봄까지 살아 있었다. 에드메에게 무슨 일이 일어난다고 하더라도 아직은 시간이 있었다. 그래도 여전히 가슴이 답답했다. 블라우스 속으로 손을 넣고 가슴을 문질러 봤지만, 손가락이 피부에 닿자 오히려 더 답답해질 뿐이었다. 단순한 연민의 감정이 아니었다. 이름 모를 어떤 불안이 온몸에 진동했다.

다른 생각을 해보려고 숙제를 꺼냈다. 새 학기가 되고 겨우 이틀째였는데도 피슈그뤼 선생님은 벌써 논리 문제를 잔뜩 내주었다. 세월아 네월아 증명을 검토하고 틀린 데를 찾아내고 오류를 수정하고 있었는데, 어느새 보니 내가 연필을 벅벅 그어 종이를 새까맣게 칠하고 있었다. 그러다 틈만 나면 고개를 들어 멍하니 천장을 쳐다보고 있었다. 안 되겠다 싶어 주방으로 나가 숙제를 마저 할 요량으로 종이를 한데 모았다.

9시가 넘은 시간이었다. 어머니는 여전히 파일 상자를 앞에 두고 웅크린 채 식탁에 앉아 있었다. 나는 식탁 매트를 옆으로 치운 뒤 어머니 맞은편에 숙제를 내려놓았다. 어머니가 의자 등받이에 등을 기댔다.

그러고는 한숨을 푹 쉬었다. "우리 꼴 좀 봐라. 와인이나 한 잔 더 해야지."

어머니는 새 와인병을 따서 자기 잔을 채웠고, 가끔 그랬듯 한 잔을 더 채우더니 밀어서 내 숙제 옆에 놓아주었다. 나는 눈살을 찌푸리며 오늘 밤엔 맑은 정신으로 생각할 게 있다고 약간 불퉁거렸다.

어머니는 어리둥절한 표정이었다. "그래, 네 말이 맞다."

어머니가 와인을 홀짝이며 나를 쳐다보고 있는 것 같아서 일부러

더욱 숙제에 몰두했다.

"다 잘될 거야." 어머니가 속삭이듯 말했다.

손을 잠시 멈추고 고개를 들었다. 어머니의 눈에는 피로가 가득했고, 와인 잔 바닥은 짙은 보랏빛으로 물들어 있었다. "두고 봐라, 오딜. 네가 어떤 앤지 알고 나면, 자문관들이 널 붙잡지 못해 안달이 날 거야." 알고 보니 어머니는 내가 아니라 파일 상자를 쳐다보고 있었다.

그때라도 피슈그뤼 선생님이 뭐라고 했는지 솔직히 털어놨어야 했지만, 어머니가 나를 이토록 다정하게 대하는 경우는 무척 드물었다. 나는 와인 잔을 향해 손을 뻗어서는 어머니의 잔에 부딪히며 건배했다.

얼마 뒤 어머니는 남은 와인을 그대로 두고 파일만 챙겨 침실로 들어갔다. 나는 논리 숙제가 다 끝날 때까지 열심히 연필을 놀렸다. 숙제를 마친 다음엔 내일 제출할 페이지를 연습장에서 살살 뜯은 뒤 이름을 적었다. 늘 내 이름이 촌스럽다고 생각해서 쓸 때마다 작게 갈겨 썼는데, 그러다 보니 어느새 습관이 되어버렸다. '오딜 오잔.' 알파벳들이 서로 기대어 자기 존재를 숨기려는 듯 한데 옹송그려 있었다. 내 이름은 에드메의 입을 타고 나올 때 훨씬 듣기 좋았다. '오딜, 안녕.'

이미 와인 한 잔을 다 비웠지만 한 잔 더 마시기로 했다. 그 애 이름은 참 근사했다. 에드메 피라. 소리 내어 발음해 보면, 음절 하나 하나 뱉을 때마다 약속이라도 한 것처럼 입술이 벌어졌다. 그 이름을 내 연습장에 써보고 싶었다. 그냥 나만 볼 수 있게 이름을 써 놓고 싶다는 묘한 유혹을 애써 떨쳐냈다. 지난 몇 년 동안 나에게 상냥하게 대해준 친구는 에드메가 처음이었다. 사실 아주 어릴 때를 제외하면 그런 친구가 단 한 명도 없었다. 그런데 에드메에게 조만간 무슨 일이 일어날 예정이고, 그 사실을 아는 사람이 나밖에 없었다니. 앞으로 에드메의 얼굴을 어떻게 봐야 할지 암울했다. 내 눈빛을 보고 혹시라도 에드메가 눈치채면, 그땐 어떡하지?

에세이에 나는 다른 밸리에 방문해서 좋을 게 없다는 주장을 펼쳤다. 그걸 읽은 피슈그뤼 선생님은 내가 제대로 대답하지 않았다고 말씀하셨다. 그러나 이제 보니 그건 내가 생각했던 것보다도 더 옳은 판단이었다. 다른 밸리에 방문하는 건 자제해야 한다. 에세이에 썼듯이 방문객들이 위안을 얻지 못할 수도 있을뿐더러 방문객을 보게 되는 주민들에게 쓸데없는 부담까지 줄 수 있기 때문이다. 자칫 잠시라도 마스크를 들어 올리는 순간 방문객의 얼굴이 노출되어 그들을 알아보는 사람이 있을 수 있고, 익숙한 자세를 보고 그들의 정체를 눈치채는 사람들도 있을 것이다. 그러는 순간 사람들은 이웃에게 말 못할 끔찍한 비밀을 갖게 된다. 그 비밀은 머릿속에 있던 다른 모든 생각을 집어삼키고 온전한 정신을 갉아먹는다. 그래서 비밀을 품고 산다는 건 끔찍한 일이다. 게다가 모든 주민이 그 비밀을 지킬 만큼 입이 무겁거나 신중할 리도 없다.

식탁 위에 걸려 있는 전등이 깜빡거렸다. 병에 남은 와인을 내 잔에 마저 따랐다. 마치 두피에 불이 붙은 것 같은 묘한 느낌이 온몸에 퍼졌다. 비난이나 분노를 넘어서는 감정이 덮쳤다. 그건 피슈그뤼 선생님을 향한 경멸이었다. 성의 없는 거절에 대한 경멸, 제대로 대답한 내게 질문을 피했다며 퍼부은 비난에 대한 경멸이었다. 나는 연필을 세게 쥐고 공책을 펼친 뒤 그런 선생님을 비난하며 밸리를 벗어나지 않겠다는 의견을 더욱 강하게 써 내려갔다. 나는 내 주장을 철회할 생각도, 피라 부부의 관망을 방해하게 된 일을 사과할 생각도 없었다. 내가 보고 싶어서 본 것도 아니었으니까. '위험성', '위험 요소', '전지前知'와 같은 낱말에 깊은 경멸을 담아 진하고 거칠게 동그라미를 여러 겹 쳤다. 그러고는 에드메의 이름을 적었다.

4장

그날 밤 꿈에 학교 놀이터가 나왔다. 마치 밤에 그네를 타러 학교에 다시 간 것 같았다. 마스크를 쓴 사람들이 보이지는 않았지만, 그들이 주변에 있다는 사실을 나는 알고 있었다. 구름이 어찌나 눈부신지 거의 노란빛을 띠고 있었다. 하늘에선 달궈진 프라이팬에 기름을 두른 듯 치익거리는 소리가 났다.

아침에 눈을 떠보니 땀에 흠뻑 젖은 이불이 몸에 둘둘 말려 있었다. 밤에 마신 와인 때문에 입이 잔뜩 말라 있었다. 혓바닥은 널빤지 같았다. 몸을 뒤척이자 눈 뒤편에서 통증이 일었다. 와인 한 병을 다 마신 기억이 얼핏 뇌리를 스쳤다. 날 선 햇살에 학교까지 실눈을 뜬 상태로 걸어갔다. 도착한 후에는 건물 외벽에 기대어 서서 수업 종이 울릴 때까지 가만히 눈을 감고 있었다.

알랭이 엉덩이를 통로 쪽으로 쭉 빼고 에드메의 책상 근처를 어슬렁거렸다. 어제 오후 이후로 에드메가 딱히 알은체하지는 않았는데, 머리가 너무 아파 수업 전까지 가만히 있을 수 있어서 차라리 다행이었다. 뤼시앵이 종이 한 뭉치를 들고 스쳐 지나가자 그제야 제출할 숙제가 있었다는 사실이 생각났다.

교실 앞으로 나가 선생님의 책상 앞에 서서 공책을 펼쳤다. 쌓여 있는 숙제 더미 위에 내 숙제를 얹으려고 어제 찢어둔 페이지를 집어 들었는데, 그 밑에 깔린 종이에 지난밤 술에 취해 끄적거려 놓은 글씨가 보였다. 선생님에게 쏟아부은 의로운 비난이 적힌 그 종이에는 붉은 얼룩이 유리잔 모양으로 묻어 있었다. 스프링 노트에서 뜯어놓기만 하고 아직 찢어 버리지 않았었다. 나는 논리 증명 숙제가 적힌 종이로 서둘러 그 페이지를 가렸다. 그때 누가 내 어깨를 툭툭 찔렀다.

"어때, 잘한 것 같아? 자신감 점수는? 10점 만점에 몇 점?"

알랭이 나를 뚫어질 듯 쳐다보고 있었다. 무슨 소리인가 싶었던 나는 이내 숙제 얘기라는 걸 깨달았다.

알랭의 말을 따라 했다. "자신감 점수라…… 글쎄, 6.5?"

그러자 알랭이 생각에 잠긴 듯 대답했다. "6.5라. 반쯤 믿을 만하다는 거군. 좀 베껴도 괜찮지? 피라의 친구면 내 친구나 마찬가지잖아. 친구끼리 살짝 베끼는 정도만……."

나는 잽싸게 반응하는 데 실패하고 말았다. 그 틈에 알랭이 내 손에 들린 숙제를 낚아챘다. 알랭은 나를 등지고 선생님의 큼직한 참나무 책상에 엎드려 내 숙제를 베끼기 시작했다. 나는 그저 우두커니 서 있었다. 그때 피슈그뤼 선생님이 복도를 걸어오는 발소리가 들려왔다.

"아, 제기랄." 알랭이 문을 힐끗 쳐다보고는 한숨을 쉬었다. 선생님이 교실로 들어오는 순간 알랭은 숙제를 끼워 넣은 다음 종이 더미의 가장자리를 톡톡 두드려 가지런히 정리했다. 우리 둘 다 눈을 내리깔고 각자 자리로 돌아갔다. 에드메 옆을 지나가면서 보니, 그는 소리 내지 않고 웃고 있었다.

놀이터의 마른 땅이 잡초가 무성한 습지로 변하는 경계에서 연못을 둘러싼 길을 따라 걸었다. 말라 죽은 나뭇가지가 물가로 늘어져 있는 모습이 꼭 짐승의 발톱처럼 보였다. 그렇게 나는 점심시간의 소란함으로부터 점점 멀어졌다.

방문객들이 서 있던 자리에 도착하는 데는 그리 오래 걸리지 않았다. 제방에서 몇 걸음 아래로 내려가니 갈대밭 일부가 물가로 이어져 자연 부두를 만들고 있었다. 바닥을 발끝으로 쿡쿡 찔러본 다음 내 무게를 싣고 섰다. 갈대 사이로 질펀한 진흙이 비죽 올라왔다. 발자국도, 담배꽁초도 없었다. 사람이 다녀간 흔적은 보이지 않았다. 밝은 주황빛을 띤 오동통한 올챙이들이 얕은 물 속에서 천천히 움직이고 있었다.

연못에서 돌아오는 길에 운동장 가장자리에 선 에드메와 알랭이 보였다. 알랭의 발치에는 가죽 공이 놓여 있었다.

"이게 누구야, 내게 기꺼이 손을 내밀어 준 오잔 양이 아니신가."
알랭이 말했다. 진심으로 하는 말인지 언제나처럼 비꼬는 말인지
도통 알 수 없는 말투였다.

에드메가 곁눈질로 나를 봤다. "너 알랭한테 두 번 다시 숙제 보
여주면 안 되겠다. 애는 도와줘도 그때뿐이야. 글을 읽고 쓸 줄이나
아는지 모르겠다니까. 글씨를 쓰는 건지 그림을 그리는 건지."

"아하, 그걸로 재미 좀 볼 수 있겠는걸." 내가 맞장구쳤다.

"꺼져! 야, 너도 인마." 알랭이 우리 둘을 차례차례 가리키며 쾌활
하게 말했다. 그러고는 발끝으로 공을 띄워 허공으로 찼다.

에드메가 알랭을 무시한 채 말을 이었다. "거기 궁금하던데. 전에
네가 발견했다던 요새 있잖아. 우리한테 보여줄 수 있어?"

"물론이지." 금세 내 얼굴이 붉어졌다. "근데, 그러니까 내 말은,
특별한 건 아닌데."

종소리가 운동장을 가로질러 울려 퍼졌다. 알랭이 잡초 속으로
공을 쑤셔 넣었다.

"학교 끝나고 갈래?" 에드메가 물었다.

"오늘? 응, 그러자."

나는 교실에 들어가 앉아 공책을 펼치고 깨끗한 면을 찾아 페이
지를 넘겼다. 귀퉁이에 오늘 날짜를 적고 있는데, 그제야 그 와인 얼
룩이 묻은 종이가 사라졌다는 걸 깨달았다. 알랭이 내 숙제를 낚아
채 선생님 책상 위 숙제 더미에 끼워 넣었던 게 생각났다.

교실 앞쪽을 보았다. 종이 더미는 이미 사라진 뒤였다.

공책과 책상 서랍 안, 다시 공책 사이사이를 샅샅이 뒤졌다. 내가 뭐라고 썼는지 전부 다 기억나진 않았지만, 드문드문 문장 하나하나가 선명하게 떠오르면서 속이 메스꺼워졌다. 그 종이에는 경멸이 너무도 짙게 깔려 있었다. 피슈그뤼 선생님보다 내 판단이 더 우월하다는 주장이 담겨 있었다. 설상가상으로 내가 피라 부부를 목격했다는 사실까지 쓰여 있었다. 선생님은 알아서는 안 될 정보를 나 때문에 알게 됐다며 날 불러다 혼낼 게 뻔했다. 틀림없이 매를 맞게 될 것이었다. 그다음은? 이렇게 큰 잘못을 저지르면 무슨 처벌을 받지? 전혀 감이 오질 않았다. 피슈그뤼 선생님은 대개 회초리를 들었지만, 이 정도로 심각한 잘못을 저지른 학생을 혼내는 모습은 본 적조차 없었다.

그날 수업이 끝날 때까지 책상에 얼굴을 처박고 있었다. 딱 한 번, 문제를 빨리 푼 다음 큰마음을 먹고 살짝 고개를 들었다. 그때 에드메는 뺨이 종이에 닿을락 말락 하게 거의 엎드리고 글씨를 쓰느라 바빴다. 곁눈질로 보니 피슈그뤼 선생님이 에드메를 쳐다보는 것 같았는데, 도저히 확인할 엄두는 나지 않았다. 선생님을 보지 않으려다가 실수로 앙리를 힐끗 쳐다봤다. 앙리는 손바닥으로 고무공을 굴리다가 나를 보고는 너무 지루하다는 듯 눈썹을 치켜떴다.

그날은 시곗바늘도 참 더디게 갔다. 1시 반, 2시 반. 숙취가 점점 사라지는 줄 알았는데, 그게 아니라 머리의 통증이 밑으로 내려가 위장에서 두려움과 한데 뒤엉키고 있었다. 나는 자리에 앉은 채 가련하게 몸을 배배 꼬아댔다.

마침내 끝종이 울렸다. 다른 아이들 틈에 섞여 교실을 빠져나가려는데, 피슈그뤼 선생님이 내 이름을 크게 불렀다.

도망갈 길이 없었다. 썰물처럼 교실을 빠져나가는 애들의 틈바구니에서 나 혼자 교실 앞쪽을 향해 몸을 돌렸다. 선생님은 당장이라도 나를 잡아먹을 것처럼 양손을 책상에 짚었다. 그러나 날 잡아먹는 대신 한 번 더 큰 소리로 외쳤다. "베르디에!"

당황스러운 마음에 뒤를 돌아보자 조가 놀란 얼굴로 쥐스틴을 쳐다보고 있었다. 부리나케 달려 들어온 조는 윤기 나는 검은 머리칼을 매만지며 긴장한 얼굴로 날 향해 방긋 웃었다. 무슨 상황인지 도무지 이해되지 않았다.

"너희 둘 자문 기관 실습에 지원했지? 내일부터 심사 프로그램 시작이다."

선생님이 조와 내게 차례로 종이를 한 장씩 내밀었다.

"저희가 후보예요?" 조가 들뜬 목소리로 물었다.

"그래."

나를 기다리는 에드메와 알랭, 그리고 조를 기다리는 쥐스틴. 이 세 사람이 코트룸 밖에서 함께 어슬렁거리고 있었다. 내가 나왔을 때 알랭은 쥐스틴과 이야기를 나누는 중이었다. 쥐스틴의 머리카락은 밝은 갈색이었고, 구릿빛 피부에는 주근깨가 박혀 있었다. 쥐스틴이 키득거리며 곧잘 빨개지는 귀 너머로 머리칼을 넘겼다. 양볼의 작은 홍조는 쥐스틴의 얼굴에 수줍음이 아닌 사랑스러움을 더했다. 같이 나온 조가 나를 지나쳐 쥐스틴에게 와락 안겼다.

"나 됐어!" 조가 울먹이는 목소리로 외쳤다. 둘은 손을 맞잡고 빙

글빙글 돌았다.

"자문관 실습?" 에드메가 신난 표정으로 물었다.

"응! 나랑 오딜이랑!" 조가 축하 세리머니를 잠시 멈추고는 나를 쳐다봤다. "너한테 그런 야망이 있는 줄 몰랐네."

나는 겸연쩍게 어깨를 으쓱했다.

에드메가 감격한 목소리로 인사를 건넸다. "잘됐다! 축하해!"

"오, 부자 아빠 없이도 해낸 오딜!" 알랭이 특유의 말투로 장난스 레 말했다.

조가 눈살을 찌푸렸다. "말 조심해. 너 쟤네 아빠…… 몰라?"

"아, 젠장. 미안."

모두 나를 쳐다보기에 조용히 말했다. "괜찮아." 그러다가 나중 에야 뭔가 생각났다는 듯 서둘러 한마디 덧붙였다. "아니다. 넌 좀 꺼져, 알랭."

괜한 짓을 했나 잠깐 걱정했지만, 아이들은 잠시 놀랐을 뿐 금세 알랭, 에드메, 쥐스틴이 웃음을 터뜨렸다. 조는 고맙다는 듯 엷은 미 소를 머금었다. 진지한 애라는 내 평판도 재미있는 농담거리가 될 수 있는 듯했다. 알랭이 살짝 고개를 숙여 내게 경의를 표하더니 고 개를 들면서는 나머지 애들에게 가운뎃손가락을 꺼내어 흔들었다. "그렇지. 이런 사소한 행동 하나하나가 아주 고상하다니까." 에드메 가 말했다.

나는 별거 아니라고 거듭 강조하면서도 자연스럽게 조와 쥐스틴 에게도 요새에 함께 가보겠냐고 물었다. 그렇게 우리 다섯은 뒷산의 등산로를 걸어 올라갔다. 산속은 풀벌레 소리로 가득했다.

나는 나무가 드문드문 서 있고 햇살이 강하게 내리쬐는 언덕을 가리켰다. 남자애들이 교복 재킷을 벗자 흰 셔츠에 햇빛이 반사되어 눈이 부셨다. 조와 쥐스틴이 타이를 느슨하게 풀고 옷깃 단추를 하나 풀기에 나도 그들을 따라 했다. 애들을 뒤따라 언덕 위로 올라가면서 이마의 땀을 훔치는데, 자그마한 날벌레 한 마리가 내 엄지손가락에 짓이겨졌다.

"여기야?" 조가 한 손을 엉덩이에 짚고 서서는 통나무 벽을 훑어보며 물었다.

"미안. 너무 별거 아니지?"

"별거 아니라고?" 알랭이 소리쳤다. "장난해? 완전 끝내주는데!" 알랭이 통나무를 밟고 올라가 덤불 더미 위에서 균형을 잡았다. "이 정도면 물자도 충분하고. 전경도 한눈에 다 들어오고. 결정적으로 꽤 높아서 아주 유리하겠어."

"너는 무슨 전쟁 준비라도 하게?" 쥐스틴이 물었다.

"그게 아니라, 놀기 딱 좋잖아." 알랭이 대답했다. "뭐, 우리 쪽으로 전쟁이 닥치면 또 모르지만……."

알랭이 막대기를 들더니 창이라도 되는 듯 능선 아래로 휙 던졌다. 막대기가 오솔길에 부딪혀 흙먼지를 일으켰다.

조가 말했다. "아, 전쟁 얘기가 나와서 말인데, 어제 네가 덤벼서 앙리 화났더라."

에드메가 웃었다. "앙리 걔는 무슨 똥 덩어리가 따로 없다니까. 톰도 마찬가지야."

"톰이 살짝 작은 똥 덩어리라고 할 수 있겠지. 개똥이라고나 할까." 알랭이 말했다.

"애들이 좀 못되게 굴 때가 있긴 해." 조가 동조했다. 조와 앙리는 어릴 때부터 친구였다. 북단 주민들 가운데 좋은 인맥을 갖춘 부유한 집안이라고는 베르디에네와 스와인네뿐이었다.

나는 점퍼스커트의 주름을 만지작거리고 있었다. 에드메와 알랭에게 어제 앙리와 톰을 쫓아줘서 고맙다고 말하고 싶었지만, 그날 웃음기를 띠고 있던 조의 얼굴이 떠올라 도저히 조 앞에서는 인사를 할 수 없었다. 대신 나는 대화 주제가 바뀌기를 기다렸고, 곧 그렇게 되었다. 알랭이 벽 근처를 걸으며 옆에 떨어진 나뭇가지를 주워 모으기 시작했다. 그 뒤를 에드메가 따라갔고, 나도 가파른 경사면을 조심스럽게 디디며 에드메의 뒤를 따랐다. 조와 쥐스틴은 꼭대기 근처에 남아 있었다. 아이들이 이 요새를 바보 같다고 생각하진 않을까 여전히 걱정스러웠지만, 걔들은 내가 건네는 돌멩이와 나뭇가지를 기꺼이 받아서 차곡차곡 높게 쌓아 올렸다.

그날 이후로 며칠 동안 밤마다 나는 특별한 일 없었던 이날의 기억을 여러 차례 곱씹었다. 알랭과 에드메가 아래서 내게 자질구레한 것들을 건넨다. 이판암 파편을 밟고 선 나는 돌멩이들이 아래로 미끄러져 떨어지지 않도록 최대한 몸을 가볍게 만들고 균형을 잡는다. 에드메가 내게 밑바닥이 축축하고 구멍이 숭숭 뚫린 큼지막한 잿빛 돌덩이를 하나 건넨다. 그러고는 자기가 손을 놓아도 될지, 내가 잘 잡았는지 확인한다. 내가 그 돌을 쥐스틴에게 건네자 축축한 촉감 때문인지 쥐스틴의 얼굴이 찌푸려지면서 주근깨가 서로 가까이 모인다. 내가 이들 사이에 껴 있다는 사실이, 이 사슬의 중심에 서 있다는 사실이 그저 놀랍다.

재료를 모을 만큼 모은 뒤 우리는 요새에 덮인 이끼에 앉아 우리의 성과물을 내려다보았다.

쥐스틴이 내게 자문 기관 지원 에세이에 뭐라고 썼느냐고 물었다. 쥐스틴도 에세이를 제출했지만 추천을 받지 못했다고 했다.

"오딜은 에세이 질문을 완전히 피해갔던데?" 조가 끼어들었다. "앗, 미안해. 살짝 봤어."

"그게 무슨 말이야?" 쥐스틴이 물었다.

조가 나를 쳐다봤다. 미간을 살짝 찌푸리고 놀라워하는 표정을 짓고 있었다.

"이렇게 썼던데? '동부든 서부든 아무 데도 가지 않겠습니다.' 진짜 기발하더라. 솔직히 미친 거 아닌가 싶었는데, 그게 통한 거잖아! 그러니까 내 말은, 근거도 아주 탄탄한 것 같더라고. 나는 그런 대답은 생각도 못 했거든."

감탄한 듯 에드메가 눈을 크게 뜨고 물었다. "질문이 뭐였는데?"

"자문 기관이 허락한다면 동부와 서부 중 어느 밸리에 방문하고 싶냐는 거였어." 조가 설명했다.

"너는 뭐라고 썼어?" 내가 물었다.

조는 허공에 손목을 빙빙 돌리면서 우리 뒤편으로 보이는 산을 가리켰다. "우리 밸리 사람들한테는 동부가 더 안전하다고들 하니까 그렇게 썼어. 우리 부모님은 내가 꼭 자문 기관에 들어가기를 바라시거든."

"틀림없이 뽑힐 거야." 쥐스틴이 말했다. "아니 내 말은, 너희 둘 다 꼭 될 거야."

"글쎄, 경쟁이 엄청 치열하대. 길게 보면 2지망에 뽑히는 게 분명히 더 행복할 것 같은데. 아, 내 2지망은 수의사야." 조가 대답과 함께 설명을 덧붙였다.

"멋지군. 에밀리도 거기 지원한다던데." 알랭이 말했다.

쥐스틴이 끙 하는 소리를 냈다. "내가 에밀리한테 그러지 말아달라고 애원하면…… 선 넘는 거겠지?"

"그러지 말고 나랑 같이 공장이나 가자." 알랭이 말했다.

"공장이 싫으면 정육점도 있어." 이번엔 에드메였다.

"기본적으로 이것이든 저것이든 뭐가 되었든 자르는 일을 하자는 거지. 뭘 자르든 그건 중요하지 않아. 자른다는 것, 그 자체로 하나의 라이프스타일이니까."

쥐스틴이 알랭을 보고 한숨을 내쉬듯 웃으며 땅바닥에 털썩 주저앉았다.

조가 에드메를 향해 얼굴을 찌푸리며 물었다. "도대체 푸주한이 되려는 이유가 뭐야? 나는 네가 음악 할 줄 알았는데."

"네 말이 맞아. 누가 논쟁에서 이기느냐에 따라 달라질 거야."

"적어도 오디션은 봐야지." 조가 말했다.

"오디션 본댔잖아." 내가 중간에 끼어들었다.

두 사람이 동시에 나를 쳐다봤다. 에드메가 고개를 끄덕였다.

"오디션은 언제야?" 조가 물었다.

"몇 주 뒤."

"내가 에세이에 뭐라고 썼게?" 쥐스틴이 하늘을 쳐다보며 말했다. "아직 현대 수의학이 없는 서부 밸리까지 걸어가겠다고 적었어. 그래서 내가 수의학을 전파하겠다고. 진짜 멍청한 소리지?"

우리가 학교 앞에서 서성거리는 동안 알랭은 자전거의 자물쇠를 풀었다. 알랭은 어머니에게 닭장용 철망이 있다며 그걸로 격자 틀을 만들어서 대면 요새의 벽을 금방 높일 수 있을 거라고 했다. 그러면서 내일 같은 시간에 만나자고 제안했다.

"나 연습해야 해." 에드메가 말했다.

"심사 프로그램도 내일부터 시작이라." 조가 나를 보고 방긋 웃으며 말했다. 햇살을 받은 조의 눈동자가 옥빛 사금석처럼 빛났다.

"점심시간은 어때?" 선생님들 눈을 피해 연못으로 슬쩍 빠져나갔던 날을 떠올리며 내가 제안했다.

에드메의 얼굴이 파리해졌다. "나는 점심시간에도 연습해야 해."

"아, 그냥 요새에서 연습하면 되잖아. 요새를 짓는 우리를 위해 세레나데를 연주해 다오." 알랭이 또 놀리듯 말했다.

우리는 조만간 다시 만나자는 막연한 약속을 하고는 흩어졌다. 나는 지는 해와 함께 소나무 길을 걸어 집으로 향했다. 점점 더 길어지는 그림자가 수풀 가득한 언덕으로 이어지더니 급기야 나무에 닿을락 말락 했다. 길어지는 그림자가 마치 확장하는 내 삶을 의미하는 것 같았다.

自문관 후보생으로 선정되었다는 얘기를 꺼냈을 때 어머니의 얼굴에는 내가 처음 보는 표정이 번졌다. 그건 자부심의 빛이었다. 나는 어머니가 뿜어내는 빛의 온기에 나라는 존재가 따뜻해지도록 순순히 있었다. 어머니는 자신이 프로그램에 참여했던 시절을 회상하며 내게 고급 와인을 한 잔 따라 주었다. 내 시선은 와인병 옆면에 화려한 손 글씨 스타일로 인쇄된 '베르디에'라는 이름을 좇았다. 조의 가족은 호숫가에 있는 와인 양조장의 소유주였다. 조의 집은 멀리 도롯가에서 봐도 으리으리했다.

며칠 전 숙취로 고생했던 날을 떠올리며 이번엔 술을 조금만 마셨다. 나는 잔을 입에 갖다 댈 때마다 마시는 양을 조금씩 줄여가며 와인을 홀짝였고, 그러는 사이 어머니가 남은 와인을 모두 비웠다. 방으로 돌아오니 다시 피슈그뤼 선생님 생각이 났다.

선생님은 왜 갑자기 마음을 바꿨을까? 왜 나를 추천했을까? 기억을 더듬어 아까 선생님의 눈빛에 감탄하는 기색이 있었는지, 선생님의 입가에 억지 미소라도 스쳤는지 떠올리려 애썼다. 내가 볼 때 선생님은 화를 잘 내는 성격이지만 똘똘하게 배짱을 부리는 학생에게는 경탄할 것 같았다. 아니면 노골적인 악담이어도 논거가 타당하고 일리가 있다고 생각하면 충분히 인정할 사람일 것 같았다. 두 가지 상황 모두 그럴싸했지만, 그 순간의 기억을 아무리 떠올려 봐도 선생님의 표정을 읽을 수 없었다. 선생님은 하루아침에 마음을 바꾼 이유가 무엇인지 얼굴에 드러내지 않으려 애쓰는 듯했다. 내

에세이를 읽고 선생님은 날 탈락시켰다. 나는 그 결정을 비난했고, 선생님은 결정을 번복했다.

물론 내가 쓴 글은 단순한 비난이 아니라 그 이상이었다. 두 번째 글을 에세이라고 할 수 있을지는 모르겠지만, 어쨌든 거기엔 내가 운동장에서 무엇을 봤는지와 함께 마스크 쓴 방문객이 누구였는지 그들의 이름까지 적혀 있었다. 생각하면 생각할수록 결론은 명백했다. 피슈그뢰 선생님이 내 이름을 추천하기로 마음을 바꾼 건 내가 피라 부부를 알아봤기 때문이다. 자문 기관이 어떤 식으로 돌아가는지 나는 모르니, 이 사실이 왜 그들의 관심을 끌었는지 이해할 수 없었다. 하지만 상황을 합리적으로 만드는 설명은 이것뿐이었다.

심사 프로그램이 시작되기 전날 밤, 나는 한참 잠들지 못하고 뒤척였다. 마침내 나의 눈동자가 천장을 덮을 만큼 커지더니 생각이 무중력 상태가 되어 둥둥 떠오르기 시작했다. 에드메가 축축한 돌멩이를 집어 나에게 건넨다. 우리의 눈이 마주친다. '너한테 대체 무슨 일이 다가오고 있는 거니?'

5장

　다음 날 오후, 버스 정류장에 서서 버스를 기다렸다. 여기저기 찌그러지고 녹슨 정류장 표지판에는 옛날 유람 버스가 그려져 있었다. 버스 정류장은 학교 건너편 막다른 길에 있었다. 이 앞을 지나는 견고한 흰색 버스가 하루에 몇 차례씩 학교와 시내를 왕복했다. 사실 시내에서 여기까지 올라오는 사람들은 없어서 버스 이용객이라고 해봐야 북단의 학생들과 운전대를 놓은 노인들이 대부분이었다. 그날 방과 후에 버스를 기다리는 학생이 나 말고는 아무도 없었다. 자갈밭에 발끝을 푹 집어넣고 선 나는 산울타리에서 향나무 가지 끝을 비틀어 뽑아낸 다음, 물굽이로 내려가는 계단 쪽으로 튕겼다. 자갈이 깔려 있는 호수의 물굽이는 우리 동네에서 해변과 가장 비슷한 곳이었다. 잘려 나간 나뭇가지가 계단의 철제 난간에 가볍게 부딪히며 덤불 속으로 나뒹굴어 들어갔다.

그날도 피슈그뤼 선생님은 여느 날과 마찬가지로 내게 신경 쓰지 않았다. 평소와 똑같은 모습이었다. 나 역시 점심시간이 되자 언제나처럼 내 자리로 가서 벽에 기대어 섰다. 생각하면 걱정뿐이니 자문 기관 실습 생각을 아예 하지 않으려고 애썼다. 바깥 날씨가 무더웠다. 운동장에 무리 지어 서 있는 아이들 틈에 조가 보였고, 애들이 가까이 다가왔을 때 쥐스틴과 놀고 있는 알랭도 보였다. 앙리와 톰도 그 무리에 있었지만, 둘은 마리와 다른 여자애들과 이야기를 나누고 있었다. 나는 자연스럽게 내 물건을 챙겨 모퉁이를 돌았다.

마스크 쓴 사람들을 피해 도망갔던 그날이 예외였을 뿐 평소엔 그 방향으로 돌아가지 않았다. 어느덧 눈앞에 잔디밭이 사라지고 나무들이 숲을 이뤄 교정을 가득 채웠다. 시멘트 바닥 여기저기에는 소나무에서 떨어진, 집게발처럼 뾰족한 잎이 잔뜩 늘어져 있었다. 음악실 창문이 열린 상태로 나무토막에 괴어져 있었다. 흘러나오는 바이올린 독주 소리에 걸음을 멈췄다.

2학년 때 알랭과 에드메가 장난치던 그날을 제외하면, 에드메의 연주는 관현악단 합주에서 들어본 것이 전부였다. 처음 듣는 곡인데 왠지 오래전부터 알던 것처럼 익숙한 느낌이 들었다. 연주는 잔잔한 물 위를 나아가는 배의 뱃머리처럼 일정한 속도로 계속 이어졌다. 선율이 슬픔의 정점으로 미끄러지듯 흘러갔다. 점심시간이 끝날 때까지 나는 창밖에서 연주 소리에 귀 기울였다. 연주가 끝나면 잠깐의 침묵이 흐르다가, 이내 다시 시작되었다.

버스는 소나무 길에 늘어선 주택가를 지나, 경사가 가파르고 수

목이 우거져 주택 단지가 들어서기에는 알맞지 않은 지역을 거쳐 북단을 향해 계속 올라갔다. 급커브 길을 돌자 다시금 태양이 눈앞에 나타났고, 버스는 산에서 천천히 내려왔다. 나는 긴장을 풀어보려 창문을 살짝 열고 산들바람을 맞았다. 호수 근처 층층이 줄지은 초목 한복판에 조의 집이 있었다. 버스는 포도밭을 지나고 있었다. 조는 이미 자가용으로 가고 있을 터였다.

판잣집과 창고가 즐비한 북단 마을의 경계를 지나자마자 붉은 벽돌집에 네모반듯한 잔디밭이 딸린 푸르른 거리가 시작되었다. 시내 건물들이 예쁘긴 했지만, 우리 동네와 다르게 자연미 없이 정돈된 땅을 보면 왠지 정이 안 갔다. 그래도 시내에는 공원이 있어서 그나마 괜찮았다. 또 버스에서 내리자마자 거대한 은행나무를 볼 수 있어서 기분이 좋았다. 호숫가 산책로 앞쪽의 아치 너머로 청백색 연이 호수로 다이빙하다가 하늘로 솟구쳐 날아오르고 있었다.

피슈그뢰 선생님에게 받은 쪽지를 다시 한번 들여다보았다. 시간과 장소가 적힌 종이였다. 심사 프로그램은 주중에 그랑제콜에서 진행됐다. 바티쇠르 광장 북편에 있는 두 채의 길드홀 사이에 위치한 그랑제콜은 '그랑grande'이라는 이름이 무색할 만큼 좁다란 건물이었다. 나는 공원 입구에서 튀김 냄새를 풍기는 가판대를 지나 북적거리는 광장의 인파 속으로 합류했다.

광장 중앙에는 거대한 분수대가 있었다. 곁에서는 보이지 않는 물구멍에서 뿜어져 나온 물줄기가 폭포처럼 흘러내렸다. 분수 꼭대기에 세워진 '위대한 자문관과 그의 가족' 동상이 호수 건너편 산자락을 바라보고 있었다. 자문관의 쇠붙이 가운을 그러쥐고 있는 자녀의 어깨에 자문관의 손이 얹혀 있었다. 동상 뒤에는 화강암으로 마감된 시청사의 외관이 광장 동쪽을 전부 차지하고 있었다. 회색 콜로네이드*는 무척 웅장했지만, 주민들은 콜로네이드로 연결된 기다란 계단을 공공 벤치처럼 사용했다. 이른 아침이면 헌병들과 시청 직원들이 계단에 앉아 아침을 먹거나 담배를 피웠고, 이 시간쯤 되면 시내 학교의 학생들로 계단이 가득 찼다. 계단에 앉아 기타를 연주하는 여학생이 보이기에 혹시 저 학생도 오디션을 준비하고 있는지 궁금했다. 음악원은 광장 건너편에 있었다.

그랑제콜 쪽으로 걸어가는데 분수에서 튀는 물보라가 얼굴을 때렸다. 그랑제콜 안으로 들어가 본 적은 없었다. 밖에서 볼 때마다 꼭 집처럼 생겼다고 생각했다. 문 앞에 서서 고개를 들고 위층에 난 창문 하나를 올려다보았다. 사람의 눈처럼 생긴 큼직한 창이었다. 나는 교복 매무새를 매만진 뒤 안으로 들어갔다.

로비의 공기는 서늘하고 어딘가 음울했다. 바닥에 깔린 양탄자는 기이할 만큼 보드라웠다. 화병에 꽂혀 있는 분홍빛 꽃의 꽃잎이 마치 동물의 혓바닥 같았다. 로비에 마련된 안내판에 후보생들은 위층으로 올라가라는 안내문이 손 글씨로 적혀 있었다. 위에서 나직하게 웅성거리는 소리가 들렸다. 일찍 도착한 애들이 모여 있는 것 같았다. 반들반들하게 닳고 매끄럽게 윤이 나는 목제 난간 위에 손을 올렸다. 나는 내키지 않는 마음을 다잡으며 안내판을 따라 위층으로 올라갔다.

◆ 지붕을 떠받치도록 일렬로 세운 돌기둥.

2층에 가까워질수록 계단 폭이 좁아졌다. 햇볕이 잘 드는 층계참에 오르자 강의실이 하나 나왔다. 왜 그런 생각이 들었는지 모르겠지만, 이 강의실은 어쩐지 옛날에 응접실이나 거실로 쓰였을 것 같았다. 멀리 반대편 벽에는 밖에서 봤던 타원형 창문이 벽면 전체를 차지하고 있었고, 그 양쪽으로 길게 이어진 징두리◆ 판벽이 오후 햇살을 받아 반짝거렸다. 여남은 개의 책상이 서로 가깝게 배치되어 있었다. 책상마다 연필 한 자루와 가죽을 덧씌운 공책 한 권이 놓여 있었고, 공책 표지에는 자문관을 상징하는 각지고 은밀한 기호가 새겨져 있었다.

학생들이 한쪽 모퉁이에 모여 있길래 슬쩍 보니, 예닐곱 명 모두 시내 학교 교복인 암적색 재킷을 걸치고 있었다. 아이들은 나를 한 번 쓱 보고는 다시 자기들끼리 대화를 이어갔다. 혹시 자리가 정해져 있을까 봐 나는 아무 데도 앉지 못하고 강의실 대각선 뒤쪽 끝 창가에 선 채로 대기했다.

강의실 전면에는 호숫물만큼이나 탁한 초록빛을 띤 칠판이 하나 있었다. 내가 서 있던 자리 바로 옆 벽면에 밸리의 지형도가 크게 걸려 있었다. 어머니의 아트북에서 봤던 지도보다 훨씬 더 많은 지역을 담고 있었다. 하나씩 세어보니 지도에는 각각의 방향에 열두 개의 호수가 그려져 있었고, 산의 디테일이 정교하게 담겨 있었다. 지도에는 마을과 주변 땅을 에워싸는 철책이 도톰한 은색 선으로 은은하게 표현되어 있었다. 각각의 철책은 느슨한 원을 형성하며 호

◆ 비바람 따위로부터 집을 보호하려고 집채 안팎 벽 둘레에다 벽을 덧쌓는 부분.

수를 가로질러 서쪽 호숫가에서 초승달 모양을 이루었다.

지형도 정중앙의 마을에는 이름이 쓰여 있지 않았다. 하지만 왼쪽과 오른쪽으로 뻗어나가는 다른 밸리들 아래에는 고유의 이름이 단정한 글씨체로 적혀 있었다. 시간대도 함께 표기되어 있었다.

제3서편	제2서편	제1서편		제1동편	제2동편	제3동편
(-60)	(-40)	(-20)		(+20)	(+40)	(+60)

나란히 배열된 밸리를 보고 있자니, 우리 밸리가 한가운데에 있다는 건 상대적일 수 있다는 생각이 들었다. 다른 사람들 눈에는 그들의 밸리가 중심에 있고 내가 사는 밸리가 옆으로 떨어져 있을 것이다. 내가 사는 이곳이 누군가에게는 미래이고, 또 다른 누군가에게는 과거인 것이다. 그러므로 이들 밸리에 존재하는 모든 게 달라도 벽에 걸린 이 지형도만큼은 누구에게나 똑같이 보일 터였다.

손차양을 만들어 창밖을 내다보았다. 아버지와 함께 그랑제콜 앞에 도착한 조가 보였다. 조의 아버지가 딸을 안아주며 인사를 건넸고, 이내 조가 시야에서 사라졌다. 뒤미처 둥글게 휜 계단을 오르는 가벼운 발소리가 들렸다. 나를 본 조가 빠르게 손을 흔들어 인사하고는 곧장 다른 애들이 모여 있는 모퉁이로 다가갔다. 조는 북단 학교의 교복을 입고 있었지만 시내 학생들 무리에 자연스럽게 흡수되었다. 막판에 도착한 학생 몇 명도 그 무리로 합류했다. 그렇게 건너편 창가에는 열한 명이 모여 잡담을 나누었고, 반대쪽 창가에는 나 홀로 우두커니 서 있게 되었다.

샛문이 열리자 숨이 막힐 정도로 실내가 조용해졌다. 열린 문 사이로 키 작은 여자가 들어왔다. 콧날이 날카롭고 머리를 길게 땋은 중년 여성이 자문관 관복인 검은색 가운을 걸치고 있었다. 자문관이자 우리의 선생님인 이 여성은 자신의 이름을 이브레라고 소개했다. 칼날처럼 매섭고 정갈한 목소리였다.

모두가 황급히 책상 앞으로 가서 섰다. 나는 벽면 지형도 근처 맨 뒷줄 구석 자리에 서게 되었고, 조는 교실 중앙에 있었다.

가만히 서 있는 우리를 이브레 선생님이 쭉 훑어보았다. 창틈으로 들어오는 볕뉘가 선생님의 얼굴을 호박빛으로 물들였다. 선생님은 우리에게 자리에 앉으라고 한 뒤 공책 한 권을 들어 올렸다.

"우리가 이 강의실에서 다루게 될 사항을 다른 사람들과 공유해서는 안 됩니다. 이 공책은 여러분이 탈락하기 전까지만 사용합니다. 프로그램에서 탈락할 경우, 집으로 돌아가기에 앞서 이 공책을 포함한 모든 필기물을 반드시 반납해야 합니다. 탈락의 과정을 말씀드리겠습니다. 매주 금요일에 최소 세 명씩 탈락합니다. 3주가 지날 때까지 남은 후보생이 있다면 자문 기관에서 실습을 시작합니다. 그러면 언젠가는 자문관이 될 수도 있겠죠."

내 앞자리에 헝클어진 머리로 앉아 있던 여자애가 손을 들었다. 이브레 선생님이 말을 잠시 멈추었다. 무표정한 얼굴이었다.

"벌써 수요일인데 이번 주부터 탈락자가 나오나요?"

이브레 선생님은 질문한 학생을 빤히 쳐다보았다. "내가 매주 금요일이라고 얘기하지 않았나요?"

"네, 그렇게 말씀하셨습니다."

"이번 주 금요일이 걱정됩니까?"

여학생의 어깨가 움츠러들었다. 주눅 든 학생은 공책을 펼쳤다. 우리도 뒤따라 공책을 펼쳤다. 책등에 붙은 접착제가 떨어지는 소리가 여기저기서 들렸다.

선생님은 우리에게 표지 안쪽에 이름을 적으라고 지시했다. 그러고는 우리가 이름을 쓰는 동안 교실 뒤편으로 걸어가 커튼을 쳐서 햇빛을 가렸다.

이브레 선생님은 쉬는 시간도 없이 두 시간 내리 강의를 이어갔다. 피슈그뤼 선생님과 다르게 판서를 하지 않고 강의실을 자유롭게 돌아다녔다. 강의실에는 선생님의 목소리와 그 내용을 받아 적기 바쁜 연필 소리밖에 들리지 않았다. 그날 두 번째로 손을 드는 학생은 나오지 않았다. 나는 알파벳 모서리를 꾸며가며, 때로는 공책 가장자리에 메모를 휘갈기며 최대한 모든 내용을 받아 적었다.

- 자문 기관의 유일한 목적은 마을을 보호하는 것이다.
- 자문관은 우리의 삶을 보호하는 수호자다.
- 철책은 항상 그 자리에 있었고, 자문 기관은 항상 그 경계를 보호했다.
- 자문 기관과 헌병대는 단일한 수호자로 간주한다.
- 그런 의미에서 자문 기관은 수호자의 머리, 헌병대는 수족이라고 할 수 있다.
- 밸리의 경계를 넘나드는 방문객은 늘 존재했다.
- 자문 기관은 모든 방문에 내재한 위험 요소를 최소화하도록 보장한다.

· 방문 승인을 받은 친족은 익명의 존재로 다른 밸리에 방문하여 적절한 거리를 유지한 채 대상을 관망할 수 있다.
· 자문 기관은 다수의 보호와 소수의 정당한 요구 사이에서 균형을 맞춘다.
· 위험 요인은 비대칭적이며 어느 방향으로 이동하느냐에 따라 달라진다.
· 어떤 상황에서든, 우리 마을과 우리 주민의 안전을 최우선으로 한다. 다른 밸리도 자신들의 안전을 최우선으로 둘 것이다.

이브레 선생님은 '결의법'이라는 단어를 발음하며 칠판에 한 글자씩 또박또박 적었다. "심사 프로그램에서 우리가 함께하는 동안 여러분이 해야 할 일은 각 사례의 경중을 따지는 것입니다."

선생님이 가운 주머니에서 봉투를 꺼내더니 안에서 상아색 카드 뭉치를 꺼냈다.

"이건 모의 청원의 개요입니다. 앞으로 여러분은 매주 이러한 청원 사례를 검토하게 될 것입니다. 각 청원서에는 우리 밸리를 방문하고 싶다는, 또는 우리 밸리에서 다른 밸리를 방문하고 싶다는 청원인의 사연이 적혀 있습니다. 잘 생각하세요. 매주 금요일, 평결을 발표할 때마다 정당한 이유를 함께 대야 합니다. 자문 기관이 이 방문을 승인해야 하는가? 승인해야 한다면 이유는 무엇이고, 안 된다면 그 이유는 무엇인가? 합리적인 이유를 제시한다면 프로그램에 남을 것이고, 그렇지 않으면 탈락할 것입니다. 자, 첫 번째 사례를 지금 나누어주겠습니다. 결정을 내리기까지 주어진 시간은 이틀입니다."

헝클어진 머리의 여학생이 내게 카드를 건네주었다. 빳빳한 카드의 양면에는 청회색 글씨가 빼곡했다. 당장 읽어보고 싶었지만, 이브레 선생님이 짐을 꾸리고 있었고 다른 학생들도 공책을 정리하고 있기에 나도 잠자코 카드를 책가방 속에 찔러 넣었다. 그때 내 옆자리에 앉아 있던, 밤색 머리칼을 땋아 레이스로 묶은 여학생이 날 보며 수줍게 연대의 미소를 보냈다. 당황한 나는 미소로 화답해야 한다는 예의조차 잊어버렸다. 하필 그때 조가 다가와 우리 둘 사이를 막고 섰다.

"읽어봤어? L. M. 사건이라고 쓰여 있던데."

"아니, 아직."

"그래? 그럼 내일 얘기해 보자." 조가 대꾸했다. 내 얼굴에 당황한 기색이 비쳤는지 조가 서둘러 덧붙였다. "기억하지? 점심시간에. 뒷산 가기로 했잖아. 남자애들이랑."

"아, 맞아. 그럼, 그럼. 물론이지."

"그럼, 그때 봐, 그때!" 조가 코를 찡긋하며 했던 말을 굳이 반복했다. 나중에 알고 보니, 대화를 주고받듯 같은 단어를 반복하는 게 조의 말버릇이었다. 조는 날 향해 씽긋 웃고 가방을 조여 맨 뒤 다른 아이들을 쫓아 계단으로 빠르게 걸어갔다.

너무 늦었다. 강의실에 남은 사람은 이브레 선생님과 나뿐이라는 걸 그제야 깨달았다. 나는 서둘러 책상을 정리했다.

"잠깐 있어보렴." 선생님이 날 불렀다.

화가 난 것 같진 않았지만 단호한 목소리였다. 나는 잠자코 앞으로 나갔다. 이브레 선생님이 입은 가운에서 희미하게 흙냄새가 났다. 구절초 물 같은 냄새였다. 선생님은 나보다 키가 더 작았지만, 내가 몸을 어찌나 웅크렸는지 선생님의 얼굴을 올려다보다시피 해야 했다.

폴더를 훑던 선생님의 눈이 멈추었다.

"'어제 나는 밸리를 떠나지 않겠다고 썼다. 그리고 오늘 밤, 그 결심을 더욱 굳게 다진다.'"

이브레 선생님이 눈을 거들떴다. 나를 쳐다본다는 생각에 움찔했다. 피슈그뤼 선생님에게 제출했던 그 글을 이브레 선생님도 읽었으리라는 생각을 어째서 못 했던 걸까?

"뭘 보았는지 또 누구에게 말했지?"

"아무한테도요." 속삭이듯 대답했다.

"크게 대답해."

"죄송합니다. 아무에게도 말하지 않았어요."

이브레 선생님이 나를 유심히 쳐다봤다. 선생님의 홍채는 까만 얼룩이 묻은 푸른색이었다. 마치 물에 뜬 재처럼.

"이건 앞으로도 혼자만 알고 있어야 한다. 학교 선생님에게도 아무 얘기 하지 말고. 가족, 친구, 여기 있는 후보생들에게도 말해서는 안 돼. 비밀을 알고 있다는 티조차 내서는 안 될 거야."

"알겠습니다."

"그 남자애와 부모에게도 마찬가지야. 내가 뭐라고 했는지 말해보렴."

"그 사람들에게 아무 말도 하면 안 된다고요."

"이유는?"

"금지된 일이니까요."

"그렇지. 금지된 이유를 뭐라고 생각하니?"

나는 눈을 끔뻑이며 말했다. "알게 되면 이 사실을 바꾸려고 하는 사람이 있을 테니까요."

이브레 선생님은 나를 한참 바라보다가 고개를 숙였다. "그리고 부탁이 하나 있다." 지나가는 말처럼 선생님이 한 마디 덧붙였다. "그 애를 잘 보렴. 뭔가 이상하다 싶은 일이 생기면 적어뒀다가 내게 말해주고. 할 수 있겠니?"

선생님은 말을 멈추고 내 대답을 기다렸지만, 질문하는 억양이 아니었다.

"물론이죠."

이브레 선생님은 다시 자문관 업무에 몰두했다. 나는 감사도 사과도 아닌 어중간한 작별 인사를 건넨 뒤, 뛰지 않는 선에서 최대한 빠른 걸음으로 계단을 내려갔다. 그랑제콜 밖으로 나가자 이른 황혼 속에서 맥박이 정상으로 돌아왔다.

6장

침대 옆 전등을 밝히고 상아색 카드를 꺼내어 읽었다. 카드에는 아내가 보고 싶어 우리 밸리에 방문하고 싶다는 홀아비의 사연이 담겨 있었다. 가슴 아린 슬픔이 묻어나는 청원이었다. 세월이 흘러도 그의 고통은 줄지 않았다. 그의 고통은 바스러지지도 암반처럼 굳어지지도 않았다. 카드에는 이렇게 적혀 있었다. 매일같이 아내의 묘를 지킴. 아내가 죽은 날부터 청원을 고려했음을 인정. 고려 요인: 고령.

무덤에 관한 세세한 묘사를 읽으며 그 노인의 모습을 머릿속에 그려 보았다. 닳아서 해어진, 챙이 넓은 밀짚모자가 나이 든 L. M. 씨의 정수리를 덮고 있다. 태양이 내리쬐는 묘비 사이로 L. M. 씨가 절뚝거리며 걸어 내려온다.

어머니는 심사 프로그램 첫날이 어땠냐고 직접적으로 묻지 않으려고 조심하는 것 같았지만, 집으로 가는 차 안에서 내가 무슨 말만 할라치면 말끝마다 심하게 고개를 끄덕이거나 헛기침을 했다. 그런 모습에 더욱 짜증이 난 나는 입을 다물어버렸다. 어머니가 그러지 않아도 이미 내 머리는 터질 것 같았다.

피슈그뤼 선생님이 이브레 선생님에게 내 글을 건네주었다는 건 굳이 물어볼 필요도 없는 사실이었다. 아마 규정이 그랬을 터였다. 그리고 방문객을 알아봤을 경우 지켜야 할 규칙을 내가 정확하게 알고 있는지 확인하는 게 급선무였을 것이다. 그렇다고 하면 모든 상황이 맞아떨어졌다. 에드메에 관한 정보를 달라던 이브레 선생님의 마지막 요청에 기분이 묘했다. 왠지 중요한 일을 맡았다는 생각이 들어 죄책감과 함께 약간의 짜릿함이 느껴졌다.

카드를 내려놓고 빈 공책으로 시선을 옮겼다. L. M. 사건의 평결을 어떻게 내려야 할까? 너무 애처로운 사연이었다. 피슈그뤼 선생님에게 쏟아부었던 내 오만한 비난이 참회의 회전목마를 타고 천천히 머릿속으로 돌아왔다. 나는 자문관이 된다면 청원인들에게 청원을 철회하라고 설득하겠노라고 피슈그뤼 선생님에게, 어찌 보면 이브레 선생님에게도 선언했다. 그러나 L. M. 씨 같은 상황이라면 얘기가 달랐다. 그는 내가 살아온 날들보다 더 오랜 세월을 슬픔 속에서 살아가고 있었다.

☼

어머니와 달리 알랭은 산길에 들어서자마자 심사 프로그램이 어

074

땠냐고 온갖 질문을 퍼부으며 조와 나를 들들 볶아댔다. "다른 후보는 몇 명이나 있었어? 자문관들 가까이서 보니까 어떻든? 뭐 재밌는 소식 들은 건 없고?" 조는 나와 눈을 마주치고는 고개를 연신 가로저었다.

"자문 기관에 대한 이야기는 누설하면 안 되는 거 알잖아." 조가 말했다.

"무슨 상관이야, 혈서를 쓴 것도 아니면서. 아, 혹시?"

"아냐."

"흠."

"알랭은 계약서에 피가 안 묻어 있으면 뭐든 무효라고 생각하는 놈이야." 에드메가 덧붙였다.

"암, 그렇고말고." 알랭이 덤불에다 막대기를 휘두르며 대답했다. "무효지, 무효."

학교에서 요새까지는 걸어서 15분 거리였기 때문에 우리에게 주어진 시간은 30분도 채 되지 않았다. 그래도 학교를 벗어난다는 것만으로 기분이 좋았다. 나는 요새에 도착하자마자 벽을 보강할 때 쓸 만한 나뭇잎이 달린 나뭇가지를 주우러 더 높이 올라갔다. 그런 내 뒤를 조가 따라왔다. 조는 새빨간 베레모를 쓰고 있었다.

"어제 이브레 선생님이 뭐라셨어?"

내가 아무 말 않자 조가 정색하며 날 쳐다봤다.

"이브레 선생님이 너 불렀잖아. 계단에서 다 들었어."

나는 조의 질문을 애써 외면한 채 땅을 뚫고 나온 줄기를 꺾는 데에만 집중했다. 갈라진 표피 사이로 보이는 팽팽한 섬유질 때문에 줄기가 무척 질겼다. 손바닥이 타는 것 같아 금방 포기하고 말았다. 나를 쳐다보는 조의 얼굴이 한껏 기대에 차 있었다.

마지못해 입을 열었다. "엄마 안부를 물으셨어. 우리 엄마가 시청에서 일하시거든."

조의 얼굴이 밝아졌다. "아, 맞아! 너희 어머니 서기관이시지!"

"기록보관인."

"앗, 미안, 기록보관인. 너희 어머니도 옛날에 심사 프로그램에 참여하셨어? 그랬던 사람들한테 가는 일이라고 하던데."

나는 우리 어머니가 심사 프로그램을 거쳐 간 게 맞다고 확인시켜 준 다음, L. M. 사건으로 대화 주제를 바꾸었다. 조는 그의 방문을 승인하고 싶다고 말했다. "못 가게 하는 건 너무 잔인하잖아. 안 그래?"

"그야 그렇지."

"애처로운 늙은이가 여기에 온다고 나한테 무슨 해를 끼치겠어?"

나는 어깨를 으쓱한 뒤 스타킹에 양손을 닦은 다음 빠른 걸음으로 비탈을 밟고서 아래로 내려갔다. 에드메가 벽 꼭대기에 막대기를 끼우고 있었다. 장벽의 높이가 벌써 가슴께까지 높아져 있었다.

바닥에 앉은 알랭은 요새에 뭘 가져다두면 좋을지 손가락을 꼽고 있었다. 간이 테이블, 의자, 불을 피울 만한 드럼통. "드럼통 위에 석쇠를 올리면 음식도 해 먹을 수 있겠는데." 알랭의 말을 에드메가 떨떠름한 웃음을 띤 채로 듣고 있었다. 알랭이 주머니에서 주머니칼을 꺼내더니 제일 큰 통나무에 우리 이름을 새겨 넣자고 했다.

우리는 한 사람씩 번갈아 가며 자기 이름의 이니셜을 새겼다. 알파벳 O 두 개를 연속으로 새기려니 쉽지 않았다. 결국 내 이니셜은 이상한 피라미드 두 개처럼 되고 말았다. 나처럼 조도 이니셜을 새길 때 L. M.이라는 이니셜을 떠올렸을지 궁금했다. 조에게 칼을 건네받은 에드메가 이제 돌아가야 한다고 우리를 재촉했다. 그리고 알랭에게 칼을 돌려주는 척하다가 날쌔게 낚아챈 다음 내리막을 뛰어 내려갔다. 알랭은 잡히면 가만두지 않겠다고 팔을 휘두르며 에드메의 뒤를 쫓아 달렸다. 조와 쥐스틴과 나는 한목소리로 깔깔 웃었다. 바닥에 놓인 책가방을 챙기는데, 에드메의 이름만 빠져 있는 우리 이니셜이 눈에 띄었다. 그 순간 내 입가의 미소가 사라졌다. 마치 모래알 사이로 스며드는 파도처럼.

산 아래로 내려갔을 때 알랭이 마침내 에드메를 덮치는 데 성공했다. 에드메 위에 올라탄 알랭은 마구잡이로 손을 뻗어 들국화를 잡히는 대로 한 움큼 뜯어다가 에드메의 가슴팍에 하나씩 던졌다. 에드메가 주머니칼을 내어주며 항복하자 그제야 알랭은 에드메의 손을 잡아 일으켜 주었다. 에드메의 교복 셔츠가 노랗게 얼룩져 있었다.

"옷 바꿔 입자. 내가 네 셔츠 입을 테니까 네가 내 거 입어. 안 그랬다간 피슈그뤼한테 엉덩이 맞게 생겼어." 알랭이 에드메에게 말했다.

"아냐, 괜찮아. 재킷으로 가리지 뭐."

께름한 표정을 짓던 알랭이 이내 좋은 생각이 났다는 듯 눈을 반짝였다. 그러고는 갑자기 꽃을 더 꺾어서 자기 셔츠에 더 심한 얼룩이 지도록 가슴에 문지르기 시작했다. "이러면 네 셔츠에 묻은 얼룩은 눈에 안 띌 거야." 알랭이 확실한 효과를 내기 위해 뒤엉킨 꽃 한 줄기를 귀 뒤에 꽂으며 말했다. 평소처럼 에드메가 눈을 홉뜰 줄 알았는데, 에드메는 그저 씩 웃으며 알랭의 어깨에 팔을 둘렀다. 둘은 그렇게 어깨동무한 상태로 학교까지 걸어갔다. 수업이 다시 시작됐을 때 피슈그뤼 선생님은 정말로 알랭에게만 회초리를 들었다. 참나무 책상 위에 상체를 수그린 알랭은 움찔움찔할 때마다 우리를 보며 윙크했다. 에드메의 셔츠가 어떤 꼴인지 선생님이 놓친 걸 보면 어쨌든 알랭의 꾀가 통한 것 같았다.

구름이 잔뜩 낀 오후라 그런지 전날보다 강의실이 더 칙칙하게 느껴졌다. 일찍 도착한 후보생들은 어김없이 창가에 모여 있었고, 조도 이미 그 틈에 끼어 있었다. 그러고 보니 학교 수업이 파한 뒤 조가 베레모를 벗고 이브레 선생님처럼 머리를 한 가닥으로 땋아 내린 게 눈에 띄었다.

첫 번째 탈락자가 나올 날이 당장 내일로 다가왔지만, 이브레 선생님은 방문 원칙이나 청원의 성패를 가르는 규칙 같은 건 자세히 설명하지 않았다. 강의실 앞을 왔다 갔다 하면서 평결 때 고려해야 할 사항을 일러줄 뿐이었다. 특히 L. M. 사건에 적용할 만한 요소였다. 나는 이브레 선생님이 말하는 속도에 맞춰 빠르게 손을 놀리며 가능한 한 모든 말을 받아적으려고 노력했다.

- 청원 자격이 있는가?
- 청원자의 사연은 무엇인가?
- 받아들일 만한 이유인가?
- 다른 속셈은 없는가?
- 더 안전한 방법은 없는가?
- 방문이 청원자에게 '옳은' 일인가? 방문이 청원자를 만족시킬 것 인가, 아니면 상황을 더욱 악화할 것인가?
- 첫 번째 청원인가, 아니면 두 번째 시도인가?
- 청원을 승인할 경우, 방문에 방해 요소가 생길 위험이 있는가?
- 청원을 거부할 경우, 청원자가 도주를 시도할 위험이 있는가?
- 청원자가 도주를 시도할 경우, 성공 가능성은 얼마나 되는가?

　고려 사항은 계속 이어졌다. 마침내 남학생 하나가 질문이 있다며 손을 들었고, 이브레 선생님은 질문을 허락했다. 내 앞자리에 앉은 여학생은 정신없이 필기를 계속했지만 나는 펼친 공책 가운데에 연필을 내려놓고 목을 양옆으로 꺾으며 손목을 털었다. 벽에 걸린 큼직한 지도에 그려진 땅은 바랜 갈색과 진녹색으로 칠해져 있었다. 호수는 위에서 아래로 내려올수록 희끄무레한 색에서 청록빛으로 점점 진해졌다. 지도가 꽤 예쁘다는 생각이 들었다.
　이브레 선생님이 하는 말에서 정답을 추론해 보려고 모두가 귀를 쫑긋하고 있었지만, 이브레 선생님은 L. M. 사건에 대해서는 전혀 언급하지 않았다. 정답을 유추할 만한 단서를 흘리지 않으면서 우리에게 질문을 계속 던질 뿐이었다. 질문의 윤곽을 잡아줄 뿐 그 이상의 자세한 설명은 없었다. 오늘 수업 내용이 내일의 평결과 어떤 연관이 있는지 알아내는 건 온전히 우리 몫이었다.

강의가 끝난 뒤 나는 이브레 선생님에게 붙잡혀 궁지에 몰리기 전에 서둘러 강의실을 빠져나갔다. 물론 그런다고 해서 피할 수 있는 일은 아니었다. 선생님이 마음만 먹으면 언제든 나를 불러낼 수 있다는 사실을 나도 잘 알고 있었다. 어쨌든 그날은 불려 가지 않았다. 강의실을 나서는데 조가 다른 아이와 대화하는 소리가 들렸다. 조보다 먼저 강의실을 나서려니 꼭 어디 가야 할 곳이 있는 사람이 된 것 같아 괜스레 기분이 좋았다.

하지만 그렇다고 딱히 갈 곳이 있는 건 아니었다. 시청사 콜로네이드 옆에 앉아 어머니가 퇴근하고 나오기를 기다렸다. 해가 지자, 분수대에 들어온 조명이 자문관과 그의 가족 동상에 빛을 뿜었다. 머릿속으로 어머니가 분수대의 돌 벤치에 앉아 동전을 던지며 아버지에게 가까이 기대는 모습을 떠올렸다. 그날이 제1서편에서도 과거가 되려면 얼마나 더 오랜 시간이 지나야 할까. 내가 아는 걸 되짚어 연도를 세어 보았다. 부모님의 젊은 시절은 너무나도 흐릿했다.

바닥에 깔린 판석에 신발이 부딪히는 소리가 들려 고개를 들어 보니 남자 어른 한 무리가 광장에 들어서고 있었다. 시청사를 향해 다가오기에 나는 옆으로 비켜서서 기둥 뒤에 몸을 반쯤 숨겼다. 남자들은 모두 헌병이었다. 그중 우두머리가 누구인지는 한눈에 알 수 있었다. 그 사람은 다른 사람들보다 한 걸음 앞서서 걷고 있었고, 나머지는 그를 중심으로 그의 속도에 맞추고 있었다. 우두머리로 보이는 남자는 40대쯤 되어 보였으며 검은 수염이 잔디처럼 짧고

굵게 나 있었다. 더 젊어 보이는 헌병이 내 옆을 지나가면서 싱긋 웃었다. 그늘로 들어와서 그랬는지도 몰랐지만, 어쨌든 나도 입꼬리를 조금 올려 화답했다. 그들은 묵직한 문을 통해 건물 안으로 들어가 사라졌고 곧 어머니가 밖으로 나왔다.

집으로 돌아가는 길에 어머니는 내게 첫 번째 평결을 내릴 준비가 되었느냐고 물었다. 나는 조금 더 생각해 봐야겠지만 이브레 선생님이 일러준 고려 사항을 종합해 보면 청원을 거부하는 게 맞는 것 같다고 대답했다. 어머니는 내 말을 들어보니 일리가 있다며 맞장구쳤다. 고려해야 할 요인들을 말해주긴 했지만 그 경중을 가리는 방법에 대해서는 알려주지 않았다며 불평하자, 어머니는 한두 번 탈락이 거듭되면 그때까지 남는 소수의 후보가 많은 걸 배우게 될 거라고 했다. 처음엔 가볍게 우리의 감수성을 시험하는 정도일 거라고도 덧붙였다. "한 이틀 있다가 떠날 애들에게 민감한 정보를 알려줄 리가 없잖아. 다음 주만 되어도 더 많은 걸 가르쳐줄 거야."

"다음 주까지 안 떨어지고 남아 있다면요." 차창 너머로 미끄러지듯 지나가는 쪽나무를 바라보며 무심코 대답했다.

어머니가 억지웃음을 지었다. "그런 말을 왜 해."

"죄송해요."

어머니가 날 힐끗 쳐다봤다. "왜, 긴장돼서?"

나는 고개를 가로저었다.

"당연히 긴장되겠지. 그래도 강의에 집중해서 각 사례를 신중하게 생각하면 네가 탈락할 일은 없어. 너는 자문관에 딱 어울려."

"왜요?"

지금까지 한 번도 이렇게 단도직입으로 어머니에게 물어본 적이 없었고 어머니의 확신에 이의를 제기한 적도 없었다. 그러나 이제는 심사 프로그램에 들어갔으니 이 정도 물어볼 자격쯤은 갖추었다는 생각이 들었다. 어머니는 성마른 소리로 대답했다.

"그 일에 잘 맞으니까 그렇지. 나처럼."

어머니의 말은 달리는 자동차의 침묵 속으로 스며들었다. 차 안이 어둑해서였는지 속마음을 털어놓고 싶은 충동이 불쑥 일었다.

"만약에 내일 탈락하면 큰일이 날까요? 시청 사무직도 있고……. 그게 쉬운 일이라는 뜻은 아니지만, 어쩌면 저한테 더 잘 맞을 수도 있잖아요? 나중엔 기록보관실에서 엄마가 하는 일을 이어받을 수도 있고요. 꼭 그러고 싶다는 건 아니고 그냥 이것저것 미리 생각해 보는 거예요."

어머니의 속이 부글부글 끓고 있다는 게 눈으로 보일 정도였지만, 어머니는 아무 대꾸도 하지 않고 차를 몰고 진입로에 들어와 주차했다. 그때 어머니는 이미 머리 꼭대기까지 화가 나 있었다. 어머니는 자동차 문을 여는 대신 날 향해 몸을 돌렸다.

"좋아, 오딜. 미리 생각해 보는 거 좋지. 첫 주에 탈락하면 너는 시청에서 어떤 사무직도 얻지 못할 테니까. 심사 프로그램에서 어디까지 가느냐에 따라서 네가 할 수 있는 일의 수준이 결정되거든. 뭐, 평생 비질이나 하면서 살래? 아니면 자문 기관 응접실에서 커피나 따를래? 그래, 그런 일을 하고 싶다면 모르겠다. 그게 아니라면 적어도 둘째 주까지는 떨어지지 말고 버텨야 해. 그러면 2급 사무직에 지원할 자격이 되니까. 운 좋은 줄 알아. 내가 하는 일이 아주 근사해 보이나 본데?"

그렇지 않다고 대꾸하려는데 어머니가 내 말을 끊었다.

"네가 모르는 게 있어. 같이 심사 프로그램에 들어갔던 애들한테 내가 업무 지시를 받거든? 옛날 동기들한테. 그중엔 나보다 못했던 애들도 있어. 근데 걔들이 지금은 기록보관실에 머리만 쑥 내밀고 와서는 나한테 이거 해라, 저거 해라 지시해. 그러면 나는 '네, 바로 하겠습니다' 하는 거야. 아무리 퇴근 5분 전이든 그게 몇 시간은 족히 걸리는 일이든 '네, 감사합니다'라고 대답한다니까? 그리고 걔들을 항상 공식 직함까지 붙여서 깍듯하게 불러. 봐, 엄마가 이런 일을 해. 그러니까 내일 그랑제콜에 가면 다른 후보자들을 쭉 둘러보고 걔들 밑에서 일하는 모습을 상상해 봐. 그러면 고심해서 제대로 평결을 내리고 싶은 마음이 생길 수도 있으니까."

"열심히 할게요. 안 그러겠다고 한 적 없잖아요."

여전히 눈을 부릅뜨고 있는 어머니는 차에서 내릴 기미가 없었다. 어머니가 일 얘기를 그토록 매섭게 하는 건 태어나서 처음이었다. 침묵을 견디지 못한 나는 마침내 입을 열었다.

"이브레 선생님도 엄마하고 같이 심사 프로그램에 있었어요? 그러니까 제 말은, 그때 이브레 선생님도 같이 후보생이었나요?"

잠시 후 어머니가 믿을 수 없다는 듯 소리쳤다. "이브레? 너 대체 엄마를 몇 살이라고 생각하는 거니?"

고개를 가로저으며 다시 웃는 어머니를 보니 한결 마음이 놓였다. 어머니가 심사 프로그램에서 어쩌다 떨어졌는지도 궁금했다. 이것저것 묻고 싶은 게 많았지만, 대신 나는 어머니에게 내 나이 때 자문 기관에 들어가고 싶어 했던 이유가 무엇이냐고 물었다.

어머니는 한숨을 내쉬며 대답했다. "아, 건물이 너무 멋지잖니. 그때 친구들이랑 자전거 타고 정문까지 가고 그랬거든. 그러면 가끔 경비원들이 둘러보라고 허락해 주기도 했어. 거기라면 몇 시간도 있겠더라. 그런 집에서 살면 얼마나 좋을지 환상을 품게 됐지."

"아."

어머니는 피곤한 듯한 눈으로 나를 쳐다보았다.

"안락한 생활을 꿈꾸거나 남들에게 존경받고 싶어 하는 건 나쁜 게 아니야. 그건 네 생각보다 훨씬 더 중요한 일이야." 어머니는 우리 둘 사이로 몸을 비집어 넣고 뒷좌석에서 서류 상자 하나를 꺼냈다. 우리는 집 안으로 들어갔다.

어머니와 대화를 나누기 전까지만 해도 시험을 앞둔 것치곤 꽤 차분한 상태였다. 아무에게도 말하지 않았지만 사실 나는 자문관 실습에서 탈락해 어머니의 직업처럼 조용한 일자리를 얻고 싶었다. 그러나 일찍 탈락할수록 기회가 제한된다는 걸 알고 난 이상, 남은 저녁 시간 내내 떨어져도 괜찮다고 욕심을 놓을 수도, 마음을 편히 달랠 수도 없었다.

7장

점심시간을 알리는 종이 울리자마자 에드메가 교실 밖으로 나갔다. 알랭이 앓는 소리와 함께 우리에게 와보라는 손짓을 했다. 애들을 따라 복도로 나가는데, 나를 교탁에서 쳐다보는 피슈그뤼 선생님의 시선이 느껴졌다.

"여러분, 피라입니다!" 우리가 화려한 오렌지빛 벽지로 꾸며진 음악실에 들어가자, 알랭이 크게 외쳤다. "야 인마, 뭐 하는 거야?"

에드메가 악기 케이스의 쟘쇠를 풀었다. "아직 악보도 다 준비 안 됐어."

"네 속도대로 편하게 연습해." 알랭이 말했다. "요새 짓는 건 우리끼리 하지, 뭐!"

"에드메 연습하는 거 방해하지 말고 놔둬라, 좀." 쥐스틴이 알랭의 옷자락을 잡아당기며 말했다. 내 눈이 조의 눈과 마주쳤다. 조가 피식 웃었다.

"알겠어, 알겠다고. 갑시다, 믿음의 수호자들이여!" 알랭이 문 앞에 멈춰 서더니 뼘으로 팀파니* 세트의 길이를 가늠했다. "음, 우리가 이걸 뒷산으로 가져가서 물통으로 쓰면 그뤼요 선생님이 화내시려나?"

"그걸 말이라고. 참 잘했다고 하시겠다." 에드메가 고개를 들지도 않고 대꾸했다.

조는 마리와 함께 점심을 먹기로 했다며 요새에는 우리끼리 다녀오라고 했다. 알랭이 조에게 같이 가자고 조르는 척했지만, 쥐스틴은 조에게 고맙다는 표정을 지었다. 나도 핑계를 지어내야 하는 상황이라는 걸 깨달았다. 그러나 둘은 내가 따라오는지 확인하지도 않은 채 성큼성큼 걸어가기 시작해서 굳이 핑곗거리를 찾을 필요도 없었다. 나는 에드메가 서 있는 곳과 문의 중간쯤, 그러니까 음악실 한가운데에 서 있었다. 인사를 건네고 문으로 빠져나오면 됐는데, 혼자 벽으로 가려고 하니 새삼 거북한 마음이 들어 당황스러웠다.

쭈뼛거리며 에드메에게 물었다. "나 여기서 너 연습하는 거 봐도 괜찮아? 불편하면 싫다고 해도……."

"당연히 괜찮지. 어차피 심사위원들 앞에서 연주해야 하는데. 안 그래?"

에드메가 바이올린을 조율하기 시작했다. 적막한 교실에 울려 퍼지는 화음이 내 머릿속에서 자그마한 상형문자들로 바뀌었다. 선율

◆ 반구형 몸통에 가죽 또는 플라스틱 막을 씌워 만든 타악기.

은 완벽한 평행을 이루며 흘러갔다.

에드메가 선수 치듯 말했다. "이 곡이 잘 안돼……. 다시 쓰기엔 너무 늦었고. 중간에 잘 안되는 부분이 있어. 듣다 보면 어딘지 바로 알 거야." 에드메는 바이올린 활을 들었다.

며칠 전 창가에서 엿들었던 것과 같은 곡이었는데, 실내라 그런지 현의 음색이 더욱 뚜렷하게 들렸다. 바이올린 활이 움직이며 만들어내는 음들이 내 피부를 간질이는 듯했다. 연주하는 동안 에드메는 눈을 뜨고 있었지만, 그의 눈빛은 교실보다 더 먼 어딘가에 집중하고 있는 것처럼 보였다. 저 멀리 공중에 화음이 피어났다.

그때 음악이 폭발적으로 빨라지더니 선율이 뒤죽박죽되었다. 에드메는 활을 쥔 채로 주저앉았다.

"여기야."

"방금 전까지는 엄청나게 듣기 좋았는데." 내가 말했다.

"응, 아까까지만. 원래는 이것보다 훨씬 더 빠르게 연주해야 해."

얼마나 빠르게 연주해야 하는지 보여주려고 에드메가 말도 안 되는 속도로 다시 한번 연주했다. 정신없이 빠르게 진행되려는 찰나 그 부분이 나오자 음이 이리 뛰고 저리 뛰며 삐끗거렸다. 에드메는 고개를 뒤로 젖히고 천장을 응시했다. 극도로 지친 모습이었다.

"대체 무슨 생각으로 이렇게 썼는지 몰라? 탓할 사람도 없고 참."

나는 웃으면서 악보를 보면서 연습하면 도움이 되지 않겠냐고 물었다. "네가 만든 곡인 건 알지만 그래도."

에드메의 시선이 피아노 벤치에 놓인 포트폴리오로 향했다. "글쎄, 저 고문자가 나한테 뭘 원하는지 내가 너무 잘 알아서 문제야."

화제를 바꾸려고 점심시간에 혼자 있을 수 있는 공간이 있어서 좋겠다고 말하려는데, 입을 뻥긋하기도 전에 여자 후배 한 명이 문가에 나타나 머뭇머뭇 고개를 까닥했다. 에드메가 인사를 받자, 그 여학생은 교실 구석으로 가서 클라리넷을 조립하기 시작했다.

에드메가 체념한 듯 미소를 띠며 다시 연주를 이어갔다. 몇 초 지나지 않아 그의 뒤에서 둥글둥글한 클라리넷 음이 흘러나왔다. 에드메는 자기 연주에 집중했고 실수하지 않았지만, 이번엔 쓸쓸한 미소가 그의 입가에 스쳤다. 후배의 클라리넷 소리는 점점 더 빨라지고 점점 더 커졌다. 그렇게 두 악기가 내는 소리가 합쳐지자 끔찍한 소음이 되었다. 에드메는 패배감에 젖은 듯한 모습으로 활을 내려놓았다.

"나가서 산책이라도 할래?"

우리는 후배들 교실이 있는 복도로 나온 뒤, 페달을 밟으면 물이 나오는 음수대를 지나 걸었다. 음악실이 있는 건물의 출입구는 아침에 학생들이 차에서 내리는 로터리 근처, 학교 정문 바로 앞에 있었다. 로터리 한가운데에는 전에 알랭이 올라가서 일부러 송가를 엉망으로 연주했던 나무가 있었다.

"다른 사람이 있으면 집중하기 힘들겠다." 내가 말했다.

"응. 근데 에이미는 정말 잘해. 에이미가 오디션을 볼 때쯤 되면 통과하는 건 식은 죽 먹기일걸. 에이미는 집에서도 연습할 수 있으니까."

"그게 무슨 말이야? 너는 집에서 연습 못 해?"

에드메가 망설였다. "응. 사실은 바이올린에서 손 떼야 하거든."

"왜?"

"내 실습. 부모님이 아예 못을 박으셨어."

"오디션도 보지 말라셔?" 나는 잠시 말을 멈췄다. "근데…… 지금도 계속 연습하고 있잖아?"

에드메는 짓궂은 표정을 지었지만, 눈꼬리는 슬퍼 보였다. 아마도 내가 난감해하지 않도록 억지웃음을 짓고 있는 것 같았다. 이 얘기를 계속하고 싶어 하는지 잘 모르겠기에 나는 어렴풋이 위로의 한숨을 내뱉었다. 그는 아무 말도 덧붙이지 않았다.

우리는 건물의 모퉁이를 돌아 놀이터 쪽으로 걸었다. 그네에 앉아 있는 남학생이 보였다. 양옆에 서 있는 여학생 둘이 그네의 줄을 빙빙 돌리고 있었다. 곧 그넷줄은 더 감기지 않을 만큼 팽팽하게 감겼다. 그때 줄에서 손을 뗀 여학생들은 제멋대로 타원을 그리며 빙빙 날아다니는 그네를 보며 킥킥댔다. 저쪽 풀밭에서 점심을 먹고 있는 조와 마리가 보였다. 에드메가 내게 점심을 먹었냐고 물었다.

"아니."

"나도 아직. 같이 먹을래?"

우리는 조가 있는 곳 대신 코트룸 쪽으로 걸어갔다. 며칠 전 앙리의 공에 맞은 스투코는 여전히 벗겨진 상태였다. 에드메는 가방을 바닥에 내려두고는 평소에 내가 서 있던 자리에 앉았다. 그리고 신사 같은 손짓을 하며 자기 옆자리를 권했다.

시멘트 바닥에 앉은 에드메 옆에 나도 자리를 잡았다. 웬일인지 전에는 이렇게 바닥에 앉아본 적이 없었다. 새로운 각도에서 보니 잔디밭 너머 소나무들의 키가 더 커 보였다.

"여기 생각보다 괜찮네." 에드메는 이렇게 말하고는 생각에 잠긴 표정을 지었다.

나를 놀리는 말인가 했는데, 그런 것 같진 않았다. 우리는 그늘에서 함께 도시락을 꺼내어 조용히 점심을 먹었다. 곁눈질로 보니 에드메가 줄기에 달린 청포도를 알알이 떼고 있었다. 다가올 그의 운명이 도무지 믿기지 않았다. 실재하는 그와 내가 아는 것. 둘의 간극이 너무나도 컸다. 훗날 어떤 무언가가 그 틈을 좁힐 수 있을는지 모르겠지만, 그래도 불공평하다는 생각을 지울 수 없었다. 에드메가 내게 포도를 건네며 아버지가 직접 재배한 거라고 말했다. 작고 쌉싸름한 씨앗을 품은 포도알이 싱싱하고 달콤했다.

빨간 자동차 한 대가 막다른 골목 쪽으로 달려오더니 버스 정류장 앞에 멈춰 섰다. 조수석 창문 밖으로 조의 얼굴이 빼꼼 나왔다.

"탈래?"

나는 고개를 끄덕였다.

"아빠! 얘가 개야." 내가 뒷좌석 문을 열고 들어갈 때 조가 말했다. 조의 아버지가 백미러를 힐끗 쳐다보았는데, 내게는 그의 선글라스와 희끗희끗한 머리카락만 보였다. 내가 감사 인사를 하자 아저씨가 어깨를 으쓱했다.

"뭐라고 할지 결정했어?" 자동차가 출발하자마자 조는 뒤를 돌아보며 조수석 머리 받침에 옆얼굴을 기대고 나를 보며 물었다. 손으로는 등받이 윗부분을 붙잡은 채였다.

"그 사건 얘기하는 거야?"

"응, 당연하지!" 흥분을 가라앉히지 못하는 목소리였다.

아저씨의 표정을 살폈으나, 우리 대화는 안중에도 없는 것 같았다. 내리막길을 따라 포도밭으로 달리는 자동차는 우리 어머니가 몰 때보다 훨씬 더 빠른 속도로 질주하고 있었다. 차창으로 불어 들어오는 바람에 머리카락이 얼굴에 달라붙었다. 조가 머리카락을 퉤퉤 뱉으며 까르르 웃었다.

"나는 승인하겠다고 하려고. L. M. 씨의 건강 상태만 괜찮다면. 그게 옳은 일 같아. 물론! 너도 그렇게 생각한다면 말이지." 조는 이렇게 말하고는 나를 뚫어져라 쳐다봤다.

나는 대답을 잠시 미루고, 옆으로 휙휙 스쳐 가는 포도들을 내다봤다. 호숫가에서 달보드레한 바람이 불어왔다.

"음, 나는 안 된다고 할 거야."

"정말? 그렇단 말이지? 이유는?"

"마지막 인사를 할 기회가 있었으니까. 부인이 오랫동안 아팠다고 했잖아."

"그렇긴 한데, 그건 이베트 크레시도 마찬가지였어. 나랑 이베트 크레시랑 아는 사이였던 거 알아? 친했던 건 아니지만, 어쨌든 이베트도 엄청 오랫동안 아팠거든. 가족들이 마지막 인사를 건네지 않았을 리가 없어. 그런데도 방문을 승인했잖아. 이베트네 가족이라고 마리가 확신하던걸?"

"나도 알아. 근데 이베트는 너무 어린 나이였으니까 상황이 다르지 않을까 생각해. 너무 어렸잖아. L. M. 씨 부인과는 다르게."

"뭐." 조가 자기 입술을 빨다가 잘근 깨물었다. "네 말 듣고 나니 이제 더 모르겠다. 아, 진짜! 정답이 있기는 한 문제일까? 어쩌면 우리가 어느 선택을 하느냐보다 어떻게 발표하느냐가 더 중요할 수도 있잖아?"

"나도 모르지."

베르디에네 자동차에서 내리려니 어딘가 우쭐했지만 또 거북하기도 했다. 그래도 조가 시내 학생들에게 가지 않고 강의가 시작하기 전까지 계속 내 말동무가 되어주어 기뻤다. 게다가 이날은 교실 뒤쪽에 있는 내 옆자리에 앉기까지 했다. 지난주에는 금발 곱슬머리 남학생이 차지했던 책상이었다. 이브레 선생님이 강의실로 들어오자, 조가 긴장한 표정으로 나를 쳐다보았다. "으, 시작한다."

이브레 선생님은 모두가 착석할 때까지 아무 말 없이 기다리다가 벽면에 걸린 지형도를 향해 걸어갔다. 제1동편의 중앙과 우리 밸리에 핀을 하나씩 꽂은 선생님은 두 개의 핀을 흰색 실로 조심스레 이었다. 그리고 산을 가로지르는 흰 실을 팽팽하게 만들고는 우리를 향해 고개를 돌렸다.

"모두 이마를 책상에 대도록."

조를 곁눈질하면서 살펴보니, 다른 애들도 혼란스러워하는 눈치였다. 내 앞자리에 앉은 헝클어진 머리의 여학생이 이마를 책상에 대고 엎드리면서 자기 의자가 내 책상에 부딪힐 때까지 엉덩이를 뒤로 쭉 밀었다. 나는 공책을 옆으로 치우고 양손을 무릎에 얹는 동시에 머리를 합판에 닿을 정도로 숙였다.

"다들 눈 감고."

책상 사이 통로를 걷는 소리가 들렸다. 이브레 선생님은 상체를 기울여 가며 학생들 얼굴을 일일이 확인하고 있었다. 이브레 선생님이 가까이 오자 향기가 났다. 오늘은 홈에 박힌 레몬을 연상시키는 시트러스 향이 살짝 풍겼다. 발걸음이 멀어지더니 곧 강의실 앞에서 말할 때처럼 익숙한 크기의 목소리가 들렸다.

"L. M. 씨의 청원을 승인하는 학생은 고개를 숙인 상태로 손을 듭니다. 눈을 뜨면, 그 즉시 탈락입니다."

강의실 곳곳에서 소맷자락이 펄럭거리는 소리가 났다. 소리만 들으면 마치 강의실의 모든 학생이 손을 드는 것 같았다. 요동치는 마음을 붙잡으며 나는 팔을 들지 않고 가만히 두었다. 책상에 맞닿은 이마가 뭉근하게 아팠다. 내 두개골이 얼마나 딱딱한지 느껴질 정도였다.

"손을 내리세요." 이브레 선생님의 목소리가 말했다.

여러 개의 팔이 내려가면서 작은 바람을 일으켰다.

"이제 청원을 거부하는 학생은 손을 드세요."

막상 손을 들려고 하니, 자세 때문에 무슨 인사라도 하는 것처럼 손이 팔꿈치 높이까지밖에 올라가지 않았다. 달갑잖은 인사를 건네는 사람, 웨이터를 부르려는 사람이 된 것 같았다. 조금이라도 성의를 보이려고 손가락 사이를 힘 주어 넓게 벌렸다.

"자, 손을 지금 위치에 그대로 둡니다. 모두 바로 앉아서 눈을 뜨세요."

팔을 든 상태를 어색하게 유지하면서 몸을 일으켜 주변을 둘러보았다. 손을 들고 있는 사람은 나를 제외하면 세 명밖에 없었다. 그중하나가 조였는데, 조의 얼굴은 이제 하얗게 질려 있었다.

"지금 손을 들고 있는 학생들은 왼쪽 벽에 붙어 섭니다." 이브레 선생님이 말을 이었다. "나머지는 오른쪽으로. 준비해 온 내용이 있다면 공책을 챙겨 가세요."

청원을 거부하는 다른 두 학생과 함께 조와 나는 벽에 걸린 지도 옆으로 가서 섰다. 빈 책상들 건너편에 서 있는 후보생 여덟 명은 다수에 속했다는 사실에 들뜬 듯 새어 나오는 미소를 애써 감추며 속삭이고 있었다. 반면 우리 편에 서 있는 아이들은 누구도 말하지 않았다. 나는 조가 나 때문에 잘못된 선택을 했다고 나를 탓하지 않길 바라며 한 번 더 조를 힐끗 쳐다보았다. 조는 시선을 정면에 고정한 채 두려움을 꾹꾹 누르고 있었다.

이브레 선생님이 두 진영 사이에 서서 테스트를 시작했다. "대다수가 승인에 표를 던졌으니, 먼저 두 명의 찬성 의견을 듣고 나서 한 명의 반대 의견을 듣는 식으로 모두의 평결을 들어보도록 하겠습니다. 필요한 만큼 시간을 충분히 쓰되, 머릿속의 모든 생각을 늘어놓지 말고 최선의 주장을 엄선해서 펼치도록 하세요. 그렇지 않으면 중단 요청을 하겠습니다. 여러분이 궁금해할 만한 사항을 말해주자면, 자기가 준비했던 대답을 앞 사람이 먼저 '채택'한다고 하더라도 걱정할 필요 없습니다. 반드시 새로운 대답을 할 필요는 없습니다. 반대로 앞 사람의 대답을 베끼고 싶은 유혹이 든다면, 상대의 주장이 설득력 있게 들려도 오답일 가능성이 있다는 사실을 명심하세요. 그러므로 최고의 방법은 단순하게 생각하는 것입니다. 여러분이 승인 또는 거부 평결을 내리게 된 이유를 내게 말해주면 그걸로 됩니다. 세리, 먼저 시작하도록."

반대편에서 조에게 자리를 빼앗긴 곱슬머리 남학생이 강의실 앞으로 나왔다. 그는 자신감 있는 목소리로 L. M. 씨의 방문을 승인해 줘야 할 이유를 나열했다. 조가 차에서 얘기했던 요점과 크게 다르지 않았다. 세리는 L. M. 씨에게 애도 투어가 개인적으로 꼭 필요해 보이고, 기준에 부합하는 사례이며, 우리 사회에 미칠 영향이 미미할 것이므로 그의 청원을 군이 거부해야 할 이유가 없다고 발표했다.

그는 채 1분도 안 되어 발표를 마치고 같은 편 아이들 틈으로 돌아갔다. 옆에 서 있던 여학생이 잘했다는 듯 팔꿈치로 그를 슬쩍 찔렀다.

"다음, 브뤼송." 이브레 선생님이 다음 발표자를 불렀다. 어떤 생각을 하고 있는지 통 읽을 수 없는 표정이었다. 세리의 옆구리를 찔렀던 여자애가 앞으로 나오더니 생각보다 더 허스키한 목소리로 발표를 시작했다. 브뤼송은 세리의 주장과 비슷한 골자로 발표하면서 L. M. 씨가 누구에게도 위협이 되지 않는 이유를 더욱 자세히 언급했다. 혹여 L. M. 씨가 프로토콜을 어기는 상황이 발생하더라도 그가 노인인 점을 고려할 때 호위하는 헌병이 그를 수월하게 제압할 수 있을 거라는 의견을 덧붙였다. 발표를 마쳤을 때 나는 브뤼송이 꽤 잘했다고 생각했다.

이브레 선생님이 우리 쪽으로 몸을 돌렸다.

"오잔." 역시나 덤덤한 목소리였다.

안 그래도 몇 명 없는데 굳이 앞으로 나가야 할지 잘 모르겠어서 발을 몇 센티 정도만 앞으로 내밀었다. 그만큼으로도 너무나 노출된 것 같은 기분이 들었다. 교복 속 등줄기가 축축했다. 피할 수 없이 시선을 받아야 하는 내 얼굴은 이미 새빨개진 것 같았다.

목을 가다듬으며 목소리를 평소보다 크게 내려고 했다. 그 결과 내 목소리에는 긴장한 티가 역력했다.

"L. M. 씨의 청원을, 저는 거부하는 바입니다."

'거부'라는 단어가 생각보다 훨씬 더 날카롭게 들려서 얼굴이 타들어 갈 것 같았다. 이브레 선생님은 가만히 기다리고 있었다. 나는 다른 학생들을 신경 쓰지 않은 채 이브레 선생님의 표정에서 어떤 긍정의 기미를 찾으려 애쓰며 말을 이었다.

"제가 생각하는 가장 중요한 이유는 다음과 같습니다. L. M. 씨의 슬픔은 오래전부터 이어져 온 것입니다. 이는 청원의 조건 중 하나를 충족하지만, 다른 조건들도 고려해야 합니다. 슬픔이 전부는 아니기 때문입니다. L. M. 씨는 아내가 사망하리란 걸 일찍이 알고 있었습니다. 아내의 죽음을 부부가 함께 대비할 수 있었고, 서로 마지막 인사를 나눌 기회도 있었습니다. 그리고 마지막 인사는 한 번으로 족합니다. 누구나 죽습니다. 그렇다고 모두의 방문을 허락할 순 없습니다. 특별한 사례만 허락해야 합니다. L. M. 씨의 사례는 특별하다고 할 수 없습니다. 적어도 이런 면에서는요. 그러므로 저는 그의 청원을 거부합니다."

나는 눈을 아래로 깔고 내 자리로 물러났다.

이브레 선생님은 아무 반응도 보이지 않았다. "에로, 앞으로." 선생님은 재촉하듯 다음 발표자를 불렀다.

프로그램 첫날 나에게 미소를 건넸던 그 여학생은 L. M. 씨의 편에 서서 주장을 펼쳤다. 내 심장이 쿵쾅거리는 소리 때문에 에로의 목소리가 잘 들리지 않았다. 어찌나 뛰는지 귀가 광광 울려댈 정도였다.

마지막 순서를 향해 갈수록 학생들은 처음보다 자신감을 잃은 듯 보였다. 무드리라는 이름을 가진 헝클어진 머리의 여자애가 본때를 보여줄 것처럼 큰 목소리로 발표를 시작했지만, 결국 공책만 들춰댈 뿐 본인의 주장을 매듭짓지 못하고 결정을 번복했다.

조의 이름은 맨 마지막에 불렸다. 아까 수심이 가득 찬 얼굴을 본 뒤로 걱정이 되었는데, 조는 내 생각보다 더 침착했다. 마지막 작별 인사에 관해서 내 대답과 비슷하게 주장을 펼쳤지만, 나보다 덜 직설적인 말투로 L. M. 씨의 애처로운 처지에 더욱 연민을 느끼는 것처럼 말했다. 그의 청원을 들어주지 못하는 현실을 무척 안타까워하는 모습이었다. 내가 슬픔이라는 감정을 이해하지 못하는 사람 같은 인상을 주었다면, 조는 마음이 따뜻한 사람으로 보였다. 제자리로 돌아올 때 조는 안심하는 듯한 표정을 지어 보였다.

"모두 자리로 돌아가 앉으세요." 이브레 선생님이 말했다. 학생들은 지체 없이 지시에 따랐고 선생님은 시간을 조금도 낭비하지 않았다.

"에로, 그렉, 무드리. 공책을 책상 위에 올려놓고 나가주세요. 1주

차에 참여해 줘서 고맙습니다."

서 있는 세 사람을 보고 있으니 속이 메스꺼웠다. 왕관 모양으로 머리칼을 땋은 여자애가 이제 분홍색이 되어 버린 얼굴로 내 옆자리의 책상을 치웠다. 얼룩덜룩한 안경을 쓴 그렉은 우리 편에 섰던 애였는데, 갈팡질팡하다가 주제를 삼천포로 빠뜨리고 말았다. 고개를 푹 숙인 채 강의실을 떠나는 두 사람을 뒤로하고 무드리는 자기 책상에 딱 붙어 있었다.

"제 대답에 한 가지만 더 추가해도 될까요?" 무드리가 애원했다. "가장 중요한 이유를 깜빡해서요!"

"공책 내려놓고." 이브레 선생님이 재차 말했다. 이제 선생님은 가차 없다는 듯한 표정을 짓고 있었다.

헝클어진 머리의 여자아이는 책상에 공책을 탁 내려놓고 울음을 터뜨렸다. 무드리는 계단으로 뛰어갔다. 자문관 이브레 선생님을 제외한 모든 학생은 그저 깜짝 놀란 얼굴로 이 장면을 바라볼 뿐이었다.

수업이 끝나려면 아직 한 시간이 넘게 남아 있었다. 과연 어머니의 말대로였다. 학생 수가 줄어들고 나니 이브레 선생님은 자문 기관이 어떤 기준으로 판단하고 왜 그런 판단을 하는지에 관해 더 많이, 더 자세하게 알려주었다. 1주 차의 심사 기준을 명확하게 얘기해 주지는 않았지만, 결과를 보아하니 어느 편을 선택하더라도 통과하거나 탈락할 수 있다는 건 틀림없는 사실이었다. 이브레 선생님은 L. M. 씨가 지금은 우리 곁에 없지만 실존 인물이었으며, 그의 청원은 제1동편의 자문 기관에서 승인받았지만 우리 밸리에서 거부되었다고 알려주었다. "드문 경우는 아닙니다." 이브레 선생님이 자세한 설명과 함께 각 밸리의 헌병대가 소통하는 방법을 알려주었다. 청원서를 봉인하여 산속 금고에 넣어두면 인접한 밸리에서 똑같은 방식으로 평결을 보내온다고 했다. 방문 승인은 양측이 모두 합의해야 가능한 일이라 L. M. 씨는 끝내 방문하지 못했다. 더많은 질문을 하기 위해 여기저기서 손이 올라왔지만, 내 마음은 타원형 창문을 통해 광장을 넘어 선착장을 지나 호수 옆 호스피스 시설로 흘러갔다. 아내의 이마를 쓰다듬고 헐떡이는 숨소리를 들으며 밤새 아내의 임종을 지키는 L. M. 씨의 모습을 상상했다. 내 머릿속에서 L. M. 씨는 옆 밸리의 시청사에서 자신의 청원이 거부되었다는 사실을 까맣게 모른 채 20년 뒤에 건강만 허락한다면 당신을 만나러 가겠다고 아내에게 쉰 소리로 약속하고 있었다.

8장

그랑제콜 현관 앞 계단에서 조가 나를 덥석 끌어안았다. 조는 두 손으로 내 어깨를 붙잡고 허공에 눕듯 몸을 뒤로 뉘였다.

"오딜! 탈락생 셋 중에 둘이 저쪽 편이었어. 너, 어느 편에 서야 할지 정말 빠삭하던걸!"

"너, 너도." 조의 말에 어리둥절해서 더듬거리고 말았다. "이것저 것 살도 잘 붙이고, 정말 잘하더라."

"뭐, 나도 나름대로 한다고 했지. 그래도 너 아니었으면 청원을 거부할 수 있다는 생각도 못 했을 거야. 처음엔 내가 너무 물러터지 게 생각했어."

"너 되게 프로 같았어." 내가 말했다. "청원을 거부한다고 말하면 서도 청원인의 마음을 헤아리고 걱정하는 사람처럼 보이더라."

"어때, 지금은……? 걱정하는 사람 같아?" 조가 목소리 톤을 높여 부드럽게 물었다. 가짜 미소를 지으며 눈을 계속 깜빡거리던 조는 그렇다는 내 대답을 듣고 난 후에야 목소리를 평소처럼 낮췄다.

"솔직히 나는 거부당하는 청원인의 마음을 위로하는 것도 자문관의 역할이라고 생각해. 잘 생각해 봐. 거부할 때 청원인의 사연에 조금도 신경 쓰지 않는 사람처럼 말하면 안 돼. 그러면 철책을 넘어가 버리는 사고를 저지를 가능성이 훨씬 더 커질 테니까."

다른 후보생들은 다들 집으로 가고 없었다. 나는 조에게 이제 어머니를 만나서 같이 집에 가야 한다고 말했다.

"안 돼, 너도 같이 가자! 쥐스틴은 이미 가 있을 거고, 알랭하고 에드메도 이따가 슈납스◆ 마시러 온다고 했어." 내가 갑자기 말이 없어진 걸 눈치챈 조가 서둘러 덧붙였다. "앗, 미안해. 일찍 얘기한다는 걸 깜빡했다. 쥐스틴이 애들 부르자고 해서. 쥐스틴이 누구 좋아하는지 너도 알지?"

언제 나 빼고 약속을 잡았는지 궁금했다. 아니, 궁금했지만 알고 싶지는 않았다. "아냐, 괜찮아. 어차피 집에 가야 되니까." 이렇게 말하고 나니 내가 상처받았다는 게 확연히 드러났다.

"그런 게 어딨어." 조가 내 팔을 붙잡았다. "너희 엄마한테는 약속 있다고 말씀드리면 되잖아."

사유 도로에 접어들자 베르디에 아저씨가 자동차의 속도를 줄였다. 어둠 사이로 뻗어나간 전조등 불빛이 포도 덩굴 모양을 유령처

◆ 원래 과일로 만든 독한 브랜디를 뜻하는 말이었으나, 지금은 과일 또는 허브를 이용해 담근 리큐어를 가리키는 의미로도 사용된다.

럼 보이게 만들었다. 라디오에서 흐르는 촌스러운 노래를 들으니 어릴 때 어머니와 함께 보러 갔던 마티네*가 생각났다. 나팔을 불고 심벌즈를 때려대던 공연이었는데, 내가 기억하는 건 뚱뚱한 남자가 바닥에 철퍼덕 앉아 있는 장면과 주변에 있던 아이들이 깔깔거리며 소리치는 장면이 다였다. 에드메의 곡을 생각하니 한결 경박하게 들렸다. 조가 차창 밖으로 손을 내밀고 손톱으로 자동차 지붕을 두드렸다. 그때 3층짜리 대저택이 눈에 보였다. 건물은 은은한 불빛이 감도는 베란다로 둘러싸여 있었고, 벽에는 길쭉길쭉한 창문들이 붙어 있었다. 베란다를 휘감는 큼직한 잎사귀와 덩굴이 자연미를 더했는데, 그게 아니면 인형의 집 같기도, 고급 제과점 진열장 속 케이크 같아 보이기도 했다.

내가 조와 함께 서 있는 걸 보고 어머니는 조금 당황한 눈치였으나, 베르디에네 집에 다녀오겠다고 하니 기꺼이 허락해 주었다. 프로그램 첫째 주를 통과했다는 소식을 어머니에게 먼저 전한 사람은 조였다. 어머니는 두 손을 꼭 모으며 "축하해, 아가씨들!" 하고 환호했다. 어머니가 떠난 뒤 조가 날 보며 "아가씨, 가시죠"라고 말하기에 내가 "아가씨 먼저" 하고 대꾸했다. 조는 차에 타면서 까르르 웃었다. 그 웃음소리가 어머니를 놀렸다는 내 옅은 죄책감을 깨끗이 씻어내렸다.

조네 집은 현관부터 거대했다. 벽과 계단은 하얗게 빛났다. 하늘하늘한 원피스를 입은 조의 어머니가 쥐스틴과 함께 식당에서 나왔

◆ 주간에 공연하거나 상영하는 연극 또는 영화를 가리키는 말.

다. 쥐스틴은 시폰 블라우스와 청바지, 니트 카디건으로 갈아입은 모습이었다. 베르디에 아주머니가 날 향해 잠시 어리둥절한 듯한 미소를 짓고는 딸을 바라봤다. "음?"

"나 오늘 엄청 잘했어!" 조가 신발을 벗고 안으로 들어가며 말했다. "엄마, 이쪽은 나랑 같이 통과한 멋진 친구, 오딜 오잔이야."

"피슈그뤼 선생님의 추천을 받았으니 당연히 멋지겠지. 어서 오렴. 플로린 아주머니가 음식을 넉넉히 만들었단다. 오딜도 부리드♦를 좋아해야 할 텐데."

식탁에 앉자, 가정부가 와인을 따라 주었다. 당연하다는 듯 잔을 받는 조나 쥐스틴과 다르게 나는 내 와인 잔을 향해 병을 기울이는 파리한 여인에게 고맙다고 작게 웅얼거렸다. 그 와인병에도 베르디에 라벨이 붙어 있었는데, 다른 병들처럼 진홍색 라벨이 아니라 검은색과 금색이 섞인 라벨이었다.

조의 부모님이 누가 탈락했느냐고 딸에게 물었다. 1주 차 탈락생 중에 에로라는 여자애가 있다는 대답을 듣자, 베르디에 아주머니가 숨죽여 웃었다.

"오히려 잘됐네. 에로네 부모님이 운영하는 가게에 딸이 필요해. 라 프레메리 뒤편에 있는 양장점, 너도 알지? 전에 같이 한 번 가본 적 있는데. 기억나니, 조엘? 치수를 줄여 달라니까 옷을 엉망으로 만들어놨던 데 말이야. 뤼시처럼 똑똑한 애가 들어오면 좀 나아질지 누가 아니."

♦ 달걀 노른자를 넣어 걸쭉하게 만드는 생선 스튜.

조가 지루한 티를 냈다. 조의 어머니는 당황하지 않고 시선을 내게 돌렸다. "오딜, 부모님은……. 아, 이런. 미안하구나. 참 안타깝기도 하지. 어머니는 무슨 일을 하시니?"

나는 입에 있던 음식을 꿀꺽 삼키고서 어머니가 자문 기관이 있는 시청사의 기록보관실에서 일한다고 대답했다. 나는 누군가 애도의 뜻을 표할 때 어떻게 반응해야 할지 배운 적이 없었다.

"중요한 일을 하시는구나." 식탁의 상석에 앉아 있던 조의 아버지가 말했다. 그의 얼굴이 이미 살짝 붉어져 있었다.

"저희 어머니도 심사 프로그램에 참여하셨대요." 내가 대답했다.

"맞아, 그랬지." 베르디에 아주머니가 말했다. "너도 기록보관실 일이 적성에 잘 맞을 것 같니?"

"음, 네. 그럴 것 같아요."

스튜를 한 숟갈 더 떠먹는데 조의 한숨 소리가 들렸다. 부드러운 생선 살과 낯선 허브가 들어간 스튜는 걸쭉하고 상큼했다.

"그런 기록을 보관하는 건 아주 중요한 일이야." 베르디에 아저씨가 거듭 말했다. "그러나 자문관이 없으면 소용없지. 기록보관실의 모든 기록이 코앞에서 바뀐다고 해도 안쓰러운 네 엄마는 모를 거 아니냐!" 아저씨는 생각만 해도 재밌다는 듯한 표정을 지었다.

"아빠가 뭘 알아." 조가 아버지의 말을 맞받아치고는 대화의 주제를 쥐스틴으로 돌렸다. 조는 쥐스틴에게 육상팀에 요즘 어떤 재밌는 소문이 돌고 있느냐고, 객관적으로 봤을 때 계주팀의 구멍은 누구냐고 물었다. 저녁 식탁은 금세 반 친구들의 험담으로 채워졌다. 조네 가족은 우리 반 아이들을, 적어도 그들의 이름은 이미 다 알고 있는 것 같았다. 며칠 전까지만 해도 이들이 내 특이한 성격을 안줏거리 삼으며 지금처럼 깔깔거렸을 수도 있겠다는 사실을 잊으려고 애쓰며 나도 그들을 따라 웃었다.

저녁 식사가 끝나자 가정부가 식탁을 치웠고, 조의 아버지는 서재로 들어갔다. 조의 어머니가 우리에게 이제 뭘 할 거냐고 물었다.

"친구들 온대." 조는 모음을 길게 빼면서 장난스럽게 덧붙였다. "나암자애드을이."

"음, 그래? 누가 오니?"

"에드메 피라랑 알랭 로소."

"그렇구나, 음." 베르디에 아주머니가 말끝을 흐리며 물었다. "앙리는 안 오고?"

"웩, 절대 안 불러. 엄마는 앙리가 어떤 앤지 모른다니까. 며칠 전에 학교에서 앙리가 오딜을 얼마나 괴롭혔는데."

아주머니가 깜짝 놀라는 표정을 지었다. "상상이 안 되는구나."

"어쨌든 걔네 금방 올 거야. 애들 오면 위층으로 보내달라고 플로린 아줌마한테도 말해줘." 조가 말했다.

"그래, 알겠다. 그래도 방문은 열어두려무나."

"엄마! 머릿수 좀 세어봐. 우리가 뭐 섹스 파티라도 하겠어?"

"조엘, 규칙은 규칙이야."

조와 쥐스틴이 까르르거리며 계단을 올라갔다. 나는 얼굴이 너무 새빨개진 나머지 뒤돌아서 잘 먹었다는 인사조차 할 수 없었다.

조의 침실은 우리 어머니의 방보다도 넓었다. 와 보기 전까지 나는 조의 방이 무척 화려할 줄 알았는데, 방 안의 침구는 흰색과 광택 있는 검은색이 대부분이었다. 소품은 고급스럽지 않은 게 없었다. 하나같이 단순하면서도 무척 우아했다. 벽장은 문을 열고 들어갈 수 있는 구조였다. 조는 벽장에 들어가 계피색 니트 원피스로 갈아 입고 나온 뒤 교복을 빨래 바구니에 던져 넣었다. 나는 점퍼스커트 차림 그대로 침대 끄트머리에 앉으면서 타이라도 풀어야 할지 잠시 고민했다.

깊숙이 나 있는 내닫이창 옆에 놓인, 푹신한 의자에 눈길이 갔다. 한낮에 저 의자에 앉아 있으면 포도밭과 호수가 한눈에 내려다보일 터였다. 의자 옆에는 여러 권의 책이 높이 쌓여 있었다. 이토록 멋진 곳에서 책을 읽을 수 있다니. 조가 무척 부러웠다.

나는 막판에 초대받은 처지라 남자애들이 도착했다는 소식을 들었을 때 혹시 애들이 날 보고 실망하면 어쩌나 걱정되었다. 그러나 조의 방으로 들어오는 에드메와 알랭은 아무렇지도 않게 "안녕" 하고 인사를 건네고는 방 안을 둘러볼 뿐이었다. 두 사람도 반소매 티셔츠에 청바지로 갈아입은 모습이었다.

"오, 방 멋진데." 알랭이 이렇게 말하고는 창가 소파에 풀썩 앉아 연기하는 배우처럼 등을 뒤로 기댔다.

"여기, 점잖은 신사가 있습니다." 에드메가 라디오 드라마에 나오는 것처럼 내레이션을 더했다. 알랭이 책 한 권을 집어 들고 훑어보더니 이내 가짜 하품을 크게 하고는 잘 것처럼 몸을 웅크렸다.

"자, 우리는 하저하는 신사를 바라보고 있습니다." 에드메가 계속했다.

내가 웃음을 터뜨리며 말했다. "그게 뭐야. '하저'는 밥 먹는다는 뜻일걸?"

자는 척하던 알랭이 입을 오물오물 움직였다.

8시가 다 되어갔다. 라디오에서 나오는 소리가 현관과 계단을 타고 올라와 웅웅 울렸다. 조가 와인 저장고에서 와인을 좀 챙겨다가 산책이나 가자고 했다. 혼자 가서 얼른 몇 병 훔쳐 오겠다고 조가 말했지만, 알랭은 다 같이 가자고 끈질기게 고집을 부렸다. 결국 조는 두 손 두 발 들었다. 우리 넷은 조의 뒤를 따라 아래층으로 살금살금 내려갔고 반짝반짝 빛나는 부엌을 지나 걸었다. 조가 작은 문을 열자 좁다란 계단이 나타났다. 계단에서 끼익거리는 소리가 날 때마다 우리는 터져 나오는 웃음을 꾹꾹 눌렀다.

조가 쇠줄을 당겨 전구의 빛을 밝혔다. 그제야 우리가 천장이 낮은 석굴 같은 데에 들어와 있다는 사실을 알았다. 벽을 따라 늘어선 와인 선반에 진열된 와인병의 코르크가 마치 총구처럼 우리를 겨냥하고 있었다.

"우리 마음대로 골라도 돼?" 알랭이 큰 소리로 물었다. 쥐스틴이 "쉿" 하며 조용히 하라고 하자 알랭이 얼른 속삭였다. "진짜로 여기 싹 쓸어도 되냐고?" 에드메가 내 쪽을 바라보며 못 말린다는 듯 고개를 가로저었다.

"세 병쯤은 가져가도 모를 거야. 저기 맨 밑에 있는 것들만 빼고." 조가 라벨이 붙어 있지 않은 와인이 담긴 상자 하나를 꺼내더니 거기서 세 병을 빼내 우리에게 건넸다. "굳이 따지자면 이건 판매용으로 문제가 있는 것들인데, 우리는 마셔봐야 차이도 몰라.”

한 병을 받아 든 에드메가 손으로 돌려가며 살펴보았다. 천장에 매달린 전구에서 퍼져 나온 빛이 에메랄드빛 유리를 통과했다. “이제 어디로 가?”

“우리 따라오면 돼.” 쥐스틴이 말했다. 조가 와인 상자를 원래 자리에 밀어 넣은 뒤 쇠줄을 당겼다. 위에서 들리는 발소리가 멀어질 때까지 우리는 어두운 지하에서 잠시 가만히 기다렸다. 내 목덜미로 따뜻한 바람이 느껴졌다. 에드메의 숨결이었다. 아무 소리도 내지 않기 위해 나는 그 자리에서 한 걸음도 떼지 않았다.

푸르른 포도밭이 완만하게 호숫가까지 이어져 내려갔다. 거기서부턴 몽돌이 깔린 수변을 가로지르는 산책로가 깔려 있었다. 조와 쥐스틴의 뒤를 따라 짤막한 부두를 지나 맨 끝에 있는 정자까지 걸었다. 오각형 정자의 벽면을 따라 벤치가 하나씩 놓여 있어서 우리 다섯이 벤치를 하나씩 차지했다. 조가 앉아 있던 벤치 아래로 손을 넣더니 숨겨놓은 와인오프너를 하나 꺼냈다. 조가 코르크를 따는 동안 나는 정자 밑바닥을 두드리는 작은 파도 소리에 귀를 기울였다. 호수에 뜬 달그림자가 은빛으로 반짝였다.

알랭이 자기부터 마셔보겠다며 와인병을 가져가더니 한참을 꿀꺽거리는 바람에 남은 우리는 알랭에게 그만 마시라고 볼멘소리를 해야 했다.

“야, 장난 아니고 이거 진짜 구려.” 알랭이 숨을 헐떡거리며 말했다. “너네 입 다 버리겠다. 거슬리는 향이 한둘이 아니야!” 알랭이 연거푸 와인을 들이켰다.

와인 맛은 꽤 괜찮았다. 와인을 삼키자마자 뇌가 따뜻해졌다. 오 각형으로 둘러앉은 우리는 술병을 양쪽에 앉은 옆 사람에게 건네주 면서 와인을 번갈아 마셨다. 에드메의 반대쪽 옆에 앉은 조가 에드 메에게 와인을 건네줄 때 마침 나도 에드메에게 와인을 건네주었 다. 에드메는 양쪽에서 와인을 받아들고서 각각 한 모금씩 마신 뒤 팔을 교차해 나와 조에게 동시에 서로 다른 와인을 전달했다. 새 병 을 받아 든 조가 내 눈을 쳐다봤다.

"1주 차에 살아남은 우리 둘을 위하여!" 조가 말했다. "떨어지기 전까지, 명예로운 자문관 베르디에와 오잔을 위하여!"

조와 나는 와인병을 서로 살짝 부딪치며 건배한 다음, 알랭을 흉 내 내며 시합하듯 와인을 멈추지 않고 꼴깍거렸다. 쥐스틴이 깜짝 놀라 "오오오우!" 하고 감탄사를 내뱉는 순간, 우리는 동시에 웃음 이 터졌고 사레가 들려 머금고 있던 와인을 앞으로 뿜으면서 켁켁 거리고 한참 깔깔거렸다.

와인병은 금세 바닥을 드러냈고, 한껏 들뜬 우리는 정신없이 수 다를 떨어댔다. 이유는 모르겠지만 우리의 대화 주제는 자문관을 위한 건배에서 밸리의 민간 설화로 이어졌다. 대부분의 설화에는 뚜렷한 교훈이 담겨 있었는데, 교훈의 내용도 엇비슷했다. '밸리를 떠나지 말고, 간섭하지 말 것.' 모두 지어낸 이야기인데도 자문 기관 에서 금지하지 않는 이유도 이런 교훈 때문이었다. 심지어 학교 도 서관에는 졸업반만 접근할 수 있는 서가에 민간 설화를 따로 모아 놓은 구역도 있을 정도였다. 물론 졸업반이 될 때까지 학생들이 그 런 이야기를 모르는 건 아니었다. 가장 잔인한 설화들 몇 가지만큼은 일찌감치 접했다.

　그중에 재미있기로 유명한 '소녀'라는 설화가 있었다. 이 이야기도 철책이 생기기 전 허구의 시대를 배경으로 시작한다. 그때는 사람들이 마음만 먹으면 산을 넘어 다른 밸리로 가는 게 가능했다(마지막 설화인 '건축가'는 밸리 간의 경계를 만드는 내용이었다. 마을에는 그 설화의 제목을 딴 광장도 있었다). '소녀'에 등장하는 소녀는 동부 밸리에 방문했다가 거기서 자신의 미래를 보고 깜짝 놀란다. 한 버전에서는 소녀가 누군가의 집에 들어가 부엌에서 어떤 여자를 찔렀다고 했고, 또 다른 버전에서는 침실로 들어가 여자의 얼굴에 베개를 올리고서 온 무게를 실어 눌렀다고 했다. 얼마 나가지 않는 무게였지만 사람의 숨통을 끊기엔 충분한 힘이었다. 그런 다음 소녀는 자기가 죽인 여자의 집에서 먹고 자며 그 집에 눌러살기 시작했다. 죽은 여자에게는 소녀보다 더 나이 많은 자녀들이 있었고, 소녀 몰래 눈물을 훔치는 늙은 남편도 있었다. 가족은 이 소녀를 끔찍이 싫어하면서도 내쫓을 수 없었다. 소녀는 사실 이 가족이 그리워하던 바로 그 여자였기 때문이었다.

　집에 돌아온 가족이 어땠을지 가끔 생각해 봤다. 피칠갑을 한 채 부엌 바닥에 웅크리고 있는 소녀를 마주한 가족. 그때 그 소녀는 어떤 표정을 하고 있었을까? 도서관에서 본 목판화에는 소녀가 거의 그림자처럼 표현되어 있었다. 까만 머리에 날카로운 눈매만 그려져 있었다. 그 소녀가 보트를 타고 호수를 건너는 모습을 예전부터 한 번씩 상상해 보곤 했는데, 알딸딸하게 취기가 오른 밤이라 그런지 지금은 왠지 그 소녀가 귀엽게 느껴졌다.

"이브레 선생님에게 그 소녀 얘기 한번 물어봐. 못 하겠지?" 내가 조에게 말했다. 기분 좋게 취한 탓에 말끝이 뭉개졌다. "손을 높이 들고 이렇게 말하는 거야. '저어기요, 제가…… 지일문이 있는데…… 그 소녀…….'" 조가 두 눈을 질끈 감고 소리 없이 웃었다.

"놀라지 마십시오." 알랭이 헌병 흉내를 내며 얼빠진 목소리로 말했다. "120센티미터쯤 되는 키에 파자마를 입은 살인자가 도주 중입니다."

에드메가 불길한 느낌의 멜로디를 흥얼거렸다. 에드메는 손으로 머리를 받친 채 벤치에 누워서는 달빛 가장자리에 떠 있는 별을 바라보고 있었다. 북녘으로 이어지는 수중 철책에 달린 랜턴이 노란 불빛을 쏟아냈다. 수면에 반사된 그 빛은 물결을 따라 넓게 퍼졌다.

"이브레 선생님한테는 네가 물어보란 말이야." 조가 느릿느릿 말했다. "너랑 이브레 자문관 사이에 뭔가 있잖아."

올라가 있던 내 입꼬리가 내려가고 있었다. 나는 그렇지 않다고 대꾸하며 애써 입꼬리를 다시 올렸다.

"그 자문관이 오잔을 편애한다고?" 알랭이 깜짝 놀랐다는 듯 물었다.

"무슨 뜻이야?"

"무슨 뜻이 있겠어." 쥐스틴이 끼어들었다. "알랭 말은 그냥 네가 모범생이라는 뜻으로 한 말이겠지. 사실이잖아, 맞지?"

"저언혀." 나는 아니라고 부인했다. 진심으로 하는 말이긴 했으나, 술기운 때문인지 더 과장되게 말이 나왔다. "내가 말을 잘 안 하니까 사람들이 그렇게 생각하는 거지. 나 모범생 아니야. 피슈그뤼 선생님은 오히려 나를 싫어하는 것 같아."

"음, 선생님이 나를 싫어하는 건 틀림없는데." 알랭이 의기양양하게 말했다.

"잠깐, 선생님이 나도 미워하려나?" 에드메가 똑바로 자세를 고쳐 앉으며 잔뜩 걱정하는 목소리로 물었다.

우리 모두 진지하게 고개를 끄덕였다. "그래도 너만 미움받는 건 아냐." 내가 에드메를 안심시켰다. "피슈그뤼 선생님은 우리 모두를 싫어해."

걱정스러운 척하던 에드메는 이제 안심한 척 연기를 하며 잔잔한 미소로 얼굴을 밝혔다.

"그래도 너는 아니잖아." 정자 건너편에서 조가 말했다. 피슈그뤼도 이브레도 다 너를 좋아하던걸, 뭐." 조가 한숨을 내쉬고는 몸을 축 늘어뜨렸다. 니트 원피스 아래로 양쪽 무릎이 드러났다. "하, 왜 이렇게 덥지? 수영하고 싶다. 이번 주말에 호숫가 가자. 어때?"

비틀비틀 포도밭을 지나 다시 돌아갔을 때는 이미 저택 창가의 전등이 꺼져 있었다. 알랭은 자기가 가장 가까이 있는 호수의 전초기지를 명중시켜 경보를 울릴 수 있다고 큰소리치더니 팔을 크게 휘둘러 빈 병들을 최대한 멀리 물속으로 던졌다. 정자에서 얼마 가지 못하고 떨어진 병들은 애처로운 물보라를 일으켰다. 그러나 알랭은 목표 지점까지 날아갔는데 너무 컴컴해서 경계병이 알아채지 못한 거라고 바득바득 우겼다.

쥐스틴과 조가 내일 아침 계획을 상의하기 시작하자 그제야 내가 집에 갈 방법을 찾아야 한다는 사실을 깨달았다. 집까지 가려면 언덕길을 한참 올라가야 했다. 알랭은 시간을 끌면서 자기도 자고 가게 해달라고, 쥐스틴이랑 와인 저장고에서 자겠다고 조를 졸랐다. 에드메와 나는 잔디밭 모퉁이에 서서 잠자코 기다리고 있었다. 쥐스틴과 조가 우리에게 다가와 잘 자라며 귓속말로 인사했다. 알랭은 축 처진 어깨를 으쓱하며 느릿느릿 걸어왔다. 알랭이 잔디밭에 놓인 자전거를 일으켜 세웠다. 에드메도 똑같이 자전거를 세우고서 나를 쳐다봤다.

"너 걸어가려고?"

"응. 그랑제콜에서 조네 아버지 차를 타고 여기로 바로 왔거든."

에드메가 알랭 쪽으로 고개를 돌렸다. "야, 우리도 걸어갈래?"

알랭이 얼굴을 찌푸렸다. "기분 나쁘게 듣지는 말고. 내가 지금 약간 몽롱한 상태라 말야. 하, 얼른 가서 목욕재계라도 해야겠어."

에드메가 웃으며 몸서리를 쳤다.

"야, 그런 거 아니거든! 미용 관리는 중요하니까……." 알랭이 빙그레 웃었다.

"그래그래. 알겠으니까 자세히 설명하지 마라, 제발. 나랑 같이 걸어가자, 오딜. 그리고 내가 쟤 대신 사과할게."

"아냐, 재밌어." 내가 대답했다. 자전거에 폴짝 올라탄 알랭은 비틀비틀 진입로를 올라가며 우리에게 손을 흔들었다. 모퉁이를 돌 무렵, 알랭은 좌우로 흔들던 손바닥을 움켜쥐고 주먹을 만들어 위아래로 휘둘렀다. 에드메는 또 웃었지만, 알랭이 사라지자 에드메의 웃음소리는 고통스러운 신음처럼 들렸다.

"미안." 에드메가 재차 사과했다.

나는 바닥을 보고 입꼬리를 살짝 올린 채 걸어가기 시작했다. 에드메는 내 옆에서 자전거를 끌었다. 바큇살에서 작게 딱딱 소리가 났다. 달이 구름에 가려지자 하늘에는 포근한 적막이 감돌았다.

한동안 우리는 별다른 말을 하지 않았지만, 전에도 그랬던 것처럼 오늘도 아무렇지 않았다. 술기운 덕분인지 침묵은 위험하다는 걱정도, 누군가 대화를 시작해야 한다는 강박도 사라졌다. 대신 나는 조화롭게 울리고 사라지길 반복하는 우리 둘의 발걸음 소리에 귀를 기울였다.

에드메가 심사 프로그램은 어땠냐고 물었다. 그랑제콜 밖에서 그 얘기를 하면 안 된다는 걸 알면서도 나는 프로그램을 자세히 설명하기 시작했다. 심지어 조가 첫 번째 시험에서 내 답변을 베꼈다는 사실까지 무심코 언급하고 말았다. 그 말에 에드메가 꽤 놀란 눈치라 나는 대수롭지 않은 일이라는 뉘앙스로 서둘러 무마했다. 조가 아주 훌륭하게 발표했다고 강조하면서 나도 조처럼 세련되게 말할 줄 알면 좋겠다는 말도 덧붙였다.

에드메가 나더러 지금 말을 아주 잘하고 있다고 하기에 나는 아무래도 학교 끝나고 버스 안에서 와인을 좀 마셔야겠다고 대꾸했고, 우리 둘 다 웃었다. 그러고서 나는 우리 어머니가 아침에 출근하기 전에 몰래 술을 마실 때가 있다고 털어놨다. 그동안 누구에게도 한 적 없는 이야기였다. 이런 얘기를 할 사람이 없었으니까.

에드메는 잠시 말이 없었다. 우리는 동네로 이어지는 도로 한복판을 걷고 있었고, 이내 큰 언덕으로 올라가는 길목에 들어섰다.

"너희 아버지 때문일까?" 에드메가 물었다.

"글쎄, 그럴지도. 근데 너무 옛날 일이라."

"어머니가 그러시는 게 너도 신경 쓰여?"

"잘 모르겠어. 그런 것 같기도 하고. 엄마가 그걸 숨기는 게, 아니 숨기려고 노력하는 게 거슬려. 마치 내가 입 밖에 내면 안 되는 일이라는 듯이. 이번 여름에는 이런 적이 있었어. 아침밥을 다 먹고 식탁에서 일어났다가 깜빡한 게 있어서 다시 부엌으로 갔거든? 근데 그때 엄마가 찬장 문을 쾅 닫고 얼른 입가를 닦더니 유난히 밝은 척하면서 말을 하는 거야. 그게, 너는 잘 모르겠지만 우리 엄마는 전혀 밝은 사람이 아니거든."

"오며 가며 마주친 게 전부긴 하지. 한 번씩 과일 사러 선과장에 오시잖아? 너희 어머니랑 같이 있는 모습을 몇 번 본 적 있어."

나는 에드메가 그의 부모님과 함께 일하러 다니는 걸 알고 있었다. 거기서 본 에드메는 보랏빛 과일 얼룩으로 뒤덮인 앞치마를 입고, 물이 고여 시커먼 선과장 바닥을 끝에서 끝까지 오가며 빈 통을 날랐다.

"우와, 거기서 날 알아봤다니 놀라운데?"

내가 무슨 생각으로 그런 말을 뱉었는지 모르겠지만, 너무 소심한 말을 했다는 생각에 쥐구멍에 숨고 싶었다. 그러나 돌아온 대답은 이랬다.

"당연히 알아보지."

붉어진 뺨이 티 나지 않는 밤이라 다행이었다. 우리는 언덕의 가장 가파른 곳을 걷고 있어서 에드메가 핸들에 무게를 싣고 자전거를 끌었다. 커브 길을 돌아 내려가는 구간에서는 걸음을 멈추고 밸리를 내려다보며 잠시 쉬어갔다. 위에서 보니, 어두워서 그런지 조네 집이 더욱 장난감 같았다. 호수 반대편에는 헌병대가 대충 줄을 맞춰 피워놓은 모닥불의 불씨가 어둠 속에서 마치 우물 아래로 떨어진 목걸이처럼 반짝거렸다.

굽이진 길을 돌자, 숲이 소나무 길을 집어삼키면서 별도 밸리도 시야에서 사라졌다. 밤공기가 여전히 따뜻했다. 그러나 땅에서 올라오는 마른 흙냄새와 송진 냄새가 모든 감정을 이겨버리는 한낮처럼 열기가 강하진 않았다. 자전거 바큇살의 탁탁 소리는 꾸준히 들려왔지만, 에드메의 얼굴은 거의 보이지 않았다.

"아무튼." 내가 하던 말을 이었다. "엄마가 그 일 때문에 술을 마시는 것 같지는 않아. 아빠 때문이 아니라 직장 때문일 거야."

"아, 그래?"

"엄마는 자문 기관에 못 들어가서 괴로워하거든. 아랫사람 노릇을 해야 한다고 골을 내. 그러면서 자문관들을 부러워하기도 하고. 어젯밤에는 자문관들이 사는 그런 집에서 사는 게 꿈이었다고 하시더라고."

"그야 안 그런 사람이 누가 있겠어." 에드메가 대답했다.

"그렇지. 그래서 나더러 심사 프로그램에 지원하라고 하신 것 같아. 그게 진짜 이유였던 거지. 내 신분보다 자기 신분이 더 중요한 거야. 내가 자문관이 되면 엄마는 자문관의 엄마가 될 거고, 그러면 사람들이 더 예의를 갖출 테니까. 내가 살게 될 집으로 들어오면 결국엔 좋은 집에서 살게 될 수도 있고."

흥, 하고 콧방귀를 뀌었는데, 내 귀에도 너무 인색한 사람처럼 들렸다. 그러나 에드메는 여전히 상냥했다.

"사람들이 무엇을 원하는 이유가 한 가지가 아닐 때도 있어. 네 말도 맞겠지. 자문관이 명예로운 직업이긴 하지만, 너희 어머니에게는 그 이상의 이유가 있을지도 몰라. 심사 프로그램은 다른 사람의 슬픔을 저울질하는 일이라고 네가 그랬잖아……. 만약 그게 네 직업이 된다면 아마 너는 슬픔에 점점 익숙해질 거야. 마치 슬픔이라는 감정 위에 서 있는 사람처럼. 무슨 말인지 이해하지? 너희 아버지 일이 있고 나서 너희 어머니가 겪어야 했던 일을 너는 겪지 않도록 너를 보호하려고 노력하시는 건 아닐까? 물론 내 말은 그냥 헛소리일 수도 있어. 그럴 가능성이 크긴 하지."

나는 우리 어머니가 그렇게 약한 사람이 아니라고, 아버지를 그리워하며 슬퍼하는 모습을 본 적도 없다고 말하려 했다. 그런데 어릴 적에 그 일이 있고 아마 몇 주 정도 지났던 날, 어머니가 부엌에 뭔가를 쏟고는 갑자기 폭발해서 부엌 바닥에 음식이며 접시며 모조리 집어 던지던 모습이 생각났다. 그때 나는 내 방으로 뛰어 들어갔는데, 나중에 나왔을 땐 부엌 바닥이 깨끗하게 치워져 있었다. 상황을 바라보고 해석하는 에드메의 통찰력에 깜짝 놀랐다. 처음에는 착하고 상냥한 설명이 틀렸다고 생각했다. 하지만 조용히, 나는 에드메의 말이 맞을 수도 있겠다고 인정했다.

에드메가 말을 이었다. "음, 부모님이랑 직업 얘기가 나와서 말인데, 우리 집 식구들이 나한테 정육점에 지원하라고 한 거 알지?"

"아직 부모님 마음을 못 돌린 거야?"

침묵의 시간이 길어질수록 에드메에게 말하기 어려운 고민이 있다는 게 점점 더 강하게 느껴졌다.

"솔직히 말하면, 요즘 우리 부모님이 조금 이상해서."

피라 부부의 행동이 달라졌다고 해서 두 분이 뭔가를 의심하고 있다고 단정 지을 순 없었다. 그러나 새 학기가 시작한 이후 달라진 집안 분위기를 설명하는 에드메의 말을 듣고 있자니 점점 혼란스러워졌다. 에드메가 등교할 때마다 어머니의 안색이 충충하게 그늘진다고 했다. 또 하교 후 알랭과 여기저기 돌아다니는 게 하루 이틀 일도 아니건만 요즘 들어 에드메의 행방을 꼬치꼬치 묻는다고 했다. 반항하고 대들어도 소용이 없다고 했다. 에드메의 어머니는 달라진 규칙이 없다며 단호하게 말했다. "어쨌든 지금도 가고 싶은 데에 가고, 하고 싶은 대로 하고 있잖니. 안 그래?" 달라진 규칙이 없다는 주장을 반증하는 말투였다.

그러다 실습 얘기가 나왔다. 내가 연못에서 봤을 때보다 훨씬 전부터 에드메의 부모님은 아들에게 음악원 말고 정육점을 선택하라고 압박하고 있었다. 그러다 지난주, 두 분은 마음을 굳혔고 가족회의에서 결정이 끝났다며 아들에게 못 박아 말했다. 에드메의 부모님은 실용성과 안정성, 성공 가능성과 같은 그럴듯한 이유를 대며 바이올린을 그만두길 강요했는데, 그토록 성급하게 밀어붙이는 이유만큼은 도무지 이해할 수 없었다. 나는 에드메에게 무슨 일이 있겠냐며 걱정하지 말라고 위로했다. 그러나 그렇게 말하자마자 뱃속이 싸해졌다. 에드메가 자기도 그렇게 생각한다고 맞장구치는 순간에도 내 마음은 썩 편해지지 않았다.

에드메는 우리 집이 있는 뒷길까지 나를 바래다주었다. 집 앞에서 우리 둘은 나방과 모기가 빛을 온통 감싸버린 낡은 가로등 아래 멈춰 섰다. 나는 에드메에게 데려다줘서 고맙다고 인사를 건넸다.

"아, 갑자기 생각났는데. 사과하고 싶어. 저번에 집에 같이 갈 때 내가 너한테 똑똑한 애라고 생각했다고 말했던 거 말이야."

나는 잘 기억나지 않는다는 듯 눈썹을 찌푸렸다.

"아까 네가 그랬잖아. 네가 학교에서 말을 잘 안 하니까 사람들이 널 보고 똑똑할 거라고 자기들 마음대로 생각한다고. 그 얘기 들으니까 그날 내가 실수한 것 같아."

나는 말을 멈췄다. "야, 지금 너 나보고 멍청하다고 하는 거야?"

에드메가 눈을 깜빡이더니 씩 웃었다. "너한테 뭐라고 먼저 말을 걸어야 할지 잘 모르겠어서. 우리는 다들 적당한 타이밍이 오기만을 기다리고 있었지."

나는 손을 내밀어 그의 어깨를 툭 밀었다. 셔츠 밑으로 마른 몸이 느껴졌다. "잘 자." 에드메에게 인사를 건넸다. 내가 책가방 아래 주머니에서 열쇠를 꺼내고 있을 때 등 뒤에서 자전거가 끽끽거리며 언덕을 올라가는 소리가 들렸다.

나는 꽃무늬 잠옷으로 갈아입고 얼굴에 물을 튀겼다. 욕실 거울에 비치는 눈썹과 속눈썹이 마음에 들었다. 색이 진하고 잔뜩 젖어 선명해진 모습. 내 얼굴을 빤히 들여다보던 나는 웃지 않으려고 했지만 실패했다.

'너 아주 에드메한테 빠졌구나, 벌써 푹 빠졌어.'

9장

　토요일엔 속이 안 좋아 내내 집에만 있었다. 1주 차 합격을 축하하려는 의도인지, 탈락 위기에서 벗어난 걸 축하하려는 의도인지는 모르겠지만 어쨌든 어머니가 날 위해 특식을 요리해 주었다. 나는 굳이 숙취를 숨기려 애쓰지 않고 음식을 천천히 씹었다. 어머니는 내게 다정하게 대해주었으며 내 앞에 와인을 따라 주지도 않았다.

　내가 새로 얻은 정보가 있는지 이브레 선생님이 궁금해할 것 같았다. 없는 말을 지어내고 싶지는 않았기에 처음에는 에드메 부모님의 행동이 달라졌다는 사실과 며칠 전 내가 방문객들을 목격했다는 사실이 전혀 무관할 수도 있다고 생각했다. 또 피라 부부의 행동이 달라진 건 단지 실습 지원 마감일이 얼마 남지 않아 긴장한 탓일 수도 있다고, 아니면 혹시 아들이 몰래 오디션을 봤다가 아들의 음악원 진학을 정말로 막을 수 없게 될까 봐 염려해서 그런 것일 수도 있다고 생각했다. 그러나 누군가로부터 마스크 쓴 사람들에 관한 소문을 들었을지도 모른다는, 너무나 그럴듯한 생각이 도무지 머릿속을 떠나지 않았다. 어쩌면 그날, 연못가에서 나 때문에 에드메를 보지 못한 피라 부부는 다른 장소로 옮겨 가 에드메를 기다렸을지 모른다. 그리고 그곳에서 피라 부부를 목격한 다른 사람들이 둘의 정체를 어렴풋이 눈치챘을지도 모른다. 나는 방문을 닫고 들어가 실습 공책을 한 장 떼어낸 뒤 에드메에게 들었던 이야기를 하나하나 적어 내려갔다. 그런 다음 L. M. 사건처럼 맨 위에다가 에드메의 이니셜을 적고, 종이를 반으로 접은 뒤 '자문 기관 앞'이라고 수신인을 적었다.

일요일. 뒷마당에서 갈퀴질로 솔잎을 모아다가 언덕 아래로 쓸어 내고 있는데, 어머니가 미닫이문 사이로 고개를 내밀며 나를 불렀다. 손님이 찾아왔다고 했다. 지금 내 꼴이 어떤지 입은 옷을 내려다보았다. 아버지가 옛날에 입었던 커다란 체크 셔츠를 걸치고 있었다. 잡일할 때 입어도 될 만큼 낡고 해져서 가져도 좋다고 어머니가 허락한 옷이었다.

부엌 샛문을 통해 뒷마당으로 나온 친구들이 마당을 두리번거렸다. 애들은 호숫가에 갈 준비를 마친 모습이었다. 조와 쥐스틴은 비치 원피스 차림이었고, 에드메와 알랭은 민소매를 입고 있어서 자그마한 팔근육과 겨드랑이 털이 드러나 보였다. 내 사복 차림을 아이들에게 보여준 건 그날이 처음이었는데, 하필 이런 꼴이라니. 나는 정원용 장갑을 낀 채 손등으로 이마에 맺힌 땀방울을 훔쳤다.

손님맞이에 익숙하지 않은 어머니는 우리 주변을 맴돌았다. 조는 어머니에게 나와 함께 수영하러 가도 되냐고 사랑스러운 목소리로 물었다. 어머니는 뒤뜰에 발이 달린 것도 아니고 마당 일은 아무 때나 해도 되니 놀고 오라고 허락했다.

나는 서둘러 방으로 들어가 서랍을 뒤지다가 청록색 원피스 수영복을 꺼냈다. 지난 몇 년간 한 번도 입지 않았지만 입어보니 여전히 대충 맞았다. 수영복 위에 헐렁한 리넨 셔츠를 걸치고 반바지를 입은 뒤 천 가방에 수건 한 장을 쑤셔 넣었다. 화장실에 가려고 방에서 나왔을 때 애들은 복도 끝에 걸린 우리 가족사진을 보고 있었다. 나는 곧장 화장실로 걸음을 옮겼다. 거울 앞에 선 나는 반바지를 걷어 올리고 허벅지와 종아리에 돋아난 살굿빛 털을 면도칼로 밀다가 살을 살짝 베였다. 곧바로 욕이 나왔다. 다리에 피가 한 방울 맺혔다.

학교 근처에 있는 물굽이에 갈 줄 알았는데 조가 손목시계를 확인하고는 도로를 빼꼼 내다보았다. 시내로 가는 버스가 다가오고 있었다. 버스 정류장은 우리가 서 있던 곳에서 한참 떨어져 있었지만, 그러거나 말거나 조가 팔을 흔들기 시작했고 우리도 조를 따라 같이 손을 흔들었다. 뜻밖에도 버스가 멈춰 섰고 문이 열렸다. 우리는 버스 기사에게 고맙다고 인사하며 버스에 올랐고, 별 관심 없어 보이는 승객들의 표정을 무시한 채 버스 뒤쪽으로 걸어 들어갔다.

호숫가는 아치 통로가 나 있는 입구부터 북적거렸다. 유아차를 미는 사람들, 개를 산책시키는 사람들을 피해 우리는 산책로를 걸으면서 소풍 나온 가족들이며 호수 위 하늘을 유영하는 연을 구경했다. 산책로의 나무 덱이 마침내 모래에 파묻히기 시작했다. 호숫가에 잔뜩 널린 수건과 파라솔, 간간이 박힌 테더볼◆ 기둥, 모래성, 흰색과 빨간색이 섞인 안전 감시대의 의자, 그 양쪽으로 비죽 나온 그을린 맨다리가 보였다. 9월인데도 공기 중에는 밀가루 반죽을 튀긴 도넛과 선크림이 어우러진 맛깔스러운 여름 냄새가 났다. 날씨가 변덕을 일으키기 직전의 따뜻한 마지막 주말이었고, 동네 사람들은 그 날씨를 한껏 즐기고 있었다.

어서 수영하러 가자고 조가 우리를 재촉했다. 기다란 선착장 네 개를 정사각형으로 이어 붙여 만든 수영 구역은 마치 물 위에 뜬 창문처럼 보였다. 가운데 구역은 어린아이들과 그들의 부모로 가득했지만, 물이 깊어지는 끝부분은 온통 10대들의 차지였다.

우리는 일광욕하는 사람 옆에 짐을 내려놓고 수영복 위에 걸치고 있던 옷을 벗었다. 친구들과 물놀이하러 호수에 간 건 그날이 처음이었다. 의사 선생님을 제외하면 누구 앞에서 옷을 벗어본 적도 없었다. 에드메가 민소매를 벗더니 모래 위에 내팽개쳤다. 벗은 옷을 개키고 있는데 호수에서 산들바람이 불어와 내 맨팔과 맨다리에 닭살이 잔뜩 돋았다. 조와 쥐스틴이 원피스를 벗자 오히려 내가 지나치게 요조숙녀 같은 수영복을 입고 있는 것 같았다. 둘은 노출이 심한 비키니 수영복을 입고 있었다. 조의 비키니는 야시시한 빨간색이었고, 쥐스틴의 비키니는 청보라 바탕에 물방울무늬가 찍혀 있었다. 두 사람은 쇼윈도에 세워진 마네킹 같은 모습인데도 마치 교복 재킷을 걸치고 타이를 맨 사람들처럼 남의 시선을 조금도 신경 쓰

◆ 기둥에 매단 공을 라켓으로 쳐서 공이 움직이지 않을 때까지 줄을 기둥에 감는 게임.

지 않은 채 수다를 떨고 있었다.

그때까지는 별로 생각해 본 적이 없었다. 조가 얼마나 예쁜지. 쥐스틴도 화가가 그려놓은 것처럼 예쁘장한 얼굴이었다. 사슴 같은 눈하며 웃을 때 쏙 들어가는 보조개까지. 반나체로 있어도 건전해 보이는 쥐스틴이 씽긋 웃는 얼굴로 조의 얘기에 귀 기울이며 물병 뚜껑을 열고 있었다. 조의 얼굴은 쥐스틴보다 더 복잡미묘하게 아름다웠다. 다람쥐처럼 둥그스름한 뺨이 어릴 때는 약간 웃기다고 생각했다. 그러나 지금은, 생기 넘치는 초록색 눈동자와 엉덩이 곡선에 맞닿은 손가락까지 진정으로 아름다워 보였다. 깡마르고 볼품없는 내 몸뚱이를 어떻게 하면 숨길 수 있을지 움직이며 자세를 고쳐 잡았다. 그러다 수영복에 붙은 먼지 한 톨을 발견하고 손가락으로 튕겨 날리려했다. 떨어지지 않았다. 다시 보니 그건 먼지가 아니라 보풀이었다. 에드메와 알랭이 물속으로 뛰어들기 전에 나는 에드메의 시선이 조에게 한참 동안 머물러 있지 않았을까 궁금했다. "그럼, 우리 저기서 만나!" 에드메가 우리에게 말했다.

호수로 달려가는 그를 보면서 깨달았다. 내 감정을 말로 표현함으로써(비록 거울 앞에서 속으로 뱉은 말이었지만) 앞으로 우리가 나누게 될 모든 대화를 내 마음대로 해석하게 되리란 사실을. 이제 나는 모든 상황에서 나와 에드메가 잘 되어가고 있는지 아닌지만 살피게 될 것이고, 어렴풋이 그러나 뜨겁게 열망하는 내 목표에 우리가 얼마나 가까워졌는지를 가늠하게 될 것이었다. 젖은 모래사장을 활보하며 호수를 훑어보는 조를 가만히 바라보았다. 단 한 번 느껴본 적 없는 감정인데도 그게 무엇인지 금세 알아차렸다. 질투였다.

책에서 봤을 때는 질투가 분노처럼 뜨거운 감정일 줄 알았다. 그러나 질투는 뜨겁다기보다 메스꺼움과 절망 사이 어딘가에 존재하는, 공허하고 자학적인 감정이었다. 심지어 이때는 아무 일도 없었는데. 나는 조를 따라 호숫가로 갔다. 알랭과 쥐스틴은 이미 한창 수영 중이었다. 에드메와 조와 나는 수영 구역으로 가서 차례차례 물 미끄럼틀을 탔다. 에드메의 수영복은 진청색이었다. 젖은 머리카락이 자꾸만 이마를 가렸고 그럴 때마다 그는 머리를 뒤로 쓸어 넘겼다. 조는 내 머리카락이 어찌나 곱슬곱슬한지 물에 젖어도 거의 똑같아 보인다며 감탄했다. 그리고 내 머리카락을 헝클어뜨린 다음 내게 물을 뿌리며 너무 부럽다고 말했다. 조금도 망설이지 않고 당장이라도 얼마든지 머리칼을 바꿔주겠다는 내 대답에 우리 셋 다 웃음을 터뜨렸다.

수영 구역에 있는 10대들 사이에 여자애 하나와 좀 더 나이가 많아 보이는 남자 하나가 격렬하게 입을 맞추고 있었다. 남자는 여자애 위에 거의 올라타 있었고, 주변에 있는 애들은 둘을 쳐다보며 은밀히 낄낄거렸다. 남자애는 내가 모르는 얼굴이었는데, 고개를 움직이는 여자애를 보니 심사 프로그램에서 이브레 선생님이 탈락시킨 뤼시 에로였다. 왕관처럼 땋은 머리가 물에 젖어 길게 늘어뜨려 있었다. 남자애의 입술이 뤼시의 목덜미로 내려가던 순간, 뤼시가 내 쪽으로 고개를 돌렸다. 나를 알아보지 못했는지 금세 눈꺼풀을 감고 키스에 집중했고 나도 시선을 거뒀다.

10장

에드메는 지난밤에 내게 했던 얘기를 다른 애들 앞에서 꺼내지 않았다. 아이들과 호숫가에 있을 때 나는 에드메의 부모님 얘기를 꺼내도 될지 궁금했는데, 에드메가 아무 말 않길래 나도 하지 말아야겠다고 마음먹었다. 그러나 월요일 아침, 수업이 시작하기 전 학교 뒤편에서 에드메와 알랭을 마주치자 생각이 달라졌다. 에드메의 얼굴이 너무 심란해 보여서 괜찮냐고 물을 수밖에 없었다.

"사실 어제 나갈 때 부모님께 허락을 안 받았어. 허락받아야 한다는 걸 깜빡했거든. 여태 그럴 필요가 없었으니까. 어쨌든 그래서 지금 가택연금 중이야."

"그게 무슨 말이야?"

"쟤네 부모님이 머리끝까지 화가 났다는 뜻이지." 자갈 한 알을 공중에 던진 뒤 넥타이로 맞히며 놀던 알랭이 한숨을 쉬며 말했다.

에드메가 알랭의 말을 이어받았다. "이제 매일 학교 끝나면 곧장 집으로 가야 해. 따로 갈 데가 있으면 부모님 중 한 분이랑 동행해야 하고."

"정말? 얼마 동안이나?"

"모르겠어."

달리 무슨 말을 해야 할지 모르겠기에 안타깝다고 대꾸만 하고 말았다. 곧 우리 셋은 학교 안으로 들어갔다. 피슈그뤼 선생님이 교실로 들어오기 전에 나는 이브레 선생님에게 쓴 메모를 펼쳐서 맨 밑에다가 한 문장을 더 휘갈겨 썼다.

그날 아침, 피슈그뤼 선생님이 실습 프로그램 얘기를 꺼냈다. 선생님은 지원 마감일이 다가오니 이제 다들 어디에 지원할지 마음을 정해야 한다고 했다. 실습 자리가 남아 있는 상점과 조합에서 이번 주에 학교를 찾아올 예정이니까 아직 결정하지 못한 학생들은 참고하라고, 그리고 며칠 뒤 경계 지역으로 현장학습이 예정되어 있다며 거기서 헌병 채용에 관해서 알아볼 수 있을 거라고 일렀다.

경계 지역으로 떠나는 현장학습은 졸업반의 꽃이라고 할 수 있는 연례행사였다. 오후 수업이 없기 때문이기도 했지만, 대부분의 학생에게는 그날이 경계 지역 땅을 밟아볼 수 있는 유일한 기회이기 때문이기도 했다. 피슈그뤼 선생님이 현장학습 얘기를 꺼낼 때마다 반 전체가 와글거렸다. 그러나 헌병 입대를 진지하게 생각하는 학생은 거의 없었다. 헌병이 되면 목표를 향해 나아가는 삶이 아니라 거기서 끝나버리는, 힘든 인생을 살아야 했다. 시내에서 마주쳤던 대부분의 헌병은 말없이 인상을 쓰고 있는 데다 무섭고 침울해 보였다. 피슈그뤼 선생님은 현장학습을 공지하면서 몇몇 학생들을 빤히 쳐다봤다. 성적이 바닥인 남자애들이었다. 선생님의 시선이 알랭에게서 떨어지지 않았고, 알랭은 의기양양 반항하는 표정으로 응수했다.

그날도 조와 조의 아버지가 나를 심사 프로그램에 데려다주었다. 강의실에 들어가면서 조가 시내 학교의 후보생들에게 나를 정식으로 소개했다. 애들은 내게 "안녕" 하고 인사한 다음 상냥하게 대해주기는 했다. 그러나 지난주에 탈락한 학생들이나 다음에 제시될 사례에 대해 얘기하는 내내 나는 끼어들지 못한 채 가만히 듣고만 있었다. 타원형 창문 밖으로 보이는 구름 몇 조각은 이미 장밋빛을 띠었고 시청사의 돌담에는 분홍빛이 스쳤다. 광장 가장자리에 심긴 나무들은 벌써 가지 끝이 얇아지기 시작했다. 날은 여전히 더웠지만 가을은 이미 우리 곁에 성큼 다가와 있었다.

다른 밸리도 날씨가 똑같을지 궁금했다. 물론 계절이야 똑같겠지만, 같은 날씨가 어디까지 얼마나 이어질까? 우리 밸리에 아침 비가 온다면 제1서편에도 비가 내릴까? 만약 밸리마다 날씨가 다르다면 비구름은 어디에서 사라질까? 교실 벽에 크게 붙은 지형도에는 날씨에 대한 언급이 없었다. 왠지 산을 넘으면 틀림없이 뭔가 달라질 것 같았다. 그렇다면 바람 부는 어느 오후의 날씨처럼 구름이 자연스럽게 흩어져서 먹구름이 걷히고 환해지는 걸까? 아니면 하늘에 빛과 어둠을 나누는 경계선이라도 있는 걸까? 이브레 선생님에게 물어보고 싶었지만, 멍청한 소리처럼 들릴 게 빤했다. 그냥 날씨는 어디나 다 똑같겠거니 생각하기로 했다.

이브레 선생님이 지난주와는 다른 형식으로 2주 차 강의를 시작했다. 처음엔 다들 강의의 주제와 요점을 놓치지 않으려고 열심히 필기하며 수업을 들었다. 그러나 이브레 선생님의 목소리가 계속 이어질수록 연필 소리는 점점 사그라들었다. 얼마 지나지 않아 모든 학생이 연필을 책상에 내려놓은 채 궁금한 표정으로 이브레 선생님에게 시선을 고정했다. 평소에 간단명료하게 말하던 억양과 사뭇 다른 목소리였다. 마치 주술이라도 외우는 것처럼 경건한 목소리였다.

이브레 선생님은 각각의 밸리에 관한 기본적인 사실을 설명하고 있었다. 어린애들도 다 아는 내용이 대부분이었다. 학교는 두 곳이고 가장 높은 건물은 성당 첨탑이라는 사실, 주요 과수원과 농지는 마을의 동쪽과 남쪽에 있고 포도밭은 북서쪽에 있다는 사실. 상업 구역의 위치와 일부 사업체의 대표가 누구인지에 관해서도. 심지어 우리가 앉아 있는 건물인 그랑제콜은 광장 안에 있어서 밖에서 쳐다보더라도 그 시선을 알아차리기 어려울 거라는 언급도 했다.

마침내 선생님이 우리에게 질문을 던졌다. "자, 이 모든 말이 사실일까요?"

선생님의 긴 독백이 끝나고 갑자기 들어선 침묵이 어색했다. 우리는 머뭇거리며 고개를 끄덕였다.

"그렇습니다. 굳이 말할 필요도 없는 뻔한 사실로 강의를 시작한 이유를 궁금해하는 학생이 많은 것만큼이나 당연한 사실입니다. 그럼, 오늘 수업을 이렇게 시작한 목적이 무엇인지 추측해 볼 사람?"

이브레 선생님의 말이 끝나기 무섭게 앞줄에 있던 새침한 여학생이 손을 들었다. 수업 전에 조가 소개했던 르네 탕이었다.

"요점은 '우연'에 있습니다." 르네가 대답했다. "방금 언급하신 모든 건, 사실 그렇지 않을 수도 있었습니다. 이브레 선생님을 비롯한 자문 기관의 근면한 노력이 없었더라면 말이죠."

"너희 아버지와 같은 자문관을 말하는구나." 이브레 선생님이 싱긋 웃으며 말했다. 이 말을 듣고도 놀라는 학생이 아무도 없었다. 이 사실을 몰랐던 사람이 나뿐이었던 것이다. 르네의 아버지가 자문관이라면, 실습 자리 셋 중 한 자리는 보나 마나 르네의 것이었다.

"맞습니다, 우연입니다." 이브레 선생님은 강의를 계속했다. "각자의 집 근처에서 예시를 찾아봅시다. 세리, 버찌나무 길에 살지? 거기 사는 게 맞는지 대답해 보렴."

세리가 애써 웃으며 대답했다. "네, 맞아요."

이브레 선생님이 진지한 얼굴로 고개를 끄덕이고는 다른 남학생을 향해 고개를 돌렸다.

"바로, 여동생이 하나 있지? 대답해 보렴. 외아들이니?"

여기저기서 킥킥거리며 웃어댔다. 바로는 동생이 있다고 증거라도 대듯 자기 여동생의 이름이 카롤이라고 대답했다.

"그래. 확실하니?"

어쩔 줄 몰라 하는 바로의 반응을 보기도 전에 이브레 선생님이 이번에는 조를 향해 시선을 옮겼다.

"베르디에, 부모님이 와인 양조장을 하시니? 어떻게 돈을 벌고 있는지 대답해 보렴."

"와인을 만드십니다."

"그렇구나." 이번엔 내 차례였다.

"오잔, 이렇게 말해서 미안하다만, 너희 아버지는 이제 우리와 함께 있지 않다. 그럼 아버지는 돌아가셨니? 대답해 주렴."

"네." 생각보다 쌀쌀맞은 목소리가 나왔지만, 이브레 선생님은 고개만 끄덕이고는 다음으로 넘어갔다. 얼굴에 감각이 사라진 것 같았다.

이브레 선생님은 우리에게 질문하는 내내 나무 지시봉을 손바닥에 툭툭 치면서 강의실 앞을 왔다 갔다 했다. 그러다 이제 지시봉을 내려놓고 교탁에서 상아색 카드 뭉치를 집어 들었다. 그걸 르네에게 건네자 르네가 받아서 뒤로 전달했다. 이브레 선생님이 수업을 다시 시작했다. 마침내 내가 알던 이브레 선생님이 돌아온 것 같은 목소리였다.

"지난주에 살펴본 사례는 동부 밸리에 거주하는 주민의 방문을 허락하느냐 마느냐에 관한 것이었습니다. 모든 방문에는 위험이 따릅니다만, 종합적으로 따져본다면 동부에서 온 방문자의 경우, 우리 밸리에 줄 수 있는 피해보다 자기 자신과 출신 밸리에 줄 수 있는 피해가 훨씬 더 큽니다. 이번 주에는 우리 밸리의 주민이 서부 밸리로 방문을 요청하는 사례를 살펴볼 것입니다. 우리의 과거로 애도 투어를 보내달라는 청원이죠. 불균형의 위험을 우리가 떠안게 되는 경우입니다."

이브레 선생님이 책상 사이를 걷기 시작했다. "조금 전, 제가 여러분에게 간단한 사실을 확인해 달라고 요청했습니다. 어리석다고,

불쾌하다고 느낄 수 있을 만한 그런 사실들이었죠. 바로에게는 카롤이라는 여동생이 있고, 베르디에의 부모님은 베르디에 양조장에서 와인을 만듭니다.

그런데 잠시 후, 똑같이 어리석은 질문에 대해 바로 학생이 조금 전처럼 확신하는 목소리로 이렇게 대답한다고 상상해 봅시다. '아뇨, 저는 외아들인데요. 카롤이고 누구고 형제자매가 없어요.'

아니면 베르디에의 인내심을 테스트해 볼까요? 가족이 와인 양조장을 운영하냐고 물었더니, 이번엔 베르디에가 이렇게 대답하는 겁니다. '아뇨, 선생님. 저희 가족은 술집 골목에서 술집을 운영합니다. 술집 위층에 딸린 단칸방에서 모든 식구가 함께 생활하고요.'"

나는 곁눈으로 살짝 조를 쳐다보았다. 조는 꼼짝도 하지 않고 가만히 앉아 있었지만, 목덜미에 붉은 기운이 점점 퍼져 나가고 있었다. 이브레 선생님의 시선이 다시 바로에게 향했다.

"어떤 경우라면 여동생이 없을 수 있을까?"

그는 약간 찌무룩한 표정으로 이브레 선생님을 쳐다보았다. 이브레 선생님은 한 차례 손사래를 치고는 그 질문을 모든 학생에게 돌렸다.

"어떤 사고가 났을지 모릅니다." 한 여학생이 말했다.

"고맙구나, 카디외. 이를테면 어떤 사고?"

여학생은 이번에는 답을 망설였다. "어떤 사고라도…… 음…… 화재?"

강의실의 다른 학생들도 손을 들었다.

"병에 걸렸을지 모릅니다."

"사산되었을 수도 있어요."

"어쩌면 바로의 부모님이 바로를 낳고서 교훈을 얻었을지도 모릅니다." 자문관의 딸이 신랄한 의견을 내놓았다. 여기저기서 튀어나오는 예시를 가만히 듣고 있기만 하던 바로가 참고 있던 조소를 터뜨리며 르네에게 불편한 시선을 보냈다. 이브레 선생님이 우리에게 손바닥을 들어 보였다.

"자, 섬뜩할 수도, 무례할 수도 있는 이야기들입니다. 그러나 지금 나온 얘기 중에 전혀 말이 안 되는 게 있나요? 바로, 어떻게 생각하지?"

"없습니다." 바로가 중얼거렸다.

"없습니다." 이브레 선생님이 되풀이했다. "이 모든 일이 바로의 여동생 카롤의 운명이 되었을 수도 있습니다. 현재란 언제든 깨질 수 있는 연약한 것이죠."

우리는 연필을 손에 쥐었다.

"그렇습니다. 서부 밸리를 방문하는 건 우리에게 훨씬 더 큰 위험이 따르는 일입니다." 이브레 선생님이 말했다. "만약 무엇 하나라도 틀어지면, 서부 밸리에서 어떤 개입이 발생한다면, 이곳에 있는 우리는 아무 경고도 받지 못합니다. 그리고 결과는 즉시 나타납니다. 우리의 관계, 직업, 개인, 가족이 사라지고 제거됩니다. 여러분은 '개입은 곧 절멸이다'라는 말을 들어본 적이 있을 것입니다. 아주 중요한 슬로건이죠. 그러나 그건 학교에서 친구들끼리나 쓰는 투박한 표현입니다. 여기서 더 깊게 들어가야 합니다. 한번 생각해 보세요. 무엇이든 사라지면 공백이 생기고, 그러한 공백은 금세 감지됩니다. 그러나 우리가 방금 얘기한 것들은 감지할 수 없죠. 왜? 감지할 게 전혀 존재하지 않기 때문입니다. 서부의 밸리에서 개입이 일어나는 그 순간 생기는 변화는 그게 무엇이든 간에 여러분과 내게는 20년 묵은 사실이 됩니다. 우리 삶에 들어와 공포나 기쁨을 안겨주는 '새로운' 사실이 아닙니다. 그런 식으로 상상하지 않아야 합니다. 그런 게 아니에요. 굳이 생각하거나 떠올리려고 노력할 필요조차 없는 토마토의 맛처럼, 그저 명백하고 당연한 사실이죠. 열다섯, 열여섯. 여러분의 나이엔 평생 한 밸리에서 살고 있을 테니, 그런 사실들이 더더욱 당연한 것으로 보일 겁니다. 이 말은, 여러분이 이러저러한 가족을 가져본 적이 없는 사람이었을 수도 있고, 이러저러한 관계를 상상조차 못 해본 사람이었을 수도 있고, 가장 소중한 경험이라고 생각하는 그 경험을 사실은 해본 적도 없는, 그런 사람이었을 수도 있다는 것이죠. 그런 것들은 있다가 사라진 게 아니라 애초에 존재한 적 없는 것들입니다. 흔적조차 남기지 않죠. 모호한 기억도, 뭔가 잘못된 것 같은 찝찝한 기분도, 찰나의 소름도, 아무것도 없습니다.

이게 바로 개입에 따르는 위험입니다. 자문 기관의 역할이 아주 중요한 이유이기도 하죠. 자문관은 비존재에 대한 방어벽 같은 존재입니다. 대체된 것이 너무 완벽하고 완전하므로 우리는 잃어버린 것을 애도할 수조차 없습니다."

물론 우리도 거의 아는 얘기였다. 이브레 선생님이 투박하다고 표현한 방식이긴 했지만, 어쨌든 모두 아는 사실이었다. 그런데도 우리는 입을 벌린 채 열심히 듣고 있었다. 이브레 선생님이 하는 말들은 대개 사람들이 입 밖에 내지 않는 이야기이기 때문이었다. 분기별로 열리는 추모예배에서 그런 비슷한 주제를 다루긴 했지만, 추모예배는 우리에게 주어진 삶에 감사해야 한다는 긍정적인 측면을 강조하는 의식에 더 가까웠다. 설교는 지루했지만 그 내용만큼은 늘 축하와 기념에 관한 것이었다. 쥐도 새도 모르게 한순간에 잃을 수 있는 것들이나 예기치 못한 사건이 미칠 수 있는 끔찍한 영향처럼 부정적인 내용을 언급하는 일은 좀처럼 없었다.

이브레 선생님이 학생들의 질문에 답했다. 그중에는 나도 궁금했던 것들이 있어서 대답을 듣게 되어 기뻤고, 동시에 내가 물어볼 필요가 없다는 것도 기뻤다. 학생 한 명이 서부 밸리에서 생긴 개입이 왜 우리 마을 전반에 위험을 초래한다고 생각해야 하느냐고 물었다. 이를테면 방문을 승인받은 방문객이 그들을 호위하는 경계병의 감시를 벗어나 가족과 불법적으로 연락한다면, 규모가 어떻든 그 영향은 그 가족에게 제한되지 않느냐는 질문이었다. 이 질문에 이브레 선생님은 누군가의 행동이 원인이 되어 예측할 수 없는 결과를 낳는 상황을 일일이 열거했다. 그런 변화는 소수에게 직접적인 영향을, 다수에게 간접적인 영향을 미쳤고, 결국 그 영향을 받지 않는 사람은 거의 없다고 봐야 한다고 했다. 이브레 선생님은 한 손으로 물수제비 뜨는 시늉을 하더니, 양손을 옆으로 벌려 물결이 넓게 퍼져 나가는 모양을 만들었다. 그러고는 손가락을 꿈틀거리며 말했다. "자, 개입이 일어난 위치에서 멀리 떨어진 이 외곽에 있는 사람들은 어떨까요? 완전히 사라지거나 대체될까요? 아니면, 알아보지 못할 만큼 아주 사소하게 달라진 모습으로, 사소하게 달라진 밸리에서 계속 살아갈까요? 나는 전체주의 사상을 선호합니다. 그러니까, 반쪽짜리 연속성보다 완전한 교체를 지지한다는 말이죠. 하지만 여러분 나이에는 철학을 고민할 필요가 없으니 이런 걱정은 하지 않아도 돼요." 이브레 선생님이 드물게 유쾌한 표정을 지으며 다정한 목소리로 말했다.

지금처럼 이브레 선생님이 몇몇 문제는 최종 후보생이 되어야만 풀 수 있다는 식으로 넌지시 말하는 경우는 처음이 아니었다. 이전의 모든 과거는 그대로 둔 채 개입 시점부터 변화가 진행되었다는 사실만으로도 충분히 '이상한 가정'이었지만, 이에 대해 이브레 선생님은 자세한 설명 없이 어물쩍 넘어갔다. 마침내 한 학생이 서부로 가는 게 그렇게나 위험하다면 왜 굳이 방문을 허용하느냐고 물었다. 이브레 선생님은 이야기를 반복했다. "왜냐하면 늘 그래왔기 때문입니다. 방문을 금지하는 것 또한 일종의 개입이 될 것이고, 그건 그것대로의 대가가 따릅니다. 그러므로 우리는 언제나 그래왔듯이 업무를 신중하게 수행해야 하죠. 그러나 서부의 개입을 방지하고 그 위험을 완화하는 데에는 개인의 강인한 억제력도 크게 도움이 될 수 있다는 점을 명심하세요. 자신의 밸리를 날려버릴 수도 있고 헤아릴 수 없는 무고한 생명을 한순간에 날려버릴 수도 있다는 생각에 동하지 않는 사람이라고 한들, 자신의 개입 행위로 인해 자기 자신마저 절멸할 수 있다는 사실을 염두에 둔다면 자신의 행동을 한 번 더 고려해 볼 수는 있겠지요. 예를 들어, 우리 마을에서 제1서편으로 간 방문자가 헌병의 호위를 벗어나는 경우를 생각해 봅시다. 물론 사람들이 시도하는 방법은 이것 하나뿐이지만요. 어쨌든, 그 사람이 어떤 중요한 문제에 개입하는 순간에 무슨 일이 일어날까요? 그는 더 이상 존재하지 않게 됩니다. 그의 행동이 그의 존재 조건을 뒤엎은 것이죠. 그의 몸, 지난 20년간의 삶, 애초에 개입을 계획하게 만든 그 미래의 상황이 더는 실현되지 않는 겁니다. 그가 떠나온 밸리가 더는 존재하지 않으니까요. 그러므로 존재하지 않는 곳에서 오는 방문객 또한 존재할 수 없겠죠."

"하지만 그건 말도 안 돼요!" 세리라는 남학생이 크게 외쳤다. 활기차면서도 혼란스러운 듯 보이는 그는 뒤늦게 손을 들었다. "자기 존재를 무효화하려면 우선 존재해야 하잖아요. 제 말이 맞죠?"

이브레 선생님이 눈을 아주 부드럽게 뜨고 답했다. "아닙니다. 서쪽으로 간 사람이 거기서 개입을 일으키면, 시간이 파도처럼 그를 덮쳐서 아무것도 남기지 않고 삼켜버립니다. 아주 단순하고 무자비하게."

강의가 끝날 무렵이 되자 강의실에는 자문관 업무의 중압감, 심지어 실습생의 부담감마저 감돌았다. 일종의 엄숙함과 특권의식 같은 느낌이었다. 일상에서는 다른 밸리에 관한 이야기를 아주 조심스럽게 언급할 수 있는 정도였다. 종일 자문 기관의 기록을 분류하는 우리 어머니도 마찬가지였다. 낯선 사람과 이야기할 때 어느 정도의 거리를 두어야 하는지 말하지 않아도 아는 것처럼, 지리적인 문제는 직접 거론하지 않는다는 암묵적인 동의가 있었다. 그건 지나가는 말로 흘려야 할 주제, 깊이 들여다보지 말아야 할 주제였다. 지난주 어느 날, 자기가 어디로 실습을 나가게 될지 지금 산 너머로 가서 훔쳐보고 싶다고 농담하던 에드메가 떠올랐다. 그럴 때나 하는 말이었다. 마찬가지로 철책도 도로나 강처럼 랜드마크의 역할로만 주로 언급될 뿐, 그 실제 기능에 대해서 언급하는 사람을 보긴 힘들었다.

방문과 관련된 대화를 금지하는 법이 있는 건 아니었지만, 마을의 터부는 율법과도 같았다. 그 주제를 너무 자주 언급하는 사람은 상황을 불편하게 만들었고, 그러면 주변 사람들이 금세 눈치를 줬다. 사람들은 대부분 어릴 때부터 대화의 적정선을 감지하는 방법을 익혔다. 어디서 배웠는지 확실하게는 모르면서도 본능적으로 알게 된 선을 다들 지켰다. 어쩌면 1학년 때 지리 시간에 단 한 번 나오는 짧은 단원 교육의 산물인지도 몰랐다.

피슈그뤼 선생님이 다른 밸리에 대해 처음 가르쳐주었던 건 1학년 때의 한겨울이었다. 구석에 있는 라디에이터에서 똑딱거리는 소리가 났고, 황량한 창문은 결로로 흠뻑 젖어 있었다. 선생님이 밸리 얘기를 공개적으로 꺼내자 너무 갑작스러워서 불경하다는 느낌마저 들었다. 마치 우리 어린 시절의 소문이 담긴 채 수년간 끓고 있는 가마솥 안에 선생님이 털북숭이 팔뚝을 뻗어 축축한 진실을 쑥 뽑아내 흔드는 것 같은 느낌이었다.

선생님은 엄격한 말투로 기본 사항을 설명했고, 우리는 그 말투만 듣고도 가볍게 여겨서는 안 될 일이라는 걸 금세 파악할 수 있었다. 그러나 모든 학생이 그렇게 받아들이지는 않았는지 다음 날 데구아라 쌍둥이가 집에서 하고 놀던 게 틀림없어 보이는 게임을 운동장에서 하면서 놀기 시작했다. 규칙은 단순했다. 털 달린 부츠를 신은 지젤이 놀이터 미끄럼틀이 다른 밸리로 이어지는 산비탈인 척하며 미끄럼판으로 조심조심 기어 올라간다. 미끄럼틀 꼭대기에는 가일이 자기 할 일을 하는 척하며 지젤을 기다린다. 그때 지젤이 가일의 어깨를 톡톡 두드리고는 말한다. "안녕, 나는 너야!"

지젤의 쌍둥이 자매 가일이 뒤를 돌아보고는 폭포처럼 말을 쏟아낸다. "우와, 나 좀 봐. 이렇게 어리고 예쁘다니!" 둘은 한바탕 킬킬거린 다음, 언니가 동생에게 지금 자기가 어떻게 살고 있는지, 어디에 살고 있는지, (은밀히 속삭이며) 누구와 결혼했는지 그런 것들을 얘기했다. 둘이 똑같이 생겨서 상황이 더 웃겼다. 나도 서리 내린 운동장에 서 있는 다른 애들과 함께 웃었다. 둘은 반대 방향인 서쪽으로 하이킹하는 시늉도 했는데, 올라간 사람은 안녕이라고 말하자마자 미끄럼틀 아래로 굴러떨어져 절멸했다.

얼마 지나지 않아 이 소문이 선생님의 귀에 들어간 듯했다. 선생님은 쌍둥이를 불러내 이들의 잘못된 행동을 나무랐다. 선생님이 매를 꺼내기도 전에 지젤과 가일은 눈물을 흘리기 시작했다. 쌍둥이가 방문 게임을 하고 놀았기 때문이라는 말은 없었지만, 선생님이 매를 드는 모습을 지켜보며 체벌 이유를 궁금해하는 아이들은 없었다. 그날 이후 데구아라 쌍둥이는 두 번 다시 미끄럼틀에서 그 게임을 하지 않았고, 아무도 방문을 두고 농담하지 않았다.

그날 강의가 끝난 뒤 나는 C. R. 사건이라고 적힌 상아색 카드를 힐긋 쳐다보고는 공책에 끼워 넣었고, 조가 강의실을 빠져나갔는지 다시 한번 확인했다. 그런 다음 나는 이브레 선생님에게 건넬 메모를 꺼내 펼친 뒤 주먹으로 문질러 접힌 주름을 폈다.

종이만 건네주고서 곧장 나가고 싶었는데, 이브레 선생님을 보니 왠지 내가 기다리길 바라는 눈치였다. 내 편지를 다 읽은 이브레 선생님이 종이를 다시 접고 나를 쳐다봤다.

"친구가 되었구나."

나는 잠시 망설이고는 고개를 끄덕였다.

"그리고 이건 다 개가 관찰한 내용이구나, 물론 도움이 되지. 그런데 네 눈으로 보기엔 어땠니? 개 부모의 행동이 어때 보였지?"

"잘 모르겠어요. 그 집에 가본 적이 없어서요."

"음." 이브레 선생님의 시선이 먼 창으로 향했다. 왠지 피라 부부보다는 나를 평가하는 데 더 관심이 있는 사람 같았다.

"제가 초대받도록 노력해 볼 수 있을 것 같아요. 지금은 에드메가 외출 금지를 당해서 어렵겠지만, 몇 달 뒤에는 괜찮지 않을까요?"

이브레 선생님의 시선이 다시 내 얼굴로 향했다. 눈매는 그대로였지만, 입꼬리는 씽긋 올라갔다.

혼자 있을 땐 내가 연못에서 목격한 장면과 에드메의 우정을 별개로 생각할 수 있었다. 시간이 흘러 가만히 생각해 보니 내가 에드메를 좋아하게 된 이유가 사실은 그의 앞날을 알게 됐기 때문은 아닌지, 은밀한 자신감이나 해방감을 느꼈기 때문은 아닌지 궁금했다. 그러나 그런 일이 일어나는 동안에도 나는 먼 미래를 아직 마주하지 않아도 되는 어둠 속에 가두어두려고 노력했다. 그렇지 않고서는 알 수 없는 확실성, 말조차 금지된 슬픔을 어떻게 할 수 있겠는

가? 이브레 선생님의 입을 통해 듣고 나니 더는 이 상황의 괴로움을
피할 수 없었다. 잘 가라는 인사를 들은 뒤에야 안도할 수 있었다.
나는 시청사 밖에서 어머니를 기다리는 대신, 구석구석 쌓여가는
마른 낙엽 사이로 쉴 새 없이 발을 끌며 광장을 돌고 또 돌았다.

11장

C. R. 사건이 실제 사례라면 아주 오래전 일이 틀림없었다. 그렇지 않고서야 이런 사건을 모르는 사람이 있다는 게 말이 안 됐다. 이건 정말 끔찍하게 잔인한 이야기였다. C. R. 씨의 아들은 살해당했다. 살인자는 C. R. 씨의 친동생이자 피해자의 삼촌이라고 했다. 아이의 삼촌이 어느 날 학교에 나타나 그럴듯한 구실을 대며 아이를 데려갔는데 그길로 두 사람이 자취를 감추었다. 자동차에 두 번 치인 아이의 시신은 훗날 외딴 목재 운반용 도로에서, 삼촌의 시신은 그 근처 가파른 제방 아래에 있던 자동차 안에서 발견되었다.

이제 아버지는 아들을 다시 만날 수 있도록 제1서편으로 가게 해달라고 요청하고 있었다. 카드에는 C. R. 씨와 그의 부인이 지금은 함께 살지 않는다고 쓰여 있을 뿐, 아이 어머니에 대한 더 이상의 언급은 없었다. 이유가 궁금했지만 알 길이 없었다. 한 가지 분명한 건,

이 청원에 딜레마가 존재한다는 사실이었다. 노인이었던 L. M. 씨의 사례와 다르게 C. R. 씨는 사별에 대비할 수 있는 상황이 아니었다. 따라서 C. R. 사건에는 슬픔도 존재했고 조건에도 부합했다. 그러나 L. M. 씨의 사례와 다르게, 개입의 위험성이 명백했다. C. R. 씨의 방문을 승인한다면, 아들을 찾는 중에 동생을 보게 될 게 틀림없었다.

홀로된 아버지가 하나뿐인 자식을 그리워한다는 사실도 마음에 걸렸다. 화요일, 내가 점심시간에 요새에 가겠느냐고 물었을 때 에드메는 오디션이 다음 주라 이제 틈날 때마다 연습해야 한다며 거절했다. 그의 부모님은 아들이 바이올린을 그만두었다는 소식을 아직 그뤼요 선생님에게 전하지 않은 모양이었다. 에드메가 음악실에서 바이올린을 꺼내고 있었다. 점심시간인데 알랭도 쥐스틴도 보이지 않았다. 조가 날 보고 인사를 건네긴 했지만, 다른 친구들과 함께 있기에 끼지 않고 물러났다. 나는 코트룸 문 옆을 잠시 어슬렁거리다가 혼자 요새로 향했다.

오솔길은 그늘이 드리워져 있는데도 학교보다 더 후텁지근했다. 산으로 내리쬐는 햇살이 미로 같은 솔숲에 갇혀서인지 온 숲이 화라도 난 듯 푹푹 쪘다. 마침내 탁 트인 비탈길이 나왔다. 목덜미가 햇볕에 타지 않도록 옷깃을 세워 꽉 잡아야 했지만, 오솔길을 벗어나서 기뻤다. 산들바람이 불어오고 호수에 반짝이는 윤슬이 보이자, 뙤약볕도 견딜 만했다. 바람이 무척 상쾌한 탓에 어느덧 나는 요새를 지나 필요 이상으로 높이 올라가고 있었다.

뒤돌아 요새를 내려다보니 햇빛에 반짝이는 살결이 눈에 띄었다.

구릿빛 팔다리와 뽀얀 팔다리가 서로 엉켜 있었다. 쥐스틴과 알랭이었다. 두 사람 다 윗도리를 벗은 상태였다. 알랭이 바닥에 누워 있었고, 쥐스틴은 그 위에서 힘겹게 움직이고 있었다. 깜짝 놀란 나는 최대한 발소리를 내지 않으려 애쓰면서 산등성이에 있는 나무 뒤로 몸을 숨겼다. 이제 나는 요새와 엇비슷한 높이에, 두 사람과 겨우 10미터 남짓 떨어진 곳에 있었다. 쥐스틴의 목소리가 들릴 만큼 가까운 거리였다. 쥐스틴이 깔깔거리며 닥쳐라고 말하자 알랭이 뭐라고 웅얼거리는 소리가 들렸다. 나는 최대한 몸을 웅크렸지만 귀에 들리는 소리까지 어쩔 수는 없었다. 이제 와 나가자니 애들 눈에 띌 위험이 너무 컸다. 알랭이야 벌떡 일어나 경례라도 할 놈이지만, 쥐스틴은 분명 수치스러워할 것이었다. 쥐스틴의 숨소리가 점점 더 가볍고 높아지는 동안 나는 하릴없이 그대로 몸을 숨기고 가만히 있어야 했다.

의도치 않게 쥐스틴과 알랭을 몰래 훔쳐보고 있으니, 섹스라는 게 사춘기 시절 은밀하게 상상해 보는 추상적인 행위가 아니라 실제로 가능한 행위라는 생각이 처음으로 들었다. 내가 아는 친구들이 하고 있다면 언젠가 나도 할 수 있을지 모른다는 생각도 불현듯 스쳤다. 곧 그 생각은 따뜻한 물처럼 내 몸속을 훑고 지나갔다. 그의 얼굴이 스르륵 떠올랐다. 우리의 피부색도 저만큼 차이 날 것 같았다. 볼이 너무 달아올라 그 열기가 이마까지 올라갔다. 이런 생각을 떨치려 갖은 애를 썼지만, 부끄러움 속에서도 흥분의 파문이 끊임없이 일었다.

어찌어찌 그곳에서 빠져나왔다. 학교로 돌아간 나는 두 사람이 뒷길로 걸어 돌아올 때 아무렇지 않은 척 연기할 필요가 없도록 점심시간이 끝날 때까지 실내에 머무르며 복도에 걸린 그림들을 구경했다.

파란색 교복 위에 찍힌 자그마한 얼굴들을 쭉 훑어봤다. 유화물감의 얼룩들이 나를 되쏘아 봤다. 소나무 길 끝자락에는 자갈이 깔린 목재 운반용 도로가 있었다. C. R. 씨가 북단에서 자랐다면 그와 그의 동생도 이 복도에 걸린 그림 어딘가에 있을 터였다. 그러나 복도에 걸린 액자에는 이름도 날짜도 아무것도 적혀 있지 않아서 그들을 찾으려는 노력은 하나 마나였다. 이렇게 충격적인 사건인데도 사례가 공개되자마자 조가 날 찾아오지 않았다는 게 왠지 의외였다. 왔더라면 지금쯤 둘이서 어떤 얼굴이 가장 위협적으로 보이는지 찾아보고 있을지도 몰랐다. 물론 그림 속 얼굴들이 하나같이 비슷한 모양이라 구분할 순 없었겠지만. 종이 울리자 학생들이 나오면서 복도가 붐볐다. 정신없는 인파 속에서 화장실로 달려가는 쥐스틴이 보였다. 뒤따라 들려오는 에드메의 목소리에 나는 화들짝 놀랐다.

"누가 또 에이미에게 당했게?"

클라리넷을 연주하던 여학생의 이름이 에이미라는 걸 떠올리는 데 잠시 시간이 걸렸다. "이런, 연습 못 했어?"

에드메는 그럭저럭이라고 대답하듯 어깨를 한 번 들썩였다. "밖에서 연습하라던 알랭 말을 들을 걸 그랬나."

그 말에 웃다가 에드메의 얼굴을 보니 그는 진지하게 고민하고 있었다.

"부탁 하나 해도 돼?" 에드메가 물었다.

"그럼."

"오디션 보기 전에 음악원에 악보를 미리 제출해야 하거든. 직접 가야 하는데 알다시피 지금 외출 금지라서 말이야. 그렇다고 부모님이 대신 가줄 리는 전혀 없고. 심사 프로그램하는 곳, 광장에 있는 거 맞지? 혹시 가는 길에 나 대신 음악원에 들러줄 수 있어? 내 오디션 곡이라고 말하고 주면 될 거야."

나는 물론이라고, 오늘 바로 가겠다고 대답했다. 에드메는 포트폴리오를 펼치고 악보를 추려서 내게 건네주었다.

"고마워. 진심으로."

"됐어, 그런 말 마. 이게 뭐 별거라고."

"아니, 네가 귀찮다고 학을 뗄 만큼 오래오래 고맙다고 얘기할 거야. 평생 갚아도 부족할 빚이라고."

나는 눈알을 굴리면서 그의 악보를 접었다. "알겠어. 이 크나큰 희생을 반드시 기억해 주시길 바랍니다. 언젠가……."

그만 말을 멈췄다.

"응?"

"언젠가 네가 유명한 바이올리니스트가 되었을 때."

"그럼, 그럼. 오디션 준비를 하지 않았던 유명한 바이올리니스트. 허세 좀 부려야 하나? 저는 연습 따윈 하지 않죠. 제 공연은 반드시 신선해야 하니까요?"

초조하게 웃던 중에 묘수가 떠올랐다.

"있잖아, 정말로 밖에서 연습하고 싶으면 우리 집에 바이올린 갖다 놔도 돼. 집 근처에 연습할 만한 곳이 있어. 밤에는 사람도 없고."

에드메는 무슨 소리를 하냐는 듯한 표정으로 나를 쳐다봤다.

"그냥 그래도 될 것 같아서."

"재미있을 것 같은데, 한번 해보자." 에드메가 잃을 것이 뭐가 있겠냐는 듯 기분 좋게 어깨를 으쓱했다.

※

한 손에 에드메의 바이올린 케이스를 들고, 주머니에는 에드메의 악보를 찔러 넣고 버스에서 내렸다. 어디선가 낙엽을 태우는지 공원에 매캐한 냄새가 풍겼다.

바티쇠르 광장으로 들어가 광장을 가로질러 걸었다. 비둘기들이 마뜩잖은 표정으로 쳐다보며 길을 비켰다. 음악원은 신관에 있었다. 출입문 위에는 일부러 날것 느낌으로 만들어놓은 양철 차양이 달려 있었다. 로비에 들어서자마자 여러 악기가 동시에 연주되는 유쾌한 소음이 들렸다. 안내데스크에서는 자연스럽게 헝클어진 듯 머리를 말아 올린 젊은 여자가 내 손에 들린 바이올린을 보고 활짝 웃으며 무슨 일로 왔냐고 물었다. 나는 여전히 내 체온이 묻어 있는 악보를 주머니에서 꺼내어 내밀다가, 접은 채로 건네서 미안하다고 곧바로 사과했다. 안내원이 작곡가의 이름을 소리 내어 읽었다.

"음, 오디션 당사자가 아닌가 보군요. 에드메 피라 군은 아니죠?"

"네. 에드메 대신 제출하러 왔어요. 몸이 안 좋다고 해서."

"좋아요. 악보 잘 받았다고, 오디션에서 만날 날을 기다리겠다고 전해주세요. 에드메 군의 오디션은 (여자는 달력을 확인했다) 다음 주 목요일 4시네요. 오디션 시간보다 조금 일찍 도착해야 한다고 전해주세요."

"네. 알고 있는 것 같긴 한데, 어쨌든 전해줄게요."

"같이 올 건가요? 여자친구나 남자친구를 데려오는 참가자도 있거든요. 우리는 다 공개 오디션으로 진행하니까. 뭐, 그렇다고 동네 사람들 절반을 초대하는 건 아니고 부모님이나 특별한 사람에 한해서요. 같이 올 거면 미리 의자를 준비할 수 있도록 메모해 둘게요."

"아. 고맙습니다. 제 이름은 오딜 오잔이에요."

안내원이 글씨를 끄적였다. "완료! 만나서 반가웠어요, 오딜 양. 에드메 군한테 쾌유를 빈다고 전해주고요."

음악원을 나섰다. 바깥은 여전히 해가 쨍했다. 밝은색의 제비 꼬리 모양 깃발이 시청사 위에서 펄럭펄럭 소리를 내며 나부끼고 있었다. 분수를 지날 땐 물안개 때문에 코가 간지러웠다. 그랑제콜 입구에서 조와 마주쳤다. 나는 아무 생각 없이 바이올린 케이스를 돌려 에드메의 성이 새겨진 부분을 안쪽으로 숨겼다. 조는 케이스를 먼저 한번 보고는 내 얼굴을 쳐다봤다.

"학교 끝나고 어디 갔었어? 같이 차 타고 오려고 했는데." 조는 목소리를 낮추고 눈을 동그랗게 떴다. "이번 사건 말이야. 우리 얘기 좀 해야지."

나는 그러자고 대꾸하고 조를 뒤따라 강의실로 향했다.

강의를 시작하는 이브레 선생님의 목소리 톤은 평소처럼 돌아와 있었다. 선생님은 C. R. 씨의 청원을 노골적으로 언급하지는 않았지만, 승인 허가 혹은 거부에 해당하는 듯한 내용을 말할 때마다 강의실의 사각거리는 연필 소리가 빨라졌다. 중간에 한번은 이브레 선생님이 내 책상 밑에 놓인 바이올린을 쳐다보고 있다는 걸 눈치챘다. 하지만 선생님은 강의가 끝나고도 내게 아무런 말을 하지 않았다. 나는 조에게 지금은 어머니를 만나러 가야 하니 C. R. 사건 얘기는 조만간 나누자고 약속한 뒤 꽁무니를 뺐다. 그러고는 시청사 계단에 앉아 어머니를 기다렸다.

그날 저녁엔 오가는 사람이 별로 없었다. 음악원 건물에서 흘러나오는 연주 소리가 조명이 켜진 광장을 떠다녔다. 그 음악 소리에 마음이 조금 풀어진 듯했다. 그동안 묻어두었던 충동, 울고 싶은 충동이 뒤통수 어딘가에서 일었다. 뒤늦게 생각이 나 어머니가 오기 전에 교복 재킷을 벗어서 에드메의 바이올린을 덮어두었다. 어머니가 도착했을 때 나는 당황한 미소를 지으며 눈을 문질렀다. 눈가가 말라 있어 다행이었다.

12장

피슈그뤼 선생님은 오늘 동부 경계 지역으로 견학을 갈 거라고 공지했다. 일과에 변화가 생겨서인지 교실이 들썩였다.

정오가 되자 우리는 학교 앞 회전교차로에 줄을 섰다. 학생들 몇몇이 줄에 서서 샌드위치를 우물거렸다. 피슈그뤼 선생님은 누구라도 어리석은 행동을 했다가는 처벌을 면치 못할 거라고, 사령관 장사빌은 썩 인내심 있는 사람이 아니라고, 몇 놈은 차라리 헌병에 뽑히기를 간절히 바라는 게 좋을 거라고 근엄하게 말했다. 선생님이 암시한 애들은 서로 대놓고 손가락질하다가 선생님의 매서운 눈길을 받고서야 잠잠해졌다. 나는 왠지 심사 프로그램에 갈 때 타는 그런 버스가 우리를 태우러 올 줄 알았다. 그러나 도착한 건 철책 주변을 순찰하는 경계병들이 타고 다니는 회색 헌병대 수송차였다. 버스 운전사의 얼굴에는 피로가 가득했고, 담배를 얼마나 피웠는지 그의 텁수룩한 수염은 변색되어 있었다. 차 안은 숨 막힐 듯 답답했다. 나는 창가 쪽에 앉았다. 내 옆자리에는 쥐스틴이, 에드메와 알랭은 우리 앞자리에, 조는 통로를 사이에 두고 앉았다.

요새에서 알랭과 쥐스틴이 함께 있는 모습을 본 이후로 쥐스틴과 별로 이야기를 나눈 적이 없었다. 머리칼을 부드럽게 넘기는 쥐스틴은 전보다 더 자신감 넘치고 상큼해 보였다. 버스가 운동장을 떠날 때 알랭이 주변을 살짝 둘러보았고, 그때 쥐스틴이 허리를 굽혀 빠르게 알랭과 입을 맞췄다. 나는 의자 커버 너머로 에드메의 뒤통수를 힐긋 쳐다보았지만, 에드메는 창밖을 내다보고 있었다.

산을 내려간 버스는 우리 집을 지나서 커브 길을 돈 다음, 조 가족의 사유지로 이어지는 도로를 달렸다. 마을 외곽을 지날 땐 학생들이 목을 길게 빼고 술집 골목에 늘어선 선술집을 구경했다. 내가 평소 타고 다니는 버스는 공원 입구의 정류장에서 멈추었지만, 헌병 수송차는 덜컹거리며 중심가인 가로수 길을 계속해서 달렸다. 인도에는 로리에스나 카젤 쇼핑백을 손에 든 여자들이 수다를 떨며 지나가고 있었고, 땡땡이친 시내 학교의 몇몇 학생들이 벤치에 앉아 담배를 피우며 우리를 쳐다보았다.

"왠지 도망자 신세가 된 것 같아." 조가 불평했다.

마을 동부의 너른 과수원에 가까워질수록, 반듯한 잔디밭이 딸린 고아한 정취를 풍기는 집들이 점점 시야에서 사라지더니 크기만 클뿐 다 무너져 가는 허름한 집들이 보이기 시작했다. 우리 할머니 집 앞을 지나갈 땐 진입로 입구와 풀이 잔뜩 자란 도랑과 느릅나무가 얼핏 보였다. 학기가 시작한 뒤로는 두 분을 뵈러 간 적이 없었다.

아버지가 돌아가신 이후, 어머니와 나는 한동안 할아버지와 할머니를 만나지 않았다. 원래는 일요일마다 할머니 댁에 가서 체리 주스를 마시고 진입로에서 세발자전거를 타고 노는 게 일이었는데, 갑자기 주말을 집에서 보내게 된 것이다. 내가 학교에 입학하고 나서야 우리 모녀는 추모 예배가 있을 때처럼 특별한 날에만 다시 할아버지 댁에 찾아갔다. 느릅나무에는 타이어를 낮게 매달아 만든 그네가 여전히 걸려 있었지만, 그걸 타고 놀기엔 내가 너무 커버린 뒤였다. 부끄러움을 아는 나이가 된 나는 이제 이슬이 맺힌 풀밭에 담요를 깔고 앉아 책을 읽으며 시간을 보내다가 예배당에 따라갔다. 예배당에 가서는 풍작 기원과 자문 기관의 지혜에 관해 지겹게 떠들어대는 자문관의 설교를 듣는 둥 마는 둥, 나를 사이에 두고 앉은 어머니와 할머니의 향수 냄새를 비교하며 시간을 보냈다. 그러고 있으면 자연히 스테인드글라스로 장식된 창문으로 눈길이 향했다. 민속적인 풍경이 뒤죽박죽 그려진 스테인드글라스에는 알아볼 수 있는 그림도 있었고, 그저 기하학적 문양의 빛처럼 보이는 것들도 있었다. 예배는 지루했다. 부모님의 허락을 받고 동생과 집에 머물러 있는 클라르가 부러웠다. 그래도 예배가 끝난 뒤 할아버지와 할머니가 나를 선착장에 있는 선상 카페로 데려가 파이와 아이스크림을 사 주는 것만큼은 마음에 들었다.

포장도로가 끝나고 잡초밭이 나오자, 버스는 앞에 보이는 두 줄의 타이어 자국을 도로 삼아 달렸다. 수송 버스가 좁아진 도로를 달리다 과수원으로 들어섰다. 버스가 덜컹거리며 속도를 올렸다. 일정한 간격을 두고 한 줄로 심긴 사과나무가 가장 먼저 눈에 들어왔다. 그다음으로는 체리 과수원이 펼쳐졌다. 드럼통처럼 다부진 밑동에서 뻗어 나온 가지가 하늘을 뒤덮고 있었다. 나뭇가지가 차창에 긁히고, 나뭇잎이 유리창을 두드렸다. 불어오는 바람에서 서늘하고 싱그러운 냄새가 났다.

버스가 공터에 들어섰다. 초소가 하나 있었고 그 옆엔 비포장도로를 가로막는 차단기가 내려와 있었다. 검문소였다. 우리가 경계 지역에 근접했음을 알리는 첫 번째 신호였다. 보초병 한 사람이 초소에서 나왔다. 곧 운전기사는 버스 엔진을 공회전시킨 채 피슈그뤼 선생님과 함께 내렸고 교대로 클립보드에 뭔가를 적었다. 선생님이 주의를 준 것도 아닌데 우리는 버스 안에 아주 조용히 앉아 있었다. 나무들 사이에서 스프링클러 돌아가는 소리가 들렸다. 에드메는 차창에 머리를 기대고 있었다. 피슈그뤼 선생님과 운전기사가 버스로 돌아오자 흰색 차단기가 높이 올라갔다. 버스가 쿵쾅거리며 풀밭을 지날 때 검문소의 보초병이 잔디에 침을 찍, 쏘아 뱉는 모습이 보였다.

과수원을 지나자 다시 엷은 잿빛 하늘이 나왔다. 흙길은 자갈길로 바뀌었다. 여기서부터 경계 지역으로 가는 길은 직선 도로 하나뿐, 노란 덤불이 우거진 비탈을 가로지르는 길이었다. 나무 한 그루 없는 동녘 초원의 기이한 광경이 보이기 시작했다. 창틈으로 먼지바람이 불어드는데도 버스 안은 다시 따뜻해졌다. 마침내 건물들이 나타났다. 뿌연 열기 속에 희미하게 빛나는 황량한 모습을 보니 마치 유배지 같았다.

얼마 전 광장에서 봤던 남자, 검은 수염을 기른 채 헌병을 이끌고 시청사로 들어가던 그 남자가 길쭉한 단층 건물 밖으로 걸어 나오고 있었다. 장사빌이 틀림없었다. 그가 우리가 탄 버스를 향해 옆쪽에 주차하라고 손짓으로 지시했다. 우리는 버스에서 내려 흙구덩이를 가로질러 걸었다. 단 한 걸음도 다가오지 않고 가만히 기다리고 있는 그 사령관을 향해 가는 길이었다. 피슈그뤼 선생님은 예의 바른 표정으로 사령관과 대화를 주고받으며 벗겨진 머리통을 여러 차례 끄덕였다. 그러고는 또 다른 클립보드에 재빨리 서명해 그에게 되돌려 주었다.

장사빌이 우리를 훑어봤다. 그의 얼굴은 수염만큼이나 까맸지만, 햇빛 아래 그의 눈동자는 얼음에 갇힌 물처럼 기묘한 색을 띠고 있었다. 그는 한숨인지 말인지 분간이 잘 안 되는 소리를 뱉었다.

"이곳에 와본 사람 있나?"

잠시 아무도 대답하지 않았다. 그때 뤼시앵이 손을 들었다. 새엄마가 방문 승인을 받아 제1동편에 다녀온 적이 있고, 돌아오던 날 다른 가족들과 함께 이곳으로 새엄마를 마중 나왔다고 대답했다. 나는 처음 듣는 이야기였다.

장사빌은 뤼시앵의 대답을 들은 척도 하지 않고 차분한 목소리로 이렇게 말했다. "여러분 대다수는 오늘 이후 이곳에 다시 올 일이 없을 것이다. 오게 된다면 경계를 넘기 위해서가 아니라 임무를 맡아서일 확률이 높다. 그 일에 관심 있는 사람은 끝나고 날 찾아오면 다음 단계를 설명해 주겠다. 그 외에 나머지는 다시 볼 일이 없기를 바란다." 그는 그대로 뒤돌아 건물 안으로 들어갔다. 피슈그뤼 선생님이 우리에게 따라오라고 신호를 주었다.

안으로 들어가서 보니 그곳은 커다란 식당이었다. 리놀륨 바닥을 닦는 앳된 생도 한 명 말고는 아무도 없었다. 식당엔 기다란 의자가 붙어 나오는 원목 식탁이 줄지어 놓여 있었다. 실링팬은 날개 하나 하나가 보일 만큼 느리게 돌아갔다. 장사빌은 우리를 곧장 뒷문으로 안내했다. 뒤뜰로 나가자 우뚝 솟은 울타리가 보였다.

가로철근으로 만들어진 울타리였다. 예전에 멀리 나무 사이로 부자연스럽게 빛나는 단단한 물체를 본 적이 있었다. 그러나 우리 중에서 뤼시앵을 제외하고는 어느 누구도 여기에 이만큼 가까이 와본 적이 없었다. 울타리는 내가 생각했던 것보다 훨씬 더 높았다. 못해도 6미터는 족히 돼 보였다. 커다란 식당 문 옆에 선 우리는 하나같이 주눅이 들었다.

"가서 만져보도록." 장사빌이 말했다.

아무도 발을 떼지 않았다.

"어서."

알랭과 에드메를 포함해 몇 명이 앞으로 다가가기에 나도 그들을 뒤따랐다. 곧 학급 전체가 앞으로 나가 손가락으로 철조망을 찔러봤다. 녹슬어 가는 거대한 흰 기둥이 철사를 팽팽히 당기고 있었다. 기둥 사이 철사는 몇 센티미터 간격으로 오르내리며 빗살 모양으로 뾰족하게 꼬여 있었다. 햇빛이 밝아져 금속에 반사되는 빛 때문에 가자미눈을 떠야 했다. 우리가 철사에 손을 갖다 대자 진동과 함께 날카로운 경보음이 울렸다. 무척 거슬리는, 거친 소리였다.

에드메가 나를 슬쩍 찌르기에 뒤를 돌아봤다. 식당 밖, 장사빌 주변에 더 많은 헌병이 모여 있었다. 다양한 연령대로 보이는 남자들은 하나같이 멍한 눈을 하고 있었다. 한 사람이 소총 한 자루를 들고 있었는데, 총구는 바닥을 향해 있었다. 다른 학생들도 그의 존재를 알아차렸다. 철책의 경고음이 잦아들자 장사빌이 말했다.

"지금 밟고 서 있는 위치를 확인하도록."

발치를 내려다봤다. 철책을 중심으로 반경 수 미터 내의 땅이 곱고 성긴 흙으로 덮여 있었다. 우리가 서 있는 쪽은 이제 발자국으로 가득했다.

소총을 든 헌병이 살짝 움직이자, 모두의 시선이 그에게 쏠렸다. 그의 입꼬리가 살짝 올라갔지만 소총의 머리는 여전히 아래로 내려가 있었다. 장사빌이 우리에게 철책에서 떨어지라고 손짓했다.

그제야 나는 경계 지역 현장학습의 목적은 헌병 채용이 아니라는 사실을, 최소한 그 이유 하나만은 아니라는 사실을 깨달았다. 우리를 이곳에 데려온 진짜 목적은 우리에게 이러한 기억을 심어주기 위해서였다. 가시철사와 경보기가 설치된 철책, 소총을 휴대한 차가운 사람들과 반드시 잡힐 수밖에 없는 무시무시한 환경을. 내가 조를 쳐다보자 조가 뒤돌아봤다. 조도 나처럼 충격을 받은 모양이었다. 자문관 후보생들이 이브레 선생님의 설명으로 배운 개입과 보호를, 나머지 학생들은 현장학습의 기회를 통해 알게 되는 것이었다.

장사빌은 우리에게 헌병의 여러 임무를 수박 겉핥기식으로 간결히 설명해 주었다. 둘러보니 필기하는 학생이 아무도 없었다. 하긴 피슈그뤼 선생님이 필기를 지시하지도 않았을뿐더러 굳이 적을 필요도 없을 만큼 기억하기 쉬웠다. 그들의 주 업무는 이곳 메인 게이트와 감시탑 사이사이의 경계 지역을 순찰하는 것이었다. 자문 기관의 우편물 배달, 방문객 호위, 탈주자 추적과 같은 임무는 최소 수년간 복무한 뒤에 맡을 수 있다고 했다. 장사빌은 청소도 헌병의 업무라며 목록에 추가했다. "부엌 및 변소 청소."

학생들 모두 조금 실망한 눈치였다. 나도 메인 게이트에 조금 더 가까이 가보고 싶었다. 어쩌면 감시탑을 둘러볼 수 있을지도 모른다. 두 곳 모두 가시권에 있었지만, 우리가 서 있는 곳에서는 아주 멀리 떨어져 있었다. 작달막한 경계병 한 사람이 푹푹 찌는 하늘 아래 감시탑의 높은 난간에 기댄 채로 담배를 피우고 있었다.

집으로 돌아올 땐 에드메가 쥐스틴과 자리를 바꿔줘서 알랭이 쥐스틴과 나란히, 에드메는 내 옆자리에 앉게 되었다. 학생들은 약속이라도 한 듯 목소리를 낮추고 있다가 경계 지역을 빠져나온 뒤에야 떠들기 시작했다. 통로를 사이에 두고 앉은 조는 마리와 깔깔거리고 있었다. 에드메에게 무슨 말을 해야 좋을지 생각했다. 혹시라도 방문이라는 주제로 이어질까 봐 경계 지역 얘기만큼은 꺼내고 싶지 않았다. 잠시 후 에드메가 물었다.

"괜찮다면 오늘 밤에 바이올린 좀 빌려주시겠습니까?"

"빌려준다라. 좋아요. 이따 빌려줄 수 있을 것 같군요."

"고맙습니다. 깨끗하게 쓰고 온전한 상태로 반납하지요."

내가 그의 조건을 받아들인다는 듯 고개를 한번 끄덕이자, 에드메도 똑같이 엄숙하게 악수를 제안했다. 그의 손은 따뜻하고 건조했다. 그는 최대한 10시쯤 몰래 빠져나와 우리 집으로 자전거를 타고 오겠다고 얘기했다. 나는 앞좌석에 씌워진 비닐 커버에 손가락으로 약도를 그려가며 내 방 창문의 위치를 알려주었다.

※

　창문 밖에 서서 에드메가 된 것처럼 내 방 안을 들여다봤다. 얇은 커튼 주름 너머로 희미하게나마 침대, 교과서가 쌓여 있는 아버지의 비좁은 책상, 비뚜름하게 걸린 그림 한 점이 보였다. 커튼 때문에 윤곽만 흐릿하게 보였다. 마치 내 방이 어떻게 생겼는지 반쯤 생각나는 것처럼. 시험 삼아 손가락 마디를 창유리에 갖다 대보았다.

　어머니가 전날 끓인 스튜를 데우는 동안 나는 장작을 가져와 불을 피웠다. 경계 지역으로 현장학습을 다녀왔다는 내 이야기를 듣자마자 어머니는 심사 프로그램은 어떻게 되어가느냐고 물었다. 밥을 먹고 숙제를 마친 뒤에는 책상을 정리하고 그림을 반듯하게 걸었다. 병원에 걸려 있던 것처럼 이 그림도 수채화였다. 액자엔 새털구름 아래 호수가 보이는 풍경이 담겨 있었다. 그림은 늘 이 방에 걸려 있었는데, 생각해 보니 언제부터 걸려 있었는지 궁금해한 적이 없었다. 어쩌면 부모님이 이 집을 구매할 때부터 있었는지도 몰랐다. 그림을 벽에서 떼어 살짝 들자, 액자의 줄이 고리에 걸렸다. 벽 고리는 헐거워진 상태였다. 그림이 있던 자리의 벽지가 색이 더 연해서 나머지 부분이 더러워 보였기에 그림을 원래 자리에 다시 걸어놓았다.

　침대 발치에서 에드메의 바이올린 케이스를 들어 먼지를 닦았다.

어머니에게 들킬까 봐 지하실 크롤스페이스◆에 숨겨두었더니 먼지가 쌓여 있었다. 에드메가 나타날 때 나는 침대에서 책을 읽고 있어야겠다고, 아니면 글을 쓰고 있어야겠다고 생각했다. 교복을 벗은 뒤 둥글고 하얀 옷깃이 달린, 까만 시프트 드레스●를 골라 갈아입었다. 할머니에게 선물로 받은 옷이었다. 늘 너무 크다고 생각했는데 거울로 보니 썩 괜찮은 것 같았다.

이브레 선생님은 에드메네 집에 가보겠다던 내 계획을 채근하지 않았고, 심사 프로그램도 별일 없이 진행되고 있었다. 가장 별일이라고 할 만한 건, 강의 시작 전에 우연히 엿들은 얘기였다. 시내 학교는 이달 말이나 되어야 경계 지역 현장학습을 간다는 내용이었다. 조는 한바탕 웃으며 우리 학교에 헌병 지원 우선권을 주는 게 당연하다고 했다. 그러다 강의실에 들어오는 이브레 선생님을 보자마자 내 팔뚝을 붙잡으며 금요일 평결에 대해 조만간 논의해야 한다는 사실을 재차 일렀다.

에드메가 창문 앞에 나타나기도 전에 나는 그가 오고 있다는 걸 알았다. 진입로 쪽에서 작게 들려온 바퀴 소리 때문이었다. 나는 계속 글을 쓰던 중이었는데도 굳이 책상에서 자세를 고쳐 앉으며 뭔가 쓰는 척을 했다. 그때 에드메가 유리창을 두드렸다. 우리는 커튼

◆ 거실 마루 밑과 지하실 천장 사이에 있는 점검용 공간.
● 허리를 강조하지 않고 어깨부터 곧게 떨어지는 여성용 원피스.

을 사이에 두고 손을 흔들었다. 나는 침대 위에 무릎을 대고 앉아 창문을 열고 밤공기를 들이마셨다. 후드티 차림의 에드메는 평소보다 앞머리를 이마에 더 바짝 붙인 모습이었다. 에드메가 속삭이듯 말했다.

"안녕."

"안녕."

창문 너머로 바이올린 케이스를 건넸다. 바이올린을 받아 들던 에드메가 어리둥절한 표정을 지었다.

"오호, 이게 어찌 된 일이지? 같이 갈 거지? 어딘지 보여줘야지."

나는 고개를 끄덕였다. "그게 그러니까, 혼자 가고 싶은 거면, 어딘지 가리켜서 알려줘도 되니까……."

에드메가 어깨를 으쓱거렸다. "내 연주는 전에 들어봤잖아. 실력이 좀 나아졌는지 말해주면 더 좋고."

뒷마당에서 소나무 길 아래쪽으로 이어지는 도로 중간에 사람들이 잘 모르는 오솔길이 숨어 있었다. 에드메를 데리고 이웃집 불빛을 피해 옆 걸음질로 뒷마당 잔디밭을 가로지른 뒤 소나무가 잔뜩 뒤덮인 언덕 아래로 내려갔다. 그렇게 우리는 라즈베리 덤불 사이에 난 구멍을 통과해 좁은 오솔길에 합류했다.

오솔길은 산비탈을 따라 도로와 나란하다가 호수 절벽 쪽으로 방향을 틀어 구불구불하게 이어졌다. 그 길을 쭉 따라가다가 그리 멀지 않은 곳에서 꺾으면, 자연적으로 원형 경기장처럼 만들어진 곳이 나왔다. 내가 에드메에게 사람들에게 들키지 않고 연습할 수 있을 거라 얘기했던 바로 그곳이었다. 옛날에는 자주 오던 곳이었다.

언젠가 가출하는 척 집을 나왔을 때도 어른들은 그곳을 모를 것 같다는 생각에 여기로 와 숨었었다.

달빛이 비치는 공터에는 돌로 된 옹벽이 있었다. 벽은 잡초로 무성했지만, 굴곡진 오솔길을 따라 계단처럼 층층이 쌓인 구조 때문에 객석 같은 느낌이 있었다. 나는 맨 꼭대기 층에 발목을 꼬고 앉아 자리를 잡았다.

케이스에서 바이올린을 꺼내어 소리를 확인하던 에드메가 움찔하는 모습이 보였다. 곧 바이올린 현을 조율하기에 내가 무슨 문제라도 있냐고 물었다.

에드메는 애써 태연한 척하며 내게 바이올린을 어디에 보관했느냐고 물었다. 크롤스페이스에 보관했다고 대답하자 그가 어색하게 고개를 끄덕였다. 나는 거기에 보관하면 안 됐던 거냐고 물었다.

"아, 그게, 습도 때문에…… 미안해, 이게 좀 까다로워서. 혹시 다른 곳에……."

나는 쏜살같이 대꾸했다. "물론이지. 미안, 내가 몰랐어."

진줏빛 반광에 비친 에드메의 얼굴에 겸연쩍은 미소가 번졌다. 그가 바이올린의 위아래와 양옆을 살폈다. 이제 바이올린의 상태가 만족스러운지 그는 활을 들어 올렸다.

"준비되셨나요? 이 곡은 음, 말하자면 제 불협화음입니다." 턱으로 바이올린을 누르고 있어서 눌린 목소리가 나왔다.

에드메는 잠시 가만히 서 있더니 갑자기 연주를 시작했다. 활과 현이 충돌하는 순간, 삽에서 퍼 올려지는 흙처럼 음표가 사방으로 튀었다. 엄청나게 큰 소리가 울려 퍼지자, 새들이 우리 주변에서 도망치려고 동시에 날갯짓하며 둔탁한 소리를 만들었다. 나는 소리 내어 웃었지만, 에드메는 모르는 눈치였다. 그는 한 마디 한 마디 온몸을 던져 앞으로 내달리고 있었다. 활을 톱질하듯 움직일 때마다 아래 있는 현들이 신음하며 울부짖는 것 같았다. 그는 나무들 앞에서 몸을 이리저리 비틀었고, 그의 바이올린 연주가 밤을 갈기갈기 찢었다.

그가 연주를 멈추자 이번엔 침묵이 퍼져 나갔다. 내가 박수를 치자 이번엔 내 손바닥에서 둔탁한 소리가 났다. 에드메가 수줍은 듯 웃더니 숨을 내쉬면서 작게 말했다. "고마워."

"엄청났어! 근데 우리 조용히 말하지 않아도 될 것 같은데!"

에드메가 고개를 끄덕이며 웃었지만, 사실 평상시의 목소리도 고요한 숲속에서는 지나칠 정도로 크게 들렸다. "혹시 이웃들에게 피해를 줄까 봐." 에드메는 여전히 나직하게 대꾸했다.

위편 도로에서 타이어 소리가 들리더니, 노란 헤드라이트의 불빛이 나무 꼭대기를 훑었다. 들쭉날쭉한 그림자가 원형 경기장을 가로질러 기괴하리만치 길게 뻗었다. 자동차가 지나가자 다시 밤의 시간이 돌아왔다.

그는 같은 곡을 재차 연습했다. 이번에는 연주 실력이 나아졌다고 느낄 때까지 한 부분을 반복했다. 그런 다음 조금 더 느린 곡을 연주했다. 음악실에서 연주하던 우아한 곡, 중간에 무척 어려운 부분이 있는 그 곡이었다. 두 곡 중 내가 더 좋아하는 곡이었다. 팔 하나로 목덜미를 받치고 잡초 위에 눕자, 개미 한 마리가 내 팔꿈치를 탐험했다. 나무 사이로 멜로디가 흘러나왔다.

집으로 갈 때는 길의 폭이 좁아도 개의치 않고 에드메와 나란히 서서 걸었다. 그는 음악실보다 야외가 더 좋다며, 좋은 장소를 알려줘서 고맙다고 말했다. 나는 어릴 때 클라르와 내가 원형 경기장에서 관람객이 있는 척하며 춤추고 놀았던 얘기를 해주었다.

"어떤 춤?"

"기억 안 나. 뒤뜰에서 연습했던 걸 보면 무슨 안무를 만들긴 했는데. 진짜로 공연하는 것처럼 무대로 걸어가는 거야. 관객석에 손키스도 날리고, 뭐 그러고 놀았어."

"그게 몇 살 때야?"

"여섯 살이었나 일곱 살이었나."

"에이, 그러면 춤 다 기억나겠네."

"아냐. 대충만 생각나지."

"그 정도도 좋은데. 다음에 한번."

"안 돼!"

"화려한 솔로의 부활! 음악도 깔아줄 수 있어. 빠르게? 아니면 느리게?"

"안 돼!" 나는 한 번 더 웃었다.

"너도 내가 얼마나 우스워지는지 방금 봤잖아. 불공평해!"

나는 한숨을 푹 쉬었지만, 올라간 내 입꼬리를 에드메가 못 봤을 리 없었다. 내 방 창문으로 에드메가 다시 바이올린을 건네주었다. 그가 떠나자 나는 부탁대로 바이올린을 침대 밑에 밀어 넣었다. 드레스 차림 그대로 불을 끄고 누비이불 속으로 들어갔지만, 너무 행복해서 잠이 오지 않았다.

13장

혼잡한 코트룸에서 조가 내게 다가와 같이 요새에서 점심을 먹자고 했다. 내가 알랭과 쥐스틴을 곁눈질하자 조는 금세 내 의중을 파악하고 말에 선율을 붙여 노래하듯 흥얼거렸다. "걱정하지 마. 내가 허니문 스위트룸을 예약해 뒀거든."

조는 요새에 도착하기도 전에 내게 어느 편에 설 거냐며 말을 꺼냈다. 나는 아직 결정하지 못했다고 대답했다. 그렇게 우리는 뒷산으로 가는 길에서부터 회의를 시작했다.

"어디 보자. 우선, 아들을 그런 식으로 떠나보낸 아버지의 청원 사유를 부적합하다고 생각하는 사람은 없을 거야."

"으, 너무 끔찍해." 조가 대꾸했다.

"그리고 갑작스럽게 일어난 일이니까 죽음에 대비할 겨를도 없었지."

"그렇지."

"그러니까 이 청원의 사유가 L. M. 사건 때보다 더 정당하다고 생각해. 청원 승인에 해당하는 항목이 하나 더 있는 거니까. 모두 '예스'라고 대답하고 싶을 거란 말이지."

"맞아. 정말 그러고 싶어."

"그런데 문제는, 개입의 위험이 크다는 거야."

"그건 그래." 조가 동조했다. "그러니까 C. R. 씨가 방문해 있는 동안 동생을 보고도 달려들지 않으리라는 걸 우리가 얼마나 신뢰할 수 있겠느냐가 문제겠네."

"정확해. 막을 수 있었던 죽음으로 사별한 사람의 청원에는 늘 이런 문제가 따라오겠지?"

"와, 끝내주는데? 원칙을 들면서 얘기하니까 더 똑똑해 보인다." 조가 어깨로 날 툭 건드렸다. "요 똑똑한 녀석."

요새에 도착한 우리는 제일 큰 통나무에 걸터앉았다. 땅바닥의 흙을 보니 정말로 사람들이 뒹군 듯한 흔적이 뚜렷했다. 그때 조가 바닥을 향해 고개를 떨구며 허허로이 웃었다.

"아니 근데…… 물론 알랭이 뭐 어떻다는 건 아니지만, 알랭은 재밌는 애니까. 근데 참 의외란 말이야."

"무슨 말인지 알겠어. 그러니까, 쥐스틴을 볼 때면 항상 '와……' 했거든? 그런데 알랭은 그냥 알랭이잖아." 나는 한껏 용기 내어 말했다.

"쥐스틴 보면서 와…… 뭐?"

어깨를 으쓱였다. "예쁘다?"

조가 발가락을 앞뒤로 움직이며 흙바닥을 쓸었다. "걔는 자기가 예쁜 줄 몰라. 쥐스틴 성격이 그래. 음, 그래도 북단에서 알랭 정도면 나쁘지는 않잖아? 달리 누가 있겠어. 안 그래?"

내가 잠시 말을 멈추었다. "재밌는 얘기 하나 해줄까?"

"누구 얘긴데?" 조가 팩 소리치더니 두 손을 그릇처럼 모아 앞으로 내밀었다. "얼른, 얼른!"

"그게, 새로운 얘기는 아니고. 너도 이미 다 아는 건데. 어…… 내가 걔네를…… 봤어."

흐트러진 땅바닥을 향해 의미심장하게 눈썹을 치켜올렸다.

"세상에!"

"보려고 본 건 아니었어! 어디 좀 가 있으려고 여기로 올라왔는데, 둘이 이미 와 있더라고."

"와! 솔직히 말해봐. 역겨웠어?"

"거의 아무것도 못 봤어. 근데, 어, 그게, 소리는 다 들렸어. 나는 저 나무 뒤에 숨어 있었거든."

이미 웃음이 터져 몸을 앞으로 숙이고 있던 조가 코 먹는 소리를 하도 크게 내는 바람에 나까지 웃음이 터졌다. 어떻게 숨어 있었는지 보여달라는 조의 말에 나는 자리에서 일어나 꾸어다 놓은 보릿자루처럼 가만히 서서 눈을 댕그랗게 떴다.

"진짜 웃긴다! 쥐스틴한테 말해도 돼?"

"절대 안 돼!"

"아, 알았어, 알았어. 근데 누구 소리가 더 컸어? 아니다, 물어보나 마나 알랭이겠지 뭐. 이런 소리였으려나?" 조가 둔탁하고 낮은 신음을 냈고, 우리 둘은 또 한 번 자지러졌다.

잠시 후 우리는 숨을 골랐다. 그 순간 요새로 날아든 아주 큰 잠자리 한 마리가 우리 앞을 맴돌더니 덤불 벽으로 잽싸게 날아갔다. 조가 목을 뒤로 길게 젖히며 하품하자, 옷깃 아래로 금목걸이가 반짝였다. "아무튼 쥐스틴은 좋겠다." 조가 날숨과 함께 말을 뱉고는 순수한 표정으로 나를 쳐다보며 물었다. "오딜 넌? 요즘 연애 생활 어때?"

나도 모르게 지나치다 싶을 만큼 콧방귀를 뀌고 말았다. 피가 쏠려 얼굴이 후끈해졌다.

조가 말을 이었다. "내가 말이야. 짚이는 게 있어서 그래. 아니면 아니라고 말해줘. 근데, 솔직히…… 너 에드메 좋아하지?"

곧바로 아니라고 해야 했는데 그만 뜸을 들이고 말았다.

"맞네! 오딜이랑, 에드메랑, 좋아한대요, 좋아한대요!" 날 놀리던 조가 별안간 특유의 눈썹 찌푸리는 표정을 지으며 생각에 잠겼다. "옛날에 에드메가 나무에 올라가서 엉망으로 송가 부르던 거 기억나? 참 잘했는데, 그때."

또 한 번 무심결에 조의 말을 바로잡고 말았다. "올라갔던 건 알랭이고, 에드메는 나무 아래서 바이올린을 엉망으로 연주했지."

"너어어어! 내 말이 맞네!" 조가 노래하듯 말했다.

새빨개진 얼굴을 감출 길이 없었다. 나는 두 손바닥에 얼굴을 묻었다. 조는 웃느라 바빴다.

"걱정하지 마. 그렇게 티 안 나. 내가 그런 쪽에 감이 좀 발달해서 그냥 잘 아는 거야."

나는 대꾸 없이 고개만 끄덕였다.

조가 부드러운 말투로 덧붙였다. "그냥 내 생각이긴 한데, 둘이 참 잘 어울려." 그러고는 실눈을 뜨고 하늘을 바라보며 이제 돌아가자고 말했다.

조의 그 말을 어떻게 받아들여야 할지 몰랐다. 다른 사람이 아니라 그동안 남자친구를 여럿 사귀어보았고 또 원하는 남자라면 누구든지 골라 사귈 수 있을 사람인 조의 말이었으니까. 조의 눈에 우리 둘이 터무니없어 보이지 않는다면 그것만으로도 의미가 있었다. 왔던 오솔길을 내려가면서 다시 C. R. 사건에 관해 대화를 나누는데, 가는 내내 심장이 마치 잠자리 날개처럼 윙윙거렸다. 하교 후 조 아버지의 자동차 뒷좌석에 앉아 있을 때 라디오에서 흘러나오는 실내악에서 바이올린 연주 소리가 들렸다. 바람과 햇볕이 내 얼굴에서 춤추었고, 화음이 파도처럼 켜켜이 쌓였다.

조와 나는 이미 내일 평결에서도 청원을 거부하는 게 최선이라고 결론을 내렸다. 그래서 그날 이브레 선생님이 청원을 승인해야 한다는 듯한 뉘앙스를 풍겼을 때 놀랄 수밖에 없었다. 강의가 끝나갈 무렵 이브레 선생님은 청원인이 느끼는 슬픔의 정도를 가늠하는 다양한 방법을 이야기하다가 갑자기 생각났다는 듯 이렇게 말했다.

"C. R. 사건을 다시 한번 생각해 봅시다. 우리는 가늠할 수 없을, 감히 상상도 할 수 없는 고통입니다. 설령 자녀가 있는 사람이라고 해도 온전히 헤아리기는 어려울 만큼 깊은 상실감이죠. 그러니 여기 있는 여러분이 그 고통을 짐작할 수 있다는 건 말도 안 됩니다."

이브레 선생님이 생각에 잠긴 듯 잠시 말을 멈추더니 더 이상의 언급 없이 강의 내용으로 돌아갔다. 평결을 앞두고 해당 사례를 직접 거론한 건 처음 있는 일이었다. 시간이 조금 흘러 지금쯤이면 고개를 돌려도 괜찮겠다 싶을 무렵 조를 쳐다보았다. 걱정스러운 표정을 짓고 있던 조는 다시 바쁘게 손을 놀려 필기를 계속했다.

"우리는 이해할 수도 없는 고통!" 조가 지는 해를 바라보며 신음하듯 말했다. "이렇게 말하는데 누가 안 된다고 투표를 할 수 있겠어? 청원을 거부한다는 사람이 있으면 그건 아무것도 몰라서 하는 얘기라고 경고한 거잖아. 그동안은 그렇게까지 구체적으로 말한 적 없었는데!"

시청사 계단을 내려오는 어머니가 보였다. 어머니는 어머니보다 나이가 더 많은 클로데트 아주머니와 대화를 나누며 걸어오고 있었다. 나는 이브레 선생님이 학생들을 떨어뜨리려고 일부러 그렇게 말했을 수도 있지 않겠냐고, 오늘 밤에 조금 더 생각해 보자고 조를 달랬다. 조는 고개를 끄덕이면서도 잘 모르겠다는 표정을 짓고 있었다.

어머니는 집으로 가기 전에 장을 보러 가야 한다며 가는 길에 클로데트 아주머니를 집까지 태워다 주기로 했다. 아주머니는 기록보관실 프런트에서 봉인된 서류를 받아 1차로 분류하는 일을 하고 있었다. "오딜, 자문관 실습 중이라며?" 뒷좌석에 앉은 아주머니가 말했다. 어머니가 집에서 흉내 내던 허스키한 목소리였다.

"이제 겨우 2주 차인걸요."

"그렇지, 그렇지. 나도 아무 말도 해서는 안 되지, 참. 나는 아무것도 모른단다! 그런데, 내가 들은 얘기가 있어. 며칠 전에 이브레 자문관이 아크루아양 자문관에게 네 이름을 언급하지 뭐니?"

아무 말 없이 가만히 있던 나는 운전석에 앉은 어머니의 얼굴에 비친 또렷한 미소를 본 뒤에야 입을 열었다.

"정말요?"

"정말로!" 클로데트 아주머니가 쉰 목소리로 대답했다. "정말이다마다. 내가 여기서 일한 지 오래됐잖니. 네가 누구인지 자문관들이 궁금해하고 있단다." 아주머니가 내 어깨를 꽉 쥐었다.

어머니는 가로수 길에서 조금 떨어진 아담한 집에 아주머니를 내려주었다. 집 뒤편으로 잔잔한 개울과 인도교가 보였다. 어릴 때 거기 앉아 다리를 흔들거리며 개구리를 관찰하며 놀던 기억이 났다. 클로데트 아주머니는 자동차의 헤드라이트를 바라보며 다시금 내게 손을 흔들었다.

캄캄한 차 안에서 어머니가 말했다. "좋은 뜻으로 하는 말이긴 하지만, 자문관들이 네 이름을 안다는 이유만으로 다 된 밥이라고 생각해서는 안 돼. 너 같은 애가 아홉 명이 더 있어. 그 사람들은 너희 모두의 이름을 알고 있고."

어머니가 앞장서서 장바구니를 채우는 동안 나는 불이 환하게 켜진 통로를 걸어 다녔다. 곡물 판매대에 놓인 아주 큰 기장 자루에 등을 기대고 서 있는데, 맞은편 앞창 너머로 스테이션왜건에서 내리는 두 사람의 모습이 어쩐지 낯익었다. 에드메의 부모님이었다. 두 분이 빗자루를 포함한 청소용품 한 양동이를 차에서 꺼내고 있었다. 피라 부부가 슈퍼마켓 입구 쪽으로 걸어오기 시작할 때 나는 얼른 어머니 곁으로 갔기에 다행히 가게 안에서 마주치는 상황만큼은 피할 수 있었다.

그날 저녁 두 분을 다시 보고 난 이후, 어떤 뚜렷한 경고라도 받은 것처럼 에드메에게 무슨 말이든 해야겠다는 생각이 들기 시작했다. 작은 경고 사인이라도 보내야 할 것 같았다. 혹시라도 규칙을 어기게 될까 봐 두렵기도 했다. 이브레 선생님을 배신하고 싶은 마음도 없었다. 그러나 그동안 내가 지켜온 침묵도 어찌 보면 배신 같았다. 이기적이라는 걸 알지만, 사실 나와 에드메가 잘 어울린다고 했던 조의 말을 듣고 나니 더욱 조바심이 났다. 어쩌면 완벽한 경고문을 만들어내는 일도 가능하지 않을까? 무슨 일이든 내년 봄에 닥칠 사건을 에드메가 피할 수 있을 만큼의 정보를 제공하는 동시에, 자문 기관이 이를 알게 됐을 때 내 말에 어떤 의도도 담기지 않았다고 판단할 정도로 미묘하고 완벽한 경고문 말이다. 물론 그 둘 사이에서 균형을 맞추는 건 보통 일이 아니었다. 어떻게 하면 그 일을 직접 거론하지 않으면서 섬세하게 경고할 수 있을까. 만약 그 사건이 경고할 수 없는 것들이라면 내가 딱히 할 수 있는 말도 없었다. 이를테면 뒤늦게 발현한 선천적 질병, 죽고 난 뒤에야 밝혀진 알레르기 같은 게 원인이라면 내가 어떻게 경고할 수 있겠는가. 나는 무력함과 결단력 사이에서 방황하며 그저 답이 저절로 떠오르길 바랐다.

에드메는 그날 밤에도 내 방 창문 앞에 나타났다. 미리 약속하지는 않았지만 어쩐지 올 것 같았다. 책상에 앉아 내일 발표를 준비하고 있을 때 창문을 살짝 두드리는 소리를 들었다. 나는 공책을 내려놓고 에드메와 함께 길을 나섰다.

에드메는 그 열정적인 곡을 지난번보다 더욱 강렬하고 뚜렷하게 연주했다. 어디서 느려지고 어디서 빨라지는지, 내가 곡의 흐름을 어느 정도 익혀서 그렇게 들렸는지도 몰랐다. 에드메는 지난밤처럼 몸을 비틀고 튕기면서 거칠게 움직였지만, 그런 움직임이 군더더기나 연기처럼 보이지 않았고 작품과 하나가 된 것처럼 보였다. 오디션장에서도 저렇게 몸을 움직일지 궁금했다. 그랬으면 좋겠다는 생각이 살짝 들었다.

곡이 최고조에 도달했을 때 나무들 사이로 어느 집 현관에 켜진 등불이 새어 들었다. 그 빛이 짙은 어둠을 삼켰다. 한 남자가 크게 고함을 질렀다. "지금 시간이 몇 신 줄 아냐! 잠 좀 자자, 이 얼간이 같은 놈아!"

에드메가 연주를 멈추고는 두 손바닥을 입 주변에 둥그렇게 모아 외쳤다. "거참 죄송하게 됐습니다!" 사과라기보다 비아냥에 가까운 말투였다. 쾅. 방충 문이 닫히는 소리가 들렸다. 남자가 이쪽으로 다가오고 있었다.

"이런." 에드메가 다급하게 무릎을 대고 앉아 바이올린을 챙기기 시작했는데, 지켜보는 내가 다 괴로울 만큼 과정이 더뎠다. 덤불을 헤치는 성난 발소리가 가깝게 들려오던 찰나, 에드메가 마침내 자리에서 일어났고, 우리는 냅다 달리기 시작했다. 빛이 완전히 사라질 때까지 그렇게 속도를 늦추지 않고 달렸다.

절벽 가까이 갈수록 숲이 좁아지고 길은 울퉁불퉁해졌다. 나무가 끝나는 곳에서 우리는 탁 트인 바윗길을 걸었다. 눈앞에는 별빛이 쏟아지는 골짜기의 계곡물이 넓게 흐르고 있었다. 우리는 하늘의 끝자락에 함께 서 있었다. 이 상황이 믿기지 않아 웃음이 터져 나왔다. 스웨터를 벗고 다시 바이올린 케이스를 열던 에드메가 어깨 너머로 씽긋 웃었다.

"왜?"

나는 팔을 들어 밤하늘을 가로지르며 휘저었다. "그냥. 꼭 그림 같아서. 정말 어마어마하다."

에드메가 절벽 끄트머리에서 한쪽 무릎을 꿇고 바이올린의 끝부분을 턱에 끼워 비스듬히 기울이며 극적인 포즈를 취했다. 그러고는 활을 공중으로 들었다. "이런 거 한번 해보고 싶었거든." 에드메가 별안간 엄청나게 화려한 화음을 켰다. 계곡물을 건너 서쪽 산에 튕겨진 바이올린 소리가 밸리 전체를 가득 메우는 것 같았다. 우리 둘의 시선이 마주쳤다.

"우와. 너도 한번 해볼래?"

손사래 치는 내게 에드메가 바이올린을 쭉 내밀었다. 그가 내 손에 쥐여준 바이올린의 목에 에드메의 온기가 그대로 남아 있었다. 나는 어쩔 줄 모르고 그저 살짝 웃음기를 띠며 그를 따라 해보려고 바이올린을 턱 가까이 들었다.

"나 바이올린 연주할 줄 아는 거야?"

"당연하지. 지금 아주 중요한 오디션인데."

"하." 몇 개의 줄을 손가락으로 으깨듯 누르고는 거의 아무 소리도 나지 않도록 가볍게 활을 놀렸다. 에드메가 힘차게 고개를 끄덕였다.

"좋군, 아주 좋아."

"닥쳐." 나는 웃으며 바이올린을 돌려주었다.

"여기 봐봐." 그는 내 손가락이 있던 바로 그 자리에 자기 손가락을 갖다 대고는 활로 현을 튕겨 시범을 보여주었다. 내가 짚고 있던 위치는 아주 추한 소리를 만드는 불협화음이었던 게 드러났다. 그때 에드메가 즉흥적으로 그 주변에 지그재그로 선율을 그려 넣었다. 거친 음들의 무리가 깡총대다 돌아오기를 반복하더니 처음 그 자리에서 멈추었다.

"음, 아주 좋네요, 오잔 양. 이 곡의 제목이 뭐죠?"

"죽은 새가 하늘에서 떨어지는 소리 같은데?"

"죽은 새를 위한 협주곡." 그가 중대한 발표라도 하듯 내게 말했다. "죽음의 장조, 테마는 '새'."

그는 계곡을 향해 몸을 돌리고는 삐걱거리는 멜로디를 다시 연주했다. 점점 더 예쁜 악절을 찾아 조금씩 선율을 더하고 부드럽게 다듬자 곡은 금세 듣기 좋아졌다. 어느새 농익은 연주가 흘러나왔다. 마지막 음이 흩어질 때 에드메는 촉촉하게 웃으며 가성으로 노래했다. "새."

에드메는 자기가 쓴 곡들을 한 곡씩 차례차례 연주한 뒤 계속 반복하며 오랫동안 연습했다. 어느 순간부터는 연주 사이사이에 수다 떠는 것도 멈추었다. 나는 호수를 향해 앉아서 비대칭한 하늘을 보며 감탄했다. 남녘 하늘에 모여 있던 별들이 북녘으로 흐르다가 점점 작아졌다. 마치 우주 어딘가에서 어둠이 모든 걸 집어삼키는 것 같았다. 그런 생각을 하니 머리가 빙빙 돌았다. 옛날에 아빠가 과수원 끄트머리에서 나를 번쩍 들어 올려 황량한 들판을 보여줬던 때와 비슷한 느낌이었다. 고개를 돌려 물굽이를 바라보았다. 호숫가를 따라 쭉 솟아오른 절벽이 저 먼 데서 정점을 이루었다.

시간이 길어지니 귀가 둔해져서 틀려도 무뎌진다며 에드메가 연습을 중단했다. 왔던 길을 되돌아갈 때는 캄캄한 길에 눈이 완벽하게 적응해 있었다. 집 앞에 도착하자 에드메가 내게 바이올린 케이스를 건네다가 갑자기 아쉬워하는 표정을 지었다.

"아, 맞다. 춤! 오늘 보여주기로 했잖아. 기대하고 있었는데."

"글쎄, 저기서 콘서트를 하는 동안 원형 경기장에서 기습 공연을 했답니다. 이후 공연은 모두 취소되었어요."

"취소가 아니라 연기된 거겠죠." 그가 내 말을 바로잡았다.

그런 에드메를 바라보는 내 입꼬리가 저절로 올라갔다. 그러고는 마음이 이끄는 대로, 생각할 겨를도 없이 에드메를 살며시 껴안았다. 내 몸을 그의 몸에 바짝 기대며 한 팔로 그를 더 가까이 끌어당겼다. 에드메는 순간 놀란 듯했지만 이내 부드럽게 두 팔을 뻗어 내 몸을 감싸 안았다. 그의 손이 내 어깨뼈 위에 조심스레 자리 잡았다. 내 정수리에 그의 턱이 살포시 닿는 느낌이 났다. 그렇게 우리는 잠시 가만히 서 있었다. 그런 다음, 나는 한 걸음 물러났다.

"잘 가." 나는 속삭이듯 작게 말하고는 에드메의 대답을 듣기도 전에 얼른 등을 돌려 진입로를 걸어갔다.

14장

　다음 날 요새에 갔을 때 조와 나는 앞두고 있는 시험 얘기를 하느라 바빴다. 쥐스틴과 에드메는 잘될 거라며 우리를 안심시켰고, 알랭은 무슨 사건인지 자세히 말해달라고 쫓아다니며 졸라댔다. 그 주에 제시된 사례가 아주 끔찍하다는 소리를 어디서 듣고 온 것 같았다.

　알랭은 포기할 줄 모르고 징징거렸다. "그냥 말해보라니까. 그럼 내가 정답을 알려줄게. 내 말대로만 하면 둘 다 챔피언처럼 보일 거라고."

　"규정 때문에 밖에서 얘기하면 안 되지만, 그게 아니더라도 모르는 게 나아. 괜히 듣고 나면 '안 들은 귀 삽니다'라고 하고 싶을걸?" 조가 재차 알랭을 타일렀다.

　"아냐, 그럴 리 없어." 알랭이 입을 크게 벌려 사과를 아작 베어

176

물었다.

"조 말이 맞아. 민담처럼 소름 끼쳐." 나도 조의 말을 거들었다.

알랭이 격앙된 표정을 지었다. "너무 좋아! 찔러 죽이고, 근친상 간도 나오고!"

"아, 역겨워." 쥐스틴이 말했다.

"어쨌든. 그래도 그런 이야기들처럼 되면 좋겠다. 철조망도 걷어 치우고 자문관들도 다 해고하고 우리를 마음대로 살게 해줘야 해." 알랭이 우릴 보며 씩 웃었다.

"참 좋은 조언이다." 조가 쌀쌀맞게 말했다. "오늘 이브레 선생님 에게 네 말 그대로 전한 다음에 어떻게 되는지 말해줄게."

"깜짝 놀라실걸. 감탄하면서 당장 시청 열쇠를 넘겨줄 거야. 관복 가운도 벗어서 그 자리에서 너한테 넘겨줄걸."

조는 알랭의 말을 무시했다. 알랭이 천하태평하게 몸을 뒤로 젖 히는데 쥐스틴이 어색한 눈길로 나를 흘끗 보았다. 나는 억지로 살 짝 입꼬리를 올렸다.

"우리가 진짜 그렇게 말하면 이브레 선생님이 뭐라고 하려나?" 내가 조에게 물었다.

"누가 알겠냐마는, 강의 때 했던 말을 또 하지 않겠어? '현실은 민 담처럼 흘러가지 않습니다. 서부로 간 사람이 문제를 일으키는 그 순간, 우린 다 사라집니다. 그걸로 끝입니다.'"

"와, 그렇게 말한다고?" 알랭이 물었다. "그럼 이렇게 대답해야겠 네. '그래서 뭐요?' 안 그래? 어차피 나는 모르는 거 아냐, 어? 거기 서 누가 말썽을 부려도 여기선 새로운 내가 나타나겠지. 짜잔! 여전히 살아 있습니다요!"

"짜잔." 에드메가 알랭을 따라 했다. "너네 선생님이 이놈 보면 뭐라고 하시려나 궁금하긴 하네."

조가 아무 말 없기에 내가 에드메를 보고 살짝 웃은 뒤 허리를 세우고 앉아서 헛기침하는 시늉을 했다.

"아, 자문관님 납시었나요?" 알랭이 큰 소리로 말했다.

"조용! 이 얼간이 같은 놈." 내가 최대한 이브레 선생님의 말투를 흉내 내어 대답했다. 물론 선생님이 정말 이렇게 얘기할 리는 없었지만. 어쨌든 알랭이 제 무릎을 쳤고 조의 양쪽 입꼬리가 다시 올라가기 시작했다. 용기가 생긴 나는 권위적인 어조로 말을 이었다.

"로소 군. 본인은 서부 밸리에서 개입이 발생하는 경우 '새로운 내가 이곳에 나타날 거'라고 생각합니다. 맞습니까?"

"네. 그렇습니다, 자문관님. 새로운 내가 짠! 하고 나타납니다." 알랭이 싱글벙글하며 사과를 한 입 더 베어 물었다.

사과로 예를 들어 얘기해 보면 어떨지 잠시 생각했다. 알랭이 점심으로 싸 온 사과를 요새 밖으로 던져버린 뒤, 다른 사과를 주면서 그건 똑같은 사과가 아니라고 말하는 것이다. 그러나 그건 내가 전하려는 요점에서 벗어나는 것 같았다. 나는 다른 비유를 찾아 머리를 굴렸다. "좋아요. 제1서편에서 탈주자가 생겼다고 가정해 봅시다. 개입이 발생한 거죠. 그럼, 여러분 말에 따르면 지금 여기 있는 건 새로운 본인이에요. 그렇다면, 지금 우리 앞에 앉아 있는 이 사람은 어떻게 될까요?" 나는 검지를 뻗어 알랭을 똑바로 가리켰다.

알랭이 답답하다는 듯 콧방귀를 뀌었다. "내 말을 못 알아들었네.

지금의 내가 새로운 나라니까. 아, 진짜. 심사 프로그램에 지원하기엔 너무 늦었나? 이제 보니까 지금까지 치른 시험을 뭉뚱그려서 한 번에 치러도 내가 뽑힐 거 같은데. 아니, 나 정도면 곧장 실습 과정으로 건너뛰어도 되겠어."

조가 눈을 흡떴다. 지껄이는 알랭의 말을 듣고 있어서인지 이따 오후에 있을 시험에 대한 걱정이 더 깊어진 듯했다. 알랭의 입을 다물게 하는 게 최선이라는 걸 깨달은 나는 다시 이브레 선생님처럼 고개를 살짝 기울이고 눈을 가늘게 떴다.

사과로 추상적인 예시를 드는 건 적절하지 않았다. 대신 나는 옆집에 살던 클라르 가족과의 추억을 끄집어냈다. 이들이 이사한 이유는 클라르의 아버지가 시내에 새 직장을 구했기 때문이었다. 자문관 역할을 연기하던 나는 알랭에게 20년 전의 사소한 개입 행위 하나를 지어내 보자고 했다. "태어나기 전에 있었을 법한 아주 작은 변화를 예로 들어봅시다. 뭐든 상관없어요." 그러고는 공장의 승진 결정을 예로 들었다. "자, 알랭의 아버지가 승진했다고 칩시다. 젊은 시절의 로소 씨는 넉넉한 보수를 받아 가족과 함께 북단을 벗어납니다. 훗날 태어난 알랭은 시내의 학교에 진학해 다른 선생님을 만나고 다른 친구들을 사귑니다. 이제 알랭과 에드메가 단짝이 될 가능성은 희박합니다. 그렇지 않나요? 한동네에 살지 않은 두 사람에게 만날 기회가 있었을까요? 에드메와 함께 나눈 감정이 없는 알랭, 에드메와 쌓아온 우정이 없는 알랭. 그런 알랭은 어떤 사람이 될까요? 어떤 사람이 당신 자리를 차지하고 있을지 한번 잘 생각해 보세요. 또, 그런 사람을 나 자신이라고 인정할 수 있을지도 생각해 보세요. '새로운 나'의 자리를 누구라도 차지할 수 있습니다. 우리가 아는 알랭은 사라지고 없겠지만요."

그때 에드메가 긴 숨을 내쉬면서 내가 만들어낸 분위기를 깼다. 모두 웃음을 터뜨렸고, 쥐스틴이 손뼉을 치며 감격한 듯 말했다. "이야, 대단해!"

내 원래 목소리와 표정이 돌아오자, 얼굴이 붉어졌다. "아까 조가 얘기했던 것처럼, 결국 우연의 문제야."

"너네 학교 끝나고 이런 거 한다고?" 알랭이 샐쭉거리며 물었다.

"거의 그렇지, 뭐." 조가 대답했다. 대화는 알랭의 패배로 끝났다. 조의 눈은 웃고 있었지만, 목소리엔 전혀 힘이 없었다.

"장난 아니네. 어쨌든 조만간 그 민담 얘기나 들려줘." 알랭이 말했다.

에드메가 음악실에서 굴러다니는 낡은 고전 모음곡 악보 꾸러미를 발견했다는 얘기를 꺼내면서 자연스럽게 대화의 주제가 바뀌었다. '도둑들'이나 '과수원 주인'과 같은 이야기를 바탕으로 만든 곡들인데 썩 괜찮다고 했다. 그때부터 우리는 다음 주에 있을 에드메의 오디션 얘기를 했다. 우리는 틀림없이 멋지게 통과할 거라며 에드메를 추켜세웠고, 에드메는 그렇지 않다며 연거푸 손사래를 쳤다. 밤에 나와 함께 숲에 가서 연습한다는 말은 전혀 하지 않았다. 나는 내심 기뻤다. 우리의 친밀감을 다른 사람들 앞에서 얘기해 버리고 나면, 그게 비밀일 때의 우리 사이에 있던 가능성이 왠지 줄어드는 것 같아서였다. 현관 포치에 불이 들어오면 원형 경기장의 특별함이 줄어드는 것처럼. 그래서 걱정할 거 없다고 에드메를 안심시키는 아이들의 말에 나도 동참했다. "그래, 긴장만 안 하면 돼. 너는 분명히 잘 준비하고 있을 거야." 에드메는 약간 어리둥절하다는 듯 나를 쳐다보았다.

"오딜 말이 맞아." 조의 기분이 조금 풀린 목소리였다. "우리 이번 주말에 호숫가로 놀러 가자. 너, 다음 주 되기 전에 긴장 좀 풀어야지. 그리고 오늘이 지나면 오딜이랑 내게도 축하할 일이 생기든 슬픔에 잠길 일이 생기든 할 테니까. 당연히 와인은 내가 챙길게."

그렇게 우리는 토요일 밤에 만나기로 약속했다. 이번에는 에드메의 부모님이 밤 근무를 하는 사이에 에드메가 몰래 빠져나왔다가 빨리 돌아갈 수 있도록 학교 근처 물굽이에 가기로 했다. 나는 맨 뒤에서 학교 운동장을 향해 걸었다. 조와 쥐스틴은 서로 팔짱을 낀 채 앞장서서 걸었고, 그 뒤에 에드메와 알랭이 내게 들리지 않는 소리로 대화를 나누며 걸어갔다. 요새에서 내가 했던 말을 곱씹어 보았다. 에드메 없는 알랭은 도무지 상상하기 어려웠다. 그렇다면 에드메에게 살짝 경고하는 게 아주 이기적인 일이 아닐 수도 있었다. 알랭이 조와 쥐스틴 사이로 쓱 끼어들더니 엉켜 있던 둘의 팔꿈치를 떼어냈다. 뒷산 오솔길에 드리운 향나무 덤불에서 싱그러운 향이 풍겼다. 푸른 소나무가 만든 그늘 밑에 어린 전나무가 숨어 자라고 있었다.

조는 여태 마음의 결정을 내리지 못한 상태였다. 며칠 전 강의 때 이브레 선생님이 했던 말 때문이었다. 조의 아버지는 우리를 가로수 길에 내려주었고, 우리는 벌거벗은 나무가 늘어선 산책로를 지나 건너편 바티쇠르 광장으로 들어갔다.

나는 조에게 내 의견을 말했다. "이브레 선생님이 무슨 생각으로 그렇게 말했는지 우리가 알아낼 방법은 없어. 어쩌면 정말 C. R. 씨의 청원을 거부해서는 안 된다는 의미로 그의 고통을 언급했을 수도 있지. 그렇지만, 정반대로 그런 말에 속아 넘어가는 후보생을 가려내려고 그런 걸지도 몰라. 두 경우 다 충분히 말이 되잖아? 이럴 때는 모호한 단서 하나로 마음을 바꾸기보다는 꾹 참고 처음 생각을 밀고 나가는 게 최선이라고 생각해."

조를 보니, 여전히 수심에 잠겨 있었다. "내가 처음에 어떻게 생각하고 있었는지 네가 좀 알려줄래? 아 진짜, 나는 이제 하나도 모르겠어."

어느새 그랑제콜에 도착했다. 2층에 난 창문을 보니 이미 도착해 강의를 기다리는 학생들이 보였다. 나는 단호한 얼굴로 조를 쳐다보았다.

"나는 이번 청원도 거부하는 게 옳다고 생각해. 이미 다 끝난 얘기잖아. 위험 부담이 너무 커. 물론 반대편에서 뭐라고 주장할지 뻔히 보여. 내가 내린 평결이 과연 이브레 선생님이 듣고 싶어 하는 말일지는 나도 모르고. 그러니까 어쩌면 나는 여기서 탈락할 수도 있어. 그래도 나는 청원을 거부한다고 발표할 거야."

조의 눈빛이 조금 맑게 개는 듯했다. "알겠어, 고마워. 진심이야. 그래도 만약 오늘 떨어진다면, 지긋지긋한 금요일에서 드디어 해방이겠다."

책상에서 이마를 떼고 머리를 들었다. 조와 나는 이브레 선생님이 가리키는 쪽으로 걸어갔다. 벽에 걸린 지형도에 매인 실이 보였다. 이번엔 흰색 대신 빨간색 실이 우리 밸리에서 제1서편으로 이어져 있었다. 브뤼송과 카디외라는 두 여학생이 내가 서 있는 편에 합류했다. 청원을 승인한다고 투표한 나머지 다섯 후보생은 빈 책상 건너편으로 가서 섰다. 모두 긴장한 눈치였다.

"탕 양, 앞으로." 이브레 선생님이 말했다.

자문관의 딸이 강의실 앞으로 걸어 나왔다. 암적색 교복 앞에 양손을 가지런히 포갠 르네는 끔찍한 고통을 겪은 청원인의 방문을 허용해야 한다고 당위성을 거론하며 자신감 있게 발표했다. 며칠 전 C. R. 씨의 헤아릴 수 없는 고통에 대해 이브레 선생님이 언급했던 것과 완벽하게 일치하는 내용이었다. 르네는 우리가 도덕적으로 할 수 있는 선택은 그저 C. R. 씨의 청원을 승인하는 것뿐이라고 했다. 르네가 반대편에서 주장할 여지를 하나씩 체계적으로 지워 나가는 동안 나는 슬쩍슬쩍 조의 얼굴을 살폈다. 무표정한 얼굴엔 아무런 기색이 담겨 있지 않았지만, 조의 두 팔은 경직된 채 옆구리에 딱 붙어 있었다.

르네가 다시 학생들 틈으로 돌아갔다. 이브레 선생님이 우리 쪽을 바라보았다.

"베르디에."

조가 고개를 살짝 끄덕이고는 교복 재킷을 아래로 당기며 매무새를 가다듬었다. 그 순간, 왠지 모르게 조가 잘못될 거라는 직감이 들었다. 나는 주먹을 꽉 쥐며 부디 조가 잘해내길 마음속으로 빌었다.

그러나 앞서 이브레 선생님의 의견을 따라간 르네의 발표를 듣고 난 뒤라 그런지 조의 마음이 약해져 있다는 게 눈에 보였다. 조는 힘 없이 입술을 떼었다. 끔찍한 살인 사건이라는 사실, 그리고 C. R. 씨가 엄청난 고통을 겪었다는 사실을 부인할 수 없다고 인정하며 평결 발표를 시작했다. "하지만 다른 모두의 안전에 대해서도 생각해야 합니다. 우리가 C. R. 씨의 처지라고 생각해 보면, 제1서편에 갔을 때 어쩌면 이미 범죄를 계획한 살인자가 길거리를 자유롭게 걸어 다니는 모습을 보고도 가만히 있기는 힘들 것 같고……."

이때까지만 해도 조가 자신감이 없을 뿐 틀린 얘기를 한 건 없다고 생각했다. 단지 지난주 발표 때 보여줬던 확신 가득한 모습이 온데간데없었다. 그래도 끝으로 갈수록 뭔가 기억해 내면서 마음을 다잡은 것 같았다. 조는 조금 더 단호한 말투로 결론을 지었다.

"청원자 아들의 죽음은 막을 수 있는 사고였습니다. 그리고 이 청원자의 사건처럼 예방할 수 있는 사망일 경우에는, 청원자가 개입할 위험이 너무 크므로 방문을 허용해서는 안 됩니다. 이는 매우 중요한 원칙입니다. 그러므로 저는 이 청원에 반대표를 던집니다."

조는 뒤로 물러났다. 내 얼굴도 이브레 선생님도 쳐다보지 않고 전처럼 계속 앞만 보고 있었다. 내 가슴이 다 철렁 내려앉았다.

내가 뒷산에서 했던 말이긴 한데, 조는 그 얘기를 하다가 중간에 실수를 저지르고 말았다. 막을 수 있었던 죽음의 경우에는 더욱 개입의 위험성을 고려해야 했다. 여기까진 맞는 말이었다. 그러나 예방할 수 있는 죽음이라는 단 한 가지 이유로 청원을 거부해야 한다는 말은 아니었다. 내가 그렇게 말한 적은 없었다. 만약 자문 기관이 그런 입장을 고수했더라면, 사람들의 방문 횟수가 지금보다 훨씬 더 적었을 터였다. 내 말뜻은 그게 아니었다. C. R. 씨의 사건에서 고려해야 할 특이점은 아들이 잔혹하게 살해당했다는 사실, 그리고 피해자와 가해자의 관계였다. 이런 상황을 종합해 볼 때 C. R. 씨가 개입을 시도할 정황이 거의 확실하다는 것이 요점이었다. 조 역시 이러한 점을 언급하긴 했지만, 지나치게 광범위한 원칙으로 주장을 뒷받침하려고 한 건 잘못이었다. 너무 긴장한 탓에 빈틈없이 요점을 파고드는 데 실패한 것 같았다.

다음 후보자는 르네 탕과 거의 같은 주장을 하면서, 방문객이 개입을 시도하더라도 헌병이 충분히 제압할 수 있을 거라는 아부를 덧붙였다. 다음으로 이브레 선생님이 내 이름을 불렀다.

나는 입술을 떼자마자 내 평결 발표가 잘되리라는 걸 알았다. 점프할 때 땅에서 발가락이 떨어지는 그 순간에 착지 결과가 어떨지 느낌이 딱 오는 것처럼. 나는 C. R. 씨가 느낄 고통에 대해 앞에서 나왔던 모든 말을 하나씩 언급한 뒤, 역으로 그 모든 점을 위험 요소로 바꾸어 발표했다. 극악무도한 살인, 극심한 고통 등 C. R. 씨를 동정하게 만드는 이러한 요인 때문에 오히려 C. R. 씨를 신뢰할 수 없다고 말했다. 그에게 자비를 베풀어야 할 것 같은 모든 주장은 오히려 그의 청원을 단호하게 거부해야 할 이유가 되었다. 이는 사실 나머지 사람들을 생각하면 오히려 자비로운 행동이었고 우리가 알고 있는 우리의 삶을 그대로 보존하기 위한 행동이었다. 물론 이번엔 자문관인 척하는 목소리로 평결을 발표하진 않았다. 처음부터 끝까지 원래 내 목소리로 발표했다.

이브레 선생님은 언제나처럼 무뚝뚝한 얼굴이었지만, 내 다음 발표자로 호명된 바로의 얼굴엔 당황한 기색이 역력했다. 그가 하는 말을 나는 반밖에 알아듣지 못했다. 바로는 무모한 탈주 시도를 막기 위해서라도 청원을 승인해야 한다며 억지 논리를 펼쳤지만, 나는 머릿속으로 이미 게임 끝이라고 생각하고 있었다. 모두의 평결이 끝나자, 이브레 선생님이 공책을 덮으며 그날의 탈락자를 발표했다. "브뤼송, 바로, 그리고 베르디에."

나는 차마 조의 얼굴을 보지 못하고 땅만 보고 있었다. 강의실은 쥐 죽은 듯 조용했고, 내 뒤편에서는 책상 치우는 소리만 들려왔다. 오늘은 소란을 피우는 탈락생도 없었다. 강의실을 떠나는 발소리가 들리자 비로소 용기를 내 조에게 괴로운 눈길을 보냈다. 그러나 조는 나를 쳐다보지 않은 채로 이미 계단참까지 가 있었다. 풀이 죽었다기보다는 도도한, 왠지 역겨움이 묻은 듯한 표정이었다.

강의실에는 이제 후보생 여섯 명과 빈 의자 여섯 개가 남았다. 강의실 뒤편 내 자리 주변에는 이제 남은 사람이 없었다. 이브레 선생님은 L. M. 씨와 마찬가지로 C. R. 씨 역시 실존 인물이었으며 그의 청원은 두 밸리 모두에서 거부되었다고 말해주었다.

"탈주 시도가 있었나요?" 카디외가 물었다. 강의실에 조금씩 피어나는 친밀감 속에서 카디외는 처음으로 손을 들지 않고 물었다.

이브레 선생님이 고개를 끄덕였다. "네, 그랬습니다."

어머니가 광장 분수대 근처에서 나를 기다리고 있었다. 나를 보자마자 양팔을 벌릴까 말까 망설이던 어머니는 부끄러워하며 몸을 살짝 웅크리는 나를 보고 그제야 두 팔을 넓게 펼쳤다. 어머니가 나를 꼭 안아주며 이제 내가 과거의 어머니보다 더 멀리 왔다고, 내가 이 일에 제격일 줄 알았다고 말했다. 의기양양해진 나는 어깨를 으쓱했다. 처음으로 어머니의 말에 수긍하고 있었다.

우리는 저녁을 먹기 전에 선상 카페에 들러 파이 한 조각을 먹고 집으로 왔다. 에드메가 오늘 밤은 바쁘다고 했던 게 떠올라서 포근한 잠옷으로 갈아입은 뒤 자기 전까지 소파에 앉아 책을 읽었다. 전에 읽은 적 있는 단편집이었다. 매번 새 이야기가 시작될 때는 결말이 행복했는지 슬펐는지 아리송했는데, 읽다 보면 내가 기억하는 전개대로 흘러갔다. 나는 책장을 팔랑팔랑 넘기고 또 넘겼다. 다음 이야기로 넘어갈 때마다 나는 우쭐한 기분이 들다가도 금세 조 생각에 걱정이 되었다.

15장

　카젤은 차임벨 소리마저 고급스러웠다. 문을 열자, 마치 줄에 매달린 보석이 흔들리는 듯 짤랑거리는 소리가 울렸다. 부티크 내부는 장미수 물안개로 가득했다. 가게 점원은 블라우스를 차곡차곡 개키는 중이었는데, 날 보고 짧게 방긋 웃은 뒤 하던 일을 계속했다.

　한쪽 벽면에 수영복이 쭉 걸려 있었다. 카젤은 제품을 소량씩만 들여와 판매하는 상점이었는데, 걸려 있는 수영복이 어쩜 하나같이 말도 안 되게 짧아 보였다. 조나 쥐스틴이 입던 것과 겹치지 않도록 초록색 수영복을 집어 들고는 한껏 용기 내어 입어봐도 되냐고 물었다. 그건 안 된다고 말한 점원은 내 카디건으로 손을 뻗어 엉덩이를 살짝 만져 보고 가슴과 다리를 눈가늠하더니 사이즈를 잘 골랐다고, 내 몸에 딱 맞을 거라고 말했다.

　심사 프로그램에 들어간 보상으로 어머니에게 받은 용돈이 있었다. 나를 내려주고 일을 보러 간 어머니를 다시 만나려면 30분 남짓 기다려야 했다. 가로수 길에서 공원을 향해 걸어가는데, 내 손에 금박 로고가 붙은 쇼핑백이 들려 있으니 어깨에 잔뜩 힘이 들어갔다.

토요일 정오가 가까워지고 있었고, 호수에서 불어오는 바람이 한낮의 열기를 조금 식혀주었다. 나는 은행나무 그늘에 자리를 잡고 앉았다. 호숫가에서 놀기엔 아직 이른 시간이었지만 산책로에는 개를 산책시키는 사람들이 보였고, 하늘에는 여느 날과 같이 줄에 매달린 연이 조각조각 떠 있었다. 나는 바닥에 등을 대고 누워 부채꼴 모양의 잎사귀를 유심히 살펴보았다.

처음엔 심사 프로그램에서 잘하고 싶다는 욕심이 전혀 없었는데, 연달아 통과하자 이제는 멈추고 싶지 않았다. 이렇게 달라진 마음가짐 때문에 내 약점이 드러나면 어쩌나 걱정이 되기 시작했다. 내 꿈이 외부의 승인과 타인의 인정에 좌지우지되는 건 아닐까, 하는 의구심도 들었다. 그러나 혹시 그게 사실이라고 하더라도 내가 그렇게 이상한 사람은 아닌 것 같았다. 어쩌면 꿈도 생명체처럼 크게 키우려면 보살핌이라는 품이 필요할지 모른다. 약간의 격려로 흙에서 머리를 빼꼼 내민 내 꿈은, 이제 작은 새싹처럼 빛을 향해 스멀스멀 뻗어나가고 있었다.

차에 타자 어머니는 쇼핑을 잘했느냐고 물었다. 무얼 샀느냐는 질문을 받기 전에 나는 어머니에게 일을 잘 보고 오셨냐며 쓸데없는 말을 뱉어놓고, 서둘러 대화 주제를 바꾸어 조금 전에 길에서 봤던 남자에 대해 얘기했다. 그 사람은 공원 누각에 얼굴을 처박은 채 엎드려 있었고 옆에는 술병이 널브러져 있었다. 살아 있긴 한 건가 싶어서 가까이 다가가는데, 그때 갑자기 가래 섞인 기침을 하기에 나는 깜짝 놀라 도망치듯 지나쳐 걸었다. 내 얘기를 들은 어머니는 쯧쯧 혀를 차고 고개를 가로저으며 그게 무슨 추잡스러운 짓이냐고, 아마 서부 경계 지역에서 휴가 나온 헌병일 거라고, 버러지 같은 놈들은 죄 거기로 모인다며 웅얼거렸다. 나는 어머니의 말을 귀 기울여 듣는 척하면서 카젤 쇼핑백을 겨드랑이 사이로 슬쩍 숨겼다. 조네 집에 내려달라고 부탁해서 조가 잘 있는지 들여다볼까 싶기도 했지만, 나를 보고 싶어 하지 않을지도 모른다는 생각이 들어 잠자코 있었다. 어머니의 자동차가 계속해서 언덕을 올라갔다.

수영복을 서랍장 깊숙이 집어넣고서 어머니를 도와 대청소를 했다. 책장에서 책을 꺼내 거실 바닥에 쌓아두고, 빈 책장 속 먼지를 털어낸 뒤 걸레로 닦았다. 미닫이문을 열어둔 탓에 집 안으로 파리가 날아 들어왔다. 부엌 라디오에서 흘러나오는 단조로운 기타 연주는 지직거리는 잡음 속에 묻혔다가 다시 빠져나오길 반복했다.

애들을 만나기로 한 건 저녁 8시였다. 7시 반이 되자, 나는 수영복을 챙겨 입었다. 저녁 식사 때 와인까지 한 잔 마셨는데도 거울 한 번 보는 데에 큰 용기가 필요했다. 벌거벗고 있는 듯한 느낌이 들었지만, 다행히 거울에 비친 나는 호숫가에서 볼 법한 평범한 여학생의 모습이었다. 수영복 위에 꽃무늬 비치 원피스를 걸쳐 입은 뒤 어머니에게 조 베르디에를 만나고 오겠다고 얘기했다. 예상대로 어머니는 그러라고 대답하며 좋은 친구로 지내라고 한마디 덧붙였다.

에드메와 알랭이 막다른 길 끄트머리 가로등 아래 서 있었다. 버스 정류장 기둥에 매달려 있던 알랭이 한 손을 느릿느릿 흔들었다. 에드메는 수영복 위에 체크무늬 셔츠를 걸치고 있었다. 손에 들린 가방 안에는 돌돌 말아놓은 수건이 담겨 있었다.

"안녕. 무사히 탈출했어?" 에드메에게 인사를 건넸다.

"응, 부모님은 두어 시간은 있어야 돌아오실 거야."

발소리가 들리더니 가로등의 호박빛 우물 안으로 쥐스틴이 들어왔다. 나를 쳐다보는 쥐스틴의 표정이 왠지 어두웠다.

"조는?" 내가 쥐스틴에게 물었다.

"올지 모르겠어."

"왜? 걔가 와인 가져온댔잖아." 알랭이 기둥에서 내려와 똑바로 섰다.

"애들한테 말 안 했어?" 쥐스틴이 날 보며 인상을 찌푸렸다.

별안간 내가 뭔가를 숨긴 사람이 된 것 같았다. 나도 방금 막 도착했다고 다급히 해명했다.

"무슨 일인데 그래?" 에드메가 물었다.

"조, 심사 프로그램에서 탈락했대. 자문관 실습은 물 건너갔어."

알랭과 에드메는 안타깝다고 얘기했고, 쥐스틴과 나는 침울하게 고개만 끄덕일 뿐이었다. 누구도 적절한 말을 찾지 못해 우리 모두 가만히 있었다. 어쩔 수 없는 침묵의 시간이 얼마간 흐른 뒤, 마침내 알랭이 이제 밤에는 덥지 않다고, 그래도 오딜에게 축하해 줄 일은 있는 게 아니냐며 입을 뗐다. 알랭과 에드메가 물굽이로 향하는 나무 계단으로 폴짝 뛰었고, 쥐스틴과 나도 낡은 판자를 쿵쿵 밟으며 두 사람 뒤를 따라갔다. 날이 너무 어두워서 넘어지지 않으려면 난간을 잡고 걸어야 했다. 쥐스틴에게 수의사 실습에 지원한 건 잘되고 있느냐고 물었다. 쥐스틴은 내가 묻는 말에 대꾸는 하면서도 왠지 나와 대화하기를 꺼리는 것 같았다.

알랭과 에드메가 계단 중간쯤에서 우리를 기다리고 있었는데, 우리가 따라잡자마자 알랭이 계단 난간을 뛰어넘어 나무 사이로 들어갔다. 절벽으로 이어지는 좁은 샛길이었다. 얼마 못 가 뭔가에 걸려 넘어졌는지 알랭의 비명이 들렸다. 에드메가 어깨를 으쓱이고는 난간을 올라갔다. 나도 맨다리를 난간에 올리고 에드메를 따라 했다.

북단의 벼랑은 며칠 전 에드메와 내가 갔던 바위 절벽과 이어져 있었다. 우리 집 쪽에 있는 절벽은 그리 가파르지 않았지만, 물굽이 근처의 낭떠러지는 호수에서 20미터도 넘는 높이였다. 겉으로 보이지 않을 뿐 물속에는 바위들이 있어서 벼랑에서 뛰어내리는 건 위험했지만, 그래도 사람들은 달리면서 호수로 뛰어내렸다. 해마다 졸업식이 있는 6월이 되면 전통처럼 호숫가에서 모닥불을 피우고 놀았는데, 그때가 되면 이 계단을 막아놓는다고 했다. 벼랑에서 뛰어내린 뒤 모퉁이를 돌아 물굽이까지 헤엄칠 배짱이 있는 사람만 파티에 입장할 수 있다는 의미였다.

뒤따라간 우리 셋이 가시에 긁혀가며 벼랑 위에 도착해서 보니 알랭은 한 손을 옆구리에 얹고 안달이 난 채 서 있었다. 이미 셔츠도 벗은 상태였다.

"설마 뛰어내릴 생각은 아니겠지." 쥐스틴이 주의를 주듯 말했다. 알랭은 씩 웃을 뿐 대꾸하지 않았다. 그리고 다리 하나를 뻗고 발가락을 향해 팔을 쭉 내밀며 우아하게 스트레칭을 했다. 절벽 위의 밤

공기는 한결 서늘했다. 높은 곳 특유의 맑은 냄새가 났다. 아래를 쳐다보니 호수의 물살이 암벽 면을 부드럽게 씻어내고 있었다.

"저기 좀 봐. 조네 집 정자가 보이는 것 같아." 내가 반짝이는 불빛을 가리키며 말했다. 그보다 더 멀리 시내 선착장 근처에는 집배[♦]로 보이는 빨간 점이 호수 위에 떠 있었다.

"와, 전망 좀 봐. 환상적이다, 정말." 알랭이 깊은 목소리로 감탄했다. "자, 환상적인 횃대에 앉은 한 마리의 매가 이윽고 환상적인 날개를 펼치리니." 알랭이 점프할 준비라도 하는 듯 양팔을 들어 올리자 쥐스틴이 그를 찰싹 때리며 잡아끌었다. "온갖 역경을 이겨내고." 알랭이 몸부림치며 말을 이었다. "매는 흔들리지 않는다…….그의 장대한 아름다움을 실현하기 위해서라면……."

포기한 쥐스틴이 경고하는 목소리로 말했다. "그래, 죽고 싶으면 죽든가."

알랭이 상처받은 표정으로 에드메에게 손을 내밀었다. "의리를 지켜주겠나, 나의 벗 되는 새여?"

벼랑 끝으로 다가간 에드메가 뜬금없이 나와 함께 저쪽 절벽에 있을 때와 똑같은 포즈를 취했다. 무릎을 살짝 구부리고 팔을 들었다. 그때와 다른 건 바이올린이 들려 있지 않다는 사실뿐이었다. 그러더니 내 쪽을 바라보면서 부드럽게 노래했다. "새." 이전에 들었던 익숙한 가성이었다. 나는 웃음이 나오려는 걸 꾹 참았다.

쥐스틴이 눈썹을 치켜올렸다. "아주 아름답네. 이제 호숫가로 좀

♦ 거주할 수 있도록 지붕을 갖추고 있는 배.

가볼까?"

"걸어서?"

에드메와 알랭은 서로를 힐끗 쳐다보더니 또 한 번 "새" 하고 한 목소리로 우렁차게 말꼬리를 길게 빼며 노래를 불렀다. 화음을 쌓으려고 했지만 성공하지는 못했다. 이게 왜 웃긴지 알 수 없었다. 바보 같은 행동인데, 둘이 이런 짓을 할 때마다 너무 웃겨서 쥐스틴과 나는 자지러지게 웃었다. 우리는 다 같이 낭떠러지를 벗어나 가시덤불을 헤치며 계단으로 돌아갔다.

"조 말야, 나한테 화났어?" 쥐스틴에게 조용히 물었다.

"직접 물어봐."

"나 때문에 그렇게 됐다고 생각하고 있을까 봐 걱정돼서. 오해가 있었던 것 같거든."

"별 얘기 안 했어. 어차피 그 강의 듣기 싫었다, 지루했다, 그런 얘기만 하던데, 뭘."

"내 얘기는 안 했고?"

쥐스틴이 망설였다. "자문관은 너한테 제격이라고 그러더라."

계단을 끝까지 내려가면 물굽이가 나왔다. 절벽에 둘러싸인 탓에 해가 뜬 시간에도 그늘져서 사람들은 그쪽 호숫가를 자주 찾지 않았다. 그곳엔 거친 풀과 구불구불한 복숭아나무도 여럿 있었다. 모래라고는 물가를 따라 얇게 퍼져 있는 게 전부였는데, 호숫물 가까이에 거짓말처럼 검은 전나무 한 그루가 우두커니 자라고 있었다. 어릴 때 그 전나무 그늘에서 구불구불 튀어나온 뿌리와 바닥에 떨어진 솔방울을 피해 가며 수건을 개키곤 했다.

호수에 만들어진 아담한 수영 구역에 부표가 들쑥날쑥하게 엮인 밧줄이 늘어져 있었다. 쥐스틴이 물에 발가락을 살짝 담가보고는 어깨를 으쓱했다. 쥐스틴은 원피스를 머리 위로 올려 벗은 뒤 수건 위에 떨구었다. 페리윙클◆ 색깔 수영복을 입고 있었다. 에드메가 셔츠를 벗는 순간, 나는 지금 옷을 벗지 않으면 이따가 혼자서 벗어야 한다는 걸 깨달았다. 서둘러 옷을 벗고는 양손으로 원피스를 말아 쥐고서 맨살이 드러난 배를 가렸다. 그리고 어떤 자세로 서 있어야 자연스러워 보일지 열심히 머리를 굴렸다. 그런 건 누구에게도 배운 적이 없었다. 이 수영복을 고른 건 나였다. 이걸 살 때만 해도 그렇게 신이 났는데, 지금은 에드메가 날 쳐다보지 않기만을 바랐다. 달빛이 조금 덜 밝았더라면 좋았겠다는 생각뿐이었다. 갈비뼈에 닿는 밤공기가 시원했다.

속으로는 무척 긴장됐지만 아무렇지 않은 척 대화를 이어 나갔다. 다행히 평소와 크게 다르지 않은 목소리가 나왔다. 다른 애들은 내가 이렇게 떨고 있다는 사실을 알아챌 수 없을 것이었다. 침착함을 유지한다는 게 바로 이런 걸까? 알랭이 물굽이에서 침몰한 나룻배 이야기를 하기 시작했다. 소문에 의하면 그 나룻배는 해조류에 얽혀 작은 물고기의 은신처가 되었다고 했다. 나는 일부러 그쪽을 피해 수영한다고 대답했다. 쥐스틴이 그날 밤 처음으로 활기를 띠며 그 나룻배의 존재가 소름 끼쳐서 자기도 그 위로 수영하기 꺼림칙하다고 맞장구쳤다.

◆ 보라색과 파란색을 섞은 듯한 연보라색.

"있잖아, 내가 어렸을 때…….." 에드메가 무슨 말을 시작하려는 찰나에 숲속에서 함성이 들렸다. 남자 목소리였는데 뭐라고 소리치는지 당최 알아들을 수 없었다. 우리는 계단을 뛰어 내려오는 소리가 들리는 방향으로 고개를 돌렸다. 가장 먼저 앙리가 보였고, 바로 뒤에 톰이 있었다. 그 뒤로 이름을 모르는 시내 여학생 몇 명과 마리, 그리고 조가 보였다.

"얘들아, 안녕!" 조가 조심성 없이 와인병을 머리 위로 들고 흔들며 소리쳤다. 술병을 손에 쥔 애들이 몇 명 더 보였다. 조가 어깨에 메고 있던 가방을 아무렇게나 내려놓자, 모래 바닥에 부딪혀 쨍그랑거리는 소리가 들렸다.

"오, 잔뜩 챙겨왔군." 알랭이 가방을 보며 말했다. 알랭은 조의 가방에서 술 한 병을 챙겼다.

"알랭 안녕, 에드메 안녕, 내 단짝도 안녕." 조가 인사를 건넨 뒤 나를 힐긋 쳐다봤다. "우와, 누가 카젤에 다녀왔나 보네."

나는 조용히 있었다. 앙리가 팔을 높이 들고 흔들었다.

"다들, 주목!" 앙리가 술에 취한 목소리로 크게 말했다. "제가 가끔 얼간이처럼 굴었던 것 같습니다." 앙리 옆에서 톰이 웃음을 터뜨렸지만, 앙리는 아랑곳하지 않고 개울에 놓인 징검다리처럼 띄엄띄엄 말을 이었다. "조엘 베르디에가 오늘 밤에 당장 여러분에게 사과하라고 하더군요. 그래서 말인데, 로소, 피라, 그리고 여러분. 미안합니다."

"뭐가 미안한데?" 알랭이 물었다.

"뭐가 됐든." 술에 떡이 된 앙리가 거칠게 쌕쌕 웃더니, 자기들끼리만 아는 농담을 주고받듯 고개를 뒤로 쭉 뺐다. 나는 에드메가 나를 쳐다보고 있을지도 모른다고 생각하면서도 앙리에게서 눈을 떼지 않았다. 조가 앙리의 손에 들린 술병을 낚아채 갔다. "모두 건배하자. 앙리와 앙리의 넓은 마음을 위해 건배!"

알랭에게 술병을 건네받은 에드메가 와인을 몇 모금 마신 뒤 내 쪽으로 병을 건네주었다. 나는 괜찮다고 사양하는 손짓을 보냈다.

그러나 이내 술병을 받아 꿀꺽꿀꺽 들이켰다. 그것 말곤 거기서 달리 할 게 없었다. 나는 팔꿈치를 뒤로 짚고 기대 앉았고 하체에 원피스를 덮어놓았다. 우리 무리는 몸의 절반을 수건 위에, 절반을 모래에 걸치고서 와인을 마셨다. 조와 시내 여학생들의 대화가 대부분이었고, 그 사이사이 여기저기서 애들이 끼어들었다. 나는 가본 적 없는 파티, 나는 모르고 있던 파티 이야기들. 물굽이에 울려 퍼지는 그들의 큰 목소리가 그날 밤을 불쾌하고 답답하게 만들었다. 나는 무슨 와인이든 내 쪽으로 오는 병을 마다하지 않았다.

발가벗고 수영하자는 말을 처음 꺼낸 게 조였는지는 확실히 기억나진 않지만, 수영복을 깜빡했다며 조가 제일 먼저 옷을 벗었다. 여자애들 몇 명이 키득거리며 싫다고 했지만, 조는 자기 브래지어를 풀면서 한 사람도 빠짐없이 다 해야 한다고 명령하듯 말했다. 높은 음으로 휘파람을 부는 앙리에게 조는 앞으로 백만 년 동안 다시 오지 않을 기회라고 일렀다. 그때 보니 에드메가 깔깔거리고 있었다. 에드메와 알랭이 자리에서 일어나 고분고분 바지를 내렸고, 내가 재빨리 눈을 돌리는 사이 다른 애들도 하나둘 동참하기 시작했다. 곧 아이들은 비명인지 함성인지 모를 고함을 내지르며 호수로 뛰어

들었다.

마지막으로 뛰어든 건 쥐스틴이었다. 쥐스틴이 자리에서 일어나 수영복을 벗고 약간 알딸딸한 목소리로 내게 같이 갈 거냐고 물었다. "어? 나는 조금 이따가…….." 나는 모래를 쳐다보며 우물거렸다. 쥐스틴이 계속 앞에 서 있기에 나는 어색한 눈길로 쳐다보았다.

"너한테도 다 있는 건데 뭘 그렇게 보고 그래, 오딜." 쥐스틴이 작게 투덜거렸다.

내가 대꾸하기도 전에 쥐스틴이 약간 부끄러워하는 표정을 지으며 자리를 떠났다. 내 얼굴의 붉은 기가 전신으로 퍼졌다.

와인을 더 마시면 용기가 나려나 했지만 오히려 우울해질 뿐이었다. 결국 혼자서 와인 한 병을 바닥까지 비웠다. 그때까지도 나를 부르는 사람은 없었다. 수영복 위에 원피스를 걸쳐야겠다고 아까부터 생각만 하던 나는 마침내 옷을 입었다. 패배감에 눈이 따가웠지만 더는 바보처럼 보이고 싶지 않아 애써 눈물을 삼켰다. 앙리와 톰은 꽥꽥 소리를 지르며 서로 물을 튀겨댔다. 알랭과 쥐스틴은 부표를 따라 헤엄치고 있었다.

에드메는 다른 애들과 따로 떨어져서 조와 대화를 나누고 있었다. 두 사람은 허리춤까지 올라오는 얕은 물가에 서 있었다. 에드메가 무어라 한 얘기에 조가 환히 웃고 있었다. 그때 조가 에드메 주변을 빙그르르 돌다가 균형을 잃자, 에드메가 얼른 팔을 뻗어 조를 잡아주었다. 조는 수줍은 듯 방긋 웃으며 한 팔로 가슴을 가렸다. 그런 조를 보며 에드메도 똑같이 웃고 있는 것 같았다.

두 사람을 쳐다본 시간은 아주 짧았지만 무척 길게 느껴졌다. 나는 더듬더듬 운동화를 찾아 일어섰다. 여전히 날 부르는 소리는 들리지 않았다. 나는 나무 계단을 오르고 막다른 길을 가로질러 최대한 빠르게 집으로 걸어갔다.

수영복을 벗어 던지고 거울에 비친 나를 들여다봤다. 침실 조명이 적나라하게, 자비 없이 내 맨몸을 비추었다. 수영복에 눌려 있던 살에 우둘투둘 붉은 주름이 잡혀 있었다. 나는 불을 꺼버리고 침대로 기어들어 가 빙빙 도는 벽을 바라보며 몸을 한껏 웅크렸다.

16장

　다음 날 늦은 아침, 어머니가 문밖에서 나를 부르며 이따 비가 올지도 모르니 서둘러 마당 일을 시작하라고 채근했다. 나는 마지못해 이불 밖으로 굴러 나와 허드레옷을 걸치고 어기적거리며 밖으로 나갔다.

　날이 흐렸다. 북녘 하늘엔 몇 주 만에 처음 보는 진한 먹구름이 깔려 있었다. 뒤뜰에서 잔디 깎는 기계를 끌고 위아래로 느릿느릿 다니는 내내 어찌나 속이 메스꺼운지 등골이 서늘했다. 결국 한 번은 집에 들어갔다 나와야 했다. 마침내 잔디 더미를 긁어모아 언덕 아래 진구렁에 박아 넣는 일까지 마쳤다. 남은 하루 동안은 담요를 덮고 소파에 누워서 발삼루트 차를 홀짝이며 책을 뒤적거렸지만 기억에 남은 문장은 거의 없었다.

　우리 집 거실 마룻바닥에는 동전 지름 정도 되는 크기의 거친 옹이 구멍이 하나 있었다. 어릴 땐 심심하면 그 안에 이것저것 쑤셔 넣고는 얼른 크롤스페이스로 달려가 거기로 떨어진 것들을 주워 오곤 했다. 그 구멍을 보고 있으니 술에 취한 지난밤이 떠올랐다. 나는 내 방에 있는 에드메의 바이올린을 가져다가 크롤스페이스에 처박아 두었다. 그의 오디션까지는 며칠이 채 남지 않았다.

어느 시점에는 에드메도 내가 호숫가를 떠났다는 걸 눈치챘을 것이었다. 왜 혼자 가버렸는지 궁금해했을 수도 있었다. 그러면 나와 약속을 했든 안 했든 에드메가 오늘 밤 내 방 창가에 나타날 수도 있겠다고, 나로서는 그렇게 생각할 만했다. 물론 오늘 오겠다고 약속한 건 아니었다. 또 집 밖으로 몰래 나온다고 하더라도 여기가 아니라 다른 곳에 갈지도 몰랐다. 어쩌면 이제 더는 비밀로 할 필요조차 없을지도 몰랐다. 우리 어머니가 그랬던 것처럼 에드메네 부모님도 아들이 다른 데도 아니고 조를 만나러 간다고 하면 흔쾌히 허락할지도 몰랐다. 조의 부모님과 함께 연회 테이블에 앉아 한참 깔깔거린 뒤 조와 함께 정자에 들렀다가 조의 방 안으로 들어가는 에드메의 모습을 가만히 상상했다.

노을과 함께 저녁이 찾아왔다. 햇살은 땅속으로 미끄러져 들어갔다. 실내가 캄캄해지도록 전등을 켜지 않고 가만히 앉아 있었다. 그러다 결국엔 크롤스페이스에서 바이올린을 꺼내 와 에드메를 기다렸다.

자정이 얼마 지나지 않았을 때부터 비가 내리기 시작했다. 창문을 두드리는 빗방울 소리가 너무 커서 한번은 에드메가 온 줄 알고 고개를 돌려 창밖을 확인했다. 곧 하늘이 무너질 듯 밸리에 비가 쏟아졌다. 폭풍이 우리 집에 물을 퍼붓는 것 같았다.

　날씨가 이렇지 않더라도 에드메는 오지 않았을 거라고, 내 안의 어떤 굴욕적인 목소리가 떠들었다. 나는 창문을 등지고 돌아누운 채 벽을 타고 내려오는 그림자를 쳐다보았다. 비를 맞으면 바이올린이 망가질 테니 에드메가 올 리 없었다. 물론 비 때문에 안 온다는 게 영 틀린 말은 아니지만, 그동안은 오더라도 항상 이보다 이른 시간에 왔으니 그가 오지 않는 것이 비 때문만은 아니었다.

　너무 캄캄해서 시계를 확인하고서야 아침이 왔다는 걸 알았다. 창밖의 진흙탕에 빗물이 떨어지는 소리를 들으며 가만히 누워 있었다. 쓸쓸함이 반가웠다. 한동안 누워 있다가 하릴없이 침대에서 일어나 고통스러운 하루로 걸어 들어갔다.

　바이올린 케이스까지 덮이도록 큼직한 판초 우비를 걸쳐 입었다. 학교에 걸어가는 학생은 나밖에 없었다. 언덕을 반쯤 올랐을 때 조네 자가용이 옆을 지나갔다. 자동차는 내게 물을 튀기지 않으려고 물웅덩이가 없는 반대 차선으로 살짝 피해 가긴 했으나, 멈춰서 나를 태우지는 않았다.

　코트룸에 들어가 물이 뚝뚝 떨어지는 우비를 옷걸이에 걸었다. 아직 수업 종이 울리기 전이었지만, 이미 많은 학생이 비를 피해 교실 안에 들어와 있었다. 나는 축축해진 숙제를 피슈그뤼 선생님의 책상에 올려두고 에드메의 의자 밑에다 바이올린을 갖다 두었다.

알랭, 쥐스틴, 조와 함께 들어오는 에드메의 목소리가 들렸다. 나는 일부러 바쁜 것처럼 보이려고 실습 공책을 뚫어져라 쳐다보고 있었다. 바이올린을 발견한 에드메가 뒤를 돌아보는 것 같았다. 나는 애써 냉정한 표정을 유지하며 고개를 숙이고 아무렇지 않은 척했다. 마침맞게 피슈그뤼 선생님이 들어와서 다행이었다. 학생들은 자리에서 일어나 인사한 뒤, 다시 의자에 앉았다.

종일 애들을 피해 다녔다. 점심시간이 되자 서둘러 복도로 빠져나가려다가 피슈그뤼 선생님의 뒤꽁무니에 너무 가까이 붙어 가고 말았다.

"오잔, 어딜 그렇게 급히 가나?" 선생님이 물었다.

나는 아무 문이나 하나 골라 말했다. "도서관이요."

"그래, 이런 날씨엔 도서관만 한 곳도 없지."

나는 빨리 지나가고 싶어서 그렇다고 대꾸했다.

"시내에서 아주 잘하고 있다고 얘기 들었다." 선생님이 내 눈을 바라보며 말했다. 나를 추천한 이후로 처음 있는 일이었다. 그러나 어딘가 떨떠름한 눈빛이었다.

"글쎄요, 어떻게 될지는 더 봐야 알죠."

"그래, 그래야지. 아는지 모르겠지만 우리 학교에서 보낸 후보자가 여기까지 진출한 건 아주 오랜만에 있는 일이다. 북단 전체에서 의미 있는 일이야."

나는 고개를 끄덕였다. 선생님은 내게 앞으로도 잘하라고 툴툴거리듯 말하고는 교무실로 걸어갔다.

도서관 안내 데스크에서 가장 멀리 떨어진 맨 구석으로 걸어가

쪽 늘어선 책꽂이 뒤편에 앉았다. 흠뻑 젖은 운동장 쪽으로 창문이
나 있었다. 책상 위에 동식물 안내서 한 권이 덩그러니 놓여 있었다.
어린이를 위한 책이었지만 나는 그 책을 한 시간 동안 넘겨 가며 훑
어보았다. 종이 울린 뒤에도 나는 1분만 더, 또 1분만 더, 하며 고집
스럽게 자리를 지켰다. 수업이 시작되자 도서관 밖 복도가 조용해
졌다. 나는 여전히 그 자리에 앉아 잿빛 운동장을 바라보고 있었다.
연못이 금방이라도 넘칠 것 같았다.

　느지막이 들어갔을 때 교실에는 젖은 옷가지의 축축한 냄새가 퍼
져 있었다. 수업이 끝나자마자 서둘러 학교 밖으로 나가 길을 건넜
다. 얼마나 서둘렀는지 우비도 걸치지 않은 채 버스 정류장까지 걸
었다. 교실을 나가는 날 보고 혹시 에드메가 부르려고 했을까? 알
수 없었다. 내가 에드메를 좋아한다고 인정하지 않으면 왜 물굽이
에서 도망쳤는지, 바이올린을 왜 갑자기 돌려주었는지 설명할 길이
없었다. 그리고 에드메를 좋아한다고 인정하면 아무리 용을 써도
에드메와 조 앞에서 비참해질 수밖에 없었다. 나는 아직 두 사람을
마주할 준비가 되어 있지 않았다. 내 자존심을 지킬 수 있는 유일한
방법은 그들과 거리를 두는 것뿐이었다. 버스가 막다른 골목을 향
해 다가오고 있었다. 빗줄기 속에 흐릿한 빛줄기를 뿜으면서. 큼직
한 물웅덩이를 짓밟으면서.

　조가 없으니 심사 프로그램에 가도 조용했다. 강의 시작 전에 노

닥거릴 사람은 없었지만, 남은 후보 다섯 명도 다들 전보다 조용하게 있었다. 창가에 모여 있지도 않았다. 우리는 각자 책상 앞에 앉아 가만히 기다렸다.

강의실이 너무 비어서 이브레 선생님의 목소리가 전과 다르게 마찰음을 발음할 때마다 더 카랑카랑하게 울렸다. 이브레 선생님이 마지막 테스트가 적힌 상아색 카드를 나누어 주었고, 거기엔 J. N. & P. N. 사건이라고 적혀 있었다.

이번 사례는 적어도 C. R. 사건처럼 폭력적이지는 않았다. 그러나 적어도 내게는 L. M. 사건보다 더 슬프게 느껴졌다. 부녀가 공동으로 제출한 청원으로, 남자의 아내이자 여자의 어머니를 볼 수 있도록 제1서편의 방문을 허가해 달라는 내용이었다. 처음 봤을 때는 다른 사례와 달리 대상자가 망자가 아니라 승인에 부적합하다고 생각했다. 이 청원은 대상자가 일찌감치 정신이 무너지기 시작해 마흔다섯에 이미 노쇠한 상태가 되는, 보기 드문 상황이었다. 사실상 남편이 홀로 딸을 키웠고, 딸은 제정신인 어머니에 대한 기억이 거의 없었다.

그러나 잠시 고민한 끝에 나는 청원을 승인해야 한다고 판단했다. 생각보다 수월하게 이유를 찾았다. 청원을 올린 부녀의 말이 옳았다. 여자의 상태를 산송장에 비유하면 승인해야 한다는 주장의 논거를 쉽게 짤 수 있었다. 이 청원의 경우, 대상자가 사망한 것보다 더 끔찍한 상황이라고 판단할 만했다. 여자는 부녀와 같은 공간에서 상실의 상징으로 머물러 있었다. 부녀는 여자의 침실에 들어가 그녀 없는 그녀 곁에 앉아 있었다. 그녀는 그들이 닦아주는 몸에 갇힌 유령 같은 존재였다.

심사할 때는 단호한 태도를 유지하는 게 중요했지만, 그렇다고 융통성 없이 강퍅하게 대해서는 안 됐다. 이 청원을 거부하기로 택한 후보생들이 어떤 논리를 펼칠지도 충분히 예측할 수 있었다. 나는 카드를 책상 끝으로 밀어놓고 양손을 포갰다. 다른 학생들은 처음 들었던 생각을 아직 끄적이는 중이었다. 이브레 선생님도 이 시간을 잠시 허락했다. 교실 한복판에서 우리 둘의 눈길이 부딪혔다. 그 순간, 나는 자문관 실습 과정에 선발되리라는 확신이 생겼다. 작은 만족감이 한밤중의 섬광처럼 온몸을 관통했다.

이제 남은 후보생이 몇 명 되지 않았다. 우리가 어떤 식으로든 시청에서 일하게 되리라는 게 확실해지자, 이브레 선생님은 우리에게 밸리 간에 서신을 주고받을 때 사용하는 암호문을 가르쳐주었다. 헌병들이 우편물을 운반하다가 열어보고 싶은 유혹에 빠지지 않도록 암호를 쓴다고 했다. 나는 암호 해독법을 충실히 받아적었다. 일련의 문자 조합으로 이루어진 암호로 서신의 내용이 불규칙한 문자의 나열로 바뀌었다. 강의가 끝나고 다른 학생들이 모두 나갔을 때 이브레 선생님이 나를 불러 잘 지내고 있냐며 안부를 물었다.

깜짝 놀란 나는 잘 지낸다고 대답했지만, 내 안에서 거짓말이라는 소리가 들렸다. 뭔가 다른 말을 해야 할 것 같았다. 마침 강의실에 남은 사람이 나뿐이라 나는 이 얘기를 꺼냈다. "이브레 선생님, 전에 걔네 집에 가보겠다고 말씀드렸는데요, 그러기 힘들 것 같아요. 피라네 집 말이에요. 죄송합니다."

선생님은 차분한 얼굴로 나를 쳐다보았다. "그래, 괜찮다. 꾸준히 소식 전해줘서 고맙구나."

"네, 감사합니다." 나는 기어들어 가는 목소리로 말했다.

왠지 선생님이 가까이 다가와 내 어깨에 손을 얹을 거라는 묘한 확신이 들었다. 그리고 그 순간이 지나가자 마음이 편해졌다. 이브레 선생님은 내게 잘 쉬라고 저녁 인사를 건네고 뒤돌아서 칠판을 닦으러 갔다.

내가 얼마나 의기소침하게 보였으면 이브레 선생님마저 날 불쌍히 여겼을까. 아래층에 내려간 나는 비가 오는지 보려고 밖으로 손을 뻗어 보았다. 마침내 비가 그쳐 있었다. 광장 주변의 조명이 하나둘 차례대로 켜졌고, 빗물에 젖은 판석이 빛을 받아 반짝거렸다. 분수대의 물받이 수조에 가득 찬 물이 넘칠락 말락 찰랑거렸다.

어머니가 평소보다 늦게 나왔다. 외투도 가방도 없이.

"미안, 엄마 오늘 야근해야 해. 퇴근 시간이 다 돼서 갑자기 일 폭탄을 받았지 뭐니. 몇 시간은 더 걸리게 생겼으니 버스 타고 먼저 집으로 가."

어머니는 다시 안으로 들어갔다. 나는 시청사 앞에서 어슬렁거리다가 음악원에서 새어 나오는 음악 소리를 듣고서야 버스 정류장으로 발길을 옮겼다. 정차돼 있는 버스의 안이 캄캄하고 문도 잠겨 있길래 시간을 때울 겸 호숫가 산책로를 걸었다. 나무 덱이 깔린 산책로는 여전히 미끄러웠고, 공원 깊숙이서 찌륵찌륵 귀뚜라미 울음소리가 들려왔다. 마지막 한 줄기 햇빛이 서편의 산맥 너머로 사라졌다. 계속 걷고 싶었다. 이대로 쭉 집까지 걸어갈까 싶은 그 순간, 버스에 시동이 걸리는 소리가 들려 정류장으로 돌아갔다.

왼편 차창 너머로 스쳐 지나가는 우리 집이 보였다. 승객이 나 하나뿐이었으니 다음 정류장에 도착하기 전에 지금 내려달라고 부탁해도 됐을 텐데 그 말을 하기도 힘들 만큼 나는 지치고 무기력했다. 일찍 내려달라고 아쉬운 소리를 하고 싶지도, 적막한 내 방을 굳이 일찍 마주하고 싶지도 않았다. 막다른 골목에 접어들어 버스가 멈추었을 때 기사 아저씨가 내게 조심히 들어가라고 인사를 건넸다.

학교 쪽으로 길을 건너 캄캄한 운동장으로 들어갔다. 웬일인지 그네 안장 아래의 땅까지 젖어 있었다. 나는 소매로 빗물을 닦고 앉아 두 발을 힘차게 내디뎠다. 다리를 뻗으면서 고개를 뒤로 젖혔다. 비구름이 걷히고 달이 나와 있었다. 나는 울렁거리는 하늘을 향해 쭉 올라갔다가 아래로 내려왔다.

집에 도착했을 때도 어머니는 아직 집에 돌아오지 않았다. 나는 저녁으로 빵을 한 조각 두껍게 잘라서 잼과 버터를 바르고, 차를 한 주전자 우렸다. 퍼져 올라오는 수증기의 향을 맡으니 기분이 조금 나아졌다. 식탁에 앉아 저녁밥을 먹으면서 논리 숙제를 하고 암호 해독 문제를 푼 다음 일찍 잠자리에 들었다. 9월 16일, 월요일 밤이었다.

17장

수업 종이 울리기 전까지 고개를 처박고 있을 구실이 필요해 굳이 증명 숙제를 검토하고 있었다. 그런데 빈 자리가 하나둘 채워지도록 그의 자리만 비어 있었다. 주변을 둘러보았다. 조와 쥐스틴은 둘 다 자기 자리에 앉아 있었다. 둘 뒤에서 알랭이 빈둥빈둥 뭔가를 끄적이고 있는 것 같았다.

피슈그뤼 선생님도 평소답지 않게 교실에 늦게 들어왔다. 뭔가 이상하다는 기운이 감돌기 시작하자 교실이 조금씩 떠들썩해졌다. 점점 커지는 소음 속에서 에드메의 의자를 가만히 쳐다보았다. 연한 살굿빛 등받이가 온통 연필 낙서로 뒤덮여 있었다.

교실 앞문으로 피슈그뤼 선생님의 옆모습이 보였다. 복도에 서 있지만 보이지는 않는 누군가와 목소리를 낮춰 대화를 나누는 중이었다. 선생님은 보이지 않는 상대방에게 손을 얹으며 위로를 건넸는데 이를 악물고 있는 것처럼 보였다. 교실 안 학생들은 무슨 얘기인지 들으려고 상체를 잔뜩 앞으로 숙였다.

그때 선생님이 교실로 들어오더니 피라 아저씨에게 안으로 들어오라는 손짓을 보냈다. 에드메의 아버지가 모자를 벗고는 손을 꽉 움켜쥐었다. 피슈그뤼 선생님이 아저씨를 보며 교단을 가리켰다.

"감사합니다." 아저씨가 목소리를 조절하려고 애쓰며 말했다. "수업 시간에 찾아와서 미안합니다. 여러분 중에 에드메를 본 친구가 있는지 알고 싶습니다. 아침에 보니 에드메가 집에 없어서······ 제발 학교에 와 있기를 바랐는데."

아저씨가 걱정스러운 눈으로 교실을 훑었다. 조와 쥐스틴이 서로 마주 보며 얼굴을 찌푸렸다. 학생들의 시선이 하나둘 알랭에게 닿았다. 알랭이 천천히 손을 들었다.

"어제부터 못 봤어요. 학교 끝나고 집으로 간다고 했는데."

"그랬지. 저녁 먹을 때까지만 해도 집에 있었단다. 자러 들어간 줄 알았는데. 밤에 어딜 간 건지······ 혹시 짐작이 가는 데가 있니?"

알랭이 조를 쳐다보자, 조가 소리 없이 '몰라'라고 입만 뻥긋거렸다. 조가 고개를 돌려 나를 쳐다보기에 나는 눈을 피했다.

피슈그뤼 선생님이 아저씨에게 말했다. "무슨 소식이라도 들으면 반드시 연락드리겠습니다. 새 소식이 들어오면 저희한테도 알려주세요. 틀림없이 금방 나타날 겁니다."

에드메의 아버지는 선생님에게 다시 한번 감사 인사를 한 뒤 교실을 나섰다. 피슈그뤼 선생님은 교탁에 책을 올려놓고 경고하는 표정을 지어 교실의 웅성거림을 잠재웠다. 그러고는 찰나보다 짧게

210

내 눈을 쳐다본 다음 기하학 수업을 시작했다. 학교를 급히 떠나는 자동차 소리가 들렸다. 끼익거리는 타이어 소음에 피슈그뤼 선생님이 목청을 높였다.

몸이 붕 뜨는 느낌, 마치 나를 연기하는 타인을 위에서 바라보고 있는 느낌이 들었다. 내가 내려다보는 이 여학생은 다른 아이들과 함께 익숙한 책상 배열에 앉아 있다. 창백한 얼굴로 모든 걸 숨기고 있다. 내가 내려다보는 이 여학생은 점점 더 작아지고 있었다. 풀리지 않는 기다란 실로 이 여학생과 연결된 나는 조용히 점점 더 위로, 더 멀리 떠오르고 있었다.

점심시간에 애들이 담벼락에 서 있는 나를 찾아왔다.

"오딜, 에드메 못 봤어?"

조는 걱정스럽다기보다 짜증이 난 듯한 얼굴이었다. 나는 고개를 가로저었다. 알랭이 내 어깨 너머 길목을 위아래로 훑어보았다. 모퉁이를 돌아 느릿느릿 걸어오는 에드메를 찾아보기라도 하듯이.

"우리 중에는 밤에 에드메를 불러낸 사람이 없는데. 넌?" 조가 물었다.

나는 거듭 고개를 저었다.

애들이 간 뒤 나는 가방에서 샌드위치를 꺼내 우걱우걱 씹으면서 잔디밭 건너편 바람에 흔들리는 나무 꼭대기를 쳐다보았다. 한쪽 발을 벽에 기대고 있다가 다른 발로 바꾸었다. 그런 다음 뒤통수를 벽에 댔다. 우둘투둘 벗겨진 페인트 조각에 머리카락이 뭉개지는 느낌이 들도록 꾹 눌렀다.

☀

　그날, 이브레 선생님은 애도의 기준이 모호한 사례를 주제로 강의를 하면서 끝내 발견되지 않은 실종자를 예로 들었다. 이를테면 치매에 걸린 어머니를 둔 가족처럼, 장례를 치른 건 아니어도 실질적으로 존재한다고 보기 어려운 이들의 경우를 쉽게 이해할 수 있도록 예를 든 것이었다. 선생님의 입술을 타고 흘러나오는 강의 내용을 나는 부지런히 공책에 받아적었다. 노을빛이 강의실에 쏟아지며 벽을 말갛게 물들였다. 짙어지는 빛 속에 남은 학생들의 그림자가 길어졌다. 황금빛 슬픔이 가득한 강의실 안에서 그림자들이 근심스럽게 굽었다.

　강의가 마무리될 무렵, 맨 앞줄에 앉아 있던 르네 탕이 방문 시기에 관해 질문했다. 르네는 이번 주의 평결 사례를 직접적으로 언급하지 않은 채 일반적인 규칙을 묻는 것처럼 영리하게 질문했다. "보통 사망 전에 방문 일정을 잡는다고 알고 있는데, 대상이나 방문객의 죽음이 임박하지 않은 사례에서는 무엇을 기준으로 방문 시기를 결정하나요?"

　"좋은 질문이군요. 특수한 경우가 아니더라도 방문 시기를 결정하는 건 무척 민감한 사항입니다. 자문 기관은 원칙적으로 사건이 일어나기 이전에 방문 일정을 잡는 것을 목표로 합니다. 방문객의 불안이나 공황 등을 최소화할 수 있도록 보통 정확한 날짜를 통보하지는 않죠. 그러나 단순하지 않은 상황도 존재합니다. 이를테면 경계 지역이 폐쇄되는 겨울과 초봄에 사건이 일어난다면, 입산이 가능한 시기로 방문 일정을 더 앞당겨야 합니다."

이브레 선생님이 설명을 계속 이어갔지만, 더는 아무 소리도 귀에 들어오지 않았다. 나는 끔찍한 실수를 저질렀다는 사실을 깨닫고 기겁하는 중이었다. 지금까지 잘못된 원칙을 적용하고 있었다. 이베트 크레시의 부모님이 딸을 보러 왔던 때가 가을이었고 이베트가 이듬해 초까지 살아 있었다는 사실을 근거로, 나는 에드메 부모님의 방문 이후로 에드메에게 꽤 시간이 남아 있다고 생각하고 있었다. 입산이 금지되는 겨울 동안 방문이 이루어지지 않는다는 사실을 미처 몰랐던 것이다. 이브레 선생님의 답변을 들은 지금에서 상황이 분명해졌다. 이베트의 죽음보다 훨씬 빠르게 그녀의 부모님이 방문했던 건 눈이 오기 전으로 일정을 잡았기 때문이었다. 보통의 경우, 실제로 사건이 일어나는 날과 훨씬 더 가깝게 방문 일정이 잡혔다.

강의가 끝나고 책상에서 일어서면서 넋이 나간 표정을 짓고 있었나 보다. 오죽하면 이브레 선생님이 또 다시 나를 연민 어린 눈으로 보고 있었을까. 그 순간, 다시 눈이 번쩍 뜨였다. 이브레 선생님은 어제부터 이미 알고 있던 것이다. 내게 따뜻한 시선을 건넨 것도 그 때문이었다(이제 와 생각하니 우습기 그지없지만). 내 슬픈 로맨스를 눈치채서가 아니라 곧 일어날 일을 알고 있어서였다. 선생님은 틀림없이 알고 있었다. 제1동편 방문에 관한 피라 부부의 청원을 승인하는 과정에서 사건의 날짜를 고려하지 않을 리 없었다. '시간이 얼마 남지 않았다고 왜 진작 말해주지 않았나요?' 하고 소리쳐 묻고 싶었다. 내가 몇 달 안에 에드메의 집에 초대받도록 애써보겠다고 말했을 때도 내 말을 가만히 듣고서 고개를 끄덕이지 않았던가. 나는 책상에서 책가방을 집어 들고 이브레 선생님의 미소로부터 도망치듯 물러났다. 너무 다급히 계단을 뛰어 내려간 나머지 굴러떨어질 뻔하기까지 했다.

어머니의 차에 올라탄 나는 말 한마디 없이 앉아 있었다. 내 우울함을 금방 알아차린 어머니는 내 친구의 실종 소식을 들었다며 조심스럽게 말을 꺼냈다. 그랬다. '내 친구의 실종 소식'이라고 어머니는 그렇게 표현했다.

오랫동안 나는 아무 대꾸를 하지 않다가 마침내 입을 열었다. "어젯밤에 무슨 일로 그렇게 늦게까지 일하셨어요?"

이번에는 어머니가 입을 다물 차례였다.

집에 도착한 뒤로는 방 안에 틀어박혀 있었다. 어머니가 그의 이름을 미리 알 수는 없었을 것이다. 어머니가 볼 수 있는 방문 기록에는 이름이 적혀 있지 않을 테니까. 그래도, 적어도, 시청 밖에서 나를 만났을 때 어머니가 어떤 암시라도 주었더라면 내가 알아차릴 수 있지 않았을까? 그때만 됐더라도 에드메에게 경고할 시간이 있지 않았을까? 물론 규정상 어머니는 그 사실을 누구에게도 말할 수 없었을 터였다.

다음 날 피슈그뤼 선생님은 자원봉사 수색대가 방과 후에 모일

214

거라는 말로 하루를 시작했다. 헌병들이 숲속을 샅샅이 뒤지며 수색을 도울 거라고 했다. 교실에 알랭이 보이지 않았다. 피슈그뤼 선생님이 문법 수업을 시작했지만, 학생들은 영 집중하지 못했다. 대부분 그저 멍하니 책상을 쳐다보고 있었다.

점심시간이 되자마자 운동장으로 나와서 소나무 길을 가로질러 걸었다. 골목 끄트머리에서 호숫가로 이어지는 계단으로 내려가 중간 턱에서 난간을 넘어 잡목이 우거진 숲길을 계속 걸었다. 곧 벼랑이 보였다. 며칠 전 늦은 밤 바이올린 연습을 마치고 영웅 같은 포즈를 취하는 에드메를 바라보던 바로 그 장소였다.

국자처럼 아래로 축 처진 나무줄기를 밟으며 계속 앞으로 걸었다. 머리털이 곤두서고 오금이 저렸다. 낭떠러지에서 몇 걸음 떨어지지 않은 곳에 에드메의 가죽 케이스가 열려 있는 것이 보였다. 바이올린은 근처 이끼 위에 놓여 있었다. 누가 일부러 거기에 놓은 게 아니라 떨어뜨린 것 같은 모습이었다. 도료를 입힌 나무 몸통에는 금이 가 있었다. 나는 바이올린을 도로 케이스에 집어넣고 케이스를 닫은 뒤 걸쇠를 채웠다.

낭떠러지 주변을 살피는 일을 얼마나 오랫동안 주저했는지 모르겠다. 마침내 가까스로 벼랑 끝에 다가갔으나, 눈에 보이는 건 호수밖에 없었다. 물가에서 자라다 만 소나무, 엉겅퀴 가지, 흰 꽃을 피운 잡초들이 산들바람에 흔들리고 있었다. 바닥에 잠긴 큼직한 바윗덩어리들은 풀빛을 띠었다.

"에드메?"

마치 옆에 있는 사람을 부르기라도 하는 것처럼 목소리가 작게

나왔다. 돌아오는 대답은 없었다. 들리는 거라고는 윙윙거리는 딱
정벌레 소리와 저 아래 잔잔한 파도 소리뿐이었다.

호숫가 계단으로 돌아가려고 반쯤 왔을 때 급히 방향을 꺾어 다
시 등산로를 벗어나 걸었다. 그렇게 몇 미터를 덤불과 낙석으로 가
득한 가파른 비탈길로 비틀거리며 내려가다가 불그죽죽한 줄기와
아몬드 모양 이파리를 지닌 잡목 앞에서 멈춰 섰다. 줄기가 쩍쩍 갈
라진 소나무가 사방에 반짝이는 그늘을 드리우고 있었다. 거기서
무릎을 꿇고 앉아 축축한 흙을 손가락으로 긁어내며 바닥을 팠다.
그렇게 파낸 흙구덩이에 바이올린 케이스를 집어넣고서 그의 이름
이 적힌 스텐실 위에 흙을 덮어 바이올린을 묻었다. 이제 나는 얕은
숨을 몰아쉬고 있었다. 내가 생각해도 이해할 수 없는 기행이었다.
바이올린을 묻은 뒤 다시 산행로로 돌아와 아래를 내려다보았다.
바이올린을 묻은 곳은 개밋둑과 잘 분간이 되지 않았다. 있는지도
모를 만큼 눈에 띄지 않았다.

동급생들은 물론이고 후배들도 대거 수색에 동참했다. 주차된 차
들이 거리에 늘어서 있었고, 많은 사람이 로터리에 서서 헌병들을
기다리고 있었다. 나는 이들을 지나쳐 버스 정류장으로 걸어갔다.
내 이름을 부르는 목소리를 들은 것 같았지만 그냥 무시했다. 쥐스
틴의 목소리 같았다. 버스에 올라탄 나는 상아색 카드의 모서리를
손톱 밑으로 밀어 넣어 손톱에 낀 흙을 남김없이 빼냈다. 심사 프로
그램이 시작하기 전, 르네 탕과 카디외가 수색에 관해 대화하는 내
용이 들렸다. "우리 밸리 밖으로는 수색대를 안 보냈다는데." 자기

책상에 앉은 르네가 작게 속삭였다. "아무래도 아직 여기 있다고 생각하나 봐."

방에 걸려 있던 호수 그림을 떼어 옷장에 넣어 놓았는데도 꿈에 호수가 나왔다. 물속으로 아주 멀리까지, 말도 안 되게 깊은 바닥이 보였다. 검은 지평선을 향해 가라앉은 호수의 바닥, 심연의 끝에 에드메가 매달려 있었다. 머리가 아래로 축 처져 있었고 마치 조용한 강당의 피아노 건반 위를 누비고 있는 것처럼 양손과 손가락이 나풀거렸다. 에드메의 살결은 호숫물처럼 푸르스름했다. 다른 사람들은 아무것도 모른 채 우리 위에서 헤엄쳤다. 나는 사람들이 눈치채지 못하게 해야 했다.

잠옷을 여미고 침대에서 일어나다가 휘청거리는 바람에 어지럼증이 가실 때까지 서랍장을 부여잡고 있었다. 4시 반이었다. 침대 시트가 흠뻑 젖어 있었다. 폭풍이 지나간 지 얼마 안 됐으니 절벽은 여전히 미끄러울 것이었다.

목요일은 에드메의 오디션이 있는 날이었다. 그의 책상은 여전히 비어 있었다. 알랭의 책상도 마찬가지였다. 학교를 빠지고 혼자 에드메를 찾으러 나갔을 게 뻔했다. 피슈그뤼 선생님은 우리에게 그를 본 사람이 있느냐고 묻지 않았다.

그날 오후에는 자원봉사에 나선 사람들이 전날보다 훨씬 많았다.

앙리, 톰과 함께 서 있는 조와 쥐스틴이 보였다. 그날도 나는 곧장 버스 정류장으로 걸어갔다. 덜컹거리는 버스의 리듬에 잠들락 말락 툭툭 떨어지던 내 고개가 나무 사이로 내리쬐는 햇빛에 휙 하고 들렸다.

그날 오후 바티쇠르 광장은 유독 활기가 넘쳤다. 시청 앞 계단은 사람들로 가득 차 있었다. 광장 맞은편에서 걸어오는 남학생 하나가 눈에 띄었다. 악기 케이스를 들고 음악원으로 향하고 있었다. 호리호리한 외모에 안경을 쓴 모습까지 비슷했지만 에드메는 아니었다. 그러나 그의 손에는 에드메의 것과 똑같은 바이올린 케이스가 들려 있었다. 에드메가 아닌 그 남학생은 음악원의 문을 열고 안으로 들어갔다.

고개를 돌려 시청을 슬쩍 보았다. 이브레 선생님이 콜로네이드를 따라 그랑제콜을 향해 힘차게 걸어가고 있었다. 선생님이 걸치고 있는 자문관 가운이 보이는 순간, 동전을 깨문 것처럼 역한 맛이 올라왔다.

플루트와 목관악기에서 흘러나오는 소리가 음악원 로비를 가득 메웠다. 안경 낀 남학생은 이미 복도로 사라진 뒤였다. 안내 데스크에는 지난번에 보았던 그 안내원이 앉아 있었다. 그녀는 내게 무슨 일로 왔느냐고 묻자마자 날 기억해 냈다. "아, 에드메 군의 동행이죠? 에드메 군은 어디에 있어요?"

에드메가 오디션을 보는 걸 비밀로 했으니 음악원에서 그 소식을 듣지 못한 게 놀랄 일도 아니었는데, 내가 또 멍한 표정으로 안내원을 쳐다본 모양이었다.

"무슨 일…… 있나요?"

나는 한동안 대답하지 못하다가 마침내 입을 열었다. "에드메가 안 보여요. 그게, 그러니까, 실종됐어요."

목소리가 떨리기 시작하더니 이내 울음이 터져 나왔다. 안내원은 서둘러 데스크에서 돌아 나와 나를 안아주었다. 그렇게 안내원의 품에 안겨 나는 한참을 흐느꼈다.

안내원은 대기실에 나를 앉히고 내 옆에 앉아 손을 잡아주었다. 시계를 보니 마침 4시가 다 되어가고 있었다. 에드메에게 할당된 오디션 시간 내내 그 자리를 지키고 있을 생각은 아니었는데, 몇 분이 흐른 뒤에도 나는 자리를 뜨지 않았다. 이름이 질베르트라는 안내원은 실종자를 수색하는 중이라는 소식을 듣긴 했으나 실종된 소년의 이름을 듣지는 못했다고 나직이 말했다. 질베르트는 에드메의 곡이 강렬했으며 특히 그중에 한 곡은 아주 독창적이었다고 했다. 내게 악보를 전달받았을 때 틀림없이 잘되리라는 느낌을 받았다고 했다. 그러고 보니 에드메에게 오디션 날 음악원에서 내 의자를 마련해 주겠다고 했다는 얘기를 한 적이 없었다. 오디션을 구경하러 가도 되느냐고 물어본 적도 없었다.

에드메에게 할애된 시간이 지나고도 나는 곧바로 자리에서 일어나지 않았다. 한 여학생이 바퀴 달린 악기 케이스를 밀며 들어오자 질베르트가 그 학생을 맞이하러 다가갔다. 그 학생은 묵직한 케이스를 복도 바닥에 굴리며 걸어오고 있었다. 안내 데스크로 돌아간 질베르트가 위로하는 표정으로 날 다시 한번 바라봤다. 나는 고개를 끄덕여 인사를 건넸다. 에드메가 무사히 나타날 거라며 안심시키려 들지 않는 질베트르에게 고마웠다.

호수의 텅 빈 수영 구역이 아직 해체되기 전이었다. 개 한 마리가 호숫가 저 멀리서 주둥이로 모래를 훑으며 돌아다니고 있었다. 개 주인은 보이지 않았다. 이따금 방문객의 관망 장소로 쓰이는 미루나무 사이에 나는 자리를 잡고 앉았다. 이제 나뭇잎이 거의 떨어진 뒤라 공원이 한층 밝게 보였다. 심사 프로그램에 이미 한 시간을 늦었지만, 돌아갈 생각이 없었다.

구름이 묵직하게 깔린 하늘이 온통 노을로 물들었다. 산책로에는 둘씩 짝지어 걷는 사람들이 나타났다. 한 가족이 공원 누각에서 바비큐 준비를 하고 있었다. 나는 황혼이 들도록 공원에 있다가 시청사로 가서 어머니를 기다렸다. 다 같이 그랑제콜을 빠져나오는 나머지 후보자들이 보였다. 어머니가 나올 때 나는 기둥 그림자 밖으로 걸어 나갔다. "아유, 깜짝이야. 놀랐다 애." 어머니가 활짝 웃으며 말했다. "오늘 심사 프로그램은 어땠어?"

나는 잘했다고 대답했다.

18장

금요일, 물속에 있는 꿈을 꾸다가 깼다. 그리고 그 꿈은 그날 이후 몇 달간 지속되었다. 그 꿈속에서 에드메는 늘 닿을 수 없는 존재였다. 퇴적토처럼 시커먼 어둠으로 빚은 듯한 형체였다.

정오가 갓 지날 무렵부터 운동장에 소문이 돌기 시작했다. 나는 마리가 뤼시앵에게 달려가 몸짓을 섞어가며 속삭이는 걸 보고 그때 처음 알게 되었다. 둘은 곧 앙리와 톰에게 다가갔고, 앙리와 톰은 또 누구에게 말해줘야 할지 주변을 두리번거렸다. 조와 쥐스틴이 잔디밭을 가로질러 오고 있었다. 그때 앙리의 목소리가 들렸다. "뭔가를 찾았대!" 앙리와 다른 학생들이 소나무 길을 향해 쪼르르 달려갔다. 나도 담벼락을 떠나 그들을 뒤따라갔다.

골목을 향해 늘어선 인파 속에는 선생님들도 있었다. 피슈그뤼 선생님의 뒤통수가 물굽이로 이어지는 계단 아래로 사라지고 있었

221

다. 숲에서 들려오는 소리라고는 나무 발판을 밟는 발소리, 그뿐이었다. 더는 얘기하는 사람이 없었다. 사람들이 저 아래 물가에 모여 있었다. 여자 둘이 피라 아주머니를 부축 중이었다. 아주머니는 두 손으로 자기 옷을 힘껏 움켜쥐고 있었다.

무릎 깊이의 물속에서 에드메의 아버지가 알랭의 부축을 받아 잿빛 나룻배에 올라타고 있었다. 다른 남자 한 명이 마저 배에 올라타자 알랭이 나룻배를 부표 쪽으로 힘껏 밀었다. 내가 서 있는 곳에서는 호수에 무엇이 있는지 전혀 보이지 않았다. 두 사람은 벼랑 아래 물굽이에서 남쪽을 향해 노를 저었다. 피라 아저씨 말고 나룻배에 타고 있는 또 다른 남자가 거듭 고개를 들어 벼랑 위를 올려다보았다. 이제 보니 벼랑 위에서 누군가가 지시를 내리고 있었다.

나룻배가 각도를 틀더니 맨 마지막 부표에서 멈추었다. 두 사람이 배에서 멀찍이 상체를 내밀고 앞으로 기울였다.

그 순간, 에드메의 아버지가 외마디 비명을 질렀다.

물속에 서 있던 알랭이 우리를 향해 돌아서던 그 순간, 알랭의 눈이 얼마나 크고 동그랗게 뜨여 있었는지 또렷이 기억난다. 그는 다시 몸을 돌려 무기력하게 한 걸음 더 내디뎠다. 피라 아저씨와 다른 남자가 물에 흠뻑 젖은 빨래처럼 보이는 뭔가를 물속에서 끄집어내 배 위로 끌어 올렸다.

피라 아주머니와 함께 있던 여자들이 다급히 아주머니를 부축해서 풀 쪽으로 데려갔다. 피슈그뤼 선생님과 다른 선생님 한 분이 수변에 몰려 있는 인파를 향해 뭐라고 크게 외쳤고, 손가락으로 계단을 가리켜가며 사람들을 불러 모았다. 관목 사이에서 나온 헌병이 군홧발로 터벅터벅 물속으로 걸어 들어갔다. 피슈그뤼 선생님이 내 코앞에 나타나 아주 낮고 단호하게 무슨 말인가를 건넸으나, 나는 그대로 뒷걸음질 쳐서 골목으로 이어지는 계단을 뛰어 올라갔다. 텅 빈 학교 운동장을 가로질러 뒷산으로 들어갔다. 산길에서 벗어나고 요새를 지나 아무것도 보이지 않을 때까지 계속 산등성이를 달렸다. 숨이 가빴지만 멈추지 않고 달렸다.

눈앞에 철책이 보이자 그제야 발을 멈추었다. 햇살에 비친 은빛 철조망이 날카롭게 빛났고, 머리 위 하늘은 칼날처럼 눈부셨다.

2부

1장

철책에서 내려와 바티쇠르 광장으로 향했다.

시청사 안으로 들어가자, 대리석에 새로 칠한 왁스 냄새가 진동
했다. 스팬드럴◆에 가려진 채광창으로 은은하게 들어오는 잿빛 일
광 때문에 실내는 한층 웅장하고 또 음산했다. 이따금 사무원이 파
일을 들고 나선형 계단에 나타나 중간층과 지하 사무실 사이를 오
갔다. 그는 검은 슬리퍼를 소리 나지 않게 살살 끌면서 로톤다●를
지나다녔고, 내 앞을 지나갈 때마다 살짝 고개를 끄덕여 인사했다.

곧 있으면 오후 개정이 끝날 시간이었다. 나는 돌로 만든 벤치에
몸을 웅크리고 앉아서 천장을 올려다보며 느긋하게 기다렸다. 높이

◆ 아치형 창문 상부와 창틀 사이에 삼각형 형태로 나 있는 작은 창. 불투명한 유리에 철제 장
식이 되어 있는 경우가 많다.
● 원형 바닥과 돔 천장을 지닌 공간.

치솟은 돔 천장은 모자이크 그림으로 가득 채워져 있었다. 중앙에는 언제나처럼 우리 밸리가 있었다. 오래된 타일로 장식된 우리 밸리의 풍경은 원래 색깔이 세심하게 보존되어 있었고, 인접한 다른 밸리들은 높은 산에 가로막혀 그림자가 진 것처럼 더 어둑하게 표현되어 있었다. 우리 밸리의 호수는 생기 넘치는 푸른 빛이었다.

중이층 맨 끝 사무실의 문이 열렸다. 나는 자리에서 일어나 제복을 빳빳하게 당겨 폈다. 사무실 안에 있는 자문관들의 목소리가 들리는가 싶더니, 묵직한 쿵 소리와 함께 문이 닫혔다. 사령관 장사빌과 부사령관 콜텔리가 연로한 청원인을 데리고 계단을 내려왔다.

그들이 가까워지자 나는 청원의 결과를 짐작할 단서를 찾아 그들의 안색을 살폈다. 청원인의 얼굴에 웃음기가 없었지만 그건 예사였다. 그보다는 청원인의 얼굴에 눈물이나 분노의 흔적을 찾아볼 수 없다는 사실이 더욱 중요했다. 그는 계획을 실행 중인 사람의 무표정한 얼굴을 하고 있었다.

"두어 주쯤 있으면 연락이 갈 겁니다." 장사빌이 로톤다를 가로지르며 말했다. "오늘은 오잔이 집까지 모셔다드릴 겁니다."

청원인이 콜텔리, 장사빌과 차례로 악수했다. 그가 날 쳐다보며 내게도 악수를 청해야 할지 잠시 고민하는 게 보였다.

"이쪽입니다." 내가 말했다.

청원인의 이름은 캥통이었다. 그는 키가 컸고 걸음걸이가 조심스러웠다. 수척한 얼굴 대부분이 크고 까만 안경에 가려 있었다. 나보다 서른 살쯤 많아 보였다. 60대 중반이라면 애도 투어의 상한선에 해당하는 나이이긴 하지만, 가는 데 이틀, 돌아오는 데 이틀이 걸리는 산행은 충분히 해낼 수 있을 것 같은 모습이었다. 물론 겉으로는 아픈 데가 없어 보여도 그의 건강 상태가 좋지 않을 가능성이 크다는 걸 나는 잘 알고 있었다.

캥통을 차에 태우고 마을 남단에 있는 동네로 향했다. 얼마나 지났을까, 트럭 안의 정적을 깨고 싶었는지 그가 헛기침과 함께 자문 기관이 자신의 청원을 승인해 주었다는 말을 꺼냈다.

그는 내 대답을 기다리는 것 같았다. 그러나 나는 반응하지 않았다. 그도 동요하지 않는 듯했다. 공원을 지날 때 미취학 아동으로 보이는 꼬마들 한 무리가 보였다. 아이들은 금빛 들판을 가로질러 술래잡기를 하고 있었다. 어느 집 뒷마당에서 풍기는 불 피운 냄새가 기분 좋게 퍼졌다. 이번 가을도 유난히 더웠지만, 그래도 하루가 다르게 바람이 서늘해졌고 밤이 되면 입김도 보일 정도가 되었다.

갈림길이 나오자 캥통은 어느 쪽으로 가야 할지 손가락으로 가리켜 알려주었다. 자동차가 좁다란 플라타너스 길로 접어드는데, 그는 옆 밸리에서 방문 승인이 나면 내가 동행하게 되느냐고 물었다.

나는 수행을 교대로 나가며 다음이 내 차례라고 대답했다.

캥통이 잠시 머뭇거리다가 물었다. "거기서 승인해 줄까요?"

나는 침묵을 지켰고, 그도 더 묻지 않았다. 그의 집 앞에 도착해 차를 세웠을 때 그는 내게 조만간 또 보면 좋겠다고 인사했다. 나는 어떤 결과가 나오든 연락이 갈 거라고 대답했다.

10월 말, 올해의 방문 시즌이 끝나가고 있었다. 11월이 되면 산에 눈이 쌓여서 동부로든 서부로든 입산 자체가 위험했다. 호수 너머 국경에는 이미 마지막으로 예정된 방문객이 돌아왔고, 올해는 캥통의 청원 검토를 마지막으로 동부의 국경이 폐쇄될 것이었다. 겨울에도 청원은 계속 들어오겠지만 앞으로의 청원은 이듬해 봄이나 되어야 교환소로 전달될 예정이었다.

캥통을 내려준 뒤 라디오를 켜고 트럭의 창문을 열었다. 이 동네는 우리 조부모님이 살던 데에서 그리 멀지 않은 곳이었다. 낡은 아스팔트를 따라 드리운 수양버들의 그림자는 그늘졌던 어린 시절의 색감과 똑같았다. 길가에는 낡아빠진 직사각형 화분과 주인이 없어 보이는 허브 정원이 늘어서 있었다. 경계 지역의 도로로 천천히 진입하던 나는 창문을 열고 손을 뻗어 길쭉한 버드나무 잎을 만지다가 마지막에 손에 잡힌 이파리를 잡아 뜯었다.

밥때가 되면 식당은 무척 소란스러웠다. 날이 갈수록 식당에서 마주치는 신병들의 얼굴이 앳돼 보였다. 10대 후반, 끽해야 20대 초반의 젊디젊은 신병들은 경계 구역의 값싸고 독한 술을 아무리 들이부어도 끄떡없었다. 그에 비해 말수가 적은 고참병들은 철책이 내다보이는 맨 끝 창가 자리에 모여 앉는 날이 많았다. 나도 늘 그중 한 명이었다. 곧 레몽 라불레가 도착해 내 맞은편 자리에 자기 식사가 담긴 쟁반을 내려놓았다. 나는 의자에 앉은 채로 그에게 인사를 건넸다. 몇 년 전 그가 내게 지나치게 격식을 차리지도 말고, 깍듯하게 장교 대우를 하지도 말라고 당부한 탓이었다.

레몽이야 일주일에 몇 번씩 병영 식당에 들렀으니 사람들도 그러려니 한 거지, 사실 일반병들이 이용하는 식당에 장교가 밥을 먹으러 오는 일은 흔치 않았다. 동료 간부들과 사이가 원만하지 않아서 그런지 레몽은 우리 일반병과 함께 있는 편을 선호했다. 예전에 내게 이런 얘기를 하면서 별일 아니라는 듯 어깨를 으쓱이던 모습을 보면 이런 상황을 부끄러워하는 것 같지는 않았다. 그러면서도 레몽은 단정한 검은 제복을 입는다는 사실에 자부심이 굉장했기에, 습관적으로 어깻죽지를 털어내며 옷 위에 잡초처럼 내려앉는 노란 머리카락을 제거하곤 했다. 레몽의 입술은 항상 건조해서 부르터 있었다. 그가 웃을 때마다 입술의 갈라진 틈이 벌어져서 너무 아파 보였다. 40대 초반인 그는 나이도 계급도 나보다 위였지만 내게는 친구와 가장 비슷한 존재였다.

여느 날처럼 우리는 저녁을 먹으면서 대화를 나누었다. 레몽은 일 얘기를 나누는 걸 무척이나 좋아했다. 그에게 질문 하나만 던져 놓으면, 식사하는 내내 나는 그의 대답을 듣기만 하면 됐다. 그러나 오늘은 그가 내게 질문을 해왔다. 그날 내가 청원인을 태워다 주고 왔다는 걸 이미 알고 있던 레몽은 공청회가 어떻게 진행됐을 것 같냐고 물었다. 내 나름의 평결을 말하는 동안 그는 닭다리를 오물거리며 잘 알겠다는 듯 고개를 끄덕였다.

"그 사람 인상이 어떻던가?" 레몽이 음식을 씹으며 물었다. "캥통 씨가 내 은사님이거든."

"그래요? 좋은 선생님이었나요?"

"뭐, 크게 불만 가질 건 없었지. 말썽만 안 일으키면 벌 받을 일도 없으니. 나야 아무 문제도 일으키지 않았고. 선생님 청원이 여기선

231

틀림없이 승인될 줄 알았어. 아주 모범 답안 같은 청원서를 제출했다고 하던데. 슬픔을 자아내면서도 과하지 않게."

"흠, 제1동편에서도 모범 답안이 먹히면 방문길에 뒷담화 좀 들을 수 있겠네요. 학창 시절에 정말로 어떤 학생이었는지요."

레몽이 체리 주스를 홀짝이자 갈라진 입술이 보랏빛으로 물들었다. "선생님한테 들을 말이 별로 없을 테지만, 어찌 됐든 금방 알게 되겠지. 그쪽에서 결정이 되면 장사빌이 자네를 바로 부를 거야. 날씨가 험해지기 전에 서둘러 다녀와야 하니까."

레몽은 곧 대화 주제를 바꾸었다. 최근 위반 행위를 저질러서 징계받은 경계병들을 언급하던 레몽은 혀를 끌끌 찼다. 그는 이전에도 몇 건의 인사 문제를 처리한 적 있었는데, 융통성 없이 규정을 엄격하게 준수하는 사람으로 유명했다. 내게도 은근슬쩍 순찰 속도를 지적한 적이 한두 번 있었으나, 그가 나를 상부에 보고한 적은 단 한 번도 없었다.

저녁 식사 후 나는 식당에서 막사까지 혼자 걸어갔다. 막사로 가는 길은 철책과 평행하게 나 있었다. 넘쳐흐를 듯한 조명으로 철조망이 눈부셨다. 거기서 뿜어져 나오는 차디찬 빛이 주변 땅에 내려앉은 모든 그림자를 하얗게 만들었다. 나는 빛으로부터 최대한 멀리 떨어져 나와 입김이 은색으로 흩어지는 빛의 가장자리로 걸어갔다. 날씨가 꽤 쌀쌀해 얇은 바람막이를 입고 나온 게 후회됐다.

내 숙소는 남南 막사에 있었다. 1~2년에 한 번씩 새로운 숙소로 배치받는 탓에 쭉 이 방을 쓰지는 않지만, 일반병이 묵는 숙소는 다 같은 구조였다. 접이식 침대 하나, 책상, 옷장, 벽에 붙은 고정형 세면대. 언제부터 쌓였는지 모를 케케묵은 먼지에 덮인 똑같은 가구들이 다양한 형태로 배열돼 있었다. 창문 밑 페인트칠이 되어 있지 않은 라디에이터가 틱틱 소리를 내며 열기를 뿜었다.

뒤틀린 리놀륨 타일이 맨발에 닿는 느낌이 싫어서 나는 옷을 벗자마자 재빨리 방을 가로질렀다. 몸을 뉘자 침대가 푹 꺼졌다. 파란색 침대 시트는 까끌거리는 울 재질로, 군데군데 담뱃불에 탄 구멍이 나 있었다. 이 방의 전 주인, 아니면 그보다 더 예전 주인이 남기고 간 흔적이었다. 이 방에 내가 들고 온 가구라고는 협탁 하나가 전부였다. 와인 상자를 엎어둔 거라 가구라고 불러도 되나 싶지만, 어쨌든 그건 방을 재배치받았을 때 내 소지품을 담았던 것이었다. 그 위에는 책 몇 권과 전등이 상자에 적힌 와인 양조장의 상표를 가린 채 위태롭게 균형을 잡고 있었다.

담요 밑으로 파고든 다음 전등을 껐다. 옆방을 쓰는 경계병이 콜록거리다 세면대에 침을 뱉는 소리가 들렸다. 창밖으로 어둠이 내려앉는 풍경을 가만히 보고 있는데, 투광등 불빛이 양 커튼 주변으로 모이면서 창문에 네모 모양 그림자를 만들었다. 그 모습이 꼭 그림 없는 액자 같았다.

2장

　이번 주 내 순찰 구역의 출발 지점은 호숫가였다. 새벽녘에 막사를 나와 수송 버스에 올랐다. 버스는 만원이었지만, 너무 이른 시간이라 대화를 나누는 사람은 없었다. 경계병들은 꾸벅꾸벅 졸며 휴대용 술병에 든 커피를 홀짝였다. 내 옆을 스쳐 가는 농장, 과수원에 넓게 퍼지는 햇살을 창밖으로 내다보았다.

　마지막에 하차하는 이들 틈에 껴서 나도 버스에서 내렸다. 거기서부터는 이어진 도로가 없어서 철조망까지 가려면 호숫가를 따라 한참 걸어야 했다. 마을에서 이렇게까지 멀리 떨어진 남녘의 호숫가에는 진흙투성이 모래톱에 말라비틀어진 부들만 남아 있어서 언뜻 보면 황무지나 다름없었다. 드문드문 모닥불을 피운 흔적 주변으로 어김없이 불에 그을린 맥주병이 널브러져 있었다. 마침내 철책이 보이기 시작했다.

호수를 가로지르는 철책은 물 밑에 박아둔 여러 개의 기둥으로 고정되어 있었으며, 그 윗부분만 수면 위로 드러나 있었다. 철책은 물속으로 한참 뻗어 있었다. 몇 해 걸러 한 번씩은 철조망에 걸린 탈주자의 시신을 건져내야 했다. 그래서 호숫가 감시탑 임무를 '인명구조 임무'라고 부르는 헌병들도 있었다. 내가 가까이 다가갔을 때 감시탑에 있던 경계병이 플랫폼 난간에 담뱃재를 톡톡 털었다. 그와 몇 번 지나치긴 했지만 눈을 마주친 건 처음이었다. 나는 오랜 습관대로 감시탑의 기둥에 손끝을 살짝 댄 뒤, 순찰로를 걸어 담당 구역으로 향했다.

그날 내가 순찰할 구역은 5킬로미터 정도의 완만한 경사 구간이었다. 마을이 위치한 왼편에는 밸리에서 가장 큰 과수원이 펼쳐져 있었다. 이맘때 보이는 과수원은 빈약한 수술이 달린 갈색 끈처럼 황량하기 그지없었다. 오른편의 철책 너머로는 나무 한 그루 없는 건초 빛깔의 스텝 지대*가 저 멀리 동부 산맥까지 쭉 뻗어 있었다. 내가 혼잣말하거나 콧노래를 흥얼거리지 않는 한 경계 지역은 조용했다. 산들바람이 불어올 때마다 드문드문 보이는 풀잎이 바스락거렸고 철조망의 경보음이 잔잔하게 울렸다.

모든 순찰 일정은 서로 겹치게 짜여 있었다. 맞은편에서 일정한 간격을 두고 다른 경계병들이 내 쪽으로 걸어왔다. 멈춰 서서 대화하기를 좋아하는 이들도 있긴 했지만, 보통은 서로 인사만 주고받고 각자 갈 길을 갔다. 나는 언제 어디로 가야 방해받지 않고 점심시

◆ 물가와 멀고 숲이 우거지지 않은 평야 지대.

235

간을 온전히 홀로 보낼 수 있는지 알고 있었다. 늘 그랬듯 두 번째와 세 번째 감시탑 중간쯤에서 순찰을 멈췄다. 자리를 잡고 앉아 점심을 먹을 만한 큼직한 바위가 있는 곳이었다.

여느 날과 마찬가지로 내 점심은 종이봉투 속 삶은 달걀 하나, 육포 한 조각, 과일 한 알이 전부였다. 가끔 육포 대신 고무 같은 치즈가 나오기도 했는데, 무더운 날이면 치즈 표면에 송골송골 땀방울 같은 게 맺혀 있었다. 식당에서 받아온 배급 식량을 보면 학창 시절이 떠올랐다. 그날 받은 과일을 아껴두고 물을 좀 마셨다. 그러고는 바지에 양손을 닦고 나서 조각도가 담긴 가방을 열었다.

나는 순찰하는 짬짬이 판화 작업을 했다. 판목 대부분은 밸리의 풍광을 담은 풍경화였다. 오늘은 바람에 흩날리는 꽃송이를 몇 개 추가할 계획이었다. 무릎 사이에 판목을 단단히 고정한 뒤 조심스럽게 조각끌을 밀자, 빗각을 타고 둥그렇게 나뭇밥이 깎여 나왔다.

판화 작업에는 나만의 규칙이 있었다. 오직 들판에서 작업할 것, 절대 기억이나 스케치에 의존하지 않고 눈으로 관찰한 모습만 판목에 담을 것. 이런 규칙을 지키느라 나는 한 구역에서 근무하는 동안에는 판목 하나만 작업했고, 몇 달 뒤 다시 그 구역에 파견될 때까지 그 판목을 따로 보관해 두었다. 실용성을 따지자면 어느 모로 보나 꽝이었지만, 이건 시간을 때우기 위한 일종의 놀이였다. 나만의 규칙 때문에 판화 하나를 완성하려면 1년쯤 걸렸다. 그리고 최종 결과물에는 마치 시간을 증류한 듯 하나의 풍경에 사계절이 담겨 있었다.

쉬는 시간이 끝나가기에 물건을 정리하고 다시 걷기 시작했다.

앞에서 경계병 한 사람이 다가오고 있었다. 처음에는 녹색 제복과 순찰 가방만 보여서 누군지 몰랐는데, 조금 더 가까워지고서야 카롱이라는 걸 알았다. 수다쟁이 축에 드는 카롱은 자기 수통에 몰래 담아 온 술을 내게 한 모금 권했다. 미지근하고 시큼한 와인을 한 모금 넘기는 사이 그는 마을에서 바람을 피우다 걸린 경계병 얘기를 하며 키득거렸다. 나는 눈을 가늘게 뜨고서 얘기를 듣는 척했다. 우리는 평지에 철조망이 우뚝 솟아 있는 독특한 언덕 위에 서 있었다. 이 언덕은 우리 할머니네 과수원에서도 보였다. 어릴 때 아버지가 나를 과수원의 낡은 돌담 위로 들어 올려주면 세상의 끝을 바라보고 있는 듯했다.

"그걸 걸려? 하려면 제대로 했어야지!" 카롱이 깔깔거렸다.

나는 눈썹을 치켜올리며 멍하니 고개를 끄덕였다. 웃음소리가 잦아들자 그는 내게 다음번 시내 근무까지 얼마나 남았냐고 물었다. 나는 초가을에 한 번 했으니, 새해까지는 갈 일이 없을 거라고 대답했다. 카롱은 미간을 찌푸리며 안쓰러운 표정을 지었다. "한참 멀었네." 그는 다음 주에 갈 시내 근무를 손꼽아 기다리고 있었다.

맛없는 와인 잘 마셨다고 인사를 건넨 뒤 우리는 각자 갈 길을 갔다. 대개 헌병들은 시내 순찰을 낙으로 삼고 살았다. 더 나은 환경의 숙소가 제공된다는 것과 교대 근무가 더 일찍 끝나서 놀 시간이 있다는 것도 장점이었지만, 무엇보다 시내에서 지내는 동안에는 이곳에서의 단조로운 생활을 피할 수 있다는 점이 가장 큰 이유였다. 시내 순찰을 맡은 일주일 동안은 저녁을 먹을 식당을 고르고 선술집에서 술도 마시며 민간인처럼 살 수 있었다. 그러나 나는 시내 근무에 별 감흥이 없었다. 무작위로 정해지는 룸메이트와 숙소를 공유해야 한다는 사실도 달갑지 않을뿐더러 숙소가 바티쇠르 광장의 예배당 뒤편에 있기 때문이었다. 그곳에 머무는 동안에는 자문관 이브레 선생님과 마주칠 위험을 감수해야 했다.

이브레 선생님은 은퇴를 앞둔 나이에도 여전히 심사 프로그램을 도맡아 운영하고 있었다. 아크루아양 자문관이 자문 기관의 기관장 자리에 오른 뒤 이브레 선생님은 부기관장이 되었다. 시내 근무를 할 때면 광장의 건물 사이로 걸어가는 선생님을 종종 보았다. 이브레 선생님은 지팡이를 짚고 다니기 시작했지만 여전히 힘찬 걸음으로 계단을 밟았고, 그럴 때마다 이제는 백지처럼 하얘진, 길게 땋은 머리칼이 선생님의 뒤통수에서 좌우로 흔들렸다.

심사 프로그램을 그만둔 이후로 이브레 선생님과 대화를 나눌 일은 딱히 없었다. 몇 달간은 시내에 발을 거의 들이지도 않았다. 처음에는 집에만 있었지만, 어머니와 사이가 틀어져 함께 지내기 힘들어졌을 때는 조부모님 댁에 머물렀다. 이브레 선생님을 다시 만난 건 그로부터 1년이 훌쩍 지나 이곳의 생도가 되었을 때였다. 시청사 앞에서 우연히 마주친 것이었다. 그랑제콜에서 나오는 길이었던 선생님은 기둥이 만든 그늘과 땡볕을 드나들며 걷고 있었다. 그때 나는 콜텔리와 다른 신병들의 뒤꽁무니를 따라 중앙 계단을 올라가는 중이었다. 이브레 선생님이 걸어오는 걸 알았지만, 내가 달리 할 수 있는 행동은 없었다. 그렇게 우리는 거의 동시에 문 앞에 이르렀다. 다른 사람들이 실내로 발걸음을 옮기는 사이 나를 알아본 선생님이 걸음을 멈추었다.

우리는 예의상 몇 마디를 주고받았다. 선생님은 내가 무슨 일을 하게 되었는지 들었다고 했다. 예상했던 일이었지만, 그래도 뻣뻣한 제목과 모자를 쓴 채 선생님 앞에 서 있는 건 쉽지 않았다. 그러나 걱정과 다르게 내가 심사 프로그램 도중에 떠났다는 사실이나 떠난 방식에 노여워하는 기색은 전혀 없었다. 예상하지 못한 일이었다. 선생님은 연민 어린 눈길로 나를 바라보았다. 내가 어떤 실수를 했는지 뒤늦게 깨달았다는 걸 선생님도 다 알고 있다는 듯한 표정이었다. 이브레 선생님은 헌병은 명예로운 직업이라고 얘기했고, 불편하게도 지난가을 내가 얼마나 뛰어난 능력을 보여줬는지 언급하며 다시 한번 나를 칭찬했다. 내가 뭐라고 대답했는지, 칭찬에 대꾸하긴 했는지 기억나진 않지만, 선생님이 안으로 들어갈 때까지 내가 문을 잡고 있었던 것과 고맙다는 의미로 선생님이 고개를 살짝 끄덕이던 건 기억한다. 앞으로 마주칠 일이 전혀 없는 것도 아니었는데, 어쩐지 잘 지내라는 고별의 고갯짓 같은 분위기를 풍겼다. 어쨌든 나는 분기별로 한 번씩 내 근무지가 시내에 배정될 때면 언제라도 이브레 선생님과 다시 마주칠 위험을 감수해야 했고, 그때마다 나는 선생님의 시선으로 나 자신을 바라봐야만 했다.

그건 어머니를 볼 때도 마찬가지였다. 아니, 오히려 더 심했다. 이브레 선생님은 내가 프로그램을 그만둔 사실에 무심했지만, 어머니는 터질 듯한 분노로 일관했다. 내가 자문관이라는 커리어를 포기한다는 건 어머니의 모든 기대와 희망을 저버리는 일이었다. 처음 내가 입을 꾹 다물고 식탁에 앉아 있던 동안 어머니는 대체 얼마나 멍청해서 그런 거냐며 해명이라도 해보라고 고래고래 소리쳤다.

그래서 무슨 대답이라도 하려고 하면 이번엔 불같이 화를 냈다. 굳이 거울을 보지 않아도 내 목덜미부터 귀까지 빨갛게 달아오르는 게 느껴졌다. 처음에는 재미가 없어서 그랬다고, 그다음엔 탈락할까 봐 두려워서 그랬다고 거짓말을 했다. 그러자 어머니는 그랬으면 정상적으로 탈락했어야 했다고, 그렇다면 적어도 서기직 자격은 얻었을 텐데 이제는 아무런 선택지도 남지 않았으니 어쩔 거냐고 맞받아쳤다. 사실 애초에 내 목표가 자문 기관의 보조 업무 실습생이었던 터라 입이 열 개라도 할 말이 없었다. 어머니의 논리가 뼈를 때렸다. 게다가 어머니가 진실을 파고들기까지도 그리 오랜 시간이 걸리지 않았다.

어머니는 길게 숨을 내쉬었다. "설마 그 사고 때문에 이런 건 아니겠지."

내 입 모양이 비뚤배뚤해졌고 이내 울음이 터져 나왔다. 어머니가 식탁을 내리쳤다.

"남자애 때문이었니?" 어머니가 소리쳤다. "오, 오딜, 이 맹추 같은 것아!"

그날 이후 몇 달 내내 냉혹한 질책이 쏟아졌다. 어머니는 더 이상 내 성적에 관심을 보이지 않았다. 다른 실습 지원의 신청 마감일이 이미 지나버렸기에 이제 와서 내가 이제 무엇을 해야 할지 어머니는 조금도 신경을 쓰지 않았다. 그해 가을, 그리고 겨우내 나는 거의 방 안에만 처박혀 있었고, 퇴근하고 돌아온 어머니가 1인분의 저녁 식사를 요리하는 소리를 들었다. 봄이 됐을 때 나는 결국 할머니, 할아버지에게 얹혀살아도 되겠냐고 여쭈었다. 두 분이 그러라고 하자마자 어머니에게 허락을 구했다. 어머니는 마치 몇 년 만에 만난 사람처럼 나를 보는 둥 마는 둥 하며 옛날부터 제 아버지를 꼭 빼닮았다고 중얼거렸다.

　입대하겠다고 말했을 때 또 한바탕 난리가 일었지만, 이전만큼 소란스러운 난리는 아니었다. 어머니는 하늘을 향해 한숨을 한 번 내쉬고는 서류에 서명해 주었다. 날 향한 어머니의 태도는 점차 경멸로 굳어졌다. 시간이 흐르면서 우리 모녀의 관계는 점점 형식적이고 소원한 사이로 차갑게 식어갔다. 지금도 기록보관실에 서류를 전달하러 갈 때면 여전히 어머니와 마주쳤고, 1년에 몇 번씩 선상 카페에서 만났지만 그때마다 수치스러운 식사 시간이 이어졌다. 내가 일 얘기를 꺼낼 때 어머니가 보이는 반응은 할 말을 잃게 했다. 어머니는 말 대신 침묵으로 내게 이렇게 대답했다. "봐라, 내 말이 맞았지. 너는 인생을 낭비했어." 나도 침묵을 유지하며 어머니의 말에 수긍했다. 그러나 정말로 그렇게 생각하는 건 아니었다. 내 인생이 망가졌다고 하더라도 최소한 그 잔해 속에서 나는 견딜 만한 둥지를 틀었다. 사실, 헌병은 내가 한때 열망하던 조용한 직업과 꽤 가깝다는 사실을 최근 들어 깨달았다. 물론 몸은 훨씬 더 고되고 지쳤지만, 기록보관실에서 일하는 어머니와 크게 다를 바 없었다. 나는 출근해서 자문 기관에서 내려온 지시를 수행했다. 야망에 얽매이지 않은 채 근무 시간 대부분을 나 홀로, 사색하며.

3장

캥통의 청원에 대한 최종 평결은 교환소를 거쳐 경계 지역으로 전달되었다. 기상나팔이 울린 뒤 열린 짧은 조회에서 장사빌은 올해의 마지막 방문객이 내일 제1동편으로 출발할 거라고 발표했다. 조회를 끝내고 사람들이 흩어지자, 그가 나를 불렀다.

장사빌은 최근 예순이 되었다. 턱 옆선을 따라 희끗한 선이 살짝 보일 뿐 턱수염은 여전히 까맸다. 내가 생도였던 시절에는 얼음장처럼 차갑게만 보이던 그의 새파란 눈동자가 이제는 우울해 보였다. 달라진 게 그의 눈동자인지 나인지, 나도 알 수 없었다. 그가 내게 서류봉투를 건네주어서 나는 그 안에 든 파일을 훑어 내려갔다.

캥통의 위에는 불치의 종양이 자라고 있었다. 그의 딸은 캥통의 첫 손주를 임신 중이었으나 손주가 태어날 때까지 캥통이 살아 있을 가능성이 없었다. 위험 요인이 없었기에 양측 자문 기관은 그의 병세가 심해져 여정이 불가능해지기 전에 방문을 승인하는 것에 동의했다.

나는 종이를 넘기며 지정된 관망 장소와 신분 증명서를 확인했다. 곧 태어날 손주는 딸이었다. 손녀는 스무 살에 시내 학교의 교사로 취직할 것이다. 퇴직 교사인 캥통을 알아볼 사람이 있을지 모르니, 학교 대신 근처 카페에서 손녀를 관망하라는 지시 사항이 적혀 있었다. 손녀의 얼굴을 묘사한 스케치를 쳐다보며 캥통과 닮은 구석을 찾아보았지만 손녀가 외탁을 하지 않은 건지, 스케치가 부정확한 건지 닮은 구석이 영 눈에 띄지 않았다. 그림 속 여성은 둥근 얼굴에 앞머리가 짧았고, 코가 작았다.

"질문 있나?" 장사빌이 물었다.

"아뇨, 없습니다."

"내일 아침에 메인 게이트로 방문객을 데려오겠네."

장사빌은 캥통에게 소식을 전하러 마을로 갈 거라며, 가는 길에 나를 호숫가 순찰 구역에 내려주겠다고 했다. 우리는 차창도 열지 않고 라디오도 켜지 않은 채 한차에 앉아 있었다. 장사빌을 수다스러운 사람이라고 평하는 사람을 본 적이 없었다. 그가 차를 멈추었을 때 나는 고맙다고 인사했다. 마침내 철책으로 향하게 되어 기분이 좋았다.

그곳에 서식하는 뚱뚱하고 굼뜬 파리들과 함께 얕은 진흙탕을 건넜다. 씹는담배를 뱉어놓은 듯한 색깔의 아주 작은 모래 절벽, 모래톱, 불 피운 흔적만 남은 구덩이들, 유유히 흐르는 물. 나는 감시탑을 올려다보고는 고개를 끄덕이며 인사를 건넸고, 언제나처럼 기둥을 한번 만진 뒤 순찰을 시작했다.

9시 반, 나는 두 번째 탑을 지났다.

10시 반, 카롱과 마주쳤다. 짧막한 인사, 그리고 와인 한 모금.

11시, 세 번째 감시탑에 도착한 나는 왔던 길로 되돌아가기 위해 돌아섰다. 이윽고 정오가 되자 순찰을 잠시 멈추고 점심을 먹은 뒤 판화 작업을 했다. 오늘은 판화용 니들을 사용해 태양의 윤곽을 그렸다. 구름 뒤편의 완벽한 원. 가려져 있을 때만 똑바로 바라볼 수 있는 존재를.

텅 빈 운동기구실에는 양파 냄새처럼 톡 쏘는 땀내가 진동했다. 나는 남자 샤워실 앞을 지나 1인용 샤워실로 들어가 문을 잠근 뒤 더러워진 제복을 벗어 구석에 던졌다. 퍼져 나가는 보랏빛 혈관을 가만히 들여다봤다. 시간의 꽃다발처럼 두 다리로 번져나가는 혈관. 판화를 시작한 지 얼마 안 돼서 얻은 허벅지의 큼직한 흉터. 샤워기에서 온수가 나오길 기다리는 동안 거울을 쳐다보았다. 종일 순찰을 다닌 탓에 눈썹 사이사이에 모래가 끼어 있었다. 갈색 먼지 때문에 이마의 희미한 주름이 한층 깊어 보였다.

밸리에서 탈출해 밸리 사이의 중간 지대인 산으로 들어가 버린 젊은 은둔자에 관한 민간 설화가 있다. 거기서 그 은둔자의 노화가 멈추었기에 자기도 산으로 들어가야겠다고 우스갯소리를 하는 사람들도 있다. 그러나 모든 민담이 그렇듯 이 이야기도 결말이 끔찍했다. 불로를 얻은 은둔자는 결국 미쳐버렸다. 무엇 때문에 미쳤는지는 나와 있지 않았다. 거울을 타고 올라오는 수증기가 거울 속 내 얼굴을 지우기 시작했다. 샤워기에서 쏟아지는 물속으로 한 걸음 다가가다가 물이 뜨거워서 움찔했다. 샤워실에는 샤워 커튼이 없어서 물이 타일 바닥에 마구 튀었다.

아직 젖은 머리칼로 저녁 공기를 맞으며 막사로 돌아가고 있는데 레몽이 나를 불러 세웠다. 그는 마침 창밖으로 내가 보이길래 잘 다녀오라는 인사라도 건네려고 나왔다고 말하며 씩 웃었다.

어느새 레몽은 내 옆에 다가와 철책을 따라 걷고 있었다. 처음에는 내일 있을 산행에 관해 얘기를 나눴다. 이맘때 고원 숙소의 상태가 어떤지, 올해 겨울은 얼마나 추울지. 그러다 레몽은 장교로 임관하기 전 방문객을 제1동편으로 인솔하던 시절을 회상했다. 그 시절을 생각하면 가끔 일반병 시절이 그리워진다고 했다. 내리막길에 접어들어 동편의 골짜기가 눈앞에 펼쳐지기 시작할 때, 눈앞에 다시 마을이 보이기 시작할 때 차오르는 그 느낌. 그렇다고 해도 지금의 장교직을 그 무엇과도 바꾸지 않을 거라고 했다. 레몽은 순찰 임무가 만만치 않다는 것과 산행이 무척 힘들다는 것을 기억하고 있었다. 향수를 억누르는 건 중요했다.

그가 나를 힐끗 쳐다보았다. "장교 임관을 생각해 본 적 있는가? 봄이면 20년 차가 될 테니 자격을 갖추게 될 텐데."

나는 코웃음 치듯 웃으며 조약돌 하나를 앞코로 걷어찼다. 조약돌은 철책 아래로 굴러떨어졌다. "말씀은 고맙지만 저는 됐어요."

"정말? 왜지?"

"몰라요. 저한테 맞는 일이 아니에요."

레몽은 평소답지 않게 조용했다. 아차, 그의 성취를 내가 무시한다고 여길 수도 있겠다는 생각이 그제야 들었다. "그게, 제가 뽑힐 리가 없잖아요." 서둘러 말을 덧붙였다.

그의 표정이 밝아졌다. "그걸 어떻게 알아. 캥통 선생님하고 내 얘기를 할 기회가 생긴다면, 틀림없이 선생님도 이 말씀을 하실 거야. 나도 처음부터 큰 포부와 계획이 있는 학생이 아니었거든."

"정말로요?"

"그걸 말이라고 물어?" 레몽이 걸음을 멈추었다. "비밀 지킬 수 있지?"

우리는 투광등 아래 멈춰 섰다. 레몽의 덩치가 눈부심을 살짝 가려주었다. 그는 나와 키가 거의 비슷했다. 그는 자신의 얇은 머리카락을 한 손으로 쓸어 넘겼다.

"아무래도 선생님이 얘기하실 것 같은데 그럴 바엔 내가 선수 치는 게 낫겠지. 학교 다닐 때 헌병은 내 1순위 지망이 아니었어. 그때 나는 제본소에 지원했거든. 뭐, 계획은 그랬지. 서점에서 살다시피 했으니까. 근데 뜻대로 안 됐고, 차선책도 안 풀린 거야." 여기서 레몽은 마치 우리 둘 다 공감할 수 있는 농담이라는 듯 눈을 굴렸다.

"내가 여기 처음 왔을 때 말인데, 자네하고 아주 비슷했거든. 조금 실망스러운 소린가?"

기대하는 눈빛을 띤 그가 잠시 말을 멈추었다. 내가 자문 기관과 짧은 인연이 있었다는 걸 아는 사람이 경계 지역엔 거의 없었지만, 레몽에게는 모두의 파일에 접근할 수 있는 권한이 있었다. 자세한 상황까지는 모르더라도 내가 심사 프로그램이 거의 끝나갈 무렵에 그만두었다는 사실은 알고 있었다. 나는 어깨를 으쓱했다.

246

레몽은 이 일에 적응하기 쉽지 않았지만 헌병으로서 최선을 다해 보기로 결심했다고 말을 이었다. 그리고 얼마 지나지 않아 생각이 바뀌어 처음 지원했던 두 실습 과정에서 떨어진 게 오히려 다행이라 여기게 됐다고 했다. 그가 과거를 회상하며 말했다. "순찰이 아주 잘 맞더라고. 지난날의 상처를 완전히 회복하지 못해서 더 나은 앞날을 상상할 수 없었던 건지도 몰라."

막사 쪽에서 다가오는 경계병이 보였다. 그는 발을 질질 끌며 야간 근무를 위해 메인 게이트로 향하고 있었다. 경계병은 레몽을 보자마자 자세를 고쳤다. 레몽은 경례를 받은 뒤, 그가 지나간 걸 확인하고서 목소리를 낮췄다.

"내가 이 말을 하는 이유가 뭐냐면 말이지. 내가 처음으로 장교 승진을 생각해 본 게 바로 제1동편에 있을 때였거든. 자, 이제부터가 비밀이야. 그때 관망 장소가 시청사였어. 거기엔 나랑 청원인 둘밖에 없었고, 마스크를 쓰고 앉아서 창밖을 내다보고 있었지. 청원인의 남편이 분수대 옆이었나 아무튼 그 근처에서 점심을 먹을 예정이었거든. 그때가 한여름이었는데, 거기 엄청 덥지 않나. 여하튼 거기서 기다리고 있는데 그때 그 지역 경계병 몇 명이 시청으로 들어가는 게 보이더라고. 맹세코 의도한 건 아니었다네! 망원경을 보는데 그냥 시야에 걸렸어. 근데 그중에 특히 한 사람이 글쎄."

무슨 내용이 이어질지 맞혀보라는 듯한 표정이었다. 나는 가만히 기다렸고, 그는 비밀을 꺼내놓듯 몸을 앞으로 기울였다.

"그 사람이 뒤를 돌아보지 않아서 얼굴을 확실하게 보진 못했거든. 그런데 체구가 나랑 비슷하고 머리카락 색깔도 비슷하더라고.

뭐, 조금 더 다부진 것 같기도 했지만 어쨌든 힘찬 걸음걸이까지 나하고 썩 비슷한 게 아닌가. 그때 느낌이 딱 왔지. 왜, 건널목을 건너려는데 맞은편 창문에 비친 내 모습이 보일 때처럼! 아무리 멀리 떨어져 있어도 자기 모습은 한눈에 알아보잖아. 내가 보고 있는 남자가 장교라는 사실만 제외하면 그 사람은 틀림없이 나였던 거야."

레몽이 이를 훤히 드러내며 빵긋 웃었다. "세상에." 내 반응에 그가 고개를 끄덕이며 또 한 번 웃었다.

나도 1년에 한두 번씩 방문객을 인솔하고 제1동편에 갔지만, 거기서 나와 닮은 사람이나 익숙한 느낌을 주는 사람을 본 적은 한 번도 없었다. 그곳에서 그런 사람을 본다고 생각하니 당황스러웠지만, 가만히 생각해 보니 그런 사람을 단 한 번도 못 보았다는 사실도 당황스럽긴 매한가지였다. 물론 이유를 짐작할 순 있었다. 20년이 흐른 뒤에도 내가 여전히 그곳의 동쪽 국경으로 파견된다고 한다면 충분히 납득이 갔다. 우리는 그들의 서쪽 게이트를 통해 들어갔기 때문에 제1동편에 가더라도 동쪽 국경으로 갈 일이 전혀 없었고, 지정된 관망 장소도 대부분 시내에 있었다.

가만 보니 레몽이 내 대답을 기다리고 있는 눈치였다. "그래서 어떻게 됐어요? 보고했나요?"

"아니. 확실한 게 아니었으니 보고해야 한다는 규정에 해당하진 않았어. 확실했더라면 보고했겠지. 근데, 우리끼리 하는 얘기지만, 사실 나는 꽤 확신하긴 했어. 어쨌든 그 일이 나한테 굉장히 영향을 미친 거야. 왜냐, 그 사람이 정말 나였든 다른 사람이었든 간에 별안간 그때부터 장교 제복을 입은 내 모습이 머릿속에 그려졌으니까. 바로 이 제복 말이지." 그가 지금도 믿기지 않는다는 듯 검은색 가슴 주머니를 꼬집듯 잡아당기며 말했다. "아무래도 그때 정신이 번쩍 들었던 것 같아. 포부를 더 크게 가져야겠다는 생각이 들더라고."

바람이 거세지면서 철조망에 달린 경보기가 흔들렸다. 나는 몸서리를 치며 젖은 머리카락 위에 모자를 푹 눌러썼다. "꼰대처럼 잔소리할 생각은 아니었는데!" 레몽이 웃으며 말했다. "어서 들어가서 몸 좀 녹이고, 잠도 잘 자고, 출장 잘 다녀오게. 캥통 선생님한테 내가 잘 컸다고 전해줄 수 있으면 그래도 좋겠고. 근데 오잔, 무엇보다 자네가 승진 얘기를 넘겨듣진 않았으면 좋겠네. 여지를 열어두라고. 이제 이번 시즌 마지막 수행이잖은가. 봄이 되면 새로운 마음으로 결정을 내릴 수 있을 거야."

"네네, 알겠습니다." 나는 그에게 손을 흔들며 말했다. 레몽은 명랑한 얼굴로 뒤돌아 장교 숙소 쪽으로 향했다. 걸어가는 그의 뒷모습을 바라보았다. 그의 걸음걸이가 다부지다고 할 수 있을지는 모르겠지만, 자신감 있는 걸음걸이긴 했다.

부정한 방법으로 자기 앞날에 대한 암시를 받았다는 건 생소한 이야기가 아니었다. 원래 사람들은 끝 모르고 상상의 나래를 펼치게 마련이다. 내 서른 살 생일날, 선상 카페에서 술을 너무 많이 마신 어머니가 옛날에 무슨 이유로 내가 자문관이 될 거라고 확신했는지 얘기해 주었다. 기록보관실에서 제1동편의 청원 기록을 처리하다가 평소처럼 세부 사항을 편집하고 있었는데, 어느 신규 자문관의 말이라는 인용구를 보니 영락없이 나였단다. 그게 다였다. 미신과 다를 바 없는 믿음, 어미의 근거 없는 희망에 지나지 않았다. 그리고 그토록 깊은 인상을 받았던 문장의 내용이 무엇이었는지 어머니는 이제 기억조차 못 하고 있었다. 이 얘기를 들었을 때 내게 특별한 재능이 있어서 어머니가 그렇게 생각한 게 아니었다는 사실에 나는 약간 마음이 쓰렸다. 그러나 그보다도 그런 엄마가 부끄럽다는 생각이 더 컸고, 저녁 먹는 내내 그걸 잘 숨기지 못했다. 어머니는 와인 잔에 입술을 댄 채로 중얼거렸다. "내가 한참 잘못 알았던 거지."

4장

부엌에서 커피를 끓이며 진하게 올라오는 증기를 들이마셨다. 창
밖으로 보이는 철책이 동트기 전의 칠야를 가르며 반짝거렸다. 천
천히 다리를 뻗고 일어나 커피를 마셨다.

식당 문을 열자마자 스텝 지대에서 거센 바람이 불어 들어왔다.
감시탑 아래 메인 게이트 앞에 서 있는 사람 셋이 보였다. 장사빌과
야간 경계병이 게이트에 감긴 쇠사슬을 풀고 있었다. 이 둘 옆에서
캥통이 기다리고 있었다. 그는 다운재킷 위에 목도리를 두 번 칭칭
감아 두른 모습이었고, 그의 발 옆에는 배낭이 놓여 있었다.

나는 캥통을 지나쳐 게이트 여는 이들을 거들었다. 마침내 게이
트가 열리자 검문을 받기 위해 철책을 마주 보고 서서 두 팔을 넓게
벌렸다. 등에 멘 배낭이 열리는 느낌이 났다. 경계병이 배낭의 바닥
까지 손을 넣어 수색하는 동안 나는 땅에 발을 붙이고 가만히 서 있

었다. 내 옆에서 장사빌이 캥통의 가방 속을 살피며 투어 일정을 설명했다.

길을 떠나도 좋다는 승인을 받은 뒤, 나는 방한 외투를 열어 장사빌에게 개인 화기를 보여주었다. 이는 청원인에게 보여주기 위해 계획된 쇼였다. 캥통은 총을 보고도 별다른 표정을 짓지 않았다. 나는 캥통의 얼굴을 한번 쳐다본 뒤 철책에 난 틈을 가리키며 고갯짓을 했다.

캥통은 열린 게이트를 통해 완충 지대로 조심스럽게 발을 들였다. 장사빌이 잘 다녀오라고 인사를 건넸고, 나는 캥통의 뒤를 따랐다. 우리 뒤로 게이트가 닫히자마자 묵직한 쇠사슬이 게이트를 다시 걸어 잠갔다. 어둠 속으로 걸어가기 시작하니 진흙을 긁으며 나아가는 우리 발소리가 들려왔다.

철책 경계등의 불빛은 곧 언덕 꼭대기 너머로 사라졌다. 거기부터는 랜턴으로 길이 표시되어 있었다. 스텝 지대를 가로지르는 내내 나무 기둥 곳곳에 석유 랜턴이 걸려 있었다. 기둥에 매달린 등잔은 불어오는 바람에 속절없이 흔들렸고, 불빛은 거친 땅 위로 불안한 듯 춤추었다.

몇 미터 간격을 두고 캥통을 따라 걸었다. 헌병은 방문객을 항상 시야에 두어야 했다. 그는 그의 나이에 걸맞은 속도로 걸었다. 그렇게 한 시간쯤 걷고 나니 산자락 초입에 다다랐다. 하늘은 연분홍빛으로 보드랍게 물들어 있었다. 밑창에 닿는 땅은 완만한 오르막으로 한참 이어졌다.

아담한 자작나무 숲이 산기슭을 에워싸고 있었다. 동쪽 스텝 지대에서 유일하게 나무가 우거진 곳이었다. 내가 늘 쉬어 가는 장소이기도 했다. 캥통에게 잠시 멈추라고 말한 뒤 배낭을 내려 랜턴이 달린 마지막 기둥에 기대어 놓았다. 맨 끝에 있는 이 기둥에는 묵직한 검은 종이 매달려 있었다.

동이 터올 무렵, 우리는 흙바닥 위에 앉아 숨을 골랐다. 여기서부터는 우리가 지나온 철조망과 마을이 보이지 않았다. 반대편 밸리는 푸른 안개가 낀 막처럼 보이는 게 다였다. 우리는 간식을 먹고 물을 마셨다. 캥통이 재킷의 단추를 풀고 수통을 입에 대며 목을 젖히는 사이 나는 그의 작은 배가 스웨터 아래에서 살짝 불룩해지는 모습을 쳐다봤다. 캥통의 육신은 그의 발걸음이 닿는 모든 곳에 죽음을 싣고 다녔다.

우거진 나무 사이로 흐르는 돌투성이 개울에서 수통을 다시 채웠다. 수통의 몸통 부분을 꾹 누르자 주둥이에 뽀글뽀글 거품이 일었다. 곤충들이 개울을 맴돌며 날아다녔다. 가을날의 아침 햇살이 그들의 날개 사이로 빛났다. 캥통은 산길에 모여 있는 나무줄기를 관찰하고 있었다. 나무껍질은 곳곳이 찢겨 나가 거뭇거뭇 얼룩져 있었고, 겉으로 드러난 나무 속살에는 오래된 이름들이 새겨져 있었다. 캥통이 내게 호기심 어린 시선을 던졌다. 나는 이제 다시 출발하자고 손짓했다.

자작나무 숲이 끝나면 본격적인 오르막이 시작됐다. 거기서부터 점점 경계가 흐릿해지는 등산로는 우툴투둘한 암벽 사이로 사라졌다가 높이 올라간 뒤에야 가느다란 선처럼 다시 나타났다. 산속에 유일하게 살아남은 식물은 건조한 사막 떨기나무였다. 이 구역을 지날 때는 30분마다 한 번씩은 쉬었다 가야 했다. 더러운 이끼밭에서 그다음 이끼밭으로 열심히 걷는 사이사이 우리는 억센 잔디밭에 앉아 잠시 쉬었다. 나는 헝겊을 꺼내 얼굴과 등줄기를 타고 흐르는 땀을 닦았다. 캥통도 스카프로 똑같이 땀을 닦았다.

이쯤 올라왔을 때 밸리를 뒤돌아보면 기분이 좋았다. 끊기지 않고 펼쳐진 경계, 완만하게 둥근 호를 그리는 호수의 물굽이, 조각보처럼 네모반듯한 과수원, 여름철 초록빛과 가을철 황금빛. 나무 블록 장난감처럼 작게 보이는 바티쇠르 광장과 예배당의 첨탑. 나는 눈을 감고 세이지 나무가 움직이는 소리에 귀 기울였다. 햇살이 눈꺼풀에 내려앉았다. 나 홀로 자문 기관의 우편물을 전달하러 가는 길이었더라면 이곳에 조금 더 오래 머무르면서 요즘 작업 중인 판화를 꺼냈을 텐데. 그 대신 나는 캥통에게 손을 내밀었고, 우리는 동쪽을 향해 다시 산행을 이어 갔다.

마지막 암벽을 타고 내려와 변두리의 고원에 다다랐을 땐 이미 태양이 낮게 걸려 있었다.

이곳은 두 밸리의 정확히 중간 지점으로 바람이 휘몰아치는 길목이었다. 주변 능선에 가려진 좁은 토막길이라 그런지 마치 도개교에 서 있는 것 같은 기묘한 느낌을 주었다. 장사빌의 사무실에는 이 각도에서 본 고원의 그림이 걸려 있었는데, 그림을 보면 자욱한 안개 때문에 양쪽의 먼 봉우리가 땅에 닿아 있는 게 아니라 마치 공중에 떠 있는 듯 보였다. 이곳 정상에 올라 있으면, 무명의 작은 존재가 되어 그 그림 속 전경에 들어가 있는 듯한 기분이 들기도 했다.

고원의 중간 지점에 교환소가, 그 옆에 고원 숙소가 있었다. 거기까지 가려면 아직 한 시간 가까이 더 걸어야 했다. 조금씩 가까워질수록 기둥 끝에 매달린 삼각 깃발이 바람에 펄럭거리는 소리가 들려오기 시작했다. 시청사 꼭대기에 있는 것과 똑같은 깃발이었다. 너덜너덜한 깃발에 새겨진 자문 기관의 상징 기호가 그날의 마지막 햇살 한 줌 사이로 어렴풋이 보였다.

숙소는 뗏장 지붕이 얹혀 있고, 벽돌 굴뚝이 기울게 붙어 있으며, 외벽은 빗물에 젖어 색이 다 바랜 산장이었다. 방문객들과 헌병들은 길을 떠나거나 집으로 돌아갈 때 모두 이곳에서 하룻밤씩 묵었다. 나는 문을 열고 캥통과 함께 실내로 들어갔다. 안으로 들어가자 거셌던 바람 소리가 한풀 꺾여 웅웅거렸다.

숙소 내부에는 아무것도 없다고 해야 할 정도로 있는 게 없었지만, 어쨌든 나는 무엇이 어디에 있는지 속속들이 알고 있었다. 산장이라고 해봐야 이층 침대 두 개가 양쪽 벽에 붙어 있는 단칸방이었다. 각각의 침대 위에는 잘 개켜진 모직 담요와 흐느적거리는 베개가 놓여 있었다. 합판 재질의 식탁에는 커피 잔 밑바닥의 둥근 얼룩이 찍혀 있었고, 그 주변으로 의자 네 개가 놓여 있었다. 다음 사람을 위한 배려인지 건망증 때문인지 모르겠지만 가끔 앞서 묵은 헌병이 술병을 놓아두고 가는 일이 있었는데, 오늘은 아무것도 없었다. 나는 배낭을 열고 내가 챙겨 온 술병을 식탁 위에 놓았다.

랜턴에 석유가 충분한지 확인한 뒤 불을 붙였다. 불꽃이 커질수록 산장의 분위기가 한결 밝아졌다. 군데군데 뜯긴 벽지에는 빛바랜 백합이 줄지어 그려져 있었다. 돌 재질의 벽난로 앞에는 범선과 모래가 담긴 유리병 하나가 놓여 있었다.

내가 저녁을 준비하는 동안 캥통은 휴식을 취했다. 땔감이 든 상자를 꺼낼 때 보니, 그는 아래층 침대에 앉아 있었다. 마지막에 다녀간 대원이 게으른 사람이었는지 불씨가 너무 작았다. 나는 거미줄을 쓸어내고는 장작과 도끼를 천 가방에 담아 밖으로 나가면서 숙소의 문을 잠갔다. 방문객을 안에 두고 문을 잠그면 화를 내는 사람들도 있었지만, 캥통은 아무 불평도 하지 않았다.

고원 주변의 산봉우리들이 땅거미 속으로 사라지면서 별 하나 없는 하늘에 거대한 바위산만 남았다. 나는 차근차근 장작을 팼다. 화로대 앞에 쪼그려 앉아 불을 피운 다음, 그을린 음식 찌꺼기가 우둘투둘하게 붙어 있는 묵직한 불판을 내렸다. 배급 식량을 가지러 실내로 들어갔을 때 캥통이 의자 두 개를 챙겨 들고 나왔다. 의자 하나는 다리가 흔들거렸지만, 굳이 지적하진 않았다. 우리는 불 앞에 나란히 앉아 무릎 위로 담요를 덮었다. 그을린 냄비에 담긴 수프가 몽글몽글 끓고 있었다.

잠시 뒤 나는 그에게 위스키병을 건넸다. 불빛 앞에서 캥통은 차분하고 진지한 얼굴이었다. 그림자 진 그의 눈썹이 더욱 깊어 보였다. 나는 애도 투어 여정에 오른 이들에게 고통스러운지 혹은 두려운지 굳이 묻지 않았다. 그들이 하고 싶은 말을 하도록 가만히 두는 게 최선이었다. 술이 한잔 들어가자, 캥통은 묻지 않은 말을 꺼내놓기 시작했다.

먼저 그는 내게 제1동편에 간다는 걸 어떻게 받아들여야 하는지, 어떤 마음의 준비를 해야 하는지, 그곳에 가면 얼마나 다른 느낌이

드는지 물었다. 나는 그에게 다를 게 없다고 대답했다.

"물론 그렇겠죠. 저도 압니다." 캥통이 말했다. 그는 멋쩍은 듯 안경을 바로잡았다. "그게, 저도 평생 귀담아듣지조차 않았던 얘기들인데, 떠나기 전날 밤이 되니까 그동안 살면서 들어본 모든 소문이 하나하나 생각나더라고요."

그가 어색하게 웃고는 위스키를 몇 모금 더 홀짝인 뒤 내게 병을 돌려주며 농담을 건넸다. "제1서편은 어떻습니까? 냄새가 어떻다, 맛이 어떻다 소문이 무성하던데. 그중에 사실이 하나라도 있나요?"

제1서편에는 가본 적이 없다고 대답했다. "동부 경계에 배치되면 동부 밸리로 인솔하는 임무만 맡습니다."

"아, 그렇군요. 일리가 있네요."

내게 서부를 궁금해한 적이 있느냐고 묻고 싶어 하는 눈치였지만, 그는 질문 대신 수줍은 손짓으로 내 위스키를 한 번 더 가리켰다. "술을 마시면 종양이 악화한다고 하지만 그게 뭐 얼마나 중요하겠나요. 식물에 물 주듯 키워볼까 싶기도 하고요." 깔깔거리며 웃는 캥통에게서 얼핏 학교 선생님 같은 모습이 보였다. 그의 재치가 감탄스러웠다.

처음에는 자기가 그런 병에 걸렸다는 사실이 도무지 믿기지 않았다고 했다. 의사에게 진단받고 난 뒤에 딸과 친구들에게 자신의 상태를 전했지만, 자문 기관에게 방문 승인까지 받고 난 다음에야 비로소 절망적인 상황이라는 걸 깨달았다고 했다. 그가 타오르는 불을 바라보며 씽긋 웃었다. "내가 이 여정에 오를 줄은 상상도 못 했습니다. 술도 한잔했으니 하는 말이지만, 다른 사람도 아닌 내가 방문 청원을 넣게 되리라고는 생각하지 못했죠. 인생에서 장담할 수 있는 건 아무것도 없다는 사실을 내가 이렇게 보여주네요. 지금 나를 봐요! 내일 내 손주를 보러 가잖아요! 참 놀랍습니다. 그저 감사하죠."

그가 잠시 말을 멈추고 고개를 갸웃했다. "학교에서 본 기억이 없는데. 물론 내가 담임을 맡았던 학생이 아닌 건 알아요. 혹시 북단에서 학교를 다녔나요?"

"네."

"담임 선생님이 누구였죠?"

"피슈그뤼 선생님이요."

"아, 피슈그뤼 선생님! 몇 번 만난 적이 있네요. 평판이 좋은 분이었죠. 부고를 전해 듣고 참 슬펐습니다."

내가 움찔하는 걸 캥통이 눈치챈 모양이었다. "혹시 몰랐나요?"

"네."

"이런. 유감이네요."

"혹시 언제……?"

"올해였던가, 작년이었던가? 봄이었던 기억은 나는데. 그때 피슈그뤼 씨가 은퇴를 앞두고 있었거든요. 우리끼리 하는 얘기지만, 비극도 그런 비극이 없죠."

나는 생각에 잠긴 채 고개를 끄덕였다. 위스키를 들이켜자 목구멍이 타는 듯했다. 그러고 보니 몇 년 동안 피슈그뤼 선생님 생각을 한 적이 없었다.

"헌병에 지원하라고 조언한 사람이 피슈그뤼 선생님이었나요?

여성 경계병을 보는 건 드문 일이라."

그가 내 쪽으로 의자를 틀며 집중하자 조금 불편했다. 이런 식으로 들이대는 방문객이 이따금 있었다. 죽음을 앞둔 자의 솔직함 때문인지, 술기운 때문인지, 아니면 밸리 밖으로 나오면서 모든 터부도 버리고 왔다는 느낌이 들었기 때문인지는 알 수 없었다.

"너무 고생스러운 일은 아닌가 모르겠네요." 캥통이 생각에 잠긴 채 말했다.

"어떤 게요? 여자가 저 혼자라서요?"

"그렇죠, 뭐. 정말로 홍일점일 줄이야."

"많이들 옵니다. 대부분 견디지 못하지만."

"왜죠?"

뻐근한 어깨를 풀려고 목을 꺾었다. "교직에 계실 때요." 이번엔 내가 물었다. "레몽 라블레라는 학생을 가르치셨던 것, 혹시 기억하세요?"

캥통은 머뭇거리다가 안경의 코받침을 밀어 올렸다.

"믿을지는 모르겠지만, 나는 모든 학생을 기억합니다."

"학교 다닐 때 어땠나요? 지금 저하고 같이 일하거든요. 안부 인사 전해달라고 해서요."

"아, 그것참 고맙네요. 레몽은 흠잡을 데 없는 학생이었죠. 따돌림을 심하게 당했어요. 무슨 상황인지 뻔히 보였지만 내가 할 수 있는 게 별로 없었지요. 그래서 늘 미안했어요."

그 얘기를 듣고도 썩 놀라지 않았다. 레몽을 보고 있으면 지칠 줄모르는 자신감이 보상 심리 때문은 아닐까 싶었고, 어쩌면 그것이

다른 간부들이 레몽을 불편해하는 이유 중 하나일 수 있겠다는 생각이 들었다. 나는 레몽이 잘 지내고 있다고, 헌병대에서 일하는 걸 무척 좋아한다고 전했다.

"참 잘됐군요. 레몽 소식은 정말 오랜만이에요. 레몽에게 하는 일마다 잘되기를 내가 기도한다고 전해주십시오."

그는 다시 말이 없어졌다. 아마 내일 일을 생각하고 있는 것 같았다. 잠시 뒤 캥통은 자리에서 일어나 들어가도 되겠냐고 묻기에 숙소 안에 들여보내고 문을 잠갔다. 그리고 나는 다시 불 앞에 앉았다. 구름 때문에 별빛이 흐렸다. 군홧발로 장작 하나를 짓누르자, 불꽃이 타닥 튀더니 돔처럼 둥근 밤하늘을 향해 솟아올랐다.

피슈그뤼 선생님이 죽었다니. 내가 내 과거에 어떤 감정을 느낀 게 언제였던가? 나는 어떤 감정이라도 들기를 기다렸다. 꼭 선생님이 아니라 그 외 어떤 과거에 대한 감정이라도. 슬픔과 후회의 감정은 이미 수년 전에 말라붙어 각질처럼 벗겨진 지 오래였다. 때로는 필요한 것이 곧 자연스러운 것이기도 했다. 나는 피슈그뤼 선생님을 기리며 술병을 들었다. '편히 잠드세요, 선생님.'

헌병대에 입대하는 여성은 얼마 되지도 않지만, 그나마도 열에 아홉은 훈련 기간을 채우지 못했다. 대개 열여섯, 열일곱에 입대하는 이들은 금세 남자들의 표적이 되었다. 일반병들 사이에 성관계는 공식적으로 금지였지만, 이 규정이 딱히 보호막이 되어주진 못했다. 물론 모든 여성 생도가 나처럼 처음부터 겁에 질려 있지는 않았고 드세게 반항하는 이들도 더러 있었지만, 이들의 기가 꺾이는 건 결국 시간문제였다.

나는 운이 좋은 케이스였다. 로자라는 이름의 여자 고참병이 있었는데, 무슨 이유에서인지 입대할 때부터 나를 예뻐해 주었다. 로자는 장교들도 깍듯이 대할 만큼 오래 복무한 군인이었고, 그녀가 내게 만들어준 울타리는 완벽하진 않더라도 최악의 상황을 피하는 데에는 크게 도움이 되었다. 나섰든 당했든 하여간 내 경험은 모두 입대 초기, 야간 순찰 중에 발생한 거친 만남이 대부분이었다.

로자가 은퇴할 무렵에는 더 이상 경계 지역이 위험하다고 느껴지지 않았다. 그러나 로자가 떠나자마자 기다렸다는 듯 헌병 하나가 고삐 풀린 망아지처럼 추파를 던져대기 시작했기에 그녀의 빈자리가 크게 느껴졌다. 그의 이름은 가뉴. 이마가 툭 튀어나오고 뻣뻣한 턱수염을 기른 신병이었다. 가뉴는 패거리들 사이에 숨어 있는 코요테 같은 놈이었다. 식당에서든 철책에서든 나와 마주칠 때마다 그는 숨기려 들지도 않고 나를 빤히 쳐다봤다. 똑같이 쏘아봐도 소용없었다. 그가 다가올 때 권총집에 손을 얹기 시작했지만, 그는 눈을 반짝이며 자기도 똑같이 행동했다.

레몽과 안면을 튼 게 그맘때였다. 당시 갓 임관했던 레몽이 그 무렵부터 나와 함께 저녁을 먹기 시작했고, 가끔은 막사까지 바래다주었다. 내가 무슨 일을 겪고 있는지 그에게 직접적으로 언급한 적은 없었지만 상황은 금세 달라졌다. 갑자기 가뉴가 내 시선을 피하기 시작한 것이다. 심지어 혼자 순찰 중인 나를 마주칠 때도 그가 먼저 피했다. 레몽은 장교이기도 했지만, 주변의 위반 사항을 장사빌이나 콜텔리에게 열성적으로 보고하는 밀고자로도 유명했다. 내게 대놓고 베푼 그의 동료애는 가뉴 같은 인간을 쫓아내 주기에 충분했다. 얼마 안 돼 가뉴는 서부 경계지로 전출당했다. 레몽이 손을 쓴 것 같았지만 그는 단 한 번도 자기 덕이라고 공치사하지 않았다.

산장에서 눈을 떴을 때 캉통은 이미 일어나 있었다. 안경을 쓰지 않은 그의 얼굴이 둥글고 흐릿해 보였다. 나는 자명종의 꼭지를 누르고 눈을 좀 붙였냐고 물었다.

"조금요. 화장실에 가야겠습니다."

잠겨 있던 문을 열자 찬 공기가 산장으로 빨려 들어왔다. "제 시야에서 벗어나지 않는 한에서 어디로든 편하게 다녀오세요. 저는 보통 저쪽으로 가요."

문간에 서서 그를 기다렸다. 발밑을 보니 얇은 서리가 내려 있었다. 그가 돌아왔을 때 나는 이 나간 머그잔 두 개에 케케묵은 커피 가루를 숟가락으로 떠 넣고 뜨거운 물을 부었다. 싱크대 위 선반에서 딱딱하게 굳은 설탕을 꺼냈다. 타닥타닥 등유가 타들어 가는 소리를 들으며 우리는 아무 말 없이 커피를 홀짝였다.

이른 새벽빛 아래서 고원을 넘어 가파른 내리막길을 내려가기 시작했다. 둘째 날 산행에는 구불구불하고 가파른 길이 이어졌다. 갑자기 길이 절벽처럼 뚝 떨어지기도 했다. 이렇게 험준한 구간을 가는 가장 현명한 기술은 옆걸음으로 내려가는 거였다. 군화 속에 자갈이 잔뜩 들어왔지만 넘어지는 것보다는 나았다. 중간중간 캉통에게 팔을 내밀어야 했다. 나는 이전에 충분히 다녀본 길이라 어둠 속에서도 어딜 디뎌야 할지 머릿속에 입력이 돼 있었다.

떠오르는 태양과 함께 마침내 햇살이 쏟아졌다. 커브 길에 다다랐을 때 내 앞에 있던 캥통이 걸음을 멈추었다.

다시 호수가 나왔다. 해가 점점 높아질수록 반대편 밸리 호숫가의 마을이 반짝였다. 거리가 너무 멀어서 건물을 하나하나 특정할 순 없었지만, 호숫가와 공원, 계단식 포도밭이 보였다. 가을의 황량한 과수원과 조밀한 철조망도.

"세상에." 캥통이 작게 중얼거렸다.

그는 여느 방문객들처럼 두려움과 경이가 가득 담긴 눈으로 낯선 밸리를 바라보았다. 나는 하늘을 올려다보았다. 구름 몇 조각이 분홍빛을 잃어가며 북쪽으로 이동하고 있었다. 규산염처럼 옅은 푸른 빛을 띠는 아침이었다. 하늘 높이, 매 한 마리가 날개를 움직이지도 않고 미끄러지듯 날아다녔다.

거대한 로지폴 소나무◆에 다다랐다. 제1동편의 감시탑에서 우리의 모습을 볼 수 있는 첫 번째 지점이었다. 나는 배낭에서 마스크를 꺼내 캥통의 얼굴에 씌우고 뒤통수에서 끈을 조인 다음 그의 얼굴을 살폈다.

그가 고개를 돌려 나무 마스크에 뚫린 두 개의 틈을 통해 나를 바라보았다. 단순한 콧구멍과 앙다문 입술이 새겨진 마스크를 쓰면 자연히 공허한 눈빛이 연출되었다. 크고 까만 이마 부분은 거미줄 같은 균열로 뒤덮여 있었다. 그는 이미 헐렁헐렁한 방문객용 튜닉

◆ 북미 지역에서 높이 약 20미터 이상으로 자라는 소나무의 한 종류.

을 걸치고 있었다.

"아무것도 안 보입니다." 캥통이 웅웅 울리는 목소리로 말하며 뚱하게 안경을 들어 올렸다.

"제가 도와드릴게요. 지금부터는 절대 마스크를 벗어서는 안 됩니다. 정해진 장소에 가면 그때 안경을 쌍안경처럼 눈앞에 갖다대고 보세요."

나는 제복에 달린 내 명찰 위에 천 조각을 하나 꽂아 이름을 가린 뒤 마스크를 썼다. 마스크 안쪽의 목재는 반질반질하게 닳아 있었다. 아직까지는 마스크에서 레몬 비누 향이 났다.

"다른 사람이 있는 곳에서는 우리 둘 다 무슨 말도 해서는 안 됩니다. 해야 할 말이 있더라도 하지 마세요. 꼭 해야 할 말이면 제 귀에다 아주 작게 속삭이세요."

마스크를 쓴 캥통이 고개를 끄덕였다.

기둥에 매달린 까만 종으로 다가가 줄을 잡아당겼다. 쇳소리가 비탈길을 따라 울려 퍼졌다. 메아리가 잦아들 무렵 상대방의 응답이 들렸다. 첫 번째 종소리는 우리를 봤다는 의미였고, 두 번째 종소리는 방문을 허가한다는 의미였다. 그들은 우리를 들일 준비가 되어 있었다.

5장

서부 경계 지역은 경계선과 호수가 더 가깝게 닿아 있었다. 철조망과 호숫가 사이에 땅이라고는 얇은 띠처럼 보이는 것이 전부였다. 내게 익숙한 동부 경계와 다르게 서부 경계 지역에는 소나무가 짙게 드리워져 있었고, 널찍한 대단지 대신 소박한 야영지의 분위기를 풍겼다. 캥통과 함께 마지막 언덕을 내려오자 서부 밸리의 경계병들이 두 줄로 서 있는 모습이 보였다.

게이트를 열어주던 헌병들이 쇠사슬을 걸으면서 곁눈으로 우리를 슬쩍슬쩍 훔쳐보았다. 이들은 별다른 정보를 듣지 못했을 테지만, 곧 죽을 게 확실한 사람들이 방문 허가를 받는다는 사실 정도는 알고 있었다.

헌병들은 우리를 안으로 인솔하는 동안 총기에서 한시도 손을 떼지 않았다. 군견을 데리고 있는 대원들도 있었다. 갈색 셰퍼드들은 귀를 쫑긋 세우고 눈도 깜빡이지 않은 채 우리를 주시했다. 우리 배낭에 든 내용물이 흙바닥 위에 쏟아졌고, 한 사람씩 신체 수색을 받았다. 경계병의 손바닥이 내 다리를 타고 올라올 때 부두에서 걸어오는 만뒤카가 보였다.

서부 경계를 담당하는 만뒤카 사령관은 불긋한 얼굴에 희끗한 콧수염을 기른, 건장한 체구의 남성이었다. 60대는 족히 되어 보였지만 여전히 원기 왕성한 모습이었다. 장사빌은 공청회에 참석할 때를 제외하면 언제나 평시의 장교 제복을 입고 다녔는데, 만뒤카는 볼 때마다 가슴에 휘장까지 달고 있었다. 만뒤카가 지휘봉을 허벅지에 두드리며 다가왔다.

몇 걸음 뒤에서 그의 당번병이자 과거에 날 괴롭히던 가뉴가 걷고 있었다. 그게 벌써 수년 전의 일이었으니, 이제 가뉴의 얼굴에도 군데군데 희끗한 턱수염이 불쾌하리만큼 길게 자라 있었다. 그러나 머리카락 사이로 보이는 움푹 팬 이마와 눈매는 그대로였다. 제1동편을 드나들 때마다 그를 봐야만 했다. 조금도 달갑지 않았다. 이곳에 올 때마다 나는 늘 마스크를 쓰고 있었기에 가뉴도 내 존재를 알아챘는지까지는 알 수 없었다.

만뒤카가 우리 둘을 훑어본 뒤, 캥통의 얼굴을 바라보며 씽긋 웃으며 환영 인사를 건넸다. "안녕하십니까! 오시는 길이 힘들지는 않으셨나요?"

나는 얼른 캥통의 등에 가볍게 손을 올려 주의를 주었다. 만뒤카가 자기 부하들을 보며 입꼬리를 올렸다. 방문객이 올 때마다 그들이 입을 열게끔 유도한 다음, 돌려보내겠다며 위협하려고 일부러 이렇게 행동하곤 했다.

"좋습니다. 이 두 분을 안으로 들입시다."

경계병들이 우리 배낭에 소지품을 다시 챙겨 넣었다(사실 그들은 우리 가방 안에 필기도구가 있는지 확인하는 중이었다). 가방을 돌려받은 우리는 두 줄로 늘어선 경계병들 사이로 만뒤카와 가뉴를 따라 호숫가로 걸었다. 걸어가는 동안 캥통이 마스크 앞에 안경을 대고서 주변을 둘러보았다. 서부 국경의 건물들은 소나무 사이에 아무렇게나 세워져 있었다. 중앙 공터에는 부엌으로 쓰이는 건물과 관리동이 하나 있었지만 일반적인 막사 건물은 없었다. 철조망을 따라 숲속에 판잣집들이 군데군데 흩어져 있을 뿐이었다.

호숫가에서 썩은 내가 났다. 밀물이 뱉어놓고 간 온갖 기다란 물체들 위에서 각다귀들이 맴돌았다. 스키프◆ 한 척이 깔쭉깔쭉한 부두에 묶여 있었다. 만뒤카가 우리의 귀환 시간을 적은 뒤 클립보드를 내 앞에 내밀었다. 나는 다음 날 아침에 돌아오겠다는 확인 서명을 한 뒤 캥통이 보트에 탈 수 있도록 도왔다. 가뉴가 보트에 매인 줄을 푼 다음, 배의 앞머리를 발로 세게 밀었다. 물에 잠겨 있는 바위에 선체가 긁히는 소리가 들렸다.

"잘들 다녀오십쇼." 만뒤카가 우리를 향해 크게 외쳤다.

우리는 잠시 떠 있는 배에 가만히 앉아 있었다. 캥통이 앞을 바라보면서 두 손으로 배의 측면을 움켜쥐었다.

"괜찮으십니까?" 내가 속삭였다.

◆ 모터를 장착한 소형 보트.

267

캥통은 나를 돌아보지도 않은 채 고개만 끄덕이고는 그저 호수 건너편의 마을을 빤히 쳐다보고 있었다. 나는 모터를 작동시키고 배를 움직였다. 속도를 올리자 배는 물을 튀기며 앞으로 쭉쭉 나아갔다. 물보라를 피해 고개를 돌리면서 점점 작아지는 서쪽 부두를 어깨너머로 흘깃 쳐다보았다. 배 뒤로 퍼지는 물결이 마치 옥빛 폭포 같았다. 폭포 벽을 타고 흰 거품이 쏟아지고 있었다.

헌병 전용 부두가 있는 선착장 끄트머리를 향해 배의 키를 돌렸다. 흔들리는 돛대들 사이로 동부 시청사에서 나부끼는 자문 기관의 깃발이 보였다.

우리는 배에서 내려 선착장을 떠났다. 주변엔 아무도 없었다. 평소처럼 같은 자리에 트럭이 주차되어 있었다. 곁쇠를 꺼낸 뒤, 나는 시동을 걸고 투어 전용 숙소로 차를 몰기 시작했다.

날씨가 화창했지만, 그곳의 빛에는 생기가 없었다. 올 때마다 늘 똑같은 제1동편의 모습은 어딘가 지루했다. 눈에 보이지 않는 재가 밸리의 표면을 덮고 있는 것 같았다. 캥통은 마스크 앞에 계속 안경을 들고서 아주 새로운 것을 발견할 수 있지 않을까 기대하는 사람처럼 조수석 창문 밖을 내다보고 있었다. 보도를 걷던 한 가족이 우리를 알아차렸다. 부모는 재빨리 다른 곳을 가리키며 아이들의 시선을 돌렸다.

투어 전용 숙소는 술집 골목 뒤편의 버려진 구역에 있었다. 가로수 길이나 바티쇠르 광장과는 달리 이 구역에는 낮에도 걸어 다니는 사람이 거의 없었다. 구멍가게와 당구장을 제외하면 술집이 대부분이었으며, 그마저도 다들 일찌감치 문을 닫았다. 셔터가 내려진 창문들, 지저분한 차양막이 달린 건물들을 지나 창고가 늘어선 길에서 꺾은 뒤 특색 없는 건물 옆 골목에 차를 댔다.

1층에 있는 출입문은 화재 대피소에 살짝 가려져 있었다. 숙소 위치는 공공연한 비밀이라서 누가 그라피티 낙서라도 해놓으면 헌병들이 새로 페인트칠을 해야 했다. 내가 여러 개의 자물쇠를 차례차례 푸는 동안 캥통은 마스크 사이로 숨 쉬는 소리가 들릴 만큼 옆에 가까이 서 있었다.

실내로 들어가니 어둡고 탁한 공기가 느껴졌다. 누가 톱밥에 소변이라도 눈 듯 눅눅하고 시큼한 냄새가 났다. 특히 부엌에서 악취가 코를 찔렀다. 비좁은 거실에는 소파와 커피 테이블, 묵직한 갓이 달린 전등이 하나 놓여 있었다. 창문은 죄 벽돌로 막혀 있었다.

뒤를 돌아보니 캥통은 여전히 어쩔 줄 몰라 하며 현관에 서 있었다. 나는 마스크를 머리 위로 밀어 올렸다.

"가방 내려두고 화장실 다녀오세요. 10분 뒤에 지정 장소로 출발합니다."

규정대로라면 도시 외곽의 경계 지역 또는 순환 도로를 따라 이동해야 했지만, 관망이 이루어지는 지정 장소는 대개 주거지역에 위치했다. 오늘 목적지에 다녀오려면 주거지역을 몇 군데 통과해야 했다. 이런 경우, 헌병들은 거주자들의 눈에 띌 위험이 적은 뒷길을 활용했다. 우리끼리 공유하는 비공식적 루트였다. 나는 주택가 뒤편의 타이어 자국을 따라 길을 틀었다. 그 길을 따라가다 보면 부드러운 풀로 뒤덮인 배수로가 있었다. 근처 뒷마당에서 아이들이 갑자기 튀어나올지 몰라 속도를 줄이고 조심히 차를 몰았다. 뒤뜰은 대부분 나무에 가려져 있었다. 돌로 만들어진 수반, 페인트가 벗겨진 2인용 의자와 줄에 걸려 있는 수건들, 잡초 속에 버려진 공이 얼핏얼핏 보였다.

큰 도로로 다시 나가려는데 캥통의 다리가 떨리는 게 보였다. 다시 한번 그의 상태를 묻자, 그가 가까스로 짧은 웃음을 내뱉었다.

"떨리죠!"

룸미러로 그를 확인하며 다들 그렇다고 대꾸했다.

"나만 그런 게 아니라니 다행이네요. 이날을 얼마나 기다렸는지 몰라요. 내가 지금 뭘 보고 있는지, 보면서도 믿을 수가 없어요. 지금 이게 현실이라는 게 영 믿기지 않아요."

우리가 접어든 거리에는 높다란 나뭇가지들이 뾰족하게 솟아 있었다. 바닥으로 떨어진 이파리들은 땅에서 나뒹굴고 있었다. 나무들 사이로 시내 학교의 고풍스러운 외관과 지정된 카페의 커피색 차양이 보였다.

오후 3시. 카페의 야외 테라스는 오후 햇볕을 쬐는 사람들로 가득했다. 건너편 나무 그늘에 주차한 뒤 스케치에서 본 손녀의 얼굴을 찾아 주변을 훑었다. 캥통의 손녀 같은 여자는 아직 보이지 않았다. 자문 기관에서 이렇게 붐비는 장소를 선택하지 않았더라면 좋았겠지만, 아마 사람이 적으면 신원이 노출될 위험이 너무 크다고 판단했을 터였다. 테라스에 있는 사람들 가운데 트럭 안에서 기다리는 우리를 알아챈 사람은 아직 없었지만, 그건 시간문제였다. 나는 무릎 위에 캥통 쪽으로 놓인 권총을 쥐고 있었다. 마스크 사이로 새어 나오는 그의 숨소리가 아까보다 더 불안하게 들렸다. 총 때문일 리는 없었고, 손녀를 볼 수 있다는 기대 때문인 듯했다.

"안경 주세요. 제가 들고 있다가 손녀가 나오면 다시 드릴게요. 오래 보고 있어서 좋을 게 하나도 없어요."

그는 마지못해 내게 안경을 건네주었다. 안경이 약간 끈적했다.

테라스의 사람들을 바라보며 그들의 20년을 덜어 보았다. 우리 밸리에서는 지금 한창때일 노인들, 우리 밸리에서는 아직 태어나지도 않았을 학생 한 무리. 그중 한 여성이 눈에 띄었다. 여자는 다른 방향을 보고 있었지만, 붉은 곱슬머리였고 나이도 얼추 맞는 것 같았다. 팔뚝의 털들이 곤두서기 시작했다. 그때 그 여자가 고개를 돌렸다. 낯선 사람이 여자와 함께 온 사람의 팔뚝을 건드리고는 환하게 웃었다.

몇 초 뒤, 사람들이 우리를 알아보기 시작했다. 교사로 보이는 남자 둘이 깜짝 놀라는 것 같았다. 그들의 반응은 잉크 얼룩처럼 삽시간에 주변으로 퍼져 나갔다. 테라스 전체에 티를 내지 않으려는 불안감이 감돌았다. 테라스의 모든 손님이 음료 컵을 손에 든 채 그늘에 주차된 헌병 트럭을 쳐다보았다. 마스크 너머로 그들을 쳐다보는 내 눈길을 느낀 그들은 이제 남의 시선을 의식하며 경직된 상태로 부자연스럽게 대화를 재개했다. 그들의 오후가 섬뜩하게 정지된 활인화의 한 장면 속으로 사라진 것 같았다.

사람들이 테라스로 나올 때마다 벨이 울렸다. 벨 소리가 날 때마다 캥통의 호흡이 약해졌다. 매번 나는 아니라고 말해주었다. 또 한 차례 문이 열렸다. 이번엔 캥통의 손녀였다. 스케치의 묘사는 정확했다. 젊은 교사는 네모 모양 앞주머니가 달린 겨자색 원피스를 입고 있었다. 손녀의 손에 들린 접시에는 스콘인지 크루아상인지가 담겨 있었다. 테라스에 감도는 불편한 기색을 눈치챈 손녀가 그 원인을 찾아 주변을 둘러보았다. 그녀의 눈이 우리가 타고 있는 트럭에서 멈추었다. 내가 캥통에게 안경을 건네려던 그 순간, 손녀가 들고 있던 접시를 바닥에 떨어뜨렸다. 당황한 손녀가 허리를 숙이고 깨진 접시 조각을 주웠는데, 일어나자마자 우리 쪽을 향해 은밀히 손을 흔들었다. 몸에 바짝 붙이고 있기는 했지만 틀림없이 손을 흔들고 있었다. 나는 입을 앙다문 채 욕을 하며 캥통에게 권총을 겨누었다. 그는 깜짝 놀라 나를 쳐다봤다.

"뭐예요, 내 손녀가 여기 있어요? 내 안경 내놔요!"

건너편에서 손녀는 눈물을 닦고 있었다. 그녀는 다시 한번 작게 손을 흔들었다. 이번에는 흥분을 애써 감추는 듯한 표정이었다. 테라스의 다른 사람들이 속닥거리며 상체를 앞으로 기울였다.

나는 키를 돌려 시동을 걸었다.

"뭐 하는 겁니까? 우리 손녀인가요? 지금 어디로 가나요?"

나는 후진으로 자리를 피했다. 혼란스러운 듯 고개를 쭉 빼는 손녀가 보였다. 나는 황급히 방향을 틀어 차를 몰았다.

캥통이 마스크를 옆에 내려놓으며 소파에 주저앉았다. 우중충한 빛을 받아서 그의 피부가 잿빛으로 보였다. 앞머리는 땀에 절어 있었다.

"안경 좀." 그가 나직이 말했다.

나는 안경을 건네주었다. 그가 떨리는 손으로 안경을 받았다.

"대체 무슨 일이 있었는지도 모르겠군요." 그의 중얼거림에 내가 상황을 설명했다. 캥통의 얼굴이 일그러졌다.

"손을 흔들었단 말입니까?"

"네. 할아버지가 온 걸 알고 있었어요. 캥통 씨를 기다리고 있었어요. 즉, 조정이 있었다는 얘기죠. 직접적으로든 간접적으로든, 관망 전이든 후든, 소통이 있었다는 뜻이에요. 관련 조항에 분명 사전 동의를 하셨을 텐데요. 뭘 하신 건지 말씀하세요."

조금 머뭇거리던 그는 청원이 승인된 이후, 언젠가 할아버지가 보러 갈 거라는 사실을 손녀가 알면 좋지 않겠냐고 딸에게 얘기했다는 걸 인정했다. 말을 많이 한 건 아니라서 실질적으로 조정을 한 건 아니라고, 혹시 마스크를 보게 된다면 그건 모르는 사람이 아니라 손녀를 보러 온 할아버지일 수도 있다는 가능성을 넌지시 알린 게 다라고 주장했다. "이 모든 게 나 혼자만 좋자고 하는 일은 아니었으면 했습니다." 그가 덧붙였다. "자기를 보러 올 만큼 할아버지가 사랑했다는 걸 손녀가 알았으면 했어요. 우리 손녀가 마스크 쓴 나를 보고 그렇게 생각하게 된다고 해가 될 건 없지 않습니까?"

캥통은 눈물을 훔치고 목을 가다듬었다. "손녀가 우릴 보면 내가 왔다고 생각할 수도 있다는 걸 미리 알렸어야 했는데. 미안합니다. 애써 준비한 관망을 내가 엉망으로 만들었네요. 그래도 다른 정보가 더 있을 것 아닙니까? 주소라든지. 손녀는 혹시 지금도 가비랑 살고 있나요? 해가 지면 그리로 한번 가봅시다. 더 멀리서 창문 너머로 보면 내가 온 걸 모를 겁니다. 아니면 내일 아침 출근길에 한번 보고 나서 우리가 돌아가는 건요? 내 처지 좀 헤아려주십쇼. 자문관들도 내가 죽기 전에 손녀를 볼 자격이 있다고 말했잖아요."

그날 밤에는 희망이 있다고 생각하게 내버려두는 게 상책이라고 생각했다. 현지 자문 기관에서 건네받은 식사를 꺼내놓을 때도 나는 그에게 아무런 언질을 주지 않았다. 그의 애원이 숙소의 답답한 허공에 매달려 있었다. 그는 나를 자극하지 않으려고 주의를 기울였고, 내가 잘 시간이라고 통보했을 때도 저항하지 않았다. 캥통은 추레한 침대에 순종적으로 앉았다. 내가 문을 닫고 걸쇠를 걸자 그는 모든 걸 잃은 듯한 표정을 지었다.

팬트리를 열어보니 배급주 자리에 술병이 하나 있었다. "자신의 것을 소중히 여기듯 공공의 것을 소중히." 나는 한숨을 내쉬며 성가를 읊조렸다. 술병의 뚜껑을 열고 한 잔 가득 따랐다. 아침이 오면 캥통의 부탁을 거절하고 경계 지역에 도착할 때까지 그를 제지할 각오를 해야 했다.

판화 작업을 할 기분은 아니었지만, 애써 준비물을 챙겨왔을뿐더러 여기까지 오는 일도 드물어서 조각 가방을 꺼냈다. 이곳 거실은 내가 작업하는 몇 안 되는 실내 공간이었다. 실내라는 특성 덕분에 이곳에서 작업하는 판화만큼은 달라지는 계절의 영향을 받지 않았다. 투어 숙소에서의 시간은 늘 똑같아 보였다. 지난봄에 작업했던 부분을 손끝으로 문질러 보았다. 그때 나는 벽의 단조로움을 판목에 담으려고 애썼다. 지난봄 투어엔 별다른 사건이 없었다. 죽음을 앞둔 방문객은 여성이었고, 대상자가 자기 자식이라는 점을 제외하고는 캥통 씨의 청원과 상당히 비슷했다. 그 여자의 몸에도 종양이 있었다. 유방암이었다. 그녀의 관망은 순조롭게 진행되었다. 여자는 아들을 보았다. 투어가 끝났을 때 그녀는 나를 오랫동안 끌어안았다. 여자가 내 가슴을 자기 가슴으로 압박하는 동안 나는 나무토막처럼 뻣뻣하게 서 있었다. 집으로 돌아오는 산행길 내내 그녀는 우리가 보았던 아들의 모든 모습을 회상하며 즐거워했고, 성인이 된 아들의 모습을 가계도에 추가해 보면서 웃음을 터뜨렸다.

술을 한 모금 마시고 조각칼을 골라 들었다. 그러고는 벽에 걸린 시계의 모양을 새기기 시작했다. 시계의 숫자 하나하나를 반대로 새겨야 했다. 그래야 나중에 종이에 바르게 찍혀 시간이 제대로 읽히고, 질서가 회복될 것이었다.

6장

아침이 되자 캥통은 다시 한번 비진사정했지만, 소용없는 일이라는 걸 금세 깨달은 덕분에 구태여 결박할 필요까지는 없었다. 그는 난동을 부리지 않았다. 그저 풀 죽은 모습으로 내 지시를 따랐다. 스키프가 서부 경계의 부두에 가까워지자 안개 속에 서 있는 만뒤카와 가뉴, 그 옆에 두어 사람이 보였다. 가뉴가 랜턴을 높이 들었다. 두 사람은 적당히 차려입은 모습이었다. 풀어헤친 재킷 안으로 속셔츠와 멜빵이 보였다. 만뒤카가 빨간 법랑 컵에 든 커피를 머금었다.

"성공? 실패? 위반?"

나는 손가락 세 개를 펼쳐 보였다. 만뒤카가 캥통 씨를 보며 혀를 찼다.

"저런 저런." 그는 경계병 한 사람에게 보트에 줄을 걸라고 손짓했다.

가뉴가 캥통을 데리고 조사실 방향으로 걸어갔다. 은퇴 교사답지 않은 처신이었다. 이곳에 도착하기 전에 나는 캥통에게 우리 밸리로 돌아가면 재판을 받겠지만, 그 전에 여기서 우리 둘 다 진술서를 작성해야 할 거라고 미리 말해두었다.

나는 만뒤카를 따라갔다. 경계 초소를 지날 때 아침에 피웠을 불냄새가 났다. 저 멀리 산등성이의 나무 사이로 안개가 자욱하게 깔려 있었다.

그가 나를 데리고 자기 사무실로 들어갔다. 사무실은 아담한 관리동 안에 있었는데, 실내에는 이미 불이 켜져 있었다. 좁은 복도의 축축한 바닥 위로 암모니아 냄새가 코를 찔렀다. 비눗물이 담긴 양동이가 하나 보였다. 만뒤카는 나를 보고실로 안내했다. 나무 패널이 붙은 벽면 곳곳에 압정 자국이 나 있었고, 철책을 향한 창이 하나 나 있었다. 몇 년 전 또 다른 위반 사항이 있었을 때 와본 적 있는 장소였다.

그는 문을 닫은 뒤 회색 타자기에 깨끗한 종이를 집어넣었다. 적막이 흐르는 가운데 나는 관망 장소에서 무슨 일이 있었는지 자세히 타이핑한 다음 그 종이를 만뒤카에게 건넸다. 그는 중간중간 "흠" 하고 소리를 내며 보고서를 읽었다. 나는 마스크 안으로 손가락을 넣어 턱을 긁었다. 그는 목격자 신분으로 내 보고서에 서명한 뒤 철제 캐비닛으로 향했다.

"다 됐네." 그가 어깨 너머로 말하며 문을 가리켰다. "숙녀 먼저."

나는 움찔했다. 내 정체를 모를 거라고 생각하고 있었다. 황급히 그를 앞서 복도로 나왔다. 밖으로 나가려는데 뒤에서 누군가의 기척이 느껴졌다. 아무 생각 없이 뒤를 돌아보았다.

한 여자가 복도 끄트머리 바닥에서 몸을 잔뜩 웅크리고 있었다. 처음에는 우리 어머니인 줄 알았다. 입꼬리는 축 처져 있는 데다 입술은 짙은 혐오로 앙다물려 있었다. 무릎을 꿇고 앉은 여자의 손에는 스펀지가 들려 있었고, 등은 짐승처럼 굽어 있었다. 그러나 헌병 제복을 입고 있는 걸 보니 우리 어머니일 리는 없었다. 여자의 턱은 뒤틀려 있었다. 머리카락도 짧고 푸석거리긴 했지만 그건 거울로 보았던 내 곱슬머리와 똑같았다. 여자를 바라보는 내 두 눈을 부정하고 싶었으나, 형체를 보면 볼수록 그 여자는 나였다.

고개를 들던 여자의 눈이 마스크 속 내 시선과 마주쳤다. 여자는 스펀지를 밀던 손을 비뚜름한 얼굴에 갖다 댔다. 마치 처진 눈 밑 살과 소름 끼치도록 움푹 꺼진 턱을 좀 보라고 내게 말하는 것 같았다. 여자의 옆에는 노란 테이프로 둘둘 감은 목발 하나가 놓여 있었다. 그때 만뒤카가 복도로 나왔다.

내 시선을 따라가던 만뒤카가 빙긋 웃었다. 뭔가를 생각하던 그는 빨간 컵을 들고 있던 손의 아귀힘을 빼 일부러 커피를 바닥에 쏟아버렸다. 짜증이 솟구쳤다. 나는 더듬더듬 손잡이를 찾아 뒷문으로 빠져나왔다. 밝은 새벽빛 속에서 나는 양손을 들어 나무로 된 내 얼굴을 감쌌다.

게이트에서 수색받는 동안 내 몸에 닿는 경계병의 손길이 거의 느껴지지 않았다. "이 양반은 왜 이렇게 떨고 있습니까?" 그가 볼멘소리로 투덜댔다.

※

돌아가는 산행길 내내 캥통과 나는 별말을 주고받지 않았다. 나는 내가 본 모습에, 그는 그가 보지 못한 모습에 사로잡혀 있었다. 앞으로 자기에게 무슨 일이 생기게 되냐고 묻지 않았기에 나도 굳이 말해줄 필요를 느끼지 못했다. 나는 조용히 표준 절차를 따랐고, 저녁 식사를 한 뒤 고원 산장 안에 그를 가두었다.

화로 앞에 홀로 앉아 남은 위스키를 마셨다. 술이 들어가자 잠시나마 그날 아침 일이 조금 아득하게 느껴졌다. 그러나 그 여자의 얼굴을 본 기억만큼은 자꾸만 선명하게 머릿속에 떠올랐다. 오히려 더 가까이 다가오겠다고 위협하며 눈앞에 나타났다. 그토록 바라던 경험, 신성한 인식의 경험을 나도 마침내 하게 된 것이었다. 불이 꺼졌다. 나는 계속 밖에 머무르며 새까만 바람이 휘몰아치는 소리를 듣고 있었다.

교환소에 다녀와야 한다는 생각이 들었을 때는 이미 얼큰하게 취한 상태였다. 눈높이에 용접되어 붙어 있는 금고는 난로만큼이나 새까맣고 단단했다. 이곳에 전달할 서류는 없었다. 그러나 열쇠를 넣고 문을 당겨 열어보니, 제1동편의 자문관이 보낸 서류봉투 하나가 날 기다리고 있었다. '일반'이라는 직인이 찍혀 있었다. 긴급 서신은 아니었다. 봉인할 때 사용한 밀랍 덩어리가 살짝 떨어진 걸 보니 조작 의혹이 일 만큼 중요한 문서도 아니었다. 나는 외투 주머니 안에 서류봉투를 쑤셔 넣었다. 느닷없이 그 여자의 초췌한 얼굴이 다시 떠올랐다. 나는 몸을 웅크리고 차디찬 흙바닥에 속을 게웠다.

279

캠통이 한밤중에 나를 깨웠다. 나는 모른 척하기로 했다. 맞은편 이층 침대에 있던 그는 혼잣말처럼 중얼거렸다. "대가를 다 치렀는데, 어째서 손녀딸을 못 보게 하는 겁니까? 달라질 게 뭐가 있다고? 그렇게까지 해서 대체 무엇을 보호한다는 거죠?"

우리 밸리로 돌아가기 위해 자작나무 숲 가장자리에서 종을 울렸다. 곧 멀리서 우리의 진입을 허가하는 종소리가 들렸다. 어스름한 하늘 아래 스텝 지대를 가로지르고 있을 때 첫눈이 내리기 시작했다. 큼직하고 촉촉한 눈송이가 금빛 조명 사이로 흩날렸다. 마스크는 이미 가방에 넣어둔 지 오래였다. 나는 눈을 깜빡거려서 눈썹에 내려앉은 얼음물을 떨구었다. 경계 지역에 가까워졌을 때 하늘은 하얗게 물들고 있었다. 경계병들이 게이트를 열어주던 순간, 그들의 외투 어깻죽지에 쌓인 눈이 우수수 떨어졌다.

장사빌은 맞은편에서 기다리고 있었다. 캠통이 수색당하는 동안 나는 무슨 일이 있었는지 장사빌에게 보고했다. 그는 부하에게 캠통을 구금하라고 지시했고, 내게는 관리실로 따라오라고 말했다. 투광 조명 아래서 마지막으로 캠통을 쳐다보았다. 경계병들이 그의 배낭을 뒤지는 동안 그의 안경은 눈 때문에 뿌예지고 있었다.

동부 경계 지역의 관리동은 만뒤카의 사무실과 전혀 달랐다. 넓고 불이 환히 켜져 있었으며, 번쩍이는 우편물 선반 옆에는 하얀 문이 각각 달려 있었다. 장사빌의 사무실 밖에는 레몽을 포함해 여러 사람이 서 있었다. 콜텔리가 우리라는 이름의 나이 많은 장교에게 하는 말을 들으며 고개를 끄덕이던 중이었다. 나를 본 레몽이 비밀스럽게 살짝 웃었다.

책이 즐비한 사무실에서는 편안한 가죽 냄새가 풍겼다. 물이 뚝
뚝 떨어지는 외투 차림으로 장사빌의 책상 앞에 선 나는 투어의 세
부 사항을 보고하며 캥통이 투어 전에 딸에게 했다는 말도 전달했
다. 나는 그가 처한 상황에 어떤 판단이나 동정도 넣지 않고 사실만
을 보고했다. 레몽은 종이에 끄적끄적 받아적었다. 콜텔리와 우리
는 가만히 듣고 있었다. 장사빌은 이따금 내 말을 끊고 더 자세한 설
명을 요청했다.

"거참 안됐군." 내 보고를 다 듣고 난 뒤, 장사빌이 말했다. "그러
나 벌어진 일을 어쩌겠는가. 보고가 필요한 다른 목격은?"

"없습니다."

그때까지도 나는 그 말을 해야 할지 말아야 할지 판단을 내리지
못하고 있었다. 사령관의 창백한 눈동자가 나를 한동안 빤히 쳐다
보았지만, 금세 그는 피곤하다는 듯한 손짓을 했다. 나가라는 신호
였다. 콜텔리와 우리는 복도에 나가 하던 얘기를 다시 시작했고, 레
몽은 필기한 종이를 단정하게 모아 장사빌의 책상에 올려놓았다.
그 모습을 보자 내게도 전달할 서류가 있다는 게 떠올랐다. 장사빌
은 교환소에서 찾아온 서류를 힐끗 쳐다보고 내게 고맙다고 말한
뒤 한쪽에 치워놓았다.

내가 머뭇거리며 말했다. "저…… 잠시 시간이 되시면, 드릴 말씀
이 있습니다."

그는 의자에 앉은 채로 나를 올려다 보았다. "보고가 더 있나?"

"아닙니다. 무관합니다."

목이 타들어 갔다. 나는 침을 꿀깍 삼키고 말을 이었다.

"곧 20년이 되어서요. 임관 기회를 얻을 수 있을지 궁금합니다. 장교로요."

얼굴이 붉어졌다. 날 빤히 쳐다보는 레몽의 얼굴이 곁눈으로 보였지만, 나는 흔들리지 않고 장사빌에게 시선을 고정했다. 그는 별 반응 없이 책상 서랍에 손을 뻗었다.

"그게 몇 월인가?"

"4월입니다."

그가 내게 지원 서류를 건네주었다. "4월이라, 빠듯하게 마감 날짜에 걸리겠군. 지원서 작성하게. 염두에 두고 있겠네."

나는 서류를 받아 들고 감사 인사를 전했다. 그는 의자에 몸을 기댔다.

"오잔. 미리 말해두는데, 이미 지원한 사람들이 몇 있어. 오뷔숑도 이제 곧 20년 차고, 파주도 그렇고. 예산이나 숙소 문제도 있어서 안타깝지만 내년엔 한 명밖에 뽑지 못해."

그는 아주 형식적으로 유감을 표했다. 나는 서류를 접어 주머니에 넣은 뒤 무슨 말인지 잘 알겠다고 대답했다.

바깥으로 나가자 뜨거운 뺨에 찬 공기가 맞닿았다. '임관 기회를 얻을 수 있을지 궁금합니다'라니. 너무 창피해서 아주 빠른 걸음으로 뛰다시피 걸어갔지만 막사에 거의 도착했을 때 레몽에게 따라잡히고 말았다.

"축하하네! 뭐 때문에 마음을 바꿨지?"

나는 대꾸 없이 고개를 가로저었다.

"그때 얘기해 주길 참 잘했다는 생각이 드는군. 아주 잘했어!"

나는 어깨를 으쓱했지만, 가슴속에는 절망이 솟구쳤다. "들으셨잖아요. 쓸데없는 짓을 했어요."

레몽이 웃음을 터뜨렸다. "뭘 들었다고 그러나? 다른 사람들과 똑같이 가능성이 있는 거야. 이제 장사빌을 감동시키기만 하면 게임 끝이라고."

"어떻게요? 오뷔숑과 파주는 적이 없는 사람들인걸요." 매서운 눈발 때문에 눈물이 고였다. 휘몰아치는 폭설에 철조망은 마치 하얀 이불이 걸린 빨랫줄처럼 흔들렸다. 그러나 레몽은 날 격려하려는 듯 방긋 웃었다.

"오잔, 기운 내! 내가 장담하는데, 틀림없이 잘한 일이야."

7장

12월 말은 끔찍하게 추웠다. 연말의 들뜬 기분이 경계 지역의 툰드라를 가로질렀다. 식당의 경계병들이 음탕한 노래를 목청 높여 불러댔다. 나는 감시탑 플랫폼에 서서 그들의 노랫소리를 듣고 있었다. 플랫폼 바닥은 두꺼운 얼음으로 뒤덮여 있었다.

아래 메인 게이트 앞에서 방한 외투를 입은 프레데리크가 체온을 높이려 발을 쿵쿵 구르면서 왔다 갔다 하고 있었다. 프레데리크는 성한 이보다 빠진 이가 더 많은 노병이었다. 그가 나를 보고 싱긋 웃으며 손을 흔들더니 휴대용 술병을 탈탈 털어 마지막 한 방울까지 깨끗하게 비웠다. 오늘 밤엔 근무 중에 술을 마시더라도 장교들이 못 본 체하고 넘어가 줄 터였다.

나도 플랫폼을 여러 차례 오가며 빙판 위에 소금을 뿌렸다. 바람이 거세게 불어오는 방향을 바라보면 곧장 눈물이 차올랐지만, 어차피 스텝 지대에는 볼 만한 것도 없었다. 겨울에는 랜턴이 달린 길에 불도 밝히지 않았다. 몸을 옹송그린 채 초소 안으로 들어왔는데, 웬일인지 그 안이 더 춥게 느껴졌다. 그토록 바라던 온기 한 줌이 없었다. 담요를 뒤집어쓰고 몸을 잔뜩 웅크렸다. 입에서 뿜어져 나오는 입김이 하찮은 등불 아래 잠시 머물다 금세 흩어졌다.

밤의 감시탑은 적막했다. 벽에 걸려 있는 것이라고는 닳아빠진 등시선도* 한 장, 그리고 달력 한 부가 전부였다. 엉성하게 닫힌 문 사이로 음정이 맞지 않는 노랫소리가 들어왔다. 사내들은 이제 구슬픈 노래를 부르고 있었다. 연말이면 어디서나 흘러나오는 노래였다. 식당 안이 어떤 모습일지 상상해 보았다. 잔뜩 김 서린 창문. 벌게진 눈으로 폭소를 떠뜨리고, 비틀거리고, 싸우고, 토하는 경계병들. 바깥에서 들려오는 소음을 잠재우려고 트랜지스터 라디오의 볼륨을 높였다. 늦은 시간이라 라디오에서는 잡음밖에 나오지 않았지만, 지지직거리는 잡음이 초소의 모든 소리를 잠식하도록 볼륨을 높였다. 경계병들 사이에 전설처럼 내려오는 얘기가 하나 있었다. 라디오의 다이얼을 아주 천천히 돌리다 보면 제1동편의 주파수를 희미하게 잡을 수 있다는 것이었다. 밸리를 에두른 산 때문에 그럴 수 없다는 사실을 알면서도, 낮에 한 번씩 다른 경계병들처럼 다이얼을 살짝살짝 돌려보곤 했다.

득 될 게 전혀 없는 짓이긴 했다. 헛수고인 건 말할 것도 없었다. 제1동편을 떠올리기만 해도 속이 쓰려왔으니 말이다. 그곳에서 내

◆ 특정 지점으로부터 같은 시간 내 도달할 수 있는 영역을 보여주는 지도.

모습을 보고 느낀 공포는 여전히 가시질 않았다. 오히려 계절이 어두워질수록 그 기억은 더 조밀하고 단단한 공포로 응축되었다. 어떻게 그런 일이 벌어졌는지 이해할 순 없었지만, 그날 보았던 내 모습이 잊히는 날은 단 하루도 없었다.

내가 무엇을 봤는지 레몽에게 말하진 않았다. 레몽은 보이는 그대로 믿고 있었다. 내가 승진 기회를 노려보겠다고 마음을 바꾼 게 자기 덕분이라고, 이러지도 저러지도 못하고 있을 때 자기가 내 마음속 구름을 걷어주었다고. 그는 내게 사회적 지위를 높여야 한다고 압박하며 슬슬 윗사람들 눈에 띄는 일을 해야 한다고 충고했지만, 나는 그런 걸 어떻게 하는지 도통 몰랐다. 그저 기상 후 아침 점호 시간을 엄수하고, 순찰 후 흠잡을 데 없는 보고서를 제출하는 데에 집중했다. 두 가지 모두 장사빌에게 평가받는 일이긴 했다. 하지만 그런 나를 레몽은 답답해했다. 그건 내가 기본 업무에 충실하다는 걸 강조할 뿐이지 내 장점을 드러내 출세의 확률을 높여줄 만한 일은 아니라는 이유였다. 나도 알고 있었다. 자격을 갖춘 첫해에 장교 임관에 성공하지 못하면 사실상 기회의 창이 닫혀버린다는 건 누구나 아는 사실이었다. 아래에서 밀치고 올라오는 새 후보들이 항상 있으니까. 처음엔 무척 열정적이었던 레몽도 점점 걱정하기 시작했다. 입산 금지가 해제되면 더 많은 서류를 전달할 수 있도록 자원하겠다는 얼빠진 계획을 얘기했을 때 그는 고통스러운 듯 겨우겨우 고개를 끄덕였다.

그래서 나는 야간 근무에 앞서 연말 파티에서 장사빌의 환심을 사보기로 마음먹었다. 장사빌은 일반병과 잘 어울리는 편이 아니었지만, 그래도 주요 행사가 있을 때면 참석하여 짧게 건배사를 건네고 술도 한잔 마셨다. 나는 더러운 담배 연기 사이를 걸어 구석진 곳으로 간 다음, 그를 지켜보며 사담을 나누는 연습을 했다. 장사빌은 음식이 놓인 카운터 근처에 콜텔리와 다른 장교들 몇 명과 함께 서 있었다. 오뷔송과 파주도 멀지 않은 곳에 있었다.

레몽이 다가오더니 내게 몇 가지 인사 문제에 관해 독백하듯 말했다. 그가 신입 생도들에게 가봐야겠다며 자리를 뜨자 나는 카운터로 가서 두 번째 위스키를 주문했다. 아직 장사빌에게 다가갈 용기가 나질 않아서 오뷔송과 파주 쪽으로 홀연히 걸어갔다. 파주가 나를 보았지만 내가 자기들에게 오고 있는 건지 아닌 건지 모르겠다는 표정으로 이내 고개를 돌려서 하던 얘기를 이어갔다. 나는 그들을 지나쳐 걸었다. 삼삼오오 모여 있는 사람들 사이에서 나는 고립된 섬처럼 덩그러니 서 있었다. 위스키 잔이 금세 비었다. 아직 술기운이 돌지도 않았는데, 우두커니 서 있다는 부담감 때문에 나도 모르게 장교들의 틈바구니로 성큼성큼 걸어갔다.

축제 분위기 속에서 그들은 업무 얘기를 나누고 있었다. 장사빌은 턱을 당기고 꼿꼿하게 서서 콜텔리가 건네는 정보를 듣고 있었다. 가만히 서 있는 나를 발견한 장사빌은 눈썹을 살짝 들어 알은체했지만, 대화를 끊지는 않았다. 그럼에도 나는 그들 곁으로 더 가까이 다가갔다. 장사빌이 콜텔리에게 잠시 말을 멈추라고 손짓하자, 콜텔리가 나를 보며 얼굴을 찌푸렸다. 나는 겨우 손을 올려 그에게 경례했다.

"어서 오게." 장사빌이 말했다. "즐거운 시간 보내고 있나?"

287

"네, 그렇습니다. 조금 이따 중앙 감시탑 근무가 있어서."

"그래, 그렇군."

잠시 적막이 흘렀다. 침묵하는 그들 사이에 내가 무슨 말을 던지는 게 이상한 상황이었다. 고개를 숙여 인사한 뒤 물러나려는데, 우리가 말을 꺼냈다.

"오잔에게 한번 물어보면 어떨까요? 장교 임관을 원한다고 들었는데. 맞나요?"

나는 빨개진 얼굴로 그렇다는 대답을 대신했다.

"그러면 의견을 들어볼 만하겠는데요." 우리가 말을 이었다. 그는 너그럽게도 나를 대화에 끼워주려고 애쓰고 있었지만, 장사빌은 고개를 가로저었다.

"다음에 하지. 근무 잘 서게, 오잔. 술은 두 잔으로 끝내고." 그가 내 잔에서 녹고 있는 얼음을 가리켰다.

나는 자리에서 물러나 조금 전 레몽과 함께 서 있었던 구석으로 돌아왔다. 그는 여전히 생도들에게 연설을 늘어놓고 있었다. 잠시 후, 콜텔리가 오뷔숑과 파주를 반기는 모습이 보였다.

하등 쓸모없는 술기운이 그제야 돌기 시작했다. 오뷔숑의 웃음소리가 다른 사람들의 웃음소리와 한데 섞여 들렸다. 내 평생 승진은 물 건너갔다는 걸, 나는 내가 목격한 운명을 향해 계속 추락하리란 걸 그때 깨달았다. 제1동편에 다녀온 뒤로 가장 가까이 보이는 지푸라기를 잡아보려 바둥거렸지만 끝내 실패했다. 아니, 그 지푸라기는 내 손끝에 닿지조차 않았다. 나는 파티장을 떠나 차가운 외벽에 등을 기대고 서서 철책을 마주했다. 콧구멍에서 나가는 숨이 깃털 모양의 구름을 만든 후 빠르게 흩어졌다.

　동이 트려면 아직 몇 시간은 더 지나야 해서 감시탑 구석에 있는 요강을 꺼내왔다. 두 다리 사이로 김이 피어났다. 요강을 들고 플랫폼으로 나갔다. 프레데리크는 충분히 멀리 떨어져 있어서 난간 너머로 살살 요강을 비울 수 있었다. 쌓인 눈더미 속에서 김이 모락모락 올라왔다. 이제 식당의 소음이 아까보다 한결 잦아들었다.

　다시 감시탑으로 들어갔다. 안에서는 라디오의 잡음이 여전히 툭툭 튀었다. 군화를 벗었다. 실내 난방기가 놓여 있었지만 손을 갖다 댈 수 있을 정도로 가까이 가야 온기를 느낄 수 있었다. 나는 양말을 난방기의 미지근한 오렌지색 코일에 가져다 대었다. 잠시 눈이 스르륵 감겼다.

　라디오의 잡음 사이로 자문 기관의 송가가 터져 나와 순간 의자에서 벌떡 일어났다. 라디오는 아침 겨울빛이 드는 구석에서 꽝꽝 울려대고 있었다. 군화를 찾아 신고 서둘러 플랫폼으로 나갔다. 얼음이 덮인 산기슭에 불그레한 새벽빛이 반짝이고 있었다.

　"좋은 아침!"

　아래를 내려다보니 오뷔숑이 보였다. 꾸벅꾸벅 졸던 사이 어느덧 게이트 교대 시간이 지난 것이었다. 진작 감시탑에 왔어야 할 다음 근무병도 지난밤 파티의 여파에서 벗어나지 못해 늦는 듯했다. 인사말에 답하자 오뷔숑은 해가 떠오르는 방향으로 몸을 돌렸다. 하품하며 걷기 시작하던 오뷔숑의 얼굴에 햇살이 쏟아졌다. 식당 건물 쪽 파이프에서 아침 식사가 준비 중임을 알리는 연기가 하늘로 가느다랗게 피어올랐다. 나는 다시 초소 안으로 돌아가 소지품을 챙겼다.

송가가 끝나자 다음 곡이 흘러나오기 시작했다. 독주하는 피아노 선율이 평소와 다르게 아침 분위기를 엄숙하게 만들었다. 낡은 스피커의 툭툭 튀는 잡음 사이로 우아하고 절제된 피아노 연주가 흘러나왔다. 첼로와 클라리넷이 합류하자 느긋한 추격전을 벌이는 새들이 떠올랐다. 왠지 모르게 익숙한 느낌이 어렴풋이 들었다. 바로 그때 바이올린 합주가 시작되었고, 그제야 기억이 되살아났다.

그건 에드메의 곡이었다. 오디션에 내려고 했던 느린 곡이었다. 놀랍게도 그 곡의 몇 구절이 선명하게 기억났다. 활을 부드럽게 움직이던 에드메의 모습도 또렷이 떠올랐다. 음악원의 누군가가 그 악보를 발견하고서 편곡한 모양이었다.

감시탑 문간에 꼼짝하지 않고 서서 음악을 듣고 있었다. 학생의 연주 실력 같진 않았다. 바이올린 연주만 들을 땐 무척 슬펐는데 다른 악기들과 함께한 합주를 들으니 슬프다기보다는 애틋했다. 어느 구간은 익살스럽기까지 했다. 완벽한 연주를 위해 에드메가 무던히 애썼던 빠른 구간이 나왔다. 아마도 성인일 이 바이올리니스트는 그 구간을 무척 여유 있게 연주했다. 음표는 흩날리는 낙엽처럼 빠르게 올라가다가 서서히 내려왔고, 그렇게 연주가 끝났다.

전혀 예상하지 못한 일이라 음악의 아름다움에 푹 빠져들기가 어려웠다. 라디오에서 이처럼 아름다운 음악이 나온 적은 없었다. 마지막 음이 흩어진 뒤 나는 작곡가의 이름이나 곡 소개라도 나오려나 싶어 귀를 쫑긋 세우고 기다렸지만, 그런 건 없었다. 언제나처럼 날카로운 합창곡이 흘러나올 뿐이었다. 감시탑 아래에서 다음 경계병이 계단을 밟고 올라오는 소리가 들렸다.

라디오를 껐다. 문밖으로 나오는데 벽에 걸린 달력이 눈에 보이기에 새해가 나오도록 달력을 한 장 넘겼다. 하필 오늘 에드메 생각이 나다니, 희한한 일이었다. 그해는 내가 서른여섯, 쉰여섯, 그리고 열여섯 살이 되는 해였다.

8장

    시내 초소 근무를 앞두고 나는 최악의 겨울 순찰지로 꼽히는 근무지에 배정받았다. 바로 북동부 철책에서의 야간 근무였다. 거의 민둥산 같은 구릉지대로 이루어진 구간이었는데, 구릉 꼭대기에 오를 때마다 스텝 지대의 겨울 날씨가 온전히 느껴졌다. 숙소에서 군복 속에 겹겹이 옷을 껴입은 나는 해 질 녘에 뒤뚱거리며 밖으로 나와 수송 버스에 올랐다.

    다른 대원들처럼 버스 안에서 저녁을 해결한 뒤, 목적지 근처에 도착했을 때 빈 봉투를 쓰레기통에 던져 넣은 다음 버스에서 내렸다. 거기서부터 일곱 시간 동안은 꼼짝없이 철책을 따라 터벅터벅 걸어야 했다. 그 구역의 겨울밤은 어딘가 고통스러운 듯 끊임없이 신음했다. 평소와 전혀 다른 모습이었다. 투광 조명등의 빛이 거의 닿지 않는, 가장 외진 구역을 지날 때면 나는 두려움을 떨쳐내려 목도리 속으로 노래를 불렀다. 감시탑을 지날 때면 근무 중인 대원들과 잡담을 나누는 동안 난로에 손을 갖다 댔다.

숙소로 돌아올 즈음이면 얼굴이 화끈거렸다. 마치 주근깨에서 피라도 나는 것처럼 모세혈관이 광대뼈를 쿡쿡 찔러댔다. 나는 목도리와 장갑을 라디에이터 위에 가지런히 올려놓고 방한 외투를 의자에 걸어둔 뒤, 옷을 입은 채로 간이침대에 몸을 던졌다. 창밖으로 하얗게 밝아오는 새벽빛을 보고 있어도 야간 근무를 마치고 돌아올 때면 아침이 오는 게 거짓말 같았다.

몇 사람과 마주치는 상황을 걱정하면서도 겨울이 되면 시내 근무를 바라게 되었다. 예배당 뒤편에 딸린 숙소에 있으면 혹독한 순찰과 끝없는 추위를 잠시나마 피할 수 있었다. 시내 근무까지 며칠이나 남았는지 밤마다 헤아려보았다. 그러다 자명종이 고함치며 울기 시작하면 온갖 욕지거리를 퍼부으며 옷을 챙겨 입고 다시 어둠 속으로 걸어 나갔다.

철책은 마치 텅 빈 풍경을 가로지르는 하얀 흉터 같았다. 주변에 있는 건물이라고는 멀리 떨어진 감시탑들뿐이라, 어떨 땐 제자리걸음을 하는 느낌이 들었다. 군홧발 소리만 터벅터벅 들릴 뿐 조금도 앞으로 나아가지 않는 듯한 느낌. 이토록 혼란스러운 림보 속에서 첫 번째 경보음을 들었을 때 혹시 꿈꾸고 있는 게 아닌가 했다.

꿈이라고 하기엔 너무나 뚜렷한 소리였다. 나는 걸음을 멈추고 가장 가까운 감시탑 쪽으로 고개를 돌렸다. 경계병 하나가 초소로 들어가고 있었다. 잠시 뒤 그쪽에서도 경보음이 울렸다. 더는 의심

할 여지가 없었다.

외투 속에서 권총을 꺼냈다. 경보음이 울렸다는 건, 내 구역에 있는 어느 감시탑에서 침입 가능성이 있는 행위를 목격했다는 의미였다. 미끄러지지 않도록 조심스럽게 빙판을 살금살금 달리면서 투광 조명 아래서 침입자를 찾아보았다. 총을 든 다른 헌병이 어둠 속에서 비틀거리며 밖으로 나왔다. 내 존재를 알리기 위해 상대에게 먼저 경례했다.

"뭐라도 봤습니까?" 그는 숨을 헐떡이며 내게 다가왔다. 베르뒤센이었다. 그의 콧수염에 끈적한 점액 한 줄이 늘어져 있었다.

"아뇨. 아무것도요."

"대체 어떤 놈이 1월에 산을 넘습니까?"

"글쎄요. 오작동일 수도 있고, 산짐승일지도."

그가 앓는 소리를 내며 걸음을 옮겼다. 나도 다시 뛰기 시작했다. 어깨 너머로 확인할 때마다 베르뒤센이 멀어지며 점점 더 작아졌다. 이내 황폐한 철책의 철렁거리는 소음만 남았다.

내 순찰 구역의 중간 지점은 짧은 툰드라 지대였다. 거기 있으면 양쪽의 구릉 때문에 어느 방향으로도 감시탑이 보이지 않았다. 멀리서 트럭의 전조등이 순환 도로를 따라 나타났다가 이내 사라졌다. 침입 발생 시 장교들은 침입자의 개입 예상 지점을 지켜야 하므로 제2선에 집합해 있을 터였다. 그러나 실질적으로 그럴 필요는 없었다. 대부분의 탈주 시도는 철책에서 끝나기 때문이었다.

철조망에서 갑자기 덜그럭거리는 소리가 들렸다. 아무도 보이지 않기에 나는 방향이 맞기를 바라며 비틀비틀 다음 언덕으로 올라갔다. 철조망 꼭대기에서 떨어지지 않으려고 아슬아슬하게 매달려 있는 사람의 형체가 보였다.

장갑 때문에 방아쇠가 당겨지지 않았다. 이로 물어뜯듯이 장갑을 벗겨낸 뒤 공중에 대고 경고 사격을 가했다.

철조망에 매달린 사람이 총소리에 몸을 돌렸다. 균형을 잡으려고 팔다리를 허우적대다가 바닥에 떨어지고 말았다. 분명 뼈가 부러지는 끔찍한 소리 뒤로 고통의 비명이 들려왔다. 이윽고 사람으로 보이는 형체가 다리 하나를 질질 끌며 앞으로 기어가기 시작했다.

재빨리 달려가 상대를 덮쳤다. 몸싸움을 벌이다가 야간 조명 끄트머리로 미끄러져 내려갔지만 어찌어찌 제압에 성공했다. 한데 엉켜 나뒹굴며 보니 상대방은 여자였다. 아는 사람 같진 않았다. 상대는 내 손아귀에서 벗어나려고 몸부림쳤다. 내가 멈추라고 소리치며 무게를 실어 위에서 누르자 상대의 몸에서 힘이 빠지는 게 느껴졌다. 나는 상대의 등이 바닥에 맞닿도록 뒤집었다. 다리가 꺾이는 순간, 여자가 울부짖었다. 여자를 속박하며 손전등을 얼굴에 비춰 보았다.

50대쯤으로 보였다. 두 눈과 목덜미에는 멍든 자국이, 이마에는 언 모래가 들러붙어 있었다. 머리카락은 땀으로 젖어 있었고 두려움의 냄새가 짙게 풍겼다.

불빛에 여자가 눈을 가늘게 떴다. 그러더니 입을 활짝 벌렸다. 얼굴에 미소가 번지면서 피투성이가 된 잇몸이 드러났다. 너무 충격적인 모습이라 아귀힘이 조금 풀렸는데도 여자는 조금 전처럼 날 밀쳐내려 하지 않았다. 그 대신 빙판에서 눈을 돌려 나를 올려다보았다. 어쩐지 밝고 신나는 표정이었다. 심지어 의기양양해 보이기까지 했다.

나는 그런 여자를 무시하고 해야 할 말을 읊었다. "이름이 무엇인지, 뭘 하는 중이었는지 밝히십시오. 그 외에는 어떤 것도 말하지 마십시오."

여자는 고통에 꼬집히는 듯한 목소리로 대답했다. "나야, 뤼시. 나 기억 안 나니?"

여자의 멍든 얼굴을 보자 한 줄기 기억이 어렴풋이 떠올랐다.

"뤼시…… 에로?"

여자는 고개를 끄덕이려고 했으나 경련이 일 뿐이었다. "그래, 그랑제콜 같이 다녔던! 오딜 맞지? 너 맞구나!"

여자의 입꼬리가 올라가면서 얼굴에 다시 한번 소름 돋는 웃음기가 번졌다. 머리를 땋아 왕관처럼 말아 올리고 다니던 여학생이 떠올랐다. 그때 이브레 자문관은 첫째 주에 그 아이를 떨어뜨렸다. 내가 들은 거라곤 이른 나이에 결혼했다는 소식이 다였다.

내가 쏘아 올린 총성에 경보음이 달라졌다. 이 감시탑에서 저 감시탑으로 새로운 패턴의 경보음을 보내며 대원들에게 내 위치를 알리고 있었지만, 아직 현장에 도착한 사람은 없었다.

"뤼시. 무슨 의도인지 말해. 뭘 하려던 거야?"

뤼시는 얼굴을 찡그리며 눈밭에 피를 뱉은 뒤 입술을 핥았다.

"남편을 만나지 않으려고."

뤼시는 무슨 말을 더하려는 듯했지만, 갑자기 고개를 돌리고 기침을 했다. 뤼시의 목도리가 풀어 헤쳐지면서 셔츠 깃 아래로 이어진 시커먼 멍이 눈에 들어왔다. 옷깃을 본 나는 깜짝 놀랐다. 그건 헌병에게 보급되는 모직 셔츠였다. 뤼시는 다시 나를 쳐다보았고, 나는 손전등의 버튼을 눌러 껐다.

"셋 하면 일어날 거야. 하나, 둘."

나는 기마 자세로 서서 뤼시가 몸을 뒤집을 수 있도록 잡아주었다. 뤼시는 끙끙거리며 눈밭에 무릎을 꿇었다. 뤼시를 번쩍 들어 올리자, 숨을 들이쉰 그녀는 한쪽 다리로 비틀대며 일어섰다.

"좋아. 잘하고 있어." 나는 이렇게 말하고는 한 손으로 순찰 배낭을 뒤적거려 삼베 자루를 꺼냈다. 그걸 본 뤼시가 움찔하며 뒷걸음질 쳤다.

"그게 뭐야?"

"절차대로 해야 해."

자루를 머리에 씌우기 위해 또 한 번 몸싸움을 벌여야 했다. 자루 너머로 뤼시의 애원하는 소리가 들렸다.

"제발, 오딜! 뭘 하려는 거야?"

내가 포승을 찾는 사이 삼베 자루 속 뤼시의 숨소리는 점점 거칠어졌다. 삼베의 입가 부분이 타원형으로 축축하게 젖었다.

"그 여자는 네가 틀림없이 도와줄 거라고 그랬는데!" 뤼시가 울부짖었다.

너무 놀란 나머지 뤼시의 팔을 놓고 말았다. 기회라고 생각했을 텐데도 뤼시는 도망치려 하지 않았다. 도대체 뭘 어떻게 해야 할지 막막했다. 그때 철책 방향에서 빙판을 밟는 발소리가 들려왔다. 소리 나는 방향을 돌아보는 사이, 뤼시도 그 소리를 듣고서 다짜고짜

다리를 절며 앞으로 걸어가기 시작했다. 내가 뒤쫓으려고 하자마자 뤼시가 몸을 숙이고 눈밭 속에 뛰어들었다. 그 순간 총성이 울렸다. 나는 뒤늦게 양손을 귀 옆으로 올렸다.

검은 제복 차림의 장교가 내 옆으로 달려와 무릎을 대고 앉은 뒤 자루를 벗기고서 여자의 얼굴을 확인했다. 순간 뤼시의 눈동자가 핑 돌더니 곧바로 턱 옆에서 피가 솟구쳐 나왔다. 총알이 목을 관통한 것이다. 자루를 다시 씌운 뒤 레몽은 권총을 총집에 다시 넣고 서둘러 돌아왔다.

"자네 총을 내게 주게."

그는 재빠르게 탄창에 뭔가를 한 뒤 총을 돌려주었다. 레몽이 철책을 바라보았다. 그때 언덕을 다 내려온 다른 헌병들이 조심조심 빙판 위를 걸어 다가오고 있었다. 레몽이 손을 들어 위치를 알렸다. 베르뒤센, 카롱, 파주 세 사람이었는데, 모두 추위로 얼굴이 상기되어 있었다. 나와 레몽 앞에 멈춰 선 그들은 모로 쓰러져 있는 뤼시를 쳐다보았다. 그녀의 경련이 더뎌지고 있었다. 머리 주변으로 시뻘건 얼룩이 퍼져나갔다.

파주가 어색하게 팔을 뻗어 레몽의 어깨를 톡톡 두드렸다. "수고하셨습니다."

"내가 아니고." 레몽이 내 손에 들린 차가운 권총을 가리키며 대꾸했다. "오잔이 잡았네."

그들이 순환 도로에 세워진 트럭에서 터보건◆을 가져와 시체를

◆ 앞쪽이 위로 말려 올라간 좁고 긴 썰매.

옮기기 시작할 때 나는 저만치 떨어져 다른 곳을 보고 있었다. 뤼시의 몸통에 벨트 채워지는 소리가 들렸다. 우리는 도롯가로 향했다. 다리는 깊은 눈 속으로 푹푹 빠졌고, 우리 옆의 터보건은 우리보다 더 높은 곳에서 미끄러지며 이동했다. 불경한 운구자가 된 것 같았다. 대기 중인 트럭의 전조등 불빛이 얼어붙은 모래 언덕 위로 우리의 그림자를 길게 만들었다.

장사빌은 자다 일어났는지 머리가 살짝 눌려 있었지만, 정복을 갖춰 입고 있었다. 그의 사무실 책상에 놓인 시곗바늘이 새벽 5시를 가리키고 있었다.

레몽이 다른 헌병들에게 했던 말을 반복했다. 마을 외곽을 지나가고 있는데 침입자를 제압 중인 나를 마주쳤고, 내가 상황에 적절하게 사격을 가했다고 보고했다. 그가 말하는 내내 나는 조용히 입을 다물고 있었다. 장사빌은 생각에 잠긴 듯한 표정이었다.

"내 기억이 맞다면, 자네는 지금까지 탈주자를 모두 생포해서 데려왔지."

레몽이 몸을 앞으로 숙이고 말했다. "침입자가 무척 빠르게 이동하고 있었습니다. 솔직히 말씀드리면, 어찌나 캄캄하던지 저는 그 여자를 보지도 못했습니다. 오잔이 할 수 있는 선택은 총격밖에 없었습니다."

장사빌은 커피를 홀짝이는 동안 나를 뚫어져라 쳐다봤다. "죽기 전에 어떤 정보라도 주던가?"

"네. 이름이 뤼시 에로라고 했습니다."

"의도는?"

"남편과의 만남을 막고 싶다고 했습니다." 목소리가 갈라지기에 서둘러 헛기침을 했다. 장사빌은 내가 뭐라고 더 말하기를 기다리며 나를 빤히 쳐다보고 있었다.

"추측입니다만, 그저 지나가는 길이었던 것 같습니다. 이 밸리에서 여자의 나이를 생각해 보면…… 여기서도 기혼 상태일 테니까요. 결혼 생활을 막고 싶었더라면 더 멀리 서부로 갔어야 합니다."

장사빌은 내 말을 곱씹는 듯했다. 그러더니 서랍에서 자문관 우편물이 담긴 봉투를 하나 꺼냈다.

"에로는 결혼 전 성이군. 여자의 이름은 뤼시 사나. 자네 말이 맞네. 여기서도 기혼 상태야. 지난가을에 그 여자에 대한 경고가 담긴 우편물을 받았네. 사실, 캥통 씨를 데려올 때 자네가 가져온 그 우편물이었어. 제1동편에서는 그 여자가 봄이 오기 전까지는 아무 짓도 하지 않을 거라고 했는데. 당연히 그럴 만하지. 이 날씨에 어떻게 여기까지 왔는지 얘기하던가?"

"아닙니다. 하지 않았습니다."

"쉬운 일이 아닌데."

"쉬운 일이 아니죠." 레몽이 맞장구쳤다. "그 여자가 들어왔을 땐 정말 무방비 상태였어요. 오잔이 거기 없었으면 그 여자가 어디까지 갔을지 누가 알겠습니까."

장사빌은 방해가 된다는 듯 눈살을 찌푸렸다. "제1서편으로 가려고 했다면 왜 우리 밸리를 우회하지 않았을까? 우리 경계를 비켜 가는 편이 낫지 않겠는가?"

그는 아주 흥미롭다는 듯한 눈으로 다시 한번 나를 쳐다보았다. 그의 질문에 내 속이 썩어들어 가는 것 같았다. 나도 모르게 몸서리가 일었다. 레몽이 초조한 눈빛을 보냈다.

"외람된 말씀이지만, 제가 보기엔 오잔이 지금 제정신이 아닌 것 같습니다. 이후 상황이 조금……. 하필 눈밭에서 일어난 일이라. 말씀하신 것처럼 오잔은 처음 겪는 상황이었고요."

장사빌이 돋보기를 쓰고서 일정을 훑었다. "그래. 모든 침입자가 한때는 우리의 이웃이자 같은 주민이었지. 자, 이건 어떤가. 자네의 시내 순찰 근무는 내일부터 시작이지만 이따 날이 밝으면 시내의 사택에 데려다주겠네. 거기서 하루 쉬면서 마음을 추스르게나."

내가 뭐라고 사양하기 전에 그는 다음 사안으로 넘어갔다. 뒤편에 있는 책장을 쳐다보더니 진녹색 폴더를 꺼내고는 지원서를 넘기다가 하나를 꺼내어 마치 처음 보는 것처럼 한참 읽기 시작했다. 지원서에 쓰인 내 소심한 손글씨가 언뜻 보였다. 잠시 뒤, 장사빌이 나를 보며 고개를 끄덕였다.

"오늘 아주 수고했네, 오잔."

그는 내 지원서를 맨 앞에 놓고 손가락으로 톡톡 두드리더니 폴더를 덮고는 레몽에게 나머지를 처리해 달라고 말했다. 사무실을 나서면서 감사 인사를 건넨 기억이 난다.

바깥은 여전히 어두웠다. 레몽과 나는 아무 말 없이 주차장으로 걸었다. 침입자의 유해를 처리하는 묘지가 동부 경계지의 외곽 어디엔가에 있다는 건 알았지만, 정확한 위치는 장교들만 알고 있었다. 트럭의 운전석으로 폴짝 올라탄 레몽은 문을 닫지 않은 채 아주 작은 목소리로 속삭였다.

"정말 운이 좋았어. 아까 그게 자네한테 딱 필요한 일이었다고! 아주 잘됐어!"

나는 얼떨떨해하며 장사빌이 동기 부여 차원에서 모든 지원자에게 똑같이 그럴 수도 있지 않겠느냐고 웅얼거렸지만, 레몽은 고개를 저었다.

"다른 사람도 아니고 장사빌이야. 눈치 게임 같은 건 하지 않는 사람이지. 예전에도 그랬어. 내가 봤다니까? 자네의 지원서를 폴더 맨 앞에 놨다는 건, 지금 자네가 그 위치에 있다는 의미야. 이제 4월까지 쭉 그렇게 있기만 하면 돼. 이야, 순식간에 내가 그런 이야기를 만들어냈다니 믿기지 않는구먼, 안 그런가?"

그는 스스로에게 감탄한 표정이었다. 날 위해 거짓말해 달라고 부탁한 적 없다며 받아치고 싶었지만, 너무 신나 보이는 그의 앞에서 차마 그런 말을 할 수 없었다. 레몽이 손가락으로 자신의 눈썹을 쓸고는 트럭을 움직이기 시작했다. "시내에서 잘 있다 오게. 꼭 자축하고! 그냥 하는 말이 아니라, 오잔도 이제 이 정복을 입게 될 날이 머지않았어!" 그는 외투 안에 있던 옷깃을 잡아당기며 말하고는 트럭 문을 닫고 유턴하여 메인 게이트 쪽으로 향했다. 트럭의 짐칸에서 뭔가가 미끄러지며 쿵 하는 소리를 냈다.

9장

　나는 장사빌이 뤼시에 관해 뭔가 더 물을지도 모른다고 생각했지만, 시내로 가는 길에 그가 내게 한 말이라고는 이따 시청의 업무가 시작되면 침입 보고서를 전달해 달라는 부탁이 전부였다. 나는 그러겠다고 대답했다. 우리는 더 이상의 대화를 나누지 않고 목적지에 도착할 때까지 조용히 갔다. 전에 함께 차를 탔던 때보다 장사빌이 더 다정해 보였다. 심지어 과수원을 지나가다가 눈길이 너무 미끄러워 검문소의 경계병이 허우적거리며 트럭을 밀 때는 가벼운 농담을 건네기도 했다.

　가로수 길에 사람이 돌아다니기엔 너무 이른 시간이기도 했지만, 그게 아니어도 오늘은 종일 조용할 것이었다. 다들 경보음을 들었을 터였다. 그런 날에는 동네 사람들이 대부분 집 근처에 머물렀다. 텅 빈 거리를 보고 있으니 왠지 구슬펐다. 연말을 맞아 한껏 꾸몄던

가로수 길의 조명들은 모두 철거된 상태였고, 집집의 현관마다 걸려 있던 상록수 가지도 치워져 있었다. 우리는 장사빌이 트럭을 주차한 데서부터 삽으로 눈을 퍼내어 만든 길을 따라 바티쇠르 광장으로 걸어 들어갔다.

광장도 가라앉은 분위기였다. 자문관 가족 동상에 눈이 덮여서 새하얀 혹처럼 보였다. 하얀 혹에는 열십자로 새들의 발자국이 총총 찍혀 있었다. 분수대 밑부분은 겨울 동안 판자로 덮어둔 상태였다. 봄에 판자를 열어보면 그 안에서 동물의 사체가 나오기도 했다.

철문과 자갈길을 따라가야 나오는 예배당은 광장의 나머지 건물들과 외따로 떨어져 있었다. 나는 장사빌의 뒤에서 건물을 빙 둘러 걸었다. 군홧발이 소금을 짓밟으며 우드득거리는 소리를 냈다. 예배당과 공동묘지 사이에 낡은 사택이 있었다. 헌병들이 시내 근무를 하는 동안 묵는 곳이었다.

사택은 일자 지붕의 소박한 건물이었다. 민간 설화의 배경이 되는 그 옛날에 지어진 몇 안 되는 건물이라는 소문도 있었다. 건물의 돌담에는 탐스럽게 붉은 산사나무 열매가 흰 눈 사이사이에 똘똘 뭉쳐 있었는데, 그 모습이 마치 거품 속에 빽빽하게 들어찬 생선알처럼 보였다. 장사빌이 잠긴 문을 열고는 열쇠를 내게 건네주었다.

실내는 평범한 아파트 같았다. 공기는 탁했고, 난방기 돌아가는 소리가 요란하게 울렸다. 장사빌을 따라 부엌으로 들어가자 며칠간 닦지 않은 더러운 그릇이 싱크대에 산처럼 쌓여 있었다. 사과주가 들어 있던 주전자가 빈 채로 잔뜩 늘어져 있었다. 뭔가가 발효하는 퀴퀴한 냄새가 어디서 나는지 알 만했다. 고원 숙소의 구조와 썩 다를 건 없었다. 다만 사택 거실 곳곳에는 큼직하고 경사진 창이 나 있었다. 모든 창문이 흰 서리와 아침 햇살로 하얗게 빛났다. 장사빌은 노크도 하지 않고 방문 두 개를 한 번에 열었다.

경계병 두 사람이 휘청거리며 문 앞으로 뛰어나왔다. 한 사람은 은퇴를 앞둔 튀르지스였고, 다른 한 사람은 비쩍 말라 멀대 같은 말셰였다. 둘 다 사택의 비품인 보풀투성이 가운으로 몸을 가리고 있었다. 말셰의 가운은 키에 비해 너무 짧아 군데군데 시커먼 다리 털이 다 드러나 보였다.

간밤의 사건을 알리는 장사빌의 얘기를 두 사람은 잠자코 들었다. 장사빌은 겨울철의 침입 시도는 무척 드문 일인데, 내가 아주 적절하게 대처했다고 강조하며 나를 칭찬했다. "그 보상으로 둘 중 하나가 오늘 하루 일찍 오잔에게 방을 내어줘야겠다. 자원할 사람?"

경계병들은 마지못해 한 사람씩 손을 들었다. 장사빌은 튀르지스를 향해 고개를 끄덕이며 오늘 순찰이 끝나는 대로 경계 지역으로 복귀하라고 말했다. 튀르지스는 별 반응 없이 물러났지만, 말셰는 눈에서 불을 켜고 나를 노려보며 터벅터벅 화장실로 걸어갔다.

장사빌이 나간 걸 확인하자마자 나는 안락의자에 풀썩 앉았다. 샤워기에서 물이 나오는 소리가 들리기 시작했다. 나는 시청에 제출할 보고서를 꺼냈다. 장사빌은 그 사건의 당사자인 내게 서류에 서명한 뒤 봉인하라고 명령했다. 보고서 상단에는 사령관의 뾰족한 필기체로 '뤼시 사나'라는 이름이 적혀 있었다. '사나'라는 성을 마을 남부 동네의 우편함에서 본 적 있다는 사실이 그제야 기억났다. 내 손에 들린 종이가 덜덜 떨렸다.

그 여자는 네가 틀림없이 도와줄 거라고 그랬는데! 이제 와 생각해 봐야 쓸모없는 일이라는 걸 알면서도 다른 가능성을 찾아보려 했다. 그렇지만 가능한 해석은 하나뿐이었다. 뤼시가 자신의 탈주 계획에 나를 끌어들였다. 그게 아니라면 대체 누구의 얘기를 하고 있었단 말인가? 뤼시가 말한 그 여자는, 복도 바닥을 닦고 있던 바로 그 여자였다.

그러나 그럴 리 없었다. 도주하다 잡힌 사람이 무슨 말인들 못 하겠는가. 날 멈칫하게 만든 걸 보면 꽤 영리한 거짓말이었다. 그러나 내가 뤼시를 잡고 있던 손을 놓았을 때에도 그녀는 도망가려고 하지 않았다. 내 이름을 말하는 뤼시의 얼굴에 환히 번지던 미소, 삼베 자루를 꺼내는 나를 보던 그 얼굴에 번진 짙은 배신감이 차례차례 떠올랐다. 나로서는 당최 이해할 수 없었지만 분명 뤼시는 내가 뭔가 다른 행동을 할 거라고 믿고 있었다.

장사빌의 말이 옳았다. 뤼시가 택한 경로도 이해할 수 없었다. 그녀의 목적지가 제1서편이었더라면 우리 마을에 진입하지 않아도 됐다. 뤼시 입장에서는 목적지가 제2서편이고 우리 마을이 제1서편이었겠지만. 어쨌든 중요한 건, 그랬더라면 온갖 위험을 감수하며 우리 밸리를 통과해 지나갈 게 아니라 우회해서 갔어야 했다. 호수에서 멀리 떨어진 지역으로 가려고 했다손 치더라도 뤼시가 택한 경로는 발각 위험이 너무 컸다. 누군가 이 길로 가라고 말한 게 아니라면, 도무지 이 경로를 택한 이유를 설명할 길이 없었다.

비참한 처지에 놓인 사람은 못 할 게 없다는 사실을 물론 나도 알고 있었다. 개입 시도자들의 변화에 대한 갈망은 자신을 광기에 빠뜨릴 만큼 크고, 자기파괴의 공포를 능가할 정도로 강하다. 뤼시도 분명 그랬을 것이다. 하지만 나라고 예외는 아닐 것이다. 나도 직접 목격했다. 방금 닦은 바닥에 커피를 쪼르륵 쏟아붓는 만뒤카의 모습을 보지 않았던가.

탈주 시도 직후 서부 호숫가에서 저체온증으로 떨던 뤼시를 내가 발견했던 걸까? 그때 경보음을 울리는 대신, 뤼시가 죽지 않도록 마른 옷을 건네주고 고원의 숙소로 가는 길을 알려줬던 걸까? 다음 밸리로 넘어가면 틀림없이 도움을 받을 수 있을 거라고, 특정 구역으로 제때 진입하기만 하면 된다고 그곳의 내가 뤼시를 안심시켰는지도 모른다. 그러나 뤼시가 나를 찾았을 때 나는 뤼시를 돕지 않았다. 그리고 그 하룻밤 사이, 내 승진 가능성의 불씨가 되살아났다.

샤워실 파이프를 타고 물 내려가는 소리가 들리더니, 말셰가 요란하게 쿵쿵거리며 자기 방으로 들어갔다. 곧 튀르지스가 셔츠 자락을 밀어 넣으며 부엌으로 들어왔다. 그가 냉장고를 열어 삶은 달걀이 담긴 그릇을 꺼냈다. 마음이 불편했던 나는 아침 인사를 건네며 그에게 근무 날짜가 다 되기 전에 사택에서 나가게 만들고 싶었던 건 아니라고 덧붙였다. 노병은 어쩌겠냐는 듯 어깨를 으쓱했지만, 머리를 빗어 넘기고 나타난 말셰는 대놓고 비아냥거렸다. 그는 시내에서의 마지막 밤을 위해 둘이서 돈도 안 쓰고 모아뒀는데 내가 다 망쳐놓았다며 투덜거렸다.

"미안하다고 했잖아요." 내가 대답했다. 튀르지스가 달걀 껍질을 까며 고개를 끄덕였다.

"됐다고 거절할 수는 없으셨고?" 말셰가 되받아쳤다.

"자자, 진정들 하라고." 튀르지스가 끼어들었다. "샤프롱◆ 없이도 충분히 자빠뜨릴 수 있잖나."

민간인 여자를 만나려는 계획은 아닐 터였다. 그건 보안상의 이유로 금지되어 있었다. 쉬는 날의 경계병들은 잠자리는커녕 술집에서도 입단속을 못 했다. 그런 경계병이 마음 편히 드나들 수 있도록 술집 골목 끄트머리에는 개인적인 만남 없이 욕구를 풀 수 있는 장소가 있었다. 불평하는 주민들도 있었지만 이곳에서의 일탈은 장사빌도 묵인해 주었다. 경계병들은 버는 돈의 대부분을 매춘소에 가서 썼고, 가끔은 시내 순찰병들도 데리고 그곳을 드나들었다.

말셰는 아침을 먹는 내내 끊임없이 불퉁거렸다. 둘이 사택을 나서기 직전, 말셰가 내게 어차피 여기 있을 거면 부엌 청소나 하라고 구시렁거렸다. 헛웃음이 입 밖으로 채 나가기도 전에 사택 문이 쾅하고 닫혔다.

거실에 앉아 창밖을 바라보았다. 햇살이 예배당 마당을 가득 채우자 바깥 풍경의 색깔이 서서히 달라졌다. 달걀을 좀 먹으려고 자리에서 일어났다. 아닌 게 아니라 부엌에서 풍기는 악취가 코를 찔렀다. 나는 한숨을 내쉬며 소매를 걷어붙이고 싱크대 앞에 섰다.

아주 오래전 피라 부부를 봤던 때와 비슷하다는 생각이 머릿속에서 지워지지 않았다. 내가 보고 경험한 바에 의하면, 동부 방문객과 마주친 상황을 자신에게 유리하게 활용할 수 있었다. 물론 그 사실을 간파하고 있어야 가능한 일이었다. 어쩌면 뤼시의 계획 자체

◆ 젊은 여성이 사교장에 나갈 때 따라가서 보살펴 주는 나이 든 여인.

가 내게 어떤 메시지를 주는 것일지도 모른다는 생각이 들었다. 그러나 가장 설득력 있는 건 이러한 익숙함이나 내 이론을 뒷받침하는 단편적 증거들이 아니었다. 뤼시의 탈주 경로, 헌병 셔츠, 다급하게 건넨 암시 모두가 이제는 분명해진 사실을 더욱 확실히 보여주는 부차적인 증거였다. 비참한 미래와 망가진 척추, 내 눈에 들어오도록 자기 고개를 꺾던 여자의 모습이 떠올랐다. 그 모습을 본 이후로 몇 달 내내 혼란스러웠지만, 이제 이해가 됐다. 자기 삶을 되돌리고 싶었던 그 여자가 뤼시의 탈주 경로를 틂으로써 이곳의 내게 기회를 주려는 음모를 꾸민 것이다.

그리고 그 방법은 통했다. 몇 달 뒤, 내가 실수만 하지 않는다면 나는 장교가 될 것이다. 아직 공고한 현실은 아니었다. 그러나 새로운 현실을 가리키는 한 줌의 빛이 안락한 사택에 있는 내 안에 스며들기 시작하면서 믿기지 않는 온기가 온몸에 퍼졌다. 장교 숙소가 있는 건물은 밝고 환기가 잘되는 데다가 복도에는 채광창도 있었다. 내가 묵게 될 하급 장교 숙소에는 제대로 된 침대와 개인 욕실과 오로지 나만 사용할 수 있는 아담한 발코니도 딸려 있을 터였다. 손바닥을 빗장뼈 위에 올렸다. 서부 경계 지역에서 봤던 끔찍한 내 모습이 처음으로 작아지고 있었다. 마치 진통제의 약효가 돌아 통증이 사그라드는 것처럼.

그러나 지난밤 뤼시도 비슷한 구원을 찾고 있었다. 자기 자신이 아니라 그 옛날 강의실 내 옆자리에 앉던, 머리를 곱게 땋은 여학생을 위하여. 장사빌의 보고서에 서명하는데 끈적한 수치심이 파고들며 내 안의 안도감을 더럽혔다. 나는 외투를 걸쳐 입고 사택을 나섰다. 예배당 마당이 흰 눈으로 눈부셨다. 묘지에서 한 남자가 주머니에서 모이를 꺼내 뿌리고 있었고, 겨울 참새들이 다정하게 짹짹거리고 있었다. 새들이 총총거리며 그의 발치를 쪼아댔다. 남자는 거기 서 있는 걸 내가 못마땅해한다고 생각한 듯, 경계하는 눈초리로 나를 힐끗 보고는 형태를 잃은 새하얀 무덤 위로 씨앗을 흩뿌렸다.

로톤다를 오가는 사람은 익숙한 모양의 서류함을 옮기는 젊은 사무원 한 사람뿐이었다. 그녀가 쳐다보기에 나는 기록보관실의 오잔 부인에게 전달할 서류가 있다고 말했다. 그렇게 우리 두 사람은 아래층으로 내려갔다.

지하 복도는 격자천장 구조를 하고 있었고, 병원 느낌이 나는 녹색 타일로 덮여 있었다. 사무원을 따라 어머니가 일하는 사무실로 가는 동안 직원용 슬리퍼가 바닥을 부드럽게 쓸었다.

"오잔 부인, 누가 왔는지 한번 보세요!"

기록보관실 뒤편에 놓인 책상에서 어머니가 안경 너머로 쳐다보았다. 나는 보고서를 위로 들었다. 어머니의 헤어스타일이 달라져 있었다. 짧아진 머리 길이 때문에 나이가 더 들어 보였다. 카운터로 다가오는 어머니에게 나는 머리가 잘 어울린다고 말했다.

어머니는 떨떠름한 표정을 지으며 자문 기관 우편함에 서류봉투를 넣었다.

"고맙다, 오딜."

"새로 온 여자는 누구예요? 클로데트 후임이에요?" 내가 물었다.

"카리나 말이니? 너는 처음 봤겠지. 나랑 일한 지 몇 달 됐다. 우리 실습생이야. 아직 한 주의 절반은 학교에 가야 해서 나는 여느 때처럼 일손이 부족하고."

"시내 학교에 다녀요?"

"아니, 북단. 똑똑한 애야. 심사 프로그램에서 마지막 단계까지 올라갔지. 아, 피슈그뤼 씨가 죽기 전에 마지막으로 맡았던 반에 있었다더구나."

"그러고 보니 왜 저한테 그 말씀 안 하셨어요? 우연히 알게 됐잖아요."

어머니가 어깨를 으쓱했다. "거기선 사람들이 아무런 소식도 안 전해주니? 나는 네가 신경도 안 쓸 줄 알았다. 학교 졸업도 간신히 했으니."

나는 한숨을 내쉬었다. 실습생이 기록보관실 뒤편에서 우리를 쳐다보고 있었다. 우리가 자기 얘기를 하고 있다고 생각하는 것 같았다. 내가 쳐다보자 그녀는 갑자기 바쁘게 움직였다.

"아무튼 저 이번 주에는 같이 점심 못 먹어요. 일이 너무 바빠서. 예약 취소는 제가 할게요."

어머니는 그러라고 대답했고, 둘 다 일정이 맞으면 내 생일 즈음해서 한번 보자고 말했다. 그러고는 처리해야 할 일이 있다며 카리나가 있는 쪽으로 돌아갔다. 나는 만년필이 든 까만 상자를 카운터 위에 올려놓았다. 어머니를 위해 준비한 때늦은 연말 선물이었다.

평소엔 밤샘 순찰을 돌고 나면 금세 곯아떨어졌는데, 그날은 피곤해서 눈이 뻑뻑한데도 들뜬 마음에 잠을 잘 수 없었다. 잠자는 대신 가로수 길로 걸어 나와 서점에 가서 몇 시간을 죽치고 있었다. 서

점은 전 주인의 아들이 운영하고 있었다. 새 주인은 넘칠 듯한 책장을 관리하기엔 너무 어려 보였다. 그동안 나는 그가 꽤 사교적인 사람이라고 생각했는데, 어쩐지 그의 태도가 달라져 있었다. 그는 내게 찾는 책이 있냐고 묻더니 내 대답을 듣기도 전에 어디론가 사라져 버렸다.

다른 헌병들도 시내에 오면 비슷한 경험을 했다. 우리를 마주치는 주민들은 저마다 다른 방식으로 불편함을 드러냈다. 우리를 피하는 사람도 있었고, 억지로 활기찬 척하는 사람도 있었다. 나만 이런 일을 겪는 건 아니었다. 그렇다고 해도 오늘은 유독 더 많은 시선이 따갑게 느껴졌다.

중고 서적이 꽂힌 서가에서 소설 몇 권을 훑어보고 다시 꽂아두었다. 처음 보는 민간 설화의 양장 제본 도서가 눈에 띄기에 그 책을 꺼내 창가 의자에 자리를 잡고 앉았다.

그 책은 다양한 버전의 설화를 모아 주석을 달아가며 서로 비교하고 정리해 놓은 학술서였다. 별 차이 없는 이야기도 있었지만, 세부 사항은 물론이고 이야기의 주제와 교훈까지 차이가 나는 이야기들도 있었다. 저자가 누구인지 궁금해서 확인해 보니 은퇴한 자문관이라고만 적혀 있었다. 그 책은 여러 편집자가 자기 견해를 심어두려 시도했던 완곡한 이야기, 단편이나 외전 등을 폭넓게 다루고 있었다. 한 번도 들어본 적 없는 「세탁부」를 읽어보았다. 당혹스러운 내용이었다. 훗날 행복한 삶을 살 수 있을지 보기 위해 동부로 여정을 떠나는 게 아니라, 살면서 한 번이라도 행복했던 적이 있는지 돌아보기 위해 서부로 떠나는 여자의 이야기였다. 「유목민」이라는 단편은 두 가지 상반된 버전의 내용이 담겨 있었다. 그러나 자신을 반기는 곳에서든 박대하는 곳에서든 탈주한 주인공은 결국 재앙을 맞이했다. 책에는 세월에 따라 달라진 목판화 스타일과 그에 대한 설명, 다양한 삽화를 분석하는 내용도 담겨 있었다. 악명 높은 등장인물의 얼굴이 나란히 그려져 있는 페이지를 살펴보았다. 감정이 복잡하게 얽힌 얼굴도 있었고, 알 수 없는 묘한 얼굴도 있었고, 또 추상화처럼 표현되어 검은 마스크를 쓴 것처럼 보이는 얼굴도 있었다. 그중엔 살인자 소녀를 묘사한 그림도 있었다. 위협적인 표정부터 차분한 표정까지 여러 감정이 담긴 얼굴이 그려져 있었다. 그중에서도 내 눈길을 사로잡은 건 살해 장면을 조각한 작품이었다. 피로 범벅이 된 부엌 바닥에서 한 여자가 그 소녀를 피해 기어서 도망가고 있었는데, 어쩐지 여자의 얼굴에는 공포 이상의 무언가가 드리워져 있었다. 나는 그 감정이 안도라고 생각하고 싶었다. 사실 우리가 이 이야기를 오해하고 있던 거라면? 명확하게 쓰여 있지는 않았지만 사실 소녀는 그저 시키는 대로 했을 뿐이라면? 그게 그 여자가 원하는 바였더라면 어땠을까 궁금했다.

가볍게 쿵 하는 소리가 들렸다. 서점에 사는 호랑이 무늬 고양이가 창틀으로 폴짝 뛰어올랐다. 고양이가 구릿빛 눈동자로 나를 쳐다보았다. 내가 주먹을 쥐어 앞으로 내밀자, 고양이가 자기 뺨을 문질렀다. 고양이가 가르랑거릴 때 입이 벌어지면서 분홍빛 잇몸과 송곳니가 드러났다.

제본소로 가는 길에는 더 많은 사람의 곁눈질을 받았다. 침입 시도가 있었다는 건 모두 아는 사실이었고, 그런 일이 생길 때 주민들의 반응은 많이들 갈렸다. 그러나 그렇다고 해도 장교들은 이런 시선을 받지 않는다. 나는 목도리에 고개를 파묻었다. 새로운 판화 용품이 담긴 가방을 들고 사택으로 돌아갈 무렵엔 이미 날이 어둑해져 있었다.

튀르지스는 떠나고 말셰는 남아 있었다. 그는 관심 없다는 듯 나를 흘깃 쳐다보고는 뭘 하고 있었는지 하던 일을 계속하기 위해 부엌으로 돌아갔다. 그는 우유가 담긴 유리잔에 술을 붓더니 수프처럼 갈색빛이 나도록 포크로 휘저었다.

"뭐 하나만 물어봅시다." 내가 말했다.

그가 싸구려 술을 한 모금 마신 뒤 입가를 훔쳤다.

"오늘 순찰할 때 나나 탈주자에 관한 얘기 들은 거 있어요?"

풋내 나는 그의 콧수염 아래로 미소가 번졌다. 나는 목소리를 가다듬었다.

"그게 나라는 걸 사람들도 압니까?"

"그럼요. 물론이죠. 알다마다. 나도 이미 몇 명한테 말했는데요?"

"이미 몇 명한테? 말을 했다고?"

말셰가 자기가 만든 음료에 술을 더 퍼부으며 씩 웃었다.

"도대체 왜?" 내가 물었다. "내가 시내에서 거지 같은 한 주를 보냈으면 해서?"

그가 어깨를 으쓱했다. "그럼 가서 누가 못살게 구니까 하루 더 쉬게 해달라고 조르지 그럽니까, 왜."

그가 그날 밤에 떠날 사람이라 다행이었다. 나는 크림색 스웨터와 청바지를 꺼내 사복으로 갈아입고 술집 골목으로 향했다.

10장

간판은 따로 없었지만 사람들은 그곳을 '발스'라는 이름으로 불렀다. 모퉁이 부지를 차지하고 있는 발스 건물은 마을의 중심지가 가로수 길로 옮겨가기 전, 이곳이 상업 중심지였던 시절에 유행하던 건축 양식으로 지어져 있었다. 술집이라고 보기엔 시골풍으로 웅장하게 지어진 석조 건축물이라 아랫길의 초라한 술집들과는 사뭇 달랐다. 내닫이창 위로 보이는 지붕에 흰 눈이 소복이 쌓여 있었다. 안에서는 피아노 연주가 흘러나왔다.

군홧발을 굴리며 술집의 축축한 공기 속으로 걸어 들어갔다. 담배 연기와 음악 소리가 실내를 가득 메우고 있었다. 벽을 따라 길게 부스 석이 마련돼 있었지만, 빈자리가 안 보이길래 외투를 팔에 걸친 채 바 테이블 가장자리에 자리를 잡고 앉았다. 맨 끝자리를 차지한 야윈 단골들은 주말이라 손님이 너무 많아 술집이 지나치게 북적거린다며 구시렁거리고 있었다. 옷걸이에 외투를 걸고 있는데, 옆에 있던 남자가 대놓고 나를 쳐다보았다. 남자의 얼마 남지 않은 머리카락은 거칠고 희끗했으며, 정수리에는 검버섯이 퍼져 있었다. 나는 그를 무시한 채 바텐더를 불렀다.

덩치가 우람한 바텐더 발은 진한 눈썹 때문인지 늘 깜짝 놀란 것처럼 보였다. 그가 아내와 부딪치지 않도록 몸을 살짝 틀고는 위스키 잔을 채워 내 앞으로 밀어주었다. 나는 그 술을 단숨에 털어 넣었다. 머릿속이 차분해졌다.

"잘 지내요?" 그가 소음을 뚫고 안부를 물었다.

나는 그냥 어깨만 으쓱했다. 발은 몸짓을 크게 해야 내가 알아볼 수 있다는 듯 요란하게 고개를 끄덕였다. 그가 내 술잔을 한 번 더 채워주었다. 서로 목청 높여 소소한 대화를 조금 더 나눈 다음, 식사 메뉴를 주문했다.

부엌으로 들어가는 발의 뒷모습을 백발의 단골손님이 가만히 보고 있었다. 그러더니 옆자리에 앉은 사람의 귀에 대고 무어라 속삭였다. 나는 바 테이블 너머에 진열된 술병들을 보는 중이었다. 그 노인이 나와 술병을 번갈아 쳐다봤다. 진열장 선반은 내가 마셔본 적 없는 좋은 위스키와 꽃과 나무껍질 따위가 든 암갈빛 담금주로 가득했다.

"자네가 누군지 내 알지." 노인이 말했다. 일평생 술에 절어 산 사람들 특유의 비음 섞인 말투였다. "이봐, 내 말 안 들려? 자네가 누군지 내 안다고. 어이, 여군 양반. 내가 당신 외투 보고 아는 척한다고 생각하나? 틀렸어. 머리카락이야. 내가 자주 봤다고. 우리 아내도 빨간 머리였어. 그런데 예뻤지."

노인의 옆자리에 어떤 사람이 자기 의자를 낮춰 앉았다.

술집의 피아노 연주자가 경쾌한 곡을 마치고 감상적인 발라드를 연주하기 시작했다. 누군가가 연주자에게 야유를 보내며 사람들의 동조를 얻으려 했다. 백발의 노인이 상체를 앞으로 기울였다.

"자, 더 쉽게 설명해 줄까? 간밤에 자다 깼어. 경보음이 얼마나 울려대던지 보통 소란스러운 게 아니더군. 그걸 처리한 사람이 자네라면서."

나는 마침내 노인을 정면으로 쳐다보았다. 그는 씩 웃으며 집게손가락을 펼쳐 총처럼 만들고는 자신의 검버섯을 향해 쭉 뻗었다. 손가락이 자기 이마에 닿는 순간 그는 손가락을 튕기며 깔깔거렸다. 나는 얼굴을 찌푸렸다. 부엌 카운터에 내가 주문한 음식이 나와 있는 게 보였다.

"어쨌든, 일 얘기를 할 순 없을 테고. 그게 자네였다면 고맙네. 진심으로 하는 말이야. 나만 그렇게 생각하는 게 아니고, 우리 모두 고마워한다고!" 노인은 쭈뼛거리고 있는 옆 사람을 쿡쿡 찔렀다. "혹시 내가 언젠가 꼭 보고 싶은 사람이 생겨서 바티쇠르에서 노래도 하고 춤도 추고 별짓 다 했는데도 나리들이 안 된다고 하면 말이야, 철책에서 나를 개 잡듯 잡아줄 자네가 있으니 얼마나 다행인가."

바로 그때 발이 내 음식을 들고 나왔다. 그가 노인을 쏘아봤다.

"이지도르, 입 좀 다물지."

노인은 보란 듯이 볼을 부풀리고 두꺼운 손톱으로 술잔을 두드렸다. 발은 술병을 들었지만, 남자의 잔이 아닌 내 잔에 술을 따랐다.

"사과하는 의미로 한 잔 서비스."

"이야, 지금 나를 조롱하는 거야? 아니, 내가 어디 틀린 말을 했어? 못 할 말이라도 했냐고? 저 여자는 살인자고, 나는 저 여자가 나라를 위해 봉사하는 게 고맙다니까, 어?"

그의 목소리가 점점 커졌다. 이지도르가 바 스툴을 돌려서 사람들을 향했다.

"근데 이제 이 쌍년이 공술을 처마시는구먼! 아주 영웅 납셨어!"

"자, 자." 발이 바를 돌아 나가며 말했다. "티에리, 이지도르 외투 좀 이리 주세요."

피아노 연주는 계속 흘러나왔고 노인이 밖으로 쫓겨 나가는 동안 손님들은 아무 말 하지 않았다. 끊이지 않던 노인의 거친 비난은 그대로 밤거리로 흩어졌다. 웃고 마는 사람들도 있었지만 내 반응을 주시하는 사람들도 있었다. 나는 아무 말 없이 음식이 담긴 접시를 향해 몸을 돌렸다. 목덜미에 꽂히는 시선이 느껴졌다. 노인의 옆에 앉았던 사람도 자리에서 일어나자, 이제 나는 붐비는 술집 안에서 두 개의 빈 의자를 옆에 두고 앉은 사람이 되었다.

발이 앞치마에 눈송이를 묻힌 채 돌아왔다. 그가 바 테이블 아래서 위스키를 한 병 꺼내 내 앞에 내려놓았다.

"다시 한번 미안해요. 나머지는 돈 안 받을게요."

"발, 걱정 마요. 신고 안 할 거니까." 웃자고 뱉은 말이었는데 목소리가 떨렸다.

"그래도요, 사양하지 말고 이거 다 들어요."

나는 술을 조금 더 따르고 얼음과 섞이도록 잔을 돌렸다. 잔에서 솔향기가 올라왔다. 가만히 눈을 감고 입안에 술을 털어 넣었다.

이지도르가 앉아 있던 자리에 누군가 풀썩 앉았다.

"이야, 세월이 한참 흘렀는데도 얼굴 붉어지는 건 여전하구나."

고개를 돌려보니 험하게 생긴 사람이 날 보며 웃고 있었다. 얄팍한 안경 너머로 한 쌍의 눈동자가 이글거렸고, 희끗한 다박수염이 얼굴의 절반을 뒤덮고 있었다. 모직 모자를 쓰고 있었지만, 주홍빛 옆머리가 삐죽삐죽 튀어나와 있었다. 무엇보다 웃음소리가 무척 컸다. 익숙한 소리였다.

"알랭?"

"오딜?" 그가 내 말투를 흉내 내며 나를 빤히 쳐다보았다. "널 줄 알았어. 정말로 넌 줄 알았는데, 너랑 이지도르가 얽히기 시작하더라고. 그래서 흠, 어떻게 되나 한번 보자 했지. 자, 방금 드잡이 어땠어? 10점 만점에 몇 점?"

나는 그의 말을 무시하며 어깨를 으쓱했다. 알랭이 장난기 가득한 표정으로 발을 보며 씩 웃었다. 전혀 어른스럽지 않은 표정이었다. "내가 이래서 여길 좋아한다니까." 알랭이 놀리듯 말했다. "사장님의 철권통치!"

발이 한숨을 쉬었다. "벌써 한 해가 다 간 거야?"

"오딜." 알랭이 상황을 설명했다. "나더러 출입 금지라나 뭐라나. 아무튼 그런 일이 있었어. 쫓겨난 뒤로 저 위쪽에 사람 없는 술집을 전전했지. 점점 더 후진 곳으로. 이 몸이 저 거지 같은 피제트의 단골이었다는 게 상상이나 되냐? 어휴, 다 지난 일이라 다행이지."

"외상은 안 돼." 발이 툴툴대며 말했다.

알랭이 으깬 감자가 담긴 내 접시 옆에 뚜껑이 열려 있는 위스키 병을 가리켰다. "틀림없는 조합이군."

"자, 너도 한잔해. 발, 잔 하나 더 줄래요?"

발이 셰리주를 따라 마시는 작은 잔을 꺼내 알랭 앞에 놓았다. "소란 피우지 마. 함부로 입 놀리지도 말고."

"오, 내가 입을 놀리는 게 아니라 입이 나를 놀리노니." 알랭은 우아한 잔에 찰랑거리도록 위스키를 채웠다. 그는 술잔을 들더니 마음이 흔들릴 정도로 진심을 담아 내 눈을 쳐다보았다.

"다시 만나 반가워, 오잔."

나도 모르게 입꼬리가 올라가는 게 느껴졌다. "나도."

우리는 술을 쏟지 않도록 조심스레 건배했다. 고개를 뒤로 젖히며 술을 털어 넣은 뒤 다시 잔을 채우는 알랭을 나는 쳐다봤다.

술집은 점점 더 붐비기 시작했다. 자신을 알랭이라고 소개했던 남자는 한 잔 두 잔 술이 들어갈수록 점점 내 기억 속 알랭의 모습을 되찾는 것 같았다. 사실 그의 외모는 꽤 달라져 있었다. 몇 년 동안 시내 곳곳에서 그를 본 적이 있었지만 늘 멀리서 봤을 뿐이었고 대화를 나눈 적은 한 번도 없었다. 그러고 보니 알랭이 검은 강아지를 데리고 다니던 것도 기억났다. 모자를 바 테이블 위에 벗어놓은 지금, 길지만 가느다란 그의 머리카락이 관자놀이께에서 귀 뒤쪽으로 넘겨져 있었다. 너저분한 수염은 군데군데 희끗했다. 스툴에 앉은 그를 보니 내 기억보다 키가 더 컸다. 피로를 숨기려는 듯 노곤한 척 몸을 축 늘어뜨리는 알랭의 몸이 놀랄 만큼 길게 늘어졌다.

알랭의 말투가 낯설었다. 그의 말을 들으면서 원래 말투가 이랬나 기억을 더듬었지만, 그사이 달라진 거라고 결론을 내렸다. 알랭은 옛날처럼 장난기 넘치고 유쾌했지만 경박함이라고 해야 할지, 여유라고 해야 할지, 뭔가 하나 빠져 보였다. 한시도 가만히 있지 못하는 그의 모습이 예전에는 활기찬 아이 같았다면 지금은 긴장한 사람처럼 보였다. 그는 낯선 사람이 지나갈 때마다 고개를 돌려 확인하느라 바빴다. 그러다 재빠르게 다시 고개를 돌려서 내게 시선을 고정하더니, 마치 속마음을 꿰뚫어 보려는 것처럼 빤히 쳐다보았다. "얘기 좀 해봐. 요즘 어떻게 살고 있어?" 그가 물었다. 진심으로, 진지하게 묻는 말 같았지만, 이내 쿵 소리를 내고는 손가락으로 바 테이블을 두드렸다.

그러나 우리가 대화를 나누고 있다는 사실 그 자체보다 더 낯선 건 없었다. 술병을 비워가며 서로의 목소리를 듣기 위해 가까이 다가갈수록 깨달았다. 알랭은 나를 헌병이 아니라 옛 친구로 대하고 있었다. 나를 내 직업이 아닌 나라는 존재 그 자체로 봐주는 모습에 놀랐고, 이런 상황이 썩 마음에 들었다.

알랭이 이지도르 얘기를 해주었다. 청원을 거부당했을 거라고는 어느 정도 예상했는데, 그 이후로 술만 마시면 그 일을 끄집어내며 소란을 피운다고 했다. 그의 아내는 급커브 구간에서 난 교통사고로 사망했다. 운전자는 여느 날처럼 술에 취해 있던 이지도르였다. 자문 기관이 청원을 거부한 것도 아마 그 이유가 컸을 거라고 했다.

"아니, 이 얘기가 나와서 생각났는데. 그때 대체 무슨 일이 있었던 거야? 자문관 말야. 당연히 네가 될 줄 알았더니."

그가 또다시 지나치게 진지한 눈빛으로 날 쳐다보았다. 나는 어색한 웃음을 내뿜었다. "그걸 아직도 기억해? 언제 적 일인지 떠오르지도 않는걸."

"당연히 기억하지. 혹시 에드메 때문인 건 아닌지 늘 궁금했어. 나는 그랬거든. 그 뒤로 모든 게 엉망진창이 되어버렸지. 근데 너랑 그날 이후로 제대로 대화를 나눠본 적이 없으니까."

그 전에도 우리는 대화랄 만한 걸 나눠본 적이 없다고, 일대일로 대화를 나누는 건 아마 오늘이 처음일 거라고 대꾸할까 생각했지만 대신 이렇게 물었다.

"에드메가 오디션 맞춰서 연습했던 곡 기억해? 빠른 곡도 하나 있었고, 슬픈 곡도 하나 있었잖아. 아니, 슬프다기보다 잔잔한 곡이라고 해야 하나? 여하튼 연휴에 라디오를 듣는데 거기서 그 곡이 나오더라. 틀림없이 에드메가 작곡한 곡이었어. 이상하지 않아?"

알랭의 입가에 장난스러운 웃음이 번졌다.

"왜 웃어?"

"내가 음악원에 스파이 한 명 심어놨거든. 사실 거기서 일하는 친구가 있어서 옛날에 받은 제출물도 보관하고 있냐고 물어봤어. 그 친구가 창고에서 악보를 찾았는데 곡이 다 좋다면서 그중 한 곡을 녹음한 거야. 에드메가 이미 편곡까지 해뒀더라고. 새해를 기념하는 의미로 틀어달라고 내가 라디오국에 요청했어. 너도 들었다니 좋네."

그러더니 알랭이 알딸딸한 목소리로 멜로디를 흥얼거렸다. 음정이 하나도 안 맞아서 웃음을 참을 수가 없었다. 그래도 학교 다닐 때는 음악에 영 꽝이더니, 술에 취해서인지 곡의 핵심을 훌륭하게 해석했다. 음이 가라앉다가 고조되는 그 지점을 정확하게 포착해 끝날 듯 끝나지 않는 듯한 느낌을 제대로 살렸다. 알랭은 한동안 바 테이블에 손가락을 튕기며 엉망으로 리듬을 탔다.

등 뒤의 문에서 바람이 들어와 돌아보니, 말셰가 술집으로 들어오고 있었다. 그를 보자마자 나는 알랭에서 살짝 떨어져 앉은 뒤 몸을 곧추세웠다. 문 쪽으로 고개를 돌려 말셰의 외투를 본 알랭은 무슨 상황인지 납득한 것 같았다.

이미 곤드레만드레 취한 말셰가 발의 아내에게 술을 달라며 목소리를 높였다. 어쩌면 나를 못 봤을 수도 있겠다고 생각하고 있는데, 그가 바 테이블에 몸을 기대고 휙 돌아서며 경례했다. "시내를 붉게 물들일 새 파트너 아니십니까! 같이 한잔하시죠!"

나는 나갈 참이라고 대답했다. 말셰가 불쾌하다는 듯 나를 째려보더니 금세 내 존재를 잊은 듯 눈을 부릅뜨고 술잔을 쳐다봤다. 나는 의자에서 일어나 외투를 챙겼다. 그러는 나를 알랭은 모른 척했지만, 내가 자리에서 일어나자 듣는 사람도 없는데 큰 소리로 말했다. "하! 오늘 밤은 춥지도 않으니, 슬슬 산책로나 걸어볼까나."

나는 혼자 호숫가까지 걸어갔다. 볼 때마다 큼직한 손거울처럼 생겼다고 생각했던 아치 길에는 켜지지 않은 전구가 늘어서 있었다. 호숫가에도 공원에도 불이 들어오지 않은 상태였다. 살얼음 낀 나무판을 밟으며 거울을 닮은 어둑한 길을 통과했다. 술에 취한 목소리로 나도 모르게 에드메의 곡을 흥얼거리고 있었다.

가로수 길 쪽에서 알랭의 모습이 나타났다. 알랭이 목을 옷깃에 파묻고 양손을 코듀로이 재킷에 찔러 넣은 채 총총걸음으로 다가오고 있었다. 곧 그가 깜짝 놀란 척하며 과장된 표정을 지었다. "여기서 만나다니!" 알랭은 거기서부터 내 앞까지 무릎을 최대한 굽히지 않고 우스꽝스러운 자세로 뛰어왔다. 빙판에 미끄러지며 다가오는 알랭의 신발을 바라보던 나는 곧바로 사택에 돌아가지 않길 잘했다는 생각이 들었다.

우리는 산책로를 하나씩 차지한 채 멀찍이 떨어져 걸었다. 어쩌다가 발스에 출입 금지를 당했는지 알랭이 얘기해 주었다. 특별히 사고를 일으킨 건 아니고, 장난을 좀 쳤는데 그게 발의 기분을 상하게 했다고 했다. 원래 발은 까칠하니까 알아서 조심했어야 했다고도 덧붙였다. 내게는 늘 상냥하던데 이상하다고 말하자 알랭은 뒷말하려는 건 아니지만 그건 또 다른 문제라고, 자기한테랑은 다르게 나한테는 당연히 친절할 거라고 대꾸했다. "까칠한 사람 얘기가 나와서 말인데, 그놈이랑은 무슨 관계야? 이번 주 파트너라고?"

"누구, 말세? 그런 건 아니고. 걔는 내일 복귀해. 그래서 오늘 저렇게 부어라 마셔라 하고 있는 거야."

"헌병치고는 꽤 어려 보이던데. 한창 잠자리 날개 뜯고 놀 나이처럼 보여."

"아직 10대 같지? 아무튼 더는 얘기 못 해. 철책 근무 나가기엔 어려 보이긴 하더라."

"그래서, 너는 어쩌다 악당이 된 거야? 그놈 기저귀 갈아주는 일이라도 깜빡했어?"

나는 어깨를 으쓱했다. 우리는 어느덧 산책로 끝에 이르러 있었다. 발판이 호숫가 모래 속에 파묻혔다. 안전 감시대의 빈 의자가 왜가리처럼 가느다란 다리 위에 얹혀 있었다. 얼음 너머로 검은 물결이 일렁거렸다. 알랭이 왜 말셰가 저렇게 까칠하게 구는지 궁금해하며 대답을 기다리고 있기에 나는 한발 늦게 웃으며 아무것도 아니라고 대꾸했다.

"이런, 어젯밤에 울린 경보음이랑 관련 있는 거야? 아까 이지도르가 얘기했던 거? 그런 줄 알았으면 내가 말을 꺼내지 말았어야 했는데, 미안해."

"괜찮아. 말셰가 저러는 건 근무 일정 때문이야."

알랭은 고개를 끄덕이면서도 믿지 않는 눈치였다. 나는 한숨을 내쉬고 목소리를 더 낮췄다.

"하, 네 말이 맞아. 결국 탈주자 때문이긴 하지. 장사빌이 나한테 하루 휴가를 줬어. 휴식이든 회복이든 하라고. 내가 쫄았다고 생각했나 봐. 말셰는 오늘 술 마시기로 한 파트너가 나 때문에 먼저 쫓겨나는 바람에 심통 난 거고."

"너 쫄았어?"

나는 괜찮다고, 그냥 야간 근무를 해서 피곤할 뿐이라고 대답했다. 그러나 말도 안 되는 내 대답이 비참하게 허공에 머물렀다. 안전 감시대 너머로 여름이면 수영장이 되었던 구역을 바라봤다. 뤼시 에로의 목덜미에 입을 맞추던 남학생이 생각났다. 어쩌면 그 남학생이 뤼시가 평생 안 만났으면 좋겠던 남편이 되었을지도 몰랐다. 몸이 떨려서 외투를 단단히 여몄다.

"그래서, 술은 챙겼냐?" 알랭이 물었다.

알랭에게 술병을 건넸다. 한참 꿀꺽거린 뒤 병을 내게 돌려준 그는 벤치 위로 올라가 등받이에 걸터앉아 젖은 신발을 눈 쌓인 벤치에 올렸다. 그는 호숫가에 온 게 정말 오랜만이라고 말했다. "뭐라고 생각할진 모르겠지만, 그냥, 호수가 더는 재밌지 않더라고. 에드메하고 나하고 늘 하던 얘기가 헤엄쳐서 호수를 건너가 보자는 거였거든. 그러는 사람이 있기는 하려나?"

"반대편에서 체포되고 싶은 사람이라면 그럴지도 모르지."

"그렇지? 우리도 그렇게 생각했어." 알랭이 군데군데 서쪽에 놓인 모닥불을 보며 말했다. "그렇게까지 멀리 수영해서 갈 수 있을지 궁금했을 뿐이야. 정말로, 에드메가 수영을 끝내주게 잘했거든. 하⋯⋯."

알랭의 눈이 촉촉해지는 것 같았다. 무슨 말을 해야 할지 모르겠기에 다시 술병을 건넸다. 알랭이 나머지를 다 마셔도 상관없었다. 에드메 이야기를 아무렇지 않게 하고 있으니 왠지 이상했다. 그동안 꽁꽁 닫아두었던 마음의 문이 무심코 열린 것 같았다.

알랭이 술을 마시는 동안 나는 우리가 앉아 있는 벤치 뒷면에 붙은 기념패 위에 쌓인 눈을 쓸어냈다. 그러고는 소리 내어 읽었다. "이곳을 사랑했던 렐리 파바나, 그녀를 사랑했던 이들은 절대 잊지 않으리니."

"사랑스럽네." 알랭이 말했다. "끽해야 열 단어 쓰면서 '사랑'을 스무 번이나 반복하다니. 운율을 맞추면 추가 비용이라도 받는 건가? '이곳을 사랑했던', '그녀를 사랑했던', 너무 뻔하잖아? 오, 렐리,

천사 같은 영혼이여. 당신은 이보다 더 나은 추모사를 받아야 하지 않겠소?"

내가 킥킥거리며 웃었다. "너라면 렐리 파바나에 대해서 뭐라고 썼을 건데?"

"누군지도 모르는데? 음, 나라면 더 실력 있는 시인한테 맡기라고 했겠지."

"그래, 그래. 그럼 널 기리는 기념패에는 뭐라고 쓰면 좋겠어?"

"그건 왜? 기념 벤치 하나 사주게? 헌병 월급으로?"

"기꺼이 사드립지요."

"오, 감동인데. 진지하게 생각해 봐야겠다. 내 벤치는 발스 앞에 놔줘. 매일같이 발이 내게 조의를 표할 수 있게 말이지. 그리고 내 이름이랑 남은 외상값 정도 써주면 되겠다. 아, 불쌍한 발. 나 때문에 고생이 아주 많아. 불쌍한 렐리 파바나, 불쌍한 알랭 로소, 불쌍한 오딜." 알랭이 내 어깨를 한 대 툭 쳤다. "야, 우리 좀 봐라. 옛날에 피슈그뤼 선생님이 헌병 얘기할 때 날 빤히 쳐다보던 모습 기억해? 네가 철책에서 일할 거라고 누가 생각이나 했겠어. 오딜이 순찰이라니!"

그의 발음이 뭉개지기 시작했다. 나는 벤치 등받이에 앉아 있는 알랭 옆에 앉았다. 찬 바람의 방향이 바뀌어 호수의 표면이 일렁이는 광경을 우리는 가만히 쳐다보았다.

"근데." 내가 목소리를 낮추고 부드럽게 말했다. "어쩌면 평생 순찰을 하지는 않을지도 몰라."

"엥? 그만두고 싶어도 사직할 수 없다고 알고 있었는데?"

327

"그만둔다는 말이 아니라. 임관 신청했거든."

"어, 순찰 대원이 아니라 더 높은 자리? 그 뭐야, 장교?"

"응."

"될 것 같아?"

나는 잠시 멈추었다. "그동안은 안 될 거라고 확신했는데. 지금은 내가 제일 유력해. 지난밤 이후로."

알랭이 내 말을 곱씹는 것 같았다. 그가 금세 눈을 동그랗게 뜨고 열성적인 표정을 지을 거란 사실을 나는 알았다.

"음, 죄책감이 드시는구먼? 이지도르 때문이야? 그 양반이 괴짜 이긴 하지만 그래도 상종 못 할 인간은 아닌데."

"무슨 뜻으로 하는 얘기야?"

"그냥, 이지도르가 슬프다고 한 말 때문에. 그게 다야. 당연히 규칙은 규칙이고 일은 일이지만 다른 사람한테 그렇게 하는 게 쉽진 않을 것 같아. 그 사람들이 여기서 뭘 하고 싶은 건지 혹시 알아? 탈주자들 말야. 얘기하기 곤란하면 안 해도 돼. 아마 곤란하겠지."

나는 거의 빈 병을 입에 갖다 댔다. 술기운이 눈을 찔렀다.

"기분이 좋지 않지. 그 일 때문에 내가 잘 풀리는 거……. 꼭 그 여자를 이용하고 있는 것 같아."

"여자?"

몸이 굳었다. "제길. 내가 그랬다고 아무한테도 말하면 안 돼."

알랭이 웃었다. "그러니까 여자였다는 말이지. 누가 신경이나 쓴 다고 그래."

"그래도."

"절대 안 하겠습니다, 미래의 장교님!" 알랭이 맹세하듯 씩씩하게 대답했다. "근데 내 말 한번 들어봐. 어쩌면 안 늦었을 지도 몰라. 아직 그 여자를 도울 수도 있다는 말이야. 그 여자가 여기 와서 하고 싶은 일이 있었을 거 아냐. 그게 뭔지 알면 그 여자 대신 네가 해주는 건 어때? 그건 법을 어기는 일이 아니잖아? 그냥 주민으로서 일상을 보내다가……."

"안 돼. 그것도 조정으로 취급해. 심각한 문제라고."

"빌어먹을 규칙. 항상 한발 앞서 있다니까."

어깨를 으쓱이는 알랭을 보자 어릴 때 모습이 떠올랐다. 그는 마지막 남은 위스키병을 다 비운 다음 모래 위로 멀리 던졌다. 술병이 얼음 위를 통통 튀다가 얕은 물가의 언 표면으로 쭉 미끄러졌다. 그 광경을 보고 있자니 별안간 학교 다닐 때 알랭과 에드메가 막대기를 휘두르며 앙리 스와인을 쫓아주었던 날이 생각났다. 오래전 일이지만 그때 고마웠다고 말하면서 대화의 주제를 바꾸었다. "그날, 아주 좋은 핑계였지." 알랭이 대답했다.

우리는 다시 아치형 입구 쪽으로 걸었다. 그는 내게 헌병으로 사는 게 어떤지 물었다. 나는 휴가 중인 경계병들에게 익히 들어서 다 알고 있을 텐데 왜 묻는 건지 의아해하면서도 대답했다. 바티쇠르 광장에 다다랐을 때 우리는 다시 학창 시절 얘기를 하기 시작했는데, 내가 손으로 입을 가리고 하품하는 걸 눈치챈 알랭이 말했다. "추억 여행은 다음에 이어서 하자고."

"잠을 못 자서 너무 피곤하네." 내가 사과했다.

"알지, 알아." 알랭이 말했다. "내 추모 벤치에 이 문구는 어때? 너무 피곤하네." 그가 웃음처럼 말을 토해냈다.

나는 씩 웃으며 다시 만날 기회가 생겨서 좋다고 말했다.

"나도 그래." 알랭이 말했다. 그는 다시 술집 골목을 향해 뒷걸음질로 걷기 시작했다. "좋은 꿈 꾸십시오, 오잔 장교님. 부디 성공이 양심을 달래주길!" 넘어질 뻔하다가 겨우 균형을 잡고 선 알랭이 제 발을 보며 욕을 퍼부었다.

나는 사택으로 들어갔다. 말셰는 아직 귀소 전이었다. 난방기의 설정 온도를 높였다. 누비이불이 깔린 매트리스에 눕자 투광 조명 아래 기대에 부풀어 있던 뤼시의 표정과 제1동편에서 보았던 여자의 둔탁한 눈빛이 다시 머릿속을 가득 채웠다.

11장

몇 시간 뒤 다시 순찰길을 나갔다. 고맙게도 뽀얀 이불이 온 세상을 덮은 듯 아침 하늘에는 구름이 가득했지만, 그래도 눈이 부셔서 눈을 가늘게 뜨고 걸어야 했다.

관자놀이가 어찌나 쿵쿵 울려대는지 두개골이 부풀어 오르는 것 같았다.

말셰는 나를 동네 어귀에 내려주고 일찌감치 경계 지역으로 떠났다. 내게 말을 걸지는 않았지만, 차 안에서 눈이 마주칠 때마다 토할 것 같다는 표정을 지었다. 트럭이 멈추자 나는 동부 과수원에 인접한 도로를 헤치며 앞으로 걸어가기 시작했다.

마치 뤼시가 밤새 침대 옆을 지키고 있기라도 했던 것처럼 눈을 뜨자마자 머릿속에 다시 뤼시가 떠올랐다. 뭔가 다른 생각을 해야 했다. 나는 흙과 섞인 눈더미를 바라보며 알랭을 생각했다.

에드메가 실종되었던 주에 알랭은 학교에 나오지 않았다. 그는 종일 자원봉사자들과 에드메를 찾으러 다녔다. 밤이 되어 봉사자들이 포기하고 돌아간 뒤에도 피라 아저씨와 함께 수색을 이어갔다. 금요일에 수색이 종료되었고 일요일에 장례를 치렀지만, 알랭은 참석하지 않았다. 그리고 월요일에 학교로 돌아왔다.

머리를 푹 숙이고 누구와도 말하지 않던 알랭. 그때 알랭은 며칠이나 씻지 않은 것 같은 행색이었다. 피슈그뤼 선생님은 에드메에 관한 언급 없이 평소처럼 수업했다. 바로 전날 예배당 강단에서 추도사를 했는데도 말이다. 점심시간을 알리는 종이 울리기 직전에야 알랭이 돌아온 걸 알아챈 선생님은 무단결석을 했으니 벌을 받아야 한다며 그를 불러냈다. 알랭은 순순히 일어나 앞으로 나갔다.

처음엔 그저 멍해 보였다. 교탁 위로 상체가 휘청이는데도 맞은 줄 모르는 사람 같았다. 체벌은 한참 동안 계속되었다. 피슈그뤼 선생님의 이마에 땀방울이 맺히기 시작했고, 알랭의 얼굴은 점점 울그락불그락 달아올랐다. 교탁 끝을 쥔 알랭의 손가락 마디마디가 책상에 파묻힐 것 같았다. 그 순간, 마치 슬로모션처럼 알랭이 몸을 돌려 일어나면서 주먹으로 피슈그뤼 선생님의 얼굴을 강타했다. 아주 천천히 선생님이 뒤로 넘어졌다. 울부짖는 소리가 났다. 입에서 피가 흐르기 시작했다. 알랭은 그대로 돌아서서 코트룸으로 나가 버렸다. 애도의 의미로 흰 장미 머리핀을 꽂고 있던 조가 깜짝 놀란 표정으로 쳐다보고 있었다. 공포에 질린 표정으로 알랭의 뒤를 쫓아 나가던 쥐스틴의 얼굴이 기억난다.

당연히 알랭은 학교에서 쫓겨났고 그날 우리 학급은 알랭 없이 공장으로 견학을 떠났다. 실습 자격을 잃은 알랭은 한동안 피라 부부의 도우미가 되었다. 에드메의 어머니가 몸져누워 있는 동안 아저씨와 함께 보도에서 낙엽을 쓸었다. 그러나 이듬해 피라 아주머니가 일터로 복귀하자 알랭이 그 집으로 출근하는 날은 점점 뜸해졌다. 알랭과 쥐스틴 사이에 무슨 일이 있었는지는 알 수 없었다. 알랭은 더는 동네에 나타나지 않았다. 그건 그해 겨울 내내 할머니 댁에 처박혀 있었던 나도 마찬가지였다.

그날 아침 순찰 중에 할머니의 옛 집터를 지나갔다. 조부모님의 과수원을 매입했던 이웃은 두 분이 돌아가시자 집도 사들였고, 얼마 지나지 않아 집을 허물어뜨리면서 별채로 있던 차고도 철거했다. 옛날에 내가 할머니 댁에 지내러 들어왔을 때, 하루에 몇 시간씩 차고의 다락방에 들어가 책을 읽고 낮잠도 자면서 할아버지가 서까래 하나를 제거해 거칠거칠해진 부분을 바라보곤 했다. 두꺼운 얼음 밑에 여전히 존재하는 자갈 깔린 진입로는 이제 어디로도 연결되지 않았다. 진입로 끝 과수원을 가득 채운 채 자라는 가냘픈 묘목들의 가지 위로 눈이 살짝 쌓여 있었다.

할머니 댁이 팔리고 허물리기 전에 어머니가 집 안의 물건을 비워야 한다는 소식을 전했다. 갑작스럽게 휴가를 낼 순 없는 노릇이었고, 솔직히 그러고 싶지도 않았다. 어머니는 클로데트 아주머니의 아들들에게 도움을 받겠다고 했다. 얼마 뒤 내 이름이 적힌 상자하나가 경계 지역으로 도착했다. 내 추억의 물건을 신경 써준다는건 어머니답지 않은 일이었지만, 나중에 어머니는 자기 소관이 아닌 물건이었고 새 집주인은 집에 아무것도 남아 있지 않기를 바라서 했던 일이라며 확실하게 선을 그었다.

나 역시 거의 아무것도 남겨두지 않았다. 보관해 둘 책 몇 권 외에 학교 숙제들은 모두 식당 소각로에 던져버렸다. 상자 밑바닥에 보풀투성이 천 가방을 들어보니 가죽으로 된 실습 공책이 보였다. 혹시 모를 일에 대비해 탈락한 후보자들은 공책을 반납해야 했는데, 웬일인지 나에게는 공책을 반납하라고 요청한 사람이 없었다. 공책을 다시 발견하고 난 뒤에야 이브레 선생님이 돌려달라고 부르지 않았다는 사실이 이상하게 느껴졌다.

공책을 처음부터 끝까지 다시 읽어 보았다. 인생에서 겨우 몇 주밖에 안 되었던 그 기간에 얼마나 성실하게 필기했던지, 엄청난 분량의 필기를 보고 깜짝 놀랐다. 여백에는 시험과 관련 있다고 생각했던 필기 내용에 동그라미가 그려져 있었고, 거기에 각각 어떤 사례인지 적혀 있었다. 그 주의 사례가 담긴 L. M., C. R., J. N. & P. N.이라는 가명의 이니셜을 감싼 동그라미들이 공책을 빼곡하게 채웠다. 그에 비해 매주 판결을 준비하며 끄적인 내 필기 내용은 간결하고 단호했다. 암호문을 해독하는 키가 두 번 적혀 있었다. 9월 중순, 공책의 필기는 특별한 변화 없이 중단되었다.

공책을 덮자 그동안 잊고 있었던 강인함이 샘솟는 것 같았다. 감정적으로 필기한 문장은 없었지만, 공책 속 목소리는 권위적이고 자신감이 넘쳤으며 약간 오만하기까지 했다. 일상에서 나는 스스로 위축된 존재라고 생각하며 살았다. 공책 속 학생의 뻔뻔함에 약간 분하기도 했으나, 동시에 그 존재를 확인하니 마음이 누그러졌다. 이 공책은 지난날 내가 어떤 사람이었는지 보여주는 증거였다. 흐릿한 조명 아래 접이식 간이침대에 누워 있던 나는 그 학생의 뻔뻔함을 빼앗기로 했다. 나는 공책을 일주일 더 가지고 있다가 나머지 책들을 처리한 것처럼 소각로에 던져버렸다.

순찰 중인 나를 주민들이 창문 너머로 쳐다보았다. 내가 그들을 쳐다보면, 그들은 집 안 깊숙이서 누가 그들을 부르기라도 한 것처럼 재빨리 고개를 돌렸다.

이다음 주거 지역은 동부 경작지 너머에 있었다. 멀리 떨어진 농지의 풍경이 눈앞에 펼쳐졌다. 쌀쌀한 날씨였지만 헛간에서 흙냄새가 풍겼다. 빨간 문 뒤에서 게으른 말발굽 소리가 들렸다.

바람막이 역할을 하는 물푸레나무들이 건너편 농장과 경계를 이루고 있었다. 나무 너머로 눈처럼 하얀 농가 한 채가 보였다. 기다란 시골길 끝, 2층짜리 건물이었다. 한참 먼 거리였지만 시골길과 도로가 만나는 곳에 우편함이 보였다. 우편함에 어떤 성씨가 적혀 있는지 나는 알고 있었다. 그 집 굴뚝에서 피어오르는 연기가 하늘 색과 거의 똑같은 잿빛이었다. 반짝반짝 윤이 나는 픽업트럭이 집 앞에 세워져 있었다. 그날 아침 뤼시 사나, 또는 그녀의 남편이, 어쩌면 두 사람 다 집에 있는 것이었다.

온 길로 되돌아갈까 고민하면서 걷는 속도를 늦추었다. 여기서 몇 미터 떨어진 곳에 그녀의 핏자국으로 거뭇해진 눈더미가 아직 있을 터였다. 어쩌면 내 방한 외투 소매에 핏방울이 묻어 있을는지도 몰랐다. 그러나 내가 어느 길로 향하고 있는지 나는 알고 있었다. 그날 나는 굳이 이 길로 가지 않아도 됐다. 내 발소리와 함께 심장이 빠르게 쿵쿵거렸다.

왼편의 언덕이 점점 높아지면서 마치 파도를 타고 올라오는 배처럼 집이 솟아올랐다. 그 집에 가까워지자 픽업트럭이 뱉어내는 배기가스가 보였지만, 운전석에는 아무도 없었다. 그때 집 뒤편에서 한 남자가 걸어 나왔다.

큰 키에 덩치가 좋고 움직임이 거친 남자였다. 머리카락은 아주 짧게 다듬어져 있었다. 그는 운전석 문을 홱 당겨서 열다가 자기 집 진입로 근처에 서 있는 나를 발견했다. 잠깐 나를 쳐다보는가 싶더니 곧 트럭에 올라탔다.

남자는 빙판에 미끄러지지 않도록 속도를 절반쯤 줄여 언덕을 내려왔다. 마음만 먹으면 그가 내 앞까지 오기도 전에 지나쳐 갈 수 있었다. 그러나 나는 진입로 중간에 가만히 서서 그의 차를 마주하며 남자가 오길 기다렸다.

앞 유리 너머로 고개를 쭉 빼는 그가 보였다. 반사된 하늘 때문에 남자의 얼굴이 흐릿하게 보였다. 그는 주차 기어를 넣고, 엔진을 멈추지 않은 채 트럭 밖으로 나왔다.

"무슨 일이십니까?" 남자가 큰 소리로 물었다.

쿵쾅거리는 심장을 부여잡고 그에게 다가갔다. 그 남자와 나 사이에 있는 것이라고는 열려 있는 트럭 문짝 하나뿐이었다. 트럭의 후드에서 뿜어져 나오는 열기가 전해졌다. 가까이 다가가자 면도할 때를 넘겨 덥수룩한 턱과 성마른 눈빛이 보였지만, 그는 정중한 태도를 유지했다.

"무슨 일로 오셨습니까?"

"민원이 접수돼서요." 내가 말했다. 거짓말이 뻔히 드러날 정도로 불안정한 목소리가 나와서 목을 가다듬고 말했다. "사나 씨 맞으십니까?"

"네, 그렇습니다만."

"부인 성함은 뤼시, 맞으시죠?"

그가 불쾌한 듯 눈을 깜빡였다. "아내가 뭘 했길래요?"

언덕 위, 농가 창문에서 한 여자가 우리를 쳐다보고 있었다. 수건으로 머리카락을 둘둘 만 그녀는 한 손을 목에 대고 있었다. 나는 다시 남자에게 시선을 옮겼다.

"아뇨." 내가 대답했다. "당신과 관련된 일입니다, 사나 씨. 당신이 한 행동에 대한 일이요."

그의 눈이 가늘게 찢어졌다. "무슨 소리 하는 거요?"

내가 권총을 가지고 있다는 걸 보여주려고 외투 자락을 열려다가 마음을 바꾸었다. 나는 움직임을 멈추고 다급히 외투를 여몄다.

"아무것도 아닙니다. 집을 잘못 찾아왔네요."

"네?"

"죄송합니다."

"내 이름도 알고 왔잖소." 그가 짜증스럽게 말했다. "민원이 뭐냐고요. 또 토지 경계선이니 하는 그 헛소리요?"

"아닙니다. 제가 실수했습니다." 나는 그에게 돌아서서 걸어가기 시작했다. 등줄기에 땀이 차오르고 있었다. 진입로 입구에 다다라서도 나는 계속 앞으로 걸었다. 하마터면 놓칠 뻔한 일이 무엇인지 떠오르자 한 대 맞은 것처럼 머리가 멍했다.

내가 지금 뤼시를 돕는다면, 20년 뒤에 그녀가 탈주를 시도할 필요가 없어질 터였다. 그러나 그녀의 불운한 시도가 있어야 내 상황이 개선될 것이다. 뤼시가 이 밸리에서 탈출하여 철조망에서 나를 마주치지 않는 순간, 안락이 보장된 장교의 삶은 끝장날 것이다. 그 시절 이브레 선생님이 경고했던 것처럼 새로운 시간의 물결이 날 덮칠 것이다. 내 인생은 끝이다. 게다가 그 끔찍한 일이 다가오리란 걸 알고 살아갈 테지만 그걸 막을 힘이 내게는 없다.

믿기지 않는 현실에 지평선을 바라보았다. 서쪽 산꼭대기를 덮은 눈이 달빛처럼 황량했지만 엄지만큼 작은 파란 빛이 희미하게나마 하늘에 퍼지기 시작했다. 뤼시의 운명을 바꿔주고 싶었다. 그러나 양심의 가책을 덜기 위해 내가 하려던 행동은 결코 해서는 안 될 행동이었다.

정말 그 방법밖에 없는 걸까? 절멸이 유일한 선택은 아니다. 다시 농가로 돌아가 내가 뤼시를 위해 할 수 있는 일을 한 뒤, 다음 주에 임관 신청을 철회하면 그만이었다. 장사빌이 어처구니없어할 테고 레몽은 벼락 맞은 듯 놀라겠지만 그걸로 끝이다. 내가 임관을 포기하면 뤼시를 이용해 내 삶을 변화시킬 일도 없으니 두려워할 필요가 없었다.

그러나 다음 농가에 도착하도록 내 발걸음의 방향은 달라지지 않았다. 오히려 더 빠르게 걷고 있었다. 장교가 되지 못하면 어떻게 되는지 이미 보았다. 지금 여기서 돌아간다면, 틀림없이 만뒤카가 있는 서부 국경으로 돌아가게 될 것이다. 레몽이 살고 있던 환한 장교 숙소를, 그가 그토록 자랑스러워하던 제복을 떠올렸다. 나는 학대가 아닌 존경과 배려를 받게 될 것이다. 안 된다. 어떻게 잡은 지푸라기인데, 이렇게 놓아버릴 순 없었다.

농토 끝 구름 사이로 태양이 고개를 내밀었다. 사나 같은 남자는 변하지 않는다. 그를 위협했다가는 괜히 뤼시의 상황을 더 안 좋게 만들 수 있었다. 미약한 명분을 앞세워 나 자신을 희생해 가며 둘 사이에 끼어드는 건 어리석은 일이었다. 물론 내가 미래에 어떤 끔찍한 일을 하게 될지 이미 알고 있었다. 나는 내가 서부 국경에 없을 걸 알면서도 비참하게 사는 뤼시를 찾아내 한겨울에 탈주를 시도하라며 계획을 짜줄 것이다. 그렇다면 그때 상황을 바로잡아도 늦지 않을 터였다. 그때 하든 지금 하든 계산은 똑같았다. 불행한 영혼이 둘이냐, 하나냐의 문제였다.

버찌나무 길에 있는 첫 번째 집 앞에서 걸음을 멈추고 내 수통에 든 물을 남김없이 마셨다. 깨끗한 양심 대신 명확한 선택과 확신으로 몸이 정화되는 느낌이 들었다. 차고 지붕에서 고드름이 녹아 물방울이 뚝뚝 떨어졌다. 날이 풀리고 있었다. 마침내 두통이 사그라들기 시작했다.

12장

겨울이 남기고 간 황폐함 속에서 피어난 초록 새싹을 보면 늘 다른 세계에 와 있는 것 같았다. 오랜 투병을 마치고 마침내 고른 숨결을 내뱉듯 대지에 색채가 돌아왔다. 바람이 한 점씩 불어올 때마다 황금빛 꽃잎, 푸른 잎사귀가 열광하며 언덕을 깨웠다.

4월 초순, 수중 철책으로 근무지를 배정받았다. 스키프를 몰고 북방 전초 기지에 도착하자 마지막 경계병이 보트에서 내렸다. 나는 수상가옥처럼 말뚝 위 뗏목에 지어진 숙소에 내 보급품을 날랐다. 이곳에서는 온종일 쌍안경을 들고 주변을 살펴야 했지만, 몇 주간은 호젓하게 지낼 수 있어서 나는 이곳에서 하는 근무를 가장 좋아했다. 아침이면 갈매기 울음소리에 잠에서 깨어나 커피 대신 달지 않은 체리 주스를 한 잔 따라 마셨다. 그런 다음, 화려한 윤슬을 표현하기 위해 조각칼로 판목을 톡톡 찍어가며 일출을 새기는 작업을 시작했다. 눈앞에서 사방으로 흩어지는 물결의 눈부신 모습이 마치 물속으로 던져진 나뭇가지를 피해 도망가는 물고기 떼처럼 보였다.

해 질 녘이 되면 물에 몸을 담갔다. 고민할 겨를도 없이 발이 먼저 물속으로 향했다. 무딘 도끼날로 찌르는 듯한 추위가 온몸을 덮쳤지만, 심호흡을 몇 차례 하고 나면 피부의 감각이 없어지고 마음이 차분해져서 그렇게 한참을 가만히 있었다. 그러고는 뗏목에서 한참 떨어진 곳까지, 가면 안 되는 곳까지 헤엄쳤다. 귀가 잠기도록 수면에 몸을 기대고 누운 채 호수의 짙은 침묵에 빠져들었다.

전초기지로 돌아온 나는 수건으로 몸을 감싼 채 푸른 산등성이 너머로 내려오는 밤을 지켜보았다. 멀찍이 서 있는 나무들이 흩어진 수염처럼 지평선을 채웠다. 마을의 등불이 하나둘 켜지기 시작했고, 산책로의 불빛이 물 위를 펄럭이며 흔적을 남겼다. 공원 누각에서 흘러나오는 음악이 바람 소리와 섞여 이상하게 들렸다.

수영할 수 없을 만큼 비가 많이 내리는 날에는 숙소 창가에 앉아 폭풍우를 바라보며 음식을 먹고 움직이는 구름을 보며 생각에 잠겼다. 작은 물방울 하나하나가 어떻게 저리 온전하게 공중에서 이동하는 걸까. 먹구름이 머리 위에서 소용돌이쳤지만 밸리 아래쪽은 이미 환하게 밝아오고 있었고, 뗏목을 적시는 빗물도 햇살을 한껏 머금고 있었다.

밖에 나가 땅바닥에 등을 대고 누울 때도 있었다. 그러고 있으면 동공이 확장되면서 깊숙이 박힌 별들까지 눈에 들어왔다. 오른쪽으로 고개를 돌리면 북단 절벽에서 불을 피우고 노는 10대 아이들의 모습이 보였다. 빈 병들이 호수로 던져지는 소리가 들리면 내 입꼬리가 살짝 올라갔다. 뗏목 아래 물고기들이 기분 좋게 철벅이는 소리, 수중 케이블이 피복 안에서 징징거리는 소리와 술병이 떨어지는 소리가 한데 어우러졌다. 술을 챙겨오지 않았는데도 수중 철책에서 근무하는 동안에는 잠을 푹 잤다. 장교가 되고 나면 그리워질 몇 안 되는 초소였지만, 내가 기억하는 한 그날 처음으로 내 앞날에 대해 긍정적인 느낌이 들었다.

사나와 한판 할 뻔했던 날, 나는 발스로 돌아갔다. 아직 이른 시간이라 하늘에는 어스레한 보랏빛이 감돌았다. 바 테이블은 텅 비어 있었지만 구석 테이블에 알랭이 혼자 앉아 쉬고 있었다. 나는 들뜬 마음으로 곧장 그에게 다가갔다. 뭔가 달라진 분위기를 눈치챈 건지 알랭은 호기심 어린 표정으로 나를 빤히 쳐다봤다. 나는 바에 있는 발의 아내에게 술집에 있는 모든 단골들의 술을 한 잔씩 사겠다고 했다. 자기 술잔이 채워지자 이지도르가 당황한 듯 고개를 들었다. 나는 빈정대는 표정으로 고개 인사를 했다. 거기서 알랭과 나는 한 시간쯤 즐겁게 노닥거렸다. 전보다 더 가벼운 이야기를 나누었다. 그는 내게 동네 소문을 들려주었고 나는 순찰이 어떤지, 레몽이 어떤지, 장사빌과 콜텔리가 평판과 얼마나 다른지, 일이 얼마나 지루한지, 합판으로 된 숙소와 절대 안 바뀌는 식사 메뉴에 대해 말해주었다. 이런 수다를 떨고 있으니 내 기분도 점점 나아졌다. 내가 불평을 퍼부은 대상이 이제 사랑스러운 빛을 내며 반짝일 것만 같았다. 내가 조판해서 판화를 만드는 게 취미라고 얘기하자 그는 다음 시내 근무 때 가져와서 보여달라고 했다. 그게 언제가 될까? 잠시 망설인 뒤 나는 봄에 작품을 가져와 보여주겠다고 약속했다.

내 과거의 한 조각을 다시 만나 교감하고 있으니 새삼 기분이 좋았다. 나를 옥죄던 끈이 조금이나마 느슨해진 것만 같았고, 잊고 있던 무언가가 풀려나온 것 같았다. 시내 근무를 마치고 경계 지역으로 돌아가 식당에서 레몽과 함께 밥을 먹는데 가슴 한편이 아려왔다. 하지만 우울함은 금세 가라앉았다. 나는 다행이라고 스스로 다독였다.

호수 전초기지에 있던 나를 데리러 나온 건 오뷔숑이었다. 갑판에 가방을 내려놓고, 물가를 가로질러 다가오는 그를 지켜보았다. 호숫가로 가까이 다가오던 작은 보트는 북단의 호안선을 따라 급선회하고는 나를 향해 우렁찬 소리를 내며 질주했다. 그때까지 경쟁자들과는 오며 가며 하는 인사 외에는 별다른 교류가 없었다. 그날 아침 오뷔숑의 냉담한 표정을 보아하니 그도 돌아가는 상황을 파악한 게 틀림없었다. 대충 눈치를 챈 나는 그와 대화 한 마디 나누지 않고 잔잔한 파도를 건넜다. 헌병대 부두에 배를 묶어두고 공공 선착장으로 나가는 길에 소풍 바구니와 와인을 챙겨 유람을 준비하는 가족이 보였다. 그들의 모습에 나도 모르게 입꼬리가 올라갔다.

장사빌의 공지는 그달 말에 예정되어 있었다. 임관 예정자가 결정되면 장사빌이 관리동으로 불러 소식을 전할 거라고, 지금까지 나눈 대화를 종합해 볼 때 여전히 내가 가장 유리하다고 레몽이 미리 일러주었다. 평소처럼 자신만만한 레몽을 보니 들뜨기도 하고

민망하기도 했다. 순간, 내가 그랑제콜에서 합격할 가능성에 대해 속삭이던 클로데트의 모습이 스치듯 지나갔다.

레몽과 나는 혹시 모를 일에 대비하려 그날 밤 철책에서 있었던 일을 두 번 다시 입에 올리지 않았다. 1월에 시내 근무를 마치고 복귀하자마자 그는 다른 경계병들과 합세하여 나더러 명사수라고 불렀다. 경계병들이 내게 드디어 용기를 냈다며 칭찬하자 레몽은 누구보다 크게 웃었다. 이후 몇 달 동안 우리끼리의 비밀에 대해 그가 가장 크게 남긴 힌트는 눈을 반짝이는 것뿐이었다.

4월 중순 어느 날 오후, 식당에서 늦은 점심을 먹고 있는데 레몽이 내게 멀리 산책을 다녀오자고 했다. 배식구의 철망 커튼이 닫힌 직후였다. 점심 배급이 끝났다는 의미였다. 자기는 재량 근무고 나는 분할 근무 중이니 다녀올 시간은 충분하다고, 레몽이 날 안심시켰다. 우리는 보통 막사로 향하는 길목을 같이 걸었기 때문에 나는 숙소에 돌아갈 일이 없다고 말했다. "철책 길을 걷자는 게 아니라네." 그가 대답했다. "보여주고 싶은 게 있어서 그렇네."

그는 관리동과 별관 몇 동을 지나 비포장도로로 나를 데리고 갔다. 언덕 아래로 이어진 길을 따라가다 보니 어느덧 철책이 시야에서 사라졌다. 눈앞에는 고위 장교들의 숙소만 모여 있는 한적한 거주지가 보였다.

동부 경계 지역에서 이처럼 나무가 심긴 땅은 무척 보기 드물었다. 차도를 따라 포플러가 길게 늘어서 있었고, 높은 가지 끝에는 뽀얀 꽃차례가 길쭉한 구름처럼 매달려 피어 있었다. 집집의 뜰 안에는 복숭아나무도 자라고 있었다. 통통한 복사꽃은 여전히 **빽빽하게** 피어서 마치 입술처럼 서로서로 맞닿아 있었다.

"나는 여기가 참 좋더라고." 레몽이 말했다.

스투코를 바른 건물들은 시골집들보다 아담했고 내가 어릴 때 살던 집보다도 수수했다. 그러나 분리된 독채인 데다 막사나 하급 장교의 숙소 어느 방보다도 넓었다. 집집의 처마널은 테라코타로 장식되어 있었다. 우리는 장사빌의 거주지 앞에서 걸음을 멈추었다. 슬그머니 창문 안을 들여다보니 책장이 한쪽 벽면을 가득 메우고 있었다.

레몽이 한 손을 들어 머리를 쓸어 넘기고 뒤미처 한쪽 어깨를 털었다. 그러고는 길 아래쪽을 가리켰다. "이쪽이야."

그곳엔 집이 몇 채 없었다. 장교 한 사람이 보였다. 그 사람은 아직 출근 복장이 아니었는데, 복숭아나무 아래 있는 스프링클러 옆에서 웅크리고 있었다. 레몽이 손을 번쩍 들었다. "이죄!" 호전적으로 느껴질 만큼 힘찬 목소리였다. 남자는 짜증스럽다는 듯 어깨 너머로 힐긋 돌아보았다.

"더 친절한 이웃도 많아." 레몽이 덧붙였다. "어쨌든 다 왔네."

이죄의 주택 너머 잡초로 뒤덮인 흙길이 보였고, 그곳엔 여느 집들과 비슷하지만 파손된 집 한 채가 있었다. 레몽이 활짝 웃으며 그 집 앞쪽 창문으로 다가가 내게 손짓했다. 나는 먼지로 얼룩진 유리창을 들여다봤다. 스크린이 달린 거뭇한 벽난로 앞에 하나 있는 흔들의자를 제외하고는 가구랄 게 없었다.

"아무도 안 사나 보네요?"

"응. 지금은. 벨리지 씨가 돌아가신 뒤로 비어 있어. 이쪽으로 와 보게."

그를 따라 뒤편으로 갔다. 잔디는 고르지 않아도 무성하게 자란 복숭아나무의 가지들이 꽃을 활짝 피울 준비를 하고 있었다. "아무래도 이죄가 꾸준히 물을 주고 있었나 보군." 레몽이 추측했다. 뒷문을 열려고 시도했지만 손잡이는 돌아가지 않았다. 레몽은 알겠다는 듯 고개를 끄덕이고는 두 팔을 양옆으로 펼치며 물었다.

"어때? 내가 여기 어울리나?"

"이 집에 사는 모습 말하는 거예요? 물론이죠, 아주 아름다운 곳이네요."

그는 만족스러운 표정을 지었다. "좋군. 나도 여기가 마음에 들거든. 전부터 늘 이곳에 오고 싶었지. 이 집이 딱 좋은 것 같네. 시내에 여기보다 못한 집들도 많다는 거 아는가? 조금 치우고 나면 새집 같아질 거야. 내가 손대기 시작하면 이죄네 집보다, 아니 어쩌면 콜텔리네 집보다도 더 멋지게 고칠 수 있다는 말일세. 그래도 둘한텐 비밀이네."

내가 서 있는 복숭아나무 아래의 빈약한 그늘로 레몽이 들어오더니 손가락으로 갓 피어난 꽃망울 하나를 잡고 끝을 벌렸다.

"물론 이 집을 노리는 사람이 나 말고도 많긴 해. 장교 기준으로 보면 나는 아직 앞줄은커녕 한참 풋내기니까."

그는 다시 한번 머리를 쓸어 넘기고는 목청을 가다듬었다. 가만히 서서 시간을 끌고 있는 것 같았다.

"그러면 무슨 수로 들어오겠다는 거예요?"

"그래서 내가 자넬 여길 데리고 온 거야. 여기서 살면 어떻겠나?"

"제가요?"

"물론이지. 이곳은 장교 숙소잖아. 숙소는 임관 발표 이후에 배정될 걸세."

당황하는 날 보고 레몽이 숨을 깊이 들이마셨다.

"무슨 말인지 자세히 설명해 주겠네. 자네나 나나 혼자 여기 들어와 사는 건 현실적으로 불가능하지. 하지만 둘이 함께 들어오는 조건으로 지원하면 그쪽에서도 나쁠 게 없잖아. 하급 장교 숙소 두 채가 통으로 빌 테니까."

그가 목을 가다듬었다. "동거에 대한 정책이 모호하거든. 장사빌에게 그런 요청을 하는 사람도 별로 없겠지만, 내가 알기론 명확한 규정도 없어. 물론 일반적이진 않지. 그러니까 설득력 있는 근거를 제시해야 할 거야."

레몽이 반대편으로 고개를 돌리고는 서둘러 말을 이었다.

"일반병끼리나 병사와 장교 사이에는 연애가 금지되어 있지 않나? 그러나 장교와 장교 사이의 관계를 언급하는 규정은 없어. 어떤 언급도 없네, 전혀."

그가 대담하게 나를 쳐다봤다. 깜짝 놀라 피식 웃으려는데 그의 모습이 왠지 불편해 보였다. 농담이 아니라는 걸 알아차린 나는 웃으려다 그만두었다. 긴장이 밀려들어 속이 울렁거렸다.

"그러니까 관계에 관한 규정에 허점이 있다는 말씀인가요?"

"빠뜨린 건지 아니면 일부러 뺀 건지 누가 알겠어. '규칙은 규칙'이라고 한다면 규칙의 부재도 마찬가지 아니겠나? 음……. 자네는 아마 가을쯤 오게 되겠군. 이곳에 단풍이 들면 얼마나 사랑스러운 지 몰라. 철책에서 벗어나서 밤에 번쩍이는 불빛이 안 보이는 게 참 좋아. 목가적이지."

내가 고개를 끄덕이자 그는 자신감을 회복하기 시작했다.

"당장 결정할 필요는 없어. 그래도 시간을 너무 오래 끌면 안 될 거야. 자네가 막사에서 나오기 전에 장사빌과 이 문제를 논의해야 할 테니까. 곧 임관 발표가 있을 걸세. 나는 우리가 제대로만 한다면 충분히 가능성이 있다고 생각해. 공식 요청은 내가 할 테니 자네는 글 쓰는 것만 좀 도와주면 돼. 왕년에 배운 자문관 기술을 한번 써먹 어 보자고! 하룻밤 사이에 순찰 대원에서 장사빌의 이웃이 된다고 상상해 봐!"

그가 손목시계를 확인하며 얼굴을 찌푸렸다. "순찰 얘기가 나와 서 말인데, 수송차가 곧 출발하겠군."

레몽은 우리가 온 길로 되돌아서 걷기 시작했다. 나는 낡은 주택 의 뒤편을 마주한 자리에 가만히 서 있었다.

"근데, 정확히 저한테 뭘 물으시는 건지 잘 모르겠어요."

그가 걸음을 멈추었다. "그게 무슨 말이지?"

"관계에 허점이 있다는 게…… 우리가 그런 사이가 될 거라는 말 인가요? 아니면 이곳에 들어올 수 있도록 장사빌에게 말만 그렇게 하겠다는 건가요?"

레몽이 눈을 끔벅였다. 내리쬐는 햇살에 그의 작은 눈동자가 블 루베리처럼 파랗게 빛났다.

"그게 다 쇼였다고 소문이 퍼지기라도 하면 여기에 계속 살도록 우리를 내버려두지 않을 걸세. 내가 웃음거리가 되리라는 건 말할 것도 없고."

그는 얼굴을 붉히며 아까보다 더 쉰 목소리로 말을 이었다. "확실하게 전달이 안 됐을까 봐 덧붙이자면, 나는 우리가 그런 사이가 됐으면 하네. 우리는 서로에게 잘 맞잖아. 내가 자네에게 얼마나 좋은 사람이 될 수 있는지 얼마 전에 확실히 보여준 것 같은데."

잠깐이지만 나는 그가 뤼시 얘기를 하고 있다는 걸 눈치채지 못했다. 레몽이 억지 미소를 지었다. 어쩔 줄 몰라 하며 거의 사과하는 듯한 표정이었다. 그의 그런 얼굴을 보는 건 처음이었다.

"아, 이제 정말 가봐야겠네요." 내가 조용히 말했다. "꼭 생각해볼게요."

"그럼, 그럼." 그는 자신감을 회복한 듯 단호하고 경쾌하게 대답했다.

호숫가 감시탑에는 카롱이 있었다. 아니나 다를까 그는 들창 밖으로 고개를 삐쭉 내밀고 말을 걸어왔다. 공원 옆 개울이 넘칠지도 모른다, 호수를 건너던 경계병 하나가 사고로 다쳤다, 고원 산장에 보급품을 채워 넣어야 한다……. 나는 평소처럼 감시탑 계단 위를 쳐다보며 듣는 둥 마는 둥 하다가 이제 가보겠다고 인사를 하려는데 카롱이 한 마디 덧붙였다. "아, 절대 부정 타게 하려는 건 아니고, 임관이 유력하다는 소식 들었어!" 그는 날 향해 두 손가락을 꼬면서 행운을 빌었다. 그가 오뷔숑과 사이가 틀어졌다던 소문이 어렴풋이 떠올랐다.

순찰하는 동안에도 레몽의 말을 곰곰이 생각해 보았다. 당시에는 놓쳤던 과거의 신호들을 떠올렸다. 애초에 장교에 지원하라고 부추긴 게 이것 때문이었을까? 오늘 나눈 대화가 치밀한 계획의 마지막 단계였던 걸까? 지난가을, 큰 포부를 가지라던 그의 조언이 다른 느낌으로 다가왔다.

물론 그가 전부터 내게 이런 감정을 느꼈을 가능성도 있었다. 지난 몇 년 동안, 특히 술이라도 한두 잔 들이켜면 그의 눈빛이 유독 다정해지곤 했다. 그런 기미가 보일 때마다 나는 시선을 피했기에 그 이상의 일은 일어나지 않았다. 이제는 이 문제를 피할 재간이 없었다. 그는 자신의 의도를 분명히 밝혔다. 어렴풋이 떠오르는 할머니의 말마따나 남자가 여자에게 꿍꿍이 없이 '그냥' 하는 행동 따윈 없었다. 그가 흥분할 때마다 손가락 마디로 은밀하게 입가를 훔치던 모습이 기억났다. 그와 육체적 관계를 맺는 건 상상하고 싶지도 않았지만, 그보다 더 끔찍한 건 그에게 섹스가 애정이나 욕망에서 비롯된 행위가 아니라 사회적 지위를 위한 것일지도 모른다는 사실이었다. 순수한 동거 형태를 반대하는 이유가 자신의 평판이 위태로워질 수도 있기 때문이라니.

레몽이 학창 시절을 힘들게 보냈다며 캥통이 해주었던 얘기를 곱씹어 보았다. 실습 지원에 여러 차례 떨어졌다는 사실, 그리고 그가 헌병으로서 승승장구하면서도 여전히 겉도는 이방인 같은 행동까지. 식당에서 내 허리에 팔을 두르는 남자, 아무 걸림돌 없이 경계를 넘나들 수 있는 남자. 그의 오만한 표정이 머릿속에 그려졌다. 그러나 이러한 의심이 들면서도 나를 향한 그의 다정함만큼은 진심으로 느껴졌다.

두 감시탑 사이에 멈춰 서서 조각 용품이 든 가방을 열었다. 판목에 새겨진 풍경이 마음에 들었지만, 여기까지 들고 온 김에 하늘의 디테일 몇 곳을 조금 더 깊이 팠다. 바람이 거세게 불면서 울린 경보음에 조각칼 소리가 묻혔다. 다정함이라니. 나는 바보가 아니었다. 레몽은 자기가 얼마나 헌신적인 사람인지 증명하기 위해서 뤼시의 일을 언급하는 거라고 했지만, 사실상 그건 내가 장교로 임관한다면 그건 자기 덕분이라는 걸 확실하게 해두려고 꺼낸 말이었다. 그가 정말 그렇게 생각한다면 나에게 싫다고 말할 권한이 있기나 한 걸까? 설령 그게 사실이어도 나는 거절할 수도 없었다.

슬픔에 잠긴 채 하급 장교 숙소를 떠올렸다. 딴생각을 하다가 판목을 너무 깊이 찌른 나머지 지평선이 비뚤어지고 말았다. 나는 욕지거리를 뱉고는 후 불어 나뭇밥을 날렸다. 이 정도 실수는 그냥 넘길 만했다. 참, 알랭이 다음에 올 때 내 작품을 보여달라고 했었는데. 다음 시내 근무 주간 때, 그와 함께 한잔하며 편안하게 대화를 나눌 생각을 하니 살짝 긴장이 풀렸다. 오늘 밤엔 판화를 몇 장 찍어야겠다고 마음먹었다.

간이침대 밑에서 판목 더미를 빼냈다. 어스레한 방 안에서 침대 옆 램프가 바닥에 헝클어진 머리카락과 먼지를 비추었다. 오늘 마무리한 것을 포함해 지난 몇 달 동안 완성한 판화들을 둘러보며 마음에 드는 걸 골랐다. 절반은 마음에 들지 않았다. 나머지 절반을 침대 위에 올렸다. 담요 하나를 풀어서 순찰할 때 빈집에서 찾았던 창유리를 꺼냈다. 한때 노랗게 칠해져 있었던 틀은 이제 가시투성이였지만, 유리창 자체는 깨진 곳 없이 매끄러웠다.

창유리에 코발트블루 잉크를 바른 뒤 첫 번째 목판에 롤러를 굴렸다. 조각된 선들이 윤기 있고 어둡게 빛났다. 하얀 닥종이를 한 장 꺼냈다. 섬유질이 풍부해 질기고 무게도 적당했다. 흰 종이를 파란 목판 위에 조심스럽게 갖다 댄 뒤, 식당에서 가져온 숟가락으로 한 구역씩 체계적으로 꾹꾹 문질렀다.

종이를 말리려고 빨랫줄에 널었다. 푸르스름한 장면이 벽면을 따라 길게 펼쳐졌다. 한 줄로 나란히 깔린 판화를 보고 있는데, 하나같이 너무 단순해서 놀랐다. 호수 전초 기지에서 바라본 전경을 담은 판화는 사방이 물이었다. 고원에 떠오르는 달을 그린 판화도 한 점 있었다. 마른 풀이 잔뜩 깔린 황량한 동부 경계 지역을 그린 판화에는 저 멀리 감시탑의 윤곽이 보였다. 그러고 있으니 나도 모르게 고참병들과 감시탑에 있던 때가 떠올랐다. 한밤중에도 그들의 혓바닥은 커피에 절어 있었다. 돌이켜 보니 아쉬운 일들, 후회되는 일들이 슬픔이 되어 오랜 열병처럼 여전히 내 속을 헤집고 있었다. 또 다른 그림은 사택 창틀에 비친 예배당 묘지의 풍경을 담고 있었다. 묘비는 내가 조각해 넣은 것 중에 사람과 가장 가까운 대상이었다.

혹시 내가 외로워서 이런 걸까? 지금 내게는 인생을 함께할 누군가보다 인생을 함께한다는 것 자체가 더 중요할지도 모른다. 이 사람이나 저 사람이나 별 차이 없을지도 모른다. 나는 레몽에 대해 최대한 객관적으로 생각해 보려고 했다. 행여 그가 사전에 계획한 일이라고 하더라도 이게 그토록 나쁜 일일까? 설령 그의 자의식이 만들어낸 야망이라고 해도 그렇게 유별난 일도 아닌데. 그것 때문에 내가 원하는 걸 포기해야 한단 말인가? 그게 뭐라고?

레몽을 받아들인다면, 나는 여전히 외롭겠지만 어쩌면 지금보다는 덜 외로울지 모른다. 우리는 동료로서 서로 잘 지냈고 그는 나를 웃게 해주었다. 또 같이 살아보면 고독에 대한 내 생각이 달라질지도 모를 일이었다. 레몽이 근무하는 동안 야외 의자에 앉아 포플러 잎사귀가 바람에 흔들리는 소리와 빨랫줄에 널린 옷가지가 펄럭이는 소리를 들으며 판목에 복숭아나무를 새기는 내 모습을 상상해 보았다. 괜찮다는 표현으로는 부족했다. 내가 제1동편에서 보았던 것과 비교하면 그런 안전한 미래는 축복이라고 할 수밖에 없었다.

아침이 되자 전날 널어둔 판화가 다 말랐다. 가장 잘 나온 몇 장을 헐거운 양장 커버가 달린 대형 사이즈 책 안에 덧붙였다. 책장은 천만큼이나 묵직했다. 그걸 둘둘 말아서 시내에 가져갈 배낭 안에 넣어 두었다. 문을 나서다 말고 나는 닥종이 조각에 한 마디를 갈겨 쓴 뒤 장교 숙소가 있는 방향으로 걸었다. 널찍한 복도에서 머스크 향과 커피 향이 풍겼다. 레몽의 방문 틈으로 햇빛이 새어 나왔다. 그는 일어나 있었다. 그의 숙소 문틈으로 종이를 밀어 넣은 뒤 버스를 타러 갔다.

13장

나를 보자마자 말셰가 고개를 가로저었다. 지난겨울 어쩌다 파트너가 된 우리 두 사람이 임무를 잘 수행했다고 판단했는지, 콜텔리가 이번에는 의도적으로 나와 말셰를 짝으로 엮었다. 둘 중 누구도 반기지 않은 결정이었다. 나는 버스 앞쪽에 혼자 앉아 있었다. 내가 바티쇠르 광장에서 내려 예배당 쪽으로 길을 건너자 말셰가 뒤따라 왔다.

"또 왔습니까?"

"누가 할 소리."

"훌륭하구먼." 그가 내 옆에서 계속 걸으며 대꾸했다.

수리공 한 사람이 마른 분수 앞에 쪼그려 앉아 있었다. 돌로 된 분수대 밑바닥에 네모난 구획이 열려 있었고, 그 옆에는 겨우내 분수를 덮어두었던 판자들이 쌓여 있었다. 판자들이 걷히자 낙엽으로 얼룩진 바닥이 드러났다. 예배당으로 들어가는 인파가 보였다. 그러고 보니 봄 추모 기간이었다.

아침 예배를 드리러 온 사람들이 줄지어 있었다. 정갈하게 차려입은 그들은 인내심 있게 한 걸음씩 입구로 발을 옮겼다. 입구에서 자문관 실습생 두 명이 웃는 얼굴로 프로그램을 나눠주고 있었다. 나는 사람들의 줄이 짧아질 때까지 기다릴 요량으로 그랑제콜 계단 쪽으로 물러났고, 말셰도 내 옆에서 벽에 등을 기대고 섰다. "예배당 안 들어가서 좋네." 그가 하품하며 말했다.

낯익은 얼굴이 있는지 둘러보았다. 알랭은 보이지 않았다. 하긴, 그는 원래 이런 데에 오는 사람이 아니었다. 옛날 이웃집에 살았던 클라르가 가족들을 기다리고 있었다. 어쩌면 같은 학교에 다녔던, 마리 발렌티처럼 보이는 여자도 보였다. 이곳에 있는 내가 아는 사람들은 이미 안에 들어가 있는 모양이었다.

우리 둘은 사택으로 이어지는 샛길로 향했다. 성묘하러 온 세 식구가 묘지에 서 있었다. 꾸준히 묘지를 찾는 사람들, 그것만으로 만족하는 사람들을 볼 때면 나는 존경스러운 마음이 들었다. 사택의 문을 열자 걸쇠에서 삐걱거리는 소리가 났다. 그 순간 두 아이가 고개를 돌려 우리를 쳐다보았다. 말셰는 하는 수 없다는 듯 대충 손을 흔들었다.

이번에는 숙소가 깨끗하게 정돈되어 있었고 환기도 잘되어 있었다. 부엌은 반짝거렸고 거실의 쿠션들도 불룩하게 정리되어 있었다. 말셰와 나는 소파에 앉아 한 주 동안 담당할 구역을 나누었다. 나는 나흘간 북쪽, 사흘간 남쪽, 말셰는 그 반대로 하기로 했다. 우리가 짐을 푸는 사이 옆 건물에서는 예배가 시작되었다. 예배당 창문으로 애절한 송가가 새어 나왔다. 우리는 순찰을 위해 밖으로 걸어 나왔다. 말세는 가로수 길로, 나는 술집 골목으로 향했다.

중심가에는 돌아다니는 사람이 없었다. 점포의 셔터들은 내려가 있었고, 담배꽁초로 지저분한 벽 모퉁이에는 잡초가 자라고 있었다. 건물 사이사이마다 쓰레기로 가득한 진창을 보고 있어서인지 봄을 타는 것처럼 울적했다. 어딘가에서 불어온 따뜻한 바람이 물웅덩이에 물결을 일으켰다.

거리를 돌아본 다음 포도밭 주변을 순찰했다. 퇴근한 후에 순찰 기록을 남기고 가로수 길에 있는 식당으로 향했다. 식당은 기분 좋게 떠들썩한 분위기였다. 작업복 차림의 남자들이 하나 남은 부스 자리에 앉으려다 말고 바 테이블로 옮겨갔다. 덕분에 부스는 내 차지가 되었다. 내 잔에 물을 따르던 웨이터가 손을 떠는 바람에 테이블 위 메뉴판에 물방울이 튀었다.

내 판화에 사람이 한 명도 등장하지 않는다는 사실이 떠올랐다. 다른 손님들이 보기에 이상할 수도 있었지만, 나는 식당 안에서 판화 작업을 하기로 마음먹었다. 새 판목을 꺼내어 내 옆 부스에 앉아 있는 낯선 사람 둘의 머리를 새기기 시작했다. 어쩌면 내일 다른 사람의 뒤통수를 관찰하며 이 작업을 이어갈는지도 모른다. 그렇다면 나는 결과적으로 존재하지 않는 두 사람을 기록하게 될 것이다. 나무판에 방금 새긴 작은 타원을 손가락으로 톡톡 두드렸다.

식당 라디오에서 유쾌한 음악이 흘러나왔다. 식사를 마친 뒤 도구를 챙겨 넣고 나자 기분이 한결 나아졌다. 바티쇠르 광장 한가운데에서 새로 채워진 분수대의 물줄기가 뿜어져 나왔다. 분수에서 물결처럼 굽이쳐 나오는 색색의 조명이 동상을 밝히고 있었다. 건너편 음악원에서 새어 나오는 여학생의 목소리가 5도와 옥타브를 넘나들면서 점점 더 올라갔다. 별들이 머뭇머뭇 하나둘 나타날 즈음 나는 분수대 가장자리로 가서 앉았다.

날이 어두워지자 알랭이 기다려졌다. 가장 먼저 발스에 가보았지만 아직 그를 봤다는 사람은 없었다. 겨울에 만났을 때 알랭이 요즘 라스파일 룸에서 지내고 있다고 말했으니, 시내에서 마주치지 못한다면 그리로 가보면 될 터였다.

보나 마나 말셰가 술을 들이붓고 있을 게 빤한 술집을 지나쳐 골목 끄트머리까지 차를 끌고 갔다. 말셰의 눈에 띄지 않을 만한 곳에 주차하고 차에서 내린 나는 푹푹 팬 도로를 걸었다. 인도가 사라지고 가로등 불빛이 약해지면서 벽돌 공장을 비롯한 폐공장들의 우울한 잔해가 모습을 드러냈다. 전에 어느 자문관이 더 이상 공장을 가동할 이유가 없다고 하는 말을 들은 적 있었다. 자갈길을 따라가면 나오는 곳은 라스파일 룸뿐이었다. 나는 표지에 방수 처리가 된 큼직한 책을 겨드랑이에 끼고 계속 걸었다.

니은 자 형태의 주거 단지는 마을에서 먼 변두리에 자리 잡고 있었다. 동부 경계의 일부 지역에서는 라스파일 룸이 보였다. 길쭉한 건물에 난 수십 개의 작고 네모난 창문에는 대체로 포일이 붙어 있었다. 밤이 되면 네모가 일정한 간격을 두고 줄지어 반짝거렸다. 마치 이가 반쯤 빠진 입을 보는 것 같았다. 라스파일 룸은 이른바 '번듯한' 일을 할 능력이 안 되는 사람이나 일을 전혀 하지 않는 사람들이 마지막으로 오게 되는 곳이었다.

규모가 제법 큰 건물인데도 계단은 하나밖에 없었다. 계단은 공용 발코니를 지나 위층으로 계속 이어졌다. 꼭대기 층에는 물에 젖은 판지, 못 박힌 판자, 폐가구 따위가 쌓여 있었고, 그 위로 늘어선 철망에 설치된 벽등 불빛이 잔잔하게 떨렸다. 화장실 사용을 위한 동전 투입구도 있었는데, 잠긴 문 바깥으로 보란 듯이 지린내가 진동했다. 명패를 쭉 읽던 나는 마침내 '로소'라고 쓰인 글자를 발견하고 창문을 두드렸다. 한동안 아무런 소리도 들리지 않았다. 이내 안에서 어떤 소리가 들리더니 문이 열렸다. 알랭의 눈이 밝아졌다.

"오딜!"

라스파일 룸 내부에 들어가 보는 건 처음이었다. 들어가자마자 곰팡내가 코를 톡 쐈다. 남자 혼자 사는 집답게 벽에는 아무것도 걸려 있지 않았다. 모퉁이에 있는 조리대에는 녹슨 핫플레이트 하나와 시리얼 두 봉지가 놓여 있었다. 바닥에는 여행용 가방과 싱글 사이즈 매트리스가 있었다. 여행용 가방은 마구잡이로 옷이 흘러넘치고 있었고, 커버도 없는 매트리스에는 1센트짜리 동전의 구릿빛을 띤 누비이불 한 장이 아무렇게나 깔려 있었다. 난장판인 방 한가운데에는 조립식 카드 테이블과 의자가 하나씩 놓여 있었다.

옷장이 없는데도 알랭은 굳이 내 외투를 받아 매트리스 위에 가지런히 펼쳐놓았다. 나는 옷깃에 리본이 달린 진주색 블라우스를 입고 있었다. 어머니에게 물려받은 옷이었다. 알랭은 내게 뭘 좀 마시겠냐고 물었다. 검은색과 금색이 섞인 라벨이 붙은 유리병이 핫플레이트 뒤에 있었다.

"베르디에 와인, 맞지?"

"그렇지, 맞아." 알랭이 대답했다. "나는 초저가 사냥꾼이지만, 걔는 여유가 있잖아." 그는 소맷자락에 뭔가를 집어넣는 시늉을 했다. 알랭이 유리잔 두 개를 씻는 동안 싱크대 수전에서 툴툴거리는 소리가 울렸다.

지난겨울 이후로 알랭은 수염을 기르는 모양이었는데 광대뼈 옆쪽은 수염이 나질 않는지 비어 있었다. 머리카락이 전보다 훨씬 짧았기에 관자놀이께 숱이 적은 부분에 더 눈길이 갔다. 싱크대 앞에서 몸을 굽히자, 그의 낡은 안경이 콧잔등을 타고 살짝 흘러내렸다.

알랭이 내게 와인을 건네고 테이블 위에 앉더니 의자 위에 맨발을 올렸다. 이제 막 일어난 사람처럼 보였는데, 지금 입고 있는 셔츠와 바지 차림으로 자고 있던 것 같았다. 나는 매트리스 가장자리에 앉아 옆에다가 판화 책을 내려놓았다. 우리는 아무 말 없이 섬세한 맛의 와인을 홀짝였다.

알랭을 다시 만났던 지난겨울엔 우정을 새롭게 다지며 예상치 못한 기쁨을 누렸는데, 그때와 달리 어색한 기운이 감도는 지금이 실망스러웠다. 알랭은 무릎 위에 턱을 괴고서 뭔가 의미심장한 말을 기다리는 사람처럼 특유의 빤한 표정으로 나를 쳐다보았다. 내가 아무 반응을 보이지 않자 알랭이 내게 이번 휴일 계획을 물었다.

"별거 없어." 나는 어깨를 으쓱이며 대답했다. "생일이라 내일 저녁에 어머니 만나러 선상 카페에 가."

"선상 카페라. 거기 가면 재밌나?"

"전혀." 질색하는 내 목소리에 분위기가 풀렸다. 그는 내게 총으로 선체에 구멍을 하나 뚫으면 시간이 빨리 갈 거라며 한번 해보라고 제안했다. 사람들이 가득한 식당이 한쪽으로 기울고 부자 손님들이 소리치며 옆으로 미끄러지는 상상을 하자 입꼬리가 씽긋 올라갔다. 나는 와인 잔을 위로 들었다. "내 생일을 위하여."

알랭과 와인 잔을 마주 대었다. 생일 이야기를 나누다가 알랭이 유독 비참했던 자기 생일날을 회상했다. 세상에 나온 첫날을 축하받아야 할 날. 그때 알랭은 스무 살이 되도록 여전히 부모님 집에 얹혀살고 있었다. 가족들과 사이가 좋지 않았기에 알랭은 부모님이 다른 집처럼 아들 생일을 챙겨줄 거라고 기대하지 않았다. 또 알랭은 어차피 그런 감상적인 축하 방식을 좋아하지도 않았다. 그러나 하루가 다 지나도록 아들의 생일을 기념하고 축하하기 위해 건넛산을 바라보자는 제안을 누구도 하지 않았기에, 알랭은 부모님에게 약간 불퉁거렸다. 알랭은 맹세코 그때 자기 비하가 섞인 농담을 건넸을 뿐이라고 했는데, 그게 곧 치열한 말다툼으로 이어졌다고 했다. 끝내 그의 아버지는 언성을 높였고 그의 어머니는 눈물을 흘리며 아들에게 제발 인생을 똑바로 살면 안 되겠냐고 애원했다. 알랭은 어떻게 그런 말을 할 수 있냐며 언짢은 얼굴로 따졌다. 그는 여행 가방에 옷가지를 챙기고 다른 가방에는 부모님의 술을 챙긴 뒤 집을 나와 물굽이로 가서 필름이 끊기도록 술을 마셨다.

"내가 그날 어디서 잔 줄 알아?" 알랭이 내게 물었다. "둥지에서 내쫓긴 뒤에 처음으로 이사한 공식적인 장소가 어디게?"

제 발로 간 기억은 없는데 눈을 떠보니 요새였다고 했다. 낙엽을 쌓아 만든 벽이 일부 남아 있었고, 중심이 되는 통나무는 끄떡하지 않은 채 그 자리에 그대로 있었다고 했다. 알랭이 말을 이었다. "그래서 대충 달개집을 만들었어. 뒷산에서 몇 날 며칠이나 술을 퍼마셔 댔는지 누가 알겠어. 아침에 눈 떠보면 셔츠는 솔잎 범벅이지, 우리가 새겨놓았던 이니셜은 바로 코앞에 보이지. 여자애들이 결혼 전에 쓰던 이름, 네 이름, 내 이름. 피라 이름은 없었지만. 다시 생각해 보면 좀 오싹해. 내 생일 사흘 뒤가 개 생일이었던 거 알려나? 거기서 나 혼자 처음부터 끝까지 에드메 생일 의식을 치렀어. 서쪽을 바라보고 서서 가슴에 손을 얹고. 나무에 개 이름도 새겨 넣으려고 했는데."

알랭이 팔을 뻗어 구불구불한 흉터를 보여준 뒤 손을 내렸다. 나는 조용히 술을 홀짝이며 무슨 말을 할지 생각하다가 그 시절 쥐스틴과 무슨 일이 있었냐고 물었다.

"차였어." 처음엔 어깨를 으쓱하며 말을 아끼는 듯하더니 자기 탓이었다고 금세 잘못을 인정했다. 에드메 일이 있고 나서 쥐스틴은 알랭을 위로하려 했지만, 알랭은 거부했다. 그럼에도 쥐스틴은 우울해하는 알랭을 달래주려고 애썼는데, 어느 날 밤 술에 취한 알랭이 에드메가 사고를 당한 게 쥐스틴 때문이라며 비난을 퍼부어 결국 사달을 일으켰다는 것이다. "그날 밤 너랑 같이 있지 않았으면 난 에드메랑 있었을 거야." 아마도 사실이었겠지만 그게 누구의 잘못이란 말인가. 쥐스틴의 잘못은 아니었다. 몇 년 뒤, 그는 키우던 강아지를 동물병원에 데려가 안락사시켰다. 그리고 마침내 쥐스틴에게 지난 일을 사과했다. 알랭을 용서해서인지 아니면 개 때문이었지 모르겠지만 쥐스틴은 눈물을 흘리는 알랭을 안아주었다.

알랭이 한숨을 내쉬며 자기 허벅지를 툭 치고는 일어나 조리대로 가서 술병을 가져왔다. 왜 그랬는지 모르겠는데 나는 요새에서 우연히 알랭과 쥐스틴을 훔쳐봤던 걸 알고 있느냐고 물었다. 술잔을 채우던 알랭이 모르겠다는 듯 눈썹을 찌푸리기에 나는 두 사람이 너무 가까이 있어서 미처 도망가지 못하고 까치발로 나무 뒤에서 숨을 수밖에 없었다고, 거기서 둘이 하는 소리를 듣고 있을 수밖에 없었다고 설명했다. 알랭이 웃음을 터뜨렸다. 그런 그를 보자 나도 웃음이 터졌다. 분위기가 풀리니 기분이 좋았다. 그의 방에는 슬픔이 묻어 있었지만 우리 둘 다 마음이 녹았다. 그가 눈가를 훔치며 말했다. "내 전성기를 봤다니 기쁘긴 한데 쥐스틴만 불쌍하네. 하, 그래도 지금은 행복하게 살고 있어. 남편이 좀 얼간이 같은 놈이긴 해도 믿음직하고 꽤 좋은 녀석이야."

그가 의자에 등을 기댔다. "너는 어때, 오잔? 그쪽으로 말야. 경계에서는 그렇고 그런 사이가 허용이 안 된다며. 사람들이 그러던데."

"제대로 알고 있네."

"외롭겠다. 다른 사람들하고 돈 내고 하는 거기, 안 가봤어?" 알랭이 씩 웃으며 물었다.

헛기침하는 내 얼굴이 붉어졌다. "사실, 내 친구 얘기한 적 있었나? 레몽 라불레라고, 장교인데."

"어, 들은 것 같아. 우리보다 조금 나이 많다는 사람, 맞지? 누구 말하는지 알겠다."

"그래." 나는 잠시 말을 멈추고 있다가 웃었다. "어제 그 사람이 나한테 청혼 비슷한 걸 했어."

알랭이 아무 대답도 하지 않기에 나는 말을 계속했다. "장교들 사이에서는 연애를 금지하는 규정이 없다면서, 그러니까 내가 임관하면 같이 살고 싶다고 하더라." 나는 복숭아나무가 자라는 집과 포플러를 살랑살랑 흔드는 바람과 철책의 등이 보이지 않는 언덕을 묘사했다. 내가 말하는 사이 알랭의 표정이 어두워지는 게 보였다.

"그래서 뭐라고 했어? 싫다고 했지?"

나는 고개를 가로저었다. "그러자고 했어."

당황한 듯 그의 눈썹이 바짝 올라갔다. "그런 식으로는 행복해질 수 없어."

이번엔 내가 눈살을 찌푸렸다. 어째서 알랭이 짜증을 내는지 도무지 이해할 수 없었다. 나는 행복은 상대적이라고, 무엇을 선택할 수 있느냐에 따라 달라진다고 투덜거렸다. 그가 회의적인 표정을 짓기에 나는 썩 그러고 싶은 마음도 없으면서 레몽 편을 들었다. 친하게 지내는 헌병 동료도 별로 없는데 그가 내게 좋은 친구가 되어주었다고, 단순히 수다를 떠는 정도가 아니라 나를 보살펴 주고 도와주고 심지어 날 괴롭혔던 경계병을 다른 곳으로 보내주기까지 했다고 그를 변호했다. 이런 것들을 일일이 나열하는 동안 알랭은 초조해 보였다.

"듣자 하니 너네 장교란 사람이 처음부터 의도가 있었네. 너 임관하면 어떻게 한번 해보겠다는 거 아냐. 그 경계병 전근 보냈다는 것도 경쟁자를 없애려고 그런 게 뻔하잖아. 교활한 새끼. 오잔, 분위기 깨서 미안한데, 내가 살살이 냄새는 기가 막히게 맡아요."

거드름이 묻어나는 걱정이었다. "아니, 이번엔 네가 틀린 것 같

아. 또 그 말이 맞는다고 해도 그게 뭐 어때서? 그 사람이 계산적으로 행동해서 내가 뭘 어쨌다고? 나도 그 사람이 좋다고 말한 적 없잖아. 이것저것 따져봤을 때 나한테 좋은 상황이라는 거야."

"절대 아니야. 염병하게 우울하다고. 말만 들어도 끔찍한 인생이다." 더러운 천장에 고개를 끄덕이며 맞장구치는 관객이라도 있는 양 알랭이 위를 바라보며 한숨을 내쉬었다.

"네 의견을 물어보려고 한 얘기가 아니야."

"봐, 나도 네 감정 상하게 하려고 하는 말이 아니야. 나는 네가 그러니까…… 더 나은 사람을 만나야 한다고 생각해."

나는 알랭을 쏘아봤다. "다들 나한테 그러더라? 레몽도 포부를 크게 품으라고 하질 않나. 너도 더 나은 사람을 만나라고 그러고. 내일 어머니를 만나면 나더러 자문관이 돼야 했다고 백 번째로 얘기하겠지. 얼마나 고마운지 몰라. 특히 너한테는 더." 내가 잔인하게 그의 방을 가리켰지만, 알랭은 전혀 타격을 받지 않은 눈치였다.

"별말씀을. 근데 네 어머니 말씀이 옳지. 나도 그렇게 생각해. 넌 자문관이 됐어야 해. 틀림없이 될 수 있었다고."

나는 짜증 섞인 한숨을 내쉬었다. "됐어야 해, 했어야 해. 그런 건 없어. 지금 내가 나인 거야. 그걸 받아들이느냐 마느냐의 문제지."

요란을 떨고 싶지도, 싸우다 말고 자리를 뜨고 싶지도 않았지만 더는 알랭을 만나러 오지 말아야겠다는 생각이 들었다. 나는 등 뒤로 손을 더듬어 외투를 찾아 경고하듯 집어 들었다. 나와 문 사이에 앉아 있던 알랭이 꼬고 있던 다리를 풀었다.

"가지 마, 가지 마. 재수 없게 굴지 않도록 노력할게. 나 원래 이러는 거 알잖아."

그가 겸연쩍은 듯 웃더니 느닷없이 곰곰 생각하는 표정을 지었다. 평소와 다르게 긴장해서는 허벅지를 툭툭 두드렸다. 그리고 상체를 숙이고는 내 눈을 바라보며 부자연스럽게 숨을 들이쉬었다.

"오딜, 사실 내가 생각 중인 게 있어. 근데 네 도움이 필요해."

그는 계속 입꼬리를 올리려고 애썼지만, 긴장한 기색이 역력했다. 왠지 그가 무슨 말을 하려는지 알 것 같아 속이 울렁거렸다.

"제발, 내가 생각하는 말이면 입 밖에 내지 말아주라."

그는 술잔을 입에서 떼고서 테이블 위에 올려놨다. "아니, 해야해. 너도 알잖아. 그냥 바로 말할게. 말한다, 알겠지? 나 이 밸리에서 나가야 해."

나는 눈을 감아버렸다. "알랭, 그러지 마."

"다가오는 9월에 서부로 갈 거야. 이유는 너도 알 테고."

"너, 나한테 그런 말 하면 안 돼."

그가 의자를 가까이 당겨 앉았다. "그래서 너한테 부탁하는 거야, 오딜. 네가 경계병이니까. 철책을 넘으려면 어떻게 하는 게 최선인지, 다른 밸리로 넘어갈 때 무슨 산을 타고 가야 하는지 아는 바가 없어. 내가 아는 거라곤 언제 가야 할지 그 시기뿐이야. 그래서 네 도움이 필요해. 나한테 길만 알려주면 내가 할 수 있어. 내가 에드메를 살릴 수 있어."

그의 눈이 촉촉하게 젖었다. 기대에 찬 눈망울이었다. 마치 가시철사가 내 위장을 조이는 것 같았다.

"이것 때문에 1월에 날 찾아왔구나, 그렇지?"

"아냐, 정말로 그건 아니야. 그치만 네가 생각해도 우리 둘이 함께하면 완벽할 것 같지 않아? 말 그대로 완벽하잖아."

"뭐가 완벽하다는 거야! 지금 네가 하는 말은 절멸이라고! 네가 그렇게 할 수 있다고 쳐도, 눈떴을 때 지금보다 더 나은 삶이 펼쳐지는 게 아니야. 누구에게도 그런 일은 일어나지 않아."

"에드메는 다르지." 그가 대답했다.

나는 할 말을 잃고 고개를 떨구었다. 진회색 카펫 곳곳에 탄 자국이 까슬까슬해 보였다. 나무로 된 쥐덫이 미끼도 없이 놓여 있었다.

"에드메는 달라." 알랭이 재차 말했다. "에드메는 살아 있겠지. 당연히 그래야 했던 것처럼. 그런 일을 당해서는 안 됐어. 내 인생에 개만큼 좋은 놈이 없었는데…… 다 나 때문이야. 에드메한테 괜히 밖에서 오디션 연습하라고 부추겨서…… 에드메 부모님이 바이올린 못 하게 하기 훨씬 전부터……. 그때부터 내가 볼 때마다 얘기했단 말야. 연습하다가 떨어진 게 분명해."

"바이올린은 발견되지 않았잖아." 내가 천천히 말했다.

"그게 아니면 설명이 안 돼."

알랭을 쳐다봤다. 그의 눈이 더는 반짝이지 않았다. 그의 눈은 이제 불타고 있었다. "우리 그냥 얘기라도 좀 해보자." 그가 말했다.

에드메가 발견된 날부터 알랭도 조금씩 천천히 물속으로 가라앉기 시작했다. 학교에서 쫓겨났고, 집에서도 환영받지 못했으며, 취업도 물거품이 되었다. 할 수 있는 일이라고는 그저 술 마시는 게 전부였다. 몇 년 동안은 잘 기억도 안 난다고 했다. 이제 그는 결코 라스파일 룸을 떠날 수 없을 거라고 확신하고 있었다. 그는 술에 취한 척 다른 경계병들에게 제1동편에 갔을 때 나이 든 자신을 본 적 있느냐고 물었고, 다들 알랭의 말을 무시했다. 혹시라도 표정에서 단서를 얻을 수 있을까 싶어 그들을 빤히 쳐다보았으나 알랭은 아무것도 얻지 못했다. 알랭은 그때가 오기 전에 자기의 생이 끝날 거라고 결론을 내렸다. 아마 혼자서, 이 시궁창 같은 방에서. 어떻게 죽는지는 중요하지 않았다. 이렇게 사는 걸 삶이라고 부를 수도 없을 테니. 알랭의 슬픔은 자기혐오로 얼룩져 있었다. 쓰레기 같은 자신과는 다르게 똑똑했던 친구, 좋은 친구, 그러나 떠나버린 친구의 유령이 그를 쫓아다녔다. "이렇게 살아서 뭐 하겠어." 그는 자기 아파트 바닥에 퉤, 침을 뱉었다. 내 얼굴에 핀 것과 비슷한 경멸의 표정이었다. "이건 내가 희생한다고 할 수도 없는 삶이야."

알랭이 내게 원하는 건 지도였다. "내가 알아야 하는 건 뭐든. 거기까지 가려면 얼마나 걸리는지, 어느 길로 가야 하는지, 어떻게 생겼는지, 어디로 넘어가야 하는지, 우선 여기서 어떻게 탈출해야 하는지도. 호수를 건너가는 게 먼저겠지. 그건 너무 당연하니까. 언제 만나는 게 좋을지 시간을 정하자. 호숫가에서 밤에 만나면 될 것 같은데. 네가 나보다 잘 알 거 아냐. 너는 나를 여기서 빼내주기만 하면 돼. 그러면 끝이야. 나머진 내가 알아서 할게."

마침내 그가 말을 멈추었다. 말도 안 되는 소리였다. 당혹스러웠다. 마침내 나는 입을 열었다. 나도 제1서편에 가본 적이 없다고, 그쪽 경계는 내 근무지도 아니라고 말했다. "넌 네가 무슨 말을 하는지도 모르고 있어. 아무것도 모르고 하는 소리라고." 내 말투가 너무 단호했는지 알랭은 잠시 망설이는 듯 보였다. 하지만 그는 곧 거듭 요청했다.

"물론 쉽지 않겠지. 넘어야 할 산이 있다는 건 나도 알아. 넘어야 할 산이 얼마나 많을지는 모르지만. 그러니까 우리가 이렇게 얘기하는 게 도움이 될 거라는 말이야. 이번 주에 네가 시내에 있는 동안 계획을 짜자. 9월이 되기 전에 시내 근무 또 와? 아냐, 그래. 일주일이면 충분할 거야. 아까 한 얘기처럼 결정할 건 한두 개밖에 없어. 나머지는 결국 의지의 문제야."

나는 고개를 가로저었다. 손뼉을 한 번 친 알랭이 씩 웃었다.

"좋아, 이해해. 더 얘기해 보자. 그러고 보니 내 얘기만 잔뜩 늘어놓고 있었네. 언제나처럼. 네 얘기 좀 해봐."

"됐어."

"표정이 안 좋군. 그래 보이네. 맹세코 널 이용하려는 게 아니야. 발스에서 우연히 마주쳤을 때만 해도 이럴 계획은 없었어. 널 다시 만나고 알게 돼서 기쁠 뿐이었지. 그런데, 그렇기 때문에 이 일이 너한테도 옳다고 생각하는 거야. 오딜, 네 인생도 이렇게 될 건 아니었어. 내가 내 인생을 시궁창으로 빠뜨리긴 했지만 그건 너도 마찬가지야. 아니, 어쩌면 나보다 더 심하지. 너는 똑똑한 애였으니까! 너는 시청에 갔어야 했어! 빌어먹을 경계 지역이 아니라! 주어진 상황에서 최선을 다한다고? 그게 다 뭔데? 그리고 이제는 누군가의 정부가 되겠다? 에드메가 너 좋아했던 거, 너도 알잖아? 그렇지?"

"그만해."

"그렇잖아. 너는 에드메하고 잘됐어야 했다고."

"제발 그만 좀 해. 나는 에드메를 잘 알지도 못했어. 게다가 그건 20년이나 지난 일이야! 나는 이제 에드메가 어떻게 생겼는지 기억도 안 난다고!"

"그게 뭐가 중요해. 그때 생각이 안 난다고 나한테 말해봐."

"생각 안 나. 알랭, 그냥 하는 소리 아니야. 나는 너를 고발할 수도 있어."

"그럴 수도 있지만 안 그럴 거잖아." 그가 받아쳤다. "그런 규정 같은 거 안 믿잖아, 너. 난 네가 눈감아 줄 걸 알아. 겨울에 그 탈주자를 도와주려고 뭔가 하기도 했잖아. 내가 그래야 한다고 말했던 대로. 그러고 난 후에 넌 내가 본 모습 중에 가장 행복해 보였어. 술집에서 술 돌릴 때. 내 말이 틀렸어? 그렇다고 내가 널 고발하진 않을 거야. 네가 그런 애라 널 믿을 수 있다는 거야. 너는 편협한 다른 헌병들하고는 완전히 달라. 넌 대의를 아는 사람이지. 그게 다야! 우리가 이 일을 했을 때 더 안 좋은 상황에 처할 사람이 누가 있을지 한번 말해봐. 난 아냐, 너도 절대 아니고……."

발코니로 다가오는 발소리에 알랭이 말을 멈추었다. 남녀의 들쭉날쭉한 웃음소리가 어렴풋이 들렸다. 이때다 싶어 자리에서 일어나 외투를 걸쳤다.

"그만 가야겠다. 오늘 나는 그냥 인사하러 들른 거고, 같이 와인 좀 마신 게 다야. 제1서편에 가고 싶으면 다른 사람들처럼 자문 기관에 청원서를 써서 보내. 나한테 두 번 다시 이 얘기 꺼내지 마."

알랭이 문을 가로막고 똑바로 섰다.

"내가 바보도 아니고. 청원은 의미가 없어. 친족이어야 한다는 규정이 있잖아. 그거 아니었으면 너한테 부탁하지도 않았어."

"제발, 좀 비켜!"

그는 놀란 표정으로 길을 터주었다. 신발을 신고 있는데 그가 반성하는 목소리로 말했다.

"미안해, 오딜. 무서운 일인 거 알아. 나도 되게 겁나. 당연히 시간도 필요하겠지. 이번 주에 다시 만나자, 응? 만나서 또 산책하러 가자. 네가 원하는 곳으로 말야. 마을에 돌아오지 않는다니까 얼른 해결해야 하긴 하지만, 꼭 오늘 밤이 아니어도 돼."

그는 애써 웃으려고 노력하며 현관문을 열어주었다. 나는 얼굴을 돌리고 서둘러 계단으로 향했다.

14장

　새들의 노랫소리가 묘지를 가득 채웠다. 잠든 줄도 몰랐던 나는 깜짝 놀라며 일어났다. 침대에서 몸을 일으키는데 꿈에서 본 장면이 머릿속 여기저기서 희미하게 떠올랐다. 마치 간밤에 비가 왔다는 걸 증명하는 물웅덩이들처럼.

　가운을 걸쳐 입은 나는 말셰가 있는 거실로 나가기 전에 마음을 다잡았다. 필요한 경우 취해야 할 조치를 떠올렸다. 가장 간단한 방법은 장사빌을 찾아가는 것이리라. 터무니없는 탈주 계획을 들고 헌병에게 접근하는 민간인은 더러 있었다. 내가 아는 한 그 사실을 보고했다는 이유로 곤경에 처한 헌병은 없었다. 다만, 장교 임관 결정을 앞두고 그런 일에 엮이고 싶지 않았다. 알랭은 겨울 탈주자와 나 사이에 부적절한 일이 있었다고 의심하고 있었다. 나는 그 사실을 상부에 알리고 싶은 마음이 추호도 없었다. 알랭을 체포하면 그의 입에서 무슨 말이 나올지 알 수 없었다. 내가 뤼시의 일에 실제로 개입한 적이 없다는 사실은 중요하지 않았다. 내 심문을 받던 사나 씨의 얼굴, 민원이 들어왔다는 내 말에 잔뜩 오므라들던 그의 살찐 이마가 떠오르자 몸서리가 일었다.

알랭의 계획이 허무맹랑하긴 했지만, 아무리 그래도 그가 처벌받 게 만들고 싶진 않았다. 일이 그렇게 된다면 내가 얼마나 크게 후회 할지 잘 알고 있었다. 죄책감과 후회로 여전히 마음이 괴로웠다. 내 안에서 썩어가고 있는 죄책감을 들여다보았다. 알랭이 자기 탓을 하고 있다는 사실이 너무 끔찍했다. 우리끼리 밤에 연습하러 나갔 던 걸 에드메도 나처럼 완벽하게 비밀에 부쳤던 것이다.

침을 꼴깍 삼키고 조금 더 객관적으로 생각해 보았다. 알랭이 자 신의 욕망을 입 밖에 내는 건 범죄였지만, 그런 마음을 품는 것 자 체는 범죄가 아니었다. 헌병이 경계 지역과 달리 도심 순찰을 성가 셔 하는 이유가 있다면, 그건 탈주에 대한 유혹 때문이었다. 자기들 집 주변에 나타난 나를 보면 주민들은 잊고 살던 자신의 욕망을 마 주했다. 살면서 단 한 번도 판타지를 품어본 적 없다고 말할 수 있는 이가 있을까? 알랭의 소원이 누구나 가질 법한 판타지라면, 그걸 소 리 내어 말한들 달라질 게 있을까? 말로 뱉는다고 해서 평범한 소원 이 비범해지기라도 하겠는가? 누구에게나 약점이 있다. 알랭의 약 점을 우연히 알게 되었다고 해서 내가 굳이 열을 올릴 필요는 없었 다. 혼잣말로 되뇌며 가운 끈을 동여맨 뒤, 아무 일 없다는 듯 말셰 와 아침을 먹었다.

공교롭게 그날 내가 맡은 첫 구역은 북단이었다. 나는 대충대충 순찰했다. 피라네 가족이 살던 거리와 골목길은 아예 건너뛰었다. 순찰차를 타고 학교를 지나가는데 쉬는 시간을 알리는 종이 울렸다. 익숙한 종소리와 함께 코트룸 문밖으로 아이들이 쏟아져 나오더니 잔디밭이며 운동장으로 뛰어갔다. 새된 소리를 지르는 아이들의 몸집이 너무나도 작았다. 나는 잠시 차를 세우고 그들을 바라보며 간식을 먹었다. 그런 내 눈에 보이는 건 다가올 슬픔뿐이었다.

어릴 때 살던 동네에 머무르는 동안, 나는 알랭이 마음을 가라앉힐 수 있도록 한동안 거리를 두는 게 가장 안전한 방법이라고 결론 내렸다. 내 도움이 필요하다는 걸 알만큼 머리를 쓸 줄 아는 놈이라면, 내 도움을 받지 못할 때 계획을 포기해야 한다는 사실도 알아야 했다. 이번 주중에 알랭을 만나려면 만날 수 있겠지만 아무래도 10월이나 11월에, 그의 계획이 깡그리 무산된 이후에, 우리가 티격태격했던 지난날의 여파가 지나간 이후에 만나는 게 서로에게 더 나을 것 같았다. 그때 발스에서 만나면 술은 내가 사야지. 얘기가 잘 되면 에드메를 추억하며 우리끼리 작은 추모식이라도 하자고 제안하는 것도 괜찮을 것 같았다.

6시 반쯤 되자 선상 카페는 사람들로 붐볐다. 대부분은 노인이었다. 어머니도 그들과 별반 다를 바 없었지만 지배인의 안내를 받으며 승선하는 동안에도 아랑곳 않고 노인 손님들을 두고 구시렁거렸다. 어릴 때부터 거기서 봐왔던, 반백의 머리에 말쑥한 차림의 피아니스트 앞에서 노부부가 천천히 춤을 추고 있었다. 사람들 한두 무리가 바람 부는 갑판에 나가 노을을 기다리고 있었다. 나는 어머니를 따라가 창가에 마련된 자리에 앉았고, 장식용 수레바퀴를 힐끗힐끗 쳐다봤다.

어머니는 기록보관실 얘기를 하면서 적절한 후계자가 없어서 퇴직을 못한다고 불평했다. 전에 봤을 때와 다르게 어머니는 실습생의 실력을 모질게 비난했다. 알고 보니 카리나는 아주 형편없는 직업관을 가진 애였다며 책잡았다. 그 말을 들어서인지 나는 경계 지역에서 내가 승진자로 거론되고 있으며 긍정적으로 볼 만한 상황이라고 어머니에게 말했다. 레몽 이야기는 꺼내지 않고 고위 장교들이 묵는 숙소에 배정받게 될지도 모르니 그렇게 되면 언제든 놀러 오시라는 말도 덧붙였다.

헌병을 향한 비방이 돌아올 줄 알았는데, 웬일로 어머니는 활짝 웃으며 말했다. "네가 좋다니 잘됐구나." 다행이라며 가슴을 쓸어내리려는 찰나, 이렇게 간단한 말 한마디 하는 게 이렇게까지 오래 걸릴 일이었나 싶은 생각이 불쑥 들어 짜증이 솟구쳤다. 그러나 굳이 저녁 식사를 망치면서까지 할 말은 아니었다. 우리는 저녁을 먹으며 서로의 근황을 나누었다. 대화 중간중간 생기는 공백이 평소보다 덜 튀었다.

웨이터가 우리 테이블에 계산서를 남기고 갔는데, 갑자기 내 뒤쪽에서 쩌렁쩌렁한 목소리가 들렸다. "세상에, 이게 누구야! 오래 살고 볼 일이네!"

어머니의 양 볼이 수줍은 듯 상기되었다. 나는 주변을 둘러보았다. 조가 레스토랑 통로에 서서 활짝 웃고 있었다. 내가 주저하는 사이 조가 양팔을 벌리기에 자리에서 일어나 명랑하고 단단한 포옹을 받아들였다. 힐을 신어도 조가 나보다 키가 작다는 걸 잊고 있었다. 여전히 활기찬 목소리였다. "어쩜, 이게 얼마 만이야!"

나는 조의 품에서 떨어지며 오랜만이라고 맞장구쳤다. 조의 뺨이 기쁨으로 가득 차 있었다. 정말로 즐거워 보였다. 조의 앞에 서 있으니 내 얼굴은 여전히 어두운 것 같았다.

"오딜!" 감탄하는 목소리였다. "어쩜 하나도 안 변했네! 오잔 부인, 오랜만에 봬요. 식사 시간 방해해서 죄송해요."

"전혀. 방금 막 저녁 다 먹었어. 오늘이 오딜 생일이거든."

조가 눈을 크게 뜨고 날 쳐다봤다. "그래?"

어머니가 자리에서 일어나며 테이블에 작은 선물 가방을 올려놓았다. "네 마음에 들면 좋겠구나. 미안한데 엄마는 사무실에 가봐야 해. 할 일이 있어서. 탕이 어떤 자문관인지는 너도 잘 알잖니." 어머니가 온화하게 눈을 굴리자, 조가 씽긋 웃으며 어머니의 눈짓을 이어받았다.

"오딜, 오늘 아주 즐거웠다." 어머니가 내 팔에 손을 대며 말했다. "스와인 부인, 만나서 반가웠어. 저녁 시간 즐겁게 보내고, 부모님에게 안부 전해줘요."

"저도 반가웠어요." 조가 말했다. "사실 부모님도 여기 와 계세요. 저쪽에."

살짝 높은 단 위에 개별 부스가 마련돼 있는 맨 끝 모퉁이를 쳐다보았다. 윤이 나는 난간 너머로 베르디에 가족이 보였다. 앙리 스와인과 자녀들이 앉아 있었다. 조가 손을 흔들자 우리 어머니와 나도 같이 손을 흔들었다. 조의 부모님이 우리를 알아보고 정중하게 인사했고, 앙리가 유쾌하게 경례를 날렸다.

어머니가 자리를 뜬 뒤, 조가 물었다. "너도 일하러 가봐야 해? 아니면 갑판에서 놀 시간 좀 있어? 노을 보고 싶은데." 조는 눈썹을 올리며 나를 붙잡았다.

금빛 아이섀도와 섬세한 마스카라로 화장한 조는 검은 보석이 박혀 있는 세련된 귀걸이를 하고 있었다. 우리는 함께 휴대품 보관소로 갔다. 조는 흰색 롱코트를, 나는 표준 보급품인 바람막이를 찾아왔다. 밖에 나가서 입으려고 외투를 겨드랑이 사이에 끼우자 카운터에서 조가 자기 코트를 걸치며 말했다. "밖에 꽤 쌀쌀해. 그냥 나가면 후회할 거야." 붐비는 레스토랑으로 되돌아가 갑판으로 이어지는 문으로 가는데, 조가 내 팔짱을 끼더니 자기 부모님을 보며 씽긋 웃었다. 도발을 즐기는 조의 취향은 여전했다. 제복 차림의 헌병과 팔짱 낀 자기 자신의 모습이 썩 마음에 들었던 것이다.

과연 조의 말대로였다. 갑판에 부는 바람이 매서웠다. 조는 곧장 뱃머리로 가서 하늘을 보고 목을 젖히며 숨을 크게 내쉬었다. 폭풍이 올 것처럼 요란한 일몰이었다. 천상의 빛이 구름을 밝히고 있었다. 저 아래 호안선을 따라 산책로의 등불이 켜졌다.

"같이 나와줘서 고마워. 아, 우리 애들을 사랑하느냐고? 사랑하고, 사랑하고, 또 사랑하지!" 조가 손가락을 하나씩 접었다가 호숫물에 대고 튕기며 말했다. "근데 애들은 끝이 없어." 무슨 말인지 알겠다는 듯 고개를 끄덕이는 나를 보고 조가 웃었다. "정말이야. 너는 용케 총알을 피한 거야. 나랑 비교하자면 세 발이나!"

조가 머리카락을 돌돌 말아서 하나로 묶었다. 흰머리는 보이지 않았다. 그러고는 작은 핸드백에서 담배 한 개비를 꺼내더니 손바닥으로 능숙하게 성냥을 가렸다. 나는 고개를 돌려 서쪽 산등성이를 바라보았다. 혹시 레몽이 아이들도 기대하고 있는 건 아닌가 싶은 궁금증이 처음으로 들었다. 물론 금지 규정은 있었다.

"생일 선물 뭐 받았어?" 조가 내 손에 들린 선물 가방을 가리키며 물었다.

"나도 몰라." 나는 내키지 않았지만 봉투 안을 들여다보았다. 놀랍게도 거기엔 조각끌이 담겨 있었다. 붉은 버찌나무 손잡이가 달린 조각끌이었다. 이미 가지고 있는 크기긴 했지만 어머니가 내 취미를 고려해서 고른, 세심한 선물이었다.

"그렇게 별로야?" 조가 능글맞게 웃었다.

"아니야, 내 취미야. 어머니한테 받은 선물 중에 가장 좋은 것 같은데. 평생 받은 걸 다 합쳐도."

조가 의아하다는 눈으로 끌을 쳐다보고는 담배를 피웠다. "생일 축하해, 오딜. 내 생일은 7월이야. 서른여섯이라니. 세상에. 거의 마흔이잖아. 나이라는 게 참 희한해. 어떨 땐 아무렇지도 않은데 또 어떨 때는 완전히 말도 안 되는 것 같아. 안 그래?"

조의 말에 웃음이 터져 나왔다. "글쎄, 잘 모르겠네. 아무렇지도 않아. 다가올 나이에 맞게 삶이 늘 준비되어 있는 것처럼 느껴져."

"이야, 똑똑하네." 조가 턱을 살짝 기울이고 보랏빛으로 물들어가는 산을 향해 담배 연기를 내뿜었다. 연기가 순식간에 바람 속으로 흩어졌다. "학교를 다닌 지 이렇게 오래됐다니 믿을 수가 없어. 심사 프로그램도 그렇고. 벌써 20년 전이라니! 우리 둘 다 미끄러져서 아쉽지만 우리 부모님은 잘 이겨냈어. 어쨌든 자문관들하고 어울릴 수 있게 됐으니까. 너희 어머니도 잘 이겨내신 것 같네.”

나는 고개를 끄덕이며 조각끌을 도로 집어넣었다.

“잠깐!” 조가 뭔가를 깨달았다는 듯 말했다. “그럼 저쪽에서는 오늘이 네 열여섯 번째 생일*인 거네? 맞지? 지금 파티 중이려나? 나도 그때 초대받았었나? 기억이 안 나. 저쪽에서 지금 우리 같이 있을까?”

“그해 생일에 파티 안 했을 거야.”

“로소하고 피라도 안 불렀어? 너랑 친했잖아.”

“그때는 서로 알지도 못했는걸.”

“무슨 소리야? 누가 누군지 다 알았지. 물론 네가 좀 혼자 다니긴 했지만.” 조가 그 시절을 회상했다. “그 둘은 확실히 특별했어. 그렇지? 뭘 하든 세트였으니까. 학교에서 알랭을 좀 봐줬으면 좋았으련만. 가끔 우리 포도밭에 관개 작업을 하러 와. 술에 절어 산다는 얘기는 들었지? 안타까워. 그래도 쥐스틴은! 총알 얘기가 나와서 말인데, 지금까지 알랭이랑 있다고 상상해 봐! 쥐스틴한테는 리처드가 훨씬 더 잘 맞는 사람이야. 내가 소개해 줄 때부터 말했어. 리처드도 허풍이 심하긴 한데, 그런 게 쥐스틴 취향인가 봐. 알랭 만났던 걸 보면 말 다 했지. 요즘도 연락해?”

“나하고 쥐스틴?”

“아니, 알랭하고.”

◆ 북미에서는 여성의 열여섯 번째 생일을 성년식처럼 여기고 평소보다 성대하게 축하 파티를 한다.

나는 어물쩍 어깻짓을 했다.

"차라리 안 하는 게 낫겠다. 들을 소식이 뭐가 있겠어."

뒤에서 노크 소리가 들렸다. 여덟 살쯤 되어 보이는 조의 아들이 유리문 너머에서 손을 흔들며 조의 자리를 가리켰다.

"사냥꾼을 보내셨군." 조가 무표정하게 말하고는 아들을 향해 얼굴을 찌푸리며 항복하는 척 양손을 들었다. 꼬마는 내가 궁금한지 어슬렁거리다가 레스토랑 안으로 되돌아갔다.

"가봐야겠다. 나 꺼내줘서 고마워. 너무 짧아서 아쉽다! 다음에 만나면 경계 지역에서 있었던 재밌는 얘기 들려줘. 아니, 그럴 게 아니라 우리 집에 한번 놀러 와. 앙리랑 애들도 틀림없이 듣고 싶어 할 거야. 나는 말할 것도 없고!"

아까 어머니가 그랬던 것처럼 조가 내 팔을 만지며 작별을 고했다. 나는 문을 향해 걸어가는 조의 뒷모습을 보고 있었다.

"조, 뭐 하나 물어봐도 돼?"

조가 어리둥절해하며 걸음을 멈추었다. 나는 고개를 숙여 갑판을 쳐다보았다. 우리 목소리가 들릴 만한 거리에 서 있는 사람들은 없었다.

"이상하게 들릴 거 아는데, 너무 오래전 일이라. 너한테 에드메 얘기를 들으니 생각나서."

조가 얼굴을 찌푸리는 게 보였지만, 나는 얼굴이 빨개지기 전에 서둘러 말했다. "그날 말이야. 사고 나기 전에. 혹시 너희 둘……."

조의 표정이 달라졌다. 조가 나를 이상하다는 눈으로 쳐다봤다.

"아니, 아무 일도 없었어. 물어본다는 게 그거야? 당연히 아니지.

걔는 널 좋아했는데."

나는 조용히 있었다. 조가 눈을 위로 치켜뜨며 환히 웃었다. "뭐야, 너도 알고 있었잖아."

나는 억지웃음을 지었다.

"오딜! 그렇게 당연한 걸!"

"뭐가?"

"첫째, 나도 보는 눈이 있어. 그치만 걔한테 무슨 말을 들었느냐고? 물론이지! 왜, 우리 물굽이에 있을 때 말이야. 그때 너도 거기 있지 않았나?"

"에드메가 뭐라고 했는지 기억해?"

"뭐, 토씨 하나까지 다 기억나는 건 아닌데, 내가 에드메를 놀리고 있었을 거야. 걔가 '감정이 있다고' 했던가? 무슨 어른처럼 말했어. 너한테 얘기하기 부끄럽다고 말했던 건 기억나. 그게 설레서 어쩔 줄 모르겠다는 식이 아니라, 자기가 널 좋아하는 게 주제넘은 일이라고 했던 것 같아. 잘 모르겠네. 너무 옛날 일이라. 걔 엄청 진지하지 않았어?"

"전혀 몰랐어." 바람과 파도 소리에 묻힐 만큼 작은 목소리였다.

조가 잠시 머뭇거리고는 고통스러운 듯 얼굴을 찡그렸다. "무슨 일이 있었는지 생각해 보면 모르는 게 나았을 수도 있겠다. 그렇지? 아니면…… 아냐, 어떻게 됐어도 끔찍하지. 어떡하니, 오딜. 어떻게 봐도 너무 슬픈 일이야."

나는 고개를 끄덕이고 다시 호수를 향해 몸을 돌렸다. 문이 여닫히는 소리와 함께 피아노 소리와 흥겨운 소리가 짧게 들려왔다.

해가 완전히 떨어졌다. 갑판에 나와 있던 몇몇 사람들도 모두 안으로 들어간 뒤였다. 황혼 속에 홀로 서 있던 나는 차디찬 난간을 감싼 손가락에 잔뜩 힘을 주었다. 뚜렷하게는 아니었지만, 가족과 앉아 있는 조의 웃음소리가 들렸다. 조는 아이들을 귀찮아하는 척하면서 즐겁게 웃고 있었다.

산 너머 밸리에서 나는 우리 집 식탁에 홀로 앉아 있었다. 어머니가 냉장고에서 내 생일 케이크를 꺼내 들고 오며 소심한 목소리로 생일 축하 노래를 불렀다. 곧, 몇 달 후면 그와 나는 친구 사이가 될 것이고, 내 방 창문 앞에 나타나기 시작할 것이었다. 목구멍에 작은 덩어리가 왈칵 올라왔다. 나는 선상 카페에서 나와 정처 없이 걸었다. 바람 부는 산책로를 따라 한참 내려갔다 올라와서는 가로수 길로 걸음을 옮겼다. 호수 바람이 닿지 않는 바티쇠르 광장에 있으니 밤이 포근했다. 조명을 받은 콜로네이드의 그림자가 광장 바닥에 길게 드리웠다. 한동안 시청 계단에 앉아 기둥에 등을 기대고 분수에서 노는 아이들을 쳐다봤다. 한 여자애가 소리를 지르며 벌떡 뛰어갔다. 남학생이 동상을 둘러 여자애를 쫓았다. 남자애가 여자애를 잡고 흔들며 물에 빠뜨리겠다고 겁을 주었다. 여자애는 남자의 품에서 빠져나오려고 애쓰다가 키스로 그를 혼내주었다.

어머니에게 받은 선물 봉투가 옆에 놓여 있었다. 나는 새 조각끌을 손바닥에 올려놓고 이리저리 돌려가며 훑어보았다. 그제야 내가 판화를 깜빡했다는 사실이 떠올랐다. 서둘러 대화를 끝내려다가 알랭의 집에 판화를 두고 나온 것이었다. 결국, 나는 그를 다시 만나야 했다.

15장

새벽녘에 사택을 나섰다. 날이 상쾌했다. 풀과 나뭇잎이 신선한 공기를 뿜어냈고, 예배당 앞뜰에서는 스피어민트 꽃의 향기가 진동했다. 나는 트럭에 올라타 북쪽으로 차를 몰았다.

텅 빈 학교 운동장에서 차를 돌려 막다른 길에 차를 세웠다. 버스 정류장에서 가만히 앉아 툭툭 튀는 엔진 소리를 들었다. 순찰을 시작하려면 한 시간쯤 남아 있었다.

물굽이로 향하는 계단을 반쯤 내려가자 소나무 사이로 반짝이는 짙은 파랑이 보였고, 보트 몇 척이 일찌감치 길을 나서는 소리도 들렸다. 호수가 가까워졌다는 신호였다. 호숫가로 내려가다 말고 계단 중간에서 난간을 넘어 왼편의 덤불 속으로 걸어 들어갔다. 나무 줄기에 붙어 위장하고 있던 황갈색 나방 수십 마리가 화들짝 놀라 푸드덕거리며 내 제복으로 날아들었다. 어딜 디뎌야 할지 모를, 가시덤불투성이의 비탈길이 이어졌다. 절벽으로 가는 길은 기억보다 더 험난했다. 벼랑으로 향하는 굽잇길이 시작되는 곳에서 나는 걸음을 멈추고 호숫가와 나를 가르는 가파른 숲을 내려다보았다.

찾는 곳의 위치가 잘 떠오르지 않았다. 근처에 덤불이 있었던 것 같은데. 정확한 위치는 기억나지 않았고, 손톱 밑에 시커먼 때가 껴 있던 장면만 머릿속에 남아 있었다. 산길에는 가시덤불이 무성했지만 그래도 벼랑 끝까지 올라가 보기로 마음먹었다. 가시밭길을 걷고 싶어서가 아니라, 그때 걷던 길로 가다 보면 더 수월하게 기억날지 모른다는 생각에서였다. 눈앞에 숲이 펼쳐지고 땅이 바위로 단단해지는 곳에서 나는 높은 벼랑으로 올라갔다.

발밑 멀리서 잔잔한 호숫물이 보였다. 유리처럼 맑은 수면 아래로 거대한 바위들이 늘어서 있었다. 밸리를 둘러보았다. 호수를 가로지르는 수중 철책이 바늘처럼 반짝거렸다. 전날 밤의 마지막 안개가 서쪽 산맥 너머로 사라져 갔다.

바이올린을 발견했던 곳이 보였다. 절벽 가장자리, 움푹 패인 작은 구멍에는 뻣뻣한 산호빛 이끼가 가득했다. 황급히 길을 되돌아 내려왔다. 기억을 앞지르는 발이 이끄는 대로 걸었다. 제대로 왔다는 느낌이 들자 너무 멀리 가다가 지나칠까 봐 속도를 줄이면서 옆으로 꺾었고, 수풀 속으로 들어가다 비틀거렸다. 넘어지지 않으려고 나무줄기를 붙잡다가 더 많은 나방을 방해한 순간, 진홍빛 가지가 달린 낯익은 덤불 하나가 눈에 띄었다.

그때처럼 또 맨손으로 땅을 팠다. 처음엔 아무것도 나오지 않았으나, 계속 파다보니 뭔가 단단한 게 손끝에 닿았다. 나무 케이스 잔해에 묻은 축축한 흙을 쓸어냈다.

뚜껑은 내려앉은 상태였다. 가죽 외장도 모두 사라지고 없었다. 케이스 옆구리에는 녹슨 잠금장치가 여전히 달려 있었는데, 그 주변에 작은 주먹 크기 정도의 검은 녹이 묻어 있었다. 열어보려고 했지만 자물쇠가 서로 붙은 채로 녹아 열리지 않았다. 그러다 반대쪽이 쪼개지면서 케이스가 열렸다.

특별한 것 없는 잔해였다. 바이올린은 케이스 안에서 썩어가고 있었다. 몸체는 거의 부서져 있었다. 떨어져 나온 바이올린 목 아래 빛바랜 나무의 곡선만 남아 있었다. 바이올린 활에 묻은 흙을 살살 털어내자 뭔지 알 수 없는, 좁은 성배 모양 조각이 보였다. 단단하고 작은 숟가락처럼 생긴 네 개의 줄감개는 여전히 보존되어 있었다. 녹슨 소리굽쇠도 그대로 있었다. 소리굽쇠를 무릎에 두드리자, 그 울림이 숲속으로 퍼졌다. 바이올린 바닥을 타고 올라온 갈색 뿌리는 마치 털 없는 꼬리처럼 보였다.

바이올린은 생각보다 훨씬 더 부패한 상태였다. 기억이 물건이라면 이런 모습이 아닐까. 썩어 문드러진 바이올린을 보니 예전에 청소를 도왔던 화재 현장이 떠올랐다. 마을 변두리에 있는 집 몇 채가 불에 탔는데 화재의 원인은 끝내 밝혀지지 않았다. 장사빌은 마을에 호의를 베푼다며 우리를 그곳에 보냈다. 나는 배정받은 집 안으로 들어가 건질 만한 게 있는지 둘러보았다. 2층으로 올라가는 계단은 부분부분이 무너져 있었다. 위로 올라가니 마루의 틈새가 깊어 조심스럽게 이동해야 했다. 들어갈 수 있는 방이 거의 없었다. 책장에 꽂힌 책들의 책등이 끔찍하게 부풀어 있었고, 불에 그을린 탓에 제목은 거의 보이지 않았다. 벽장에서는 악취를 풍기는 시커먼 액체가 흘러나왔다. 다락에서 쏟아져 나온, 재보다 더 무거운 모래 같은 게 집 안 곳곳에 쌓여 있었다.

지금 나는 그와 비슷하게 생긴 폐기물 앞에 무릎을 꿇고 앉아 있었다. 줄감개 하나를 집어 들었다. 색깔은 빠졌지만 다듬돌처럼 여전히 매끄러웠다. 줄감개를 부적처럼 손에 든 채 에드메를 떠올리는 데 집중했다. 에드메의 생김새가 어떠했는지, 에드메가 날 쳐다볼 때 어떤 감정이 들었는지. 그때 에드메는 학교 음악실에 앉아 있었다. 나는 줄 두 개를 튕기고, 그 소리를 듣고, 줄감개를 조이는 에드메를 지켜보고 있었다. 놀란 사람이 내는 소리처럼 뭔가를 묻는 듯 음이 살짝 올라갔다. 에드메가 당황한 듯 눈썹을 찡긋했다. 그때 에드메가 무슨 농담을 했는지는 기억나지 않지만, 그는 활짝 웃으며 그 농담에 나를 끌어들였다.

나도 에드메를 보며 슬픈 미소를 지었다. 그동안 셀 수 없이 머릿속에 떠올린 장면이었다. 내 기억에 남아 있는 장면이 아니라 사실을 재구성한 장면이었다. 머릿속에 그려지는 그의 놀란 표정은 에드메의 진짜 얼굴이 아니었다. 기억 속에서 에드메가 점점 사라진다는 사실 때문에 나는 오랫동안 괴로워했다. 그러나 이제는 더 이상 그의 부재 때문에 가슴이 쓰리지 않았다. 에드메는 어렸다. 그는 내 어린 시절에 속하는 존재였다. 이날 아침, 콕 집어 말할 수 없는 불안에 이끌려 이곳에 왔지만 이제 마음이 편안해졌다. 심지어 이곳에 있어도 더는 에드메가 느껴지지 않았다. 나는 파헤친 무덤에 잠시 손을 올려두었다.

바이올린의 잔해 속에서 길고 시커먼 지네 한 마리가 다리를 물풀처럼 흐느적거리며 빠르게 다가왔다. 깜짝 놀라 손을 뗀 순간 무언가가 등 뒤를 스치고 지나갔다. 덩달아 놀란 새나 다람쥐가 도망간 소리였을 터였지만, 나는 줄감개를 주머니에 쑤셔 넣고 서둘러 케이스를 다시 땅에 묻은 뒤 다급한 손길로 흙무덤을 도닥였다. 바지에 묻은 흙을 털고 양말에 붙은 쇠기풀을 떼어냈다. 계단 꼭대기에 다다른 뒤 침착하게 다시 막다른 골목으로 들어갔다. 나는 물굽이 순찰을 마치고 돌아오는 길이었다.

그날 밤에도, 그다음 날 밤에도 라스파일 룸에 들르는 일을 미뤘다. 술집 골목도 가지 않았다. 식당에서 혼자 밥을 먹고 판화 작업을 하고는 사택으로 가서 저녁 시간을 보냈다. 시내 순찰 마지막 날, 밤늦게까지 기다렸다가 알랭의 집에 들러 판화 책을 가져올 생각이었다. 식당에서 저녁을 먹고 7시쯤 사택에 돌아왔는데, 내 판화 책을 자기 무릎에 펼쳐놓은 말셰의 모습에 나는 놀랄 수밖에 없었다.

그는 연기하는 사람처럼 큼직한 닥종이를 과장스럽게 넘기며 날 보고 능글맞은 웃음을 지었다. 그가 앉은 소파 옆자리에는 미트로프 비슷하게 생긴 음식이 놓여 있었다.

"오잔, 이걸 다 직접 한 겁니까?"

나는 태연하게 보이려고 애쓰며 우는 아이를 달래듯 차분한 목소리로 물었다. "그건 어디서 났어요?"

"흠, 참 좋은 질문이네요. 이게 어디서 났겠습니까? 손님 왔다 갔어요. 술집 쥐새끼 같은 놈, 로소 말입니다."

허리를 숙여 냉장고 문을 여는 나를 그가 빤히 쳐다보았다. "아, 그렇지. 술집에서 보여주다가 내가 두고 왔나 보네. 그렇잖아도 있는지 봐달라고 발한테 물어보려던 참이었어요."

"이상하네. 그 양반한테 들은 얘기랑 다른데. 라스파일 룸에서 가지고 오는 길이라고 하던데요."

나는 고개도 돌리지 않고 맥주병의 뚜껑을 따면서 대꾸했다. "그렇게 말했으면 그랬겠죠. 집으로 가져갔다가 여기로 가져다준 모양이네요. 참 고맙기도 하지."

말셰가 씩 웃었다. 내가 소파로 가자 그는 별말 없이 내 책을 건네주었다.

"판화에 꽤 소질이 있네요. 근데 말 지어내는 데에는 젬병이야."

"무슨 소리를 하는지 통 모르겠네."

"아니, 로소가 온종일 당신 기다린 눈치더만. 저기 묘지에서 달려오더니 나한테 반드시 이걸 곧장 당신한테 전해주라고 신신당부합디다. 그러니까, 뭐라고 해야 하나. 음, 열정적이었달까?"

나는 코웃음을 치며 내 방으로 들어갔지만, 방문 너머 말셰의 만족스럽다는 듯한 웃음소리를 들으며 알랭을 욕했다. 여기에 찾아온 것 자체가 무모한 행동이었다. 그러나 그게 다일 리가 없었다. 나는 있을지 모를 메모를 찾아 책장을 훑었다. 처음엔 말셰 머리에서 떨어진 듯한 검은 머리카락 몇 가닥만 보였지만, 고원 숙소 그림을 펼치자 네모난 종잇조각이 삐져나왔다.

알랭은 학교 다닐 때 주고받던 쪽지처럼 종이를 접어 책장 사이에 넣어놓았다. 나는 쪽지를 찢을 듯이 펼쳤다. 종이 위에 발스를 홍보하는 리소그래프가 찍혀 있는 걸 보아하니 옛날에 그 술집에서 사용하던 걸 챙겨 온 모양이었다. 주소 옆에 알랭은 오늘 밤 약속 시간을 적어두었다. 그 아래에는 내게 주는 것인지 달라는 의미인지 모를 약도가 그려져 있었다. 미숙한 솜씨였지만 두 개의 밸리를 표현한 장면이라는 걸 알 수는 있었다. 밸리 하나에서 시작된 점선은 다른 밸리를 향해 이어지다가 둘 사이 텅 빈 곳에서 끝났다. 거기엔 간절해 보이는 물음표 하나가 큼직하게 그려져 있었다.

내가 아까 그 시간에 들어오지 않았더라면 말셰가 이 쪽지를 발견했을 터였다. 나는 협탁에 놓인 연필을 집어 들고 쪽지 위에 분노의 가위표를 그었다. 종이를 쳐다보며 발스의 온갖 떠버리들 앞에서 알랭에게 덤비는 내 모습을 상상했다. 쪽지를 갈가리 찢은 뒤, 말셰가 나가는 소리가 들릴 때까지 가만히 기다렸다.

아는 사람이 없는 캄캄한 묘지 구석으로 가서 편평한 묘석 위에 종잇조각을 올려놓고 성냥 하나를 떨구었다. 악의 온상은 몇 초 만에 흔적 없이 사라졌다. 나는 축축한 풀 위로 재를 날렸다.

그날 밤, 엄습하는 두려움에 잠을 이루지 못했다. 알랭이 막잔을 비우고 다시 여기로 찾아오면 어떡하지? 그러나 그런 일은 없었다. 아침이 오자 그도 내 침묵의 의미를 이해했으려니 싶었다. 머리에 까치집을 짓고 나타난 말셰가 울적한 하늘 아래, 차를 몰고 경계 지역으로 향했다. 과수원 전초기지 앞에서 그는 차를 멈추고 내려 자잘한 흰 꽃이 가득 찬 도랑에다 속을 게웠다. 나는 반대쪽 창문으로 고개를 내밀고는 익어가는 과일나무의 향기를 들이마시려고 애썼다. 이슬비가 트럭 지붕을 두드렸다. 이번에는 복귀하는 길이 반가웠다. 입가를 훔치며 차로 돌아온 말세가 불쾌해하는 내 표정을 보고는 윙크했다.

※

레몽은 이미 내 아침 식판을 채워놓고 있었다. 내 커피가 식지 않도록 컵 받침을 뒤집어 잔을 덮어놓았지만 크기가 맞지 않았다. 그의 서투른 노력에 미소가 지어졌다. 일찍이 그의 문 밑으로 밀어 넣었던 내 쪽지에 대해서는 아무 말이 없었다. 식당 안은 사람들로 붐볐고 다른 대원들이 우리 테이블에 와서 앉았지만, 그의 태도는 눈에 띌 정도로 달라져 있었다. 그는 숨기려는 기색도 없이 나를 빤히 쳐다보며 저녁을 같이 먹자고 제안했다. 저녁 배식 시간이 넘어야 근무가 끝날 테지만 부엌에 미리 얘기해서 음식을 준비시키겠다고 했다. 나는 기대된다고 대답했다.

"좋아. 기대된다는 말이 나와서 하는 얘긴데…… 자네가 시내에 있는 동안 약간의 진전이 있었다고 볼 만한 일이 있어."

"네?"

"장사빌이 결정을 내렸어."

나는 숟가락을 내려놓았다. "말해봐요."

"내가 전할 소식이 아니라." 레몽이 기쁨을 감추지 못하고 흥얼거렸다.

온종일 정신이 딴 데 가 있었다. 줄기차게 내리는 빗줄기를 아랑곳하지 않고 여러 번 감시탑 플랫폼으로 나가 쓸데없이 서성였다. 쌍안경으로 안개 낀 풍경을 둘러보고 있을 때도 레몽이 언급한 소식이 계속 머릿속을 맴돌았다. 임관이 결정되면 장사빌이 따로 부를 거라는 레몽의 말 때문에 감시탑 아래 보초병이 지나가는 소리가 들릴 때마다 공연히 기대감에 부풀었다.

이성적으로 생각해 봐도 장교가 되는 것은 이미 따놓은 당상이었다. 레몽은 장사빌과 그 정보를 공유하는 사이였고, 그가 건넨 힌트는 너무나도 명확했다. 내가 선발된 것이다. 그러나 장사빌에게 직접 결정되었다는 공지를 들을 때까지는 의심을 떨칠 수도 없었기에 긴장을 늦추지 않았다.

해 질 무렵이 되자 빗줄기가 가늘어졌다. 감시탑의 처마 밑에 서서 근무 시간이 끝나길 기다렸다. 구름 사이로 희미한 별빛 한 줌이 비쳤다. 야간 경계병이 보이자마자 레몽을 만나 저녁을 먹기 위해 서둘러 식당으로 향했다.

요리사가 부엌을 잠그고 있었지만 레몽이 마스터키를 가지고 있겠거니 싶었다. 나는 우리가 늘 앉는 테이블로 가서 기다렸다. 식당 저편에서 대원 두 명이 마주 앉아 카드 게임을 하고 있었다. 창밖을 보니 게이트로 누군가 들어오는 모습이 보였다. 자세히 보니 파주가 교환소에서 우편물을 챙겨 오는 중이었다. 그렇게 30분쯤 지나자 레몽이 늦는 이유가 무엇일지 이런저런 시나리오를 생각해 보기 시작했다. 발소리가 들릴 때마다 고개를 들어 확인하며 조금 더 기다리다가 숙소에 있으면 찾아오겠거니 생각하며 밖을 나섰다.

비 때문에 아직 머리카락이 젖어 있었기에 세면대로 가 수건으로 머리를 말렸다. 한동안 자르지 않았던 머리를 풀자, 정리되지 않은 머리카락이 등나무처럼 얼굴을 휘감았다. 머리를 자르러 시내에 나갈 생각이었는데 긴 머리도 썩 괜찮아 보였다. 그냥 길러볼까 싶은 마음이 들었다.

노크 소리가 들렸다. 레몽인 줄 알고 문을 열었는데, 문 앞에 나타난 사람은 콜텔리였다.

"장사빌 대장님이 보자신다."

가슴이 조여왔다. 열쇠와 재킷을 챙겼다. 콜텔리는 불빛이 가득한 길을 따라 빠르게 걸었고 나는 그 뒤를 따랐다.

그의 사무실 문이 열려 있었다. 안에서 의자가 삐걱대는 소리가 들렸다. "들어오게." 장사빌이 말했다.

그는 내게 낡은 가죽 의자에 앉으라고 손짓한 뒤 찻주전자와 찻잔이 있는 선반을 향했다. 차를 내어주려는가 보다 생각하며 자리에 앉았는데, 장사빌이 책상에 황록색 폴더를 내려놓았다.

"자네가 민간인과 접촉이 있었다는 보고를 받았네."

내 얼굴이 차게 식었다.

"이곳 생활이 여자들에게 쉽지 않지. 사내들이야 시내에 나가면 풀 곳이라도 있지만. 공평하지 않다는 걸 나도 알아. 하지만 이 일을 경고로 마무리하는 건 불가능하네. 벌써 소문이 돌고 있어. 규정이 중요하다는 건 말할 필요도 없고, 이를 위반하는 게 심각한 잘못이라는 건 자네도 잘 알겠지."

내가 뱉는 말이 허공으로 흩어졌다. "대장님, 제가…… 그러니까 말셰가 뭐라고 했는지 잘은 모르겠지만, 그건 사실이 아닙니다. 착

오가 있었던 것 같습니다. 먼저 말씀드렸어야 했는데. 말셰가 알랭 로소 얘기를 한 것 맞죠? 사택에 인사하러 잠시 들렀습니다. 그게 전부입니다. 말셰는 저와 파트너가 된 데에 원한을 품고 있습니다. 말셰가 실질적인 증거를 가져오진 않았을 겁니다. 안 그렇습니까? 그럴 수가 없습니다. 애초에 존재하지 않으니까요."

장사빌의 눈에 힘이 들어갔다. "말셰에게 상황을 묻긴 했지만 제보자는 말셰가 아닐세. 자네 학교 동문이라는 자가 오늘 과수원 검문소에 찾아와서 레몽 라불레를 찾았다. 양심의 가책을 덜고 싶다면서."

혼란스러웠다. 장사빌이 한숨을 쉬며 폴더를 열었다.

"이제 어떻게 될 것인가 하면, 자네의 장교 임관 신청은 거부되었네. 유감스럽군. 보통은 재판으로 징계 수위를 결정하지만 자네 체면을 생각해서, 표준 직급을 강등하는 선에서 일단락하기로 했네. 그리고 레몽이 서부 경계에 인력이 부족하다고 하더군. 그래서 오늘 밤부로 자네를 호수 건너편으로 전출시키기로 했다. 시기도 잘 맞고, 도심에서 멀어지면 유혹도 덜할 테니 자네한테도 더 잘됐지."

그가 서류를 내 쪽으로 돌려 건넸다. 장사빌과 콜텔리, 그리고 인사 담당관 레몽 라불레의 서명이 담긴 전출 명령서였다. 나머지 한 줄에 내 이름이 찍혀 있었다. 내 이름에 두 개의 N이 연달아 붙어 있는 바람에 가운데 세로줄이 겹쳐 시커멨다.

"해명할 수 있습니다." 작은 목소리로 말했다.

"필요 없네." 장사빌이 펜을 건넸다. "오뷔숑이 오늘 시내에 있어. 선착장에서 자네를 기다리고 있을 거야. 한 시간 안에 만나지 못하면 너무 멀리 가서 새 숙소에 데려다주지 못하게 될 테니, 서둘러 짐을 싸서 출발하게."

문 앞으로 따라 나온 장사빌이 멍하니 막사로 향하는 내 뒷모습을 지켜보지 않았다더라도, 그래서 내가 장교 숙소로 달려가 레몽의 방문을 두드릴 수 있었다더라도 딱히 할 말이 없었다. 알랭이 이렇게까지 했다면 내가 뤼시 일에 개입하려고 했다는 사실도 서슴지 않고 얘기할 것이었다. 나는 방에 들어가 배낭에 옷을 챙겨 넣고 조각 가방, 말아놓은 판화 책 등 들어갈 만한 것은 무엇이든 배낭에 집어넣었다. 물건을 하나씩 넣을 때마다 점점 더 큰 혐오가 밀려왔다.

과수원의 경계병이 창문 너머로 일지를 건넸다. 나는 거기에 서명한 뒤 시간을 적었다. 이제 30분 안에 선착장에 도착해야 했다. 트럭을 다시 출발시키려는데 그 경계병이 웃음을 참고 있는 것 같았다. 어쩌면 그때 근무 중이었는지도 몰랐다. 그래서 알랭의 악의적이고 저속한 거짓말을 엿들었는지도 몰랐다. 나는 트럭의 속도를 올려 울창한 숲을 향했다. 과수원 길을 달리는 트럭이 격하게 덜컹거렸다. 나무 언저리 사이로 도시의 불빛이 보이기 시작했다. 첫 번째 교차로에 다다랐을 때 빨간불이 들어온 신호등이 줄 하나에 매달린 채로 이리저리 흔들렸다. 신호등이 녹색으로 바뀌기도 전에 나는 핸들을 꺾어 술집 골목 쪽으로 속도를 냈다.

그를 찾는 건 전혀 어렵지 않았다. 발스 문 앞에 다른 흡연자들과 멀찍이 떨어진 알랭이 몸을 웅크리고서 앉아 있었다. 내려서 트럭 문을 쾅 닫자, 술집의 열린 창문 너머로 드럼 소리와 함께 밴드 음악이 들렸다.

알랭은 나를 보고 움찔하는 눈치였다. 보도의 사람들은 걸음을 멈춘 채 내가 그의 팔을 붙잡고 골목으로 끌고 가는 걸 쳐다보았다. 나는 이미 총을 반납한 상태였지만 어쨌든 내가 알랭을 체포하는 줄 알 터였다. 나는 알랭을 쓰레기통 옆으로 끌고 가서 벽에 밀어붙였다.

"너 대체 무슨 짓을 한 거야?"

알랭은 나를 똑바로 바라보지도 못했다. 그는 술에 잔뜩 취해 있었다. 고무처럼 축 처진 입술이 죄책감으로 뭉개졌다.

"내가 다 망쳤어, 오잔."

"어떻게 그 사람한테 그런 말을 할 수 있어? 하필 그 사람한테! 나한테 그렇게 복수하고 싶었던 거야?"

"아냐, 아냐, 복수가 아니라, 시간이 없어서. 내가 도와달라고 했는데 네가 대답을 안 하니까……."

"그래서 뭐! 내 커리어를 망가뜨려서 너한테 무슨 도움이 되는데? 임관 기회도 뺏기고 강등도 당했어. 모든 걸 잃었다고!"

"미안해. 내가 술에 취해서. 바보 같은 생각이었어." 알랭이 떨리는 숨을 몰아쉬며 힘겹게 내 눈을 쳐다봤다. "그쪽이 근무지가 아니라서 못 도와준다며. 서쪽은 레몽이 경계병들 징계할 때 보내는 곳이라고 네가 그랬으니까…… 그 사람이 너를 처벌하고 싶은 상황이 되면 어떨까 싶었어. 그게 다야. 그게 그래서…… 그렇게 하면 현실성이 있을 줄 알았지. 그런데 그 사람 표정을 보니까 아차 싶었어. 그러지 말았어야 했구나 싶더라고."

나는 믿기지 않는다는 표정으로 그를 쳐다봤다.

"그 사람이 나 전출시켰어."

"뭐?"

"전출됐다고. 지금 서부 경계로 가는 길이라고."

알랭의 입이 기이하게 뒤틀렸다. 면목 없어 하면서도 놀란 걸 숨기지 못하는 표정이었다.

"말도 안 돼! 이게 무슨 일이야! 그럼, 지금도 안 늦었어, 우리 아직 할 수 있어!"

"너 내가 거기로 가길 바란 거지? 그게 네가 원하는 거고? 거기가 어떤 데인지 몰라서 그래. 거기가 얼마나 끔찍한지!"

"그래, 다들 그렇게 말하더라. 그게 사실이라면 네가 날 도와줄 이유가 될 수 있잖아?"

"내가 미쳤어? 나한테 이런 짓을 한 건 너잖아!"

갑자기 희망의 불씨가 되살아났다는 듯 알랭이 다시 애원하기 시작했다. "내가 너한테 이제 무슨 말을 해야 할지 모르겠어, 오딜. 제발 나 좀 봐줘. 너 없이 혼자서는 갈 방법이 없어. 나는 개자식이고 머저리야. 네 말이 맞아. 그러니 날 위해서가 아니라 널 위해서, 그 아이를 위해서 해줘."

"맙소사." 등을 돌리고 가려는데 잔인한 마음이 솟아올라 다시 돌아섰다. "그거 알아? 이미 할 수 있었던 일이야, 내가. 20년 전에 내가 살릴 수 있었다고."

"네 탓이 아니야. 그러지 마." 그가 웅얼거렸다.

"아니. 내가 알고 있었다는 말이야. 에드메네 부모님이 애도 투어를 왔었고, 그때 두 분을 내가 알아봤어. 에드메한테 무슨 일이 있으리란 걸 알고 있었다고. 피슈그뤼 선생님도, 자문관도, 그리고 나도 알고 있었어. 애초에 내가 걔랑 친구가 된 것도 그 때문이야. 내가 자문관한테 동태를 보고하고 있었으니까. 에드메한테 조심하라고 경고할 수도 있었고, 뭐라도 알려줄 수도 있었는데, 그냥 주어진 일을 한 거야. 거기서 떨어지게 내버려뒀다고. 네가 에드메를 찾겠다고 몇 날 며칠 헤매고 다닐 때도 나는 에드메가 죽었다는 걸 알고 있었어."

어두운 골목에서 알랭의 얼굴이 하얗게 질렸다. 그의 눈동자가 파멸의 빛으로 번뜩였다. 알랭이 내게서 한 걸음 뒤로 물러났다. 나도 더 할 말이 없었다. 그런 그를 그대로 두고 트럭에 올라탔다. 나는 두 주먹으로 눈을 비비며 늦지 않게 선착장으로 향했다.

16장

머릿수건에 맺힌 땀이 바닥으로 뚝뚝 떨어졌다. 바닥에 엎드려 일하느라 셔츠 단추를 전부 채운 탓이었다.

만뒤카가 복도 끝에서 나를 쳐다봤다. 느긋한 속도로 지휘봉을 다리에 툭툭 치자 그의 주머니 안에 든 무엇인가가 달그락거렸다. 스펀지를 들통에 담갔다가 꾹 쥐어짜서 계속 바닥을 닦는 사이 만뒤카가 가까이 다가왔다. 삐걱삐걱 군화 소리가 들렸다. 그는 아무 말도 하지 않고 지나쳤지만, 그의 바지가 내 어깨를 스쳐 지나갔다. 들통의 암모니아 냄새 사이로 풀 먹인 냄새가 퍼졌다.

만뒤카의 등 뒤로 문이 닫혔다. 나는 얼마 남지 않은 마른 바닥 위에 젖은 스펀지를 가져다 댔다. 그리 멀지 않은 곳에서 스키프의 엔진 소리가 들렸다. 호숫가에 다다랐을 스키프의 엔진이 꺼지자 서쪽 숲에 갑작스러운 정적이 퍼졌다. 9월 1일이었다. 오늘 애도 투어에 오를 대상이 누구인지 나는 알고 있었다.

들어오는 보트 앞에 돌처럼 굳은 표정의 경계병들이 서 있을 것이다. 만뒤카는 탑승객들에게 악수를 청할 것이고, 그러면 그들은 긴장한 듯 고마워하며 그의 손을 잡을 것이다. 만뒤카는 탑승객들의 나이를 생각하면 조금 거칠다 싶은 손길로 한 사람씩 차례차례 선착장 위로 잡아당길 것이다. 생색 가득한 그의 미소는 조금도 변하지 않을 것이다.

어느 대원이 호위를 담당할지는 투어 전날 밤에 결정되었다. 동부 경계에서는 규칙적으로 교대 근무가 이루어졌지만 만뒤카는 자신의 권력을 자랑하기 위해 그때그때 인력을 선발했고, 그 과정에서 짓궂게 빈정거렸다. 제1서편에 진입하는 건 위험이 따르는 일이라 그 임무를 수행하는 대원에게는 상당한 보너스가 주어졌다. 그때문에 다들 호위를 희망했다. 그러나 만뒤카는 자기 손바닥 안에 든 대원들의 희망을 짓밟고 그들에게 이기죽거리며 약 올리기를 즐기는 사람이라, 그에게 무턱대고 알랑거린다고 해서 선발이 되지도 않았다. 이번에 뽑힌 행운의 주인공은 떡 벌어진 어깨에 덥수룩한 머리를 한 카사르였다. 카사르는 선발되자마자 대놓고 좋은 티를 내서 다른 경계병들의 반감을 샀다. 부엌 배식구에서 그를 보고 있자니, 에드메네 부모님과 함께 연못에 서 있던 경계병의 뒷머리가 마스크 뒤로 삐져나와 있던 모양이 어렴풋이 떠올랐다.

내가 그들의 호위를 맡을 일이 없다는 것, 떠나기 전 그들을 접촉할 일조차 없다는 것은 처음부터 명확했다. 내 계급은 신병 수준으로 강등되었다. 그들과 차이가 있다면 나는 평생 이 계급에 머물러 있으리라는 것이었다. 호수의 이쪽 편으로 온 뒤로 나는 경계 구역을 순찰한 적이 없었다. 앞으로도 그럴 일이 없을 터였다. 만뒤카는 내게 생도들이 하는 일을 맡을 자격조차 안 된다며 모두의 앞에서 못 박았다.

들통 속 헹굼물에 비친 내 얼굴을 쳐다보았다. 제1동편에서 보았던 여자, 이 바닥에서 싸늘히 고개를 들던 그 여자의 얼굴은 아직 아니었지만, 피부가 점점 거칠어지는 게 느껴졌다. 그뿐 아니라 하루가 다르게 손이 붉어졌고 영양실조로 손가락 마디가 튀어나왔다. 강등과 함께 배급량이 줄어든 탓이었다. 언제쯤 목발을 짚게 될는지 궁금했지만, 그 원인을 궁금해하지는 않으려고 노력했다. 그러면서도 항상 그 여자를 생각했다. 어느 새벽에 찌르퉁한 요리사의 명령을 받고 부엌에 도착했을 때, 식사 시간 사이에 공용 건물을 청소할 때, 악취가 풍기는 변소를 파낼 때, 막사에서 나온 쓰레기를 소각할 때, 대원들의 더러운 군복을 삶아 빨 때도. 나는 그 여자의 삶에 어떤 평결이 내려질지 알고 있었다. 그리고 그 여자는 그 평결을 이 세상에서 지워버릴 계획이었다. 훗날 애타게 구원을 바라는 뤼시 에로가 나를 찾아올 것이다. 그런 뤼시를 이용하겠다는 내 생각이 혐오스러웠으나, 그럼에도 이 비정한 계획은 흔들리지 않았다. 뤼시가 탈주를 시도할 때 내가 개입하지 않는다면 어떤 일이 벌어질까? 그래도 뤼시는 죽을 것이다. 내가 개입하지 않는다고 해서 득을 보는 사람은 없을 것이다. 따라서 내 합리화는 기정사실화되고 시간이 지나면 양심의 가책도 무뎌질 것이었다. 가장 큰 문제는 시간이었다. 비참한 뤼시의 상황에 내가 눈 하나 깜빡하지 않는다고 한들 그 기회가 오려면 앞으로 20년 가까이 기다려야 했다. 게다가 이미 한 번 실패했던 내 계획이 그때는 성공하리란 보장도 없었다.

복도는 이제 깨끗했다. 뜨듯한 벽돌을 하나 집어다가 문에 괴어 열어놓았다. 바닥의 습기는 금세 날아갈 것이었다. 시계를 확인하니 대원들의 점심 준비를 시작할 시간이었다. 나는 청소도구함에 걸레를 걸어놓은 뒤 부엌으로 갔다. 부엌은 마치 호숫가에 버려진 매점처럼 마른 풀밭에 덩그러니 놓여 있었다.

피라 부부의 출발을 앞두고 며칠 동안, 대원들은 불 주변에 모여 앉아 밥을 먹을 때마다 그 얘기를 주고받았다. 나는 그들에게 말간 스튜를 떠 준 뒤 설거지통을 들고 그늘에 가서 기다렸다. 그들은 바위며 그루터기에 걸터앉아 양철 그릇에 담긴 스튜를 후루룩 마셨고, 남은 빵 조각을 꾹꾹 뭉쳐 개들에게 던져주었다. 그러는 사이 나는 그림자 속에서 오가는 뉴스를 조각조각 엿들었다.

방문객을 누가 호위하게 될지에만 신경 쓰는 대원이 대부분이었지만, 개중에는 사례에 관심을 가지고 방문객의 나이, 체력, 개입 위험 등에 관해 대화를 나누는 대원들도 더러 있었다. 그러나 실종된 소년이 누구인지 뚜렷하게 기억하는 이는 거의 없었다. "북단에 사는 애였는데." 경계병 하나가 입안에 스튜를 가득 머금은 채 말했다. 카사르와 피라 부부가 고원 숙소를 향해 길을 떠나면서 그런 잡담도 끝이 났다. 제1서편에 방문객이 가 있는 동안, 밸리에는 늘 긴장감이 감돌았다. 마을에서는 안정을 찾는 사람들을 위한 예배가 추가로 진행되었다. 예배에 참석한 자문관은 주민들의 염려를 인내심 있게 경청한 뒤, 안전에 대해 뻔한 설교를 반복하고 그들과 함께 기도했다.

서부 경계 지역 대원들의 마음에 들어찬 불안 혹은 근심은 폭력으로 표출되었다. 피라 부부가 길을 떠나던 밤, 그릇을 닦고 있는데 웬 고함이 들려왔다. 밖으로 나가 보니 헌병 둘이 주먹을 휘두르고 있었다. 한 사람이 다른 한 사람을 불 속으로 밀었다. 떠밀린 자가 자기 몸을 찰싹찰싹 때리고 팔다리를 휘저으며 불길 속에서 뛰쳐나오자, 만뒤카가 소리쳤다. "오, 이런. 자네 등!" 그 대원이 미친 듯이 목을 쭉 빼고 호수를 향해 뛰었다. 풍덩 소리가 난 순간, 숨죽인 채 기다리던 모두가 함성을 터뜨렸다. 만뒤카는 승리자를 향해 술병을 들었다. 깜빡이는 불빛 속에서 씩 웃는 만뒤카의 얼굴이 보였다. 그의 얼굴에는 내가 동부에 갔을 때 보았던 텁수룩한 콧수염이 아직 없었다. 그의 젊은 얼굴에 익숙해지는 데에는 꽤 오랜 시간이 걸렸다. 만뒤카는 화가 많은 사람치고는 자주 웃는 편이었다. 자신의 분노를 잘 조절하는 사람인지라 겉보기에 그의 화는 가만히 머물러 있었다. 마치 뜨거운 아스팔트처럼.

별다른 사건 없이 9월이 시작되었지만, 산 너머 내 인생의 행로가 다시 새겨지고 있을 그날의 시간은 더디게 갔다. 샤워실 청소를 하고 있을 때 시곗바늘이 3시를 가리켰다. 학교 종이 울리고, 피슈그뤼 선생님에게 거절당한 뒤 홀로 뒷산에 걸어가던 순간을 상상했다. 새로 발견한 요새에서 꾸벅꾸벅 졸고 있을 때 속삭이는 목소리가 날 깨웠다.

몇 분간 기억을 되짚고 또 되짚었다. 어떻게든 기억해 내고 싶었지만 헛수고였다. 또 뭐가 있었지? 땅거미가 질 무렵까지도 이야기는 변하지 않았다. 검은 마스크를 쓴 사람들을 본 기억, 에드메와 마주친 기억, 그와 함께 학교 운동장을 떠난 기억이 여전했다.

그날 저녁, 요리사 벨라미가 코앞에 접시 한 장을 들이밀면서 나 때문에 대원에게 한 소리 들었다고 호통쳤다. 접시 바닥에는 빨갛고 긴 머리카락 한 올이 붙어 있었다. 나는 속죄하는 의미로 모든 그릇을 다시 닦아야 했기에 늦은 시간까지 부엌에서 나가지 못했다. 불빛이 없는 길을 따라 조심스레 발을 옮겼다. 남자 숙소를 지날 때는 나뭇가지 하나 부러뜨리지 않았다.

호숫가에 있는 내 숙소를 끝으로 철책은 호수로 이어져 있었다. 숙소 내부에서는 유황 냄새가 났다. 바닥은 사과가 굴러갈 정도로 기울어져 있었고, 바닥을 밟을 때마다 널빤지가 모래 속으로 푹푹 꺼졌다. 창문에 달린 커튼은 낡은 식탁보로 만든 게 분명했다. 빨간색 싸구려 러그 곳곳에는 떨어진 촛농이 묻어 있었다. 내 배낭은 여전히 반쯤 채워진 상태로 나무 의자에 놓여 있었다. 이곳에 온 뒤로 판화 작업을 한 적이 없었다. 침대 옆에서 무딘 가위와 휴대용 술병을 챙겨 다시 밖으로 나오면서 문을 열어두었다. 낮 동안 방 안에 갇힌 열기를 내보내기 위함이었다.

판자로 대충 만들어놓은 벤치에 앉아 술을 마셨다. 예전에는 국경의 술을 마시면 목구멍이 타는 것 같았는데, 이제는 차를 마시는 것처럼 목도 위장도 편안했다. 이즈음이면 제1서편의 나는 어머니의 와인을 마시고 있을 터였다. 어쩌면 이미 내가 본 것에 대해 날선 비판을 하며 관망하는 전통을 비난하고, 방문객의 이름을 거론하며 분노에 찬 글쓰기를 시작했을지도 몰랐다. 잔잔한 파도를 바라보았다. 호수 건너 잠든 마을에 시청사가 우뚝 서 있었다. 화강암 타일로 장식된 외관이 엷은 스포트라이트를 받아 빛났다.

휴대용 술병을 다 비운 뒤, 가위를 들고 머리카락을 짧게 잘랐다. 달빛을 받은 모래 위에 내 곱슬머리가 떨어졌다. 나는 방 안으로 들어가 문을 잠갔다.

이곳에 도착한 첫날 밤, 나보다 먼저 레몽에게 전출당했던 가뉴가 선착장에 와 있었다. 능글맞게 웃으며 손을 뻗는 그를 보자 도저히 그의 몸을 건드릴 수 없었다. "여러분, 이쪽은 오딜입니다." 그는 내 이름을 발음하면서 그는 입술을 음란한 모양으로 만들었다.

처음 몇 주 동안은 거의 잠을 이루지 못했다. 그때 나는 내가 가진 최고의 무기이자 어머니에게 받은 선물인 조각끌을 손에 쥐고 앉아 밤을 지새웠다. 그러는 동안 내가 탈주할 생각을 하지 않았다고 한다면 거짓말이다. 제1서편으로 가면 내 힘으로 에드메의 죽음을 막을 수 있을 것이고, 그러면 이 모든 걸 끝낼 수 있을 터였다. 안 좋게 헤어지긴 했지만 틀림없이 알랭도 같은 마음일 터였다. "잃을 게 뭐가 있어?" 라스파일 룸에서 알랭이 했던 말이 생각났다. 그때 내 대답을 유심히 듣던 알랭은 나의 모든 걸 잃게 했다.

나도 다른 경계병들과 별반 다르지 않았다. 다양한 방법을 고려해 봤다. 그건 순찰하는 동안 시간을 때울 놀이이자 탈주자들의 움직임을 예측하는 데 도움이 되는 훈련이었다. 동부 철책을 따라가다 보면 철조망 아래로 푹 꺼진 땅이 있다는 사실을, 감시탑 사이 투광 조명이 잘 닿지 않는 곳이 있다는 사실을, 순찰자가 가까이 접근하지 않고 지나쳐 가는 시간이 있다는 사실을, 밤교대가 이루어질 때 빈틈이 발생한다는 사실을 알고 있었다. 20년 가까이 경계 근무를 하고도 알아차리지 못했다면 그게 더 이상한 일이었다. 그러나 호수 서편에서 내가 가까이 가본 철책 구간이라고는 메인 게이트와 이 호숫가가 전부였다. 두 군데 모두 사람이 늘 상주하는 감시탑이 있었다. 이곳 철책에 틈이 있다면, 그걸 찾기까지 앞으로 20년은 걸릴 수도 있었다. 이곳의 경비가 더 촘촘하다는 건 나도 잘 알고 있었다. 서부에서의 개입 위험이 더 크기 때문이기도 했고, 경계선의 길이가 더 짧기 때문이기도 했다. 그렇게 탈주를 바라던 내 꿈은 갈 길을 잃었다.

숙소 밖에서 바람과 함께 파도 소리가 거세졌다. 누가 걸어오더라도 모를 것 같았다. 다행히 바람이 잔잔해지자 아무런 소리도 들리지 않았고, 그렇게 나는 조금씩 경계를 늦추었다.

17장

투어를 떠났던 방문객의 귀환을 알리는 종소리가 산허리에 울려
퍼졌다. 모닥불 주변에 모여 식사하던 모두가 그릇을 내려놓고 메
인 게이트 앞에 모였다. 부엌 입구에 서서 담배에 불을 붙이던 벨라
미가 허접스럽게 잘린 내 머리카락을 처음으로 알아봐 주었다. 그
가 내게 담배 한 개비를 건네길래 나는 그와 나란히 서서 담배를 피
웠다.

방문객이 실제로 철책까지 도착하려면 시간이 조금 더 걸렸다.
경계병들은 성마른 침묵 속에 서 있었다. 마침내 우두둑 소리와 함
께 군화에 짓밟힌 자갈들이 가파른 길을 따라 굴러떨어졌다. 개들
이 짖어댔다. 어쩔 수 없이 나도 고개를 돌려 쳐다보았다.

배낭을 멘 카사르가 먼저 나타났다. 그가 만뒤카를 향해 손가락
두 개를 펼쳐 보였다. 관망에 실패했다는 의미였다. 무슨 의미일지

골똘히 생각해 보니, 그건 연못가에서 에드메를 보려고 할 때 내가 개입한 이후로 피라 부부는 아들을 보지 못했다는 의미였다. 그들이 제1서편에 다녀온 노력이 수포가 된 것이었다.

산행로를 따라 내려오는 두 사람이 보였다. 튜닉과 마스크를 걸치고 있지는 않았지만, 그들의 움직임은 오래전 내가 기억하는 모습 그대로였다. 피라 아주머니는 제대로 걷기 힘들어 보였다. 피라 아저씨가 아주머니가 넘어지지 않도록 부축하고 있는 것 같았다. 벌써 철책에 와 있던 카사르가 늘어지게 하품했다.

게이트가 열리고 수색이 시작되었다. 한참 멀리 떨어져 있었지만 아주머니가 흐느끼는 소리가 들렸다. 나는 부엌으로 들어가려던 참이었다.

"저거 봐라." 벨라미가 짜증을 냈다. "염병할 까마귀 새끼들."

여러 마리의 새가 모닥불 주변의 접시 사이를 총총거리며 부스러기를 쪼고 있었다.

"가서 쫓아내."

한 손 가득 돌멩이를 주워 들었다. 내가 던진 대부분의 돌멩이는 모닥불 속으로 들어가며 약한 불꽃을 일으켰다. 까마귀 한 마리가 다른 접시 근처에 내려앉았다.

벨라미가 내 등을 떠밀었다.

"빨리! 저녁 두 번 지을 거야?"

좋든 싫든 나는 게이트를 흘끗거리며 화로 쪽으로 걸어가야 했다. 새들은 꿈쩍도 하지 않았고, 나는 새들이 가까이 오지 못하도록 음식 주변을 하염없이 빙빙 돌아야 했다. 내가 피라 부부와 경계병들의 대형에 점점 더 가까워지자, 나는 반대편으로 고개를 돌렸다.

다행히 피라 부부는 내 쪽을 보고 있지 않았다. 철책에서 충돌이 있는 듯 보였다. 피라 아주머니가 수색을 거부하는 것 같았다. 피라 아저씨가 도우려고 했지만, 경계병이 그를 막아섰다. 눈물을 참지 못하고 아주머니가 흐느꼈다. 그 상황이 충분히 이해됐다. 일부러 불응한다기보다 분에 받쳐 도무지 고분고분 순응할 수 없는 느낌이었다.

"씨팔, 못 해먹겠네!" 가뉴가 소리쳤다. "딴 사람이 와서 처리해! 야, 오딜!"

불가에 있던 나는 그대로 얼어붙었다. 2열로 맞춰 선 경계병들이 일제히 나를 향해 고개를 돌렸다. 나는 앞치마 차림으로 사람들의 시선을 한 몸에 받으며 서 있었다.

"여자가 있으면 이런 일에라도 써먹어야지. 여기로 와, 당장!"

벨라미가 고개를 절레절레 흔들며 직접 까마귀를 쫓으러 부엌을 나섰다. 달리 선택권이 없었기에 나는 게이트로 향했다.

피라 아주머니는 내게 등을 돌리고 서 있었다. 이제 그녀는 몸서리를 치며 울고 있었다. 피라 아저씨는 여전히 붙잡혀 있었지만 반항을 멈춘 상태였다. 대신 만뒤카에게 무어라 말하고 있었다. 아저씨는 긴장한 목소리로 카사르가 직무를 태만히 했다며, 처음 장소에서 아무런 성과가 없었고 두 번째 장소에는 가지도 못했다고 설명했다. 아저씨는 카사르가 연못에서 곧장 숙소로 데려간 뒤 방 안에 가뒀다고 덧붙였다.

나는 그들과 눈을 마주치지 않으려고 애썼다. 배낭 안에 있던 소지푼이 바닥에 쏟아져 있었다. 어린 시절 날 공포에 떨게 했던 검은 마스크가 긁어모은 흙더미 위에 공허한 눈으로 놓여 있었다.

"어서." 가뉴가 내게 명령했다. "해본 적 있을 거 아냐."

피라 아주머니의 몸은 오랜 산행 때문에 흙먼지로 뒤덮여 있었다. 팔을 뻗어 그녀의 어깨에 손을 댔다. 아주머니가 아무런 반응을 보이지 않자, 나는 겨드랑이 아래로 손을 넣고 살살 두드리며 형식적인 수색을 이어갔다. 옷 아래로 가녀린 팔다리가 느껴졌다. 이걸로 끝이길 바라며 가뉴를 쳐다보았다.

"좋아. 이제 전면." 그가 냉소하며 피라 아주머니의 몸통을 내 쪽으로 돌렸다. 아주머니는 흐릿하고 공허한 눈빛을 하고 있었다. "자, 이렇게." 가뉴가 아주머니의 허리춤으로 손을 쭉 내리고 가만히 멈췄다.

"무슨 말인지 알겠지?" 그는 이렇게 말한 뒤 한 걸음 물러서서 피라 아저씨의 몸을 수색했다.

나는 가뉴의 발자국을 밟고 서서 에드메의 어머니를 마주했다. 아주머니의 뺨에 묻은 흙먼지 사이로 눈물이 흘러내렸다. 나는 미안하다고 작게 속삭였다. 나는 손등으로 아주머니의 몸을 살살 쓸어내린 뒤 무릎을 꿇고 앉아 헐렁한 바지춤을 훑었다. 다시 일어섰을 때 아주머니의 눈에는 혼란이 담겨 있었다. 그녀가 갈라진 입술을 벌리고 내게 물었다.

"운동장에서, 당신이었죠?"

나는 못 들은 척 눈을 피했다. 이번엔 피라 아저씨가 나를 뚫어져라 쳐다보고 있었다. 가뉴와 만뒤카는 눈치채지 못했다.

"마무리해." 만뒤카가 말했다. 그는 피라 부부에게 따라오라고 말했다. 에드메의 부모님은 허리를 숙여 가방을 챙긴 뒤 기진맥진한 걸음으로 그의 뒤를 따라갔다. 피라 아주머니가 한 번 뒤돌아보았다. 아까보다 더 퀭한 눈빛이었다. 상처받은 표정이었다. 잠시 죄책감이 들었지만 이내 분노가 치밀었다. '아니, 피해를 본 건 나예요. 내가 당신을 봤다는 이유로 지금 어떤 꼴이 되었는지 한번 보라고요.' 나는 도망치듯 부엌으로 들어갔고, 땅거미 지는 바깥에서 대원들이 식사를 마치는 동안 수세미로 냄비를 벅벅 문질러댔다.

관망을 갔던 방문객이 돌아가고 나면 막사는 긴장이 풀렸다. 멀리서 툴툴거리는 스키프 소리가 들리자, 피라 부부가 시내 선착장으로 출발했다는 걸 알게 된 경계병들이 여기저기서 환호했다. 샤워를 마친 카사르가 젖은 머리로 셔츠를 풀어 헤친 채 나왔다. 사방팔방에서 그에게 술잔을 건네기 시작했다.

매춘부들이 곧 방문한다는 소문이 돌고 있었다. 시내 휴가가 드문 장병들을 위해 분기마다 만뒤카는 술집 여자들을 태운 집배를 빌려 왔다. 카사르가 혼자서 배를 통째로 차지하는 게 꿈이어서 그동안 받은 보너스를 잔뜩 모아뒀다며 자랑하는 소리가 부엌 배식구 너머까지 들렸다.

벨라미가 모닥불 주변에 모여 있는 사람들 쪽으로 갔다. 부엌에는 이제 냉동고와 파리의 윙윙거리는 소음뿐이었다. 노란 불빛 아래 싱크대는 차갑게 굳은 기름투성이였고, 설거지통은 더러운 그릇으로 넘치고 있었다. 나는 위험을 감수하고 겁게 탄 롤빵 하나를 훔쳐 거의 씹지도 않은 채 꿀꺽 삼켰다. 그런 다음 끈적한 병에 담긴 요리용 백포도주로 입을 헹구고 다시 접시를 닦기 시작했다.

☼

호숫가에 기상나팔이 울려 퍼졌다. 저 멀리 쿵쿵거리는 소리에 눈꺼풀이 들렸다. 아침을 알리는 피곤한 소리였다.

나는 밖으로 나가 얼기설기 만들어놓은 나무 벤치에 앉아 휴대용 술병을 입에 대고 홀짝였다. 호수는 따분했고 비린내가 났다. 피 묻은 갈매기 날개 하나가 모래 위에 놓여 있었다. 저 멀리 감시탑에서 경계병이 사닥다리를 내려오는 게 보였다. 그가 덤불로 가더니 여느 사내들처럼 고개를 뒤로 젖히고 서서 소변을 보았다. 내 시선이 텅 빈 감시탑으로 향했다. 나는 주머니 안에 손을 넣고 바이올린 줄감개를 돌렸다. 메마른 줄감개 끝이 허벅지를 깊게 파고들었다. 경계병이 바지 단추를 채우며 덤불에서 돌아왔고, 이번에는 날 보며 지루하다는 듯 고개를 끄덕였다. 잠시 뒤, 플랫폼 난간 너머로 튀어나온 그의 총신이 보였다.

매일 일하러 나갈 때마다 내 어릴 적 밸리에서 무슨 일이 일어나고 있을지 되짚어 보았다. 또렷하게 기억나는 건 거의 없었다. 세세한 기억보다는 특징만 표현한 그림처럼 희미한 기억이 대부분이었다. 등교하는 평일이면 교실이 생각났다. 목재 오일이 풍기는 기분 좋은 냄새와 피슈그뤼 선생님의 반듯한 칠판 글씨. 나를 그랑제콜로 데려다줄 버스가 막다른 골목으로 들어오는 모습. 이런 평범한 기억들만 신기루처럼 땅 위를 맴돌았다.

410

그러나 9월에 접어들면서 지난날의 기억이 점점 뚜렷해졌다. 애틋한 기억도 있었고, 씁쓸한 기억도 있었다. 어떤 기억은 오래전의 골절처럼 뭉근한 통증을 일으켰다. 어느 날 밤, 나는 숙소에서 나와 혼자 덤불로 걸어갔다. 내 기억에 그날은 옛날 에드메와 내가 오디션 연습을 하러 몰래 빠져나갔던, 밤 날씨가 온화했던 날이었다. 그때 그의 바이올린 연주 소리가 어찌나 컸는지 소리가 하늘로 솟구쳐 올라가는 것 같았다. 나는 가만히 귀를 기울였다. 그러나 주변의 나무가 흔들리는 소리 외에는 아무것도 들리지 않았다.

조가 심사 프로그램에서 탈락했던 금요일이 되었다. 그날은 내가 최종 라운드에 오른 날이기도 했지만, 내가 기억하는 건 나나 어머니가 기뻐하는 모습이 아니라 강의실에서 나갈 때 달라진 조의 표정과 계단을 내려가던 조의 발소리였다.

토요일, 만뒤카는 집배가 오고 있다고 발표했다. 모닥불 주변에는 기대에 찬 휘파람이 울려댔고, 돈이 부족한 사람들은 다급히 돈을 빌리기 시작했다. 일몰 무렵이면 선착장에 도착할 예정이었던 배가 지연되었다. 대원들은 안달이 났다. 마침내 요란한 경적이 배가 도착했다는 사실을 알렸다. 경계병 한 무리가 선착장으로 달려나갔다. 그들의 함성 뒤로 그들을 놀리는 웃음소리가 울려 퍼졌다. 여자들의 목소리가 들려오자 뜬금없이 감동이 밀려와 잠시 가만히 서 있던 나는 이내 구덩이에 묻을 쓰레기를 외바퀴 수레에 실었다. 만뒤카의 업무 지시를 받은 경계병들은 찌무룩하게 총을 챙겨 철책으로 향했다.

다음 날 아침에는 평소보다 더 일찍 일어나 수영하러 나갔다. 지난봄과 여름, 매춘부가 방문했던 때 대원들에게 늦잠이 허용됐으니 이 시간에 내가 발각될 확률은 낮았다. 나는 수건을 두른 채 어슴푸레한 새벽하늘로 나와 숙소 문을 잠갔다. 산들바람만 살랑이고 있었다. 검은 모래가 띠처럼 보이는 곳에 도착하자 발가락이 쑥 들어갔다. 내 입꼬리가 올라가는 게 느껴졌다.

감시탑을 확인했다. 투광 조명등의 빛이 닿지 않는 곳까지 충분히 멀리 걸어왔으니 근무 중인 경계병은 나를 볼 수 없을 터였다. 나는 호숫가에 수건을 내려놓은 뒤 물속으로 미끄러지듯 들어갔다. 물은 기분 좋게 시원했다. 며칠간 지겹도록 나를 따라다니던 우울이 마침내 떨어져 나가는 것 같았다. 부드러운 호숫바닥을 발로 밀치며 발이 닿지 않는 곳까지 헤엄쳤다. 수면에 비친 달빛을 따라 천천히 헤엄을 치자, 내 발끝에서 만들어진 동그라미가 멀리 퍼지며 물비늘을 일으켰다.

수면에 등을 대고 누웠다. 마지막까지 남은 별들이 하늘 꼭대기에서 흔들리고 있었다. 갈비뼈를 드러낸 허연 몸뚱이가 먹처럼 검은 물 위를 부유했다. 혼란과 질투에 휩싸인 여자아이가 다른 애들과 알몸으로 수영하기 싫다고 물굽이에서 도망친 지 몇 시간이 지난 뒤였다.

그때 호숫가에서 어떤 소리가 들렸다. 나는 본능적으로 고개를 물속에 처박았다가 뺐다. 눈에 들어간 물 때문에 눈을 여러 차례 깜빡거려야 했다. 고개를 들어서 살펴보니, 내 숙소 밖에 남자 세 명이 서 있었다.

가뉴의 굽은 목이 보였다. 그는 동료에게 가까이 와보라는 듯 손짓했다. 한 사람이 내 방문을 두드렸다. 대원은 가만히 기다리다가 다시 더 세게, 조롱 섞인 리듬으로 문을 두드렸다. 가뉴가 그 대원을 밀치고 문 앞에 섰다. 잠시 뒤, 내 방문이 열렸다.

그는 열쇠를 가지고 있었다. 물론 그랬을 터였다. 남자들이 내 숙소 안으로 들어갈 때 나는 물이 튀지 않도록 팔다리를 물에 담근 채로 되돌아가기 시작했다. 내 방 커튼 너머로 손전등 불빛이 스치는 게 보였다. 수평선은 이제 자홍빛으로 물들어 있었다. 해가 떠오르면 틀림없이 내가 보일 것이었다.

문간에 다시 나타난 가뉴가 호숫가를 잠시 서성거렸다. 나는 물속 더 깊은 곳으로 몸을 끌어내렸다. 태양의 손길이 단 한 번도 닿지 않은 듯한 물의 냉기가 발끝에 전해졌다. 호숫가에 두고 온 내 수건에서 제발 그의 시선이 멀어지길 기도했다. 그때 그가 들었을 만한 소리가 들렸다. 저 멀리, 호수 건너편에서 선착장을 떠나는 스키프의 모터 소리였다. 가뉴가 다른 두 사람에게 뭐라고 말했다. 잠시 후 그들은 내 숙소를 떠나 막사로 이어지는 길로 걸어갔다.

스키프는 서부 선착장에 도착하자마자 곧장 방향을 돌렸다. 남자들이 다시 돌아올까 봐 두려워서 나는 계속 호수에 머물렀다. 태양이 산 너머로 머리를 내밀고 있었다. 나는 물속을 걸어 수중 철책 근처로 다가갔다. 위치만 알고 있다면 철책 아래로 헤엄칠 수도 있었다. 그만큼 깊숙이 잠수할 수 있을 것 같기도 했다. 그러나 그다음은? 옷이고 뭐고 아무것도 없이 외딴 호숫가로 기어 올라가야겠지. 어찌어찌 사냥꾼 같은 놈들을 따돌릴 수 있다손 치더라도 추위에 얼어 죽고 말 것이었다.

떠오르는 태양이 호수에 비치며 반짝이는 윤슬을 만들었다. 이제 팔다리에 감각이 사라졌다. 방금까지 수면에 떠 있던 내 몸은 느닷없이 호수에게 삼켜진 듯 물속으로 빨려 들어갔다. 눈을 뜬 상태로 물속에 가라앉는 동안 내 머리카락은 보드랍게 수면을 향해서 위로 뻗어 나갔다. 환한 수면 아래 반짝이는 철조망과 그 아래의 탁한 푸른빛이 보였다. 호수가 내게 안전한 세상으로 돌아가라고 달래는 것 같았지만, 나는 두 손을 위로 올리고 차가운 물속으로 더 깊숙이 몸을 끌어내렸다. 그러다 어느 순간 숨이 차고 두려움이 몰려왔다. 나는 있는 힘껏 발을 굴러 올라가 새벽 햇살이 가득한 공기를 삼켰다. 호숫가로 헤엄쳐 뭍으로 올라가 수건으로 몸을 감싸는데, 감시탑에서 나를 쳐다보는 경계병의 시선이 느껴졌다.

숙소의 문이 활짝 열려 있었다. 창문 안쪽에 벌레들이 기어다녔고 러그에는 모래알이 흩어져 있었다. 내 조각 가방이 의자 밑에 있긴 했지만, 이렇게만 봐서는 사라진 물건이 없는 것 같았다. 심지어 위스키도 그대로였다. 7시가 다 되어 있었다. 나는 군복을 챙겨 입고 늘 하던 습관대로 숙소 문을 잠근 뒤 부엌으로 향했다.

18장

대원들이 한목소리로 카사르 욕을 하고 있었다. 자기 차례가 돌아오자, 선착장에 줄을 선 사람들이 기다리든 말든 전에 큰소리쳤던 대로 집배를 독차지해 버린 것이었다. 가뉴와 패거리들이 줄에서 벗어난 것도 어쩌면 그때였는지 몰랐다. 내가 자기 접시에 죽을 덜어 주는 순간에도 가뉴는 날 투명 인간 취급하며 아무 말도 하지 않았다.

다들 아침 식사를 챙기고 화로 주변에 모여 앉자, 만뒤카가 나무 그루터기에 올라서서 자문 기관에서 온 편지 봉투를 하나 흔들었다. 봉투에 찍힌 경고 도장이 부엌 배식구 창문에서도 뚜렷하게 보였다. 고원의 교환소로 보내야 할 우편물이었다.

"바티쇠르에서 온 긴급 청원이다! 지난번과 동일한 사례이나 청원자가 다르다."

만뒤카는 청원자가 죽은 소년의 단짝 친구라고 설명하며, 보아하니 영리한 놈은 아니라고 덧붙였다. 제1서편에 방문을 희망한다는 그의 청원서는 긴급 상황이 생겼다고 보더라도 아주 늦게 도착했다. 처음에 자문 기관은 친족 관계 규칙에 어긋난다는 이유로 그의 청원을 거부했고 그의 탈주 시도 위험을 낮게 평가했는데, 지난밤 술집 골목의 소동 이후 그의 위험도를 한 단계 높였다. 구금할 정도는 아니었으나 관련 경계에 통보가 필요한 요주의 인물이 된 것이었다.

나는 만뒤카 손에 들린 경고장에서 눈을 떼지 않았다.

탈주 시도가 생길지도 모른다는 소식을 들은 경계병들은 짜증을 내기는커녕 오히려 즐거워하는 것 같았다. 지난여름에 받았던 다른 경고장을 생각하니 그 이유를 알 만했다.

만뒤카는 침울한 척 표정을 지으며 찌그러진 커피 깡통을 집어 들었다. "자, 시간이 됐군." 그가 한숨을 쉬며 말했다. "다들 판돈을 걸도록 하지."

깡통은 대원들의 손에서 손으로 넘겨졌다. 그들은 아침밥을 내려놓고 돈을 꺼냈다. "총알을 날리는 사람이 판돈의 임자가 된다." 만뒤카가 말을 이었다. "그러면 카사르의 정열 넘치는 발자취를 따라갈 수 있을지도 모르겠군. 그래, 나도 들었다. 거참, 새끼하고는. 젊은 놈의 스태미너는 여하튼 알아줘야 한다니까. 참! 그렇지, 후끈한 얘기가 나와서 말인데…….'

만뒤카가 주변을 둘러보다가 배식구 창문 너머로 나를 찾더니 내게 손짓했다. "잠시 시간 좀 내어주게."

자기들을 향해 걸어가는 나를 슬쩍슬쩍 쳐다보는 대원들도 있었지만, 대다수는 여전히 동전을 세는 데 열중하고 있었다. 주머니를 탈탈 터는 가뉴의 모습이 보인 순간, 가슴이 철렁 내려앉았다. 그의 무릎 위에 우리 어머니에게 받은 조각끌이 놓여 있어서였다. 가뉴는 내가 자기 옆을 지나갈 때에도 그걸 숨기려 하지 않았다.

"여기! 여기로!" 만뒤카가 자기 옆에 있는 그루터기를 가리켰다. 나는 그 자리에 가만히 서 있었다. 그러자 만뒤카가 웃는 얼굴로 나를 노려보며 말했다. "어서, 분명 재미있을 거야."

그의 말에 마지못해 올라갔다. 발밑에서 그루터기가 흔들렸다. 나는 균형을 잡고 사람들 앞에 섰다.

"이번 청원인에 관한 시시콜콜 정보 하나." 만뒤카가 유쾌한 목소리로 발표했다. "옛날 옛적에, 이걸 어떻게 말해야 하나? 이 멍청한 놈이 오딜의 비밀 애인이었다지."

얼굴이 붉어졌지만 애써 무표정을 유지했다.

"두 사람이 라스파일에서 뒹굴다가 걸렸다는 게 사실인가?" 만뒤카가 물었다. "이야, 얼마나 아름다웠을까." 그가 경고장을 겨드랑이에 끼우고는 손바닥을 주먹으로 두어 번 찌르는 시늉을 했다. "어쨌든, 자네들의 아침을 밝혀줄 재미난 이야기는 이걸로 끝이다. 미리 애도를 표하네. 그래도 아주 나쁘진 않을 걸세. 판돈 딴 사람이 자네한테 과부 연금 조로 한 푼이라도 건넬지 누가 아나?"

만뒤카는 턱을 까딱하며 내게 부엌으로 돌아가라고 일렀다. 나는 그루터기에 그대로 서 있었다.

"다른 용건이라도?" 그가 물었다.

나는 앞치마에 손을 닦으면서 목을 가다듬고 목소리를 높였다.

"저도 걸고 싶습니다."

만뒤카가 즐거워 보였다. "오, 말도 할 줄 아네?"

"네. 저도 판돈을 걸고 싶습니다."

"그렇단 말이지! 재밌군. 제군들, 우리가 무슨 내기를 하고 있는지 말해줄 사람?"

"그가 탈주를 시도할 경우, 그를 죽이는 자가 판돈을 가져가는 내기입니다." 내가 대답했다. "그리고 그건 제가 될 겁니다."

모두가 지켜보고 있었다. 만뒤카가 불 옆에서 씩 웃었다. "재미있군. 버림받은 여자라. 어디서 잡을 생각인가? 부엌에서? 뭘로? 감자 깎기로?"

나는 가뉴의 무릎을 가리키며 말했다.

"저걸로요. 제 겁니다."

대원들이 몸을 돌려 가뉴를 쳐다보았다. 가뉴가 떨떠름한 표정을 지으며 조각끌을 들어서 자기 것이라고 주장했지만, 만뒤카의 손짓에 그는 끌을 내게 던져주었다. 나는 반사적으로 점프해 공중에서 끌을 낚아챘다. 그러는 와중에도 그루터기에서 떨어지지 않으려고 균형을 잡았다. 그런 내 모습에 모두가 깔깔거렸다. 심지어 가뉴도 웃음을 터뜨렸다. 나는 몸을 더 곧게 폈다.

"시시콜콜한 정보 얘기가 나와서 말입니다만, 동부 철책에서 마지막으로 탈주자를 사살한 순찰병이 저였습니다. 눈보라가 몰아치던 한겨울에."

"아하, 그 늙은 여자 얘기로군." 만뒤카가 웃으며 말했다. "자, 오딜에게 깡통을 건네주게. 판돈은 50이 보통이지만, 100을 거는 게 어떤가? 자네가 그렇게 뛰어난 사냥꾼이라면 그 정도는 해야 나머지 얼간이들에게 공정하지 않겠어?"

앞치마를 젖히고 바지 주머니에 손을 넣었다. 자기 앞접시를 두드리며 비꼬는 갈채를 보내는 대원도 있었고, 경쟁자가 늘어났다는 사실에 골을 내는 이들도 있었다. 나는 가진 돈을 몽땅 털어 깡통에 넣은 다음 만뒤카에게 건넸다.

"가진 걸 다 걸겠다. 자신감이 굉장하군. 자, 이제 베팅은 끝났다! 그놈이 무슨 일을 시도한다면 그건 오늘 밤이 될 것이니 호숫가에 순찰 인력을 추가로 배치한다. 그 임무를 정말 원한다면 뇌물은 사양이다. 내가 그걸 어떻게 받겠나? 그리고 제발 부탁이니 서로 쏘지 말고. 지난번에 보충병으로 누가 왔는지 보라고." 그가 손바닥으로 내 등을 쳤다. "오딜, 하나 묻자. 네 애인 말이다. 무슨 짓을 했길래 이 염병할 끌로 복수를 당해야 하지?"

나는 모두가 들을 수 있도록 잠시 멈추었다.

"사실대로 말씀드립니까?"

만뒤카의 눈이 빛났다. "언제나처럼."

나는 무심코 뒤를 돌아봤다. "굳이 들으실 필요가 없을 것 같은데요. 이미 말씀하셨잖습니까. 제가 이곳으로 전출된 게 그놈 때문입니다. 그러니 싫을 수밖에요. 대장님도 싫고요."

불 주변에서 킥킥거리는 소리가 튀어나왔지만 나는 멈추지 않고 만뒤카에게 경멸을 쏟아냈다. 그럼에도 귀에 걸릴 듯 잔뜩 올라간 그의 입꼬리는 조금도 내려올 줄 몰랐다.

"그래, 누가 자네를 비난하겠는가. 안 그래? 누구나 자기 의견을 가질 권리가 있는 법이지. 그런데 자네를 보니 잊고 있던 프로토콜 하나가 떠오르는군. 훼방 놓을 생각은 없지만 누군가는 이걸 교환소에 가져다줘야 한단 말이지."

그가 자문 기관에서 온 우편물을 허공에 들고 펄럭펄럭 흔들다가 그걸로 내 손을 딱 쳤다. 얼마나 세게 쳤는지 거의 넘어질 뻔했다.

"자, 자네 몫이네! 규정대로라면 자네를 보내서는 안 되지. 그러나 자네가 길을 잘 알고 있지 않은가! 오늘 밤 잭팟을 터뜨릴 기회를 잃은 건 안타깝네만, 내기에 환불은 없다." 손가락을 펼친 만뒤카가 득의양양한 리듬으로 커피 깡통을 두드렸다. "오딜, 이게 최선이야. 복수는 옳지 않아."

그가 떠나자, 경계병들은 우편 전달 업무를 피했다는 사실에 안도하며 각자 위치를 향해 흩어졌다. 그들이 해산하는 동안에도 나는 그루터기에 서서 치욕을 견뎠고, 그런 다음에야 벨라미에게 앞치마를 건넸다. 그는 일손이 부족해졌다며 눈을 흘겼다. 나도 똑같이 화를 내며 배낭을 꾸려야 한다고 말하고서 숙소를 향해 성큼성큼 걷기 시작했다. 무성한 나무에 내 뒷모습이 가려진 뒤에야 나는 달려가기 시작했다.

근무 중인 경계병이 내일 귀환 시간을 적어주었다. 게이트가 열리자 나는 긴장한 채로 내 이니셜을 적었지만, 클립보드를 가져간 그는 손을 흔들며 나를 통과시켰다. 나는 가방을 둘러메고 서부 경계선을 넘었다.

가파른 소나무 길은 금세 헐벗은 오르막으로 바뀌었다. 나는 검은 종이 달린 거대한 나무에 도착했다. 철제 추가 종 입구에 조용히 걸려 있었다. 나는 돌아서서 내가 사는 밸리를 쳐다보았다.

이른 시간이었지만 선착장에는 보트 몇 척이 나른하게 떠 있었고, 흰 돛이 송곳니처럼 뾰족하게 솟아 있었다. 저 멀리 일요일의 태양이 잿빛으로 얼룩져 있었다. 북단의 짙은 구름 속에 폭풍우가 모여들고 있었다. 비는 어두워진 뒤에야 내릴 예정이었다.

고원 숙소에 도착해 경고장을 열어보았다. 땀 때문에 봉투가 흐느적거렸지만 봉인은 단단히 붙어 있었다. 조각끌로 봉투 날개를 뜯은 뒤 입김을 후 불어 밀랍 부스러기를 테이블 아래로 날렸다. 병속에 든 배, 낡아빠져 휘청거리는 의자까지 숙소 내부는 제1동편으로 가면서 들렀던 곳과 완전히 똑같았다. 불현듯 궁금했다. 경계 너머의 바깥 지역에서는 시간이 멈춘다는 게 정말 사실일까? 마치 숨만 쉴 뿐 움직이지는 않는 것처럼?

수년간 우편물을 배달하면서 봉투를 열어보는 건 이번이 처음이었다. 봉투 안에서는 두 장의 내용물이 미끄러져 나왔다. 하나는 반으로 접힌 편지지, 다른 하나는 청회색 글씨가 적힌 작은 상아색 카드였다. 카드의 내용은 그랑제콜에서 나온 이후 처음 보는 형식으로 적혀 있었다.

다행히 그 메시지의 내용을 파악할 수 있을 정도의 암호를 기억하고 있었다. 제1서편의 자문관에게 상황을 설명하는 서신이었다. 불만을 품은 청원자의 이름이 무엇이고, 그가 철책을 훼손하는 데 성공할 경우 그다음 목표는 무엇인지에 대해 요약되어 있었다. 그의 개입 타깃은 16세 에드메 피라, 월요일 밤 북단 물굽이 근처에서 익사할 예정, 정확한 장소와 시간은 미정이었다. 예방 차원에서 호숫가 진입 계단에 보초병 배치를 권장한다고 쓰여 있었다.

목표 대상자의 나이, 그의 운명, 간략하게 적힌 비극의 내용을 다시 읽어보았다. 숙소 밖에서 자문 기관의 깃발이 요란하게 펄럭거렸다. 동봉된 서신을 펼치자 알랭과 닮은 얼굴이 그려져 있었다. 내가 실제로 아는 사람의 얼굴을 몽타주로 보는 건 처음이었다. 그림 속의 그는 어른이 된 알랭의 암울한 이목구비와 슬픈 표정이 강조되어 있었다. 에드메와 친구로 지내는 동안 내가 자문관의 끄나풀 질을 했다는 말을 들었을 때 알랭이 지었던 표정과 닮아 있었다. 알랭에게 그 사실을 말한 다음에야 든 생각인데, 어쩐지 이브레 선생님이 옛날에 내게 했던 요청이 아득한 거짓말 같았다. 카사르가 피라 부부를 두 번째 관망 장소로 데려가지 않았다는 사실을 알게 된 뒤로 그 의심은 더욱 커졌다. 당시 마을에서 피라 부부의 투어를 눈치챘던 사람이 나 말고 또 있을 가능성이 얼마나 될까? 이브레 선생님은 에드메나 그의 가족이 다른 데서 소문을 듣게 되는 일을 걱정하지 않는 듯했다. 당시에는 이브레 선생님을 의심하거나 선생님에게 불순종하는 걸 감히 상상도 할 수 없었지만, 돌이켜 보면 선생님은 내가 직접 에드메에게 비밀을 누설하는 상황을 염려하고 있었다. 그래서 내 입을 막으려고, 또 내게 나쁜 일에 가담하는 게 아니라 양심을 지키고 있다는 느낌을 심어주려고 그런 임무를 고안해 낸 것이었다. 무슨 일이 생기면 보고하라던 명령도 에드메에게 아무 소리 못 하게 만들려는 수작이었다. 결국, 위험 요소는 나였다.

어떻게 보면 선생님의 판단이 옳았다. 나는 어스름한 불빛을 받으며 밖으로 나가 보안 문서를 화로에 넣고 불태웠다. 상아색 카드가 안쪽으로 말려 들어가면서 알랭의 쓸쓸한 얼굴은 재가 되어 고원 위로 흩어졌다. 평소라면 고원 숙소에서 자고 갔겠지만, 지금은 그럴 시간이 없었다. 비를 잔뜩 머금은 구름이 산을 집어삼키고 있었다. 모직 담요 한 장과 아마 카사르가 남기고 간 듯한 술을 챙겨 계속 걸었다.

고원 마루에 도착했을 때는 너무 캄캄해 앞이 보이질 않았다. 발아래 밟히는 땅이 푹푹 꺼지기 시작했다. 나는 신발 앞코로 땅을 더듬으며 바닥에서 튀어나온 바위의 편평한 면을 찾았다. 그러면서 핏속에 끓어오르는 불안을 잠재우려고 의식적으로 노력했다. 가장 가파른 길을 힘겹게 내려가자마자 하나둘 떨어진 빗방울이 흙바닥을 적셨다. 우르릉 소리와 함께 먹구름이 밀려오더니 번개가 밤하늘을 하얗게 가로지르며 섬뜩한 잔상을 남겼다. 하늘은 금세 비를 퍼붓기 시작했고, 나는 순식간에 홀딱 젖었다. 입을 벌린 채 서서 혓바닥을 때리는 분노의 타격을 음미했다.

제1서편까지 가는 길은 동편 방문 후 집으로 돌아가는 길과 똑같았다. 먼저 자작나무 숲에 도착한 다음, 등불이 켜진 길을 지나면 동부 철책에 도착하게 될 것이었다. 그러나 몇 시간째 이어지는 폭우때문에 앞이 보이지 않는 게 문제였다. 시야가 점점 더 뿌예졌지만,

위치를 알 만한 건 아무것도 보이지 않았다. 설상가상으로 체력이 떨어지자 갑자기 두려움이 엄습했다. 서부 밸리의 존재가 거짓이면 어쩌지? 계속 가봐야 끝없이 산길만 이어질 뿐 아무 곳도 나오지 않으면 어쩌지? 점점 걱정되기 시작했다. 마침내 경사가 완만해지면서 진흙투성이의 작은 언덕으로 이어졌다. 낯익은 자작나무 줄기가 눈앞에 나타난 순간, 나는 안도의 고함을 지르며 비틀거리는 걸음으로 숲속으로 들어갔다. 나뭇잎을 때린 빗줄기가 얕은 개울로 후두둑 떨어졌다.

수통을 채우고, 배급받아 온 식량을 먹은 뒤 숲이 끝날 때까지 걸었다. 등불이 걸린 첫 번째 기둥 주변으로 축축한 호박빛이 퍼졌고, 종은 빗물에 젖어 반짝거렸다. 종에 달린 추를 끊어서 숨겨놓을까 하는 생각도 들었지만, 굳이 그럴 필요는 없을 것 같았다. 월요일 오후가 될 때까지는 만뒤카도 내가 사라진 걸 눈치채지 못할 테니 그곳의 헌병이 그 전에 나를 잡으러 올 리는 없었다. 내가 잡힐 위험이 도사리고 있는 건 내 어린 시절의 밸리였다.

자작나무 숲 사이로 걸어 나왔다. 검은 비에 둘러싸인 스텝 지대를 가로질러 등불이 켜져 있었다. 철책을 넘어야 할 위치는 정확히 알고 있었다. 메인 게이트 북쪽에 있는 두 개의 감시탑 사이, 뤼시가 넘어가려고 했던 곳 근처였다. 문제는 거기까지 가는 방법이었다. 나는 등불이 달린 길을 통해서만 스텝 지대를 건너가 보았다. 그러나 그 길로 가다가는 감시탑에서 쌍안경으로 주변을 살피는 경계병에게 발각되기 십상이었다. 등불이 닿는 길을 피해야 했다. 어둠은 감시탑의 경계병에게 들키지 않도록 날 보호하겠지만, 동시에 앞을 보지 못하도록 내 눈을 멀게 할 것이었다. 어딘지도 모를 곳에서 발목을 삐끗해 굴러떨어지는 모습이 머릿속에 그려졌다. 하지만 그렇다고 내 위치를 드러낼 순 없는 노릇이었다. 랜턴이 달린 기둥을 뒤로하고 밝은 길에서 벗어난 나는 별 하나 보이지 않는 공허하고 황량한 스텝 지대로 나아갔다.

처음에는 생각보다 걷기가 수월했다. 구불구불한 관목에 군화가 걸려도 걷어차면서 걸으니, 넘어지는 일 없이 그럭저럭 갈 만했다. 그 외에는 장해물이랄 게 딱히 없어서 점점 속도를 낼 수 있었다. 반드시 동트기 전에 철책에 도착해야 한다는 생각 때문인지 뛰는데도 발이 덜 아팠다. 군홧발 밑에서 물이 튀어댔고 등에 붙은 배낭은 위아래로 들썩였다. 나는 북서쪽 루트를 따라 올바른 방향으로 가고 있었다. 이제 1미터 남짓 더 가면 경계가 보여야 했다. 하늘 아래 희미한 빛이 보이자 벌써 해가 뜨는 건가, 의아했다. 혹시 상상인지 싶어 먼 곳을 쳐다보았다.

딱딱한 무언가가 내 군화에 세게 부딪힌 순간, 눈앞에 번쩍 별이 돌았다.

진흙탕에 발이 빠져 풀썩 넘어진 채 한바탕 욕을 내질렀다. 왼쪽 엉덩이와 다리에 통증이 퍼졌다. 움직이지도 못하고 가만히 있다가 발가락과 발목을 꼼지락거려 보았다. 안심도 잠시, 자책이 밀려왔다. 살짝만 삐끗해도 스텝 지대에 발이 묶일 수 있었다. 다시 한번 욕을 지껄이며 바로 섰다. 갑자기 불쑥 솟아오른 땅을 밟은 거였다. 나는 어디에 발이 걸렸는지 보려고 군화 앞코로 땅을 쿡쿡 쑤셨다.

처음에는 돌멩이인 줄 알았는데, 쪼그려 앉아 가까이서 보니 손가락 끝에 거친 벽돌의 촉감이 느껴졌다. 어둠 속에서 주변을 천천히 더듬었다. 손바닥에 닿는 벽돌은 양쪽으로 이어졌다. 한계선이 머릿속에 그려졌다.

탈주를 시도하다 붙잡힌 사람들을 묻는 묘지의 위치는 지도에 나와 있지 않았다. 그저 게이트 북쪽에 있다는 소문만 돌 뿐이었다. 조심스럽게 한 걸음 앞으로 내디뎠다. 봉긋한 흙더미가 일렬로 배열되어 있었다.

나는 격자로 깔린 무명의 무덤 한가운데에 있는 것이었다. 여름날 호수에서 수습한 시신들, 1월에 사망한 뤼시까지 모두 여기에 묻혀 있을 터였다. 황급히 발에 힘을 주고 일어난 나는 거친 폭풍우에 진흙이 되어 녹아 내려가는 조악한 무덤을 밟지 않기 위해 애썼다.

뤼시. 뤼시가 죽은 날 레몽이 매장하러 길을 떠났다. 그러나 언 땅을 새로 팠을 리는 없었다. 교회에서는 겨우내 쓸 수 있도록 무덤을 미리 파놓으라는 해결책을 제시했다. 그건 지금 이곳에 빈 구멍이 있을 수도 있다는 의미였고, 그 구멍들을 판자로 덮어놨을지도 모른다는 의미였다. 번개가 내리쳐 안전한 길이 어딘지 보여줄 때까지 기다리고 있을 수는 없었다. 주변을 더듬어 묘지 밖으로 나가야 했다.

무덤가의 경계선을 따라가기 위해 한 발로 벽돌을 훑으며 걷기 시작했다. 내 걸음이 느리긴 했지만 금세 모퉁이가 나올 줄 알았는데, 한참을 걸은 뒤에야 벽돌이 끝나는 지점이 나오기에 무척 당황스러웠다. 다음 벽은 조금 더 짧을 거라 예상했지만 벽돌은 끝없이 이어졌다. 마침내 두 번째 모퉁이에 다다랐을 때 나는 그 규모에 몸서리치게 놀랐다. 도대체 얼마나 많은 탈주자가 이 흙더미 속에 묻혀 있단 말인가? 눈으로 보지 않을 수 있어서 고맙다고 어둠을 향해 입 모양으로 감사 인사를 전한 뒤, 이제는 명백하게 보이는 철조망 빛을 따라 산기슭을 걸었다.

마지막 언덕을 내려올 때 마침내 그것이 눈에 들어오기 시작했다. 철조망의 철사가 폭풍우의 빛을 받아 차갑게 빛나고 있었다. 두 감시탑 사이의 지역은 내가 바라던 것만큼 어둡지 않았다. 뤼시가 기어오르던 곳이 멀찍이서 보였다. 조금 더 가까이 다가가자, 경계의 양쪽을 가로지르는 작은 고랑이 보였다. 거기엔 빗물이 고인 웅덩이가 있었다.

시계를 확인하고 시간을 계산했다. 몇 분 후면 순찰병이 도착할 시간이었다. 아니나 다를까 추운 날씨에 머리를 가슴께로 잔뜩 웅크린 사내가 철조망 너머로 모습을 드러냈다. 혹시 갓 입대한 레몽이 아닐지 궁금했지만, 그는 고개를 들지 않은 채 지나갔다.

그가 시야에서 사라지자, 나는 숨죽여 숫자를 세기 시작했다. 60까지 숫자를 센 뒤에 뛰어갈 계획이었다. 그때 달리지 않으면 결코 용기를 내지 못할 것 같았다. 카운트가 끝나갈 무렵 거센 바람이 불어 철조망에 달린 경보기가 울리기 시작했고, 그 경보음은 철책을 타고 인접한 감시탑으로 향했다. 58, 59……

배낭을 꽉 움켜쥐고 철책을 향해 내달렸다.

빛은 무자비하게 밝았다. 내 군화 자국이 완충지대의 땅에 철벅철벅 찍혔지만, 덮을 시간이 없었다. 그저 빗물이 깨끗하게 씻어주길 바랄 수밖에 없었다. 고랑에 다다른 나는 가장 낮은 철조망과 그

다음으로 낮은 철조망을 쥐어서 조심스럽게 들어 올렸다. 다른 손으로는 물웅덩이로 배낭을 밀어 넣어서 높아진 철사를 받치도록 했다. 손을 떼었을 때도 철사는 제자리로 내려오지 않았다.

물웅덩이에 등을 대고 누워서 얼굴이 가시철사에 찔리지 않도록 조심하며 철조망과 바닥 사이의 틈으로 기어 들어갔다. 바라던 대로 잔뜩 질어진 흙 덕분에 땅 밑으로 들어갈 만큼의 공간이 충분히 나왔다. 발뒤꿈치로 진창을 밀어가며 힘겹게 앞으로 나아갔다. 순찰병이 지나간 언덕 꼭대기에서 눈을 떼지 않았지만, 혹시 그가 돌아와 내게 총을 겨누는 상황이 발생한다 해도 움찔하는 것 외에 내가 할 수 있는 행동도 없었다.

그러나 다행히 나는 철조망을 통과했다. 배낭을 꺼낸 뒤 최대한 신중히 철조망의 철사를 내려놓았다. 철사가 내려가면서 살짝 튕기는 소리가 났고 경보음이 철조망 위아래로 울렸으나, 곧 멈추었다. 여전히 들리는 건 빗소리뿐이었다.

나는 완충지대에서 일어나 시원하게 펼쳐진 서쪽 밸리를 처음으로 바라보았다. 바로 앞에 마을의 불빛들이 라스파일 룸에서부터 시작하여 줄지어 있었고, 오른쪽으로는 북단을 가리키는 고립된 불빛이 보였다. 차디찬 진흙에 흠뻑 젖은 상태로 나는 물에 잠긴 들판을 향해 달렸다.

도로를 에둘러 마을에 진입한 뒤 숲을 지나 소나무 길에 도착했다. 아직 어둠이 깔려 있는, 모두 잠들어 있을 시간이었다. 나는 절뚝거리며 낮은 집들의 지붕이 보이는 윗길로 올라가 가장자리로 가까이 다가갔다.

발치 아래 옛날에 살던 집이 보였다. 집 앞 차고 안에는 폭우를 피해 장작이 단정하게 쌓여 있었다. 어머니는 몇 년 동안 불을 피운 적이 없었다. 진입로에는 오랫동안 달리지 않은 우리의 파란 자동차가 우직하게 서 있었다.

자연스럽게 내 침실 창문으로 시선이 향했다. 풍성하게 묶인 커튼 너머로 반대편에서 꿈을 꾸며 몸을 꿈틀거리는 여자아이가 보였다. 이렇게 가까이 다가가면 위험하다는 건 나도 알고 있었다. 내 기억은 저 여자아이의 기억과 연결돼 있었다. 진입로에서 실수로 돌이라도 걷어차서 여자애를 깨웠다가는 잠에서 깼던 그 순간을 지금 기억하게 되고, 예상치 못한 기억들이 되살아나 혼란에 빠질 수 있었다. 창밖에서 보는 것만으로도 끝을 알 수 없을 만큼 아찔했다. 그쯤에서 나는 뒷걸음질 쳤다.

하늘이 어스레한 빛을 내기 시작했다. 잿빛 가득한 새벽이 어김없이 다가오고 있었다. 벼랑을 향해 계속 가기엔 너무 위험하니 밤이 될 때까지 기다려야 했다. 나는 길 건너 두 집 사이로 난 샛길로 올라갔다. 한 집 마당에 젖은 종이 등잔 여러 개가 쪼그라든 말벌집처럼 나무에 걸려 있었다. 이웃집 창문에서 보이지 않는 전나무 숲으로 들어갔다. 추억이 깃든 장소였다. 아버지 일이 있고 난 뒤, 이곳에 와서 그림책을 읽고 있으면 집에서 멀리 떨어져 나온 듯한 안락함을 느꼈다. 실제로는 여기서도 여전히 우리 집 처마가 보였고 골목길의 가로등이 보였다. 그러나 그 외의 풍경은 내리는 빗줄기가 깨끗하게 지워주었다.

고원 숙소에서 챙겨온 담요를 꺼내 몸을 둘둘 만 다음 멍들지 않은 쪽의 몸을 바닥에 대고 누웠다. 안구 뒤쪽으로 망치로 내리치는 듯한 통증이 느껴졌다. 스무 시간 넘게 거의 쉬지도 않고 산을 넘어왔으니 그럴 만도 했다. 머리가 땅에 닿자마자 땅으로 스미는 빗물처럼 정신이 아득해졌다.

19장

    처음엔 원래 있던 곳에 있는 줄 알았다. 우중충한 날씨 속에서 숲의 잔해들이 반짝였고, 공기에서는 젖은 흙의 상쾌함이 느껴졌다. 시간이 조금 흐른 뒤에야 내가 어디에 와 있는지 생각났다. 촉촉한 솔향이 지난 기억과 습기를 머금어 한층 더 축축해졌다. 괴롭도록 익숙한 냄새였다. 나는 서쪽 하늘을 바라보며 눈을 깜빡였다. 소문은 거짓이 아니었다. 이곳의 느낌은 정말 그 말 그대로였다.

    오후가 되도록 푹 자고 일어났다. 축축하게 젖은 모직 담요를 걷었다. 일어나 앉으려는데 팔다리가 저렸다. 목도 뻣뻣하게 굳어 움직이기 불편했다. 천천히 고개를 양쪽으로 돌리며 머리카락에 붙은 나무 부스러기들을 떼어냈다.

    소나무 길에 차 한 대가 쉭 지나갔다. 물이 줄줄 흐르는 앞 유리에 나무의 흐릿한 형상만이 비쳐 보였다. 밸리를 적시는 빗줄기가 마치 호수에서 안개 벽을 타고 위로 올라가는 것처럼 보였다.

군복에 묻은 진흙을 털어냈지만 아무리 해도 잘 떨어지지 않았다. 두 배는 무거워진 듯한 배낭을 등에 멨다. 날이 개자 진흙투성이 언덕길을 미끄러지듯 내려갔다. 길을 건너 아랫길로 내려간 다음, 집 맞은편 도랑으로 다시 한번 미끄러지듯 내려갔다. 파란 차는 사라지고 없었다. 나는 재빨리 집 뒤편으로 가서 깨진 화분에 담긴 열쇠를 꺼내고 어깨너머로 힐끗거리면서 유리문을 열었다.

가장 먼저 귀에 들린 건 냉장고 돌아가는 소리였다. 그 소리는 예전 그대로였다. 몸이 아파 결석하고 집에 있을 때처럼, 한낮의 슬픔을 견디고 있을 때처럼. 비 내리던 그날, 나는 부엌 한복판에 숨죽인 채 서 있었다. 갑자기 어린 시절의 감정이 집요하게 밀려들면서 갈비뼈가 부풀어 올랐다. 식탁에는 커피 잔 두 개가 놓여 있었다. 잔 하나는 진한 커피 자국만 남은 채 거의 비어 있었고, 우윳빛이 섞인 다른 한 잔은 거의 손대지 않은 상태였다. 손바닥을 갖다 대봤다. 차가웠다. 잔을 몸통 가까이 가져왔다. 테두리에 묻은 초승달 모양의 자국을 보자 어릴 때 쓰던 허니서클◆ 립밤이 떠올랐다. 약처럼 씁쓰름한 맛이 살짝 돌았지만, 최근 몇 년간 마셨던 어떤 커피보다 더 커피다운 맛이었다.

팬트리에서 빵과 잼을 훔치면서 보니, 타일 바닥 곳곳에 흙 묻은 발자국이 찍혀 있었다. 군화와 축축한 양말을 벗어 가방에 넣고 바닥을 깨끗하게 닦은 다음 맨발로 거실에 나갔다. 단편집 한 권이 탁

◆ 덩굴식물의 일종인 인동초. 다양한 향수, 화장품, 향초 등에 허니서클 향을 사용한다.

자에 펼쳐져 있었다. 그걸 보니 옛 기억이 떠올랐다. 맞아, 그때 내가 이 책을 읽고 있었지. 나는 카펫이 깔린 복도로 걸어갔다.

우리 가족의 얼굴이 담긴 액자 앞에 멈춰 섰다. 할아버지가 그려 준 그림이었다. 그 시절 일고여덟 살쯤이었을 나는 그림 속에서 활짝 웃고 있었다. 그림 속 나는 물굽이 수변, 우두커니 선 전나무 앞에 깔린 돗자리에 어머니와 함께 앉아 있었다. 어머니의 손이 주근깨 박힌 내 어깨에 얹혀 있었다. 어머니는 오래된 선글라스를 끼고 있었고, 잘 손질된 곱슬머리를 하고 있었다. 어머니가 이런 머리를 했었다는 걸 그동안 잊고 있었다. 마치 지금은 물의 감촉이 생각나지 않는 것처럼.

어머니의 침실 문이 살짝 열려 있었다. 침대 위에는 누비이불이 정갈하게 정돈되어 있었고, 어머니의 향수 냄새가 여전히 공기 중에 떠다니고 있었다. 앞에 놓인 것들을 바라보고 있노라니 왠지 동경하는 마음이 일렁였다. 복도 끝, 내 방도 문이 열려 있었다.

방 안의 답답한 온기와 증기처럼 짙은 과거를 한숨에 들이마셨다. 똑같은 방이었는데도 그때보다 더 작고 아늑해 보였다. 커튼이 쳐져 있었다. 방의 분위기에 눈이 적응하자 아버지가 쓰던 낡은 책상, 술이 달린 책갈피가 꽂혀 있는 교과서 더미, 벽에 걸린 호수 그림이 눈에 들어왔다.

여자아이의 정리되지 않은 침대에 앉았다. 침대가 삐걱거리는 한숨을 내쉬었다. 그대로 누워 이불을 덮고서 자고 싶은 마음이 굴뚝같았지만, 정신을 붙잡고 일어나 서랍장을 열었다. 옷에서 라벤더 향이 풍겼다. 옷을 살짝 뒤적이며 속옷 한 벌을 꺼냈다. 최근 줄어든 배급량 덕분에 몸에 맞을 것 같았다. 서랍장 구석에 처박힌 카젤 쇼핑백과 수영복이 보였다.

협탁에 놓인 시계를 보니 2시 45분이었다. 아직 누구도 돌아올 시간이 아니었다. 나는 심사 프로그램에 간 다음 젖은 그네에 앉아서 빈둥거리다가 해가 떨어진 뒤에야 슬렁슬렁 집에 돌아올 터였다. 어머니도 시청에서 늦게까지 야근하는 날이었다. 샤워할 시간은 충분했다.

욕실 세면대 위에는 어머니의 물건이 잔뜩 놓여 있었다. 경첩이 달린 조개 모양 보관함, 각종 연고, 길쭉한 비누, 갈색 머리카락이 뒤엉킨 빗. 이것들을 마주하자 또다시 기억이 되살아났다. 거울에 비친 모습에 얼굴이 찌푸려졌다. 비를 맞은 덕분에 얼굴은 꽤 깨끗했지만, 입고 있는 옷은 온갖 게 묻어 뻣뻣했다. 옷을 벗으려는 찰나 경보음이 들렸다.

멀리 떨어져 있었지만, 동부의 침입을 알리는 신호는 울린 지 몇 초 만에 호숫가의 전초기지와 뒷산의 감시탑을 거치며 증폭되었다. 경보음은 머리 위로 몰려드는 새 떼처럼 하늘을 가득 메우며 밸리를 휩쓸었다. 공포의 물결이 하늘 높이 치솟았다. 김 서린 욕실 창문 너머로 뿌연 뒤뜰을 멍하니 바라보았다. 그 순간, 피슈그뤼 선생님의 수업이 끝날 무렵에 경보음이 울리던 게 기억났다. 그때 선생님은 말하다 말고 창문을 바라보며 잔뜩 인상을 썼다. 그러고는 소음을 무시한 채 수업을 이어갔다.

그들이 내가 철조망 밑으로 기어들어 간 지점을 찾아냈을 수도 있었다. 내 발자국을 확인하여 탈주자가 아니라 침입자가 발생했다는 사실을 알아챘을 수도 있었다. 그래도 침입자가 누구인지는 모를 터였다. 알랭에 관한 경고장은 이미 내가 파기했지만, 그래도 최근에 있었던 피라 부부 사례에 주목할 것 같았다. 실패한 관망이 침입으로 이어지는 경우가 종종 있었기 때문이다. 그렇다면 에드메의 부모님이 용의선상에 오를 가능성이 컸다. 하지만 사실 피라 부부에게 간곡한 부탁을 받은 누구라도 용의자가 될 수 있었다. 나는 젊은 시절의 장사빌이 지역 자문관에게, 훗날 피라 부부의 아들에게 위험한 감정을 가질 수도 있는 아이들의 이름을 묻는 모습을 상상했다. 위층에 있는 건 더 이상 안전하지 않았다. 나는 부엌에서 가방을 챙겨 지하실로 내려갔다.

세탁기 위, 살짝 열린 창문 틈으로 경보음이 계속 들렸다. 나는 크롤스페이스의 입구를 막고 있는 단열재를 양쪽으로 젖혀 열었다. 잿빛 바닥에는 에드메의 바이올린 케이스가 미끄러지며 남긴 자국이 그대로 나 있었다. 방금 포장된 도로만큼이나 선명한 자국이었다. 에드메에게 돌려준 지 겨우 몇 시간밖에 되지 않은 시점이었으니 당연했다. 그 시절, 경보음이 울리기 시작했을 때 책상에 앉아 있던 에드메는 호기심 어린 표정으로 주변을 둘러보았다. 먼저 알랭을, 그다음에는 주저하며 내 얼굴을 쳐다보았지만, 고집스럽게 자기 연민에 빠져 있던 나는 에드메의 눈을 마주치고 싶은 유혹을 뿌리치고서 고개를 처박고 있었다.

크롤스페이스에 배낭을 밀어 넣고 뒤따라 그 안으로 들어갔다. 등 뒤로 단열재가 여며지며 세탁실에서 보이지 않도록 내 존재를 숨겨주었다. 천장이 너무 낮아 기어들어 가는 것도 쉽지 않았다. 귀틀 아래서 힘겹게 몸을 구기자 모랫바닥에 몸통이 푹 꺼지는 듯한 느낌이 들었다. 크롤스페이스에서 풍기는 텁텁한 냄새가 목구멍에 달라붙었다. 지나온 흔적을 최대한 없애려고 몸을 뒷벽으로 끌어당겼다. 매끄러운 거미줄이 목에 걸렸다. 뒤쪽에 다다른 나는 차가운 벽돌에 등을 대고 반듯하게 누웠다. 더는 경고음이 들리지 않았다.

눈앞에 있는 마룻널을 빤히 쳐다보았다. 거실 마룻바닥에 난 작은 옹이구멍과 일직선상에 내 눈이 있었다. 눈을 조금만 옆으로 흘기면 소파의 닳디닳은 테두리의 위치도 짚어낼 수 있을 것 같았다. 주말마다 그 소파에 앉아 우리 마당을 가로지르는 메추라기를 바라보던 기억이 났다. 퇴근 후 커피 테이블에 와인 한 잔을 올려두고 뭘 읽든 간에 콧방귀를 뀌던 어머니의 모습도 떠올랐다.

묵직한 자동차가 소나무 길을 향해 달려오자 바닥이 덜덜 떨렸다. 헌병대 수송차량이 벌써 이 지역을 수색하고 있는 듯했다. 그날 방과 후에 버스를 기다리고 있을 때 어째서 경계병들이 물굽이를 향해 가고 있는지 궁금해했는데, 이제야 그 이유를 알게 되었다. 해가 지기 전에, 그러니까 사고가 일어나기 전에 탈주자를 잡아가려던 심산이었다. 하지만 예상 시간이 가까워지자 그들은 벼랑에서 후퇴할 수밖에 없었다. 그렇지 않으면 에드메의 행동에도 영향을 미치게 되기 때문이었다. 내가 할 일은, 그들이 사라지길 기다렸다가 에드메에게 내 목소리가 들릴 만큼만 가까이 다가가 짧은 경고를 건네는 것뿐이었다. "거기 미끄러우니까 조심해." 이런 내용이라면 어떤 말이든 충분하리라. 들키지 않아야 하는데 무슨 말을 얼마나 길게 할 수 있겠는가? 에드메는 주변을 살펴보겠지만 아무도 보지 못할 것이다. 끽해야 오딜 목소리와 비슷하다고 생각하며 놀라는 게 전부일 것이다.

이제는 시간문제였다. 점점 숨이 막혀왔다. 물속에서 폐가 짓눌리는 느낌이었다. 앞으로 나아갈 유일한 방법은 너무 앞서 생각하지 않는 것뿐이었다. 배낭 속에 훔쳐 넣어둔 음식이 생각났다. 옴짝달싹 못 하게 갇힌 자세라 꺼내는 게 쉽지 않았지만, 어찌어찌 음식을 꺼낸 뒤 음식을 먹다 질식하지 않도록 상체를 조금 일으켜 세웠다. 빵은 호밀빵이었고, 잼은 살구잼이었다. 먼지 날리는 침묵 속에서 음식을 꼭꼭 씹었다.

옹이구멍으로 새어 들어오던 빛의 마지막 한 조각이 흐릿해졌다. 곧 크롤스페이스에서 나가 벼랑을 향해 출발해야지 싶었다. 그 순간, 내 생각을 엿듣기라도 한 듯 현관문이 열리는 소리가 들렸다.

누구든 아직 귀가하기엔 이른 시간이었다. 문을 열고 들어오는 발소리는 단호한 동시에 조심스러웠다. 침입자는 침실을 시작으로 집 안 곳곳을 돌아다녔다. 욕실 문이 열리면서 경첩이 삐그덕거리는 소리, 전등 스위치가 켜지는 소리가 들렸다. 깜빡 잊고 두고 온 무언가가 있을 것만 같았다. 세면대 가장자리에 올려놓은 솔잎이 떠올랐다.

발걸음이 거실을 향해 다가오며 점점 더 크게 쿵쿵거리더니, 내가 누워 있는 곳 바로 위까지 와서 멈춰 섰다. 옹이구멍 틈으로 장교의 바짓단이 보였다. 혹시라도 아래를 내려다보면 어쩌지. 손가락을 더듬어 주머니 안에서 바이올린 줄감개를 꺼낸 다음, 옹이구멍 틈에 집어넣고 단단히 거머쥐었다.

새로운 어둠 속에서 나는 최대한 숨을 아꼈다. 헌병은 내 이마에 톱밥을 뿌리며 앞뒤를 서성이고 있었다. 뭔가 고민하는 것 같았다. 마침내 그가 이전보다 더 빠른 걸음으로 걸어 나갔고 곧 현관문이 닫혔다. 나는 바로 기침을 토해냈다. 손아귀에 힘을 풀었는데도 줄 감개는 옹이구멍에 그대로 꽂혀 있었다. 나는 팔을 구부리고 입을 막아서 기침 소리를 짓뭉갰다.

몸은 그 안에 얌전히 있었지만, 마음은 당장 뛰쳐나가고 싶어 들썩였다. 그러나 얼마나 많은 장교가 마을에 내려와 있을지 모를 일이었다. 세탁실로 다시 기어나가 보니 진흙투성이였던 군복이 이제는 잿빛으로 코팅되어 있었다. 나는 옷을 벗고서 양손으로 피부를 문질러가며 찬물로 빠르게 몸을 씻었다. 세탁이 끝난 옷 한 바구니가 건조기 위에 놓여 있었다. 어머니의 속옷과 스타킹이 대부분이었지만, 다행히 둥글고 하얀 옷깃이 달린 시프트 드레스 한 벌이 있었다. 할머니에게 선물로 받은 옷이었다. 수년간 치마를 입은 적이 없었지만 나는 원피스가 헐렁해서 다행이라고 생각하며 그 옷을 입었다. 맨다리가 춥지 않도록 어머니의 스타킹도 신었다. 군복을 둘둘 말아 배낭에 집어넣은 뒤 크롤스페이스 안에 밀어 넣고는 다시 단열재를 전처럼 여몄다. 이곳에 두면 내 개인 소지품이 발각될 리 없었다. 나는 건조기 위로 기어 올라가 지하실 창문 밖으로 나갔다.

폭풍은 지나갔지만 얇아진 구름 아래 소나무에서는 여전히 빗방울이 떨어졌다. 나는 까치발을 들고 뒷마당 가장자리를 따라 절벽으로 이어지는 오솔길로 향했다. 거의 도착했을 때 그가 보였다.

그는 샛길 가로등 아래 서 있었다. 틀림없이 그 사람이었다. 수십

년 전 모습이었지만, 그때도 장사빌은 등을 돌린 채 지금과 똑같은 자세로 서 있었다. 흔들리는 가로등 빛 속에서 나는 스라소니처럼 경계를 늦추지 않았다. 그는 내가 여기로 오리란 걸 알고 있었다. 우리 집에 왔다 간 사람은 바로 장사빌이었다.

풀밭에 당장 주저앉고 싶었지만 그랬다가는 뒤뜰에 갇힐 수도 있었다. 버스 한 대가 소나무 길을 지나갔다. 약간 소란한 틈을 타서 나는 솔잎 더미를 넘고 길목의 라즈베리 가시를 피했다. 다행히 장사빌은 보이지 않았다.

곧 진흙투성이의 원형 경기장에 도착했다. 에드메의 발자국이 있는지, 연주할 때 이리저리 걷고 날뛰던 흔적이 있는지 훑어보았지만 아무리 둘러봐도 진흙뿐이었다. 옹벽에 앉아 신발 끈을 묶고서 별빛이 쏟아지는 원형 경기장을 철벅거리며 계속 걸었다.

드디어 절벽에 닿았다. 호수에 배치된 경비정들이 나란히 뭍으로 향하고 있는 게 보였다. 그들은 스포트라이트를 끊임없이, 촘촘하게 쏟아부으며 절벽 하단과 벼랑 위, 물굽이를 차례차례 비추었다. 그러나 아까 길거리를 순찰하던 경계병이 그랬듯 경비정들도 에드메의 시선을 끌어서는 안 됐으므로 수색은 곧 중단될 수밖에 없었다. 스포트라이트가 닿지 않는 절벽 뒤쪽에 붙은 나는 비 냄새를 머금은 야생 장미 덤불과 쓰러진 나무를 헤치며 나아갔다.

예상치 못한 방향에서 접근했지만 벼랑 위 낭떠러지가 여전히 보였다. 밸리 위에 떠오른 큼지막한 현망간의 달◆이 낭떠러지를 비추

◆ 반달보다 크고 보름달보다 작은 달.

며 절벽을 하얀빛으로 물들이고 있었다. 덤불 속에 숨어 있을지 모를 보초병을 경계하며 천천히 앞으로 나아갔다. 경비정의 스포트라이트가 가파른 물가를 위아래로 비출 때마다 나는 몸을 움츠리고 가만히 있었다. 내 목소리가 들릴 만큼만 가까이 다가가면 된다. 마구잡이로 퍼져 있는 보리수나무 뒤에서 멈춰 섰다. 낭떠러지가 훤히 보여서 숨어 있기에 제격이었다.

얼마나 오래 기다려야 할지는 알 수 없었다. 방광이 쑤시고 배가 아팠다. 가만히 있으려니 더욱 견디기가 힘들었다. 이가 덜덜 떨리기에 손가락을 양 볼에 대고 꾹 눌러 가라앉혔다. 경비정은 여전히 절벽을 끈질기게 살피고 있었다. 나는 덤불 뒤에 쪼그려 앉아 이끼 사이로 피어오르는 뜨끈한 소리를 들으며 오줌을 누었다. 인간의 기본 욕구란 이토록 중대한 순간에도 해결해야만 하는 것이었다. 방광을 비우고 나니 새로운 압박감이 내면을 뭉근하게 짓눌렀다. 두려움이었다. 다가오는 절멸의 순간, 개입에 관한 이브레 선생님의 경고, 선생님의 단호한 목소리가 내게 공포를 심어주고 있었다. 선생님에 대한 기억을 떨쳐낼 수 없다는 걸 깨달은 나는 방향을 틀어 오래전 강의실 내부의 다른 곳을 떠올리려고 애썼다. 곧 벽에 걸린 거대한 지형도가 기억났다. 그 엄청난 크기를 생각하자 왠지 마음이 차분해졌다. 눈을 감고서 거듭되는 호수와 마을을 헤아려보았다. 이브레 선생님이 가지고 다니던 압정과 색실을 상상하며 나 자신을 밸리와 밸리를 잇는 또 하나의 팽팽한 실이라고, 수백 개의 선택지 중 하나의 선택지라고 생각했다. 그리고 오늘 밤 어떤 실이 선택될지 식별할 수 없을 만큼 수백 가닥의 실이 지도를 뒤덮는 모습을 상상했다. 한 걸음 물러나서 바라보면 이해할 수 있었다. 누구를 위한 희생인지 알고 있었다. 몇 초 뒤 눈을 떴을 때 호수 위의 스포트라이트는 꺼지고 없었다. 낭떠러지에서 바스락거리는 소리가 들리기에 보리수나무 이파리를 옆으로 치우고 들여다보았다.

경계병의 실루엣이 보였다. 아무래도 소총을 공중에 조준하고 있는 것 같았다. 바로 그때 에드메의 옆모습이 나타났다. 그의 바이올린 위로 달빛이 쏟아졌다. 검은 머리, 솟은 광대뼈. 눈을 지그시 감고 집중하는 소년의 모습이었다. 그가 활을 아래로 내리는 순간 호수에 화음이 울려 퍼졌다. 에드메는 벼랑 끝에 너무 가까이 서 있었다. 벌어진 입술 사이로 속삭임이 아닌 고함이 터져 나왔다. 내 목소리가 공기를 가르고 나아가기도 전에 그의 다리가 한쪽으로 기울어졌다.

세상의 모든 소리가 사라지고 죽어가는 화음 하나만 덩그러니 남았다. 그가 팔을 한 번 휘적여 바이올린이 바위에 부딪히자, 절벽을 찢는 큰 소리가 울렸다. 저 아래서 호수가 부서지는 소리가 들렸다. 경비정은 조용했고, 하늘은 어두웠다.

가시덤불을 헤치고 달려 나갔다. 바닥에 떨어지면서 충격이 가해진 바이올린에서 여전히 소리가 울리고 있었다. 벼랑 끝은 빗물 때문에 미끄러웠다. 나는 뒤로 살짝 물러나 군화를 벗은 뒤, 물속으로 머리부터 뛰어들었다.

팔다리를 휘적거리며 물에 빠졌다. 눈을 떴으나 보이는 건 없었다. 원피스가 펄럭여서 얼굴에 붙는 치맛자락을 떼어내느라 애썼다. 그때 호수 표면이 밝아졌다. 느리고 시커먼 해일처럼 바위가 여기저기서 쏟아지며 잔물결을 일으켰고 그 사이로 불쾌한 에메랄드 빛이 퍼져 나갔다. 바위 너머 심연으로 가라앉는 무기력한 형상이 보였다. 나는 손을 뻗어 그의 팔꿈치를 잡았다. 그의 머리가 보였다. 입을 벌리고 있었고 머리카락은 수면으로 흩어졌다. 나는 에드메를 붙잡고 무작정 헤엄치기 시작했다.

나뭇가지들이 뒤엉켜 있는 절벽 밑부분에 도착했다. 거대한 스포트라이트가 절벽 아래쪽으로 미끄러지듯 다가오고 있었다. 그들은 두 번째로 물에 빠지는 풍덩 소리를 들었겠지만 내가 어디로 들어갔는지는 못 봤을 터였다. 에드메의 얼굴을 물 위로 떠받친 채 물굽이 입구를 향해 열심히 발장구를 쳤다. 부표 사이에 떠 있는 밧줄을 잡고서 몇 차례 잡아당기자 곧 질퍽한 바닥이 발에 닿았다.

에드메를 뭍으로 끌어올려 가문비나무까지 데려간 뒤, 나무줄기 뒤로 몸을 숨겼다. 그는 의식이 없었다. 이마에 길게 난 상처에서 피가 흐르고 있었다. 입에서 물이 새어 나오고 있었지만 그걸로는 턱없이 부족했다. 나는 그의 턱을 들고 손가락으로 코를 꼬집듯 막고서 입술을 맞대 그의 목구멍에 숨을 불어넣었다. 그리고 온몸으로 그의 가슴을 압박했다. 고장 난 분수처럼 입에서 물이 솟구쳐 나왔는데도 에드메는 여전히 숨을 쉬지 않았다. 나는 무릎을 꿇고 앉아 계속 숨을 불어 넣었다. 그의 입은 차가웠고 가슴은 비정상적으로 부풀어 올라 있었다. 나는 다시 가슴을 눌렀다. 손바닥 아래에서 그의 뼈가 푹 꺼지는 게 느껴졌다. 그리고 그 순간, 에드메가 고개를 돌리고 물을 토해내기 시작했다. 턱선을 따라 침이 줄줄 흘러내렸고, 숨을 헐떡이는 동안 눈알이 돌아가 흰자만 보였다.

에드메를 나무에 기대어 앉혀놓고서 그의 목에 손가락을 갖다 댔다. 맥박이 뛰고 있었다. 이마에 난 상처는 곧 지혈될 것 같았다. 내 몸이 덜덜 떨리기 시작했다. 흐르는 눈물을 주체할 수 없어 정신이 혼미할 정도였다. 목구멍을 타고 나오는 그의 숨소리가 또렷하게 들렸다. 그 순간 에드메의 목소리가 떠올랐다. 나는 그의 젖은 머리카락이 상처에 닿지 않도록 한쪽으로 쓸어주었다. 에드메는 무척 어렸다. 내가 기억하는 것보다 훨씬 더 어렸다. 생각할 새 없이 그에게 다가가 이마에 입술을 갖다 댔다. 그리고 내 입술을 그의 입가로 천천히 낮추었다. 거기서 가만히, 내 뺨에 닿는 에드메의 숨결을, 우리 얼굴 사이로 흘러내리는 내 눈물방울을 느꼈다. 그게 내가 느낀 마지막 감각이었다.

나는 자리를 뜨지 않고 기다렸다. 에드메가 다시 한번 호흡하는 걸 느꼈고, 한결같이 꾸준한 리듬으로 오가는 파도 소리를 들었다. 나는 눈을 떴다. 그리고 물굽이 주변을 둘러보았다.

호숫가는 여느 때와 같은 모습이었다. 물에 젖은 원피스 때문에 몸이 가려웠다. 혼란 속에서 안도가 솟아났다. 그는 살아 있었다. 그런데, 나도 살아 있었다. 불가능한 일이 일어난 것이다. 그제야 나는 힘겹게 자리에서 일어섰다.

스포트라이트가 물굽이로 쏟아지면서 땅에 내 그림자가 길게 늘어졌다. 호수에서 경계병 하나가 소리치더니 총소리가 울렸다. 우르릉거리는 소리와 함께 경비정에 시동이 걸렸다. 나무 계단을 밟는 군화 소리가 들렸고 소나무 사이 사이로 손전등 불빛이 보였다.

나는 옆으로 돌아서서 스타킹만 신은 발로 쓰러진 나무를 밟으며 가파른 오르막을 기어올랐다. 경비정에서 뛰쳐나온 헌병들이 반대편에서 계단을 내려오는 헌병들에게 무어라 고함치는 소리가 뒤에서 들려왔다. 보트에서 경보음이 울리기 시작했다.

계단 끝까지 올라간 나는 어느 불 꺼진 집 뒤뜰로 들어갔다. 막다른 길에 있는 집들 가운데 하나였다. 종일 내린 비 때문에 잔디가 축축했다. 수가 늘어난 장교들이 서둘러 호숫가 계단을 향하는 모습이 보였다. 소나무 길 건너편에는 학교와 텅 빈 운동장이 있었다. 뒷산으로 이어지는 길까지만 갈 수 있다면 요새에 숨을 수 있을 터였다. 거기라면 어디로 가야 할지 생각할 시간을 충분히 벌 수 있을 것 같았다.

헌병들이 모두 지나간 것 같기에 학교 운동장이 있는 길 건너로 쏜살같이 달리기 시작했는데, 총알 한 발이 내 귀 옆을 스쳤다. 나는 머리를 감싸고 코트룸 문을 지나 숲으로 뛰었다. 경계병들이 얼마나 가까이 있는지 알 수 없었다. 어디에 있는지 소리를 들어보려고 해도 갑자기 머리가 잘 돌아가지 않았다. 밤중에 총성을 피해 이 길로 도망치는 지금 상황을 과거에 이미 겪은 듯한 느낌이 들었다. 발이 진흙탕에 푹푹 박혔다. 숨이 어찌나 가쁘게 차오르는지 내가 내는 소리 같지 않게 들렸다. 어둠 속에서 어느 쪽으로 오라고 외치는 장교들의 목소리가 들렸다. 아마도 뒷산으로 들어오는 길을 찾은 모양이었다. 그러나 내 앞에 펼쳐진 언덕에는 나무도 거의 없었고 별빛은 더욱 선명하게 쏟아지고 있었다. 나는 등산로에서 벗어나 수풀이 잔뜩 우거진 산등성이 끝머리를 향해 오르막을 올랐다.

먼저 본 건 나였다. 여자아이는 무릎을 껴안고서 바닥에 앉아 있었다. 요새의 통나무 몸통에 등을 기댄 채였다. 옆에는 벗어놓은 판초 우의와 책가방이 놓여 있었다. 내 책가방이었다. 걸음을 멈추고 섰지만 이미 너무 늦었다. 아이는 고개를 돌려 나를 쳐다보았다.

여자아이가 황급히 일어섰다. 나도 무서웠지만 아이를 안심시키기 위해 양손을 들어 보이며 위험한 사람이 아님을 알렸다. 그 순간, 오래전에 겪었던 이 장면이 떠올랐다. 한밤중에 흠뻑 젖은 낯선 사람이 양손을 들고 놀란 눈으로 나를 바라보던 그 모습.

말을 건네려고 했다. 겁먹지 말라고 말해주고 싶었다. 그러나 발아래로 깊은 틈이 벌어지는 것 같았고, 그 사이로 내 목소리가 한없이 빨려 들어가는 것 같았다. 다시 한번 소리를 내보려고 했지만 혓바닥 위에서 싹을 틔우려는 모든 단어가 순식간에 기억으로 변하면서 내게 뭔가 말하려고 하는 낯선 사람의 모습이 떠올랐다. 억지로 입술을 움직여 모양을 만들려고 애써서 더듬더듬 쉰 목소리로 겨우 어떤 소리를 뱉었지만, 사납게 몰아치는 잡초처럼 과거의 감각이 피어나면서 모든 소리와 몸짓을 집어삼켰다. 새까만 중력처럼 현기증이 몰아쳤다. 그 순간, 옆으로 쓰러지다 요새 벽을 붙잡고 균형을 잡으려고 애쓰던 여자의 모습이 떠올랐다. 그와 동시에 내 손이 나뭇잎 사이를 스치는 것도 느껴졌다. 여자아이가 한 발짝 뒤로 물러났다. 내가 누구인지 알아차린 것이었다. 아이는 입을 벌린 채 양손을 얼굴에 갖다 댔다. 끔찍한 고통 속에서도 나는 눈앞의 이 아이가 지금 내 모습과 얼마나 다른지, 얼마나 아름다운지 생각했다. 이제 괜찮다고, 내가 그를 구했다고 말하려 했지만, 목소리가 갈라지고 흩어지는 바람에 내가 너를 구했다고 말했다. 아이는 그 말을 듣지 못한 것 같았다. 대신 나를 무시하고 황급히 요새 밖으로 빠져나갔고, 그 순간 내가 목소리를 최대한 크게 내기 위해 숨을 잔뜩 들이마신 기억이 떠올랐다. "여기예요! 여기 위!"

20장

총알을 피해 몸을 내던지며 머리를 파묻었다. 총성이 멈추자 날카로운 침묵이 깔렸다.

큼직한 손이 내 어깨를 흔들었다. 한 남자가 내게 이름을 물었다.

고개를 들었다. 그는 했던 질문을 반복했다. 어두웠지만 경계 지역으로 견학 갔을 때 봤던 사람이라는 것을 알 수 있었다. 장사빌이 내 눈을 살폈다. 나는 귀를 막고 있던 손을 천천히 내렸다.

"오딜 오잔이에요." 작게 속삭였다.

그는 잠시 더 나를 쳐다보고는 고개를 끄덕였다.

"자, 가자."

그는 총을 든 손으로 이미 내 책가방을 주워서 들고 있었고, 요새를 둘러싼 헌병들을 피해 나를 데리고 갔다. 제복 차림의 사람들 사이로 나는 한 번 더 그 여자를 힐긋 보았다. 여자는 나무 벽에 기댄 채 쓰러져 있었다. 고개가 뒤로 젖혀져 목이 드러나 있었고, 둥근 옷깃은 피로 얼룩져 있었다. 경계병 한 사람이 여자를 아래로 잡아끌기 시작했다.

장사빌이 내 턱을 잡고 휙 돌렸다. "쳐다보지 마라."

늦은 시간이었지만 바티쇠르 광장의 분수대에는 환하게 불이 들어와 있었다. 분수의 그림자가 자문관 가족 동상을 배경으로 춤추고 있었다. 장사빌은 나를 곧장 시청사 계단으로 데리고 갔다. 경계병 한 사람이 문을 잡아주었다. 나는 문턱을 넘어 시청 안으로 들어갔다.

안에 들어가자 내가 상상했던 것보다 더 큰 로톤다가 나왔다. 대리석 바닥 위 돔형 천장에는 모자이크가 붙어 있었다. 자문 기관의 직원과 헌병 같은 여러 명의 사람이 돌아다니고 있었는데, 우리가 들어가자마자 다들 일제히 목소리를 낮췄다. 나는 시선을 피했지만, 저 멀리 클로데트 아주머니를 비롯한 다른 사람들과 함께 벽에 붙어 옹송그리고 있는 어머니가 보였다.

장사빌은 사람들의 시선을 무시한 채 둥근 계단을 올라가 묵직한 문이 줄지은 중이층으로 나를 안내했다. 그는 좁다란 사무실을 가리키며 내게 들어가서 기다리라고 말했다. 등 뒤에서 딸깍 소리와 함께 문이 잠겼다.

벽에 걸린 액자에는 흐린 하늘을 배경으로 한 시청사의 전경이 담겨 있었다. 테이블 하나와 의자 두 개가 있었다. 나는 의자를 바짝 당겨 앉았다. 창문은 없었고 문은 이중문이었다. 무슨 일인지 두려웠지만 그보다 몸이 너무 피로해서 테이블에 이마를 대고 엎드렸다. 그러자 그랑제콜에서 손 들 준비를 할 때와 같은 자세가 되었다. 눈썹에서 맥박이 느껴졌다.

문고리가 돌아가더니 이브레 선생님이 방 안으로 들어왔다. 불안이 가득 담긴 선생님의 눈빛에 나는 크게 충격을 받았다. 그러나 선생님이 내게 건넨 첫 마디는 이거였다. "불안해 보이는구나."

나는 떨리는 입술을 숨기려고 노력했다. "전 괜찮아요."

이브레 선생님이 입술을 오므리며 건너편에 앉아 종이 한 장과 펜을 올려놓았다.

"오늘 밤에 있었던 일에 대해 몇 가지 물어볼 게 있다. 우선, 그 탈주자가 아는 사람이었니? 누군지 짐작 가는 사람이 있니?"

선생님은 단호한 목소리로 말했다. 선생님은 내가 알았다는 사실을 알고 있었다. 차마 이브레 선생님의 시선을 마주할 수 없었다.

"정직이 얼마나 중요한지는 잘 알고 있겠지." 이브레 선생님이 말했다.

대답하고 싶었지만, 말이 나오지 않았다. 나는 어쩔 줄 모르는 표정으로 멍하니 테이블을 쳐다보고 있었다. 갑자기 선생님이 자신의 앙상한 손으로 내 손을 감쌌다. 감동한 내가 고개를 들어 선생님을 바라봤지만 선생님의 얼굴에서는 인내심만 보일 뿐이었다.

"저였어요." 쉰 목소리가 나왔다. "나이 든 저. 제1동편에서 온 것 같았어요."

이브레 선생님이 손을 빼고 무슨 단어를 하나 적었다. "오늘 밤에 만나기로 미리 약속했니?"

나는 눈을 크게 떴다. "아뇨."

"조정이 아니었다면 네가 거기 있는 걸 어떻게 알았을까?"

"저도 모르겠어요. 저는 운동장에 있었는데. 숲에는 갈 생각도 없었어요. 수송차가 오더니 총소리가 들려서 겁이 나서 도망친 거예요. 거긴 친구들끼리 놀러 가던 곳이에요."

"그런 다음엔?"

나는 고개를 저었다. "아마 그 여자도 거기로 도망쳤나 봐요. 사람들이 그 여자를 쫓아오고 있었어요."

이브레 선생님이 내 얼굴을 훑어보았다. 선생님의 눈동자 속 홍채는 무척 날카롭고 강렬했다.

"그 여자가 너한테 말을 걸었니?"

"아뇨. 아니, 네. 그러려고 했던 것 같아요. 뭐라고 하는지 거의 알아들을 수 없었어요. 입을 벌리긴 했는데 목소리는 나오지 않았어요."

나는 스스로 목을 감싸고 있다는 사실을 깨닫고 손을 치웠다. 이브레 선생님은 가만히 펜을 쥐고 있었다.

"무슨 말을 들었지?"

"네?"

"거의 알아듣지 못했다며. 그럼 들은 게 있다는 말이잖아."

"죄송해요. 아무것도 안 들렸어요. 그러니까…… 자기 목소리에 질식하는 것 같은 그런 소리였어요."

"알았다. 그다음에는?"

"헌병들이 오는 소리가 들려서 제가 큰 소리로 불렀어요."

선생님은 나를 조금 더 살폈고, 마침내 평소와 달리 콧등을 문지르며 한숨을 내쉬었다.

"그렇게 고통스러웠던 건 일종의 연상 피드백 때문일 거다. 자기 자신을 마주했다고 보고한 사람들이 종종 있어." 이브레 선생님은 심문자에서 다시 선생님으로 바뀐 듯한 말투로 설명했지만, 방백 같던 그 말은 금세 끝나버렸다.

"탈주자의 소통 시도가 실패했구나." 이브레 선생님이 말을 이었다. "그래도 그 여자가 어떤 의도를 가지고 있었는지 눈치챈 게 있다면 말해보렴."

왜인지 내 목소리가 한결 온순해졌다. "개입하려고 그랬을까요?"

"그건 말할 필요도 없지. 그 목적이 뭐였을까?"

"모르겠어요. 저한테 무슨 일이 생길까 봐?"

이브레 선생님은 침묵하고 있었다. 눈치를 보아하니 나는 이미 알고 있었어야 했다. 이 상황에서 가능한 해석은 그것밖에 없었다.

"방문객 때문이군요." 내가 기어들어 가는 목소리로 대꾸했다. "연못에서요. 그 사람들이 왔던 이유랑 같은 이유로."

"그래." 이브레 선생님이 대답했다. "그 여자의 개입 타깃이 에드메 피라였던 것 같구나."

눈물이 차오르기 시작했다. 목소리가 삐걱거렸다. 나는 죄송하다고, 내가 개입하게 되리라고는 상상도 못 했다고, 내 성격으로 그렇게 심한 위반을 하다니 이해할 수 없고, 도무지 이해되지도 않는다고 대답했다. "이유가 그거라면 어째서 이렇게 일찍 왔을까요?"

눈물방울이 주르륵 흘러내리는 내 뺨을 이브레 선생님이 빤히 바라보았다. "오늘 밤에 사고가 있었다. 네 친구가 호수에서 다쳤어. 누군가가 걔를 뭍으로 데리고 올라왔지."

내가 숨을 멈춘 걸 선생님은 틀림없이 보았다. "의사가 괜찮을 거라고 하더구나." 이브레 선생님이 덧붙였다.

잠시 멍하게 있을 수밖에 없었다. 그러다 참지 못하고 이내 기쁨의 흐느낌을 터뜨렸다. 주말 사이 일었던 내 질투 어린 분노가 일순간에 녹아내렸다. 이런 내 모습을 보고도 이브레 선생님은 아무런 반응을 하지 않았다. 나는 평정을 되찾으려고 노력했지만, 쓸데없이 지나치게 조잘거리고 말았다. "정말 괜찮대요? 정말 오늘 밤에 그렇게 되기로 정해져 있는 거예요?"

"제발 생각 좀 하고 말하려무나. '되기로 정해져 있는' 건 없다. 하나의 결과가 다른 결과로 대체된 거야. 남은 결과를 결정하는 건 네 몫이다."

나는 고개를 끄덕이고 침을 삼켰다. 혓바닥이 메마르고 끈적했다. "선생님, 그 여자가 용서할 수 없는 잘못을 저지른 건 사실이지만, 저는 옳은 일을 했어요. 전 약속을 지켰어요. 에드메에게 아무 말도 하지 않았으니까요. 그리고 헌병도 불러서 그 여자를 잡을 수 있게 도왔어요. 맹세컨대 전 공범이 아니에요."

잠시 생각에 잠겼다.

"그 여자가 에드메를 호수에서 꺼냈다고 했죠?"

이브레 선생님이 테이블 위에다 두 손을 모았다.

"그렇게 된 게 맞나요? 그런데, 그러고 나서 뒷산까지 갔다고요? 며칠 전에 자기 무효화에 대해 말씀하셨잖아요. 그런데 어떻게 제

452

앞에 나타날 수가 있죠? 그 여자는……?"

정답을 찾아 머릿속을 더듬는 사이, 살짝 웃는 듯 이브레 선생님의 입술이 얇아졌다.

"예리하구나."

이브레 선생님이 종이를 챙겼다. 그리고 한마디 말 없이 나가면서 문을 잠갔다. 꼭 장사빌이 그랬던 것처럼.

주변에 시계는 없었다. 내 손목시계는 압수당한 책가방 안에 있었다. 나는 거기에 얼마나 오래 있었는지도 모르는 채 서성이다가 자리에 앉았다. 요새에 나타났던 여자를 떠올렸다. 머리는 산발해 있었고, 얼굴은 유령처럼 뾰족하게 야위어 있었으며, 스타킹은 가시에 찢겨 있었다. 그 여자를 알아보기 전 먼저 내 눈에 들어온 건 젖은 시프트 드레스였다. 수년이 흐른 뒤에도 나는 그 원피스를 가지고 있었다. 나는 테이블에 이마를 대고 엎드리고는 여자의 텅 빈 눈동자나 피 묻은 옷깃 대신 에드메를 생각하려고 애썼다.

마침내 돌아온 이브레 선생님의 손에 내 책가방이 들려 있었다. 선생님은 내게 가도 된다고 말했다. 내 도움 요청과 이전의 협조 기록을 통해 자문 기관에 내 충의가 전달되었다고 했다. 특히 그날 밤에 느꼈을 압박감에도 불구하고 내가 발휘한 통찰력에 자문 기관도 감탄했다고 말했다. 이브레 선생님은 피곤해 보였지만, 나는 그게 무슨 뜻이냐고 되물었다.

"서부의 개입으로 인한 결과를 설명할 때 어느 정도는 우리의 재량을 발휘할 수 있다. 자기 무효화라는 개념을 생각해 보렴. 오늘 밤

네가 봤던 탈주자는 자신의 밸리가 휩쓸리던 순간에 경계 밖에 있었다. 결과적으로 그 여자는 폭풍에 휩쓸리지 않을 수 있었던 거야. 이걸 폭풍으로부터의 안전 거리라고 부른단다."

동그래지는 내 눈을 이브레 선생님이 가만히 보고 있었다.

"이런 사실이 사람들에게 알려지면 사람들이 얼마나 대담하게 행동할지 생각해 보거라. 그러면 꺼릴 것 없이 너도나도 하려고 들겠지. 우리가 틀린 사실을 가르치는 건 아니야. 개입을 시도한 자는 살아남지 못해. 우리가 감추고 생략하는 건 수단일 뿐이다."

이브레 선생님을 따라 계단을 내려가는데 로톤다에서 혼자 기다리는 어머니가 보였다. 살짝 손을 흔들자, 어머니도 내게 손을 들어 보였다. 터져 나오는 안도를 최대한 숨긴 손짓이었다.

어머니는 이브레 선생님에게 몇 번이나 감사 인사를 전했다. 피곤한 기색이 역력한 표정으로 인사를 받은 선생님이 뒤돌아 가려던 찰나, 어머니가 이브레 선생님의 등에 대고 긴장한 목소리로 물었다. "저, 선생님. 마지막으로 하나만 더……. 우리 애가 심사 프로그램에 계속 나가도 될까요?"

이브레 선생님이 로톤다 한가운데에 멈춰 섰다. 밸리의 모습이 담긴 아치형 모자이크 때문에 자문관 가운을 입은 선생님의 몸집이 왜소해 보였다. 대리석에 튕겨진 선생님의 무뚝뚝한 목소리가 울려 퍼졌다.

"그저 제 생각일 뿐이지만, 따님은 가장 유력한 후보입니다."

이브레 선생님은 그렇게 떠났다. 어머니는 내 손을 꼭 쥐었다.

꜀

내 방 안은 커튼 너머로 들어오는 따뜻한 빛으로 가득했다. 창문으로 옅은 바람이 불어 들어왔다. 나는 담요를 덮고 누운 채 살랑이는 커튼을 바라보다 잠들었다. 그날은 꿈도 꾸지 않았다.

이브레 선생님은 내가 말해서는 안 될 사항들을 하나하나 짚어주었다. 나는 모든 것에 동의했다. 어머니는 내가 대답할 수 없는 것에 대해서 묻지 말아야 한다는 사실을 알고 있었다. 어머니가 출근길에 학교에 들러 피슈그뤼 선생님에게 내가 아프다고 말해주기로 했다. 알림 시계를 확인해 보았다. 몇 시간이 지나 있었다.

침대에서 일어나 서랍장으로 갔다. 중간 서랍이 살짝 비뚤어져 있었다. 서랍을 열어보니 속옷가지가 흐트러졌다가 다급히 정리된 것 같았다. 서랍장을 도로 닫고 데이지 꽃이 그려진 가운을 걸친 뒤, 어머니 방을 지나 복도를 걸었다. 사소하게 달라진 것들이 눈에 띄었다. 카펫에 진흙이 묻어 있었고 벽에 걸린 액자가 살짝 비뚤어져 있었다. 이브레 선생님은 내가 심문받던 시간에 가택 수색을 진행했다고 일러주었다. 지난밤 어머니는 말 한마디 없이 부엌 찬장 문을 하나하나 닫았다.

입맛은 없었지만 가스레인지에 찻물을 올렸다. 부엌에는 늦은 아침 특유의 울적한 적막이 감돌았다. 물이 끓는 동안 거실 소파에 앉았다. 테이블에 놓인 어머니의 목판화 책을 집어 들고 나란히 놓인 그림을 펼쳤다. 미세한 윤곽을 만져가며, 똑같이 생긴 동쪽 밸리의 모습을 들여다봤다.

그 판화를 보고 있던 바로 그 순간, 찻주전자가 우렁찬 울음을 터뜨렸다. 그리고 또 다른 소리가 들렸다. 크진 않았지만 분명 바닥에 어떤 충격이 가해지는 소리였다. 소파 옆으로 몸을 수그려 바닥에 난 옹이구멍을 쳐다보았다.

크롤스페이스는 분명히 흐트러져 있었다. 바이올린 케이스가 놓여 있던 매끈한 흔적 옆에 흙 자국이 어지럽게 나 있었다. 뒤편에 손전등을 비추자, 무언가 숨겨져 있는 것이 보였다.

잠옷 차림으로 크롤스페이스에 기어 들어갔다. 거기서 발견한 건 축축하게 젖은 옷 한 뭉치와 금속 프레임이 달린 큼직한 배낭, 옹이구멍에서 떨어져 나와 내 무릎에 꽂힌 뾰족한 나무토막이었다.

구겨진 옷 뭉치 하나를 세탁실 바닥에 놓고 손바닥으로 꾹꾹 눌러가며 주름을 펼쳤다. 헌병 제복이었는데, 명찰에 내 성이 박혀 있었다. 실타래처럼 얽힌 글자를 만지작거리며 이해해 보려고 애썼다. 경계를 넘기 위한 위장이나 계략이었을까? 몸을 웅크리고 가까이 다가가 냄새를 맡아보았다. 옷에서 나는 시큼한 냄새는 내가 가방 안에 체육복을 너무 오랫동안 넣어뒀을 때의 냄새와 똑같았다.

배낭에서 축축한 제복을 꺼내면서 다른 물건들도 바닥에 늘어놓았다.

찌그러진 수통과 비어 있는 도시락.

갈색 액체가 흘렀던 병.

숲 먼지가 덕지덕지 묻어 있는 모직 담요.

빨간 손잡이가 달린 조각끌.

이 물건들을 꺼내다 보니 검은 표지로 묶인 책자 같은 게 하나 나왔다. 둥글게 말려 있었는데, 내부의 습기에 종이가 울어 있었다. 실을 푼 뒤 너울진 첫 번째 장을 편평하게 펼쳤다.

판화를 실로 꿰매어 엮은 책이었다. 짙은 파란색 잉크로 찍힌 첫 번째 판화는 외딴 오두막인지 막사인지를 그린 것이었다. 시내에 있는 것처럼 깃대에 제비 꼬리 모양의 깃발이 달려 있었는데, 이 깃발은 더 낡아 보였고 나무 없는 벌판 위에서 펄럭이고 있었다. 공중에 떠 있는 산봉우리 뒤로는 더 많은 봉우리가 펼쳐져 있었다. 실제로든 책에서든 본 적 없는 풍경이었다. 작은 불에서 연기가 피어올랐다. 그 여자의 가방과 똑같이 생긴 큼직한 배낭이 판화 속 막사의 외벽에 기대어 있었다.

페이지마다 각각 다른 풍경이 촘촘하고 세밀하게 표현되어 있었다. 모두 한 사람의 손길로 만들어진 그림 같았다. 그리고 그건 내 손길이었다. 살면서 한 번도 목판화를 해본 적이 없는데도 왜 그런 확신이 들었는지는 잘 모르겠지만, 세심하게 이어진 선이 어쩐지 친근하게 느껴졌다.

이상한 풍경이 꽤 많았다. 과수원 한쪽에는 눈이 잔뜩 쌓여 있었는데 다른 한쪽에는 열매가 가득 열려 있었다. 힘 빠진 팔다리처럼 축 늘어진 한여름 버드나무 아래 호숫물 위로 얼음 조각이 둥둥 떠가고 있었다. 그러고 보니 그림 어디에도 사람은 등장하지 않았다. 마치 세상의 유일한 존재인 그 여자가 모든 계절이 한 점으로 미끄러지듯 융합되는 영원을 기록한 것 같았다.

철조망과 위압적인 감시탑이 판화 곳곳에 등장했다. 헐거운 표지를 조심스럽게 덮고 다시 실을 묶었다. 철조망에 이렇게까지 가깝게 접근할 수 있는 사람, 이렇게 많은 유리한 지점에 갈 수 있는 사람은 헌병뿐이었다. 제복은 정말로 그 여자의 것이었다. 그때 처음으로 그 여자에 대한 두려움이 줄어들었다. 그녀의 존재가 당황스러웠지만 불쌍하게 느껴지기도 했다. 불현듯 외로움이 밀려들었다.

마지막으로 바닥에 남은 건 옹이구멍에서 떨어진, 숟가락 모양의 나무 조각이었다. 골동품 같은 생김새였다. 가운데에 뚫린 구멍에는 마른 곰팡이가 가득했다. 손바닥에 놓고 뒤집으니 나무의 곡면에 손끝이 딱 맞았다. 이렇게 잡도록 만들어진 것 같았다. 그 순간, 바이올린을 조율하던 에드메의 모습이 떠올랐다. 그때 에드메는 줄이 끊어지지 않길 기도하며 줄감개를 돌렸다.

머리가 핑 돌아서 모든 걸 가방에 도로 집어넣었다. 이따가 밤에 그 책을 다시 위층으로 가져가서 봐야 했다. 우선 지금은 크롤스페이스에 다시 숨겨두기로 마음먹었다.

시내로 가는 버스는 3시나 되어야 왔지만, 나는 정오에 집을 나섰다. 결석해 놓고서 교복 재킷과 점퍼스커트, 타이까지 챙겨 입었다. 심사 프로그램에 오는 학생들이 교복 말고 다른 옷을 입은 모습을 본 적이 없었다. 나는 책가방을 겨드랑이에 낀 채 언덕을 올랐다.

어린아이들이 소리를 지르며 운동장을 뛰어다니고 있었다. 끝이 보이지 않는 파란 하늘로 그네가 높이 올라갔다. 졸업반 아이들 한 무리가 운동장 가장자리에 모여 있었고, 그 틈에서 앙리와 톰이 여자애들을 놀리고 있었다. 그러나 쥐스틴과 조는 보이지 않았다. 길 건너 멀찍이 지나가는 내게 관심을 보이는 사람은 없었다. 점심시간의 소란함은 곧 연못가 벌레들이 윙윙거리는 소리로 바뀌었다. 나는 소나무 길에서 길을 꺾었다.

에드메네 집은 우리 집 앞길처럼 짧은 길에 있었다. 중앙 도로에서 갈라졌다가 금세 다시 합류하는 길이었다. 허리 높이의 담장 너머 앞뜰에는 석회암 타일이 깔려 있었다. 가본 적은 없었지만, 이 집이 길 끝에 있다는 걸 알고 있었다. 한낮인데도 에드메 가족의 스테이션왜건이 집 앞에 주차되어 있었다.

긴장감이 채 가시기도 전에 현관문을 두드렸다. 그러자마자 안에서 발소리가 들렸다. 문을 열어준 건 에드메의 부모님이 아니라 알랭이었다. 알랭은 한 손에 교복 재킷을, 다른 한 손에는 신발 한 짝을 들고 있었다.

"오, 너였구나! 안 그래도 너도 들었는지 궁금해서 이따가 자전거 타고 가보려고 했는데! 지금 에드메는 자고 있지만." 알랭이 나머지 발에 신발을 신으려고 발을 동동 굴렀다.

알랭 뒤에서 조와 쥐스틴이 각자 짐을 챙기고 있었다. 피라 부부가 점잖게 서서 기다리고 있는 모습이 보였다. 피곤한 얼굴이었다. 두 분은 우리를 배웅하러 진입로까지 나왔다. 거기서 나는 에드메의 부모님에게 내 이름을 말하며 인사했다. 피라 아저씨가 상냥하게 고개를 끄덕이며 알고 있다고 말했다.

쥐스틴과 조 옆에 서 있는 게 왠지 불편했다. 물굽이에서 밤을 보낸 이후로 둘과 대화한 적이 없었으니까. 그러나 둘에게서는 한층 누그러진 분위기가 풍겼다. 조가 내 쪽으로 몸을 기대며 말했다. "우리도 두 분하고 차만 마시고 나왔어. 에드메는 못 보고."

"에드메가 종일 잠만 자는구나." 피라 아저씨가 미안해했다. "안정을 취해야 하니까. 좋은 일이겠지."

"그럼요. 걔한텐 잘됐죠." 알랭이 한숨을 쉬며 말했다. "그래도 그렇지, 우리한테 얼굴이라도 보여주면 어디가 덧난대요?"

쥐스틴이 팔꿈치로 알랭을 찔렀다. 피라 아저씨는 너그럽게 웃었다. 웃는 얼굴이 아들과 비슷했다.

"정말 괜찮겠죠?" 나는 떨리는 목소리를 감추지 못했다.

피라 아주머니의 눈에서 기다리고 있었다는 듯 눈물이 흘러내렸다. "괜찮을 거래. 갈비뼈가 좀 부러졌고, 또 흉터도 남을 거라고 하지만." 아주머니가 관자놀이께를 가리키며 말하자 아저씨가 무어라 중얼거리며 아주머니를 가까이 끌어당겼다.

알랭과 조와 쥐스틴이 진지하게 고개를 끄덕였다. 나도 눈물을 터뜨리지 않으려고 애쓰면서 고개를 끄덕였다. 쥐스틴이 작게 안타까워하는 소리를 내며 한 걸음 앞으로 다가가 피라 아주머니의 팔을 꼭 잡았다. 그러더니 뒤돌아서서 머뭇거리다 날 안았다.

우리는 진입로에서 얘기를 나누면 에드메가 깨기라도 할까 봐 걱정하는 사람들처럼 목소리를 낮춘 채로 몇 분 더 머물렀다. 에드메의 부모님은 이미 여러 번 겪은 듯 익숙하게 무슨 일이 있었는지 설명해 주었다. 벼랑에서 떨어져 머리를 다쳤지만 다행히 의식을 잃지 않고 뭍으로 헤엄쳐 나왔으며, 우리 모두 경보음을 들었다시피 그때 거기서 훈련 중이던 헌병들에게 발견되었다고 했다. 에드메는 거의 기억을 못 한다고 했다. 그러나 에드메가 밤에 몰래 나가 바이올린 연습을 해왔다고 고백하자 그의 부모님은 화를 내기는커녕 양심의 가책을 느낀 듯했다. 두 분은 에드메에게 음악원 오디션을 보게 해주기로 마음을 바꾸었고, 아들의 뜻을 존중하도록 노력하겠다고 다짐했다.

피라 부부는 조만간 다시 들르라고 얘기하며 우리에게 인사를 건넸다. 알랭이 우리 다 같이 와서 자고 가도 되냐고 물었다. 알랭과 아저씨는 아마 맛없기로 유명한 것 같은 간식을 언급하며 의사를 대기시켜야겠다는 농담을 주고받았다. 피라 아저씨는 다시 한번 에드메 같은 표정으로 웃었지만, 아주머니의 어깨에 손을 얹고 집 안으로 들어가는 광경을 모습을 보니 몇 주 전 마스크를 쓰고 있던 두 분의 모습이 떠올랐다.

우리 넷은 가지 않고 길가에 서 있었다. 곧 점심시간의 끝을 알리는 종소리가 울릴 것이었다. 쥐스틴은 내게 아침 수업에 나오지 않은 이유를 물었고, 나는 배가 아팠다고 둘러댔다. 허락받고 결석한 김에 일찌감치 심사 프로그램에 가려고 버스를 타러 가고 있었다는 말을 덧붙이는데, 말을 뱉자마자 내가 괜한 소리를 했다는 걸 깨닫고 멈추었다. 하지만 조는 살짝 얼굴을 찌푸리는 게 다였다.

"나 신경 쓸 필요 없어. 오기로 하는 소리가 아니라 솔직히 자문관은 좀 우울하잖아. 안 그래? 청원인들도 슬프고, 거절도 슬프고. 또 원하는 걸 들어준다고 해도 그래. 관망이 웃으러 가는 일도 아니고 말이야." 조는 날 보며 어깨를 들썩이더니 씩 웃었다. 냉소적이

461

면서도 연민이 어린 미소였다.

멀리서 종소리가 울렸다. 아이들이 앓는 소리를 내며 피슈그뤼 선생님의 교실로 돌아가기 시작했지만, 나는 가만히 서 있었다. 먼저 눈치를 챈 건 알랭이었다. 진지한 표정이 그의 얼굴을 스쳤다.

"오잔, 에드메 보고 싶으면 살짝 개 방으로 가봐. 나는 매번 뒤쪽 창문으로 다녀." 알랭은 환한 기색으로 어깨를 으쓱하고는 학교를 향해 달려갔다.

그의 부모님에게 들키지 않도록 조심하며 살그머니 집 뒤편으로 걸어갔다. 수수한 앞마당과 다르게 뒷마당에는 푸른 이파리가 생기 넘치는 천장을 이루고 있었다. 기둥 위에 사다리를 수평으로 올려 만든 덩굴시렁에는 넝쿨이 풍성하게 얽히고설켜 있었다. 나무 가로대에는 포도가 주렁주렁 매달려 있었다. 수작업으로 만든 모이통 앞에 벌새 한 마리가 멈춰 서서 필사적으로 날갯짓을 하고 있었다. 나는 향긋한 그늘 속으로 한 걸음 다가갔다.

큼직한 뒷창이 굳게 닫혀 있었다. 처음에는 창문에 비친 내 모습밖에 보이지 않았다. 나는 양손을 둥글게 모아 조심스럽게 유리창에 갖다 대고 에드메의 방을 들여다보았다.

에드메는 베개에 등을 기대고 반쯤 앉은 자세로 잠들어 있었다. 힘없이 축 처진 고개는 창문 반대편으로 돌아가 있었고, 관자놀이에 감긴 흰 붕대에는 쉼표 모양으로 작게 자국이 나 있었다. 담요가 살짝 내려가 있어서 그 사이로 몸에 든 멍이 드러났다. 그의 좁은 가슴이 오르락내리락하는 걸 지켜보았다. 그의 바이올린 케이스가 침대 옆에 놓여 있었다.

얼마 뒤 심사 프로그램을 마치고 실습을 시작하면서, 나는 에드메가 벼랑에서 떨어졌던 날과 그때 나를 바라보던 이브레 선생님의 눈빛이 계속해서 생각났다. 그리고 그 의미를 차차 깨닫게 되었다. 지금으로부터 20년이 지나면 피라 부부는 굳이 과거로 돌아가 아들을 보러 가지 않아도 되었다. 그러나 그날 오후에는 그런 생각을 미처 하지 못했다. 에드메에게 어떻게 알려야 할지에 관한 고민도 마찬가지였다. 그저 유리창 너머를 들여다보면서 나는 이제 가야 한다고, 시내로 가는 버스를 놓치면 안 된다고 생각할 뿐이었다. 그러면서도 그가 숨 쉬는 모습을 1분이라도 더 지켜볼 수 있다는 사실이 감사해 쉽사리 발이 떨어지지 않았다.

그때 에드메가 이불 속에서 몸을 움찔거렸다. 그는 얼굴을 찌푸리며 자세를 고쳤다. 그 모습을 보니 내가 거기 서 있다는 게 부끄러웠다. 뒤로 물러나려는 찰나 그가 창문을 내다보다 나를 보았다. 달리 할 수 있는 게 없어 손을 들고 살짝 흔들었다.

그는 깜짝 놀란 듯했지만 금세 표정이 밝아졌다. 에드메는 수줍어하는 날 흉내 내며 손을 흔들었다. 뒤뜰에 서 있던 나는 웃음을 터뜨렸다. 그는 침실 천장을 힐끗 쳐다보고는 손가락 하나를 들어 입술을 눌렀다.

에드메를 보지 못했던 시간이 하루보다 더 길었던 것만 같았다. 우리가 더는 어색한 사이가 아니라 다행이었다. 에드메가 창문을 가리켰다. "정말?" 나는 몸짓으로 물었다. 그가 고개를 끄덕이길래 창문을 열려고 했는데, 생각지 못하게 큰 소리가 나서 화들짝 놀랐다. 에드메는 하마터면 웃음을 터뜨릴 뻔하다가 다친 갈비뼈에 재빨리 손을 올려놓고서 터져 나오려는 웃음을 꾹 눌렀다. 그리고 날 바라보며 힘내라는 듯 웃었다. 나는 붉어진 얼굴로 덜커덕거리는 소리를 잠재우려고 창문을 꽉 붙잡은 채 다시 창문틀을 쥐었다.

감사의 말

감사의 인사를 드립니다.

훌륭한 에이전트인 로즈 포스터, 술라미타 가부즈, 테스 와이츠너, 제이드 웡백스터, 캐럴라인 아이젠먼을 포함한 프랜시스 골딘의 팀원들에게.

예리한 편집자 론 레, 리비 맥과이어, 린지 새그넷, 스테퍼니 에번스, 레이완 콴, 지미 아이어코벨리, 질 푸토르티, 페이지 라이틀, 셸비 펌프리, 애넷 파글리아로 스위니, 엘리자베스 히티, 알리 힌치클리프, 모디 제나오를 포함한 아트리아의 모든 분, 세일즈 팀과 톱 셀프 팀, 스크라이브너 캐나다의 니타 프로노보스트, 제이니 윤, 사라 세인트 피에르, 펠리시아 퀸, 아드리아 이와수티악에게. 그리고 애틀랜틱의 제임스 록스버그에게.

누구보다 일찍 독자가 되어준 소중한 이들에게. 에밀리 비팅, 마이크 창, 톨미 그리브스, 조엘 허먼, 데릭 하워드, 하이디 코월, 타라 맥도널드, 캐스 피켄, 라이언 반 허이스테, 그리고 얀 즈위키에게.

크리스 루포, 슬로언 화이트사이드문테아누, 마이클 멜가드, 그리고 토론토와 밴쿠버의 공공 도서관 직원들에게.

응원과 격려를 아끼지 않은 우리 부모님 구드룬 하워드와 마크 하워드, 장인 장모님 러스 그리브스와 데버라 그리브스에게.

늘 내가 가슴에 품고 사는 얼리샤 머천트, 팔미라 부틸리에에게.

그리고 다라 그리브스에게. 당신의 훌륭한 조언과 사랑에 감사를 드립니다. 이 책을 당신에게 바칩니다.

옮긴이 김보람

국제관계학을 전공하고 비영리 민간단체와 대기업에서 일했다. 『힐빌리의 노래』를 시작으로, 『흐르는 강물처럼』, 『씽킹 101』, 『나는 소아신경외과 의사입니다』, 『할아버지와 꿀벌과 나』, 『스틸니스』 등 여러 권의 책을 우리말로 옮겼다.

시간의 계곡

초판 1쇄 발행 2025년 1월 17일
초판 3쇄 발행 2025년 2월 17일

지은이 스콧 알렉산더 하워드
옮긴이 김보람
펴낸이 김선식

부사장 김은영
콘텐츠사업본부장 임보윤
기획편집 채윤지 **디자인** 박영롱 **책임마케터** 배한진
콘텐츠사업2팀장 김보람 **콘텐츠사업2팀** 박하빈, 채윤지, 김영훈, 박영롱
마케팅2팀 이고은, 배한진, 양지환, 지석배
미디어홍보본부장 정명찬 **브랜드홍보팀** 오수미, 서가을, 김은지, 이소영, 박장미, 박주현
채널홍보팀 김민정, 정세림, 고나연, 변승주, 홍수경
영상홍보팀 이수인, 염아라, 석찬미, 김혜원, 이지연
편집관리팀 조세현, 김호주, 백설희 **저작권팀** 성민경, 이슬, 윤제희
재무관리팀 하미선, 임혜정, 이슬기, 김주영, 오지수
인사총무팀 강미숙, 이정환, 김혜진, 황종원
제작관리팀 이소현, 김소영, 김진경, 최완규, 이지우
물류관리팀 김형기, 김선진, 주정훈, 양문현, 채원석, 박재연, 이준희, 이민운

펴낸곳 다산북스 **출판등록** 2005년 12월 23일 제313-2005-00277호
주소 경기도 파주시 회동길 490
대표전화 02-704-1724 **팩스** 02-703-2219 **이메일** dasanbooks@dasanbooks.com
홈페이지 www.dasanbooks.com **블로그** blog.naver.com/dasan_books
종이 스마일몬스터 **인쇄 및 제본** 정민문화사 **후가공** 제이오엘엔피
ISBN 979-11-306-6259-6 (03840)